JN068446

芥川賞候補 1995-2002 傑作選 平成編②

鵜飼哲夫＝編

春陽堂書店

はじめに

芥川賞の歴史では、受賞に至らなかったとはいえ、すぐれた候補作がたくさんあります。戦前、戦中でいえば、太宰治「逆行」、北條民雄「いのちの初夜」、中島敦「光と風と夢」などは今日でも文庫で手軽に読める名作です。

佐伯一麦さんの新書に『芥川賞を取らなかった名作たち』（朝日新書）があるように、芥川賞には受賞作にも負けない候補作が多いのはなぜでしょうか。それは候補作選びの厳格な手続きにあります。

戦前は、瀧井孝作、川端康成、宇野浩二という今日では文学史に名を残す作家が、文壇の各氏からの推薦を参考にしながら候補作を選びました。戦後は、日本文学振興会から委嘱された編集者が選ぶ方式に変わりましたが、候補作選考には二〇人前後の編集者が関わり、三回の全体会議での討議を経て、毎回五〜七作ほどの候補作を選んでいます。しかも、昭和一〇（一九三五）年の第一回から候補作のリストを公表してきた芥川賞は、「これは！」という作品が候補に入っていないとたちどころに時評家やマスコミからチェックが入る有名な賞です。推す作品が候補からもれ、悔しがる編集者もいる真剣討議の場です。

候補からもれた作品が話題になることもあります。新型コロナウイルスが世界を襲った令和二年の賞レースでもそれは起きました。芥川賞の候補にならなかった宇佐見りん「かか」が、第一六三回芥川賞を取ったばかりの高山羽根子「首里の馬」などを破って、三島由紀夫賞を最年少受賞したのです。かつて又吉直樹「火花」が三島賞に落ちた後（受賞は上田岳弘「私の恋人」）、芥川賞を取ったケースはありますが、芥川賞作品が、三島賞の候補になるのは今回が初めて。それは本来、五月に選考されるはずだった三島賞が、コロナの影響で七月の芥川賞後になったために起きた〝珍事〟でしたが、これには続きがあります。

年末に行われた野間文芸新人賞選考では、宇佐見りん「かか」が落選し、李龍徳「あなたが私を竹槍で突き殺す前に」が受賞したのです。

候補作のラインアップの違い、選考委員の顔ぶれの相違があるため、こうした結果が起きることにはなんら不思議はありません。文芸記者の眼から見れば、高橋源一郎さん、蓮實重彥さんらが受賞した三島賞も、津島佑子さん、立松和平さん、村上春樹さんら芥川賞を取らなかった作家が、出世作で受賞した野間文芸新人賞も、芥川賞と並ぶすぐれた新人文学賞です。

ただ、もっとも長い伝統があり、選考委員の数も三島賞、野間文芸新人賞の二倍近くある芥川賞のニュース性は他の文学賞を凌駕します。そして、出版の第一線で目を凝らす編集者による芥川賞の候補作選びには、なかなかしぶといというか、機を見るに敏なところもあるのです。令和三年一月に選考が行われた第一六四回芥川賞では、宇佐見りんの二作目「推し、燃ゆ」が初候補になりました。結果は、報道されている通り、現役大学生の宇佐見さんが史上三番目に若い芥川賞受賞者に選ばれ、受賞作は二〇二一年三月時点で四七万部を突破するベストセラーになっています。

このようにして選ばれる歴代の芥川賞候補作のリストは、その意味で、すぐれた新人作品のアンソロジーになっているといっても過言ではありません。

しかも、芥川賞を取らなかったといっても、多くの選考委員の支持を得ながら受賞作とは僅差で落ちた作品もあります。「芥川賞候補傑作選」は、このように一部の選考委員から支持されたものの受賞に至らなかった作品の中で、今日読んでも面白い傑作を、三〇代の編集者と選び、選評とともに掲載しました。後に芥川賞や直木賞を受けた作家の作品、文庫などで今日でも手に入る作品や長編は、紙幅の関係で原則として掲載していません。

今回で三冊目の刊行になりますが、二冊目の「平成編①」は、作家三輪太郎さんに書評で、「掲載当時から四半世紀以上の時間の隔てをおくと、「今読んでも面白い」というより、「今読む方が真価がわかる」というのがふさわしいように思われるラインナップだ」（「図書新聞」二〇二一年二月二〇日号）と書いていただきました。

単行本初収録の作品も掲載している本企画を通して、より多くの方々に、「芥川賞を取らなかった名作」に目を向けていただければ幸いです。

生前、それほど読まれることなく戦争中に亡くなった中島敦が今日のように有名になったのは、教科書や文庫で作品が愛読されてきたからです。文学史をつくり、更新するのは読む者の力です。あなたにとっての「これぞ、候補作の傑作」とは何でしょうか。メールや手紙、ＳＮＳなどで、あなたの「推し」をお知らせください。

令和三年三月

編　者

凡例

一、掲載作品の初出・底本は作品末に記載した。
一、掲載作品の底本については、最新のものを優先しつつ、適宜選択した。
一、本文の校訂にあたっては、明らかな誤記・誤植は訂正し、脱字は補った。
一、ルビは底本に従いつつ、読みにくいと思われる漢字には補足した。
一、今日からみて不適切な表現もあるが、時代背景と作品の価値を鑑み、そのままとした。
一、各作品末に、該当作品に関する芥川賞選考委員の選評を抜粋の上掲載した。なお、選評は『芥川賞全集』(文藝春秋)、『文藝春秋』より引用した。

編集部

森への招待

中村邦生

風の動きを感じたければ、舌を出してみてください。

森の小さな窪地で私たち一行の歩みが止まったとき、暗闇の中から先頭を進むガイドの前田君の声がした。

私は前もって教わったとおり、目を閉じ、舌を空の方へ突き出してそっと息を止め、風の気配を探った。

木々の梢は静まりかえって、耳にも肌にも風の動きは感じられない。しかし舌の先には、ひんやりと掠《かす》め過ぎて行く空気の流れがはっきり判る。

呼吸を戻した瞬間、舌が空気の細かな味を捉え、口の中に揮発性の微香のようなものが漂った。枝葉の緑の萌え盛る香りなのか、それとも下草に覆われた湿った腐葉土の匂いなのか、と思いながら目を開けると、横に大きく枝を伸ばした葉の重なりの間から星の群が蒼白い光をのぞかせていた。梅雨の中休みに、僥倖《ぎょうこう》のように広がった夜空だった。

道は厚く茂った広葉樹の下から湾曲して、急勾配で上り、低い尾根を一つ越えて落葉松《からまつ》の森へ入っていく。

すぐ前を歩く少女の白いスニーカーとソックスがゆっくり動いている。私はその用心深い足取りを見つめながら、夜の山道を登る。

枝葉が頭上を覆う樹林の底を抜けて小高い野原に出ると、正面の木立の上に大きな赤い弓張りの月が懸かっていた。ガイドの二人が立ち止まり、携帯ライトの明かりを消したのに応じて、自ずと人々の視線は月に集まった。

黙って月を眺める短い休憩の間、私は鳥をめぐる記憶を辿った。

あなたも何かありませんか、と私も鳥の話を求められるだろう。夜行性の動物たちを観察するナイトハイクの参加者は、普段バードウォッチングに熱心な人々ばかりで、歩き出した当初から鳥のエピソードをときどき披露し合っていたからだ。しかし私は鳥の知識などほとんどないし、話題にできるような野鳥との出会いもない。ただ、中学生の頃にベランダに小屋を作って飼っていた鸚鵡《おうむ》のことを思い出す程度だった。

——鸚鵡の雄雌はいったん番《つが》いになると、何をするにも一緒にしたがる仲の良い鳥ですね。うちの鸚鵡たちは餌を食べるのも、止まり木を移るのも、寝るのも、雛を育てるのも夫婦一緒で、面白いのは鳴き声をあげるときでした。どっちかが鳴きだすと、首を傾げていた連れ合いは、途中から相手の歌を引き継いで終わらせるんです。二羽が協力し合って、一曲を完成させるという感じで。ときどき、一方が気紛れから声色を使って鳴いたりすると、それもしっかり聞いた上で同じ調子の歌を上手に模倣します。そんなふうにお互いの声を確かめあって唄う鸚鵡たちでした。結局、その鸚鵡の夫婦に無事に育った雛はいなかったんですけど、最後まで仲が良くて、先に雌が死ぬと、雄も後を追うように二日後に死にました。

この鸚鵡の話をしたのは、最初の長い休憩のときだった。

話し終えると、そういう鳴き方のことを〈交唱〉と呼ぶのだ、と前田君が説明した。

「なんていう名前の鸚鵡だったの？」

白いソックスの女の子が訊ねた。雄がユウジ、雌がハルミと呼ばれていた、と私は答えた。少女は「そっか」と呟いただけで、缶ジュースを振り、タブを引いた。代わりに母親が話を引き取った。

「うちなんか、その鸚鵡みたいなもんだわ。朝から晩まで亭主と顔を付き合わせているんだもの」

「仲がよくて、結構じゃない？　羨ましいわね」

と朗らかな声がする方向に顔を向けると、登山用ベストを着た初老の女が微笑んでいた。隣で同じ年格好の男が胸ポケットから煙草を取り出している。

「北条さんたちこそ、仲の良いご夫婦じゃないですか？　こうしてお揃いでいらしたんですから」

行列のしんがりを務めてきた女性ガイドの川口さんが、いかにもスポーツ学生の面影の残る屈強そうな軀を折り、膝の屈伸運動をしながら言った。

「違うのよ、あなた。私たち本当は夫婦じゃないの。旅行するときは面倒だから、そういうことにしているけど。ね、タモツさん？」

最初からほとんど何も喋らない、そのタモツさんに皆の視線が集中した。彼は口にしかかった煙草を箱に戻した。

「仲がいいとか悪いとか、そんなことといちいち考えてる余裕なんかないわよ。うちは八百屋をやってるから、嫌でも一日中一緒にいなきゃなんないんだもの」

少し間があってから、女の子の母親がはたして誰に向けてなのか、ぼやきの口調で呟いた。すかさず娘が「有限会社、松岡青果店です。今、改装中で、来週からお店が新しくなります」と大人びた笑顔を見せた。

仲が良い悪いの軽い遣り取りを聞いているうちに、私は鸚鵡の話をもっと脚色した冗談として言い直したほうがよいのではないかと思った。

さっきの鸚鵡のことですが、ちょっと間違えて言ってしまいました。片方が鳴きだすと、うるさがって威嚇の声を上げるんです。雄のユウジが小屋に侵入してきた猫に襲われかかって悲鳴を発したときでさえ、ハルミはやかましいと一喝するような声を出したり、逆にユウジも……。

　人々はすでに別の鳥の話題に移っていた。ある野鳥のペアリングの習性をめぐる話らしかったが、私は次第に気が逸れ、賑やかな会話のテーブルから一人離れて窓外をぼんやり眺めるのに似た心持ちで、厚く闇を作っている繁みを見つめた。

　右手の草叢の底に小さく二つ光っているものがある。あれは何だろう、とガイドの二人に確かめようとしたとき、その青白い点は淡く震えながら落下し、見えなくなった。

　あの藪の側からここを眺めたら、夜陰の中で薄明りを囲み、生白い顔を寄せ合って口々に声を立てている幽鬼たちの集会に見えるかもしれないなと取り留めのないことを私は考えた。そのとたん心が軽快に弾けたように、場違いなところに来てしまったという途惑いの感情は消えて、ナイトハイクを皆と一緒に楽しもうという気になった。私は夜の森の取材に同行して欲しいという友人の宇田川に依頼されるまま、自然観察に特別な関心もなく参加したのだが、誘った当人が現われず、理不尽な思いを抱きながら歩き続けていたのだった。

「もう恋の季節は終わって、それぞれのカップルが卵を抱いたり、雛を育てたりしている時期だっていうのに、まだそのまわりで未練がましく雌に呼び掛けのさえずりをしている独身の雄の鳥がいるんですよ」税理士を名乗った村上という男の説明が続いていた。「特にそういう雄の行動に興味があって、観察していたんです。わたし自身、今年の春に三十九になりましたが、まだ独り者でして、それで……」

「あら、もったいない。まだお一人なの？」

北条さんと呼ばれた女が割って入って笑い声が起こったとたん、ガイドの前田君が明快な口調で訊いた。

「その雄、ある特定の雌に執着して鳴いているわけじゃないですよね？　未練がましいと言ってしまうと、誤解を招くと思いますけど」

「そりゃ、そうです。他のあっちこっちのカップルのテリトリーの近くに出かけて、雌を呼ぶんですから。そうやって何日もひたすら歌い続けるわけですけど、面白いことに相手のいない雄たちだけが集まって休む、独身だまりみたいな場所があるんですよ。見晴らしのいい木とか、岩の上とか」

前田君が黙って頷くと、それまで蝙蝠《こうもり》の超音波を感知するバット・ディテクターという電気剃刀《かみそり》に似た形の機械を試すことにばかり気をとられていた、登山帽を目深にかぶった二十代後半の女性が口を挟んだ。

「あぶれた者同士で慰め合ったり、情報交換をしたりしているんでしょうかね。それと、さっき出た鶚鵡の話ですけど、雌の方がハルミとかおっしゃいましたが、実は、私の名前もハルミです。春に美しいと書きます」

「ああ、そうですか。申し訳ありません」

と私はとっさに答えた。謝り方に少し力が入りすぎたせいか、思わず吹き出した者もいた。誰よりも愉快そうに笑ったのは青果店の女の子で、母親もつられて笑った。春美と名のった女性も笑顔で応じながら付け加えた。「いえ、それだけじゃなくて、私の弟の名前も鸚鵡と同じで、ユウジなんです。変な偶然ですね。勇ましいに司るの勇司です。あなたの鸚鵡さんはどんな字でした？」

「いや、漢字なんか当てていませんでしたよ。ハルミとユウジと呼んでいただけで」

「でも、おかしな気持ちだわ」

「さっきの独り身の鳥のことですが」と女性ガイドの川口さんが話を戻しにかかった。

「私も前に信濃川の中州で似たような様子を観察したことがありますよ。そのときはセグロセキレイでした」

「そうですか。とにかく、独身だまりでもよく鳴きます。雄同士で二重奏から始まって三重奏、四重奏といった具合に、枝を飛び移ったり草の間を跳ねたりしながら、さえずるんですよ」

「ジービジチロジージジ、ジジッジジジ、ジービジチチロジージジ」

川口さんが巧みに鳥の鳴き真似をすると、「うまい」という何人かの声とともに、ぱらぱらと拍手が起こった。

「いや、ちょっと違ってませんか、ジジッジジジ、ジビッジチチルージジッジ」と税理士の村上さんが対抗するように訂正したが、誰からも反響がなかったので話を先に進めた。

「番いの雄と雌はそれぞれ分担して雛を養育しますが、巣から出始めた雛の行動に合わせて餌を運んでいるうちに、夫婦が離れ離れになってしまったりするんです。それで、子どもが親元から独立する頃に、独身の雄たちがテリトリーの境界までやってきて、盛んに雌にさえずって求愛します。夫がもたもたしている隙に、既婚者と独身者がそっくり入れ替わってしまうこともありますね」

この後で税理士は「やっぱり情熱的に唄う雄の方が、最後は雌の気を引くに決まってます」と確信を込めた調子で付け加えた。ガイドの前田君は、「そうした観察結果は貴重ですが、あまり単純に人間の行動に置き換えて解釈したりするのはまずいですよ」と生物学を専門に勉強した若者らしい言い回しで主張したが、人々を沈黙させるに過ぎなかった。北条さんの連れのタモツさんだけは無意識の仕草なのか、ふたたび煙草の箱をポケットから出しながら、一、二度頷いたように見えた。

情熱的に唄って気を引いた後が厄介なのさ、とどこかから訳知りの声が聞こえてきたとき、私はジャネットの姿を思い浮べ、時計を見た。今頃はステンド・グラスで電気スタンドを作っているかもしれない。

北条さんたちの座る背後の藪の奥にまた青白く二つ並んで光る点が現われた。あれはこちらをじっと窺っている動物の目ではないかと私は思い、そう前田君に伝えた。彼は一瞬緊張したが、携帯ライトを消して光の所在を確かめ、そっと草を分けて藪に入っていった。女性ガイドの川口さんも後ろについた。皆は息を殺して二人を見守った。しばらくして闇の奥から私たちを呼ぶ前田君の声がした。

「蛍の幼虫ですよ。よかったら、見に来ませんか」

「いっぺんに来ないで、静かに、一人一人でお願いします」

川口さんの注意の声も聞こえた。

「チエ、行ってみよう」

と真っ先に青果店の松岡さんが、娘の手を引いて藪の中へ入った。私は二人の後に続く。チエちゃんはいったん押し除けた小枝が反動で顎に当たり、怒ったように母親の手を振りほどいた。私も同じ枝を押さえながら振り向くと、北条さんたちが慎重な足取りでついてくる。結局、ざわざわと大勢で押し掛けることになり、ガイドの二人を落胆させた。

「幼虫なんだから、逃げ足があるわけじゃないのにな」

と前田君は草の中にしゃがみこみ、根元まで顔を沈めて蛍の明かりを探した。チエちゃんも手伝うつもりらしく同じ格好で手を伸ばした。

「蛍って、幼虫のときから光っているんですね」とか「蛍の幼虫は、水辺じゃないところにもいるんですか」とか口々に言いながら、皆はふたたび元の場所に集まったが、春美さんだけは人々から離れて、バット・ディテクターを右手で掲げ、木々の奥に蝙蝠がいるかどうか探っていた。ジーという耳鳴りのような持続音が夜の森に沁み込んだ。

皆さん、出発です、峰丸の四阿《あずまや》へはあと三十分くらいで着きます、と川口さんの励ましの声が藪の中から届いた。

列を作る順番は自ずと決まり、私は相変わらずチエちゃんの白いスニーカーとソックスの慎重な足運びを見ながら山道を登った。私の後ろは村上さんで、階段付きの急勾配の道を過ぎるとき、春美さんと入れ替わってしまうこともあるが、しばらくするとまた元に戻った。春美さんは、二回ずつ息を吸っては吐き出すジョギング用の呼吸のリズムを守って歩くので、近くに来るとすぐに判った。


友人の宇田川が、浅間山麓のナイトハイクの企画があることを報せてきたのは本格的な梅雨の季節になった頃で、来週の土曜日、ちょっと仕事に付き合ってくれないか、と東京の杉並のアパートに電話がかかった。

「仕事って、どっちのやつ？」

「仕事といったら、仕事だよ。商売の方じゃない」

最近の宇田川は家業のパン屋を商売、劇団〈演劇工房・風神〉の主宰を仕事と呼ぶようになっていることを私はうっかり忘れていた。この使い分けには、父親の時代の〈宇田川ベーカリー〉を〈フリアンディーズ〉と名を改め、自由が丘の本店の他に四軒の支店を持つ企業へ成長させた自負が含まれている。「仕事」である二年振りの芝居に、夜の森を歩くシーンを入れたいので、取材に付き合って欲しいという。

「週末はいつも山荘に帰っているんだろう？　ナイトハイクは来週の土曜なんだ。地元じゃないか、付き合えよ。ヴィレッジ・ボイスっていうホテル、知ってるよね？　あそこで自然教室やってるのさ。実は、二人分もう予約してあるんだ」

「そういう企画があることは知ってるよ。でも、きみは目的があるからいいけど、なんで僕が夜の森なんか歩かなくちゃなんないの？　それに、梅雨時だよ」

「いや、雨天の方が意外と動物に会うチャンスがあるらしいよ。雨降りだと人が近づいても匂いとか音が判りにくいからね。もちろん大雨のときは中止になるけど、少し変化のある天気の方が芝居にも役立つしな」

「どんな芝居になるんだい？」

「まだ台本をいじっているところだから、詳しくは説明できないけど、夜の森をさ迷い歩く家族のドラマなんだ。一家の父親が携帯電話でね、山の中から親戚や会社の同僚とか上司たちに奇妙な電話をするのさ」

「山の中じゃ、携帯電話なんか使えないだろう？」と私は言いかけた。台本を書いている最中に細かく内容を訊くと、宇田川はだんだん混乱してきて、挙げ句の果て、にわかに怒ったりするので、それ以上は黙っていた。前もって聞く話の展開は、いつも細部ばかり凝っていて、実際に上演された芝居とは異なっていることが多い。だから、「ラストシーンで、浅間山を二百年振りに大噴火させるかもしれない」と言っても聞き流した。

宇田川は一度電話を切った後、直ぐに掛け直してきてこう尋ねた。

「うっかりして気がつかなかったけど、ジャネットさんも一緒に行くかな？　もしそうなら予約しておくよ」

「ステンド・グラスとか書道とか何かしらいつも忙しくしているから、たぶん行かないと思うよ。気を遣ってくれてありがとう」

「残念だね。ときどき由利子に訊かれるんだ。ジャネットさんは元気だろうかって」

宇田川夫妻までも巻き込んだ昨年秋の私と妻ジャネットのトラブルのことを思い浮べたに違いない。それは、ジャネットに言わせると、私が「独り善がりの余計な親切」をしたことに端を発していた。

「おい、永井、どうしたんだ？　聞いているか？」

と電話口で呼ぶ宇田川の声が聞こえる。

「ちゃんと聞こえてるよ。我々のことなら、心配いらないよ。トラブルらしいトラブルは、あの時だけだから。たまには由利子さんに電話をかけるように、ジャネットに言っておくよ。どんな時間帯がいいのかな。店の方はまだ手伝っているの？」

「由利子か？　いや、最近は店員も増やして経理の専門家も雇ったし、ほとんど店のことはタッチしてないんだ。昼ならいつ電話してくれてもかまわないと思うよ。じゃ、ナイトハイクのことよろしく」

結婚してから三回目、信濃追分に小さな家を買って居を定めてから二回目のジャネットの誕生日に、私はモントリオールと東京間の往復航空券のコピーを渡した。そして、トロワ・リヴィエールにいる君の両親に秋の日本を訪れてもらうつもりで招待したと説明した。私が独断で航空券を送ったのは、ほぼ十五年も音信不通が続いているジャネットと両親との関係に、私が仲立ちとなって和解の場を設定したいと思ったからだった。迷ったあげく、誕生日のプレゼントを口実にするという、臆病のような強引のような方法になった。

計画の直接のきっかけになったのは、初夏のある晩にジャネットの洩らした呟きだった。テレビでジョン・ヒューストンの遺作となった映画を見終わったばかりだったが、その余韻が何らかの影響を及ぼしていたのかもしれない。

――テレビで映画を見た後、のんびりお茶を飲むときになると、なぜかいつも思うの。マサオとの生活はとても穏やかだし、これ以上の幸せはないだろうなって。そう、平穏であることに優るものはないのよ。心の癒しまで結婚生活に求めるのは贅沢だし、そんなこと意識するとかえってお互いに窮屈な思いをするようになるかもしれないもの。やっぱり、今のままが快適だわ。

ジャネットの言う癒しの意味に、故郷で遭遇した兄の事件をめぐる父母との確執が関わっていることは明らかだった。私はより深い幸福の証のために、彼女の言う「贅沢」に近づかなければならないと考えた。

ジャネットは航空券のコピーと私の顔を一度ずつ放心したように見つめてから、目に涙を浮かべ、急に立ち上がって寝室へ駆け込んでいった。しまった、やはり踏み込まずにおけばよいことだったか、と私は思った。それでもまだ嬉しさの涙である可能性をわずかに信じていた。二十分ほど経って、ジャネットは何故か化粧をして、「グッド・イヴニング」などと言いながら居間に現われ、いくつか質問があるので答えて欲しいと珍しく英語で言った。

――マサオ、航空券なんて、誕生日のプレゼントにしては法外な金額でありすぎると思う。日本では、妻に相談せずに夫が多額のお金を秘かに使うことは普通の習慣なの？　普通のことであれば、私は日本人と結婚して日本に住んでいるのだから、受け入れる決意をするつもりです。

――そんなこと、普通の習慣かどうかは判らない。しかし、仮に普通であったにしても、僕にはそうした習慣はないから、君がそれを受け入れる覚悟をする必要などまったくない。だから、僕自身がその金をどのように作ったかを説明させて欲しい。簡単なことさ、預けっぱなしにしていた独身時代の定期預金が、たまたま航空券を買える額になっていたんだ。正確に言うと、あと八万円残っているよ。

――判った。そうしたお金をどう使うかは、まったくあなたの自由だから。じゃ、二番目の質問。何故あなたは私の両親に会いたいの？　そして二人が日本に来たとして、私が会わなくても、あなたは父と母をずっと案内する覚悟があった？

――会いたい理由？　それも簡単なことさ。君が本当に幸せになれると思うからだよ。後の方の質問だけど、わざわざ日本まできた両親に君が会わないなんて、予想できなかった。

――私は親には会えないわ、マサオ。その理由は、プロポーズされたときに話したとおり。お願いだから、それ以上私の家族のことに関心を持たないで。そんなことされても、少しも嬉しくない。とにかく、私は二十三のとき、どうしてもカナダと縁を切りたくなった人間なの。たまたま来てみた日本がとても気に入って生活するうちに、あなたと知り合って、いまこうして元気に暮らしている、それで充分。じゃ、最後の質問。あなた、ほんとうに私のためを思って、こんな大げさなことしたわけ？

――もちろん、そうに決まってるじゃないか。

――嘘よ。十五年振りの親子の再会を仲立ちした劇的な役割を、あなたは自己満足的に夢見ていたに過ぎないんだから。そういう作為的なことは、まったくあなたらしくない。独り善がりの余計な親切、はっきり言えば、迷惑なセンチメンタル・カインドネスね。

――いったいどうしたの？　何故そんなに動揺しているんだい？　そっちこそ君らしく

ないよ。

――私らしさを勝手に決めないで。ところで、あなた、両親の住所をどうやって知ったの？　モントリオールの近くだって話したとは思うけど、トロワ・リヴィエールなんてよく判ったわね？　私の古いアドレスブックでも見たの？　でも、それはどうでもいい。問題は、あなたにも指摘されたように、私のこのパニックをどう処理するかよ。

――僕の勝手な親切心の生んだ、コミカルで些細なトラブルとして片付けることはできないのかい？

――判ったわ。今回のこと、あなたなりの一つのユーモアとみなす努力をすればいいのね。それには少し時間がいると思う。……私、明日からしばらく旅をしてきます。ただ、誤解をしないで、マサオ。あなたへの愛が冷めてしまったわけじゃないんだから。何かユーモアが見つかったら、帰って来るわ。

――ふだんお互いに一人で暮らしているようなもんなんだから、わざわざ家出をすることはないんじゃないの？　しばらく一人になりたければ、僕のほうが今度の土、日に帰らないようにしてもいい。

――今のライフ・スタイルにあなたが不自由な思いをしていることは知ってる。でも、その話はもうすんでいるでしょう。とにかく私は明日から、どこかへ行ってきます。

いつものとおり、私は月曜の夜から金曜の朝まで東京のアパートに泊まった。この単身赴任のような変則的な通勤の仕方は、どうしても田舎に住みたいという条件と引き替えに、ジャネットから提案されたものだった。「そんな変則的な生活、アメリカだったら直ぐに離婚の理由になるんじゃないの？　カナダでも同じだろう？」と私が言うと、「そのとおりだと思う。でも、私は変わっている人間なの。もちろん、私がどうしてもあなたに帰ってほしいと思っているときには、都合をつけて欲しい。それだけは約束してね」と明快に答えた。

旅をしてくると言って家を出たジャネットは、意外なことにそれまで一度しか会ったことがない宇田川の妻を訪ねて、しばらく〈フリアンディーズ〉で働かせてもらえるように頼んだのだった。宇田川からその日の夕方に私の職場へ連絡があり、ジャネットはビジネスホテルから店に通い、パン作りの手伝いをすることになったという。

十日後の週末、少し酒気を帯びたまま東京から車を運転して帰ると、玄関に明かりが点いている。私はガレージで酔いの臭う息を深く吐き出した。ジャネットは台所から何か照れたような表情で出てきた。居間にはハーブティーの香りがほのかに漂っていた。そしてくるみパンとバナナマフィンなら何とか焼けるようになった」と最初に言った。私が何も言わずにただ顔を見つめていると、一人で話し始めた。

「誕生日のプレゼントに欲しいものがあるの。とても大きな額だけどいいかしら？　実はね、お店に通った間のホテル代なんだけど。でも、あなたの預金の残りの八万円だけでいいのよ。それから、カナダに送った航空券だけど、取り戻しておいたわ。現金に代えて、机の上に置いてあるから確かめて。キッチンの換気扇、掃除してくれたのね。ちょうど気になっていたの。油を落とすの大変だったでしょう？　どうもありがとう。ねえ、私がなぜ帰ってきたか尋ねたら？　ユーモアが見つかったからよ。実は、父も母もとっくに死んでしまって、トロワ・リヴィエールには誰も住んでないという事実よ。それがユーモア」

「意味がわからないよ。どこがユーモアなんだい？　今の話、本当なのか？」

「本当のことかもしれないわ」

「おい、そんなことで人をからかうのは止せよ」

「からかってなんかいない。本当と思ってもいいし、嘘と思ってもいいのがユーモアですから。もしあなたが不満なら、もう一回ユーモアを捜しに行こうかな」

私は何も言わずジャネットの腕をとって抱擁した。

ナイトハイクへの誘いの電話があった数日後、宇田川からハイクの目的や詳しいコース地図などが書かれたパンフレットが、追分の家にファクスで送られてきた。私が経緯を話すうちに、ジャネットはナイトハイクよりも宇田川の芝居の方に関心を示した。

「由利子さんもドラマに出たことがあるのね。花屋さんの役だったらしいけど。冷蔵庫に囲まれて生活している女性の話ですってね」

「劇団を作って、最初にやった芝居だよ。一人暮らしのおばあさんが、古い冷蔵庫をたくさん引き取って、狭い一軒家のどの部屋も床から天井まで冷蔵庫でいっぱいにしてしまうのさ。なぜそんなにたくさんの冷蔵庫が要るかというと、ぜんぶ生ゴミを捨てずに取って置くためなんだ。おばあさん、すべての冷蔵庫がゴミでいっぱいになったときが、死ぬときだと思い込んでいるのさ。銀行員とか保険会社の連中が、ときどき現われて空の冷蔵庫を数えて帰っていく場面もあったな」

「電気代が大変そう。でも、何だかよく判らないところに、けっこう面白さがありそうね」と蕎麦打ちに挑戦中のジャネットは粉のついた手を口に持っていき、欠伸をしてから訊いた。「それで、花屋さんはいつ出てくるの?」

「最後だよ。花屋さんが真っ白い手袋をして、〈町内会一同より〉と〈親戚一同より〉と書いた大きな葬式用の花を誰もいなくなった家の玄関に置いていくんだ」

ジャネットは何か言おうとして、咳き込んだ。私がかまわずに「それから、部屋中の冷蔵庫の扉がいっぺんに開いて、中の生ゴミの袋が舞台の上にいっせいに落ちてくるのさ」と幕切れのシーンを話しても耳に入っていないらしかった。咽《む》せる様子が、こらえがたい笑いのために身を捩《よじ》っているようにも見えた。しかし背中を摩《さす》ってやろうとした瞬間、私は傷んでいる軀に触れてはいけないような思いに捉えられ、ジャネットの紅潮した顔から、首まわり、青い血管の透けた白い腕、痙《ひ》き攣《つ》ったような胸の揺れを茫然と眺めた。

ナイトハイクの日、私は中軽井沢駅に宇田川を迎えに行ったが、予定の列車には乗っていなかった。仕方なく千ヶ滝の奥にある集合場所のホテルに一人で行くと、他の参加者はすでに全員揃い、集会室で自然観察学習の企画責任者らしい教師風の男から、スライドを使って森の生態のレクチャーを受けているところだった。最後に夜道を歩く場合の注意があり、二人のガイドが紹介された。出発予定時間の八時を十分ほど過ぎていたが、宇田川はまだ到着せず、ホテルにも伝言がなかった。

旧草津街道を横切って細い道に入り、街路燈や人家の明かりがすっかり見えなくなってから、私は念のため宇田川の自宅に電話をするか、せめて何か連絡でも入っていないかジャネットに確かめればよかったと思った。しかし樹林の闇が濃くなるにつれ、それらのことは下界の煩わしさとして遠ざかって行き、徐々に自分の身の運びだけが関心の中心を占めるようになった。特にきつい行程ではなかったものの、足や腰よりも意外に背筋が痛んで、歩きながら一人ときどき荒い息をした。

座ってしまうと、かえって疲れがでることがあります。小休止のときは立ったままの方がいいですよ。

川口さんがそう言って誰かを促している。しかし気がつくと座っているのは私だけなので、道の脇に都合よく見つけた扁平な岩から腰を上げた。そのとたん尻のあたりに不快な湿り気が広がっているのを感じた。振り向くと岩の後ろの斜面に水の流れが細く光っている。

「ここは色々な水の音がしますね」

と前田君が私の視線を辿って言った。その声に促されて皆は話を止め、森に沁み込んでいる水音の源にそれぞれ目を凝らした。はっきり谷と判る地形ではないが、遠く沢の音がする。しかも一つではなく、いくつかの音源が重なり合っていた。

「音を聞くには、いろんな姿勢をしてみることも大事なんですよ。立ったり、中腰になったり、しゃがんだり、それぞれ意外なほど違った音が聞こえたりします。水の音は、しゃがむと効果的です。できれば、なるべく身を低くしてください。腹ばいになると、もっといいですよ」

前田君の説明が終わらないうちに私はしゃがみ、沢の音の伝わって来る方向を探した。後ろでチエちゃんが腹ばいになっているのが目に入った。

前方の林の方向からは、遠く岩の間を跳ね上がって進む水音が伝わってきた。

しかしもう一つ、明らかに近くの場所で、雨滴が葉に当たるのに似た小さな音がした。私がそれに気づくのと同時に、チエちゃんは道の横の土手をすばやく登っていき、いったん姿を消した。そして慌てて後を追おうとした母親が足を滑らせたとき、また現われて皆を呼んだ。

土手の反対側の斜面を前田君のライトが動いて、ユリの群生が照らし出された。その白い蕾《つぼみ》と大きな葉をかき分けて少し下ると、草の間から大きな岩が剝出しになっていた。岩は大小二つに割れた形になっており、間から湧き水が落ちていた。ライトの光の中で、川口さんは手に水を貯めて飲んだ。

「口に含むだけにしておいたほうがいいですよ」

と前田君が注意した。それでも川口さんは水を飲み込み、「とても冷たくて美味しい」と言った。他の者は前田君の忠告に従った。水は確かに冷たかったが、枯葉のような臭いが少し口に残った。

全員が水を味わった後、もう一度春美さんは綾取《あやと》りを思わせる仕草で、掌から手の甲へ、手の甲から掌へと水をかけた。そして弾む声で、「こうしていると、いつまでも水に触っていたくなる」と呟いた。

「僕もとても好きでした。子どもの頃のことなんですけど……」と私はふいに思い出を口にしかかると、春美さんは同意の笑顔を向けた。

——伯母が岐阜の中津川に住んでいたんです。小学生の頃、夏はそこへ行くのが恒例でした。友達も大勢いましてね。いまだに付き合っている人物もいます。売れない俳優で、実はこのナイトハイクに来る予定だった宇田川という男の劇団に入っています。で、伯母の家の近くの川が少し蛇行した場所に、子どもたちが泳ぐのにちょうどいい支流ができていたんです。僕はそこの流れに身を沈めて、仰向けになって、空を眺めるのが好きでした。水面の光が空中に浮いているように見えるんです。そして、息継ぎをしながら、手で鋏《はさみ》を作って、人差し指と中指で水面を切り取るんですよ。指の間を水が触れていく、あのくすぐったいような気持ちよさ、あの水と空気の境目を指で辿っていく感触は今でも覚えています。

私の話が終わってから、松岡さん母娘が交替で湧き水を手に掬《すく》った。皆が土手を越えて道に戻るとき、寡黙なタモツさんが手を鋏の形にして夜の空気を切ったように見えた。

「皆さん揃ってますね」

前田君が川口さんに呼び掛けると、チエちゃんの「やっぱり、一人足りなかったでしょう？」と母親に向かって言う声が聞こえた。

「足りない？　どういうことかしら」

川口さんは怪訝そうに一人一人の姿を確かめた。

「いえいえ、いいんです。この子がナイトハイクの参加者を勝手に十人と予想していたんですけど、数がそれで合っていたって自慢してるんですよ。さっき、もう一人誰か来る予定だったって、言ってましたよね？」

とチエちゃんのお母さんは、私の方を向いた。

「ええ、宇田川という友人です。このハイクのことを教えてくれた当人なんですけど」

「私たちガイドを含めて、本当は十人のはずでした」

川口さんがそう言ったとき、すでに歩き始めた先頭の前田君が振り返って待っているので、私たちは急ぎ足になった。全員がまた同じ順序の列を作り、夜の山道を進み出してから、チエちゃんのお母さんが私に呟いた。

「変なこと、言うようですけど。この暗闇の中を歩いているうちに、私たちの誰かがふと消えちゃって、気がついたら一人足りないなんていうことがあったら、恐いでしょうね」

「それよりも、一人増えてる方がずっと恐いですよ。暗闇にまぎれて、いつの間にか誰も知らない人間が、すぐ自分の後ろにいるとか」

私は歩きながら、もしこの中に最初から一人離れて誰とも口を利かない強面《こわもて》の男がいたとすれば、どんな気分だろうと冗談めいた想像が誘い出された。

……男は常に最後尾、休憩になっても押し黙ったまま鋭い目で人々の様子を窺っている。皆はこの男を不気味がっており、会話が弾んで思わず声が燥《はしや》ぐときにも、なるべく刺激しないようにと気を配っている。事を起こすとすれば、私が邪魔者と男も考えているらしく、心なしか私の動きに牽制の視線を送ってくる。はからずも男と私は無言の緊迫した空気を共有しながら、睨み合ってナイトハイクを続ける。だんだん私の心に陰惨な光景が拡大して、身震いがしてくる。しかし、結局は何事も起こらずにナイトハイクは終わる。男の顔が緩み、ガイドが近づいて何やら挨拶をしている。そして二人は話を交わしながら、交互にちらっとこちらを見つめる。突然、私は事態を了解する。一番怪しげな挙動不審の人物としてマークされていたのは、この私の方なのだ。

想像したことが夢のようで、記憶の輪郭が溶けていく。歩きながら、微睡《まどろ》んだ一瞬があったのだろうか、と私が思ったとき、列の前から順に「峰丸の四阿はもうすぐ近くです」と伝言ゲームのように囁きが伝えられてきた。見上げると、森の奥のやや高い場所に山小屋の屋根のような形が黒く見えた。

四阿に何か大きな影に似たものが動いているのを見て、前田君が両手を広げて皆を制止した。誰もが闇の奥の動きに怯えて立ち竦んだ。影は四阿から消えて、木の間に隠れ、一瞬の後、正面に現われ、行く手をふさいだ。影は二つに増えていた。その影の一つから強い光が飛んできて、私たちのガイドの携帯ライトの明かりと交錯し、闇が揺れた。

松岡さん母娘は揃って、幽霊が現われたかと思ったらしい。春美さんは、大きな蝙蝠が舞い下りてきたと思った。北条さんたちは「驚きました」とただ短く溜め息を洩らすだけだった。私には、焦茶色のジャンパーの男が手に刃物を持って、木の幹の後ろから跳び出してきたように見えた。暗い中で着衣の色など、とっさに判るはずがないのだから、後から考えれば実に可笑しなことだった。

「おい、永井、いるかよ?」

その聞き慣れた甲高く透る声を耳にした瞬間、宇田川だと判断できたにもかかわらず、すぐに安堵の返事がでなかった。もう来ないと諦めていた友人の出現が嬉しくないはずはない。けれども私は少し間を置いてから、「いないよ」と答えた。その拗ねた口調に思わず自分で笑った。

もう一つの影は、出発前にスライドを使ってレクチャーをした人物で、本格的な登山用の格好をしていた。仕事上の必要があるから何とか夜の森を体験させて欲しい、と遅れて到着した宇田川に懇願され、沢沿いの近道をして峰丸へ着いたと男は説明した。宇田川はさかんに恐縮して感謝の言葉を繰り返した後、そっと私にだけ「途中の岩場で転んじゃってさ」と左の肘の辺りを擦ってみせた。そして「突然、店を辞めさせてくれって言ってきたベテランの職人がいてね。まいったよ。それで、遅れちゃったんだ。電車をやめて車で来たのも判断ミスだった。すまなかったな。でも、きみ、ちゃんと参加してくれたんだな」と耳元で囁いた。

宇田川を案内してきた男が、先に帰る挨拶を二人のガイドにすると、北条さんとタモツさんが寄り添いながら近づき、何やら相談事を始めた。「えっ、せっかく着いたのに、どうしてですか?」と川口さんが大きな声を上げ、全員が周りに集まった。

「この人、かなり疲れちゃったみたいなんですよ。ですから、私たちここで失礼することにしました。何かあって、ご迷惑をかけてもいけませんので」

と北条さんが心なしか未練の調子を残して言った。

「どうしてなんですか？」

皆は口々に訊いた。

「いえ、ここまででも十分に楽しい体験をさせていただきましたから。とても良い思い出になりました。皆さんのおかげです」

北条さんが話している間、タモツさんは相変わらず遠慮がちに少し俯いていた。三人が去っていくとき、タモツさんだけ帽子を脱いでお辞儀をした。

「今の紳士、何という名前の人？　いや、こんな偶然ってあるものかな。よく似ている人がいてさ。もう少し肥っている感じがするけど」

宇田川がそう呟き、四阿の椅子に席取りでもするかのように置いてあったビニール袋の隣へ、私のナップザックを置き直した。

「北条さんという人らしいけどね」

「じゃ、違うな。うちの息子が通っていた絵画教室の先生にそっくりだったんだ。藤崎とかっていう画家なんだけど。たぶん、やっぱり勘違いだ。あの先生、去年からずっと入院しているはずだもんな」

「今から紅茶の用意をします。飲み終わって、しばらくしたら出発しましょう」

全員が四阿に揃い、前田君が腕時計を見ながら伝えた。

「しまった。北条さんたちにもお茶を淹《い》れてから、帰ってもらえばよかった」

と川口さんは残念そうにリュックサックを開け、卓上ガスコンロを出した。宇田川は〈フリアンディーズ〉のビニール袋から、大量の菓子パンを取り出して口上を述べた。

「私の店のバナナマフィンです。どうぞ食べてください。自慢のパンなんですよ。作り方にはこだわってましてね、バナナは防腐剤を使ってないものだし、小麦粉もすべて国産の材料を使ってます」

予期したとおり、松岡さんが言い放った。

「こだわっているんですね。うちみたいな普通の八百屋は、こだわってちゃ採算がとれません。泥つきの大根や虫で穴が開いたキャベツなんか、必ず売れ残りますからね」

ジャネットが〈フリアンディーズ〉で習ってから最初に作ったバナナマフィンは、見た目からして不出来だった。「味はどう?」と感想を求められ、「オーブンの性能が違うからね」と答えたが、しかし一週間後には売りに出せるほどの味に変わっていた。

春美さんが二つ目のバナナマフィンを口に入れ、「確かに、美味しいわ」と誉めてから宇田川に質問をした。

「お芝居をなさっているということですが、パン屋さんとどういう関係があるんですか?」

「パン屋は親父から引き継いだ家業で、芝居は私の夢の仕事です」

宇田川は新しい芝居のことしか頭になく、電話で私にも話したような芝居のあらましを熱心に説明し始めた。そして終幕に付け加える浅間山噴火のシーンに触れると、チエちゃんが「あっ、あたしのと同じだ」と叫んだ。

「この子、いつも一人でパソコンと遊んでいるんですよ。今日のハイキングのこともいろいろ予想を立ててきたんです。でも、参加者の人数はまた違っちゃったわね、さっき二人帰ったから。コースの時間配分と休憩場所はだいたい合ってるのよね、そうだったでしょう、チエ？　最後には、浅間山が爆発して、みんな必死に逃げなきゃなんないみたいですよ」

母親が笑って言うと、チエちゃんは手真似を交えて早口で喋りだした。

「ハイシティ・スペースⅢっていうゲームソフトがあるでしょう。プレイヤーが市長になって、誰もいない土地に少しずつ都市を作っていくの。決められた予算をうまく使って、住宅街の家も商業地のビルも、交通も、何から何まで自分で作っていけるのね。都市ができて、大通りを作れば、本当に歩いている感じで、散歩も買物もできるんだから。三週間前にね、そのソフトにフィールド・クルーソー8が加わったわけ。海とか山で遊べるプログラムを利用すると、自分で作った都市のほかに屋久島でも、黒部でも画面に呼び出して、実際に行ったみたいな経験ができるんだから」

「それを使ってこのハイキングもシミュレーションゲームをしてきたんだね。じゃ、浅間山が爆発して、私たちの運命はどうなるの？」

　と宇田川が尋ねた。

「だいじょうぶ。白糸の滝の方に逃げた人はみんな助かることになってるから」

「サミット１００っていう、ソフトもあるらしいね。日本百名山の登山のシミュレーションができるそうだけど」

　村上さんは感心した口調で言い、前田君から紅茶の紙コップを熱そうに受け取った。

「今のは、ニューサミット１００って言うと思うけど。季節によって違う山の植物が出てくるやつ。でも、持ってないからわかんない」

「皆さん、紅茶まだありますよ」

　川口さんはお代わりをすすめ、ポットから湯を鍋に注いでティーバッグを加え、コンロの火勢を確かめた。それから「肝心なもの忘れてた。バザーで見つけたばかりなの。インド製なんですよ」とリュックサックから鉄製の蠟燭立てを出した。

　前田君がライトを消すのに合わせて、台の上の蠟燭の炎が伸び、揺らめきだした。小さな丸い鳥籠の形をした蠟燭立ての上部には、唐草模様の透かし彫りに似た細工がしてあり、そこから漏れる明かりが四阿の天井に映り、台座を回すと影が息を得たように這い回った。

　炎が小さくなり、ベンチに座る私たちの足元だけをぼうっと照らす。向かいの人々の胸から上は見えない。互いにその見えない顔を見つめ合ううちに、誰も喋る者がなくなった。

やがて私が深い溜め息を一つした折りに、前田君が言った。

「ここから先がいよいよ動物たちと出会うチャンスが多い場所です。ライトを使わず、静かに、ゆっくりと進むことにしましょう」

四阿を出て、いったん斜面を下りてから急勾配の道となり、樹々が大きな枝を下げている森の入口に来たとき、前田君は私たちを立ち止まらせ、「森の奥に入る前に、しばらく皆で目を閉じて、心を鎮めてから行きましょう」と提案した。

道は二か所ほど急な登りが続き、ゆるやかに下って枝葉が厚く重なり合う樹間を抜け、小さな沢に出た。かすかに水音が聞こえるだけの小さな流れだった。林の縁に位置するこうした開けた場所が最も動物たちと出会いやすいのです、と川口さんが説明した。

「エッジ・イフェクトと言うんですよ」と川口さんは言ってから、脱いだ帽子で顔を扇ぎながら続けた。「周辺効果とか辺縁効果って呼ばれているものです。林の縁は環境的に複雑な植物相が重なっていて、動物たちにとっていろいろな食べ物が見つけやすいんですね。動物たちがくれれば、植物にとっても種を運んでもらったり、好都合なことがたくさんあるんです」

「ここは水辺でもありますし、とりわけそうですね。水の音が静かなことも、音で外敵を知る動物にとっては安心な場所なんだと思います」

と前田君が付け加えた。それから私たちは森に移動して、木の間から息をひそめて沢の辺りに目を凝らし、夜の動物たちの出現を待った。私は初めて双眼鏡の使い方のこつを知った。双眼鏡を目に当てたまま対象を探しても見つけにくい。肉眼でまず視野を設定し、視線を外さずに双眼鏡を持ってくるのだ。

風の気配はなく、木々の枝葉や草の隅々まで静まりかえっているかのようだった。一時間ほど待ったが、動物は何も現われない。落葉を軽く踏むような微細だが長く続く音がして、「たぶんヤマネか赤ネズミですよ」と川口さんが教えてくれたときもあったが、姿は見えなかった。

諦めて水辺に戻る途中、前田君が朽ちた木の上にテンの糞を見つけ、ライトで照らし出した。宇田川が真っ先に顔を近づけ、「粒入りのマスタードにそっくりだな」と感心した声を上げた。テンの糞は野苺とか桑の実の種が大量に交ざっていることに特徴があるという。私たちは順に腰を屈めて、ボールペンのキャップほどの大きさの黄色い糞を覗き込んだ。

夜中の十二時を回って、ようやくホテルに帰り着いたとき、私たちはナイトハイクの余情を十分に味わっておきたいという共通した思いから、ロビーのソファーに身を沈めた。飲み物はなにもなかったが、二人のガイドを囲み、慰労の輪となった。

「今日は最後まで風がなくて、静かな森でしたね」

と私が言うと、皆は一様に頷き、前田君を見つめた。

「珍しくありませんよ、特にこうした梅雨の中休みのときには。それと、今の時期はまだ虫が鳴くには、気温が低すぎるんです、七月はまた違った森になっていると思います。四週目の土曜にまた企画していますから、よろしかったら来てください」

「そのうちまた来れると、いいよね」

チエちゃんが母親の肩を揺すった。

「またシミュレーションゲームをして来るの？　今度も浅間山を爆発させる？」

と宇田川がチエちゃんに囃《はや》し立てる口調で言った。

「おじさんの芝居だと、どんなふうになるの？」

すぐ逆襲された宇田川は、「いろいろ考えているよ」と気のない返事で受けた。まだ具体的な構想が固まってないと知って春美さんが尋ねた。

「芝居では、私たちのことを材料にするんですか？」

「なるほど、それもいいな。今夜のナイトハイクの参加者をモデルにするのも……」

と宇田川は夜の森をさ迷う家族という当初の案を忘れ、安易な着想に飛び付いた。

「ぜひそうしてください。そうしたら、見にいきますから。案内状を送ってください」

春美さんの言い方が観劇への誘いの役割をはたし、「私たち高崎なんですけど、たまには東京にも出たいですから」と松岡さん母娘をはじめ、全員が案内状を送ってくれるように頼んだ。

「ぼくもモデルにするのか？」

私は冗談半分に訊いたのだが、宇田川は「ジャネットさんと一緒ということにすれば、案外変化のある話が考えられるかもしれない」と真顔で応じた。

ロビーの照明が急に落ち、それをきっかけに皆は立ち上がって、部屋へと去った。私は車で自宅へ戻った。

ジャネットは居間でアイロン掛けをしていた。いったん寝ついたものの、誰かにじっと見つめられているような夢を見て目が醒めてしまったのだという。何の夢だったのか、私はあえて訊かずに、カモミール・ティーを一緒に飲もうよと言った。ジャネットは明るい表情に戻って、アイロン掛けを打ち切った。そして普段はあまり使わないウィリアム・モリス柄のマグカップを二つ並べた。

「どうだった？　宇田川さん、良いドラマができそう？」

「疲れたけど、楽しかったよ。特に峰丸の森に入ってからね。熊にでも出っくわした方が、宇田川の芝居には役に立ったかもしれないけど」

「そんなことがふさわしいドラマではないんでしょう？」

「着ぐるみの熊なんか登場したら、ぶち壊しだろうね。でも、何か動物ネタは使うかもしれない。ホテルの近くの木に巣箱があったムササビとか。それとテンだね。糞を見たとき、熱心にガイドに質問していたから」

「テン？　何なの？」

とジャネットに訊かれ、私はサイドテーブルにある辞書でテンの英語名を調べ、「マーテン」と教えた。ジャネットは「マートゥン」とぽつりと言っただけで、それには関心を示さず、宇田川の芝居の先行きを知りたがった。

「ナイトハイクの参加者をモデルにするらしいよ」

「それはよいアイディアね。きっと面白いドラマになると思う」

どのような人々が参加したか、まだ私がろくに説明をしないうちにジャネットは、二人でぜひ見に行かなくてはいけないと早くも決め込んだ。そして「一緒に森へ行ってあげたんだから、あなたも大事な協力者になったのね。よかった」と言いながら、まるで成功を祝す友人のように手を差し出した。私は手を出す代わりに軽く接吻をした。それでもジャネットは手を強く握ってきた。

「夫婦の間でこんな握手するのも文化なのかな？」

私はそう口に出した。ジャネットの怪訝そうな顔が間近にある。

「何のこと？」

早とちりだった、文化を引き合いに出すほどのことじゃないと私は思ったが、ジャネットはそれ以上の質問をせず、私の手を握ったまま、その温みを確かめるかのように自分の頬に当てた。

「いや、何でもない。ぼくの思い違い」

とだけ私は言ったが、なぜ今さらそんな素朴な思い込みをしたのか笑いたくなる気持ちを抑え、握り合った手を今度は自分の頬の方に持って来た。ジャネットの手は少し冷たく、わずかに石鹸の匂いがした。

この種の早合点《はやがてん》や曲解は結婚前に覚悟していたよりも少なく、たまに遭遇したときも、深刻な齟齬《そご》となる前にお互いに新しいジョークのネタにしてしまっていた。文化的な行き違いが棘のように突き刺さる日常という、知人たちの多くの者が予期した懸念は、意外なほど現実性を欠いたものであった。


「ブレインさんですね。遠いところをわざわざ来てくださって、ありがとうございます」

私は記憶がないのだが、これが私のジャネットへの最初の言葉だったという。四年前の春、ジャネットは私の勤務する食品会社の海外向け文書の翻訳について打ち合せをするため、衝立てだけで仕切った広報課の応接用コーナーのソファーに肩をすぼめて座っていた。海外事業部から配置換えになったばかりの私に、会社の事業縮小の実情に合った新しいパンフレットの英文翻訳の仕事が回ってきたのだった。翻訳会社の見積り額よりも四割安の予算で処理するようにと課長から命じられていたので、気の重い仕事だった。大学時代に所属していた国際流通論のゼミの関川教授に相談するとジャネットを紹介してくれた。後から知ったことだが、教授の妹はカナダ人と結婚していたことがあり、ジャネットはその姪にあたっていた。カナダから日本に来て十年以上たつと予め聞いていたにもかかわらず、私はジャネットに「遠いところをわざわざご苦労さまです」と挨拶したらしい。

ジャネットはソファーに浅く腰掛けて固い姿勢をしていたが、私が仕事の説明をする間も大きな目はじっとこちらを見ていた。童顔の上、赤毛の小ざっぱりしたショートカットで、後から私より二歳年長と知ったときは、なぜか不当なことのような思いがした。条件を述べ終わったとき、短い沈黙があって、ジャネットは右手を顎に当て思案顔になった。そのときも相変わらず視線は私に向けられたままだった。私は顔がみるみる紅潮するのが判った。するとようやくジャネットは視線を外し、「お引き受けします」と言って微笑んだ。私は「よろしくお願いします」と言ってから、心がざわめいた。何か私に喉元まで出かかった言葉があったのだが、ジャネットは腰を上げ日本式の深いお辞儀をした。ジーンズ風の黒いパンツに葡萄色のブラウスを着た姿は、立ち上がると思いのほか小柄だった。

ジャネットが仕事の条件を聞いてしばらく躊躇したのは、報酬の方ではなく一か月という期限だった。そのころ彼女は関川教授の二度目の勤務先である女子大の国際交流センターで嘱託として働いていて、時間の遣り繰りに工夫が要った。電子メールは使わないと言うので、ジャネットとは毎週月曜日の夕方に新宿の伊勢丹近くの喫茶店で会い、仕上がった文書を受け取った。仕事は約束通り一か月で終わったが、追加を見落として自分で翻訳しなければならなくなった、四頁余りのフランス語の文の添削を新たに頼んだ。

「フランス語なんですね」

とジャネットの顔に途惑いの色が浮かんだが、それを打ち消すようにすぐ笑顔を作った。

「大学時代、語学だけは熱心にやったんですけど、フランス語は会社の海外事業部に配属されてから本格的に勉強したようなものだから、いい加減な訳だと思います」

私がそう言うと、彼女はまた同じような困惑気味の笑顔を作った。瞬間、私はジャネットがケベック州で少数派のイギリス系住民であることに思い及び、「配慮が足りないお願いをしてしまいました」と詫びた。

「そんなことありません。これは仕事ですし……」

「すみません。でも、よかった。じゃ、また来週の月曜日にお会いできますね？」

「お急ぎなんでしょう？　今週の土曜の夕方はいかが？」

それは嬉しいと私は浮き立った声を上げた。ジャネットは手帳を出して、予定を書き込んだ。その俯いた澄んだ表情を見つめているうちに、私の心は熱く膨らみ出した。

土曜の夕刻、約束の五時より少し前にいつもと同じ店に着くと、ちょうどジャネットが奥の席に座るところだった。彼女はいつものパンツ・スタイルではなく、明るいグリーンのスカート姿で、ほおずきの実のような大きな黄色のイヤリングを付けていた。

「この前の文章、このように直しました」

ジャネットは原型を留めぬほど添削の赤字の入った紙を取り出し、「判りにくいと思ったので、打ち直しておきました」と別の紙を一緒に並べた。

「思った以上に面倒をかけてしまったようですね。ありがとうございました。後で勉強させてもらいます」

私の言い方が自嘲気味に響いたのかもしれない。ジャネットは添削の説明のために取り出したシャープペンシルをケースに戻し、「ごめんなさい」と微笑んで言ったが、その言葉は行き場がなく宙吊りになった。

「つまらないこと訊いていいですか？　〝ごめんなさい〟という今の言い方、ブレインさんの口から言われると、すごく新鮮な感じがしたんですけど、こんなときに謝るなんて、英語の発想だとまったく考えられませんよね？」

「そうです、考えられません。でも、今みたいな日本語の〝ごめんなさい〟には、特にお詫びの意味があるわけじゃありませんよね？　〝わかりました〟に近いような意味で、何となく自分の気持ちに添っていたから言っただけなんです。変ですか？」

「いいえ、変とか変じゃないとかの問題ではありません。ぼくとしては、ただお礼を言いたかっただけなんです」

この後で私はカナダから日本に来た経緯や驚くほど練達な日本語をどのように身につけ

たのか尋ねた。おそらく多くの者に何回も尋ねられてきたにちがいない質問に、ジャネットは丁寧に快活な声で答えた。

ジャネットはカナダ国境に近いアメリカのニューヨーク州立大に進んだのだが、その町に父方の叔父が住んでいたので下宿した。叔父の妻は日本人だったが、ミキさんというその義理の叔母の影響で日本語と水墨画を習い始めた。しかし卒業の年、二人は離婚し、ミキさんは日本に帰ってしまった。ジャネットが日本に来たのはその翌年で、日本語学校に通いながら、子どものいないミキさんと母娘のように東京の世田谷に六年間暮らした。ミキさんは故郷の佐久市に近い軽井沢に小さな家を買って住むのが夢で、その具体的な準備をしかかったとき、心臓の病で亡くなってしまった。

「とにかく日本語はスパイみたいに猛烈に勉強しました」

とジャネットは笑った。

「スパイみたいに？」

「ええ、どの国でも外国語が一番達者なのは諜報機関の人ですから」

「そういえば、冷戦時代にロシアに潜入したイギリスのスパイの中には、何通りもの方言を操るように訓練を受けた者もいると聞いたことがあります」

「方言までは無理ですから、わたしなどスパイにはなれません。すみません、何だか妙な話題になってしまいました」

私は頷きながら、ジャネットの話し振りの折り目正しさに、夕食への誘いをどのように切りだしていいか迷っていた。

「水墨画の勉強も続けられたんですね？」

「いえ、一年で止めたんです。山水画を学ぶことが日本に来た理由の一つだったんですけど、どうしても遠近法で描く癖が抜けなかったんですよ。今から思うと、すごくおかしなことですけど」

「面白い話ですね。ところで、今日のこれからの予定は何かありますか？　もしブレインさんのご都合さえよければ、一緒に食事をしながら、もっとお話をうかがえたら嬉しいのですが？」

「ごめんなさい。今日はこれから約束があるんです」

予期しない申し出を受けたかのようなジャネットの表情に私は落胆し、その失望感を無邪気なほどの率直さで態度に出した。

「しかたがありませんね。急な誘いのわけですから」

「そうでしょう？」

とジャネットは笑ってハンドバッグからハンカチを出し、目の縁に軽く一回当てがった。少し間があって、来週また会えないかと改めて私は誘った。

「わかりました。喜んでご一緒しましょう」

細くはあったが端正な返事の声に、誘いの駆け引きとは無縁の真っすぐな手応えを私は感じた。

翌週、靖国通りの中国料理屋で食事をしながら、ジャネットは前の話を詳しく繰り返した。

日本に着いて早々、ジャネットの元気のない様子を心配したミキさんは、会社の仕事を一週間休んで、軽井沢の星野温泉へ静養に連れていった。温泉に入り、語り合い、朝夕に森の散歩を楽しみ、ときどき追分まで足を延ばしてキノコ料理を食べに行って過ごした日本での最初の日々は、それまでのジャネットの人生にとって、もっとも安らぎに満ちたものだったという。

もしミキさんが亡くならなければ、ジャネットは平日には東京で仕事をして、週末はミキさんの暮らす軽井沢の家で過ごすことになるはずであった。

「そう言えば、ミキさんはその追分のキノコ料理のお店をとても気に入って、その店があるだけでも軽井沢に住みたいなんて話していたこともありました。途中にコスモスのたくさん咲いた小学校の庭もあったんですけど、ここの場所を見るためだけでもまた来たいわって、そんな言い方が好きな人でした」

とジャネットは目を落とした。

「そういう感じ方、わかる気がします」

懐かしさに沈むジャネットの気持ちにふと手を添える感じで、私は言葉を継いだ。「おそらく、あなたもミキさんと同じような感じ方をする人じゃないんですか？」

「そうなのかもしれません」

ジャネットはそう答えてから、いったん口をつぐみ、「きっと似たタイプなんですね、その時その時の気分を何気なく口にしてしまうような。そんなこと今まであまり考えたことありませんでしたけど」と付け加えて口元に甘い笑みを浮かべた。その日、食事が終わり小さなバーに寄って駅で別れるときには、ジャネットとマサオと互いに呼び合っていた。

ジャネットに、「ベンジンみたい」と呼ばれた結婚の申し込みをしたのは三か月後だった。目黒の庭園美術館でキリコ展を見た後、庭を歩きながら「結婚してください」と私はいきなり切り出した。ジャネットの横顔に困惑というよりも、むしろ薄く哀しみのような表情が現われ、黙って前方を見たまま何も返事をしなかった。

近くの売店で乳酸菌ドリンクを買いもとめ、庭を一周して元の場所に戻ったとき、私はもう一度プロポーズの言葉を繰り返した。

「ベンジンみたいにすぐ消えそうな軽いプロポーズね」

ジャネットが性急さをたしなめる声を吐き出したとき、私は正面に廻り、自分の気持ちが決して揮発性の液体のように頼りないものではないと断言するつもりで、「本気です」と短く言った。

「あなたは、わたしのことまだ何も知らないでしょう？　わたしもあなたのこと何も知らないし。……ちょっとそこのベンチに座っていいかしら」

ジャネットはドリンクにストローを突き立て、一口だけ飲んで脇に置いた。残りをもらっていいかと訊くと、おどけたように眉をつりあげ、笑いながらよこした。そして何か面相の変化にでも気づいたかのように、横から私の様子をじっとうかがった。顔を上げると目が合った。ジャネットの白い頬はうっすら紅潮していた。

「驚かせちゃって、ごめんなさい。でも、ぜひ結婚してほしい、その気持ちに嘘はまったくないんです」

「マサオ、あなたがとてもいい人だっていうことは、最初に会ったときから感じていたの。でも、やっぱり突然であり過ぎる」

「おたがいにまだ知らないところは、一緒に生活しながらだんだん判っていけばいいじゃないの？　そういう関係だって、きっとうまくいくと思うんです」

「たとえ何年付き合っても、一緒に暮らさないと判らないでしょう。判ったところで、数学の答えみたいにはっきりするわけでもないでしょうけど。でもそれにしても、マサオはわたしのこと、あまりに知らな過ぎる。知れば、きっと面倒になるわ」

ジャネットは硬い視線で私を見つめ、それから緊張した表情をほどくように軽く息を吐いた。何だろう、結婚のさまたげになるような重大な秘密でもあるのだろうか、それでも平静を失うまい、と私は覚悟を決めた。事実を知るには、もう一週間待たなければならなかった。

——わたしには二歳違いのマーヴィンという兄がいました、とジャネットは喫茶店のテーブルをはさんで低く話し始めた。その口調には話の順序を崩すまいとする几帳面さが最初からあった。マーヴィンは両親に甘やかされて育ったせいか、わがままで、すぐ感情的になって、ときどき暴力をふるうような人間で、あまり評判のよくない連中とも付き合っていた。しかし、親には異常に優しかった。父の誕生日には手製の眼鏡ケースを作るとか、人が単純に喜ぶようなことを要領よく思いつく。ジャネットはいつもそれに反発を感じて、わざわざ家族の気に入るようなことをするのはやめようと決めていたので、親たちからすれば可愛気のない子どもだった。

十八歳の夏休みに入ってすぐのこと、帰省していたジャネットはハイスクールの先輩に当たるアーサーと近くの小さな湖まで初めてデートに出かけた。アーサーには付き合い始めたばかりの別のガールフレンドがいて、ジャネットはそれを承知していた。その女の子は、フランス系のアカディアンで、実は少し前までマーヴィンの恋人だった。マーヴィンは一方的にふられて、ひどく落ち込んでいた。アーサーが自分と付き合うようになれば、またその子は兄のところに戻るかもしれないと、はっきり意識していたわけじゃないが、ジャネットはそんな子どもっぽい手助けを考えていたらしい。

最初のデートだというのに、アーサーは油で薄汚れたジーンズをはいてくるような飾らない男で、ボクシングが趣味だということも初めて知った。ハンサムだし、ちょっと危険な匂いがするところに惹かれたのだが、後から考えると、マーヴィンに似たタイプだった。しかし、まさかそのデートが三人の運命を狂わせることになるとは、ジャネットには想像もつかなかった。

——湖に突き出た半島の突端で、アーサーとわたしは岩に腰掛けて、夕焼けに染まっていく水面を見つめていたんです。そうしたら、頭の上をたくさんの鳥の羽ばたく音が近づいてきて、次々と青い鳥が目の前の浅瀬に降り立ちました。その姿が美しくて二人とも黙って眺めていました。ところが、少しすると遠く後ろの方の草叢《くさむら》のあたりから、ガラスを叩き割るような音が聞こえてきたんです。そこには、わたしたちの車しかないはずだったんで、もしかしたらって、お互いに同じことを考えて顔を見合わせると、わたしが何か言う前に、アーサーはすごい勢いで走って行きました。

後を追って現場に着くと、アーサーがジャッキを振り下ろそうとする男に跳びかかっているところでした。近くに見慣れたもう一台の車があるなと思った瞬間、わたしはショックで目まいがして、その場にしゃがみこんでしまいました。そして二人ともわたしが傍にいることなんか気づかないみたいに、大きな罵り声を上げて殴り合いを始めました。でも、いくらアーサーがボクシングをしているからといって、ジャッキを持った男の方が有利に決まってます。少なくとも、泣きながら止めに入ったわたしの顔を見て、驚きのあまり男に決定的なすきができるまではそうでした。とてもびっくりしたにちがいありません。目の前にいるのが自分を裏切った恋人じゃなくて、妹のわたしなんですから。

この後のことは何がどうなったのか詳しく思い出せないんです、とジャネットは俯いて、まだ口をつけていないオレンジジュースをまるで不思議な飲物であるかのように見つめた。

二人の男は地面に重なり合って倒れ、アーサーが先に起き上がったとき、マーヴィンはこめかみを手で押さえ、耳からひどく血を流していた。いったん歩き出したアーサーもまた座りこんで、腕を押さえて呻き声を上げ始めた。

マーヴィンもアーサーも重傷で、ジャネットは身体が震え続けて、眠れもしなければ何も食べる気にもなれず、絶望と疲労のどん底にいた。事件のこともそうだが、もっとショックだったのは、両親の一方的な態度で、二人とも半狂乱でジャネットをなじり、マーヴィンの陥った災難に右往左往するだけだった。しかし、翌日の朝になって父と母は一度だけ優しく声をかけてきた。頼みごとがあったのだ。ジャネットがアーサーに無理やり車で連れ去られたのを兄が察して救いに行き、格闘になったというストーリーで証言して欲しい、今は家族が協力してマーヴィンを救わなければならない、と。

そんな見え透いた嘘が通じるはずはない。でも、通じるか通じないかはどうでもよかった。親に偽証を頼まれて、ジャネットは逆にすべてをありのまま話す決心がついた。結局、兄の方に執行猶予つきだが、一年三か月の懲役の判決が下った。アメリカに戻っても、叔父は何となく冷ややかで口数も少なくなっていった。ただ一人ジャネットに同情して、そっと力づけてくれたのがミキさんだった。悪い夢ばかり見るので、寝るのが恐いと言うと、いつの間にかお守りが枕元に置いてあったりした。アメリカ先住民のラコタ族が、神聖なハコヤナギの枝で作った悪夢祓いの飾りだったらしい。

ジャネットは言葉を切り、その飾りの形を両手の指を曲げて伝えようとしたが、私にはブックマーカーほどの大きさの平凡な長方形にしか見えなかった。

――その事件があってから、わたしは一度も故郷には帰っていません。親からは何の連絡も来なくなりました。四年後に兄が二十五歳で死んだときも知らせてくれませんでした。兄は殺されて、川沿いのゴミ捨て場で死体が発見されたという事実も、人づてに聞いただけです。頭を銃で撃たれ、右手の指が全部砕かれていたそうです。日本語でイカサマって言いましたっけ？　賭博で何かアンフェアなやり方をしているのがばれてしまって、殺されたんだと皆は思ったみたいです。でも、三週間後に捕まった犯人はアーサーでした。二人にどのような争いが続いていたのか、わたしにはまったく判りませんけど。とにかく、わたしはそれを聞いてカナダにはもう戻りたくないし、戻れないと思いました。そのとき、ミキさんはもう叔父と離婚していたのに、東京から何度か電話をくれて元気づけてくれたんです。そして、辛くなったら決して一人で無理をせず、いつでも好きな時に日本に来なさいとも言ってくれました。でも、ときどき考えるんです。わたしの経験した出来事って、本当はたいしたことないんじゃないかって……。

ジャネットの話し方に自己憐憫に沈んだ調子はなく、つらい内容に触れるときほど、むしろ面映ゆそうに首をやや傾げて口元に笑みすら浮かべていた。私はその表情を見つめながら、何やら懐かしい人物に会っているような錯覚を覚えた。

「たいしたことないって、どうしてですか？　無理にそんなふうに考えることはないんじゃないですか」

「そうでしょうか。でも、なぜわたしが無理をしていると思ったのですか？」

「重い経験と思っているからこそ、今こうして話してくれたわけですよね。少なくとも僕は、とても大切なこと聞かせてもらったという気持ちでいっぱいです」

この言葉に嘘はなかった。しかし私はジャネットの話が重く心に沈んできて、どう反応していいか混乱していた。

家族の不幸な事件への強い拘《こだわ》りが、結婚への躊躇に繋がる要因となっているのであれば、私としては「一番深く傷ついたのは君だもの、そんなに自分をいつまでも責めるようなことではないですよ」とても言うべきだったかもしれない。しかし自分の気持ちを伝えるにはそうした言い方では不十分だったし、私の脳裏にそれとは別個の強く外へ溢れ出ようとしている思いがあったのだが、はがゆさだけが空回りして言葉にならなかった。

「どこかアメリカの大学の、心理学の教授が、ガリヴァー・パースペクティヴと呼んでいる事実があることをときどき思い出すんです。『ガリヴァー旅行記』の小人国と巨人国を譬《たと》えにした話でしたけど、大きいと思い込んでいるものが実際には小さく、小さいと思い込んでいるものが本当は大きいことが人間の経験にはつきもので、それだからこそ大小のそれぞれのアングルを変えて見るように意識しなさいって言うんです」

「そのとおりですね。判る気がします」

私はそう応じてから、「今ふと思い浮かんだことがあります」と父に繋がる話をしようとしたが、相応しくないと思い直し、言葉を呑んだ。

父も母も口数の少ない地味な人間で、とりわけ父は目立つことを嫌う不器用な人物であった。しかし私と二人で出かけるときだけは、もの静かな父が率先してよく喋った。

なあ、昌雄、空の雲をじっと見るんだ。そして、それが何の形に似ているか想像してみてごらん。自動車とか、花とか、猫とか、誰かの顔とか。そうすると、だんだん気持ちがほぐれてきて、余裕が出てくる。辛いときには雲を見ろ。昌雄、ほら、あの雲は何に見える?

なぜ父は子ども相手にそんな感慨に耽ったのか判らない。たぶん自分自身に言い聞かせたかったのだろう。地方公務員の各部署を移動しながら坦々と人生を送った父だが、当時、何か人生の難所を通過していたのかもしれない。今は、岩手の田舎町で地域に溶け込み、母と退職後の生活をゆったり過ごしている。唐突に甦った父の言葉をジャネットの前で口にするのは控えた。凡庸な話だからではない。私は実際にそんな風に雲を見たことなどなかったからだ。

「事件のこと、これまで三人の日本の男性に話しました。そのうちの一人はわたしとの結婚を考えていた人です。二番目の男性を除いて、みんな元気づけてくれました。有難かったのですけど、励ましの言葉、慰めの言葉の繰り返しで、かえって疲れるばかりでした。あなたは、違いますね。頷いてくださるだけで、わたし、気持ちが落ち着いてきましたから。どうしてなんでしょう」

「嬉しいですけど、僕だって、少し気が緩めば気に障ることをたくさん言うと思います。がっかりされる前に、正直に申告しておきます」

「大丈夫です。がっかりする前に、ちゃんとわたしも正直に言いますから。ただ、正直は正直でも、わたしが一番苦手なのは、無遠慮なものの言い方をする上に、自分のそういう率直さを信じきっていて相手にも強引に認めさせようとする人なんです」

「わかる気がしますが、僕にも多少そういうところがありますよ」

「いえ、あなたは最初から違います。わざわざ思い出すことでもないんですけど、さっき言った二番目の男性がそうでした。物事を読み取る能力を自慢にしていて、思い浮かぶことをずけずけ口にしないと気がすまないんです。〝率直に言わせてもらうと、君の話には嘘とまで断言しないまでも、作ったところやまだ隠していることがありはしないか〟などと話し終わったとたんに言うんです。例えば、両親が兄を救うため私に証言してくれと頼んだ作り話にしても、本当は作った話のほうが実話じゃないのとか、兄ばかり溺愛した両親への無意識の復讐じゃないのとか……。〝抑えているものを全部きれいに出して、心の大掃除をすれば楽になるよ〟とか。その人は率直さというものに特別な自信と思い入れを持っていて、強く迫るんです。それに、わたしが日本語で話しているのに、すぐ英語で喋りたがったりして。もちろん親切なところもたくさんあった人でしたけど」

「それは相当に独断的な男ですね」

と私は言いながらも、過去の話に不審なところがあると感じて突っ込んでいく、なるほどそうした愛情の示し方をする男もいるのかと妙に感心した。

最後にジャネットは「結婚の返事は三週間ほど待ってください。それまでの間、なるべくたくさんマサオ自身のことを私に話して欲しい。今の生活のことだけじゃなくて、仕事のこと、好きなこと嫌いなこと、ご両親のこと、どんな子ども時代を送ったのかということも含めて」と言った。

私はこの三週間の持つ意味を強いて問わなかったが、事件の経緯を話した男の数は三人とか、数字を具体的に述べるジャネットの特徴が印象に残った。実際、約束通り三週間目に「これからずっとあなたと一緒に、生きる力になるようなユーモアをたくさん見つけたいわ」とプロポーズに応えてくれたのだった。

水楢《みずなら》に囲まれた平坦な道がしばらく続き、軽快な足の運びに変わった。昼間ならば葉に濾過《ろか》された柔らかな光の感触を楽しみながら歩くところにちがいない。道はやがて大きく右に曲がって緩やかな下り坂となり、最後に丸太の階段を下りて小さな窪地に入った。

六月のナイトハイクの日から二か月あまり経った九月の最初の土曜日、森には虫の音が湧き立っていた。梅雨の中休みの日と似て、風はなかった。六月と同じ場所で前田君から教わったとおり、皆で舌を突き出して風の動きを探った。

空気に甘い香りが漂っていて、暗がりの中で目を閉じると嗅覚が冴えかかるが、次の瞬間には消え去り、早くも記憶の中の曖昧な感覚となってしまう。諦めて歩き出したものの、香りの上澄みが闇に沈んでくるように、ふたたびふわっと鼻先に青林檎に似た芳香が過ぎ、もどかしい思いが残った。他の者たちも一様に周りを見渡している。

「いい匂いがしますけど、どこから来るのでしょう？」

私より先にジャネットが囁き声で尋ね、大きく息をした。

「気がつきましたか？　青梨の実《み》の香りですよ。意外に強い匂いでしょう？」

前田君は窪地を抜けた前方のやや小高い開けた場所へ案内し、枝に青く小さな実をつけた低木の群生にライトを当てた。

「こうして顔を実に寄せて嗅いだときの匂いよりも、少し離れて空気と交ざり合っている香りのほうが深みがありますね」

木に近づいていったジャネットが振り向きながらそう呟いた。それに応じて、他の者も同じことを確かめ合ったが、宇田川だけはしゃがんで懐中電灯を点け、ノートをとっていた。傍へ行って私が覗き込むと、歪《いびつ》な球にしか見えない簡略な青梨の実のデッサンと台詞用のメモらしき言葉が記してあった。

私がふたたびナイトハイクに来る気になったのは、いささか徒労と思えるほどの宇田川の芝居への熱の入れ方に同情したからだった。

最初のナイトハイクから一月が過ぎた真夏の夜、宇田川から電話がかかり、「悪いけど、復習の手伝いをしてくれよ」と当日の参加者たちのプロフィールと峰丸に着く前のエピソードを訊いてきた。私が一人一人の人物像に関して断片的な印象を繰り返すと、宇田川は「あっちこっち細かいところばかり先に喋るから、まとまりがつかないよ」と文句をつけた。それをきっかけにして、商店や会社での人の使い方の巧拙に話題が転じ、再度ハイキングの参加者に戻った。

「ナイトハイクのとき、皆でバードウォッチングの話をしたそうだけど、どんな内容だったのか教えてくれないか？」

「要するに鳥との面白い出会いの話を順番にしたんだ」

「じゃ、きみも話したのか。永井に鳥なんかの話ができるとは知らなかったよ」

「あのとき、タモツさんという人は、身体の調子でも悪かったのか、ずっと何も喋らなかったな」

「タモツさんて、誰だっけ？」

「ほら、お宅の坊やが通っていた絵画教室の先生に、そっくりだって言ってた人」

「ああ。藤崎先生ね。そっくりだったよ。あの先生、入院中に親しい女性ができたらしいんだ。その人に外泊許可を取らせて、二人でこっそり旅行したりしているのさ。家族が呆れかえっているよ。由利子が、たまたま知っている病院勤めの人から聞いてね。そうだ、芝居では、はっきり同一人物にすると面白いかもしれないな」

「どうでもいいけど、心温まる微笑ましい話にしてくれよ。前みたいな陰気臭いのはもうごめんだ。で、一緒にいた北条さんという女性だけど、利根川の河原で見た鳥の擬傷の話をしていたよ。どんな鳥だったかな、確かシロチドリとか言った気がする。知ってる？」

「調べてみるよ。それより、鳥の何だって？」

「擬傷だよ。ほら、鳥が傷を負っているように見せかけて注意を自分に引き付け、敵を子どもや巣から遠ざけることがあるだろう」

「わかった。擬傷行動のことか」

ソファーに座って電話の応対を聞いていたジャネットは、マガジンラックの国語辞典に手を伸ばした。それからテーブルに移って辞典を広げ、ときどき私のほうを見つめてはシロチドリの話を妙に思案げな顔で聞いていた。

北条さんが河原に座って遠くのコサギの様子を眺めていると、近くの目のつくところにシロチドリが現われたという。片一方の翼を半開きにして尾羽を傾け、危なげな足取りで軀を引きずるように歩いている。よろめくように遠ざかってはまた止まる。しかし、大きな目はじっとこちらを警戒して見ていた。ふと横の草が動く感じがして眺めると、小さな綿毛の固まりのような雛が自分の足元にうずくまっている。話に聞いたあの擬傷の習性とはこのことか、と北条さんは胸が高鳴り、そのまま親鳥の動きに従ってそっと巣から遠ざかった。

「傷ついたふりをして相手を騙す鳥が、本当にいるんだね、入院中に病院を欺いて不倫旅行する男の話なんかより、ずっと高級だよな?」

と宇田川は間の抜けた声を洩らした。

「知らないよ、僕に聞くのは筋違いだろう。芝居をやろうっていうきみの仕事じゃないか」

「そうだったな」

「芝居のこと、楽しみに待っているぞ。ちゃんと上手に気持ちよく観客を騙してくれよ」

一週間後、「急で申し訳ないけど、上手に気持ちよく観客を騙す芝居を望む貴兄の期待に応える公演と確信します」と走り書きのある招待状が宇田川から届いた。『プレヴュー版・夜の森へようこそ』とタイトルが付けられている。公演日は九月の第一土曜の夜、場所は浅間山麓の峰丸を回る山道、観客は出演者を兼ね、費用はすべて劇団〈演劇工房・風神〉の負担だという。幕間なしの即興劇だが、演出家から要請があった場合、観客＝出演者は前回のナイトハイクの印象的な場面や出来事への自分の発言を思い出して、今回のウォーキング・パフォーマンスの台詞として再現して欲しいと付け加えてあった。

「おおげさにいろいろ書いてあるけど、要するに、もう一度ナイトハイクに行きませんかという誘いだろう。こうした無駄な情熱に同情して付き合ってやるのも友情か」と私が溜め息をつくと、ジャネットは肩をすくめた。

「きっと六月の森を思い出すために、取材のやり直しをしようと考えているんでしょう。プレヴューなのにレビューでもあるのね。わたし、こういうユーモアはとても好き。一緒に行っていい？　新しいメンバーは参加できないのかしら」

「問題ないと思うよ。でも、大丈夫？　何しろ夜の山道を歩くわけだから」

「心配しないで。あなただって、歩けるコースなんでしょう。それなら平気。私は毎日自転車に乗っているもの。ただ、ハイキング・シューズを買わないといけない」

次の週末の昼過ぎ、買物から帰り、ジャネットがハイキング・シューズに紐を通しているとき、珍しく関川先生から電話が入った。私が無沙汰の挨拶を述べ終わらないうちに、先生はジャネットの母親の訃報を伝えた。ジャネットの叔父から伝言があったという。私は玄関に向かって、「カナダのお母さんが亡くなったそうだ」と言った。ジャネットは靴を片方だけ手に下げて居間に駆け込んで来たが、一瞬、何を混乱したのか電話に出ることを拒む仕草をした。

電話の応対から、関川教授は早くカナダに発つようにジャネットを説得しているのが判った。ジャネットは言葉少なに返事をしながら、手が細かに震えていた。

「すぐに帰ったほうがいい。飛行機を予約しようか？」

電話を切った後、ソファーに浅く座って俯いたまま動こうとしないジャネットに、私はそっと声をかけた。

「行くかどうか、まだ決めたわけじゃないわ。ちょっと一人で考えさせてもらっていいかしら」

そう言い残してジャネットは寝室へ入っていった。部屋は異様に静まりかえったままだった。夕方近く、ジャネットは約一年前の「家出」騒動のときと同じように化粧をし着替えもすませて現われると、「心配した？」と眩し気な顔で言った。

その夜、東京のアパートに泊ったジャネットは、翌朝早く成田空港に向かった。ところが、昼過ぎに会社へ電話がかかってきた。

「どうしたの？　乗れなかったのか？」

と尋ねても、すぐに返事はなかった。

「がっかりさせて、ごめんなさい。飛行機はキャンセルしたの。まだ成田にいるんだけど、これから家に戻ります」

空港ロビーのざわめきの中から細い声がして、電話が切れた。

私は仕事を早めに切り上げ、追分に帰った。

カナダに行かなかった理由を訊くと、ジャネットは目に涙を溜めた。

「カナダに戻って誰を慰めることができるのか、判らなくなったから。ずいぶん勝手だと思うけど……。わたしって、自分で自分を持て余しているのね」

しばらくしてジャネットは、片方だけ電話台の下に置きっぱなしになっていたウォーキング・シューズに紐を通し始めた。

九月の最初の土曜日、集合場所であるヴィレッジ・ボイスのロビーに現われたのは、主宰者の宇田川と私たち夫婦のほか、ガイドの前田君、春美さん、それにチエちゃんだった。税理士の村上さんからは何の反応もなかったらしい。川口さんは仕事で上高地に出かけなければならず、残念がっていたと前田君が伝えた。チエちゃんは、「母は新しいお店のことで忙しいので来れませんが、皆さんによろしくって言っていました」と礼儀正しい口調で述べた。続けて春美さんが、「今日は松岡さんに頼まれて、チエちゃんと参加しました。これ、とても甘くて美味しいからと託《ことづ》かってきました」と言いながら、大粒のマスカットを皆に配った。

「前に変な機械を持っていたというのは、今の人でしょう？」

ジャネットがマスカットを慈しむよう両手に持ち、香りを確かめてから、私の耳元で囁いた。私は「そうだよ」と答え、春美さんに呼び掛けた。

「今日もバット・ディテクターを持って行くつもりですか？」

「いいえ。だって、ぜんぜん効果なかったもの。一匹も蝙蝠が見つからないなんて、失礼な機械よ」

「すいませんでした。蝙蝠も警戒しますから、そんなに簡単には出会えないんですよ」

前田君が弁解すると、横から宇田川が演出家らしい明快な指示をした。

「あの機械のじーという音、けっこう耳障りのときがあるから、持って行かない方がいいです。それに芝居で、バット・ディテクターを空しく振り回すコミカルな役に関しては、もうすでにイメージが固まっていますから」

「コミカルな役は、もう取られちゃったみたいね」

とジャネットは笑った。

レストランで食事を済ませ、出発の時になって、春美さんが「北条さんたちは来ないんですか」と訊いたが、宇田川は「住所不明で案内状が戻ってきてしまったんですよ」とだけ答えた。

今回のハイクは六月に比べてやや早足で夜道を進み、かなり時間の余裕を残して峰丸の森に着いた。四阿で前と同じように紅茶を飲み、〈フリアンディーズ〉のバナナマフィンを食べた後、マスカットを味わった。

標高の上がったやや気温の低い場所のせいか、途中の山道で溢れ返っていた蟋蟀《こおろぎ》の鳴き声はか細く、数も少なくなっている。その声のさらに奥で、きゅんきゅんきゅんと何かを軽く叩くような音が聞こえたが、しばらくすると途絶えた。「何の鳴き声だったか、判りますか」と前田君が訊き終わらないうちに、「夜鷹でしたね」と春美さんが答え、普通の鷹といかに違うか、扁平な嘴《くちばし》の形を手真似で説明した。宇田川は「その話は今度が初めてだな」とノートを広げた。

「川口さんがいれば、上手に鳴き真似をしてくれるのに」

チエちゃんが残念そうに言ったので、私が代わりに声をだしたものの、「子犬と変わらない」と笑われただけだった。ジャネットも愉快そうに私の腕を軽く叩いた。

峰丸の森に入ってすぐ、ライトの光の動く先に水楢の樹肌に絡む何本もの蔓草が現われた。昼間であれば、青々とした幹の立ち並ぶ森に違いない。まだ夏の勢いを残す青い蔓草は、夜空に向かって這い上がっている気配を漂わせていた。

「ここだけ眠らずに起きてるような、にぎやかな感じのする場所ね」

ジャネットはそう言い、闇を透かして木立を眺め渡した。すると山の上から風が次々と下りてきて枝葉にざわめきを運んだが、すぐに去り、また森に秋の虫の声が戻った。

林を抜けると急に開けた場所に出た。

「六月にみんなで来たエッジ・イフェクトのある場所って、このあたりなのね」とジャネットは両手を沢に差し伸べ、そっと掌で水面を撫でた。「ふつうは気がつかないでしょう。この場所がとても豊かだということ」

私が頷くと、ジャネットは立ち上がって周りの森を見つめ、耳を澄ました。濃密な夜の闇に潜むさまざまな生命の気配が伝わってくる。

「また同じところにテンの糞がありましたよ。縄張り行動で、決まったところにする習性がありますからね」

皆は前田君の報告に促され、沢沿いの斜面を上っていった。ジャネットは夜に立つ木のひとつひとつに心を寄せているかのように、森を見上げたまま動かなかった。そのジャネットの肩を抱き寄せ、私も黙って暗闇の中に立つ木々の影を見つめた。それから目を閉じ、夜の大気に耳を澄ました。静寂の気配が軀の芯に沁み込む感じがした。どこか木の高いところで小枝の折れる音が二回ほどあったが、それもすぐに止んだ。

「じっと立っていると、確かにいろんな命のざわめきが判る気がする。昼よりも静かな夜の森のほうが、そういうふうに感じられるのかしら。ここでは大きいもの小さいもの、いくつもの命が複雑にもつれ合ったり、絡み合ったりしながら生きているのね。そう、もつれたり絡んだりしている。よく考えれば、とても愉快なことね。これだって、たぶんユーモアなのよ。そう言ったっていいはず」

「そのとおりだよ」

私は囁いた。返事はなく、夜の大気に向かって大きく深呼吸をする息遣いだけが聞こえた。

「いくら習性でも、まったく同じ場所とは几帳面なもんだ」と笑う宇田川が藪から草を分けて現われた。

「几帳面さだったら、ルリカケスが一番だと思う。いつも巣を清潔にしておくために、子どもの糞を食べているんだもん」

「でも、チエちゃん。人間が考えるように清潔好きだから、糞を食べるのかどうかは判らないよ」

と前田君は注意してから、動物を驚かさないために赤いセロファンを張ったライトの光線を進路に向けた。光が森から藪に走り、道の脇で草の倒れているように見える一画でぴたりと止まった。前田君は皆を制止し、光の的となった場所へ緊張した足取りで進んでいった。それから何やら草を手元に引き寄せて調べた後、振り返り、手招きをした。

「ここのシシウドに、かなり新しい熊の食べ痕があるんですよ」と前田君は宇田川が近づくのを待って言った。「残念ですけど、万一のことを考えて、今晩の観察はやめて早めに山を下りたいんですが、どうしますか?」

「芝居には演出の及ばぬハプニングがあって当然でしょう」

「と言いますと?」

「皆で熊に遭って行きましょう……。いや、冗談ですよ。早めに山を下りましょう。で、新しい食べ痕って、いつ頃のもの?」

前田君は踏みつぶされたシシウドの群生の中から太めの茎を拾い上げ、たぶん今日の黄昏時だろうと述べた。まるで今にも闇の中から熊が跳び出して来るかのように、皆の間に呻き声が洩れた。ジャネットは寒気がしたように両肩を上げる仕草をした。私は思いのほか冷静で、熊はシシウドが好物で、しかも灰汁《あく》が強いところをちゃんと知っていて、根元の柔らかい美味しい部分だけを選んで食べるという前田君の説明を聞いた後、その野性動物に親近感を覚えたほどだった。

峰丸から緩やかな下りの尾根筋を歩いていると、音は聞こえないが、遠い空に雷の気配があった。ときおり微かな雷光が上空を走り、一瞬、黄色くなり始めた葉の交じる木々の梢が蒼白く揺れる。光るたびに闇が持ち上がるように見えた。ジャネットは私の手をいったん握ったが、段差のある場所に差し掛って離した。皆の不安そうな様子に、先頭の前田君が振り向きながら上空を見上げた。

「こんな時間に雷なんて珍しいな。でも、心配いりませんよ。こっちに来るような雷じゃありませんから。ただ、皆さんさえよければ、近道を通ってもいいのですが、どうしましょう？　竜返の滝の近くを小瀬温泉の方向に下りる道です。この前とは違ったルートになってしまいますけど」

「どうするかは、これも演出家の判断に任せたほうがいいですね」と私が言うと、「ああ、そうでしたね」と前田君が答え、皆の視線は宇田川に集まった。その宇田川は小石でも入ったのか靴を脱いで中を覗き込んでいるところで、前かがみの片足だけで立った姿勢から頼りなげな表情を向けた。

「大丈夫かな。そっちの道、近いにしても歩きづらいということはないかな？」

「似たようなものです。僕自身はこの一年くらい使ってない道ですが、特に何かトラブルがあったとは聞いていませんから、心配ないはずです」

尾根の道から脇に入る近道の入り口は、案内標識も小枝が被さって見にくい場所にあったが、しばらく進むと二人並んで歩けるほどの道幅となった。しかし一度大きく蛇行してからは南側の傾斜面に真っすぐに下る道が続き、つい皆そろって足早になった拍子に春美さんが足を滑らせ、その瞬間、チエちゃんの袖を摑み、二人は重なり合って羊歯の草地に倒れ込んだ。すぐ後ろにいた私とジャネットが草叢に下りかけると、すばやく前田君が二人に走り寄った。照れたような笑いを浮かべてチエちゃんが先に立ち上がり、怪我はないかと口々に尋ねられた。

「うん、平気。でも、あたしのシミュレーションだと、こんなこと起こらなかったのに」

「チエちゃん、今度もパソコンで予想を立ててきたのか。また最後に浅間山を爆発させるの?」

と宇田川の少しからかうような言い方に、チエちゃんは額の髪を撫で上げてから、生真面目な口調で言った。

「いいえ、もう爆発はありません。今度の最後の場面では雪が降ります。あたしたちが山を下りて麓に着くでしょう、そうすると急に風景が冬に変わるんです。湯川の流れも滝も池も氷が張ってるし、森の木がまだ緑のまま雪をかぶったりしています」

「ごめんね、チエちゃん。大丈夫だった?」

後から起き上がった春美さんはそう詫びながら、チエちゃんのシャツに付いた羊歯の葉を手で払った。その後ろからジャネットが春美さんのリュックサックの泥を落とした。

「いきなり冬にしちゃうなんて、チエちゃんは、たいした演出家だね」

ふたたび歩き始めたとき、宇田川が上機嫌な声で言った。

平坦な道になると、宇田川が寄ってきて私に何か言いかけたが、涸《か》れた沢に丸太を渡した細い橋が近づき、後ろに下がった。渡り終えて前方を眺めたとき、遠くの木の間から白っぽい街燈の明かりのようなものが透けていた。全員がほぼ同時に気づき、道の先に目を凝らした。やがて森が急に開け始めたと思うと、小さな釣り堀のようなスケートリンクが出現し、皆は声を失った。リンクにはビニールシートが被され、上には色褪せた万国旗が垂れ下がっている。リンクの正面の長いベンチの横に、明かりの入った自動販売機が光っていた。

「変だな、こんなところにスケートリンクなんてあったかな」

前田君はごみ箱からはみ出た空缶を一か所にまとめながら言った。

「それよりも、どうしてこんな場所で自動販売機が動いてんだろう」

という宇田川の疑問に答えを出せる者はいなかった。

リンクの右の壁際には鉄パイプでできた監視台のようなものが横倒しになっていて、周囲に枯葉の吹き溜まりができていた。壁の上の資財置場には、断ち落とした枝が黄ばんだ葉をつけたまま高く積まれていた。

「あのあたりだけ、冬枯れの景色に見えるね」

私は金網の手摺りに寄り掛かって、顔だけその方向に向けた。

「どこが？」ジャネットも横に並んで、同じ場所に視線を向けた。短い沈黙があって「今年は秋が早いかもしれない。そしてあっという間にまた冬になる」と詠嘆の声を伸ばして言った。

「でも、東京じゃ、まだ向日葵が咲いてるよ」

「そうなの……」

ジャネットはそれだけ言って金網沿いに歩き始め、リンクの入り口まで来ると振り返り、笑みを見せた。

「わたし、あなたと一緒に東京で暮らすことにしました。あなたには、長いこと悪かったわ」

「どうしたんだい？　急に」

と私は言いかけたが、前田君と宇田川が並んで私たちの方へ来るのに気づき、その話は途中となった。

スケートリンクの前の広い砂利道を過ぎると、ふたたび森の細い下りの道となった。暗闇の中を密集した枝葉が頭上を覆い、辺りの草の中からは、足元に絡みつくように秋の虫たちの鳴き声が続いていた。

「この前、みんなはどんな鳥の話題を出したのか、ホテルに帰ったらまた教えてくれないか。もちろん、きみの話も含めて」

宇田川は喋り終えてからも、そのまま私と並んで歩いた。ややあって前を行くジャネットが、「わたしにも鳥の思い出があります」と振り向き、記憶の舞台へそっと下りて行くようにためらいがちに話し始めた。

——故郷の町を流れるセント・モーリス川の上流にある湖で、何十羽という鷺たちが夕暮の踊りを舞うのを見たことがあります。大学の夏休みで、思い返せば思い返すほど、まるで幻のような光景です。その鳥は頭の後ろに黒い冠のような羽をつけていて、軀は青みを帯びた灰色でした。浅瀬で長い首を伸ばして餌をとる姿はとても美しいんです。たぶん青鷺だったのでしょうか。でも、記憶が曖昧で、後からそう思っただけなのかもしれません。とにかく脚のとても長い鳥で、半分ほど広げた翼でいっせいに冷たい風を切っていました。わたしは湖に突き出た岩に座って、ボーイフレンドと一緒に鳥の姿を眺めていたんです。気に入りの場所があると言うので、彼に連れて行ってもらいました。

湖にだんだん夕陽が広がり、水面が燃えるように輝いて、鳥たちがシルエットとなって浮かび上がりました。そのとき、一羽の鳥が片脚を持ち上げ、ゆっくり水面を叩き始めたんです。それを合図に、他の鳥たちもいっせいに同じ仕草をしだして、その動きがどんどん早くなっていくのです。そして翼を上下させ、脚の動きが頂点に達したとき、飛び散った水滴で鳥たちの脚の周りに霧が立ち昇りました。そのとき何が見えたと思いますか？水飛沫《みずしぶき》がきらきらと輝いて、一羽一羽の鳥の翼の下や長い脚の間に、たくさんの虹が現われたのです。

ところがその踊りは唐突に終わってしまいました。後ろの方から、何か大きな音が聞こえたんです。鳥たちは驚いて舞い上り、長い脚を優雅に伸ばして、ゆったりと羽ばたきながら、夕暮の空の彼方へ消えて行ってしまいました。

ジャネットは首を傾げ、進んできた走路を立ち止まって確かめるように息をつき、急に弾みを失った声音に変わった。

——あれはいったい何だったのでしょう。誰だって、あの鳥たちの踊りを見れば、心奪われて、余計なことを考えなくなるでしょう。兄も湖のそばにいたはずですから、あの光景に早く気がつけばよかったんです。鳥たちの踊りとあの虹をぜひ見るべきでした……。

私の脳裏で湖を眺める若い男女の影が揺らめいている。湖に広がる夕陽の中を鳥たちが降り立つ。浅瀬に薄く光の膜を広げた水面が動く。そして、それぞれの思いで湖上に目を凝らす三人の後ろ姿が逆光の中にあった。

森の切り通しを先に抜けた前田君たちが、春美さんを囲んでいる。

「こんなところに桑の実があったんです」

春美さんが私たちの到着を待って言った。林が切れて草地の始まりかかったところに、一本だけ大きな桑の木が夜空の下に枝を広げ、小粒の野苺に似た実を付けていた。

「珍しいな、こんな時期まで桑の実があるなんて。きっと不順だった夏の天候のせいですね。食べるのでしたら、赤い実はだめですよ。あまり美味しそうに見えない黒い実のほうがいいんです」

と前田君が言ったとき、早くもチエちゃんが口に含んだばかりの赤い実を吐き出していた。私は黒い実の味を確かめ、ジャネットの掌に何粒か置いてから、小さな好奇心が動き、赤い実を一粒ハンカチにくるんでポケットに入れた。

帰りの道を歩きながら、その赤い実をそっと摘み出し、試しに舌先に乗せて潰した。酸っぱい甘味はすぐに引き、初めて味わう痺れの感覚が微かに残った。これは何の味だろうと未知の感覚を追ったときには、すでにそれは消えていた。

初出：『文學界』一九九五年一二月号［発表時作者四九歳］／底本：『風の消息、それぞれの』作品社、二〇〇六年

第一一四回芥川賞選評より〔一九九五（平成七）年下半期〕

黒井千次　受賞作（又吉栄喜氏「豚の報い」）を動の小説とすれば、それとは対照的な静の小説として中村邦生氏の「森への招待」に注目した。ナイトハイクにおける森の気配と、それを芝居に作ろうとする男の計画と、主人公のカナダ人の妻との関係とが、混じり合う気体にも似た危うさの中で捉えられようとしている。

田久保英夫　私は中村邦生氏の「森への招待」を推した。浅間山麓の夜の山歩きを通して、カナダ人の妻との心の屈折を描いた作品だが、森の闇の中に、視覚、聴覚、触覚を、独特の鋭敏さで具体的に働かせている。（中略）森の草木や生き物たちと、人間との等価な命の交響世界が浮かび出る。

三浦哲郎　私は、中村邦生氏の「森への招待」がいいと思った。（中略）この作品が独自で、不思議な重量感を持っているのは、グループを構成している人々、ひとりひとりの人生の陰影が、実に注意深い手つきで掬い上げられ、さりげなく静寂の底に沈められているからである。

中村邦生　なかむら・くにお

一九四六（昭和二一）年、東京生まれ。大東文化大学文学部に在職しながら、小説をはじめ多岐にわたる執筆活動を続ける。九一年「冗談関係のメモリアル」で文學界新人賞。「ドッグ・ウォーカー」「森への招待」がそれぞれ芥川賞候補になる。主な著作として小説集に『月の川を渡る』『風の消息、それぞれの』『チェーホフの夜』『風の湧くところ』『転落譚』。岩波ジュニア新書から『はじめての文学講義――読む・書く・味わう』『書き出しは誘惑する――小説の楽しみ』。評論集に『〈虚言〉の領域――反人生処方』のほか、編著としてアンソロジー『生の深みを覗く』『この愛のゆくえ』（以上、岩波文庫）などがある。

天安門

リービ英雄

1

左側の窓という窓に赤とオレンジの輝きが映り、夕日だと知りながら「太阳升《タイヤングシャング》」という、昔覚えた歌の歌詞が鳴り響き、おかしい、と思ったが、その音が頭を離れなかった。飛行機の翼のすぐ向こうに雲が群がり、いつかどこかで見た毛主席の横顔が、今、見分けられそうになった、ちょうどその瞬間に、右側の通路のあたりから、「ブルベン」という女の声が聞こえた。傷つきやすい貴族的な声だった。

世界はbourbonとバーボンだけではない、今はブルベンもあるんだ、と思って、その声の方に振り向くと、背が高く、かれの父親がよく女を指して言っていた英語のwillow、柳の枝のようなスチュワーデスが通路の中でゆっくりと動いているのが見えた。それが「バーボン」ではなく「ブルベン」なのだ。かれの耳には何となく「日本《ルーベン》」に似ている音の「ブルベン」がすらりとしたwillowyな、貴族的なのに間違いなく大陸の女の口から、やわらかく流れていることに、驚いてはいけない、と知りながら、驚いた。

东方红《ドングファングホング》　太阳升《タイヤングシャング》

東方は紅、太陽が昇った。

普通の飛行機に乗って大陸へ行くことは考えられなかった時代に、あの歌をかれは暗記した。「ブルベン」を言う、座席の上に突き出た、長方形の顔と、黒い制服の肩におちる長い黒髪の大陸の女から、反対側の窓に映る雲の赤い輝きの方へとまた視線を移すと、

The east is red

と学生たちが英語に翻訳していた、アメリカの大学での二十年前の授業風景を思いだした。教師は大陸から亡命して来た人たちばかりなのに、毛沢東時代の北京語を教えることになっていた。「大陸ではこういうものが流行っているらしい」と前置きしながら、

The east is red, the sun has risen

と、大陸の女と似たようなやわらかな声で、くすくす笑いを漏らしながら唱えていた。

中国《ジュンググオ》出了《チユウリヤオ》一《イ》个《ゲ》毛泽东《マオツエドング》！

その次の一行が、今、ある抑えきれない力で沸き上がった。

China has produced a Mao Zedong！

右側から「ハルペル」という抑揚のある声がまた乗客のたくさんの頭の上をか細く流れて、左側の、雲で形成されつつある毛主席の横顔の紅がすこしずつ明るさを増すところだった。

通路の上に立ってゆっくりと動いている、のびすぎた細い樹木のような女。清らかな北京語のアクセントを隠せない、ややためらいがちな英語の声。

大陸と海峡を隔てて、渚を鉄条網で固めた、大陸から逃亡してきた敗軍の島に、かれの少年時代の家があった。ブドウのつるとキンカンの木と、池もある、広々とした庭をもつその家。かれの父の書斎の壁にかざった絵の中に、willowな女の顔と、か細い線の体があった。今、大陸の上空を行く普通の飛行機の、アメリカ人や日本人の乗客から注文を取るスチュワーデスと同じような大陸の女の姿があった。母の寝室をはさみ、池に面した洋間の中で、かれの父が、歯が抜けたり頭がすっかり禿げたりしていた敗軍の老将軍たちと酒を飲み「日本人作的《ルーベンレンヅオデ》」と誰かが指した庭の、池に跳ねる鯉の音を聴きながら、父が、めざましい早さで覚えたという大陸の言葉で話していた。「日本人作的《ルーベンレンヅオデ》」という細長い屋敷の、奥の寝室の蚊帳に囲まれて畳の上に置いたベッドの中から、かれは、夏の夜、父と老将軍たちが、孟子の引用を言い放ち合いながらの、数分ごとに起こる笑い声に、うらやましく耳を傾けると、

光復大陸《グァングフーダールー》!

という音頭が、広々とした庭の隅々まで響きわたった。
キンカンの木の枝と、池の向こうの小丘の裏まで鳴り響き、そして庭にめぐらした、「日本人作的《ルーベンレンヅオデ》」という、大人でも登れないほどの高い壁にこだましたのである。

光復大陸《グァングフーダールー》!

かれの寝室にまでとどいたから、洋間のすぐ隣にある母の寝室にもとどいたに違いない。大陸を回復せよ、と。

ベッドの中のかれは、家を四方から包むかぎりなく広い夜の庭よりも、何倍も何倍も大きなところとして「大陸《ダールー》」がある、と思いながら、眠りにおちていった。

アメリカ人の観光客と韓国人のビジネスマンに、「ブルベン」を渡す女の声を確かめて、東京を出発して二時間半過ぎているから大陸の空に違いない、と推測した上空をかれは、あれから三十年経ってはじめて、通過していた。エンジンの音に交じって、後ろの座席から「先進国と違って」という若い日本人の声がした。シスコにも大阪にも行くような、普通でノーマルで常識的な飛行機が、大陸へ行く。そのことがかれには理不尽な感じがした。

　左側の数十個の窓の中で、毛主席のまるまるとした明るい顔が、さらに明るさを増した。工农兵《ゴングノングビング》、労働者と農民と兵士の群衆が人民服の天使たちとなって雲の下から数十のプラカードを持ち上げているかのように、どの窓にも同じ紅みがかった雲のかたまりがその顔を形づくっていた。毛主席爱人民《マオジュシーアイレンミン》！　ぎらっと輝く紅、社会主義建設の溶鉱炉の紅、東に昇る太陽の紅、壁新聞になぐり書きされた巨大な簡体字の紅、毛主席の愛情によってぽっちゃりと肥えた工农兵《ゴングノングビング》の頬の紅。

一九五〇年に父がただ「Mao」と軽蔑の口調で呼び捨てにしていた男を、息子は一九六〇年代に「Chairman Mao」、「毛主席」と呼ぶと、「毛主席」によって故郷を追い払われた先生たちに教えられていたのだ。

そして一九九〇年代の今、北京に向かう飛行機の、片方の窓という窓に毛主席の横顔が現れているのは、おかしいだけでなく恥ずかしいことだ、とユナイテッド八〇三便のエコノミー・クラスのまわりの席を見渡してから思いはじめた。そのとたんに落ち着きを失い、自閉的な淋しさを覚えた。韓国人の商社マンが黙々とたたくラップ・トップのパソコンの音と、アメリカ人の観光客風のおばさんのけたたましい笑い声が気になりだした。窓の中に見たものをまわりに告白したら、数ヵ国語で一斉に罵声を浴びるだろうという不安にも襲われた。

しかし、地平線のすぐ近くで、消えそうもなく確かに照りつづけている真っ赤な輝きが実際に、そこに並び、二十も三十も再現されているのではないか。

不落的太阳《プルオデタイヤン》！

毛沢東思想は沈まない太陽だ！

突如に起きた淋しさと、対人恐怖が、消えて、この空想と、頭を占めて離れないこの音楽を、たった一人で聴き入っている自分のことが、ただただおかしくなったのである。

かれは忽ち愉快な気分になり、「ブルベン」を配るしなやかな女からバーボンをもらうことにした。

「a bourbon and coke」

と、まだ大陸の言葉を大陸の人に向かって使う自信のないかれが言うと、背の高い女が、かれの頭の上から、柳の枝のような腕を伸ばし、エコノミー・クラスのどんな中年の西洋人にもするように、黙ってかれの前にバーボンの入ったプラスチックのコップをどんと置いた。

「君は大陸の人ですか」

と大陸の言語で聞こうと思ったが、「你是《ニーシル》」が口を出る寸前に勇気がなくなり、黒い柳の葉叢《はむら》が風の向きによって突然揺れてしまったように、彼女は通路の斜め後ろの方へ動き、かれの視野からいなくなった。

「你是《ニーシル》」という音がかれの口を出ようとしたのは、三十年ぶりだった。

你是於大陸出生《ニーシルユーダールーチユーシエング》的《デ》嗎《マー》？　你是在大陸長大《ニーシルヅアイダールーチャングダイ》的《デ》嗎《マー》？

君は大陸で生まれたのか？　君は大陸で育ったのか？　敗軍の島の地方都市で、三十年前のかれの耳を満たした、大陸を失った将軍たちの大陸の言葉が、切れ切れに甦った。

「我是《ウオシル》……」

とかれは逆のことを告げようと、頭の中で大陸の言葉を綴ってみた。

「我是日本《ウオシル》……」

その後につづくはずの「人《レン》」が、すなおに出てこなかった。

「我是日本的《ウオシルルーベンデ》……」、と頭の中で言い直してみた。

「我是日本的《ウオシルルーベンデ》……」、なんだろうか、なんと言えばいいのだろうか。断片的に甦った言葉が、断片のまま宙ぶらりんとなって、やがては消えた。

左側の窓という窓に、毛主席の横顔を演じていた雲が紅から薄紫色に変わり、その形がもろく崩れてしまった。

大陸の夕闇が両側の窓から機内に忍びこんだ。かれは入国カードを取り出し、西洋と日本とユダヤの名前から成る、父が悪ふざけで付けたとしか思えない、どこの国へ行っても、人に告げると必ず笑われる、だからなるべくそのまま使わないことにしていたフル・ネームを、しかたなく書き込んで、つづいてアメリカ合衆国のパスポート番号も記入した。揺れがまったく感じられないのをかえって不自然に思いながら、大陸の首都に向かって降下しはじめた飛行機の座席で、柳のような女が持ってきてくれたバーボンを一気に飲み干した。

2

ラオ・シエの名前をどの字で書くかは、かれは覚えていなかった。ラオは「老」だろうし、シエは名字に違いない。料理をつくり、家の掃除をして、そして子供のかれをよく肩に乗せたり抱え上げたりして、庭の中で遊んでくれた、父と同じ年くらいのラオ・シエだった。庭を囲む白い石の壁の上まで、いくら長大《チャングダー》してても手はとどかない、いくら背の高い美國人《メイグオレン》の大男まで長大《チャングダー》しても無理だろう、というラオ・シエの一言は、よく覚えていた。

ラオ・シエに抱え上げられてもまだ自分の頭までより倍くらいありそうな、白い石の壁の上の面には、壁を作った「日本人《ルーベンレン》」が誰の侵入を恐れていたのか、ぐるりと無数のガラスの破片が並んでいた。家を防御するために「日本人《ルーベンレン》」が瓶を何百も割ったのか、とかれがいつも感服していた、ガラスの破片が、熱帯の太陽の下で、水色、茶色、緑色に照り輝いていた。

「日本人作的《ルーベンレンヅオデ》」、ぎざぎざの虹色のガラスを上にちりばめた高い壁の中で、かれの家族とラオ・シエが暮らしていた。かれの父とかれの母、かれとかれの弟と、一人の用人《ヨングレン》。

門の外へ踏み出すと、季節によっては泥の川に変わる広い路地に屯するぼろぼろの服の、同い年の子供たちから笑いながらそう呼ばれたから、用人のラオ・シエをのぞけば自分たちは「美國人《メイグオレン》」ということになっているのがはじめてわかった。

しかし、その「美國《メイグオ》」はいったいどこのことを指しているのか、大陸とはまた違っているのか、かれにはぴんと来なかった。こちらの家に住む前にはまわりの人がみんな両親と同種類の風貌で、両親と同じ言葉を話していたところにいたことについて、記憶もあったが、そんな「アメリカ」を意識する前に、とにかく門の外の子供たちと違って自分の家族は「美國人《メイグオレン》」と呼ばれていることの方を、心得た。

元々はその島の人間ではないことが段々分かってくるにつれてそのことが気になりだした。ある日、ちょうど庭の池の北端に面した寝室にいる母に、なぜ自分たちがここにいるのかと聞いてみた。

「世の中には国民党《ナショナリスト》と共産党《コミユニスト》というのがあって、わたしたちは国民党《ナショナリスト》を助けに、ここにきている」

と母が答えた。そして初めて大陸が共産党《コミユニスト》によって「占領」されているという話を聞いた。そのことについて何とかしようとしている国民党《ナショナリスト》を手伝いに、お父さんが来ていると、母が言った。お父さんは「外交官《デイプロマツト》」だとも言ったが、母はそれ以上のことをあまり教えたくないようで、すぐ話題を変えた。

高い壁の外に広がる全世界が国民党《ナショナリスト》と共産党《コミユニスト》とに分けられている、とかれは思った。そして共産党《コミユニスト》という奇妙で、母の声の調子からして暗闇をほのめかしている言葉が、大陸のミステリーをさらに深める結果となった。

大陸と、それを「占領」した共産党《コミユニスト》は、しかし、そのとき、「日本人《ルーベンレン》」がかれの生まれる前に作ってくれた高い壁の中の、広々とした庭のある家にとって、想像の端でかすかな陰りを落とすだけの、遠い領域だった。大陸は、高い壁の向こう、いや、それどころか、父が週末にかれと弟を乗せて軍隊のジープでときどき連れて行った、一時間も離れた海の、はるかに向こうだった。

大陸は、もちろん、誰も行けるとは思いもよらないところだった。大陸は行けないから大陸だった。その真実は小学生のかれにも何となく分かっていたのである。

父と二人で三輪車に乗って、村から、舗装された道もある町に出かけて、映画を見に行くこともあった。母と同じように長い金色の髪をした女優の似顔絵を描いた大きな広告の下をくぐると、映画館を埋めた、女優と違って黒髪ばかりの観客と一緒に、父とかれが、かれにはちょうどよかったが父には小さすぎたらしい席に座った。照明が消えると突然館内に荘重な音楽が反響しはじめる。

「この国の国歌だから立ちなさい」

「この国」の観客たちと一緒に父とかれが立ち上がると、バルコニーのうしろにある小さな四角い窓から光が溢れ出して、スクリーンの上に「この国」の総統の顔が出る。

「三民主義《サンミンジューイー》」

と父が音楽に合わせて静かに歌いだした。

荘重な音楽が次第に鼓舞するような高い調子に至る。

最後に、スクリーンの上に、かれの家がある、短い茎の付いた葉のような島の地図が出た。

島が輝いていた。

島の隣には、島の百倍もある、暗闇に包まれた巨大な丸い陸の塊が現れた。

大陸だ、とかれにはすぐわかった。

輝く島が小さな太陽となって、何十もの光線を大陸の暗闇の隅々まで送り込んでいた。

想像を絶するほど大きくがらんとした真暗な映画館に、小さなプロジェクターが勇ましくも光を送り込もうとしているかのように。

耳の後ろで、背の高いスチュワーデスなのか別の人なのか、「duty-free」と言ったり、「めんぜいひん」と言ったりしている、しかし英語も日本語も四声を思わせるような抑揚のある女の声がした。

両側の窓には、迫る夕闇の中でその形を見分けることすら難しくなっていた、単なる雲が連なっていた。かれが二十何年間にわたって五十回も六十回も経験した日米往還と何等変わらない風景だった。しかしあの歌の歌詞が頭の裏でまた執拗に鳴り響いた。外国へ出かけた周恩来が、帰りの飛行機がヒマラヤ山脈を通過して、パイロットから中国の上空に

入ったと告げられた瞬間、「うれしさのあまり自発的」に口を開けて、

东方红《ドングファングホング》　太阳升《タイヤングシャング》

と歌いだし、乗組員が全員それに声を合わせるように、

中国出了《ジュンググオチユウリヤオ》一《イ》个《ゲ》毛泽东《マオツエドング》！

と合唱した、という。どこで聞いていたのかどこで読んでいたのか、そんな「逸話」が不思議な力強さでかれの意識の前面に出ようとしていた。見たこともないそんな光景の「記憶」が次々と甦ってくる自分が、再びおかしくなってしまった。

庭とは反対側には、「日本人《ルーベンレン》」の時代から残ったのか、父と母が「この国」に来てから買ったのか、朱印だらけの山水画が掛かっている玄関があり、その玄関から上がったところに、父の寝室、その隣に父の書斎があった。かれの寝室や母の寝室のようにタタミの部

屋ではなく洋間だった(「和室」ではなく「洋間」だったと分かったのは十数年後のことだが)。

父の書斎には、父が老将軍たちを招いたとき、「明朝《ミングチャオ》」のものだと誇らしげに見せた、父の腰に及び、そしてかれの胸に及ぶほど高い花瓶が置かれていた。書斎の壁には酒壺で男にお酌をしている、父がsing song girlと呼んでいたしなやかな女を描いた、それも年代物の肖像画が飾ってあった。外の白い壁が見える窓の近くの隅には、「日本人《ルーベンレン》」がこの家を慌てて引き払ったときに残したという古い書物が、十何年も読まれないまま、埃にまみれて小さな山と積んであった。

夏の終わりに近い日、かれは庭の木の葉を折って小舟に仕立て、水面のすぐ下に鯉がたおやかに泳いでいる池に浮かべて遊んでいた。午後の強い日差しが、小舟が流れている方向の、池の向こう側にある小丘の灌木の上に、縞状に降りていた。

家の中から父の大きな声が庭まで届いていた。父は、かれにも多少は分かるようになっていた四声のある言葉で話していた。家の中へ振り向くと、その声は書斎の方から流れていた。しかし老将軍たちと酒を飲んでいた夜と違って、相手の声が聞こえなかった。老将軍たちと同じように四声で上がったり下がったりする父の声は、真面目そうで、繰り返すリズムもあった。

父の声がこだまする廊下の黒い板の上をつま先で、その声が流れている書斎までそっと歩き、ちょうど四分の一閉まりそこなったガラス戸の隙間から中を覗いてみた。

書斎の中に立っている父が、「對美國政府《ドウエイメイグオチエングフー》……」とはきはきとした、抑揚のある声で口述している最中だった。

父の机に向かって、いつもなら父が座っている背もたれの高い肘掛け椅子を、黒髪の、かれよりは十いくつか年上の、そして父よりは十いくつか年下のすらりとした女が占め、父の口から規律正しく連発されるその言葉を、ガリガリと音をたてて筆記していた。

父の大きな体のかげに座っている黒髪の女の長方形の横顔を、かれはちらっと窺《うかが》った。

壁に飾ってある sing song girl となんとなく似ているとかれは思った。

その瞬間、ガラス戸の隙間から覗いているかれの青灰色の目と、禿げ上がった大きな額の下の同じ青灰色の父の目が合った。

父が口述の腰を折って、即座に英語に切り換えた。

This is Miss Jiao

その瞬間、お母さんはどこにいるのか、という思いがかれの脳裏を掠《かす》めた。

黒髪の女が大きな肘掛け椅子からゆっくりと立ち上がり、ガラス戸に向かって、「アメリカン」の大人の女がそうするように、細くて白い手を伸ばして、握手を求めた。

かれは不意打ちをされたが、渋々と自分の手を伸ばした。母の指より細い指とほんの軽く握り合い、そして自分の手を引いた。

黒髪の女がかれの西洋語のファースト・ネームを流暢に呼び、

I've heard all about you

と言った。

「アメリカン」の発音に限りなく似ているが「アメリカン」より柔らかい、後で思い出すと気品のある声だった。かれは「この国」の大人の女の口から、母が話すのと同じことばを、これほど自然に使いこなすのを、初めて聞いた。

何を言えばいいか、かれには分からなかった。この人と何も話したくなかった。二、三秒、ガラス戸の隙間に立ったまま、黙り込んだ。父の青灰色の目の中には「ちゃんと返事をしろ」と命令しているような表情が浮かんでいた。お母さんはどこにいるのか。

黒髪の女にかれはいきなり、

Where are you from ?

と聞きだした。ぼくらの家の、父の書斎に突然現れたあなたは、いったいどこから来たのか。

黒髪の女がびっくりしたように、長方形の、象牙を粉にして塗ったか、黄白色の化粧顔を歪めて、それから薄い微笑みを浮かべた。

Oh... from the mainland, originally

「あら……大陸ですが、もとは」

かれの質問がかわいい、という風に、父は大声で笑い、ミス・ジャオが大陸にある「シャングハイ」というところで生まれたと言った。大陸が「占領」された後に、高校生だった彼女が、家族と一緒にここに渡ってきたとも、難しい事柄を分かりやすく説明するような口調で、言った。

ミス・ジャオはこれから時々仕事を手伝いに家に来る、とさりげなく付け加えて、「もういい」という合図を目でした。

かれがガラス戸を閉めて廊下に戻ると、父がミス・ジャオに再び抑揚のある言葉で話しかける声が大きく響いた。ミス・ジャオを、父が「グエイ・ラン」と何度も呼んでいた。

かれは庭に面した縁側に戻った。庭の中で明るく細かに揺れている葉叢と池の水面をかすかに渡ってゆく小舟にじっと眺め入った。たまりかねて、何の物音もしない母の寝室のフスマにノックしようと、縁側から立ち上がった。手を伸ばしたが、先に黒髪の女と握手をさせられた指がフスマに当たる直前に、かれがその手をひいてしまった。

三十年の歳月が流れても、ミス・ジャオが父の書斎をひんぱんに訪れるようになった頃のことを、かれは忘れていなかった。家の中の畳部屋と洋間、廊下の黒い板、壁の天辺に並ぶガラスの破片をきらめかせながら庭に注ぎ込む日差し、門を一歩外へ出れば耳を打つ子供たちの笑い声。

ちょうどその頃、父と母が一日に一回だけ顔を合わせる夕食の時に、「大陸からの侵入」の話題がかれの耳に入るようになった。料理を持ってくるラオ・シエに、「何とか鶏《ヂー》」、「何とか肉《ロー》」、「一碗白飯《イーワンパイファン》」、「一杯花茶《イーペイファチャ》」とかれには一部だけ聞き取れる注文をしがてら、父が、母に対して、その日大使館から届いたニュースを英語で説明した。

その内容はかれにはよく分からなかったが、父の説明を聞いていると、どうも、大陸のすぐ沖近くに浮かぶ二つの小島に国民党《ナショナリスト》の軍隊が駐屯しているようだ。その小島に対して、共産党《コミュニスト》が連日、砲撃をし始めたらしい。「アメリカ」では大統領選挙を前にして、「ケネディ」という候補者がそれを問題にした、という。

この家に引っ越してきた最初の頃にはまだ一緒だった父と母の寝室で、父と母がよく「共産党《コミュニスト》」とか「大統領《プレジデント》」の話をしていたのを、かれはまだ覚えていた。二人がよく話し合っていた頃に、「ワシントン」の話題もよく出たが、その「ワシントン」とはどういうところなのか、かれには何の実感もなかった。

父と母が両端から遠く向き合っている細長い食卓を、ラオ・シエが片付け始めた頃、母が冷静な声で、

What's going to happen ?

と聞いた。

父が一瞬考え込んでから、

I don't know. Mao is crazy

と答えた。

「マオ」という名前を耳にしたのは、その時が初めてだった。

マオって何者だ、とかれは聞きたくなった。しかし、かなり前から、夕食の後に別々の

寝室に戻るようになっていた父と母の、一日のわずかな会話に口をはさむ気にならなかった。かれは九つだった。

その夜、眠りに落ちる前の、asleep のまぎわに現れた大陸が、いつもより厖大で、漆黒の暗闇に包まれていた。その大陸には一人の住人がいた。その大陸にはマオという狂人が出没するようになった。

マオという者には、これといった風貌はなかった。眠りの最後の入り口で、単なる名前を背負った何者かとして、マオが現れたのである。そんなマオは、大陸の暗闇の中から、どうも自分の国ではないようだが自分の家が確実にある「この国」にいつ襲って来るか分からない、それまでのかれの眠りをかき乱したのとは違うたぐいのバケモノだった。

元々は「the Japanese」が住んでいた、と母から聞いていたかれらの「村」の領域は、地方都市の外れから、下の川よりオタマジャクシの臭いが、石に洗濯物を叩きつける女たちの井戸端会議の声と混じって昇ってくる木の橋までだった。

木の橋を渡って、しばらく行くと、道は舗装されたばかりの二車線のハイ・ウェイとなっていた。ハイ・ウェイを走っているのは軍用の乗り物が多かったが、人をぎっしりつめたバスや白菜の山を積んだトラックとすれ違うことも、たまにはあった。

初秋の日曜日、父がミス・ジャオとかれを乗せて、海へ連れて行った。暗緑色のジープの窓から見える、ハイ・ウェイの両側に広がる田圃が、見渡す限り土くれの平原となっていた。耕す人の姿もまばらだった。ジープは、アメリカの空軍基地の横を走り、サトウキビ畑ばかりのゆるやかな丘の上に立つ黄ばんだコンクリートのトーチカを指して、the Japanese Army のものだった、と父がかれに英語で説明したり、上機嫌な声でミス・ジャオと早口で抑揚のある言葉で笑い合ったりしていた。

強い風に運ばれたサトウキビと堆肥のにおいが、四つとも開けたままの窓に着いた頃、最後の丘の向こうに、午後の海が見えた。

ジープはそのまま浜辺に入って、海のすぐ近くに止まっていた。

かれは後ろの座席に座っていた。すぐ目の前には、運転席にいる父の、汗で張り付いてさらに髪の薄く見える頭と、父が「グエイ・ラン」と呼んでいるミス・ジャオの黒髪があった。

オレンジ色の光を反射したフロントガラスの中で、海が見えた。波打ち際から少し上がったところには鉄条網が引いてあった。

父とミス・ジャオが静かに話し合っていた。

二人の頭の向こうの、海の上に、オレンジ色の大きな太陽が水平線へとゆっくりと下りていた。

二人の声が、かれには分かったり分からなかったりする、少しひきちぎれたと思ったら、また隙間が一つもない、言葉の幕となった。

それが北京語だった。

その声が止んだ。茶色と白の体毛のある父の太い腕が、かれの目の前で動きだし、すらりとしたミス・ジャオの肩にまわった。

ミス・ジャオがわずかに振り返り、

「你的《ニーデ》孩子《ハイツ》……」

と言いかけた。

「他《タ》不《ブ》明白《ミングパイ》」

と父が言った。

かれには分からないだろう。

そして二人が早口のささやき声で話しつづけたところから、かれは実際に分からなくなった。

かれは目をそむけ、後ろの窓から外に見入った。

右も左も、浜づたいに鉄条網が引かれていた。

鉄条網にちぎれる風と、豚の鳴き声も耳に届いた。

ジープが止まっていた砂地の、右側に二、三百フィートほど離れた谷間に、粘土を固め、煉瓦を積んだ壁に囲まれた、小さな村落が視野にはいった。

後ろの重いドアを押し開けて、かれの背丈の半分ほどの高さから地面へ飛び降りた。

父が気づいたかどうか分からないまま、かれは一所懸命走りだした。

助けてもらえるとでも思ったのか。村落をめがけて、段々と強くなるサトウキビと堆肥のにおいの中で、かれは走った。

村落から五十フィートまで走ったところ、家に帰るところか、村落の壁に向かって歩いている、かれと同じ年頃の少年がいるのに気がついた。

走っているかれの、柔らかい土に響く足音を聞いたのか、同じ年頃の、汚れた短パンの少年が振り返った。

かれの姿が目に入るやいなや、少年が、茶色の瘦せこけた腕を伸ばし、かれを指しては、

「外國人《ワゴーラン》」

と叫んだ。

それに応じるように、驚くほどの早さで壁の中から、二、三人の子供が出てきた。

かれより少し小さかったり、少し大きかったりする子供たちが、一斉にあざ笑い、次々と叫びだした。

「外國人《ワゴーラン》！」

「美國人《ビーゴーラン》！」

「外國人《ワゴーラン》！　美國人《ビーゴーラン》！」

村落の壁の中から、豚の鳴き声も、確かに聞こえた。

かれが身を引いた瞬間、足のすぐ近くに小石が飛んできた。土くれが膝に当たり、柔らかく砕けてしまった。

海の風と豚の鳴き声と子供たちのあざ笑いが耳に鳴り響き、走ってきた小道を退いて、かれは、直接、海の方へ走りだした。

海の水平線に接したオレンジ色の太陽に向かって、一目散に走った。

盲目的に走りつづけて、鉄条網にぶつかる寸前、立ち止まった。

数百フィート離れた後ろに、ジープが暗緑色のわずかな一点となっていた。

かれは九つだった。

かれはまったく一人だった。

鉄条網の細かい網の間に、海辺の向こうに砕け散る波が見えた。

空の中に、ぶんぶん鳴る爆音がした。オレンジ色の太陽に向かって、軍用機が一機、飛んで行った。

巨大な太陽に遮《さえぎ》られ、その裏には大陸があった。マオがいた。

土くれが当たった膝のあたりから震えだし、やがては全身がおののいていた。目をつむると、大陸の暗闇が押し流されるように海を覆い、浜辺ごと島を呑み込んだ。

一ヵ月が経った。

父の書斎にあった短波放送の大型ラジオから、「ケネディ」が当選したというニュースが流れた。

次の夜、夕食の後に、父と母が一緒に父の書斎に入った。二人が英語で話している声が洋間に届き、しばらくするとかれも呼ばれた。

父と母が離婚をし、かれは母と弟と一緒にアメリカに「帰る」のだ、と父に宣告された。

その年の暮れに、五歳から十歳の誕生日直前までいた家と、その家のある島をかれは発ってしまった。ワシントンの郊外にある高校を卒業してから、父がアメリカ領事となってミス・ジャオが領事夫人となった横浜に、一年を過ごした。それから二十年近く、日本とアメリカを行き来しながら、かれは生きてきた。

その間に、一度も「中国」の土を踏んだことはなかった。

3

「すみません、ぼくは北京がはじめてですが」

とかれが北京語で言いだした。

隣の席にいる、バスの暗い灯の中で灰色に映った人民服の中年男に言ったのである。

「国際飯店は、どこで降りればいいですか」

人民服の中年男は、

「さあ、知らない。俺たちも北京ははじめてだ、ハハハ」

と答えた。

人民服の中年男と、反対側の座席に座っているその仲間の三十歳前後の男にとっての「はじめての北京」と、薄くなった栗色の髪と青灰色の目のかれにとっての「はじめての北京」とがまったく等価であるかのような口ぶりだった。

そのさりげない口ぶりに、かれは驚くとともに、その口調から、何かがかれの記憶の底から湧き上がり、聞き覚えがあるというような親しみを感じた。

「とにかく暑いから、ちょっと窓を開けてくれない？」

と中年男がかれに、先まで仲間と話していたのと同じ速さで、北京語で言った。

「暑いですね」

とかれが、三十年前の北京語を思い出し、うなずきながら、かたい窓を開けた。

気づいてみると、灰色の人民服の中年男が、「あなたは北京語が話せますか」に相当する北京語も言わないで、すぐかれの質問に答えていた。

窓の錆びた金属のフレームを力いっぱい引っ張ると、半分ほど開いた。

忽ち、甘ったるいような堆肥のにおいがバスの中に飛び込んできた。

二車線だけの古い道路のそばに高い木が隙間なく並んでいた。が、何の照明もないその並木の列の裏までよく見ると、田圃が無限に広がっていた。

「やっぱりにおうわよ」

後ろの方から、女の若い日本人の声が、息苦しいバスの中で響いた。

「韓国もにおいがあったけど、こっちの方が強烈だね」

男の若い日本人が、まわりを意識してか少し神経質な笑い声をもらした。

空港ターミナルの出口前の、ところどころ雑草も生えているひび割れた歩道で、列に並んでバスを待っていたとき、その列にかれらもいた。中からのわずかな灯で大陸の人たちと一緒に並んで、一人五元つまり四十五円のおんぼろの民航バスに一緒に乗っていいのか、とためらったとき、かれと違って少しも目立たないアジア人の若い女の口から、

「ええ?　これでリムジン・バスなの?」

という、かれはおろか大陸の人々にもどうせ分からないだろうと思ってか、甲高い日本

語が耳を打った。

大陸人の流れとともに動いてバスに乗ったとき、太った運転手に、大陸に上陸してはじめて北京語で、停車場を聞こうとしたのだが、もどかしい表情の運転手はどら声の北京語で、

「とにかく早く席に着いてくれ」

とつっけんどんに中を指したのだった。

席に着いてから、二十年間頭を占めていた日本語を離れようと、三十年前に聞いていた抑揚のある単音をなんとか組み合わせて、誰かに停車場を聞こうとした。

知らない、と答えた隣の大陸人は、かれの存在に対して驚きもせず、拒絶もしない。「俺たちとは別な田舎からやってきたやつ」としか思っていないのか、まったく無頓着で、通路を隔てた席にいる仲間と、かれにはすぐ分からなくなった早口で活発な会話に没入していった。

前の大陸人も後ろの大陸人も、かれの質問に答えようとしないし、かれのことには何のひっかかりも感じなければ何の関心もないようだ。

みんな北京がはじめてなのだろうか。降りる場所を教えてもらえないまま、暗い並木の間を走っている民航の「リムジン・バス」。揺らぎながら、数十人の無関心に包まれて、かれは一人で座って、窓の外を眺めていた。

「においい」が消えたところに町が始まった。町と同時に、人の流れが始まった。開いた窓のすぐ前に、現よりも夢、夢よりも早く流れすぎている続き絵のように、自転車に乗り、小型タクシーに乗り、そしてただ歩いている、中心街に着くまでは五万人だろうか十万人だろうか、人のめまぐるしい流れ。

人の流れの奥の方にそびえる建物の看板に書かれた、大きくて真っ赤なスローガンが目に入った。

开放的中国

その下には、

A MORE OPEN CHINA

と書いてあった。

後ろの座席から、「オープン・チャイナ」と読む男の若い日本人の声が聞こえた。

中心に向かって、バスが走れば走るほど、その傍らを動いている人の流れが密になった。明るい水のように歩道から車道に溢れ出てバスの横すれすれまで人の流れが広がった。茶色に焼けた労働者たち、さまざまな色のドレスでショッピング・バッグをぶら下げて歩く二十代の女たち、一家に一子ずつ連れて歩く若い夫婦。レストランのネオンが輝き、ディスコの中から広東語のロックが洩れてくる。

バスの中だけが暗くて、窓の外がまぶしい。

バスがいくら走っても、そのそばで動く人の流れは絶えなかった。

かれが十六歳のとき、父と継母が住んでいた横浜のアメリカ領事館から家出をして、はじめて一人で新宿をうろついた。駅から歌舞伎町に向かって下り坂に溢れる人波に身を寄り添わせて、下へ下へとネオンの灯をめがけて、押されるまま流れて行った。自分が一緒になった人波が、ときには突出した奇形の石にでも流れをとつぜん遮られた川波のように、長い栗色の髪のかれを避けようと、二つに分かれ、かれを後ろにしては一つに戻ってしまう。あれから東京を歩きつづけた二十年の間、そのようなことが度々あった。二十年経てばなくなるだろう、と二十年前に予測をしたのだが、人の流れがわざわざ自分を避けるように分かれてしまうことは、ついになくならなかったのである。

バスと並行して、十重二十重の人群れが、障害物など知らないという勢いで、新宿の人波より百倍も膨大だった。新宿の人波より、より単調に、より直接に流れていた。レストランや映画館の前などは、人がバスの窓の直前まで押し寄せて、かれらの顔と、かれの顔が合った。群衆の顔が、青灰色の目のかれの顔と向かい合ってしまったのに、相手はそれほどの驚きを示していないことに、かれはかえって驚愕した。

一人で大陸に来てしまった、とかれは日本語でつぶやいた。

しかし、窓の外はあまりにもまぶしい。

道が交差するロータリーでバスが止まって、数人の中国人が降りた。それからバスが高速道路に入った。シカゴにも川崎にもあるような、殺風景な高速道路だった。簡体字の標識の下を走り、いくつかの出口を通り過ぎてしばらくすると、ロスにも名古屋にもありそうな大きなジャンクションにバスが揺れながらたくましく登って行った。

ジャンクションのあたりは、派手なネオン・サインをかざした高層ホテルが並んでいた。本当に「中華人民共和国」なのか、むしろラス・ベガスとか熱海という感じじゃないか、と失望めいた思いをしはじめたころ、光の列へと登ってゆく途中でバスがとつぜん止まった。

暗い客席に向かって、太った運転手が北京語で何かを叫んだ。

その北京語は早口だった。

その声は、暗い通路に数秒だけゴロゴロ鳴った。

もう一度、同じ北京語が、苛立ちを極めたように鳴り響いた。

二度目の、北京語の中から、「外佬《ワイラオ》」という言葉をかれは聞き分け、それがおそらく「誰か、あの外佬《ワイラオ》にここで降りなさいと言ってくれ」という意味だったのだろう、そして誰もそう伝えることに関心を示さないでいるとかれが把握した、ちょうどその瞬間に、運転手が「しかたがない」に相当するだろう北京語を吐き出し、轟音をたてて、猛スピードで再び走り出してしまった。

「外佬《ワイラオ》」とは自分のことを指していたのだ、とようやく感付いたとき、バスがジャンクションを登りつめて、右に曲がった。広大な大通りをますますスピードを上げながら走っているバスの右側の窓いっぱいにそびえた高層ホテルの「国际饭店」というネオン・サインに気がついた。

次の停車場で降りて、引き返して歩けばいい、と日本語で自分を安心させて、隣の人民服の中年男に、

「あなたがたも北京ははじめてだそうだけど、次の停車場はどこにあるか知っていますか」

と北京語で聞いた。

隣の人は、先と違ってかれのことを少し怪しんでいるような表情で、

「ない」

ときっぱり答えた。

「ない？」

「停車場はない」

一軒が一ブロックを占める、派手でどっしりとしたホテルが並ぶ広大な大通りを、渡ろうとしている歩行者や自転車をけちらすように、バスが戦車さながら、突進している。仲間と楽しく懇談している人民服の背をかれは軽く叩いて、

「下車するところはないですか」

と聞いてみた。

人民服はこちらに怒った顔を向けて、怒鳴った。

「だから言ったじゃないか！　終着点まではとまらない！」

まわりの人が、愚かな外佬《ワイラオ》だという視線を浴びせた。

その終着点はどこですか、と聞く勇気がなくなり、かれは黙りこみ、正面に向き直った。運転席のそばで、暗い中そうだと分からなかった、一人のインド人と一人のアラブ人が、すばやく過ぎ去ってゆくホテルを指さしながら運転手に英語で訴えている。運転手は答えもしなかった。猛進しているバスのドアの前の手すりにすがりついたままで、明るいホテルと暗い工事現場がすさまじい速さで窓に映ってゆくのを虚しく見送るだけだった。女の若い日本人も運転席に寄って、「ストップ、ストップ」と頼み込んでいるのもかまわずに、バスはますますスピードを上げて長い車体をきしませて走りつづけた。

ぼくをいったいどこへ連れて行こうとしているのか。知らない大人の車に乗せられて行きたくないところへ連れて行かれようとしている子供の恐怖にも似た不安が兆した。

二つの交差点を通り過ぎてもなおつづいた「北京飯店」の照明を後にすると、大通りがゆるやかな勾配となり、バスがとつぜん暗闇の中へ飛び込んだ。暗闇の中にはふわふわした高い並木と、その背後に三階建てほどの高さの赤黒い壁の輪郭がうかがえるような気もした。しかし、あまりにもとつぜんの暗闇だった。

暗闇が四方に広がった。

輝く町の真只中にある暗闇が信じられなかった。バスがブラックホールに呑み込まれたようにかれは感じた。

「天安门《テイエンアンメン》」

と客席の誰かが言いだした。

かれは開けた窓から顔を突き出した。

かれの青灰色の目が、暗闇の中にぼおっと現れた黒い目と合った。

マオの目だった。笑いをほのめかしている、厳《いつく》しい、毛主席の目だった。

その目は、しかし、誰一人も見ていなかった。

毛主席の目は、ただ暗闇の中から浮かび上がって、大陸の光がすべて吸い込まれる広大な暗闇の中を眺めている。毛主席の目から伝わるわずかな光は、温もりがあるとか、冷酷だとかいうことはなかった。

毛主席の目は、無関心そのものだった。

かれは思わず顔を引っ込めた。一秒の後に毛主席の顔が消え、四、五秒の後にバスが急に、荒々しく左へ曲がった。

慌てて反対側の窓に視線を移すと、石塔をはさんで、石段の上に柱が並ぶ四角い廟が見えた。その中に安置されているという毛主席の死人の目が、肖像画の毛主席の目を見つづけている。

流血の痕跡などどこにもなさそうな、真っ暗な広場の中、一キロほど離れた毛主席の死人の視線の横を掠めて、バスが地球から飛び出してしまうような速度を上げて、西の方へ急いだ。

中心から外れた西の町にあるバスの終着点から、小型タクシーに乗った。週末の夜なのに、東京の大通りでのように乗車拒否を恐れて何となく顔を並木の陰に隠して止める必要もなく、すぐ乗せてもらえた。高層ビルと土を掘った一ブロック大の窪みの間を、小型車がせっせと抜けて、十一時過ぎにかれをホテルへ届けた。

一階のレストランでシンガポール・バーガーを食べてから、十八階にある、がらんとしたシングル・ルームに入った。ミニ・バーからバーボンを取り出し、インターナショナル・モダンと言うべきか、殺風景ながら座り心地の良いソファにかけて、飲み始めた。

見晴らし窓を覆った薄いレースのカーテンを通して、下の町の光が映っていた。赤とブルーの光、そしてさらに遠くには、地平線すれすれのところで肉眼でも見える矮星《わいせい》のような、控えめな金色の何かが光っていた。

ソファに座ったままカーテンを少し開いて、かれは外を覗いてみた。下の大通りの両側に寝ている数百人の、「老百姓《ラオバイシング》」だろうか農村からの流民だろうか、とにかく北京には住処のない群衆の小さな影と、大通りの反対側に巨大な工事現場の黒い穴ぼこが見えた。そのさらに彼方の方では、こちらから見て地平線のあたりに建っている暗い駅舎のうえに、「北京站」という金色の、しかし派手ではない、金よりむしろ黄色に近い漢字が見分けられていた。

なぜか、それが毛主席の字であるとすぐ分かった。

その字をにらみながらバーボンをまたグラスに注ぎ、もう一杯を飲みはじめた。bourbon、バーボン、ブルベンと口の中で音を転がして味わった。どれが正名だろうか。

飲みながら眺めているうちに、毛主席の字が金色から黄色に変わり、また金色に戻った。夜空にきらめくスタイリッシュな筆跡が、自分の権力を永遠に残してやろうという皇帝の野望の誇示から、単なる一人の死者の形見を記した淋しさの広告へと、印象も変わってきた。

かれはカーテンをそっと閉めた。疲れも感じていたが、何年かぶりの興奮状態で寝る気もなかった。

ミニ・バーからもう一本のバーボンの小瓶を取り出して、グラスに注ぎながら、リモコンを押してテレビをつけて見た。

CNNのニュースだった。またリモコンを押すとNHKのクイズ番組が出て、その次のチャンネルで韓国のKBSの、ホームドラマが画面に映った。宿泊客がビジネスを終えた後、それぞれ自分の母国語でリラックスできるように、四つ星の国際飯店がチャンネルを揃えたのである。

もう一回リモコンを押すと、華僑向きか、北京語ではない、南方の中国語、広東語なのかシンガポールの方言なのか、買い物番組が映った。

真珠のネックレスを手に取って、八つか九つのトーンでその値段を言う女性アナウンサーの顔がクローズ・アップされて、それから北京の郊外にあるゴルフ場の広告が流れた。ゴルフ場が消えて、テノールの歌が響きだした。若い男の笑い顔が映り、次に若い女の、喜色満面の顔が映った。そして子供の顔。子供と手をつないでいる中年男の遠くを見ている顔。南方の方言で、軍歌に似た強い調子となり、男性の歌声が高まる、と同時に、若い男女と子供と中年男がグループをなし、そのまわりに十数人の家族の団欒が広がってゆく。

大陸の懐に戻った、一つの大民族。

最後には、団欒の中心に、幸せそうに孫を抱えるおばさんの太った丸い顔が画面一杯に

映る。南方の歌声が最高潮に達すると、大家族の面々の上に、

我是龍的伝人

という字が大きくかぶさった。

我も龍の伝人なのか、という日本語の声がほろ酔いの頭の中で沸き上がった。

画面の裏から自分のことをあざ笑っている声が聞こえている気がした。

「俺の家族はこんなんじゃなかった」

とつぶやき、テレビの電源を切った。

音一つないシングル・ルームの中に座ってもう一度、窓の方を見た。他のネオン・サインが消えて、毛主席の遠い筆跡だけがカーテンにわずかに映っている。

一人で大陸に来てしまったと、また思い、そのままベッドに入った。島の家と、大陸を想像しながら寝室から眺めていた夜の広々とした庭を思い出した。少年時代に純金色の髪だった母と、青年時代に継母となった黒髪の女の、二つの姿が交互に浮かんだ。そして、まるでかれの家族を破壊するためであるかのように、黒髪の女を大陸から追放した毛主席の目、天安門広場の暗闇を見据えて、微笑みをたたえる、無関心な目。

不安定な眠りの後に、チャイムの音が聞こえた。
チャイムの音は部屋の外から入って来ていた。朝から熱帯のように、強い日差しが照りつけているレースのカーテンの向こう、町の中でチャイムが鳴っているようだ。

东方红《ドングファングホング》　太阳升《タイヤングシャング》

とチャイムが鳴っていた。

中国出了《ジュンググオチュウリヤオ》一《イ》个《ゲ》毛泽东《マオツエドング》！

薄いレースが燃え上がりそうな強い日差しに目をやりながら、チャイムが打ち出すメロディを頭の中で和訳した。

中国が一人の毛沢東を生みだした！

ベッドの中から手を伸ばして、カーテンを開いてみた。

昨夜、ホテルの前の歩道で寝ていた数百人の流民が、起きて仕事に向かう何千人もの動く人群れに変身していた。大通りの反対側に工事現場が広がり、その縁に立ってつるはしで土を掘る三百人か四百人かの労働者の列も見分けられた。黒々とした頭の、同時に動くいくつかの大波の上に、チャイムがどこからともなく鳴っていたのである。

毛主席爱人民、と始まるスタンザの最後の音節の後に、チャイムが、熱い空気を震わせるように、八回こだました。

見晴らし窓から十八階下に動く人群れを見おろしていたかれは、青年時代には同じように、領事館の見晴らし窓から下の歩道を行き交う日本人の姿を、飽きもせずに眺めていたのであった。

眺めていた部屋の中には、中国人の継母がいた。

エレベーターを降りた。広大なロビーだった。数百人の、ほとんどが中国人の群れの中をかれが歩いた。数十人が同時に携帯電話で話している、いくつかの方言が耳に飛んで来た。白いスーツの初老の男が携帯電話に命令調の南方の言葉を叫んでいる。南方の言葉の合間に software, software という英語が混じっていた。

携帯電話の森を抜けて、朝の光がまぶしいガラス・ドアの表玄関に向かった。

4

人が立ったりしゃがんだりしている薄暗い地下道から、かれは出てきて、正午よりかなり前なのに膨大な空から直に射してくる陽光の下に立った。
陽光の強さにかれは気が滅入った。
遠く遠くそびえる高さ百メートルほどの石塔がかれの視界に入った。石塔は、両側から白んだ金属色の炎とも見えるかげろうが富めて、揺らいでいる。
地下道から上がったばかりのかれは広場の端に立っていたのだが、立っていたところからそう遠くない敷石の上にもかげろうがおどっている。
い、い、い、い、
ひむかしののに、と頭の中でそんな日本語が突然の酔いのようにさっと浮かび上がった。
い、い、い、い、い、
かぎろひのたつみえて、
そんな日本語が浮かんでしまったのに、「かげろう」の正式な英語は、思い出せなかった。
まわりに溢れている何千人の、誰一人にも通じない、口にすればたわごとのように聞こえるだろう。

か、い、い、い、い、
かぎろひのたつみえて

少年時代に見た父と同じほどに薄らいできた頭髪に、遮るものは何もなく朝の陽光が容赦なく照りつけていた。ブルベンの酔いがまだ残っているのか少し不確かな足どりで、かれは広場を、かげろうに包まれた人民英雄記念碑をめがけて歩きだした。

ぼくには見える、朝の炎の立つのが

古代の日本語を、昔、そのように英語に訳したことがあった。

I can see the flames of morning rise

銃声も叫び声も救急車のサイレンの音もなかった。地下道から上がってかげろうに気がついた、と同時に、まわりからおびただしい数のインスタント・カメラのガチャッと、ビービービー、あちこちからのポケ・ベルの音が、耳鳴りのように響いた。

視野の最南端、まわりにかげろうが立つ石塔のさらに彼方には、柱が並ぶ巨大な廟が、ぼやけた輪郭を呈していた。

きのうの夜中に見た肖像画の黒い目の視線を背に感じ、南からも同じ視線が注がれているような気がして、往還する視線の中に自分が入ってしまったことをとつぜん意識しだして、平衡を失いそうになって、歩調を少しゆるめた。

The flames of morning、と日本語を英語にした文句が、再び甦った。

かぎろひは、確かに、死んだ皇子の形見だった。その死んだ皇子を、息子の、もう一人の皇子が……

「エイ！」と怒鳴る声が耳のすぐ横に起こり、誰かが自分の肩を荒っぽくぶつけてきた。

「エイ！　どけ！」という意味を感じとって振り返ると、サングラスをかけた原色のTシャツの青年が、かれをどかすように横切ったのに気づいた。左手にカメラをぶらさげ、右手で太陽の下で紫がかった厚化粧のガールフレンドの腕をぶっきらぼうに引きずって、広場の西側の半分を占める人民大会堂へ急いでいるようだ。

人民大会堂の屋上に何十もの紅旗が小さく翻っていた。紅旗の下にある一列の窓に、かれの視線が止まった。

あの時代、人民大会堂の個室の窓から、自分の名前を絶叫する百万人の工農兵《ゴングノングビング》を、毛主席が見渡していた。人民大会堂の個室に連れ込んだ五、六人の女の、処女を次々と奪いながらその光景を見渡していたという。

西からも、毛主席の視線が陽光に混じり、注がれてきていた。

かれは、日本とアメリカの間で送ってきた人生が、その容赦ない視線の中で無化されてしまったように、巨大な広場の上を行く自分の姿をいびつなものに感じてしまった。頭の中からすべての言葉が抜き取られたように、気が遠くなった。

何とか自分を奮い立たせて、熱い敷石の上を、廟に向かって歩きつづけた。

人民英雄記念碑を通り過ぎた。

通り過ぎたとき、大きな台の黄白色の石に阿片戦争を描いたレリーフが視界の隅に入った。台のまわりに二十年前の清明の日、死者の祭の日に周恩来を悼もうと人民服の百万人が集まった。その報道写真の白黒の記憶が頭に浮かび、そしてついこの間、アメリカだったか日本だったか、ここを映したテレビを見て、その画面にこだました銃声とサイレンの音をも思いだした。生者の姿をぼやかす、かげろうとなった死者の亡霊をかき分けて自分が歩いているような錯覚に陥った。

日本とアメリカで過ごした大人の人生の前の、大陸の陰に浮かび、大陸を睨んだ島での少年時代の輝かしい記憶すら、大陸の陽光の下で消滅させられてしまいそうな気がして、自分の歩く姿がまわりの生者と死者にまったく無関係な、もう一つの微細な影となった。

軽いめまいも覚えた。しかし、そのことについても、天安門広場の中にあってはいったい誰が関心を示してくれるものかと、とにかく苛酷な日差しの中で歩きつづけたのだ。

かれは廟の前にたどりついた。

柱が並び、柱の間の暗い入り口に入ろうと、廟の前と横から人の長い列がつづいていた。

かれはごく自然に廟のその列に並んでしまい、一千人の黒い頭の上にそびえ立つ柱へとゆっくり動いていた。

かれにまったく無関心な一千人の列の中に、かれはいた。誰も、かれの薄くなった栗色の髪の毛に気づいて英語で話しかけようとしなかった。誰も、かれの青灰色の目に対して拒絶の眼差しを送らなかった。かれの前にいる、明るいブラウスの都市民の二人の三十代の女も、後ろからかれを押している三人の地味なシャツの農民風の青年も、かれの存在には特に注意を払わなかった。かれは単なる生者の一人だった。一千人の生者とともに、かれは廟の石段を登るために並んでいるだけだった。

石段のふもとまで、列が進んだ。一つ目の段の前に、黒く焼けた顔の老人が立っていた。物静かな人の列に向かって、老人が呼び声を掛けていた。

「毛主席《マオジュシー》に献花を！　三元！　三元！」

前にいる三十代の女が列を離れて、ハンドバッグからしわくちゃの小さな札を出して花を買った。

まわりから押されてかれは石段を登りはじめた。途中から振り返ると、広場の遥かな北端、故宮の幾重の巨大な門の最前に建つ天安門が見え、そこに掲げられた、粒ほどになった毛主席の肖像画に気がついた。

忽ちまわりからの圧迫が激しくなって、かれは灯の少ない大部屋の中に踏み込んでしまった。目を上げると、そこに、大理石の椅子に座っている毛主席の、北を望む白い石の顔があった。優しい父親のような眼差しだった。しかし、その目は、かれやかれを後ろから突く人民の頭上を越えて、永久に自分の肖像画を眺めていたのである。

「マオ」

とかれは思わずつぶやいた。

子供のような、自分のつぶやきが、巨大な部屋のよどんだ空気の中で弱々しい響きを作った。

「一列《イーハング》！　両列《リヤングハング》！」という声が轟き、かれの小さなつぶやきを打ちのめした。

その声に従うように、明るいブラウスの女たちが彫刻まで歩いて、深々と礼をしながら花束を捧げた。

大理石の毛主席の足元に花が山をなしていた。暗い大部屋の中で、花束の山が新鮮に見え、妙に生命感を滲ませていた。

前方には人の行列がさらに廟の奥へと動いていた。この巨大な部屋は前室に過ぎないらしい。

マオは奥にいるのか。

マオに向かって、押し合っている人民の列が動いているのか。

前からも後ろからも、北京語のささやき声がかれの耳に入った。その内容はよく聞き取れなかったが、そのリズムにかれは抵抗なく取り込まれ、三十年の、二つの周辺国で過ごした歳月が、嘘だったかのように抹消され、前へ進もうという意思もなく、重々しい石の床の上を歩いているという実感すらなく、押されたままにかれは奥の方へ動いた。

「一列《イーハング》！　两列《リャングハング》！　一列《イーハング》！　两列《リャングハング》！」

花を買えばよかった、とかれは自分を戒めた。この部屋は、不思議と親しみやすい雰囲気を持ち、その中を、人民と一緒に行列しているのも、むしろ当然に感じられはじめた。

前室から奥へつながるだろう、もう一つの入り口が先の方に見えた。

「マオ」

とかれは再びつぶやいた。

どんよりとした空気の中で、わずかな花の香りがした。

彫刻の前まで進んでいる人民の静かなざわめきが横から耳に入った。

「イーハング！　リャングハング！」

はい、毛主席のために、一列を作れ、二列を作れ！

いつの間にか、かれは廟のちょうど真ん中にあたる通路で、人民に囲まれて、立っていた。

暗茶色の木の壁の、何もない通路だった。

前室と、奥の部屋の間の短い通路の中で、人の動きはほぼ止まった。前方からの指示を、人民はここで待つことになっているらしい。

通路につめている、人民のささやき声が繁くなった。三十年前のかれを包んでいたのと同じ声が、大陸の人と人の間に挟まれ、動けなくなったかれの耳に、ますます大きくこだまして、かれを満たしてしまった。

分かったり分からなかったりする、抑揚のある大陸の言葉。かれはジープを降りて、粘土と煉瓦の村へ走り出した。

後ろからわずかに押されて、かれはまたゆっくりと動きだした。

かれは走りつづけた。鉄条網の前でとつぜん立ち止まった。海峡に沈む太陽の中に、大陸があった。

三十年間、かれは大陸に向かって走りつづけていた。

通路の少し先に別の光が見えた。眠りの最後の入り口。かれはそちらの方へ押されて、徐々に動き出した。

入り口までたどり着いた。

薄気味悪い緑色の光が目に入った。目を瞬くと、緑色の光に包まれて、老中国人の寝ている姿が部屋の中に、あった。

鎚と鎌の旗に覆われて、死体が、あった。

いとおしい老人、毛主席！

かれは毛主席の視線を遮るように、その真前に立っていた。

旗の下の老人の腹は突き出ていて、その顔は小さかった。緑色の光の下で、その頬がルージュを塗られたように、赤かった。

動かなかった人民の流れがとつぜん勢いを増し、後ろからかれは部屋の中に押された。押された瞬間、ガラスのパネルの仕切りの間にある毛主席を、両側から守護する兵士が立っているのに気がついた。

緑色の光の中で、兵士ひとりひとりの軍帽にかざされていたプラスチックの赤い星が光っていた。

人民の流れに向かって、兵士たちが、

「快《クワイ》！　快《クワイ》！」

と命令していた。

ささやき声の命令だった。

かれは毛主席の横へ押し流された。

「マオ」

とつぶやいてしまう自分の声が静かに響いた。

大陸の中心に、毛主席の体がどっしりと横たわっていた。

毛主席の顔は、永眠をしているのに、表情があるような気がした。

「快《クワイ》！　快《クワイ》！」というささやきの叫び声が部屋のあちこちから聞こえた。

赤い星がぴかっと輝いた。

後ろから凄まじい速さで、人民が流れて、かれを押していた。

目の前に、赤い頰の横顔があった。

かれは思わず歩調をゆるめ、毛主席の横顔に自分の顔を向けつづけて、離さないでいた。

「快《クワイ》！ 快《クワイ》！」という声が高まった。

赤い星がかれに向かって動きだした。赤い星の下に唇が動き、

「Go！Go！」

という音を発していた。

後ろからの人の流れと歩調がずれた。しかし、人の流れがかれを避けるように分かれようとしている徴候はなかった。

毛主席の顔が、かれの視線の後ろに退こうとしていた。

かれはとつぜん振り返った。振り返った瞬間、数十人の人民が後ろから玉突きでぶつかってきた。それでも振り返って、毛主席の顔にじっと見入った。

「マオ」

とかれは叫びだした。

責めているとも、乞うているともつかない、英語にも北京語にもなっていない、単なる名前を叫びだした。泣き声に変わろうと、その声が震えていた。

海峡の向こうまで届くほどの、大きな声が、部屋の中で鳴り響いた。

前と後ろからざわめきが起きた。

暗い緑色の空気の中で光っていた、四方の赤い星が一斉に動きだし、星座のように線をなして、かれをとり囲んだ。

たくさんの腕に捕まえられて、一気に前へ押しやられた。
五、六人の兵士の怒鳴り声が聞こえた。
大陸の人のざわめきが耳を襲った。

「外國人《ワイグオレン》！　美國人《メイグオレン》！」

大きな掌が自分の頭を打ったのを感じた。

廟の後ろの門から、広い石段に投げられるように押し出された瞬間、太陽がぎらっと目に入った。

石段の下には土産物屋がずらりと軒を連ね、あたりを埋めつくす買い物客の賑わいが聞こえた。かげろうはどこにもなかった。ただ強い八月の日差しが群衆の上に散らばっていた。

大陸の人たちが行き交う方へ、かれはゆっくりと歩きだした。

初出：『群像』一九九六年一月号［発表時作者四五歳］／底本：『天安門』講談社文芸文庫、二〇一一年

第一一五回芥川賞選評より〔一九九六（平成八）年上半期〕

日野啓三　川上弘美「蛇を踏む」は（中略）「蛇を踏んでしまった」というさり気ない書き出しの切れ味がいい。（中略）他にリービ英雄の「天安門」が、「かれ」の少年時代の時代的体験の切実さ、その体験を「大陸」とその超人的な支配者（非常な神のイメージに近い）への愛憎表裏の強い感情まで広げた想像力のスケール、それを記述する作者の交ぜ織り《インターテクスチャー》的な文章表現と構成の豊かな新鮮さで、私を魅了したが多くの賛成を得られなかった。だがこの質の文章表現には未来がある、と私はひそかに思う。

大庭みな子　川上弘美さん／これは蛇だ。蛇のようにとぐろを巻いてかま首をもたげている他人の気味悪さにぞくっとする。／リービ英雄さん／リービさんの言葉には数カ国語のひびきが音楽のように共鳴し合う面白さがある。

リービ英雄　りーび・ひでお

一九五〇（昭和二五）年、米カリフォルニア州生まれ。プリンストン大学卒。同大、スタンフォード大学で日本文学を研究し、八二年「万葉集」の英訳により全米図書賞。一〇代から日本を訪れ、八九年から日本に定住。九二年に刊行した、日本語で書いた処女作を表題とした『星条旗の聞こえない部屋』で野間文芸新人賞。二〇〇五年刊行の『千々にくだけて』で大佛次郎賞。〇九年『仮の水』で伊藤整文学賞。一七年、自らの幼少期を描いた『模範郷』で読売文学賞。『最後の国境への旅』『日本語を書く部屋』など評論も多い。

水のみち

伊達一行

1

穿孔機《ボーリング・マシン》をとめて、高広《たかひろ》は新米の手子《てこ》に休憩時間だと眼で合図した。五十すぎの青黒い顔の男は酔いがまわったような表情で作業をつづけていた。高広が大声で休みだとつげると、男は掘削鋼管《ドリルロッド》を足場の板に置いて、袖で額の汗をぬぐった。

防寒着をはおり、高広は螺旋状に設置されたタラップに手をかけた。深さ三十メートルの穴底だ。見あげると、まるい出口がバスケットのボールほどの大きさで空を切りとっている。底は真冬でもあたたかいのだが、よじのぼっていくにつれて汗ばんだ肌に冷気がはりついてきた。直径三メートル半の開口部に達して、地上に出た。

一面の雪景色だった。黒髪山《くろかみやま》は純白に塗りこめられ、谷間の部落も麓の町も雪におおわれている。白いきらめきがあざやかすぎて、頭の芯にひびいた。横ボーリング工事を開始して一カ月だが、晴天は今日がはじめてだった。

西の彼方にゆるやかな円錐形の稜線を描いて鳥海山があった。東には奥羽山脈の峰々がせまり、肩を組むようにして南北にのびていた。黒髪山の南東斜面にある妻《さい》ノ神《かみ》部落はきれこみの浅い谷間にあった。大きな沢がつくりだした河岸段丘で、雪の下は田や畑だ。部落は上《かみ》と中と下《しも》とにわかれ、都合十八軒の人家があった。現場は上と中の中間に位置して、部落の様子がよく見わたせる。

作業服の胸ポケットからピース・ライトをとりだし、高広はジッポーで火をつけた。父が好きだったショート・ピースは子供のときから香りが気に入っていたが、実際に吸ってみると、えがらっぽくて口に合わなかった。

下請けから派遣された二人の手子もだまってタバコを吸っている。穴の外から門型クレーンで機材を降ろしていた二十三歳の男はこの仕事に入って半年で、だいぶ馴れてはきたが、それでも高広から見れば動作がにぶく、危なっかしかった。小鼻にピアスをしているのも気にくわない。二週間まえにやってきた五十男のほうは要領が悪いうえに機械の音で耳をやられて集中力をすっかりなくしていた。

手子は給料がいいので、募集をかければ人はあつまった。だが、誰も長くつづかない。生半可な気持でつとまる仕事ではなかった。山と闘う気構えがなければ、一日でつぶされてしまう。これは喧嘩であり、戦争だった。高校を卒業後、入社して十四年、高広は逃げだした人間を何十人も見てきた。一人前の技術屋になる心づもりで現場に立たないかぎり、山にこっぴどく叩きのめされることになる。

黒髪山は月山と同様、建設省から重荒廃区域とされていた。地すべり防止区域に指定されているのは西北斜面で、八〇年代まで地すべりが頻発した。七二年に起きた坊ノ沢地内の地すべりは二十戸の家屋と十三人のいのちを土砂のなかに飲みこんだ。食卓をかこんだままの姿で圧死した家族もいた。

地すべりによる土塊の移動はおおむねゆっくりしているが、このときのスピードはすさまじく、風圧だけで倒壊した家もあった。目撃した人は、山が走ったと証言した。うごいた土砂の量は約五百万立方メートルで、これは毎日百台のダンプカーで運搬しても二十年以上かかる量だった。

保湿器に入れておいた缶コーヒーを飲んで、高広は二本めのタバコをくわえた。一日に二箱から三箱吸う。手元の箱には三本しかのこっていなかった。タバコがすくなくなると、気分がおちつかなくなる。高広はジープに置いてある買いおきをとりにいくことにした。

工事現場は山道から二十メートルほどはなれている。ジープはそこからさらに四十メートル下の、高広が寝泊まりしているタマミ婆さんの家の近くにとめてあった。山道に出ると、登山姿の男たちが五人、工事の立て看板を眺めていた。

標高千五百メートルの黒髪山は自然保護団体の反対でスキー場はつくられなかったが、

奥羽のなかでは比較的天候がおだやかな山で、登山者は冬でもいた。地元ではふるくから霊峰として崇拝され、この妻ノ神口は修験者がひらいた登山道のひとつだった。

「なんの工事ですか」赤い山帽をかぶった年かさの男が声をかけてきた。

立て看板には、地すべり工事中、と書かれていた。工事の内容もわからずに、環境破壊だと見当違いの言葉をぶつけてくる人もいたので、高広は用心しながら、防災工事です、と答えた。

崖くずれがあるんですか、と別の男がきいた。山がうごくんです、と説明しそうになり、高広は思いなおして、地すべりです、とだけ言って彼らに背中をむけた。

登山をやるなら山を知ってからにしろと坂道を下りながら思った。この工事は道路工事や土石流対策工事などと違い、眼に見える部分がすくないこともあって理解されにくかった。いま手がけている集水井《しゅうすいせい》にしても、完成すれば大きい土管が地中に埋められた程度にしか見えず、灌漑用の井戸だと誤解されることが多かった。

ジープのドアをあけてピース・ライトを一箱ポケットに入れたとき、四輪駆動の軽トラックが雪の山道をのぼってきた。タマミ婆さんの娘だ。茅葺き屋根とトタン屋根が合体した婆さんの家のまえでクルマはとまった。

五十代前半の痩せた女が不機嫌そうな顔で降りてきた。高広をみとめて小さく会釈をし、ダンボール箱につめた荷をかかえて雪囲いされた戸口まではこんだ。家のなかに入ることもなく、彼女はふたたびクルマに乗って雪道をひきかえしていった。

週に一度、娘はタマミ婆さんに食料品や酒、灯油などを置いていった。高広は妻ノ神の現場にのりこむと同時にタマミ婆さんの家に世話になったが、娘と婆さんが話をしているところは見たことがなかった。彼女は山麓の町に住んでいた。荷をはこぶ手間を考えれば冬期間だけでも婆さんを自分の家にひきとったほうが合理的だろうに、と高広は思っていた。

タバコを吸いながら婆さんの家にいった。戸口に置かれたダンボール箱と日本酒の一升ビンをガタのきた引き戸をあけてなかにはこび入れた。麹のにおいがうっすらとただよってきた。タマミ婆さんは奥の土間で、広口の甕に酵母菌を入れてドブロクをつくっていた。

精が出るな、と高広が言うと、まんず、稼がねばな、と婆さんはわらった。

十年ほどまえから婆さんはドブロクを東京に宅配便で送って現金収入にしていた。買い手のなかには店にだして売っている飲み屋もあった。こんなものより清酒のほうがうまい、と婆さんは自分の酒を口にしなかったが、キツサといいコクといい高広にはなかなかいい味だと思えた。

甕の口にビニールをかけ、そのうえに油紙をかさねてヒモでくくると、八十歳近いタマミ婆さんは短いかけ声を発して甕を抱きかかえた。おれがやる、と高広が手をかそうとしても婆さんはきかなかった。

甕を裏口かち外にだして、雪のなかに埋めた。雑菌が入らないようにしながら温度管理をするのがむずかしいようだったが、それより大事なのは米を炊くときの水加減だと婆さんはもらしたことがあった。もっている田畑はわずかばかりのもので、婆さんの収入のほとんどは冬場のこのドブロクづくりと黒髪山での山菜採りやキノコ採りに頼っていた。

「春になれば山は化ける」と婆さんは言った。

どこに、いつごろ、どんなものが生《は》えるか、タマミ婆さんは正確に知っていた。山には金が落ちていると話した。ヘビもウサギも金になった。ことにマムシは高く売れた。ヤマカガシは気が荒いが、マムシをつかまえるのは造作もないことだと言い、焼酎づけにして、これも東京に送っていた。

お茶を飲むか、と婆さんがきいた。いらない、と答えて高広は腕時計を見た。そろそろ三十分の休憩時間は終りだった。

坂道をのぼっているうちに、遠くでサルの鳴き声がした。西のほうの山腹に雪崩で地肌が露出した斜面があった。サルたちはそこを餌場にして、秋に落ちた木の実や灌木の芽をあさっているようだった。

現場にもどると、二百メートルあまり下の2号集水井を担当している下請け業者が待っていた。岩脈にぶちあたって穿孔がはかどらないという。排出された泥土《スライム》を見て、石英斑岩の岩脈だとわかった。これは調査ボーリングの段階ではつかめていないことだった。

妻ノ神地内は予備調査から施工設計まで高広がすべてまかされていた。地すべり調査は山の見えない内部が相手だ。同じ調査データでも解析の仕方で違う結論が出ることもあり、施工計画も異なったものになった。

坊ノ沢地内にくらべて、妻ノ神地内はさほど危険ではないと見なされてきた。地すべりの記録もなかった。だが、この三年、地下水位の観測データと伸縮計の数値に微妙な変動があらわれはじめていた。

予備調査が行われ、高広は調査責任者の課長と異なる解析結果をだした。高広を支持したのは沢田理事だった。三月で定年退職する沢田は長いこと黒髪山の防災工事にたずさわってきた。黒髪山を知りぬいている彼の意見は無視できなかった。土木事務所には高広の報告書が提出された。年次計画が立てられ、本年度は三基の集水井の設置工事が委託された。

去年の秋から穴を掘って集水井の土留め材を埋めこむ工事が開始された。亜鉛メッキの鋼鉄であるライナープレートを土留め材としてつかい、内径三メートル半、高さ五十センチのリングに組み立てて、ひとつひとつ埋めこんでいく。ふつうはこの縦ボーリング工事までが元請けの仕事で、あとは下請けに出すことが多かった。

だが、高広は最後まで自分の手でやらなければ気がすまなかった。彼の性格的なものだが、入社した当時、業務部長だった沢田の職人気質に影響されたせいもあった。社内ではふたりとも頑固者で通っていた。

めんどうな岩脈にぶつかったぐらいで弱音を吐くつもりはなかった。予想外のことが起きるのは山を相手の仕事ではあたりまえのことだ。

「だましだましやるんだ」と高広は言った。「焦らずに、がまんしながら攻めるんだ」

むかし沢田からきかされた言葉だ。だましだまし、という言葉がわかるまでに七、八年かかった。だが、沢田は攻めるとは言わなかった。これは高広の実感で、あやすように、おもねるように山を扱いながらも、最後には一気に力で屈伏させなければならないと思っていた。敵の寝首をかくということだ。

下請け業者は、ドリルビットをダイヤモンドビットに変えても容易に掘りすすめないと泣き言をもらした。高広は、現場を交換して自分が2号集水井をやってもいいと相手の眼をにらみつけて言った。これくらいで音をあげるなら今後のつきあいはないということだ。業者はため息をついてひきさがった。

戦後、井戸掘りからはじまった零細企業もいまでは地質調査を主体とする建設コンサルタント会社に成長した。社員も大学出が大半を占めるようになった。泥で手を汚す仕事は人夫や下請け業者にまかせて、管理技術者としてデスクにむかう時間が多くなった。

高広はそんな風潮に反発した。頭のなかだけのことなら学者にでもやらせればいい、これは実際に手で山をとめてなんぼの仕事だ、と彼は思っていた。人様のために自然災害と闘っているなどと気負っていたのではない。だが、この仕事を堕胎にたとえた後輩とは喧嘩になったこともあった。相手は経験と直観がたよりの手さぐりの仕事だと言いたかったのだろうが、高広にはその比喩が気にくわなかった。

休憩時間はすぎていた。二人の手子はだるそうに仕事の準備にかかった。高広は雪景色を眺めながらタバコに火をつけた。

黒髪山にはいくつかの呼び名があった。ふるくはクラカミ山と言われていたという。クラもカミも神聖な奥深さをあらわす言葉だった。また、乳海山《にゆうかいざん》という別称もあった。西の鳥海山に対してつけられた名前だと高広は思っていたが、そうではなかった。チチミ山に乳海という漢字があてられ、そこから乳海山になったのだと教えてくれたのは沢田だった。

「縮む、縮んで皺がよるという意味もあれば、千々に割れる、つまり亀裂《クラツク》の多い山だということでもある」

黒髪山の地すべり地帯に沼山という地名がのこっていた。そこには小高い瘤のような山があり、沼が点在していた。この山は何千年、何万年、何百万年かけて、山そのものが移動した。そして、背後に窪地をつくったために沼ができた。沼をつくる山ということだった。

沼山の地下には巨大な粘土のすべり面があり、ちょうど水の膜をかぶったスベリ台の上に物を置いたようなものだと沢田は話した。一年に何ミリか何センチかずれこみ、あるとき急激にうごく。山をうごかすのは、水だ。そうでない地すべりもあるが、直接的な原因はほとんどが地下水だった。

乳海山の乳は水であり、この山は海をふところに抱いていた。山はすべてそうだと沢田は言った。地すべりをふせごうとするものにとっては、水こそが敵だった。しかし、人間も水でできてるからな、と沢田はつけくわえた。

山くずれ、崖くずれといった斜面崩壊は地質に関係なく豪雨や地震などで急傾斜地に生じ、一度起こると安定期に入る。だが、地すべりは免疫性がなく、緩慢に、ときに爆発的に発生する。

斜面崩壊が西日本に頻発するのは集中豪雨が原因であることが多く、一方、地すべり地帯は主に長野以北の東日本と、和歌山、徳島、愛媛など中央構造線の南側の結晶片岩地帯にあつまっていた。東日本では日本海側の第三紀層の堆積している丘陵山地に分布し、ここは同時に豪雪地帯でもあった。だからこんな雪ぶかい田舎の会社でもメシが食えるんだ、と沢田は言った。

そうしたことを沢田が懇切丁寧に教えたわけではない。十四年のうちに、高広は酒の席でぽつぽつと耳にしたにすぎない。入社するとすぐに集水井の工事にまわされた。そのときの現場責任者が面接で会っていた沢田だった。高広は工業高校の土木科を出ていたが、授業に地すべり工事の実習などなかった。

現場では誰も親切に仕事を教えてくれなかった。ことに沢田は腹を立てているように押しだまり、指示をだすときも邪険で、根性がねじけているのではないかと思ったほどだった。だが、それも当然だと、やがて納得した。緊張感がなければ怪我だけではすまない仕事だった。

高広は言われたことを忠実にやるように心がけた。はじめて深い集水井に降りるよう命じられたときはおそろしかった。穴をのぞきこむと、地底の一点にぐいぐいひきよせられ、めまいがした。十階建てのビルの屋上から降りていくようなものだった。転落防止のロープとつながった安全ベルト《セーフティ・ロック》をつけているものの、タラップは延々とつづき、穴にねじこまれるようで、全身に鳥肌が立った。

くわえて、穿孔機の音がすさまじかった。掘削は硬度の高いビットがついたドリルをつかって行われる。これが急回転しながら水を吹きだし、強力な打撃エネルギーを発揮してピストン運動をくりかえす。そのパーカッションの音は脳天を直撃する金属的なひびきをもっていた。

作業が終ると、二、三日難聴になって、十日ほど耳鳴りが消えなかった。しかし、これには早く馴れた。穿孔機と一体にならなければ山に穴をうがつことなど到底できなかった。高広はすぐにこの機械が好きになった。

山奥での仕事にも充実感をもった。穴の底にいると、ときどき、どこかでこれと同じ閉塞感を味わったことがあるような気になった。ずっと子供のころだが、自分の体験ではないようでもあり、よく思いだせなかった。

中学を出てからボーリング工事ひとすじの沢田はダムやトンネル工事の地質調査で半年も山に入りっきりのことがよくあったという。新潟から東北一円が仕事場だった。そう簡単に家に帰れるわけではなかった。同僚がよく辞めた。いまは週休二日になって現場に長期間はりつくことはすくなくなった。クルマが普及し、高速道路ができたおかげで、たいがいの現場からは半日でもどれた。

会社のある出羽《でわ》市から妻ノ神の現場まではクルマで一時間半だった。この程度の距離であれば、ふつうは通いになる。下請けの連中や高広につけられた手子たちは黒髪山の北にある出羽市から毎日通っていた。

高広は沢田からひきつぐかたちで黒髪山の担当になったので、今回は現場に寝泊まりすることにした。山も女と同じで寝てみなければわからん、と沢田がもらしたことがあった。タマミ婆さんの家を紹介したのも沢田だった。婆さんの芋の子汁や納豆汁は絶品だ、と彼は言った。

タバコを消して、高広はヘルメットをかぶった。仕事にかかろうとすると、今晩一杯いかないすか、と鼻ピアスの手子が話しかけてきた。どこで、と高広はきいた。どこでもいいっすよ、またボーリングやりますか、と鼻ピアスは声に卑猥なひびきをもたせてわらった。腹切ったバアさんならもうたくさんだ、と答えて高広は集水井のタラップを降りた。

妻ノ神からクルマで南に三十分ほど走ったところに温泉町があった。二週間まえ、高広はそこで鼻ピアスと一緒に女を買った。夜中に酔って町をふらつき、鼻ピアスがまえをあるいていた女に声をかけた。旅館の下働きでもしていそうな背の低い中年女だった。ジャンケンをやって、高広が先に女を抱いた。帝王切開の傷跡があった。

高広は穿孔機のレバーをにぎった。敵は見えない地下にいた。うごく土のかたまりから水を吸いあげて移動層の重さを軽くするか、すべり面の水をぬいて地下水圧をさげ、摩擦抵抗力を大きくするか、いずれにしても水にぶつかることが肝要だった。

横ボーリング工事はライナープレートの下部から山側にむかって傾斜角度をもった集水パイプをさしこむための穴をうがつ作業だ。この1号集水井では直径六センチあまりのパイプを、扇をひろげたかたちで十六本、それぞれ五十メートルから六十メートルの長さで設置することになっている。そのビニールパイプは水をあつめやすいように断面が波形になっていた。

水脈に狙いをつけて、穴をうがつ。巨大なコップの底に長いストローを半円状に何本もとりつけるようなものだ。すでに設置が終った集水パイプからは水があふれている。水槽になったコンクリートの底に水がたまり、排水孔から八十メートル先の沢に流れこんでいた。

レバーを倒すとき、高広は山の動脈をさぐる心もちになった。水みちは無数にあった。融雪期になれば山はたっぷりと水を吸い、それは地すべり亀裂に浸透する。山はガリバーだった。その巨人を縛りあげる。うごく山から血をぬいて半殺しにする。高広は喧嘩腰になった。パーカッションの音が穴に充満した。

2

雪の降る日がつづいた。天候は穴の底の作業に影響なかった。計画通りに進展しないときは、夜を徹して工事が行われた。集水井の底は昼でも薄暗く、投光器をつりさげているので、昼夜の別はなかった。

一日の作業が終ると、風呂に入り、酒を飲みながら飯を食った。タマミ婆さんの家を訪ねるのは郵便か宅配便の配達人ぐらいで、夜になれば雪のつもる気配と風の音だけになった。ときどき雪のかたまりが樹からばさりと落ちた。

高広は一夜にして田が一枚、地すべりで地面にめりこんで消えたのを見たことがあった。山は人間のうかがいしれないところで思いもよらない企みを準備している。風がやんで静寂がきわまると、山は巨大になり、闇は深さを増した。

タマミ婆さんの家には白黒のテレビがあったが、故障していた。電話もラジオもなく、新聞もとっていなかった。テレビぐらい買ったらいい、と高広が苦笑すると、そんなもんはいらん、しずかでええ、とタマミ婆さんはつっけんどんだった。

ドブロクを飲みながら、婆っちゃん、なんで娘のところにいかねえんだ、と高広はきいたことがあった。年寄りはひとりでいるのが気楽でええ、と婆さんは答えた。病気でもして寝こんじまったらたいへんだべ、と高広が言うと、そんときはそのまんま寝てれば餓死して一番だべ、とタマミ婆さんはあかるいわらい声をあげた。

「それじゃ姥捨て山だな」と高広も遠慮なく言った。

「おいや、知らんのか」と婆さんが驚いた顔を見せた。そして、この黒髪山の妻ノ神部落はもともと老人や死病にかかったものが遺棄された場所だという言いつたえがあると話した。おおむかしというだけで、いつごろのことなのか婆さんも知らなかった。

このあたりはベタ山と呼ばれた。ベタは方言で女陰を意味した。地形がそのかたちに似ていることと、沢が多く湿潤であることから名づけられた。

多産で豊饒な山という意味で、部落では黒髪山全体の別称としていまでもつかわれているという。棄老は死期の近い老人や病人を女陰に還すことだった。

いのち根性が汚ねえ年寄りは鼻つまみもんだ、自分はすすんで姥捨て山にいるのだとタマミ婆さんは訛のつよい言葉で話した。

景気のいい話じゃないな、と高広はまぜっかえした。夜這いの話でもすっか、娘ッコのころはモテたもんだ、と婆さんは艶のある表情になった。それから黒髪山周辺で語りつがれた猥談になって、高広はわらいころげた。

月曜の朝方、現場近くに建てられた三畳ほどのプレハブで手子たちと作業のうちあわせをしているうちに、高広は部落の人出がいつになく多いことに気づいた。上の部落からあるいてきた男に、何かあったんですか、と声をかけた。妻ノ神部落の肝煎《きもいり》である区長が昨夜亡くなったという。

その老人とは土木事務所がひらいた地元説明会などで何度か会って世話になっていた。会社としても弔問にいかなければならなかった。高広はいつも電話をかりている中の部落の農家まで下りていって会社と土木事務所に連絡した。香典を用意し、出羽市の独身寮の自室から喪服をもってきてくれるように頼んだ。とりあえずお悔やみだけでも述べようと、作業服のままジープに乗った。

区長の家は下の部落にあった。このあたりでは大きな農家で、養豚もやっていた。亡くなった区長は老人といってもまだ六十代だった。妻ノ神部落は最後まで地すべり工事に反対する住民が多かった。うまい天然の水を涸らしてまずい水道水に金をはらうなどということはばかげている、ここは危険ではない、というのが彼らの言い分だった。

妻ノ神地内で地すべりが起きたのは明治以前のことで、それも史料にあるわけではなく、伝承にすぎなかった。地すべり防止区域に指定されれば、集水井にする土地をとられたり、家の新築や増改築の折に行政から許可をもらわなければならず、場合によっては移転を命じられることもあった。

地すべりの徴候がはっきりしているときは地元説明会も楽だった。住民が不安に思っていれば工事にも協力的になった。だが、妻ノ神部落はそうではなかった。反対意見に同調する住民が増えて、収拾がつかなくなりそうだった。

温厚な人柄の区長は高広の調査結果や解析の説明をしんぼうづよくきいた。専門的なことばかりでなく、高広は地すべりの範囲や規模や時期がなかなか予測できない例として、八五年七月二十六日に長野市の地附山《じづき》で起きた地すべりについて話した。会社でテレビのニュース映像をビデオに録画していたので、それも見せた。

その年の梅雨期、長野市は例年にない多量の降雨に見舞われた。これが大災害の引き金になったことはまちがいないが、地すべりの準備はずっと以前からはじまっていた。

五年まえの八〇年は十数年ぶりの豪雪だった。雪が溶けると、地附山をめぐって戸隠方面にむかう有料道路のあちこちに亀裂が生じた。県では地質調査を行い対策工事をした。

だが、八三年十月から、ふたたび有料道路に変化が見られた。地すべりを前提とした調査がなされ、ふたたび対策工事が行われた。それでも道路の亀裂や側溝の変形などは増加しつづけ、山肌に、裂け目ができたり陥没が生じたりした。

これほど明瞭な前兆がありながら、災害はふせげなかった。地下水位が上昇し、湧水《わきみず》が見られた。八五年七月二十日、地附山の南東に位置する団地一帯に、山からぶきみな音がきこえてきた。山が崩壊し、樹木が引き裂かれる音だった。そして、団地の北の山際に泥流が押しだしてきた。深夜、団地の住民に避難命令がだされた。

翌日、泥流はおさまり、避難命令は解除された。だが、有料道路の亀裂や路面の段差はひどくなるばかりで、いつ大災害が発生しておかしくない状況だった。道路脇のコンクリート壁は大きく傾き、石垣は崩壊した。

二十六日の夕方、地すべりははじまった。団地に避難指示がだされた。南東斜面の緑の山腹が裂けて土煙があがった。山がうごきだした。予想をはるかに越える規模の崩落だった。めくれあがりながらせりだしてくる土塊は団地の六十四戸の家屋を破壊した。すんでのことで災害の犠牲になるところだった人々がたくさんいた。

被害はこれだけにとどまらなかった。地すべりは誰も予想できなかった斜面の西寄りの部分でも起きていた。この地帯に避難指示はだされていなかった。そこには老人ホームがあり、二百人近い入所者がいた。地すべりは鉄筋コンクリート二階建ての建物五棟を基礎からもちあげて押しつぶした。二十六人が死んだ。

高広は地附山地すべりが教訓としてのこしたことを区長に語った。それはこの災害が早いうちに徹底的に手立てを講じていればふせげたということ、また、発生後の調査でかつて地附山に地すべりがあった明白な証拠が見つかり、記録にないからといって安心できないということだった。地すべりは完璧には予知できないが、すこしでも危険が察知されたら、万全の対策をとるべきだと高広は力説した。

区長は高広の話に納得した。そして、ひとりひとり反対派を説得した。妻ノ神地内の地すべり対策工事は区長の決断で進展した。そういう意味では恩人だった。作業を中断してでも、高広は葬儀に出なければならないと思った。

区長の遺体はまだ蒲団に横たわっていた。焼香を終えると、酒がふるまわれた。部落の住民が十数人あつまっていた。遺族は思ったより平静で、涙を見せているものはいなかった。

遺体をどのように埋葬するか、女房と息子の間で悶着があった。故人はつねひごろ、火葬は嫌だ、おれが死んだら土葬にしろ、と口にしていたらしい。女房は旦那の希望通りにしたそうだった。だが、この雪では土葬はむりだった。息子は町の広域斎場で火葬にし、雪溶けまで遺骨を仏壇に安置するのがいいと主張していた。

むりなことはむりだ、と彼は言い、住民たちもしかたがないといった表情だったが、女房が、父《とう》の遺言だべ、と言うとむずかしい顔でみんなだまった。

高広は作業にもどった。夕方、会社の庶務がやってきて、香典と喪服をとどけてくれた。それを着て通夜に出た。翌日の葬儀にも参列した。しめっぽいのは苦手だ、と言って、マミ婆さんはいかなかった。雪のせいで冬は部落の住民同士の行き来はあまりなかったが、区長の葬儀にいかないというのも解せないことだった。

遺体は棺におさまっていた。土葬か火葬か結論は出ていなかった。余所者が口をだすのもどうかと思って、高広は遠慮していたが、葬儀のあとの会食で、話題にこと欠いて、墓地はどのあたりですか、と隣の席の男にきいた。妻ノ神部落の墓地は分散していて、一族だけの墓地もあった。区長の家の墓は1号集水井の現場から近かった。

「バックホーをつかえば造作《じょさ》ねえな」と高広はつぶやいた。なんだそりゃ、と隣の男がきいた。穴を掘る機械です、腕みたいなかたちで、大きな爪で土をひっかいてもちあげるんですよ、と教えると、男はうなずいて、女房や息子にそのことを話した。そいつで雪をどけて墓穴を掘れないものかと息子から言われ、墓石の配置さえわかっていればできないことではないと高広は答えた。

翌日、高広が墓穴を掘ることになった。それまで彼に対してそっけなかった住民たちが、にわかに酒をついだり話しかけてきたりした。父も母も死んだと話すと、それは気の毒だがちょうどいいからうちの婿になれとか、出羽市のネオン街のこととか、話が高広を中心にひろがった。

住民のなかに高広がタマミ婆さんの家に世話になっていることを知らない男がいた。それをきくと、根腐れババアのところにいるとろくなことはねえぞ、と唾を吐きそうな調子で言った。その言い方が気になった。どうして婆さんは娘の家にいかないのかと高広は男にきいた。あの女《おなご》をひきとるやつはどこにもいねえ、と男はそっぽをむいて言った。

気まずい沈黙が流れ、それをまぎらすように話題が別の方向に飛んだ。タマミ婆さんが
これほど部落の連中にうとまれているとは高広も知らなかった。

折り紙をしているタマミ婆さんの姿がうかびあがった。

婆さんの趣味といえば折り紙ぐらいで、娘がもってくる新聞のチラシを小さくきって、白い裏側をつかって節くれ立った指先で花にした。草花や樹木から採った染料で色づけをし、時間をかけて山茶花《さざんか》や秋桜やらをつくった。

ボケねえための子供《わらし》の遊びよ、とタマミ婆さんは言った。

二十日ほどまえの日曜日、高広は雪降ろしで汗をかき、早めに風呂に入った。湯からあがると、婆さんのドブロクがほしくなって部屋の襖越しに声をかけたが、返事がなかった。トタン屋根の部屋をあたえられていた高広は、それまで奥にある茅葺き屋根の婆さんの部屋には足を踏み入れたことはなかった。

襖をあけたが、姿が見えない。便壺にたまった糞尿をまきに畑にでも出かけたようだった。

部屋のすみに梯子みたいな階段があった。なにげなくのぼってみると、狭い屋根裏部屋になっていた。窓はなく、板壁のすきまから入るにごった光がよどんでいた。眼が馴れた。高広はたくさんの折り紙の鶴がぶらさげられている光景を見た。

婆さんは花しかつくらないと思っていたので、意表をつかれた。それは千羽鶴などというものではなかった。一体、二体と数えたほうがいいほどの、ぎっしりとむすびつけられた小さな鶴の群れが、五つ六つ屋根裏からつりさげられていた。

バックホーをつかって、高広は墓穴を掘った。土葬の場所は墓石の背後にあった。どのあたりに誰が埋められたのか、遺族にはだいたいの見当がついているようだったが、最初に掘った場所から腐った棺と人骨が出てきたときは、墓をあばいたような気持になった。住民たちは平然として、いい具合に骨になっていると感心し合っていた。

新しいホトケも、埋葬するというより、土のなかにすてるといった具合だった。坊主も呼ばれず、読経もなかった。線香をたむけるわけでもなければ、花を飾ることもなく、土をかけてしまうと、みなで手を合わせて瞑目し、それで万事終りだった。遺族からはめんどうなものを始末したという解放感がただよった。

ねぎらいの言葉をかけられ、家で一杯飲めとすすめられた。高広はことわって、仕事にかかった。雪にとざされると、人の死も格好な酒の口実になる。遺体が埋められなければ、酒宴は何日もつづいたかもしれない。

十日ほどして、高広はひとりで温泉町にジープをむけた。欲望をなだめるつもりではなかった。若い女がいるような店は温泉町にはなく、ただ気分を変えたかっただけだ。一昨日から砂礫層にぶつかって工事が難航していた。

町営の日帰り温泉でひと風呂あびてから、飲みに出た。寿司屋でビールを飲みながら肴をつまみ、腹ごしらえした。それから中年女がやっているスナックにいき、ウィスキーを水割りであおった。腰をすえて飲みはじめると、いくらでも飲めそうな気がした。

酔いがまわるとカラオケで歌い、店の女をからかった。高い金をはらって飲んでいるのだから、憂さばらしの相手になって当然だった。同僚で商売女に気をつかうやつを見るといらいらした。下心があるのはかまわないが、女の機嫌をとることはないと高広はいつも思った。

やれる女とはやれるし、やれない女とはやれない。それだけのことだった。二割の相性と八割の気まぐれで、衝突事故を起こすようなものだ。高広はそう考えたときから酒の飲み方も女に対する態度も変った。山に立ちむかうような喧嘩の構えになり、同時に寝首をかく気持になった。

高広はいままで恋愛感情に流されたことがない。好きになった女はいた。だが、正面からむきあおうとすると、自分の思いも相手の気持もうたがわしくなった。女はじわじわと見えないところで地すべりの準備をしている山のようなものだった。杭をうつか、アンカーでしめあげるか、地下水をぬくか、いずれにしても厄介な処置をしないかぎり安心できない相手だった。

女は金で買うのが一番安全だと思った。給料もボーナスも悪くなかった。高広は遊ぶときには派手に金をつかった。出羽市には金で寝る女はかぎられていたので、タクシーを飛ばして県庁所在地の街まで出かけることもあった。

高広が女に対して警戒心をもつようになった原因は、母の和枝《かずえ》にあった。事件をおこした女。母にすてられた子供。人口四万の出羽市では噂はたちまちひろまった。高広は無口になり、母を、女をうらんだ。

そんな境遇はたいしたことじゃないと思えるようになる時期は自然にやってきた。だが、そのころには偏屈な姿勢をとることが生き方として楽なものになっていた。入社の際の面接で、おまえさんは人間嫌いだろう、と沢田から言われた。それではいけませんか、と高広は言いかえした。いや、と沢田は答えて、あとは無言だった。

仕事を一緒にやるようになって二年ほどしてから、沢田は飲み屋でそのときの話のつづきともとれることを口にした。高広よ、山を知れば人間が好きになるもんだ、なんでもゆるせるようになる、と沢田はひとりごとのようにつぶやいて盃をあけた。

沢田は若いころにひとり息子を病気で亡くしていた。彼はダム工事の調査ボーリングで青森にいた。死にめには会えなかった。親の臨終にまにあわなかったという古株の社員はすくなくなかった。山に入ってしまえば娑婆は遠く、病気の親がいるときは覚悟をして仕事に出かけたものだと先輩からきいた。

ひとり息子を病死させてしまった沢田の場合は格別の思いがあったに違いない。なんでもゆるせる、という言葉の裏には息子の不運な死に対する考えたあげくの感慨があるのだろう。だが、沢田が言いたかったのは別のことではなかったのかと思ったのは、母の和枝と再会してからだった。

四年まえ、和枝は千葉からもどってきた。黒髪山の西にある大門市に住んで、スナックで働いていた。それを知ったのは父方の叔父からだった。あんな女は野垂れ死にしたもんだとばっかり思ってた、と叔父は吐きすてた。

和枝の生地は黒髪山の西北にある黒髪村だった。実家があった部落は地すべり地帯で、ずいぶんまえに砂防ダムができて部落ごと移転した。家は水没したが、生まれ故郷に近いところで暮らしたかったのかもしれない。

ときどき業者とのからみで大門市で飲むことがあった。母がネオン街のどこかにいると知ってから、大門市で飲むときは心の底にざわめきが起きた。別れて二十年あまりたっている。母の顔もわすれたつもりになっていた。

会ってもわかるはずがないと思った。それでも、大門市のネオン街にくると、気持がにごった。和枝は女が六人ほどいる店でホステスをしていた。そこではリュウコと名乗っていた。五十を越していたが、顔をみた瞬間に、もしかすると、と感じた。

和枝は年下のホステスたちにまじって、彼女たちに気をつかいながら酔っ払いの相手をしていた。自分の年齢や立場を考えて、ひかえめにしているのがわかった。接客もしたが、雑用にまわることが多かった。彼女が席につくと、高広は直接言葉をかわすことはなかったものの、どんな話をするのか、耳の神経をとがらせた。黒髪村で生まれ、ずっと千葉にいたときいたとき、母だと確信した。

彼女は左の手首に花模様の刺繍がほどこされた幅七、八センチのバンドをしていた。火傷の跡があるからだと言った。実際は刃物による事件の痕跡がきざまれているはずだった。高広はそこから流れたおびただしい血を眼にしたような気持になった。

高広は和枝をさけた。だが、その店は業者のいきつけになっていた。ときたま連れられるままに顔をだしたが、和枝とは一度も話さなかった。高広の名字はありふれていたので、彼女が息子だと気づいた様子はなかった。

出羽市をはなれてから、和枝がどんなことをしてきたのか、わかっていることはかぎられていた。流れたすえに生まれ故郷に帰ってきたとすれば、その軌跡はなんだったのかと高広はむなしいものを覚えた。

なんでもゆるせるようになる、という沢田の言葉は、山を知ることで人間嫌いの性格は変るという意味ではなかったのかと高広は思いはじめた。沢田は高広の父母のことや育った環境をよく知っていた。母に対する憎悪も理解していた。

女はどんな女でもいいもんだ、おまえのようなやつには嫁の来手もないぞ、と沢田は言った。酒を飲みすぎると、沢田は口が悪くなり、どこででも寝た。気をつかう役人との酒の席でも平気で泥酔して眠ってしまった。

高広が女に対して無遠慮になったのは和枝と再会したころからだった。彼は自分の変化に気づいていたが、それを和枝と関連づけることはなかった。


酔いはいつも急激に醒めた。高広は店を出て、別のスナックに入った。カウンターのなかに若いとも中年とも言えない髪の長い女がいて、三人の客を相手にしていた。二つあるボックス席には十四、五人の二十代の男女がいて、さわいでいた。温泉の宿泊客ではなく、近在に住んでいる連中のようだった。

高広はカウンターの端の席にすわって水割りを飲んだ。たてつづけに二杯あけた。店の女が、ボトルを入れたほうが得だと言った。彼女はこの温泉町の飲み屋ではめずらしく魅力的なところがあった。めったにくることはない、と言うと、ボトル・キープの期限はないからちゃんととっておく、と女は答えた。

どんなウィスキーでもよかったが、一番高そうなボトルにした。今晩この女とできるとは思わなかったものの、そのうち事故が起きないともかぎらない。もっとも、そうした予感があたったためしはなく、衝突はいつも思いがけないときにやってきた。

ボックス席の連中は同級会か何かの流れらしかった。高広はその種のあつまりが苦痛で、誘われても顔をだしたことがなかった。学校のころの思い出を語ったり、記憶の空白部分を埋めあったりする関係は好きになれなかった。

たのしいことなどなかった気がするし、子供の時分を思いかえしたくなかった。話し相手がいなかったわけではない。嫌なことばかりだったはずもない。だが、結局はすべてのことに母や父の出来事が影を落としていた。

やがてボックス席の男女は二、三人のグループにわかれて話しこんだりわらい興じたりしだした。耳に入ってくるやりとりは高広にとって愉快なものではなかった。なれあいとじゃれあいだった。そんなことに腹を立てたわけではないが、グラスを唇にはこぶピッチはあがった。

彼らはカラオケをやりはじめた。何曲か歌い終って、若い男がカウンターにビールをとりにきた。かなり酔っていた。男はふらついてころびそうになり、グラスをもった高広の右手に軀をぶつけた。グラスがフロアに落ちて割れた。

すいません、と男は頭をさげ、自分のテーブルからボトルをもってきて水割りをつくった。いいよ、と高広はことわった。そうはいかないすよ、と男はにやけた顔になり、高広のボトルを見て、それとも安いウィスキーは飲めないんすか、と言った。

そんなことより片づけな。割れたグラスを眼で指して、高広はとがった声になった。

ママ、掃除たのむよ。男は悪びれた様子もなかった。

おまえが割ったんだから自分でやれよ、と高広は言った。男はとまどい顔でグラスの破片を眺め、肩でひとつ息をついた。こじらせるつもりはなかったが、男から険悪なものが感じられて、高広はトラブルを覚悟した。

奥のボックスから水色のセーターを着た女が立ちあがった。高広と男の間に割って入るようにしゃがんで、砕けたグラスをひろいあつめた。一連の動作がゆっくりとなめらかで、その気配にもおちついたしなやかさが感じられた。だが、彼女の口から出た言葉は鞭をあびせるようなきびしい調子だった。

ボケッとしてないで、さっさとあっちにいきなさいよ。女は手もちぶさたな様子で立っている男に言い放った。

短い髪の一部をワイン色に染めた女だった。彼女は破片を片づけると、高広のボトルをとって水割りをつくり、すいませんでした、とグラスを彼のまえに置いた。眼鼻立ちに曖昧なところがある女で、その分だけやさしげに見えた。女は高広と眼を合わすことなく、自分の席にもどった。

彼らのパーティーは一時間ほどつづいた。女の歌声はのびのびとしていた。嬌声をあげてはしゃぐことはなかったが、さっきの一件などなかったように積極的に話にくわわっていた。おひらきになり、彼らは数人ずつ方向別にまとまってタクシーで帰ることになった。タクシーがくるたびにドアのほうへざわざわと人の波がうごき、挨拶の声がした。

水色のセーターを着た女は最後のグループだったが、帰るべ、という声に、あたしは帰らない、伯母さんとこに泊まる、と彼女は言った。帰る、帰らないのやりとりがあって、女は店にのこった。

アサコちゃん、だいじょうぶ、とママが言った。へっちゃらよ、と女はカウンターにきて電話を手にした。伯母の家にかけたらしく、もうじきいくから裏口をあけておいてくれるように頼んでいた。

カウンターの両端に高広と白いヒゲを生やした老人がいた。女はまんなかにすわると、水割りをひとくち飲んで、なんでもこいよ、くたばってたまるか、とひとりごとを口にした。威勢がいいな、と高広が声をかけると、きょとんとした顔で彼を見やり、眼を正面にもどして唇だけでわらった。

「カラ元気よ」女はあっさり言い、温泉客には見えないわね、と視線を高広のグラスのあたりに投げた。黒髪山でボーリング工事やってる、と高広は答えた。土方屋さんかあ、と語尾をのばした女の声には侮蔑は感じられなかった。

高広は土方と呼ばれることをもっとも嫌っていた。おれは土方じゃない、技術屋だと胸を張っていたし、手子にもそう指導していた。しかし、女から土方屋さんという言葉をきいたとたんに、肩の力がぬけた。

んだよ、土方屋さんよ。そっちは何屋さんだよ。

二週間まえにこっちに帰ってきて、仕事はないから、そうね、プータロー屋ってとこね。くたばりそうになったのか。

まさか、と女は笑顔を見せた。アサコという名前はどう書くのかと高広がたずねたとき、彼女は答えるまえに高いわらい声をあげて、麻薬の麻に、みずうみの湖、たいがいはマコって読む、と言い、アサコって読めたのはひとりだけ、と声を低めた。

麻湖《あさこ》は二十七歳だと言い、人生で一番うつくしい年齢よ、と頬笑んだ。そうかな、と高広が首をひねると、そんなはずねえべ、とわざと訛って言いかえしてきた。

今夜のあつまりは彼女が帰郷したのでかつての仲間が歓迎会と称して飲み会をひらいたのだという。どこに泊まっているのかと麻湖からきかれて、妻ノ神部落まで代行で帰ると返事すると、代行の料金でこの温泉に二泊できるからもったいないと麻湖は言った。零時をまわっていた。こんな時間に泊めてくれる旅館などなかった。

うちの伯母さんとこに泊まってもいいわよ、と麻湖は平坦な声で言った。どういうことかと彼女を見やると、

「営業よ」麻湖は同じ調子で言った。「うちの伯母さん、小さくてぼろっちい、ひまな旅館やってるの」

三十分あまり話をした。麻湖の伯母の旅館に泊まることにした。素泊まり料金は前払いだと麻湖は手をだした。しっかりした姪をもって伯母さんも大助かりだと言う高広に、そ

の通り、と彼女は大きくうなずいた。

麻湖は東京で事務屋さんをして、勤め先を二度変えたという。土方屋さんは軀をうごかす仕事だから健康的でいいというようなことを彼女は話した。その通り、と高広は応じた。

一緒に店を出た。雪がちらついていた。伯母の旅館はあるいて二、三分のところにあるという。路地をまがった先に空き地があった。まえをあるいていた麻湖は、そこで軀をのばしたまままいきなり顔から雪に倒れこんだ。やわらかい新雪がつもっていて、雪の粉が舞った。飲みすぎたのかと、高広は駆けよった。

麻湖は倒れた姿勢で、顔だけ雪にこすりつけるようにうごかし、腕立て伏せの格好で軀を起こした。そして、膝をついて素手で雪をすくいとり、ごしごしと顔を洗った。それから大きく息をつき、うん、と声をだして、麻湖はひと仕事終えたようにあるきだした。どうしたんだよ。気持いいだけ。麻湖はふりかえらずに言った。

その旅館は二軒の大きなホテルにはさまれていた。木造の二階建てで、麻湖の言葉通り老朽化していた。裏の木戸から入った。麻湖は二階の六畳の部屋に案内して、灯油ストーブに火をつけた。蒲団は自分で敷くように言って、彼女は出ていった。

寒かった。革のジャケットを着たままストーブで軀をあたためて、タバコを吸った。二本吸い終え、蒲団を押入れからだして敷いた。蒲団は湿っぽくて重かった。浴衣に着替えて風呂にいった。

四、五人しか入れない狭い浴場で、シャワーもなかった。湯はきれいだった。ふるいタイルに鳥海山の絵が描かれていた。ずいぶん飲んでいたが、酔いは内臓によどんでいた。温泉に入っていると、その酔いがうすく全身にひろがった。

純粋な水はない。温泉は無機物質やガスを溶かしこんだ熱い地下水で、地中で醸成された水だった。温泉につかっているうちに、軀が分解していく気分になった。細胞や血のなかの水が温泉水と溶け合おうとしているようだった。軀がなくなり、意識も湯気のようにゆれはじめた。

高広が風呂場から出ると、隣の女湯の戸が音を立てて開いた。浴衣姿の麻湖と眼が合った。彼女のぬくもった肌から香りのいい湯気がくゆりたち、それが液体のように胸に流れてきた気がした。

おやすみ、と言って横をすりぬけようとする麻湖の手首を、高広はつよくつかんだ。ひきよせて唇を合わせると、首筋からやさしいにおいがした。彼女は苦笑ともつかない吐息をもらして小さく首をふったが、ふたたび唇をもとめたときはためらわずに応じた。

湯あがりの軀に、冷たい蒲団は心地好かった。麻湖を抱いたあと、夜の空から雪が大きく弧を描いて落ちてくるのが見えた。この女とつきあえば長びきそうだと高広は思った。

ときどき会えるか、ときいたのは麻湖を手頃な女と踏んだためではない。そういう相手には心をくばる必要はなかった。

子供いるのよ。

いくつになった。

まだ、おなかのなか。

そうかと、すんなり腑に落ちた。そんな自分が不可解だった。腹ボテか、と鼻を鳴らしてもいいのに、気持に、くずれるものも、ゆらぐものもなかった。

妊娠十二週だったが、腹はめだたなかった。言われなければわからなかったはずだ。この子は産む、と彼女ははっきり言った。子供の父親である男とは別れたという。両親は身重の軀でもどってきた娘に眉をひそめた。父は口もきかないという。

おまえのようなばかな女がいるから人間はクズばっかりになるんだよ、といつもの高広ならば冷笑したはずだ。だが、ひっそりとしていながら悠然としたところがある麻湖の気配につつまれると、そんな軽口をたたくことはできなかった。ときどき会えるかときいても、麻湖は返事をしなかった。じらすような小細工をしているとも思えなかった。

暗いうちに、麻湖は高広の部屋から出ていった。翌朝、姿を見かけたが、話はできなかった。ジープを走らせてタマミ婆さんの家にむかっているうちに、麻湖のにおいやぬくもりがよみがえった。厄介な女だという警戒心がなかったわけではない。これで終りにしろという声もきこえてきた。

だが、休みが近づくと、麻湖のことが気になった。伯母の旅館の名前は確認していなかった。彼女と会ったスナックの名前も覚えていない。舌打ちする思いで温泉町に出かけた。旅館のまえまでいって看板を眺め、電話番号を調べた。

上手につきあって、時がきたら別れればいい。そう自分に言いきかせて電話をした。麻湖はいなかった。同級生と名乗ったので、生家の電話番号をきくのも不自然だった。その日はスナックで飲んで帰り、翌日、電話を入れた。

麻湖が出た。土方屋さんだよ、と言うと、そんな人知らないわ、と彼女は冷淡な声で答えた。そして、同じ口調で、ろくでもないボーリング屋さんなら知ってるけど、と言った。

飲みにさそった。温泉町ではなく、その隣町の飲み屋ならばいいと麻湖は言った。指定された店をさがしていくと、割烹着姿の老女がひとりでやっている小料理屋だった。麻湖は会ったときと同じ水色のセーターを着て、カウンターで水割りを飲んでいた。

グラスを合わせてひとくち飲んでから、おれがろくでもない男だとどうしてわかる、と高広はきいた。オツムの病気になって、男がみんなそう見えるのよ、と麻湖はほがらかな声をあげた。

病気はなおしておかないと、子供に影響する。

影響したって、いいじゃない。麻湖はしずかな調子で言った。それを嫌がるような子供なら生きる力がないってことよ。

その言葉は高広の胸をえぐった。わかったようなこと言うなよ、と口にしそうになり、水割りを喉に流しこんだ。話が嚙み合っていなかった。それに気づくと、自分がいままで他人の言葉を注意深くきいてこなかったことに思いいたった。

おかしな女だと思った。麻湖の言うことはしばしば高広を考えこませた。内省的になっている自分にとまどった。そうした男と女の関係があることがふしぎだった。

麻湖はつかみどころがなかった。たいがいの女はどこに杭をうてばいいのかわかったが、彼女の心は地層を見わけるようにはいかなかった。

「まあいい、いいか」と高広は長く息をのばした。

「まあいい、なんてことは、そんなにないの」自分の言葉にうなずきながら、麻湖はグラスを口元にはこんだ。

伯母の旅館に予約を入れた。麻湖は旅館を手つだいながら仕事をさがしていた。子供を産むことに多少なりとも理解を示したのは伯母ぐらいだった。その伯母に見咎められるのをおそれて、麻湖は高広が旅館に泊まることに反対したが、客はひとりでも多いほうがいいんだろう、と彼が言うと、まあ、いいか、と肩をすくめた。

休みの前日に一緒に飲んで、麻湖の伯母の旅館に一泊するという生活になった。高広がうれしかったのは、麻湖が彼の仕事に興味をもって熱心にきいてくれたことだった。山がうごくことに、彼女は驚いた様子だった。

地すべり災害はほとんどが悲惨な結果を生んだ。六三年にイタリアのバイオントダム湖近くで発生した地すべりは、山ひとつがまるごとダム湖にすべり落ちた。膨大な量の水がダムからあふれて下流の村を襲った。二千五百人の住民が死んだ。

一軒の家が一年間に一メートルずつ移動して五十年のうちに隣の町までいってしまった話とか、一夜のうちに村ごと百メートル以上もうごいてなんの被害もなかった話は、麻湖をおもしろがらせた。

素人でも樹を見て地すべり地帯だと簡単にわかる方法があると話したときは、すこし考えてから、杉がまがってるんじゃない、と麻湖が言いあてたので、高広のほうが感心した。まっすぐにのびる杉がぐにゃぐにゃと変形する根まがりは地すべり地帯の証明で、高広もいろいろな実例を見ていた。

根性がまがってる人は地すべりを起こしてるってことだよね、と麻湖が言った。

3

三月になった。高広は土日を入れて三日間の休みをとった。下請けに合わせて休みの土曜を返上して仕事をしてきたので、工事は予定よりも早く進んでいた。麻湖と一緒に日本海に面した温泉にいくことにした。

木曜の夕方、作業を終えると、風呂に入って着替えた。夕食もとらずにあわただしく出かけようとする高広に、タマミ婆さんは、女《おなご》はだいじにするもんだ、と言ってにやにやわらった。婆さんには麻湖のことは話していなかった。高広はその勘のよさに舌を巻いた。

相変らずの雪空だった。どこまでも厚ぼったい灰白色のカーテンにとざされた景色がつづいた。だが、ジープの助手席に麻湖がいるだけで風景もあかるさを増して、おだやかな気持になった。

シーズン・オフの宿は閑散としていた。部屋は三階だった。十畳の座敷とセミ・ダブルのベッドが二つ置かれた寝室がつながっていた。海にむかってひろい窓があったが、むらのない闇に塗りこめられて何も見えなかった。

時間が遅かったので、すぐに食事になった。座敷で膳をはさんで麻湖と酒を飲んだ。海の料理は新鮮だった。あまりしゃべらずに食べた。

麻湖は東京にいってくると伯母や両親につげて出てきた。別れた男と話し合うのだろうと彼らは思っているはずだった。子供は親を相手に嘘の訓練をするのよね、と麻湖は言った。

高広は自分の両親についてきかれると、ふたりとも死んだ、とそっけなく答えるのが常だったが、麻湖には母が出ていったことや父の事故について手短に話していた。彼女はだまってうなずいた。それからは両親の話題をだすときに、麻湖が気をつかっているのがよくわかった。

麻湖の胎内にいる子供の父親について、高広は多くのことを知らない。あたしにはまえの男がどうだったなんて話す趣味はない、と彼女は言った。男はろくでなしでちょうどい、口先だけで誠意とか責任とかもっともらしく言う男はろくでなし以下よ、と言ったこともあった。

彼女が名の知れた大学を出ていることを知ったのはつい先日だった。麻湖と出会ったスナックのママが教えてくれた。彼女の父が教師だということもママからきいた。おれが土方だから言わなかったのかとねじくれた気持になったが、口にはしなかった。

カーテンをしめず、あかりも消さずに麻湖を抱いた。窓ガラスにふたりの絡み合った姿がうつった。そのむこうに、海がひろがっていた。

露天風呂に入った。すぐ近くに磯があって、荒れた潮騒と風の音が襲いかかってきた。板塀越しに、麻湖の声がした。誰もいないわよ、と彼女は言った。岩を越えて女湯の露天風呂にいった。海の音につつまれて温泉につかった。湯に溶けた軀が海の底にひきずりこまれる気がした。麻湖を抱きよせると、波のうねりが大きくなった。

日曜の朝まで、ほとんどベッドのなかにいた。疲れると眠り、眼醒めると麻湖の軀に手をのばした。けだもの、と言いながら、彼女は高広の腰のうえで軀をくねらせた。真夜中、雪が舞う露天風呂で麻湖と冬の海をただよった。

明日から仕事だった。また、山との闘いがはじまる。心構えはできていたが、その先が見えなかった。いままでは一日一日やっていくだけだと思って、将来のことは考えなかった。それが麻湖と一緒にいるうちに、不安定な心もちになった。

窓辺の椅子にすわってビールを飲みはじめた。二本あけて三本めの栓をぬいたとき、朝から酔いどれなんて優雅じゃない、と麻湖が言った。おちついた口調だったが、嫌味にきこえた。土方はみんなこんなもんだ、と高広はつきはなすように言った。

どうしたの。高広は返事をしなかった。

ちゃんと話してよ。麻湖につめよられて、言いがかりとは承知しながら、おまえはおれにちゃんと話してるのか、いったいこれからどうするつもりだよ、と不機嫌に言った。

喧嘩売る気なの。麻湖は冷静だった。

高広はビールをあけた。彼女は椅子から立ちあがると、ベッドに横になって天井を眺めた。わりきってつきあうしかないでしょう、あなただってそっちのほうがいいはずよ、あたしは自分でどうにかする、と麻湖は言った。

嫌《や》な女だな。

ヘビみたいな女だって言われたことある。あたしそんなにしつこくないから、どうしてと思ったら、ヘビが執念深いなんて嘘だって。だいたいヘビに執念なんかないよね。

地すべり地帯にはヘビにまつわる伝説が多かった。そのほとんどは地面がゆれうごくのは地中の大ヘビのしわざだというものだった。地すべりの様子がヘビのうねるさまに似ていると思われたのだろう。

沢田によると、ヘビは水の神であり、むかしの人は地すべりが水神によってひき起こされるものだとわかっていたのかもしれないということだった。ヘビが水の神だとすれば、水は生命のみなもとなのだから、ヘビはいのちの神ということになる。

ヘビは生命力がつよいんだ。おまえもそうだ。

じゃあ、飲んでばかりいないで、ベッドにいらっしゃい、と麻湖はいった。その脈絡のなさに高広はわらいだした。グラスを置いて、麻湖に飛びかかった。

海からもどると、和枝が死んでいた。

月曜の早朝、仕事の時間にまにあうように宿を発って、麻湖を伯母の旅館まで送りとどけた。妻ノ神部落についたのは午前八時だった。

土産のカニを手にして戸をあけると、タマミ婆さんが奥から出てきて板の間にぺたりとすわり、おめえの母《かあ》、死んだど、と折りたたんだ便箋をさしだした。貴殿の母上さまが亡くなられました。至急、会社に御連絡下さい。沢田。

金曜の午後、沢田はタマミ婆さんの家にやってきたという。和枝が亡くなったのは木曜の夜だった。母上さまという文字が異様に見えた。

「早ぐいげ」と婆さんは犬でも追いはらうように手をうごかした。便箋をズボンのポケットに押しこみ、高広は外に出た。ジープに乗ろうとして、思いなおした。電話のある家まであるいていくことにした。

動揺しているわけではないと自分の内側を点検するように眺めた。なんの感情もなかった。平静であることを確認して、それでいいと思った。ただ、困惑はあった。この事態にどう対処すればいいのかわからなかった。自分を産んだ女とはいえ、とうに他人だった。その女を母として葬る作業をしなければならない。

会社に電話して沢田を呼びだした。どこにいっていたとどやされると思ったが、沢田はものしずかだった。土曜日、おまえの叔父さんの判断で、ホトケさんを火葬にした、お骨は寮のおまえの部屋にある、ともかくすぐもどってこい、と沢田は言った。

ジープにむかって坂道をのぼった。すでに作業はほとんど終っていた。ただ、骨をおさめる墓がなかった。叔父が父の眠る墓に和枝を入れることをゆるすはずがなかった。遺骨を高広の会社の寮に置いたのは、その意思表示だ。おまえを産んだ女だ、おまえが始末しろ、ということだった。

和枝の実家の移転先はわからなかった。墓地もどこに移されたのか知らない。かりに和枝の親類縁者が見つかったとしても、こころよく遺骨をうけ入れてくれるとは思えなかった。和枝は父のもとを去ったとき、実家とも縁を切ったようなものだった。事件を起こして、それは決定的になった。

高広はジープを出羽市にむけた。雪景色のなかから、記憶がよみがえった。母は死んだと父は言った。小学三年の春ではなかったか。学校から帰ると、母はいなかった。三歳年上の姉が泣いていた。桜が満開だった。

それまで高広が母に対してどんな気持をいだいていたのか、いまはよく思いだせない。普通の子供のように慕っていたはずだが、そのときの思いは消えている。ただ、桜の時期のうわついたあかるさは、いまでも嫌いだった。

業が深い女。男にくるった女。性悪女。犬畜生。そんな言葉が周囲からきこえた。すてられた、置き去りにされたという気持に、それらの悪口雑言は水が亀裂に吸われるように浸透した。

おっとりした酒飲みの父は子供たちにやさしかった。ショート・ピースをくわえ、姉と一緒に自転車に乗せて、あちこちつれていってくれた。ズボンのポケットにいつもパチンコ玉を入れていた。高広はパチンコ屋の軍艦マーチが好きだった。

父は腕のいい左官で、親方にも職人にも評判がよかった。痩せていて、とても背が高く思われた。町で一番背丈があるのではないかと高広は誇らしく感じていたが、あとで考えてみると、成長した自分より背は低く、平均的な身長だった。

冬場は仕事が減ったので、父は関東近辺に出稼ぎにいった。左官の仕事がないときはさまざまな工事の作業員として働いた。

和枝がネオン街の店に出るようになったのがいつごろなのか、記憶にない。はじめは雪の時期だけの臨時の手間とりだったのだろうが、化粧が濃くなり、派手な服を着て、毎晩出勤するようになった。家には姉と高広がのこされた。

父と母の喧嘩はありふれたことだった。原因は母の男関係だった。父が母に暴力をふるうことはなかった。だが、怒りが爆発すると、父の眼は凶悪になった。父をそのように豹変させる母をにくんだ。父は手あたりしだいに物をこわし、いつも姉と高広がとめに入った。役立たず、と母は口汚なく言い放ち、好きなようにしろといったふてぶてしい態度をとった。

和枝が店の客と出奔すると、自分を見るまわりの眼が変った。憐れみもあったが、母が男と逃げたことで自分までもが特別に見られるのは苦痛だった。じきにその眼は好奇の眼差しに変った。母は一緒に逃げた男を刃物で刺して、自分も手首を切った。

千葉で起きたその事件は新聞や週刊誌でとりあげられた。和枝が相手の男の局部を傷つけたことが波紋を大きくした。意図的だったわけではない。だが、それが猟奇的な興味をあおって、事件は派手に報道された。刺された男は重体だったが一命はとりとめた。死にそこねた和枝は殺人未遂で収監された。

はじめは何があったのか高広にはわからなかった。やがて、同級生のばかにした声とともに、誇張され歪曲された事件の姿を吹きこまれた。小さな町では和枝事件といえばきわもの的な事件として知らぬ人はいなかった。

誰も彼もがまるで不吉なものでも見るような眼だった、と高広はジープのハンドルをにぎりながら思いかえした。母の邪悪は血を通して子供たちの軀にも生きているときめつけている眼だった。露骨に差別されたわけではない。だが、よそよそしい周囲の空気に高広は依怙地になるしかなかった。

父は新潟で道路工事に従事しているときに、土砂くずれに襲われて死んだ。豪雨があった翌日だった。そのころ父は左官の仕事をやめて、年中他県で働いていた。高広と姉は電気工事店をひらいていた叔父のもとにあずけられ、父が帰省したときだけ家にもどった。高広は中学一年だった。

事故の知らせをうけて、叔父が新潟に飛んだ。父は骨壺に入って帰ってきた。父は運が悪かったのだと高広は考えた。それは母が不始末をしでかしたときからはじまったような気がした。

高広が父の事故死で自然災害に眼をむけるようになったわけではない。当時の彼にはそうした認識はなかった。洪水や雪崩で死ぬのと同じように、誰にもどうしようもないことだと思っただけだ。

中学生の高広に友達と呼べる相手はいなかった。ほしいとも思わなかった。不良グループに入ることはなかったが、無口な高広からは暴力的なにおいがただよって、一目置かれる存在だった。生意気だと絡んできた先輩を椅子で殴りつけて問題になったこともあった。

成績は勉強をしなくても悪くなかったが、高校にはいかないつもりだった。

そんな高広に影響をあたえたのは三年のときの担任だった。理科の教師だった彼は小児麻痺で左腕が不自由だった。だが、右腕や足腰は鍛えぬかれていた。彼はいつも下駄をはいて学校にきた。生徒を名字ではなく名前で呼びすてにし、授業中は怠慢な生徒によくチョークを投げつけ、げんこつで頭をたたいた。乱暴で破天荒なところのある教師だったが、生徒に対する態度にはあたたかみがあった。

いつだったか忘れた。放課後、彼は高広をひとり教室にのこして理科の専門書をひらいた。それは地学の本で、彼が見せたのはハットンの不整合のスケッチだった。スコットランド南東部のシッカー岬の露頭の一部で、砂岩泥岩互層からなる急傾斜のシルル系を、砂岩と角礫岩からなる緩傾斜のデボン系が傾斜不整合におおっている図だった。

教師は造山運動について説明して、高広、工業高校の土木科にいけ、おまえは父親を災害で亡くした、悔しかったら、このものすごい大地と闘ってみろ、ひとりで生きてると思ったら大まちがいだ、母親のことでいじけてばかりいるやつは肥やしにもならん、と言った。

彼の話を、高広が理解したとは言えない。ただ、それまでまともに熱意をもって語りかけてきた人がいなかったので、高広は軀がふるえた。教師が攻めたのは高広が風にさらすのをおそれて隠しつづけてきた部分だった。痛かったので、泣いた。だが、涙があふれたのは痛みのせいばかりではなかった。

会社の独身寮は本社社屋の近くにあった。高広はジープを社員専用の駐車場に置いて、二階の業務本部にいった。理事のデスクは本部長席の隣にあった。高広をみとめると、同僚たちはだまって頭をさげた。まっすぐ沢田のもとにいった。

沢田は悔やみの言葉など言わなかった。唇をひきしめた顔でうなずき、仕事のことはあとでいい、寮にいってやれ、と言った。高広と和枝の関係を知っている沢田は、オフクロさんのとこにいってやれ、とは言わなかった。

ゆっくりした足どりで寮の階段をのぼった。部屋のまえに立って、息をつめた。厄介なものに、長い間、待たれていた気がした。重くなる気分をふりはらうように、これは特別なことじゃない、淡々と作業をするだけだ、と自分に言いきかせてドアをあけた。

電気をつけなくても窓のあかりで部屋の様子は見てとれた。ベッドの横に小さな卓が祭壇がわりに用意され、その上に白い布でつつまれた骨箱と遺影が置かれていた。写真の顔はたしかに大門市の飲み屋で会った女だった。

香炉があり、ローソク立てが卓の両端にあった。誰が手配したのか、菊などの生花も飾られていた。高広はベッドに腰かけてタバコを吸った。遺影に手を合わせる気にはなれなかった。

喪服に着替えた沢田がやってきた。だまってローソクに火をつけ、線香をたむけた。会社名、社員一同、それに沢田個人の名前が記された三つの香典をそなえて彼は合掌した。それから高広にむきなおると、手帳をとりだした。

倒れたのは午後九時十分ごろ、店でだ、と沢田は言った。救急車で病院にはこばれたが、午後十一時三分、亡くなられた、死因は食道の静脈瘤破裂、店の人が会社に連絡してきた、おまえが息子だと知っていた人がいたらしい、と彼はことの次第を報告書を読みあげるように言った。

会社には緊急の災害や事故にそなえて、平日休日を問わず宿直がいた。幹部のクルマには無線機もつけられていた。訃報をうけた社員は沢田に知らせた。

高広はタバコをくわえた。和枝が息をひきとった時刻、麻湖と露天風呂に入っていた。海の音がよみがえった。

会社では手をつくして高広をさがしたが、見つからなかったので、叔父に連絡した。叔父の意向で略式ながら早々に通夜、密葬を行って火葬にした。沢田は高広がもどるまで待つように頼んだが、叔父はうけ入れなかった。この女の葬儀に自分がくわわること自体がおかしいと、叔父は書類上の手続きで署名捺印することもしぶったという。

沢田は言わなかったが、ほとんどすべて彼が世話人になって執り行ったようだった。叔父の意思で僧侶は呼ばれず、会葬者もいなかったという。あらためて葬儀や告別式を行うかどうかは高広の判断だと沢田は言った。だが、そのまえに叔父や大門市の店の人たちに挨拶まわりをして、和枝が借りていた部屋を解約し、荷物を整理するのが先決だと彼は言い、アパートの住所を記した紙をわたして出ていった。

叔父の家にジープをむけた。叔母が出てきて、あがるように言ったが、高広はことわった。礼を言って帰るつもりだった。叔父の叱責や愚痴を長々ときくのはごめんだった。だが、玄関に出てきた叔父はそんなことは口にせず、おれとおまえの立場は違う、おれにはできることとできないことがある、と釈明とも謝罪ともつかないことを言った。

父が死んでから、高広は姉とともに叔父夫婦の厄介になった。叔父は和枝を眼のかたきにして、兄貴はあの女に殺されたようなもんだ、と高広たちに言った。似通った思いは高広にもあったので、叔父に対して悪感情をもつことはなかった。

しかし、姉が男友達と問題を起こして高校を休学になったときは違った。親がわりの叔父は姉に言ってはならないことを口走った。おまえもあの女の娘だけあってそっくりだ、いまに男で身をもちくずすぞ。高広はこの一言で叔父をにくんだ。

姉が高校を中退して県庁所在地の街にゆき、まもなく交通事故死したのは、叔父にも責任の一端があると高広は思っている。姉は男が運転するオートバイに乗ってトラックと正面衝突した。叔父は姉の遺骨を父と同じ墓に入れたが、腹を立てているのがよくわかった。高広が叔父と距離を置くようになったのは、姉に対して罵声をあびせた夜からだった。

大門市にむかった。和枝の荷物を片づけなければならないと思うと、不当な仕事を押しつけられた気持になった。部屋には入らず、業者に頼んでいっさいがっさい処分することも考えた。

和枝のアパートは予期した通りのみすぼらしさだった。五十を越したホステスに高い金をはらう店などない。管理人にわけを話して鍵をかりた。二階の奥の部屋だった。ドアをあけて、その狭さに驚いた。四畳半に一畳程度の流しがついているだけで、トイレもなかった。高広がもっと驚いたのは、家具といえるものが何もないばかりか、化粧台ひとつなく、こざっぱりと整頓されて掃除もゆきとどいていたことだ。

高広は荒れた生活を想像していた。部屋も化粧品や香料がしみこんだ女くさいたたずまいに違いないと思っていた。だが、この部屋には女を感じさせるものはほとんどなかった。飾りらしい飾りもなく、眼についたのは料理の写真が印刷された米屋のカレンダーぐらいだった。

蒲団は押入れにきちんと折りたたんで入れられていた。洋服は押入れの上段にポールをとりつけてかけていた。衣類はふたつのケースにおさまっていたし、所持品は生活に必要な最小限度のものしかなかった。暖房器具といえば小さな灯油ストーブだけで、コタツも電気毛布もなかった。

高広は金目のものをさがした。葬儀費用ぐらいは和枝自身ではらうべきだった。生命保険に入っているとすれば、多少の罪ほろぼしになるというものだ。だが、保険証書は見つからず、たいした指輪もネックレスもなかった。天袋の小さな木箱から預金通帳と印鑑が出てきた。

その箱には姉と高広の母子手帳と数葉の写真が一緒に入っていた。赤ん坊の高広を抱いた和枝の写真もあった。通帳の残高は思ったより多かった。葬儀社などへの支払いをすませてもかなりの額がのこりそうだった。といっても、それで墓地を買って墓をつくれるほどの額ではなかった。

運送業者に電話して、和枝の荷物をゴミ焼却場にはこんでもらうことにした。わずかの貴金属と預金通帳などをのぞいて、全部すてるつもりだった。業者がくると、金をはらい、鍵をわたして、高広はアパートをあとにした。

パチンコで時間をつぶした。夜を待って、和枝が働いていた店にいった。ママに菓子折りをわたして礼を言うと、彼女は高広が和枝の息子だと知らなかったようで、ひどく意外そうな顔を見せた。

高広が店を出せ階段にむかったとき、ひとりのホステスが追いかけてきた。四十年配の小太りの女で、何度か席についたことがあった。ちょっと話したいんだけど、と言って、女は近くのオデン屋に高広をつれていった。

会社にリュウコ姉さんが倒れたと電話したのは自分だと彼女は言った。高広はそのときはじめてリュウコとはどういう字を書くのか気になった。龍子、流子、という文字が思いうかんだ。

ビールをつぎながら、女は和枝からたいがいのことをうちあけられていたと話した。高広が息子であることも二年ほどまえに教えられたという。事件のことも、刑務所に入っていたことも知っていた。いまさら詫びることもできないが、死んだら、そのうちゆるしてもらえるかもしれない、仲よくしてもらえるかもしれない、と和枝は話していたという。

あんたの母さんね、好きで家を出たわけじゃないのよ、と女は言って涙を流した。あんたの父さんの嫉妬とね、暴力がね、耐えられなかったのよ。

高広は和枝のために他人が泣いているのがふしぎだった。父は母に対してはけっして暴力などふるわなかった。そう言うと、女はひきこもるような笑みを見せて、夫婦の間はいくら子供でもわからないことがある、と言った。

和枝の自己弁護だと思った。人はとことん自分を正当化する。そのためには自分すらあざむく。事実を都合よくねじまげて、生きやすいように嘘をこねあげる。そんなことをまともに信じるほうがどうかしている、あんたらは傷口をなめあっていただけじゃないのか、と高広は怒りに駆られたが、言葉を封じるようにビールを飲むと、立ちあがった。

「どうでもいいことだよ」金を置いて立ち去ろうとする高広に、

「もう死んだんだから、仲よくしてあげてよ」と女は言った。

寮にもどった。骨箱が部屋を出たときと変らずそこにあることが不可解だった。一升ビンを手にして沢田がやってきた。あぐらをかいてすわり、茶碗に酒をついで高広にわたした。しばらくだまって酒を飲んだ。

黒髪山はどうだ、と沢田がきいた。工事のことだと思い、順調です、と高広が答えると、順調か、と沢田はうすくわらった。彼は黒髪山の仕事にはじめてたずさわったときのことを言葉すくなに語った。

鉄砲水に押し流されて溺れそうになったことや、クマに出くわしたことなどを話して、あの山はおそろしいが、懐が深くてほっとする山だ、となつかしげな顔になった。そして、噛みしめるように沈黙をはさんで、おれは娑婆のことは知らん、われが知ってるのは山ぐらいのもんだ、おまえもちっとは山がわかったか、ときいた。

ようやく山と対等にわたりあえるようになった気がします。勝負をしかけられるっていうのか、まあ、すこしずつ山がわかりかけています。喧嘩ですよ。

高広よ、勘違いするなよ、と沢田はしずかな眼差しをむけて言った。おれらはよ、はじめから負ける仕事をしてるんだ。喧嘩になるわけがない。

その言葉は高広の胸のまんなかにぶつかった。負ける仕事という言い方がショックだった。喧嘩する腹で仕事をやれと教えたのは沢田ではなかったか。

負けるとわかってることを、なぜやるんですか。

さあな、と沢田はつぶやき、酒を飲んだ。退職間近のせいか、沢田のオヤジも気がよわくなったもんだと高広は思った。それが仕事だからだ、とでも答えようものなら、激励の意味で反撃するつもりだった。だが、沢田は無言だった。

高広はタバコをふかしつづけた。沢田は高広の茶碗に酒をついだ。タマミ婆さんを思いだして、ドブロクが恋しくなった、と高広が言うと、そうだな、と沢田は感慨深そうな顔を見せた。そして、祈るってことは衣を織るってことだと先代の社長が言ってたな、そんな気持で仕事しろってな、とつぶやいた。

肩で息をして、沢田は眼を遺影にむけ、それから視線を落として口をひらいた。妻ノ神の婆っちゃんはたいした女《おなご》でよ、若いころ、自分の旦那を鉈《なた》でたたき殺したのよ、と沢田は言った。思いがけないことをつげられて、高広はタバコをくわえたまま息をとめた。

その旦那は山持ちの遊び人で、放蕩三昧だったという。だが、違った人物評もあった。めんどうみのいい腹のすわった男だったと慕う村人もいた。どちらもその人の一面で、見る人間によって評価が違うのは当然だった。また、婆さんに男ができて、それが殺しの動機になったという噂もあった。沢田が真相をたずねると、

「忘れでしまった」と婆さんははればれとした顔を見せたという。

いま婆さんが住んでいる家は旦那が建てた山小屋で、出所後、娘が婆さんのために改築したという。あれもえらい娘で、嫁入り先がなんぼ嫌な顔しても婆さんの味方をやめない、

ひきとって世話をすると言ってるんだが、婆さんも頑固でうごかない。沢田はショート・ピースをとりだして火をつけた。

高広は茶碗酒をあけた。婆さんの屋根裏部屋で見た折り鶴の群れが、眼のまえにあった。

4

仕事にもどった。休みをとった二日間の遅れをとりもどすために、下請けの人数を増やして昼夜兼行で工事をした。期日がせまっていたわけではない。予定より五、六日早くきりあげて、余裕をもって最後の3号集水井にかかりたかった。それが終れば本年度の妻ノ神地内の工事は完了する。

ほぼ一週間ぶりに耳にするパーカッションの音は心地よかった。軀にみなぎるものが生じて、山に体当たりしているという充実感にみたされた。それは山の外の世界を忘れさせ、水脈だけに神経を集中させた。

山に外科手術をほどこしている気持に変りはなかった。最後には病気を退治しなければならなかった。人間と同じように大地のなかの水も腐る。それが病巣であり、地すべりとなって発病する。大地の病気を技術でなおすことが防災工事だった。

弱腰になったらできっこない、と高広は思った。山を知ることは山の病気を知ることで、それを診察して治療するのがおれの仕事だ。

いままで穿孔した集水パイプからは水がさかんに出ていた。失敗はなかった。高広は排出される泥土《スライム》を確認しながら、水脈を手さぐりする気持になる。

山に対する気迫に変化はないと思っていた。だが、夜になると心にゆれが生じた。雪の森に棲んでいる生きものの息づかいが身近に感じられ、樹木も動物もふところに抱いて泰然としている山のしずけさに圧迫感を覚えた。

高広は黒髪山に泊まった最初の夜を思いだした。紅葉は終っていた。夕方、ホッホー、ホロッケ、ホッホーという鳥の鳴き声がした。フクロウだった。タマミ婆さんの家の裏にはブナやミズナラの森があって野ネズミがいた。フクロウは野ネズミをねらって森に棲んでいた。

だが、夜半に、ホッホッホッと女がわらっているような声がひびいたり、ゴギャーゴギャーという身の毛がよだつ絶叫がきこえたときは、まさかその声の主がフクロウだとは思わなかった。山のしずけさが冷気とともに冴えわたり、高広はウィスキーのボトルに口をつけて飲んだ。闇につつまれた黒髪山が息を殺して生きものの様子をうかがっているようだった。

翌朝、あの奇声がフクロウの声だったことを婆さんから教えられた。女のわらい声に似たのが雄で、叫び声にきこえたのが雌の鳴き声だった。子別れして自由になった雌が冬にそなえて餌を存分にとるために、雄が近づいて狩りを邪魔しないように威嚇めいた声をあげるのだという。それがわかってもフクロウの雌の声はぶきみだった。だが、雪が降りだすと、雌の鳴き声も元にもどった。

休憩時間に、下の部落の公衆電話から麻湖に電話を入れた。和枝が亡くなったことをつげると、そうだったの、と言ったきり彼女は口をとざした。今週は日曜も仕事をするつもりだった。麻湖の伯母の旅館には泊まれなかったが、土曜の夜に会うことにした。

タマミ婆さんと夕食をとった。ゆっくり婆さんの手料理を食べるのはひさしぶりだった。高広はドブロクを飲み、婆さんは清酒を飲んだ。この闊達な老婆の過去に血なまぐさい出来事があったとは想像できなかった。酔いがまわり、高広は婆さんに自分と和枝との関係をかいつまんで話した。

おいや、んだのがや。コップ酒をくいとあけて、婆さんはうなずいた。ヤザネなあ。

その言葉は、哀れで悲しいということだが、言い方によって、みじめで腹立たしいとか、むごたらしくて無念だという意味をふくむ方言だった。

筋を通すだけだよ、と高広は言った。

おめも山相手に軀張ってるくせして、性骨悪《しようぼね》いのお。

高広は心外に思い、どういうことかとタマミ婆さんを見た。婆さんはうまそうに清酒を飲みながら、それほど嫌な女の骨ならば、その辺の山のなかにすててしまえばいい、そのほうが相手にとってもよほどありがたいはずだ、おまえに迷惑がられるより山の神さんと一緒にいたほうがずっといいにきまっている、というようなことを淡々と話した。

そうもいかねべ。高広はため息をついた。

ヤザネもんだ、と婆さんは顔をしかめた。これはおっきり、憐れなほどなさけない、軽蔑すべき脆弱さだ、ということだった。そして、自分には墓などというものはいらない、黒髪山のどこかに穴を掘って埋めてくれれば、それで充分だ、おまえの母さんも、そのくらいの覚悟はできていたはずだ、と言った。

タマミ婆さんに尻をたたかれるようなことを言われて、高広は考えこんだ。筋を通すというのであれば、そこまで徹底すべきなのかもしれない。だが、ふんぎりがつくかどうかおぼつかなかった。婆さんはにやりとして、まあ飲め、とドブロクをついだ。ふたりとも腰がぬけるほど飲んだ。

二日酔いで仕事に入った。集中力がにぶって、山のなかで雑念がゆれうごいた。寮の部屋に置いてある和枝の骨箱がぼんやり白く見えた。

直属の上司は、内輪でいいから坊さんを頼んで法要を行い、戒名と位牌ぐらいはもらうべきだとすすめた。そのうえで四十九日がすんでから遺骨を寺にあずかってもらい、墓地をどうするかはじっくり考えればいいと上司は言った。

和枝の骨箱を、高広はもてあました。墓を建てる気はなかったから、時間をかけてでも和枝の実家の移転先をさがして遺骨をひきとってもらうのが最善だと思った。タマミ婆さんが言うように山にすてるわけにもいかなかった。

老女がやっている小料理屋で、麻湖と会った。人を待たせるのが嫌いな彼女はいつもひと足先にきて割烹着姿の老女と話していた。高広が入っていくと、麻湖は立ちあがり、ごくろうさまでした、と頭をさげた。高広は曖昧に言葉をにごしてうなずいた。

なんか変よね、と麻湖はビールをつぎながら言った。こういうときにはこういう挨拶をすべきだってきまってるでしょう、それができないなんて変よね。かたちだけのことだよ、と高広は言った。でも、かたちがだいじなこともあるわ、それがあなたにむかっては言えないのよ、そんな関係は好きじゃないな、と麻湖は小首をかしげた。

「遠慮せずになんでも言えよ、おれは気にしない」

「だといいけどね」麻湖は肩をすくめてグラスを口にはこび、いよいよ親子の縁を切られちゃった、と道化た調子で言った。彼女の父が、二度と家に帰るなと言いわたしたのだという。母は何も言わなかった。ということは父と同じだってことね、と彼女は唇をゆがめた。親子なんて虚構なんだから、一緒に死ぬくらいの気持がなくちゃ成り立たない、とことんかばいあうしかないのにね。

麻湖は自分の問題に託して、高広の亡くなった母に対する態度を遠まわしに非難しているように思われた。忠告だとわかったが、反論すれば言い争いになる気がして、高広はだまっていた。食事をしながら、温泉町がすたれてきたことや旅館の経営が思わしくないことを麻湖は話し、高広は1号集水井がもうじき完成することを話題にした。

それから、麻湖は土産のカニをもらって伯母が怪訝な顔をしたことを話した。アメ横で買ったと言うとすぐに信じたと、おかしそうにわらってから、でもね、いまは伯母だけが頼りなの、とつぶやいた。

おれもいる、と言いかけて、高広は抑えた。うかつに口にできない言葉だった。そのかわり、女は信用できない、というセリフが出てきた。信用できないのは男も同じ、おたがいさまよ、と麻湖はきりかえした。信用はつくっていくもんでしょう。彼女は高広の横顔を見て、そうでしょう、と返事をせまった。

説教じみたことは言うなよ、そっちは頭がいいかもしれないけどな。

そういう逃げ方は卑怯だな、あなたを産んだ人のお骨はどうする気なの、と麻湖がきいた。高広はその飛躍にまごついて、さあな、と投げやりな答えになった。

あたしもお墓ないかもしれないな。この子、つくってくれるかな。麻湖は腹をさすった。

言いたいことがあったらはっきり言えよ。

あっ、そお。じゃあはっきり言う。母親は母親よ。お墓ぐらいつくりなさいよ。あなたそんなにケチな男だったの。

そういう問題じゃないだろう。

そういう問題なの。愚かもの。お骨をどうしたらいいのかわからないのは、お母さんに対する自分の気持がどんなものなのか、確認できないからでしょう。あなたはとっくにゆるしてるはずよ。そうでなかったら、あなたはただのひねくれた甘えん坊よ。

高広は不愉快になりながらも、冷静にうけとめようとした。女の棘のある言葉には手ひどく報復するのがいままでの高広だった。女から責められると、すぐに言いかえして喧嘩になった。意地になることもあれば、ちょうどいい潮時だと考えて、別れるようにしむけたこともあった。

だが、高広は麻湖の言うことをいちいち吟味する気になっていた。彼女の指摘は正しかった。だが、とっくにゆるしているはず、という点はまちがっていた。ひねくれた甘えん坊というのも見当違いだと思った。

傷ついた、と麻湖がからかう調子できいた。

自分の頭のハエを追えと言いたかったが、高広はこらえた。自分ががまんをしていると気づいて、むしろそのほうが驚きだった。麻湖との関係を大事にしているのか、適当にあしらって黙殺しようとしているのか、判断できなかった。

二日酔いは消えていたが、あまり飲む気がしなかった。十時まえに麻湖を温泉町まで送って、山にジープをむけた。ひとりになると、高広は、お骨をどうしたらいいのかわからないのは、お母さんに対する自分の気持がどんなものなのか、確認できないからでしょう、という麻湖の言葉を思いかえした。小さな墓をつくって遺骨をおさめ、あとは放置する手もあった。一種の野ざらしで、妙案に思われた。これがおれの気持だ、と高広は麻湖にむかって言った。

1号集水井の工事が終った。青銅鋳物の井名板をつければ完了だった。後片づけがのこっていたが、手子たちにまかせて、高広は最後の3号集水井の工事の準備にかかった。金曜日、会社にもどって技術本部の連中と最終的なうちあわせをした。すでにライナープレートは埋めこんでいた。深度は三十二メートルで、集水パイプは五度の角度で十八本のばしていくことになっている。綿密な調査を行っていたので、難題はなかった。

気がかりな点があるとすれば、たいがいの場合、ライナープレートを設置する際にかなりの量の地下水が出るのだが、3号集水井は水槽部分にあたるコンクリートの基底部が埋められた段階でも水が出なかった。水中ポンプで水をくみあげて作業するより、水のないほうが工事はやりやすい面もあったが、三十二メートルまで掘って地下水が出ないというのもめずらしかった。

午後三時、1号集水井の現場にもどった。手子たちは作業を終えてプレハブで休んでいた。月曜からの手順をきめると、彼らはひと仕事終えた解放感を背中にただよわせてクルマに乗りこんだ。

高広は1号集水井の西百メートルにある3号集水井にいった。妻ノ神地内の工事現場ではもっとも山道から遠く、機械の移動や機材の運搬には不便な場所だった。ただ、沢に近かったので、排水ボーリングが短い距離ですむのはありがたかった。

雪がつもった田圃を膝まで雪に埋もれながら漕ぐように横切っていくと、あちこちにウサギやキツネの足跡があった。3号集水井の縦ボーリングのときに、すぐ近くで二頭のカモシカが大きな眼で作業を見つめていたことを思いだした。

3号集水井は斜面の下の窪地にあった。周囲に裸木があり、雪まじりの寒風に吹きさらされている。日陰のせいか、陰鬱な場所だった。背後に杉林がひろがり、その上には岩場になった絶壁がそそり立っていた。

工事途中の3号集水井の開口部は落下防止のための鉄格子でおおわれている。タラップの近くに人ひとりが入れるほどの蓋があって、鍵がとりつけられていた。高広は蓋をあけて、タラップを慎重に降りていった。穿孔機を設置するための足場になる板材の点検と、排水孔の位置確認、それに気になっていた地下水の調査をしなければならなかった。

投光器がまだつけられていないので、なかは薄暗かった。高広は懐中電灯を右手にもってゆっくり降りていった。有孔プレートを調べたが、水が出ている箇所はなかった。井戸は乾いていた。底に近づくにつれて濃い闇になり、空気のぬくもりが増した。

水槽の巻立てコンクリートの縁にわたされた足場の板に降り立った。幅五十センチほどの厚い板だ。うっすらと雪がつもっていたが、凍ってはいなかった。この上に穿孔機を置いて作業するとになる。水槽の底板コンクリートに光をあててみた。やはり水はなかった。板材の強度をたしかめるようにゴム長のかかとでつよく踏みつけたとき、ずるりとすべった。バランスをくずして、高広は一メートル半下の底板コンクリートに落ちた。左手をのばしてライナープレートにつかまろうとしたが、それがかえってむりな姿勢となって、高広は落ちる際に巻立てコンクリートの縁に手首と肩をぶつけ、左足をくじいた。懐中電灯の電球がガラスとともに割れて暗闇になった。

高広は井戸の底に寝そべった格好で、やれやれと苦笑してみた。左の手首と足首を激痛がつらぬき、やばいな、とつぶやいたが、ことの深刻さに気づいたのは立ちあがろうとしたときだった。痛む左側をかばって起きあがったが、両足で立つことができなかった。左の腕をあげようとすると、まっすぐのびなかった。

右手と右足だけで、どうにか板材の上に軀をのせた。高広は大きく息をして、気持をおちつかせようとした。瞼をとじて暗がりに眼を馴らした。それからタラップの位置を右手でさぐった。左手首と肩、それに左足の痛めた部分を点検するようにうごかしてみた。がまんできないことはないと思った。

タラップを右手でひきよせるようにして立ちあがった。左足に体重を移すと、痛くてくずおれそうだった。左手でタラップをにぎった。指にはいくらか力が入るのだが、手首をうごかすことはできなかった。軀が緊張でひきしまり、喉が渇いた。上を見た。小さなまるい穴が途方もなく遠くにあった。

慎重に、がまんづよく、一段一段のぼらなければならなかった。鉄砲水に押し流された沢田のアクシデントにくらべれば、この程度のことはどうってことはない、と高広は思った。左手の指をタラップにかけ、右手に力をこめながら左足をもちあげた。右半身だけでのぼるようなものだった。これで三十二メートルあがりきることができるかと思うと、心もとなかった。

にじりよるようにのぼりはじめた。タラップは螺旋状になっているので、よりかかって休むことが可能だった。ところどころに狭い踊り場もあった。途中で何度か休憩して、時間をかけてあがっていけば出られるはずだ。安全ベルト《セーフティ・ロック》もない。落ちれば死ぬ。高広は眼のまえのタラップにだけ意識を集中させた。

五段のぼって、右手の異常に気づいた。軍手がなまあたたかく、ぬるぬるしていた。タラップを抱くようにして、口で軍手をくわえてぬがせた。血が出ていた。懐中電灯を手さぐりしたとき、割れたガラスで掌を傷つけたようだった。痛みはなかったが、このままでは危険すぎてのぼることはできなかった。

軀から力がぬけた。奮い起こすように、クソーッ、と叫んだ。声が反響して渦巻いた。いくら大声をだしてもむだなことは承知していた。集水井の底からの音は真上にあがって四方にひろがることがない。穴からほんの数メートルはなれただけで大音響のパーカッションですらよわよわしくなってしまう。

タラップを降りて、板の上にすわった。こうなればサバイバルだ、と声にだして言ってみた。月曜の朝になれば、下請けの業者や手子たちが高広をさがすはずだった。金曜、土曜、日曜、と数えて、いくつかの険しい山を踏破する心もちになった。

ポケットからジッポーをとりだして右手を見た。親指のつけ根に傷があって血が流れていた。血を見るのはひさしぶりだった。傷口がひらき、いままで痛みを感じなかったのがふしぎなほどだ。ティッシュをあて、口をつかってハンカチでしばった。

ジッポーの火をつけたまま、コンクリートの底に降りた。壊れた懐中電灯やガラスの破片などを片づけ、肘で雪をどかして居場所をつくった。防寒着をぬいで底に敷いた。ピース・ライトをとりだした。のこりが十本になっていた。高広は狼狽し、心細くなった。

集水井の口が見えなくなっていた。夜だった。左足と左手の痛みは時間とともにひどくなった。腫れてきているのがわかった。ときどきジッポーで火をともしてみたが、なんの気休めにもならなかった。オイルがきれるのをおそれて、すぐに消した。

眠ろうとすると、息ぐるしかった。深い地中に生き埋めにされたようだった。軀をまるめると、どんどん縮まっていって、微小な生きものになっていた。それも、痛みと心臓のうごきと飢えが生きていることを証明しているだけの存在だった。おれは人間じゃない、生きてもいない、泥土《スライム》だ、水に溶けた泥土《スライム》だ。念じるようにそう思い定めると、気が楽になった。

真夜中、音がした。ぷつ、ぷつ、と何かが小さくはじけるような、殻を破るような音だった。地中の生物が泡を吹いているのか、ドブロクのように何かが醱酵しているのか、高広はそんなことを想像した。だが、ここは深度三十二メートルの地下だった。ありえなかった。

かと思うと、遠くの地表から、雪を踏むひびきがかすかにきこえた。ざっ、ざっ、ざっ、という音で、人の足音ともとれた。あやうく叫びだしそうになり、こんな夜更けに、おまけにこんな場所を人が通るはずもないと自制した。だが、そう思いながらも、おーいっ、と声をあげていた。ひときわ重い静寂が落ちてきた。

和枝の骨箱が見えた。恐怖はなかった。うかびあがったのは、和枝の顔ではなかった。姉だった。オートバイ事故で頭蓋骨が陥没して死んだ姉だった。あらわれた姉はまだ少女だった。おさげ髪の姉は高広にむかって言った。父さんだって逃げたのよ、卑怯なのよ。違う、と高広は思った。父さんが逃げるはずがない。左官をやめて一年中出稼ぎにいくのは逃げたことだ、と姉は言った。そんな話はききたくなかった。どうして姉が父を責めるのかわからなかった。悪いのは母だ。

心臓の鼓動が速くなった。あなたはとっくにゆるしてるはずよ、と言った麻湖の顔が見えた。ばかな、と高広はつぶやいた。ゆるせるはずがなかった。なにを勘違いしてるのかと麻湖を責めたかった。ヤザネもんだ、と嘆いたタマミ婆さんの顔がよみがえった。ぷつ、ぷつ、という音がきこえた。

沢田が山形の村で体験した地すべりの話を思いだした。寺を宿にして工事をしていたときだった。夜中に、パン、パン、パン、パン、と鉄砲をうつような音がした。翌朝、寺の境内の銀杏の大木がまっぷたつに裂けていた。あの乾いた爆発音は山の移動で木が割れた音だったとわかって、沢田は粛然とした。

ぷつ、ぷつ、という小さな音が地すべりの徴候だと高広は気づいた。樹木の根が切れる、根切れの音だった。ほんのすこしずつだが、山はうごいていた。

いつもはパーカッションの音にまぎれてきこえなかった。水中ポンプの騒音も地下水の音もなくなったいま、高広ははじめて山の気配に耳を澄ます気持になった。海にいた生命が植物というかたちで陸にあがったのは四億年まえだった。そのときの地上はこのような奥深いしずけさに満ちていたのではないかと高広は思った。

本格的な地すべりが起こると、山の底から、ゴォーッ、と地鳴りがきこえるという。調査の結果では妻ノ神地内ですぐに災害が勃発する可能性はほとんどなかった。だが、完璧な予測などむりだった。いつ大地がうごいてもふしぎではない。地すべりが生じれば、この集水井が土砂で埋まることは確実だった。長野市の地附山地すべりではライナープレート自体が破壊されていた。

だが、どうすることもできなかった。人がくるのを待つしかない。深い穴ぐらで、高広は暗がりを見つめつづけた。眼をとじてもひらいても同じ闇だった。喉の渇きはコンクリートの底にたまったわずかな雪で癒した。空腹感は夜明けになると軽くなった。ぼんやりした光で集水井の口が見えてきたとき、高広は浅い眠りをただよった。

手足の痛みがやわらげば、もう一度タラップをのぼるつもりだった。だが、三、四時間うとうとして眼が醒めたとき、高広は自力での脱出をあきらめた。腫れは大きくなって、左半身が麻痺したようだった。この状態でタラップにしがみついたとしても、十メートルもあがらないうちに落下する。

空が薄暗さを増した。高広は巻立てコンクリートにもたれかかってタバコを吸った。膝をかかえてうずくまり、闇のむこうに視線を投げているうちに、ひさしぶりに、どこかでこれと同じ経験をしたことがあるという気持になった。いつだろう、と記憶をまさぐった。

若い母の顔がうかんだ。仏壇のすみにふるびた兵士の写真があった。誰なのかときくと、母は遠くに思いを送る表情になって、自分の一番上の兄だと答えた。彼は爆弾をとりつけた小さな潜水艦に乗って敵の戦艦に体当たりを敢行しようとしたが、途中で故障が生じて海底で息絶えたのだと母は話した。

それが回天と呼ばれる特殊潜航艇だったことを高広は思いだした。ひとり乗りの潜水艦で、人間魚雷といわれる海の特攻兵器だ。高広はこの話に衝撃をうけた。いのちとひきかえの戦法も驚きだったが、伯父が海の底で狭い潜水艦にとじこめられて死んだという事実が胸をうった。

眠るときに、高広はしばしば伯父の最期を思った。派手な戦果をあげて死にたかったはずだと思うと無念な気持になった。何度か人間魚雷の乗員になった夢を見た。それは深い海の底にいる夢だったり、敵艦に体当たりする夢だった。

伯父のことは忘れていた。高広は自分の血につながるこの兵士をひそかに誇りに思っていたが、母の事件はそれをも消してしまった。

少年の面影をのこした伯父の写真が見えた。彼は自分よりも若い年で死んだのだと思うと、海の底の孤独が身にしみた。彼はほんとうに国のために爆死することが本望だと信じたのだろうか。子供のころははなばなしく死ねなかった伯父がかわいそうだった。だが、穴の底にいると、艇に故障が生じて停止したとき、彼はほっとしたのではないかと高広は思った。

敵に体当たりして死ぬより、伯父さんは海の底でひっそり死ねてよかったのよ、と母が言っていたことを高広は思いだした。子供の高広には負け惜しみのようにきこえた。だが、いまはその言葉の裏に、誰をも殺すことなく、爆死という壮烈な死でもなく、海に溶けこむように死ねてしあわせだったに違いないという、母の心からの思いがあったような気がした。

大門市の店で再会したとき、和枝は事件を起こした女のようには見えなかった。年をとったせいもあるだろうが、はげしい情念の燃え滓がすこしぐらい底のほうでくすぶっていてもいいはずだった。だが、いくら想像をたくましくしても、彼女が火のような激情をもった女だとは思えなかった。

高広は穴の底に横たわって軀をまるめた。ふたたび夜になろうとしていた。寒くはなかった。地すべりに対する切迫した恐怖ももはやなかった。ただ、意識が混濁して、月曜まで気持を保てるかどうか自信がなかった。夜の山を、あとふたつ越さなければならなかった。月曜にかならず救いだされる保証があるわけでもない。

母もこのようにして助けを待っていたのではないか。深い穴の底で、痛みに耐えながら、誰かを待っていたのではないか。おれは息子として声をかけてもよかったのではないか。それとも、母は罵声をききたかったのだろうか。怒りをぶちまけられて、おれに詰られることを望んだのだろうか。母はおれの近くにいたくて帰ってきたのではなかったか。

そう考えると、涙がにじんで眼頭が熱くなった。母は家を通る前夜に、高広と姉を自分の蒲団に寝かせた。ふたりを抱きながら、母が泣いていたことを、高広は思いだした。そんなことがほんとうにあったのか。

夜中に、ぷつ、ぷつ、と根切れの音がまたきこえてきた。高広は山に抱かれている心もちになった。

ここから出られても、回復するまでしばらく時間がかかりそうだった。山を相手に喧嘩することも、戦争することも、もうできないはずだ。こうして傷ついて地中にいるのは、山に捕虜として封じこめられているようなものだった。武器もなく、無力だった。山の圧倒的な力だけがあった。

はじめから負ける仕事をしてる、と沢田は言った。山に外科手術をすることなど不可能なのだ。集水井もアンカーも山のうごきを完全にとめることはできない。山は、それでもうごく。

山を休ませているだけだ、と高広は思った。山に休息をもたらす手助けをしているにすぎない。いずれ誰もが山に還る。こうして穴の底にいることは、生きているうちに山に抱かれて、人より早く還る場所に馴染んでいるということではないのか。

黒髪山はベタ山、女陰の山だった。ここは母の胎内だった。この山が神ならば、タマミ婆さんの言う通り、母はここに還ればいい。母は山につつまれて安息をえるはずだ。高広は黒髪山にむかって素直に手を合わせられそうな気がした。

山のなかを流れる水の音がきこえてきた。時をきざむように、水脈は鼓動していた。雪におおわれた山にはさまざまな水の流れがあった。それらはゆっくり時間をかけて地中をめぐり、大地を流れ、やがてはひとつになった。海が見えた。

麻湖の腹のなかで羊水にうかんでいるいのちを思った。その脈動は、山の息づきと重なった。高広は麻湖の産むいのちがしっかりと育つのを見たいと思った。見守るのが当然だと思った。愚かもの、と麻湖がわらった。そうよ、おれは愚かものよ、と高広は答えた。とろとろと眠った。夢は見なかった。眼をあけると、集水井の口があかるくなっていた。時間の流れは気にならなかった。待つ気持もうすれた。神経がまいらないように、ぼんやりと死んだように寝そべっていた。

高広はその日の午後、沢田によって助けだされた。高広、と叫ぶ声をきいたとき、空耳だと思った。まだ日曜で、人がくるはずもなかった。いよいよ幻聴か、と苦笑するゆとりはあった。ふたたび高広を呼ぶ声が井戸にひびいた。見あげると、誰かが集水井をのぞきこんでいた。高広は声をはりあげようとしたが、だるそうな声が腹からもれた。人影はすぐに消えた。

しばらくして、沢田がタラップを降りてきた。懐中電灯を手にして、きびきびした動作で足場に立った。だいじょうぶか、と彼はきいた。手首と足首をやられました、と言うと、うん、と沢田はうなずいた。そして、だまってタラップをのぼり、鉄格子をはずして、門型クレーンの鉤《フック》と安全《セーフティ・ロック》ベルトを穴の底に降ろした。

沢田は高広の胸にバンドをしめて、クレーンで吊りあげる準備をした。婆っちゃんが電話してきた、と彼は言った。タマミ婆さんは、高広は何も言わずに出かける子供《わらし》ではない、よくないことがあったに違いないと執拗に言ったという。婆さんはわざわざほかの家まで電話をかりにいったのだろう。

念のためだ、と沢田は高広の眼を手ぬぐいで縛った。いきなり陽の光をあびると、眼をやられるおそれがあった。クレーンが作動した。高広は穴の底からひきあげられた。沢田は高広を背負って雪のなかをあるいた。光の気配がさんざめいていた。

山と寝たな、と沢田が言った。

ランドクルーザーの助手席に乗せられた。クルマを運転しながら、沢田がタバコに火をつけてよこした。ショート・ピースだった。うまかった。高広はまわりに山の呼吸を感じながら、ゆっくりタバコを吸った。

水の流れが頭の芯にのこっていた。その音に耳を澄ませていると、無線機が雑音をたてて沢田を呼んだ。切迫した声だった。当直の社員からの緊急連絡だった。

マイクをとりあげて、どうした、と沢田がきいた。地すべりです、とその声は言った。坊ノ沢地内の北斜面で地すべりが発生しました。規模ははっきりしませんが、かなりうごきがはげしいようです。

わかった、直行する。沢田はアクセルを踏みこみ、おまえの手当てはあとまわしだな、と言った。坊ノ沢地内は三十年かけて防災工事をしてきた。この数年、異変の前兆は見られなかった。だが、地すべりは起きた。

高広は手ぬぐいをとって、眼をあけた。つもった雪に陽光が照りつけ、白い炎のように燃えあがっていた。雪溶けの、はじまりだった。

初出・底本：『文學界』一九九七年六月号〔発表時作者四六歳〕

第一一七回芥川賞選評より〔一九九七（平成九）年上半期〕

河野多恵子　この賞の選考に携わってきた十一年間で、印象に残る受賞作は複数あるけれども、最も感心したのは、このたびの目取真俊さんの『水滴』であった。敬服した。

宮本輝　一回目の投票で、目取真俊氏の「水滴」は高い点数を得て、受賞を否定する選考委員もいなかったので、今回の芥川賞は、さほどの議論もなく決まった。（中略）伊達一行氏の「水のみち」は、氏のこれまでの作品よりも強かった。しかし、氏は、舞台設定となるものの描写はつねに優れているが、その舞台で演じる人間の劇が、いつのまにか類型化して弱まる癖があって、私はいつもそこが物足りない。

石原慎太郎　私は伊達一行氏の『水のみち』を一番面白く読んだが、この主題を描くにこの文体はむしろ古めかしい感じがする。（中略）前回の候補作といい今回といい、取材をよくしているのは感じられても、その主題と作者の関わりがあまり真摯なものに感じられてこないというのは重要な瑕瑾と思われる。

伊達一行　だて・いっこう

一九五〇（昭和二五）年、秋田県生まれ。青山学院大学神学科卒。八二年「沙耶《さや》のいる透視図」ですばる文学賞。九五年に「光の形象《かたち》」、九七年に「夜の落とし子」、九七年に「水のみち」でそれぞれ芥川賞候補。著作に『スクラップ・ストーリー——ある愛の物語』『かく誘うものの何であろうとも』『妖言集』（三島由紀夫賞候補）などがある。

青山

辻章

階下の物音が、いつの間にか途絶えていた。さっきまで聞いていた音楽のテープを切って、玲は一階の自分の寝室で、もう眠ってしまったようだった。

ホタルノヒカリ　マドノユキ

玲はこのごろ、日本の抒情唱歌、というタイトルのテープばかり、一日くり返しかけている。テープの歌の名残りが、私の耳にまだ残っていた。近所の飼犬が、しきりに鳴いている。その声が耳の中で、ホタルノヒカリ、の旋律に重なり、妙に神経に障る騒がしさで響いた。

座卓の上の置時計を見ると、もう十二時を回っていた。

私は読みさしの本を座卓に伏せて立上がり、足音を忍ばせて階段を降りた。

玲の寝室の襖《ふすま》を細く開けると、常夜灯の仄暗《ほのぐら》い光の下に、夏布団にすっぽりと体をくるんだ玲の顔が、ぼうっと浮いていていた。よほど深く寝入っているのだろう、玲は枕に置物のように頭を載せ、呼吸の気配も感じられないほどだった。

体が入る分だけ、もう少し襖を開け、私は部屋に入ってしばらくの間、玲の仰向けの寝顔を見下ろしていた。それはいかにも静かで、無心な寝顔だった。きっちりと閉じられた両瞼《りょうまぶた》。小さな影を作る鼻。薄く開いた口。私の子供の眠っている顔、というよりも、眠りというものそのものが、そこにただ置き放しになっているようだった。

玲の寝顔は、見るたびにいつも私に、そういうしんと静かな、どこか懐かしい匂いのする抽象画のような世界を想い浮かべさせた。無心というものの姿を、眼の下に見ているようだった。

玲の部屋を出て、台所で水を一杯飲み、私はまた足音を忍ばせて二階に引き返した。

座卓を寄せてある壁のガラス窓を引き開けると、それを待ち構えていたように、また甲高い犬の声が入って来た。夜の闇に怯《おび》える赤ん坊の泣き声のように、犬の声はキャンキャン、キャンキャンと、なかなか止まなかった。夏の終りの生温い空気が、網戸を通してぼんやりと流れ込んで来た。

あの夜にも、どこかでこういう犬の鳴き声が響いていたのではなかったろうか。

数えると、もう十年以上前の夜だった。

その日に私は、ちょうど十五年間勤めた会社を辞めたのだった。今日と同じ、夏の終りの日だった。

玲が寝静まるのを待って、深夜、私は、私の妻、玲の母親である里津子と、そのころ住んでいた団地の一室で向かい合った。私たちの間には、四角い小さな卓袱台《ちゃぶだい》があった。卓袱台の上に離婚届の用紙だけが一枚、白く載っていた。

その夜が里津子と私の長い諍《いさか》いの、最後の諍いの夜だった。小さな卓袱台と一枚の白い紙を中にはさんで私たちは、長い間ぶつけ合って来たその同じ言葉を、はじめての事新しい言葉のように、我を忘れてまたぶつけ合った。罵《ののし》りの、憎しみだけの言葉が口から噴き出し、その意味のなさに嫌悪感が湧くのだったが、言葉は止まなかった。罵り合い、そして憎々しげな視線を私たちはその夜も、互いの体になすり合いつづけた。

離婚は、お互いに分かり切ったことだった。里津子と別れ、玲と二人の暮らしをするために、私は会社を辞めたのだった。言葉をぶつけ合う必要など、もうどこにもなかった。しかし向き合えば、憎しみの言葉を投げつけ合わずにはすまないような、私と里津子とはそういう沼にはまりこんでいたのだった。

リョウノコトヲ今マデ少シハ考エタラヨカッタンダ。アンタガイツモイツモ仕事ニ逃ゲ出シテ、自分勝手ナコトバッカリヤッテキタカラ、家ガコンナニ滅茶苦茶ニナッテシマッタンダ。

と里津子は叫んだ。

オマエハ結局、何一ツワカッテイヤシナイ。

私は叫び返した。

リョウノコトヲ考エタラ、モウコレ以上オマエナンカトヤッテユケルワケガナインダ。

叫び合うたびに、絡《から》まり合う憎悪が互いの肉の中に、紅色の毒々しい姿をした肉腫のように、一層深々と喰い入って行く。それが、眼に見えるようだった。ぶつけ合う言葉ではなく、ただその肉腫が眼に見えた。そして憎しみの火が一度燃え上がれば、二人ともなぜ最初にその火が起きたのか、もうまったく思い出せもしないのだった。火の中に翻弄されながら、私たちは、リョウ、と叫び、リョウ、と叫び返した。しかし私たちに見えているのは、玲ではなく、ただ自分の憎悪なのにちがいなかった。

私と里津子との間に生まれた子供、玲は、この世の知恵の中に入って来ようとしない子供だった。

生まれて二年を過ぎ、三年、四年、五年を過ぎても余所《よそ》の子供のように喃語《なんご》も、おとなの口真似の片言も喋り出さず、自分では服の脱ぎ着も、スプーンや箸でまともに食事を摂《と》ることもできなかった。皿の惣菜を手づかみで握りつぶして、口になすりつけ、そしてただ、いつまでも嬰児の姿のまま哺乳壜《ほにゅうびん》を口にくわえ、昼となく夜となく家の中をはぐれた幼い獣のように走り回るのだった。名を呼んでも振りむきもせず、抱きとめようとする私たちの腕を脇を向いたまま払いのけて、玲は走り回り、その間、ただおうおうと甲高い吐息のような奇声を家の中に響かせた。そうしてその奇声は、深夜、不意に弾け返るように泣き叫ぶ悲鳴に変わり、電灯をつけ、方途なく見守る私たちの胸を脅やかした。

里津子は毎日毎日、その玲の背中を呆然と、眼を血走らせて追いつづけた。床や畳の上に所かまわず流し出す玲の小便を、追いかけてはただ雑巾で拭った。玲をどうすれば良いのか見当もつかず、しかしただ玲の後を追い、玲について考えつづけた。

毎日、外に仕事に出かける私にも、無論、何の見当もつかず、何の答えもなかった。医者に連れて行くことも、連れて行くということが、親の私たちの慰めになるだけだった。どの医者も、情緒障害、自閉的傾向というような診断をしたが、しかしそれを治療するための具体的な答えを持っている医者はいなかった。今はまだ医学的な治療方法がない、とはっきり言った医者の言葉が、一番信頼が置けそうな気がした。しかし外で仕事をしている胸の奥底で、私は眼の前にいない玲について、空しい手さぐりをやめることができず、ただ考えていた。

玲は私と里津子とをきりきりと、ただひたすらきりきりきりと考えさせつづけた。それは否応のない、強力な力だった。そうしてまたそれは無論、玲自身には何の意図も責任もあることではなかった。玲はこの上なく無力ないのちだった。余所の子供のように玲は私たちに何も話しかけも、訴えかけもして来はしなかったが、しかし私たちはたったの十分も、この世に玲を独りにしておくことはできないのだった。何とかしなければ、いつかはやって行けなくなる。このままではきっと何かが起ってしまう。里津子も私も胸の底で、絶えずそう怖れていた。しかし、方法は見つからなかった。

そして気がつくと、毎日毎日、私と里津子の話すことは、ただ玲のことばかりになっていた。

玲を一体どうすれば良いのだろう。

玲の言葉は、どうすれば出るようになるのだろう。

玲の、あの小便をどうしたら良いのだろう。

深夜の奇声でいつも睡眠不足の血走った眼をつき合わせ、私たちはぐるぐると同じ話の回りを回りつづけた。偶然のように玲が便所に入って小便をした朝、私と里津子とは突然広々と何かが開け出したように思うのだったが、しかしその日の夕方には、玲はまた何も変わりなく部屋の畳を汚した。手ひどい裏切りに会った後のように、里津子は殊更《ことさら》に表情を殺し、無言でそこに雑巾を当てるのだった。

時間が来れば、と私たちは時々、思いつきのように言い交した。時間が来れば、リョウも少しずつは変わってくるはずだ。けれどもそう口にすると、益々、今迷いこんでいる袋小路の霧が、身動きもできないほど重く黒々と体を抑えつけて来るように思われるのだった。

そうして玲の学齢が近づいたころだった。

ある日の朝、里津子が不意に私に言った。

コノゴロ、ヤットハッキリ分カッタンダケドネ、結局アンタハリョウノコトナンカ、何ニモ考エテイハシナインダヨネ、本当ハ。

私は里津子の言葉に少し驚いて、

フーン、

と口の中で言った。

私が驚いたのは、私が玲のことを何も考えていはしないと里津子が言った、そのことに対してではなかった。そうではなく、里津子にそう言われると、私もまた里津子のことをそう思っていたのではないかと、その自分の考えにその時、はッと気づいたからだった。

里津子ハ結局、リョウノコトヲ、本当ハ何ニモ考エテイハシナイ。

と私もまた胸の底で思っているのにちがいないのだった。

その朝も、夜通し奇声を上げつづけた玲の声で、里津子も私もほとんど満足に眠っていなかった。

仕事に出かけようとする玄関口で、私は里津子と、互いの正体をはじめて今ここでたしかめるのだ、というように、寝不足の眼をぎらぎらと交し合った。

玲ノコトヲ、アンタハモットチャント、真剣ニ考エルベキナンダ。ソウヤッテ、毎日仕事ナンカニ逃ゲ出シテ行カナイデ。

玲ノコトヲ、オマエハモットキチント、真面目ニ考エルベキナンダ。オレノ仕事ヲ逆怨ミナンカシテイルヒマニ。

視線を見合わせ、私たちは殊更に冷静な口調で、ほとんど同じ言葉を口にした。そして口に出してみると、それが一時の、売り言葉、買い言葉の詰《なじ》り合いではなく、実際に二人ともそう考えていたことが、眼の前にたしかめられるようだった。

そのころまだ私たちは、荒々しい大声で互いを罵り合うようなことはなかった。その朝も、私は里津子とその言葉を、高い声でぶつけ合ったのではなかった。しかしその時、私たちが相手の正体をたしかめようと、はじめてのように真剣にぎらぎらと向き合わせた視線は、ただ宙をすれちがって行っただけのようだった。

その朝が、私と里津子の長い諍いの、最初の朝だったのかもしれない。

玲のことを考えている。玲をどうすれば良いのか、玲は一体どうなって行くのかと、いつもいつも、そのことを考えている。

玲、というその一点で、私と里津子とは、同じ地平の方角に視線を向け、同じ一つのことを考えていると、当然のことのようにそう思っていた。

しかし、それこそが、本当は錯覚だったのかもしれない。

窓から犬の声が入って来る。嬰児の執拗なむずかり声のような犬の声が、里津子と離婚届をはさんで向かい合った、その夜の犬に重なる。おうおう、と泣きつづける幼い獣の声が耳の底に低く響いているのを、開け放した窓の前で私は聞いている。

私と里津子との間に玲という子供が生まれ、そうしてその誕生と共に生まれ育ちはじめた長い長い錯覚。

そうだったのかもしれない。

手にした器をわずかに傾ける。そうすると器の中にとろりと溜《たま》っていた油が、少しずつ少しずつ、地に流れ落ち、地表に黒い輪の形の染みを作る。油は次第に地表に厚く厚く貯まって行き、そしてある時ふとそこに落ちた小さな火の種が、一気に毒々しい形の炎となって、燃え上がる。

一枚の離婚届の用紙を置いた卓袱台を間に向き合って、里津子と私とは交互に、リョウ、と叫び、リョウ、と叫び返し、しかしその時、私たちの頭からは隣りの部屋で眠っている玲の、その置物のような寝顔は、余所の世界のもののようにすっかり消え失せていたのではなかったのか。

しかし今も憎しみの油の、黒々とした炎が窓の外の夜の中に、犬の声とまじり合い、燃えている。それは私の中に、私自身の体の一部となってしまった肉腫のように、暗く深々と根を下ろしている。

玲と二人で暮しはじめてちょうど二年程になったころ、里津子から葉書が届いた。

長い時間がたってしまいました。リョウさんに会いたいと思います……、とその葉書は短かく私の気持と都合を訊ねていた。

ナガイジカン。リョウサン。――ボールペンで記された、里津子らしい几帳面な文字が、葉書の中からじっと私を見つめているようだった。黒い火の種をにじり消すように、私は葉書を裂いた。

アンタハリョウノコトナンカ、何ニモ考エテイヤシナインダ。そう叫んだ里津子の眼。そのぎらぎらと光る視線を、私は今も許すことはできない。

開け放した窓の外に、様々な光景が、次々と浮かび上がる。里津子との記憶は、夜のこの暗闇が私の眼の中に運んで来たのかもしれなかった。

いや、それは夜の闇のせいなどではなく、私がさっき階下に降りて行って玲の寝顔をのぞいた、そのせいなのかもしれない。

玲の無心の寝顔は、枕もとで見下ろしている私の中に、何かの麻薬の作用のようにいつも陶酔めいた放心を導き出すのだった。そうしてその放心への罰のように、その後で必ず私に、ひりひりとした焦燥の匂いのする妄想をかき立てさせた。

縺《もつ》れた糸に、私はぐるぐると絡め取られて行く。

それはいつも、私のふと陥るかもしれない病いであり、不意に出遭うかもしれない事故だった。病気と事故、それが私の妄想の種だった。眠っている玲の無心が、しんと静かで、深ければ深いほど、それを見た後に、私は自分の病気と事故を怖れた。その時には、私は玲と共にいることはできなくなるのだから。そうして私は玲にそのことを理解させることは、決してできないだろう。

私が常に玲と一緒にいること。

里津子と離婚して以来、そのことを当然の、空気のような日常として玲に信じさせて来たのは、私だった。実際、十年余り、私は家の中にいる時も外に出かける時も、いつも玲と一緒にいた。

幼獣のように唸《うな》らずに、狩り立てられた野犬のように悲鳴を上げずに、走り回らずに、怯えた暗い眼で自分の手に歯を立てて血を流さずに、落ち着いて、安心して、この世をもう一度、眺め直してみたらどうだ。

玲と二人で暮らしはじめたころ、私は胸の中で玲にそう言った。この世は、おまえの眼がいつもそれに怯えているように、苦痛や、悪いできごとや、そればかりでもないはずだ。

言葉を交すことのない玲に、私は胸の中でそう訴えるしかなかった。

私は、この世の人間とできごととの前に、何の武装もなく、無力にぼんやりと佇《たたず》んでいる玲の傍に立って、この世と玲との仲介人か通訳の役を勤める者のように、玲にこの世を紹介し、この世の危険から何とか玲を護って行かなければならない。

玲と暮らすことを、私はそういう風な暮らし方として考えた。その考えは、毎日の、細々《こまごま》として、その分濃密な生活の中では、たしかに危うく細い綱をつたうようでもあって、しばしば切れかけようともしたのだった。けれども私はともかく大きな道筋ではできる限り、そういう考えで玲と暮らして来たのだった。

そうして、年月につれて玲は少しずつ、少しずつ、この世で暮らすことに向って歩き寄って来るように見えた。

自分の手の平に血の出るほど歯を立てること。家や街の中で突然、悲鳴を弾かせてはぐれ弾のように走り出すこと。そういうことが次第に間遠になって行くようだった。そして気がつくと、暗い眼の底から時々ふっと生まれて間もない赤児のように、無心な笑顔を私に向けて来る瞬間があるのだった。その笑顔は、私の凝った筋肉から、ふわりと一時に力を脱《ぬ》いてしまうようだった。

言葉なく、ただ不意に玲は笑った。そうして私はその場で筋肉と神経の、全身の力を奪われて一緒に笑った。

しかし玲と一緒に笑いながら、その一方で、その時、私の胸の底にはたしかに、私自身に得意顔で酔いかかって行くような感情が、ぶつぶつと湧き上がって来るのでもあった。自分の考えて来たやり方、この暮らし方、それこそが玲の中から、この無心な不意の笑いを引き出して来たのだという、そういう自惚《うぬぼ》れの得意顔。

玲の笑顔に、私はふうっと一瞬、何の思いもない私自身の無心な笑いの中に引き込まれるのだが、しかしその次の瞬間には、たしかにもうどこかから得意顔が姿をのぞかせている。

その時、私は微《かす》かに自分の自惚れに気づきはするのだが、そしてそれを恥ずかしいことに思いもするのだが、しかし得意顔の酔いから身を離すことは難しかった。

私の胸のどこかに、里津子への気持とは別の、罪の意識に似た、怯《ひる》みの感情がひそんでいるようだった。里津子と私との間にどんな烈《はげ》しい諍いがあったにせよ、やはり結局は、事実として、玲から母親を失わせてしまったという、そういう心の怯み。その感情もまた、私が私自身の酔いから身を離すことを妨げているようでもあった。

怯みから眼を逸らそうとするように、私は自惚れに酔おうとしているのかもしれなかった。

酔いの中で、私はその酔いの波に身を任せるように、ふと、ザマミロ、と呟《つぶや》くこともあった。玲の中から幼獣の名残りが一つ一つ消えて行く、そのたびごとに、私は勝利者の面持で、離婚して以来、一度も顔を合わせていない里津子に向って、そんな風に呟いているようだった。

家事を手伝わせることなど考えつくこともできなかった玲が、家の中で少しずつ少しずつ、私の見様見真似をしはじめて、食卓に茶碗などを運んで来ることがあるようになり、そのうちに、私の手を借りずにとうとう独りで自分の布団をはじめて敷き延べた晩だった。パジャマに着替えて、自分で敷いた布団に玲が心得顔に入って行くのを、私はその枕もとに立って見届けて、できたじゃないか、リョウ、エライぞ、と思わず声を躍らせて何度も讃《ほ》めた。そして、それじゃ、オヤスミ、と天井の蛍光灯を消しながら、思わず口に出して、ザマミロ、と呟いたのだった。そうすると灯りを消す私の手もとを布団の中から見上げていた玲が、私の言葉をいつものオウム返しに、ザマ、ミロ、と言った。

そういう瞬間もあった。私の中を、苦い笑いが通り過ぎる。

一つの妄想の後を追い、もう一つの妄想がまた立ち上がって来る。

私は窓の外の夜の底を、そこに見えないものを見分けようとでもするように、じりじりとした眼で見つめた。夜の底に点々と家があり、その家の中にいくつもの家族が、それぞれの姿で寝静まっている。そこにそれぞれの姿の、幸福と不幸とが見えるような気がする。そうして、そのどの家族からも私が遠く離れた場所にいて、役に立たぬ一匹の動物のように、何かを考えているような気がしてならなかった。

私はこうしている今も、玲に大きな罪を犯しているのかもしれなかった。私の病い。私の事故。もしもそういうことがあれば、私は今のように玲の空気であることなど、できはしない。私の考えや自惚れや、それとは何の関係もなく、私は玲と暮らし、玲を護ることができない時を迎えるかもしれないのだ。

そういう時が、あるかもしれない。

そのことを玲が知らないこと。それが底知れず、恨めしかった。玲が何も知りはしないこと。それこそが、私の罪なのかもしれなかった。

その夜から数日たち、私は玲を連れて東京に出かけることになった。玲の虫歯治療の予約が、その日にとれたのだった。

玲の虫歯の治療は、なかなか気の重い難問だった。

医者に連れて行っても、警戒し、怯えて固く口を引き結んで、診療の椅子に座らせることも難しい玲の治療を引き受けてくれそうな歯医者は、私たちの住んでいる東京隣県の小さな町には、見当たらなかった。そういう時には、やはり専門の診療所のある東京に出かけることになるのだった。

診療所は、地下鉄の早稲田駅の近くだった。

あしたは、虫歯の治療に、東京の早稲田に行くよ。

前日に、私は玲に、そう言って聞かせた。

ムシバ、ワセダ。

玲は私の顔を見ながら、いつものように私の言葉をくり返し、口を開けてたしかめるように、手の指で自分の前歯に触わった。下見に一度、連れて行ったので、早稲田という地名と虫歯治療とは、玲の中ですぐに結びついたようだった。

ちがう。前歯じゃなくてもっと奥。この奥歯だ、と私は玲の口に指を入れて、虫歯の歯をおさえてみせた。

玲は、オクバ、と言ってその歯を自分でおさえ直し、大して関心のなさそうな顔つきで、また音楽のテープを聞き出した。

明日、どういう目に遭うのか、おまえにはわかっていないようだな。

私は胸の中でわざとからかうような口調で言った。明日行く、その専門の診療所では、歯を削っている間に患者が暴れ出したりしないように、手足を専用の拘禁帯で縛りつけ、その上に軽いものではあるが、麻酔薬も射つ。そうやって手足を固定して眠らせた上で、開口器という金属の器具で玲の口を開いた状態に保つことになっているのだった。

下見の時、玲を診療室のソファに待たせて、私は医師に頼んで自分でその拘禁帯で手足を縛ってもらい、開口器で口を開いてもらった。治療のベッドの上で、私はふと何かの映画で見たことのある、懲罰房の囚人を想い浮かべた。

しかし、それらの器具も処置も、玲のように言葉で聞き分けることのできない患者を安全に治療するためには、是非必要なことにちがいなかった。私は玲を安全に治療してもらうために、方々に聞き合わせて、やっと東京のその診療所を探し当てもしたのだった。一見、玲が可哀想に思えても、とにかくやらなければならないことだった。そして、今放っておけば、将来必ず、もっと大がかりな、全身麻酔を使うような治療が必要になるのにちがいないのだった。

歯を削ってもらって、そうして麻酔が醒めればそれで済むのだ。たかがムシバのことじゃないか、とも私は思ってみるのだったが、しかしやはり治療の手順はもちろん、なぜ治療が必要なのかすら、言葉でまったく理解しないままベッドに縛られ横たえられる玲への不憫《ふびん》さが、胸の隅に消えなかった。

大分以前に、予防注射の必要で、私が玲の体をおさえつけ、医者に注射を射ってもらったことが、二、三度あった。体をのしかけてベッドの上に玲をおさえつけていると、それまで怯え切って必死に身悶《みもだ》えしていた玲が、ある瞬間、ふっと力を抜いて私の顔を見上げたことがあった。そのあきらめたような表情は、それからも何回か、私の頭に甦えることがあった。

痛みや恐怖を、言葉で聞きわけるという方法を持っていない玲は、その代りに、あきらめる、という方法を持っているのだと、そういう風にも私は思ってみることもあった。

私たちの住んでいる町から早稲田の診療所までは、電車を乗り継いで、二時間と少しかかる。予約は午後の一時からだったが、空いた電車を選ぶために、私たちは早目に家を出た。

電車に乗ると玲は空いた座席には眼もくれず、手近なドアの広い窓ガラスの前に、ガラスに額を擦りつけるように突っ立って、そのまま立ち通した。それが、電車の中の、いつもの玲のやり方だった。

窓の外に流れて行く風景を眺めるのに、座席からでは飽き足りず、玲はいつのころからか、ドアの、大きなガラス窓の前を自分の決まった居場所にして、終点まで立ちつくすようになった。

一人でシートに腰を下ろし、駅で買った新聞を広げながら、私は二、三日前にかかって来た電話をぼんやり思い出していた。

その電話は、玲が十歳のころ、ようやく通い出した特殊学級の、二、三年下のクラスにいた子供の母親からだった。里津子はその母親と気が合って、頻繁に家を行き来もしていたようだった。

私が里津子と別れ、玲が中学校を卒《お》えてS学園という療育施設に通うようになって、一年ほどたったころ、その子供が偶然、同じS学園に入園して来た。小学校の時の縁で、私はそれ以来、時々、彼女と互いの子供のあれこれを電話で訊ね合うようになったが、玲がS学園を卒えてからは、滅多に連絡もなくなり、その電話は久しぶりだった。

彼女の子供もS学園を卒え、今は近くの福祉作業所に毎日通っているということだった。

その電話は、とりたてて用件のあるものではなかった。ただ互いの消息をたしかめ合うだけのことだったが、それでもやはり久しぶりに小学校の思い出話などにもなって、大分長くなった。

話の中途に、彼女はふと思い返すような口調になって、それにしても里津子さんたちが離婚するなんて、あのころ私たちは夢にも思わなかったんですよ、と言った。だって里津子さんはいつも、まるで趣味みたいに、何かというとダンナ様のことばかりだったんですから。

里津子さんは、趣味ダンナなんだって、私たちの仲間はそんな冗談を言っていたぐらいなんですよ。

だけど、里津子さんはあんまり趣味が嵩じ過ぎて、それで疲れ切ってしまったのかしら。

それ以上は深入りすまいというように、終《しま》いは笑いに紛わす口調で彼女は言い、話はそれ切りになった。

その母親の、以前と変わらない少し少女めいた、他意のない口調が、電話の切れた後、私の中に薄い澱《おり》のように残った。

里津子さんは、まるで趣味みたいに……。

自分の趣味を話すように、自慢話でもするように、私の話をいつもいつも、という彼女のその口ぶりが、耳の底に残った。

玲が小学校の特殊学級に通い出したころ、もう既に私と里津子とは毎日のように詰り合い罵り合い、棘々《とげとげ》しい目つきで沈黙し合うようになっていた。何人かの私の友人に里津子は私を非難する電話をかけ、それが私の耳に伝わって来たこともあった。

あの人の本心は、玲を施設か何かに一生押しこめて、捨ててしまいたいのだ、仕事の邪魔になる玲を金でそうやって始末する気なのだと、そうして私を建前だけきれいごとを言うウソつきだと、わざわざ私の友人に会いに行って、そう言いもした。心配したその友人から、おまえの所は一体どうなっているのだ、と訊ねられて、私は里津子のそういうふるまいを知った。

私に、他に好きな女がいるのにちがいない、それであたしと玲を捨てるつもりなのだとも、里津子が別の私の友人に言ったようなこともあった。

しかし、私に電話をして来たその母親は、里津子さんだって、それはもちろん他の女と同じに、ダンナの悪口を楽しみにする所はあったけれど、でも結局はいつも、自分の夫が玲に何を買って来たとか、こんなことをして遊んでやったとか、障害児療育の本を山のように積み上げて片端から読んでいるとか、そんな話に必ずなってしまうヒトだったんですよ、と言った。

あんまりオノロケ話に聞こえて、冷やかすと本気で怒ったりして、と彼女は笑った。その当時の、私の仕事の小さな成功まで、彼女は里津子から細々と聞かされていたようだった。

ダンナが趣味のヒト、みんなそう言ってたんですよと、母親は何度か同じことを言った。

不意に、謎をかけられた気持がした。

里津子は、私の友人と里津子自身の友人とには、逆の話をしていたことになる。

里津子からはむろん直接聞いたこともなかった私は、電話口で面食らい、うまく返事ができなかった。

しかし電話を置いてしばらくすると、それは夫と妻の間では、あり勝ちのことのようにも思えた。つまり妻というものは、夫の味方に対しては夫をこきおろし、自分自身の仲間に対しては、夫を大きく見せたがる、そういう習性を持っているもののようにも思えた。

けれども、そう思いながら、私の中で謎は更に別の方向に向って深まった。

自分の友人に私のことを、まるで趣味のように話していた里津子の、その気持は一体どこから出て来ていたのだろう。非難であれ、自慢であれ、里津子はどうして私のことを、そんなにも烈しく見つづけたのだったろう。

それは私たちが夫婦であり、私が里津子の夫という存在だったからか。つきつめれば結局、夫婦という、そういう関係にいたからなのか。

それならば、その夫婦という、一対の男と女とは、一体何なのだろう。

非難も、自慢も、結局は憎悪にまで、私たちの間ではどろどろと煮つめられてしまった。憎悪にまで互いを煮つめずにはおかない、それが夫婦というものだろうか。

それとも、それは私たちが異様な、特別な夫婦であった、その結果なのだろうか。

里津子が私を見つづけ、私の話をしつづけたように、たしかに私もまた、自分と暮らしている女、妻として、里津子を見つづけていた。私は里津子を他人に非難したり自慢したりはしなかったが、それは今思えば、自分の胸底の泥沼を他人にのぞかれたくないという、私の小さな見栄からだったのにちがいない。里津子が私を憎んだ、その同じ分量だけ結局、私は里津子を憎んだのだから。そうして私の憎悪もまた、私が里津子を見つづけた、その結果にちがいないのだ。

私と里津子とは、今から思えば、互いに手を取り合うようにして、憎悪の泥沼の中にずぶずぶと足を踏み入れて行った。そういうことなのだろう。

互いに関心を持ち合うこと。まるで自分自身の肉体と思いなすようにまじまじと、熱っぽく、烈しく相手を見つめつづけること。その視線は、私たちの間に玲がいるというそのことで、益々、否応なく熱を高めて行ったのにちがいない。相手を見つめれば見つめるほど、玲を見る相手の視線が自分のそれとほんの少しでもちがうこと、それを私たちは、背信や裏切りにでも出遭ったように、互いに許すことができなかった。リョウ、と叫び、リョウ、と叫び返して、その叫び合いの中で、私たちはみるみる相手の裏切りと罪科とを残酷に、寸分の容赦もなく摘発し合うようになって行ったのではなかったか。……

夫婦という関係を結んだ一対の男女。その関係の中で、互いの関心の温度は、それがどこまでも否応なく高く高く昇って行き、そうして結局は必ず里津子と私のように、憎悪という沸点を迎えてしまうのだろうか。

それともそれはただ単に、私たちがまだ若くて、未熟な夫婦だったという、それだけのことに過ぎないのだろうか。

烈しく互いに関心を持ち合い、しかしそれは決して憎悪にまでは煮つめられることのない、そういう夫婦の関係、夫婦の愛と呼ばれるものは、一体、本当に可能なのだろうか。

それが謎として、私の胸の底に残った。

電話の母親が言ったように、里津子は、本当は幼獣の玲の後を追いつづけることのためではなくて、私を見つづけること、そのことの果てなさに疲れ切ってしまったのかもしれない。そうして私もまた疲れていた。

ドアの窓ガラスを離れて、玲が通路を横切って私の方に歩き寄って来た。そして今まで立っていた窓ガラスの外を指さし、ヒ、と言った。私が座席からけげんな顔で見上げると、立ったまま私の手をつかみ上げ、私の指で外を差させて、もう一度、ヒ、と言った。

あァ、火だね。煙突の火だ。オレンジ色の火だ。

ようやく意味がわかって、私は言った。

電車の線路沿いに建っている電力会社の巨大な工場の、その高い煙突の先端から扇形に、オレンジ色の炎が燃え立っていた。以前こうやって東京に出かけた時、玲がいかにも不思議そうにしげしげと見入っていた、その宙空の炎の光景を、あれは煙突の頂上で火が燃えているのだ、家のガスコンロと同じ火が、宙で燃えている、そういう火もあるのだ、と教えた。私の言葉がどれだけ通じたのか、それはわからなかったが、今、玲の中にその、ヒ、という言葉が甦ったようだった。

玲は納得した面持ちで、ドアの前に戻って行った。

早稲田の診療所に着き、治療室に入って、何度も尻込みし、ためらった挙句に、ようやく玲が治療用の細長いベッドに横になると、看護婦が気持をあやすようなやさしい声をかけつづけながら、手足を素早く拘禁帯ですっぽりと包んだ。

あっけなく手足の自由を奪われ、ベッドの上で空しく身悶えする玲の口に、笑気ガスのマスクが当てられ、腕に麻酔薬が射たれた。

しかし、体質のためか、麻酔はなかなか効いて来ず、玲の身悶えはかえって烈しさを増して行くようだった。

看護婦が何度も玲の顔をのぞきこんでは首を傾げ、私に当惑気な視線を向けた。

手足の自由を奪われたまま、玲は眼を吊り上げ、全身をくねらせて、ガス・マスクをふりもぎるほど首を左右に烈しく振りつづけた。その玲の腕を拘禁帯の上から力いっぱいおさえつけながら、私はあせるような気持の中でふと思いつき、玲に、イチ、と呼びかけた。

リョウ、イチ、と私が大声で呼びかけると、まるで反射運動のように、透明なマスクの中で玲の口が、イチ、と動いて私の言葉を反復した。
ニ、と私は言った。烈しく首を振りつづけながら、それでも玲はまた、ニ、とくり返した。

一時期、何度も数を数えることを教えて、玲は今では、百までは数を追うことができるのだった。

私が、サン、と言い、玲がオウム返しに、サン、と言い、それからは私が眼でうなずくと、そのうなずきへの反射のように、玲は左右に首を振りつづけながらも、独りで、シ、ゴ、ロク、と数えつづけた。そうしているうちに、玲の首振りは次第に緩慢になっていった。

六十を数え過ぎたころ、必死の光を浮かべていっぱいに見開かれていた玲の眼の、黒目がふっと泳ぎ、数を数える声が不意に止んだ。泳いだ黒目が瞼の裏に向って、すいと吊り上がった。

あッ、と私は思った。それは麻酔が効いた徴《しるし》だとすぐにわかった。

しかし、反射運動のように玲に数を数えさせ、眠らせたこと。そうやって玲の逆手を取ってしまったというような、そういう嫌な気持がその時、小さく胸の中に走った。ベッドの向いで待っていた医者に、看護婦が、効きました、と安心したように言った。

麻酔が効かなければ、治療をはじめることはできない。そして虫歯の治療はたしかに玲のためなのにちがいない。

しかし数を数えさせることを思いついたのは、本当に玲に向けての気持からだったろうか。私はただ、あの看護婦の当惑顔に急き立てられてそうしたのではなかったろうか。

玲のために、という私の気持の中には、ただそればかりでないものも、たしかに浮かんでいるようだった。つながらない思いが、つながらないまま胸の中にあった。これからもこうやって玲の逆手を取ることがあるのかもしれないと、ぼんやりそういう予感がした。

玲はそのまま眠りつづけ、医者は順調に虫歯を削って、治療は三十分足らずで呆気ないほど簡単に終った。とりかかるまでの騒ぎが、ウソのようだった。

医者の指示通り、麻酔が完全に醒めるまで玲を部屋のソファで休ませた後、私たちは診療所を出た。玄関から道に出ると、玲は自分なりに解放をたしかめるように、いつもより足早にスタスタと歩きはじめた。一週間後に、削った歯に金属をかぶせるためにもう一度、ここに来なければならなかったが、私は今はそのことを考えようとは思わなかった。

その日の帰り途《みち》、私は少し遠回りをして、祖父母の墓のある青山墓地に寄ることにした。S学園のある町に玲と引越して東京を離れ、それ以来、滅多に墓参りをすることもなくなっていた。東京を離れて、ちょうど十年たっていた。

青山墓地を思いついたのは、墓参りのためばかりではなかった。治療がとにかく無事に終った安心感からだろうか、私はその日、ふっと私の育った町を玲と歩いてみたくなったのだった。父母の家が恵比寿にあり、中学校と高等学校を麻布にある学校に通っていた私にとって、青山や渋谷のあたりは、思い出すことの多い町だった。学校を終えても真すぐには家に帰らず、自転車で霞町の信号を走り抜け、青山墓地の下を通って渋谷の宮益坂の本屋にしげしげと通った。

詩、小説、哲学、数学、物理学。……

そのころ私は、ありとあらゆる類《たぐい》の本に夢中だった。雑食動物のように、ジャンルも程度もおかまいなしに、書棚から本を次々と引っぱり出し、狭い通路でがつがつと頁《ページ》を開いた。そこに詰めこまれているのは、そのころの年齢の私にとって、文字ではなく、この世そのものだった。頁の中には、この世の何もかもがたしかにぎっしりと詰めこまれているようだった。

宮益坂沿いの、通路にまで本が山積みにされた小さな二、三軒の古本屋。

そこでしばらく本を漁り、また自転車にまたがって少し坂を下ると、路地を入った奥に記念切手の専門店があった。切手の蒐集《しゆうしゆう》にも夢中だった私は、そこのショウ・ウインドウに飾られている、私の乏しい小遣いではとても手の届かないコレクションを仔細に、長い間、ただ眺めている。

本の中ばかりにではなく、渋谷や青山の町の隅々に、この世が詰めこまれていた。

記念切手を売る店の、ショウ・ウインドウの傍に置かれた鉢植えの南天。その南天の粒々とした赤い実もまた、私にとって渋谷の町そのものだった。

高等学校の上級のころ、里津子と出会い、二人で果てしなくお喋《しやべ》りをしながら、町を歩きつづけた。渋谷駅の改札口で待合わせ、青山の交差点から権田原を抜けて、赤坂離宮の黒々と分厚い生垣沿いに、そのころ里津子の実家のあった四谷まで、脇道から脇道へ回り道をしながら二時間、三時間と、ただ歩き通したことも何度もあった。

渋谷、青山、神宮外苑、赤坂離宮沿いの坂道。私はそのころ、里津子と何を一体、長い長い時間、喋りつづけていたのだったろうか。

高田馬場から乗った山手線が、渋谷駅に入って行く手前で、窓の下に宮下公園の、以前のままの細長い広場が見えた。広場には子供連れの母親たちの姿が、小さく点々と散らばっていた。

見るとはなしに、その姿を眼に入れながら、私の頭に、もうとうに亡くなった私の祖母の言葉がふっと通り過ぎて行った。

まだ生きていたころ、祖母は、三歳になっても言葉の出ない曾孫《ひまご》の玲を、日ごろしきりに気にしていた。

そのころのある日、玲を連れて祖母の家を訪ねた私に突然、リョウはね、決して変な子なんかじゃありはしないよ。さっきね、奥の部屋で二人でいたら、おばあちゃん、おんぶしてよ。おんぶ、おんぶって、あたしの足もとに来てそう言ったよ。おんぶ、おんぶって、はっきりとそう言ってくれたんだよ。だから玲は決して変な子じゃないんだよ、と祖母が言ったことがあった。

祖母の、そのいかにも嬉しくてならないという口調が、私の耳の中に甦り、通り過ぎた。

それから数年して祖母は亡くなったのだったが、祖母が口にした、実際には言ったはずのない玲の、おばあちゃん、おんぶしてよ、という言葉が、まるで私自身がそれを耳にしたように、私の中に響き残っている。

それは多分、祖母の老耄《ろうもう》の兆しだったのにちがいない。しかし自分の願望を事実として思いこんだのだったとしても、祖母にはたしかに玲のその言葉が聞こえた、そのことにまちがいはないはずだ。

玲の言葉を聞いた祖母の嬉しさが、今、私にはわかる気持がする。

その時の私は、もちろんもう少年ではなかった。しかし祖母のその時の口調は、それも青山や渋谷の町を自転車で走る私の少年の時間の中にあるように、電車の吊革を握る私の耳に甦った。

渋谷で地下鉄に乗り換え、外苑前で降りて、青山通りから墓地への路地を曲がると、往来の車の音が急に遠のいた。

以前と変わりのない路地の景色の中を玲と歩きながら、私は道端の小さな鰻《うなぎ》屋の前で、ふと足を止めた。昼休み時のようで、暖簾《のれん》のしまわれている鰻屋の狭い店先。その店先の、仄暗くくすんだたたずまいの中に、一つの記憶が沈んでいた。

玲と二人の暮らしをはじめて、しばらくたったころだった。

玲を連れて、母親と三人で青山に墓参りに来たことがあった。その帰り途、私たちはこの鰻屋に立寄り、昼食をとったのだったが、その時、私は母親から、離婚前の一時期、里津子が何度も足繁く私の祖父母の墓を訪れていたことを聞かされたのだった。

そのころ、わたしも一、二度、里津子に誘われて一緒に来たことがある、と母親は言い、お墓の前で里津子と玲の写真を撮ったりもした、と言った。

あァ、そういえば、と私はその時、思い当った。

そのころは、罵り合う以外に私たちは互いに意固地に何も話を交さなくなっていたので、里津子から直接、墓参りの話を聞いたことはなかった。しかしある日、里津子が何かの用事で玲を連れて出かけた後、食卓の隅に置き放されている二、三枚の写真が、ふっと眼についたことがあった。写真にはどれも、私の祖父母の墓石を背中に里津子が立って、その足もとの地べたに寝そべっている玲の姿が写されていた。

そのころの玲は、道端も地べたもおかまいなしにすぐに寝転んで、動こうとしなくなってしまうような時期だった。

近所を連れ歩くのもなかなか難しい玲を連れて、里津子がなぜわざわざ青山まで祖父母の墓を訪ねたりしたのだろう、この写真は誰が撮ったのだろうかと不審な気持がしたが、それを里津子に訊ねる気にもならず、それ切り私はそのことを忘れてしまっていたのだった。

鰻屋で聞かされた母親の話で、写真を食卓の隅に見かけた時の不審が私の中に甦った。

そのころの私たち夫婦の関係をそのまま表情に浮き上がらせているように、写真の里津子は少しも笑わずに、口もとを固く引き結んでいた。

私たちの諍いの日々の中で、里津子は何を思って玲を連れ、私の祖父母の墓を何度も訪れたのだったろうか。

昼食をすませて母親と別れ、玲と家に帰る帰り途に、その疑問が私の中に尾を引いた。玲を連れて電車を乗り継ぎ、墓を訪れる里津子が、何か切羽つまった姿で私の胸の底に漂った。

里津子はそうやって、幼獣のように泣き叫ぶ玲と、憎しみ合い罵り合う私の、その血の源を私の祖父母の墓の前に見つけようとでも、そんな風に思いもしたのだったろうか。疲れ果て、その疲れの水源地を、この墓地の墓石に探し当てようとでもしたのだろうか。

それとも、迷信深いところもあった里津子は、私と別れ玲を私に託すと心を決めて、自分の血を注いだ玲を、私の家の血の中に流し送ろうとでも思ったのだったろうか。様々な想像が私の中を、頼りない霧の流れのように通り過ぎた。固く口を結んで私の祖父母の墓に見入る里津子の姿が、もう一枚の写真のように、私の中に残った。

鰻屋の前に私が立ち止まっていると、もうかなり先の方まで歩いて行っていた玲が、不意に急ぎ足で私の前まで引き返して来た。そうしてたった今、何かを思い出したというような不安げな顔で、アオヤマボチ、ゴツン、と言った。

私がわからない顔をしていると、玲は、ゴツン、ゴツン、とくり返し、私の手をつかんで自分の頭を、何度もごしごしと撫でさすらせた。

あァ、そうなのか、と私はようやく思い当った。

何年か前に、こうやって玲と墓参りに来た時だった。私が墓石の前で雑草を抜き、柄杓《ひしやく》に水を汲んだりしている間、傍でつまらなそうにしゃがんでいた玲が、突然、墓石の向こうに何か面白いものでも見つけたというように立上がり、走り出そうとした。そしてその拍子に、墓石にかぶさり伸びていた太い木の枝に、思い切り頭を打ちつけてしまったのだった。後でそこに小さな瘤《こぶ》ができた。

墓地に向かう道で、その時の痛さが玲の中に不意に甦ったのにちがいない。

その時と同じように私に何度も頭をさすらせながら、玲はたった今、頭をぶつけたというしかめ面で、ゴツン、ゴツン、とくり返した。

あァ、ゴツンしたね、ゴツンは痛かったね、と言いながらしばらく道端で玲の頭をさすり、私たちはまた墓地に向って歩き出した。

祖父母の墓の前に来て、墓石に刻まれた名前にぼんやりと見入りながら、私の頭にまた里津子の、写真の表情が浮かんだ。

里津子が私にきりきりと斬りつけ撃ちつけた数々の言葉。それは私の肉の中に、今も生々しく、息苦しいほどの匂いを立てて残っている。私はそれを許せはしない。

そうしてそれは里津子の中でも、今も私とまったく同じだろう。里津子は私の言葉を忘れず、許せはしないにちがいない。

しかし、考えてみれば、一方また、それはただ単に里津子と私とが、誰の間でもそうであるように、いつも結局はちがう、二つの、別々の光景を見ていたということ。見ているしかなかったということなのかもしれない。

墓石の前にしゃがみこみながら、私はふとそういう風にも思った。二人の、それぞれ別の人間が、たとえその二人が夫婦という関係を持っていたとしても、結局それ以外には仕方のない二つの視線の流れの中に生きていたという、ただそれだけのことなのではないか。それは当り前のことにちがいなかった。しかし当り前のその思いは、その時、妙にくっきりとした力で、私の胸をふっと軽く持ち上げるようでもあった。

里津子と私との間にずぶずぶと底知れず口を開いた憎しみ。その憎しみの正体は、本当は、一体何なのだろう。

もしかすると私たちは、決して同じものになるはずのない光景を、無理矢理に同じものにしようと、盲目の二匹の獣のようにそれぞれの場所で地団駄を踏んでいた。その地団駄こそが私の中に今も消えないこの憎しみの、本当の水源。そういうことなのかもしれない。

墓場の低い石段に、玲は墓石には何も関心がなさそうに向うむきに座っていた。玲が頭をぶつけた木の枝が、今も墓石の上に張り出して、黒々と葉を繁らせていた。

玲を連れて何度もこの墓石の前に来た。それが里津子にとっての、青山というものだった。ただそれだけを知っていれば良いのだ。それ以上のことは考えてはならないことのように思われた。

電車が混む時刻になる前に、私たちは墓地の帰り道を歩き出した。

墓と墓の間の、細い小径《こみち》の両脇に立木が繁り、それが出口に向ってずっとつづいていた。私よりも、もう少し広くなったような玲の背中が、ぶらぶらと両手を振りながら私の数歩前を歩いていた。

思い切り頭を打ちつけて瘤を作った、あの一本の木の枝、あれが玲にとっての、アオヤマ、というものなのかもしれない。

玲の背中を見ながら、私は冗談のようにそんなことを思った。その時、玲の今見ている光景の中に、私の視線がふっと流れこんだような気がした。そして電灯の点滅のように、また見えなくなった。

帰りの電車の中で、玲はまたドアのガラス窓の前に立ち通していた。

初出・底本：『新潮』一九九八年三月号［発表時作者五三歳］

第一一九回芥川賞選評より〔一九九八（平成一〇）年上半期〕

田久保英夫　今回は最初から、受賞作二篇（藤沢周「ブエノスアイレス午前零時」、花村萬月「ゲルマニウムの夜」）が過半の支持を得た。

三浦哲郎　今回は辻章氏の「青山」がよいと思った。障害を持つ息子に寄り添って暮らす父親の姿を虚飾を排して堅固に描いている。どうしても書きたい、書かずにはいられない素材と四つに取り組んでいる作者の気魄が全篇に漲っていて、充実感がある。古風といわれればそうに違いないが、地味ながら胸を打ってくる佳品であることには変わりがない。

辻章　つじ・あきら

一九四五（昭和二〇）年、神奈川県生まれ。横浜国立大学経済学部卒業後、講談社に入社。八一～八四年、文芸誌『群像』編集長。八四年に退社。重度の自閉症の息子を育てながら小説を執筆。九五年『夢の方位』で泉鏡花文学賞。二〇〇六～〇九年、「季刊・綜合文芸誌　ふぉとん」主宰。二〇一五年、死去。著書に『逆羽』『誕生』『子供たちの居場所』『猫宿り』『時の肖像　小説・中上健次』などがある。作品社から全六巻の『辻章著作集』が出ている。「青山」は一九九八年、第一一九回芥川賞候補。

濁《じょく》世《せ》

大塚銀悦

一

前夜は明け方まで眠れなかった。原因は、はっきりしている。九時過ぎに酒とモツ、臭い野菜をガード下の屋台でしこたま腹に詰め込んで簡易宿泊所に入った。偽りの住所、偽りの名前、歳を書いて「不二の間。判んべえ、アンタ、前に何度も来てんだから」。泥的あがりか、日雇い人夫の末か、腭《あぎと》から首にかけて刃物傷のある受け付けの爺い、そう言った。築、何十年か知らぬが、どうで、戦後のゴッタ煮時代の安普請、歩く度に鶯張りとは程遠い音できしんだ。この手のドヤはどんなに部屋が空いていても一人一室、なんて事はない。必ず同じ部屋に詰め込む。管理がし易いのか、下種《げす》に使われると部屋が傷むとでも思っているのか。で、伊東は「不二の間」に入った。四畳半位か、両側に二段ベッドがあり、真ん中が一畳半ほどの板の間だ。禿頭がもう寝ていた。酒のにおいが立籠めている。

朝、暗いうちから出てゆく作業員もいる。だから灯りはとうに落とされて小さな燭光の豆ランプひとつだ。ベッドの上から声がかかった。「そっち側のベッドは両段あいてますぜ」。見上げると白髪の男が笑みを浮かべていた。「ありがとう。今晩は。このサマ爺（爺さまの反転語）は板の間で寝てますね」「何んでもシベリア帰りとかで、ベッドに寝るだけで悪夢に魘《うな》される。そん事を言ってました。満州のピー屋の話、大得意でおらびあげてましたぜ」「そいつはアタシも聴きたかった。ロシアピー屋で、腕はおろか、体まで、全部入《へえ》る大女がいた、と昔聴いた事がある」「そりゃあ凄い。フクスケが中で、江川の玉乗りのようにアスベる」「中は巫山の雨が降っている……」「淫水の雨が……そこのロサ会館裏の立ちんぼ婆あ。カサカサに乾いて淫水なんぞ水気が切れてとうに出ない。何やら不思議な容器からそのテの水を出して塗りますぜ。あんなもの薬局で売っているのかしら」。白髪男、なかなかの喋り屋だ。適当に切り上げて洗面所で歯を磨いて小便を垂れて帰る。と、頭から汚れたタオルを被り鞄を持った男が入ってきた。軍手をしている。挨拶をしたが返事などしない。さっと下段に入り込み、この段だけに付いている、やけに破れたカーテンを引いちまった。世の中、いろんな人がいて良い、赤の他人などに生涯口なんぞききたくない、と思う奴もいるだろう。ただ眼が妙に座って焦点が合っているのか、あらぬ方を見ている。野郎、薬《ヤク》チュウかな、とは思った。こわれた梯子やベッド枠は、安出来のラワン材で補修してある。この板、よほど丁寧に鉋《かんな》をかけないと、ささくれ立つが、何百人、何千人の泊まり客の手垢で、つるつるに黒光りしている。ベッドの頭の部分には下駄箱以下のオソマツな棚がある。観音開きだった片方の扉はないが、片方は錆びた蝶番《ちようつがい》とともに残っている。その棚に手提げのバッグとスーパーの袋をのせた。コンビニで購ったU首シャツ、パンツ。おにぎり。音のしない安菓子、餅菓子。そんなものが入っている。安菓子、餅菓子は、夜中に腹のへった時、手づかみで食う。下着姿になり、饐《す》えた臭いのする薄い毛布を被った。病院で患者がくたばった後の布団、毛布は縁起が悪い。気味が悪い。捨ててくれ、と誰でも置いてゆく。こいつをタダ同然に買い叩く商売があって、回り回ってドヤの毛布や、運送屋のアテモノ毛布になる。垢光りして臭い所を足の方に回す。何度も何十度も塗り重ねられた壁は、赤黒く汚れている。黒いのは手垢だが、赤いのは血だ。このドヤに居ついているのか、泊まり客が持ち込んだのか、蚤《のみ》、虱《しらみ》、南京虫《なんきんむし》、壁蝨《だに》、そいつらが、宿ナシの血を吸って、潰され壁になすりつけられ、成仏なさった跡だ。壁の落書きも興深く「せんずり、釜八は便所でやれ、同宿者にメイワク」「こんな所でシャブ打ってるようじゃ来年は無縁仏だ」。目を近づけて読んでいると面白くて厭きない。と、下のタオル被りの所から紙か布を鋭く裂く音が聴こえた。カッターナイフの刃を伸ばす音がする。布団や毛布を切っているらしき音に続いて、壁を刃で切りつける音。暫く途絶えるとまた始まった。何やら呻く声で、こいつ、一晩中、こんな音を出してやがった。いつ梯子を昇って来て切りつけられるか判らぬ。まっ、その時はその時だ。安菓子を食って、黄色い小さな豆球を見て、来し方行く末を……ああ、俺に語るに値《あたい》する過去が、望みを託する未来があるだろうか。しかし掌は、袋の中の大福を摑んで、口に持って来ていた。餓鬼のようだ。下ではタオル被りが刃物で壁を切る。向かいの白髪男の長いため息。板の間のシベリアハゲの長い放屁。痔核が垂れさがっているのか、ふるえる音が響いた。夜店で売ってる紙製の蛇のようだ。誰も文句を言わなければ嗤《わら》いもしない。白髪男の下のカーテンは全く動かず鼾《いびき》も聴こえない。が、何者かがちゃんと鎮座している気配がする。息を殺して横になっている。天井の黄色い豆ランプは瞶《みつ》めていると、大きくなったり、小さく見える時もある。風邪でもひいて熱でも出たか。掌を額にあてた。熱いがいつも微熱を発しているから、もっと体が発熱して、駅の便所の壁や、道端に血の混じったゲロをぶんまけるまでやばいかどうかは判らぬ。下のナイフ男が猛然と咳き込む。絞め殺されるような声で呻いた。痰をはき出す。紙になどとらないで壁に、布団や毛布に、吐き出してやがる。その音でシベリアハゲ、目が覚めたか、大ゲサな噯《おくび》をして起きあがる。ふらつく足どりで、両側のベッド枠に何度も摑まりながら廊下の闇に消えた。睡魔が襲ってきて寝つくかと思うまぎわ、虫に刺された。で、伊東も頭が落ちる瞬間、痛痒を足に感じた。素早く摑まえて指で押し潰し、壁になすりつける。血が薄黄色い光の中で黒い線となる。ハゲ爺い、帰って来て板の間に座った。莨《たばこ》に火をつけた。醜悪なたるんだ頰、分厚い唇がライターの火に浮かびあがる。「纏足《てんそく》に油を塗ってな、女の陰門の前で組ませる。魔羅を突っ込んで、ふぐりをな、この足で挟《はさ》んで貰うのだ。ふぐりが足の裏で刺激されて心地良い。陰門の長さが倍になったようなものだ。またピー屋の淫具には……」誰も聴いてない。「……ああ判ってんだよ。おメエら、くたばり損ないの乞食爺い。梅毒が頭にあがってオカシくなって騒いでやがる。そう思ってんだろう。……だが、おメエらも、そうなるんだ。宿ナシで、碌でもねえ渡世をしてれば、やがて俺のようになって、むくろを道にさらすんだ。腐った体は蛆が湧いてな、そいつがいっせいに動くんだ……」。白髪男の下のカーテンが開き、やはり禿頭《とくとう》を黄色い光に光らせた、が、こいつはずっと若い大柄な男が「うるせえな、爺い。デケエ声でくだらねえ事、喋るない。五人組でもかいて、さっさと寝やがれ。叩き出すぞ」。シベリアハゲは、唾を板の間に吐いて、そいつで莨を消し、新聞紙でスイガラを包む。(ああ汚ねえ、あの上を明日歩くのはよそう)爺い、急いで毛布にもぐずり込んだ。例によって白髪男のため息が響く。

小さな窓がしらしら明けとなる頃、白髪男が身仕度をして「お先に」、誰ともなく頭を下げて出てゆく。朝一番の始発に乗ってゆくは高田馬場か。ナイフ男もやがて黙って出て行った。現金なもので伊東はたちまち深い眠りに落ちた。

で、起きて見ればこの饐えた塵埃《ごみ》部屋には誰もいなかった。いや向かい下段のベッドには、手提げ袋と紙袋が、きちんと折り畳んだ毛布の上に置いてあった。デジタル時計は九時を越えていた。手水《ちょうず》に洗面所にゆく。血の混じった朱文金のような痰を宿泊者がのべつ吐くため、そいつが洗面所の石にこびりついている。蛋白質の腐った臭いがする。掃除女などついぞ雇った事はないのに違いない。口の中の前夜の悪食《あくじき》の臭いを消すため歯を磨く。磨くと言うより口中に歯磨き剤をなすりつけるだけだ。大便所の戸が開き禿頭が顔を出す。「おっ」伊東は軽く手をあげただけだ。野郎はそのまま、手も洗わず行っちまった。六尺以上ある。

部屋に帰ってボストンバッグを持つ。大男はベッドに腰かけて莨を吸っている。ガンつけの睨《ね》めつけではないが、伊東の面《ツラ》をあかず眺めている。伊東も大男を見る。目玉が大きく、目の下の黒い隈がくっきりと浮かび、濃い髭が口の周りを蔽う。五十前後か。俺と同世代か。「じゃ、お先に」伊東は部屋を出ようとした。「おいっ」振り返ると、微笑した大男が、斜め前に突き出した右手の人差し指を曲げて「おめえカギだな。えっ判るぜ。蛇の道は蛇だ。……へっ、キャッシュレスのカード時代、くだらねえ世の中になりやがった」。伊東は声を後ろに聞きながし廊下に出る。白日の下のこの坂の傷みようはどうだ。ささくれて罅《ひび》が入っている。ハジにはそっている板も見える。板の間には塵埃と莨の吸いがらや食い物の切れっぱしが挟まっている。受け付けの傷爺い「デン助、まだいるかい。……野郎、十時ギリギリにならなきゃ出て行かねえ。五時になると、すぐ帰《けえ》ってきやがる。……」。普通の旅館なら割増し金を払えば、一日中でもいる事ができる。が、ドヤはよほどの事でもない限り、オン出されてしまう。何年もいる奴でも昼間はパチンコ屋か、安映画館、どこかへもぐずり込んで夜を待つと言う具合だ。傷爺い、伊東の顔をじっと看て「昔……山《さん》谷《や》の共和ハウスにいなかったかい……」。三十年も前のことだ。傷爺いの鼠面《ねずみづら》の白髪頭を見下ろす。が、見覚えはない。おそらくあの浮かれた時代に一緒になって玉姫交番に砕いた舗石《ほせき》の欠片《かけら》でも投げたか。爺い、鳶《とび》でもやってやがって、しこたま稼いでいたか。が、黄粱一炊《こうりよういっすい》の夢で、莨のヤニで汚れた黄色い白髪の爺いとなったか。伊東もまた鬢の毛の半ばは白く、前髪にも白毛が目立つ。「共和ハウス……。いたぜ。あっちこっち、銭がある時は泊まり歩いた。山谷だけでなく江東タカバシ、蒲田、川崎、横浜寿。一所不住の莫迦者さ」もっと何か言いたそうな傷爺いを無視して往来に出る。

蒼穹が日増しに高くなる。夏の間、何度、何十度と眺めた積乱雲が、もう見えない。午後から夕方にかけては湧きでてくるのだろうが。駅はずれのシケた洋品屋で吊るしてある夏ジャンパーをいじる。千円均一だが碌なものはない。地べタに置いてある段ボール箱のよれよれの作業着の上着。三百円。古着だろう。本来、古物を売るのは、別の免許がいるそうだ。ブツを売りに行った市川の古物商のオヤジ。こいついかにも狡くて、目から鼻に抜けるキレモノと思われた。何度も持って行くうちにコーヒーを出されて話し込む仲となった。あらゆる古物、電気製品から古本迄、クズ屋、解体屋、拾い屋、乞丐《こつがい》、皆、持ってくると買い取っていた。「俺あ旧植民地の出身でね。前科もあるから、とても古物売買の鑑札とれねえんだ。この内縁のカアちゃん。この人、日本人だしマトモな生き方。で、カアちゃんの鑑札でやってんのさ。中には無価値のゴミ以下の何物でもないものを持って来る奴もいる。だが銭がいるんだろう。そう思ってバス代程度は払うんだ」台湾の出身で「フォルモサ、花蓮《ホワリエン》、美しい所さ」。あのオヤジもとうに黄泉《よみ》の国の住人となったであろう。異国の土となる。どんな思いなのだろう。

副都心を隣の区にとられちまい、この町には未《いま》だ昔の雑閙《ざっとう》が幾らか残っている。ドヤのある一画など、まだ薄汚れた二階建てが結構ある。流行《はや》りの三階建てやペンシルビルに代わりつつあるが。仰げば、伊東の親族の一人もB級戦犯として入所していた巣鴨プリズン跡のバカ高い建物が見える。こいつを除けば大した建物もない。板橋、練馬の田舎臭い雰囲気がこの町にもある。

駅のはずれのコインロッカー。こいつが伊東の財布である。多額の現金を持ってドヤに泊まる莫迦はいない。周りの連中はひとりとしてカタギなんぞいるものか。鍵を突っ込んであける。汚れた布袋が入っているのみだ。周りに素早く目を配る。若い女の二人連れが来る。伊東は下に置いたコンビニの袋にほうり込む。開け放しのままのロッカーから離れる。暫く歩いて公衆便所の大便所にとび込む。錠がこわれているのが多いので、かかるか充分に確かめる。布袋の中の銭は、折れてくたびれた札が五十枚あまり、××信用金庫の帯封のついた聖徳太子が二つ。こいつは伊東に「カギ」を教えた渡辺老人の形見だ。貰ったのは二昔も前だ。帯封の紙の色もあせて……。この信用金庫、合併してもうない、と風のたより。食い掛けの大福、州浜《すはま》、金隠しに投げ入れる。万札を五枚、布袋からとり出してくたびれた財布に納める。自分の家はおろか、部屋というものを遂に持たないから、生涯大便所で銭勘定をしなければならぬ。若い頃は、不愉快で安部屋を借りた。しかし、愚劣などうでもいいものを所有して恒に、鍵（と言っても南京錠だが）を持っているのもいやだ。何より物が増えるのが不愉快の極みで。勿論、溜まるそばから纏めて公園のゴミ籠などに捨てたが、こいつ、いつの間にか、畳の上や、壁に貼りつく。結局、己れが両手に下げられる分量以上を所有しない事にするには、自分自身が恒に移動してればよい。再びコインロッカーに汚れた布袋を納めて鍵をかける。百円玉数個をほうり込む。

二

電車に乗った。山手線を上野で降りて、隅田川に向かって十五分も歩けば浅草公園に至る。浅草寺の裏に屯《たむろ》する現代夜鷹を漁《あさ》る。殆どは、一人で立っているが、稀れには二人連れで喋っているのもいる。絶倫爺様の中には、二人一緒に買うのもいるそうだ。二、三度買ったの、新顔、とても手を出す気になれぬ「てっぽう」みたいな大年増。と見こう見と眺めているとふいに後ろから腕をとられる。伊東はとっさに手提げを投げ捨てて、かなりな力で振り払う。身構える。が、笑っているのは狸婆あで。やっ、蚊吸鳥《かすいどり》あらわれたな。

「暫く……どうしたの、血相を変えて」。この女は若い頃ある好き者から教えられた売春宿にいた女で、四、五人いた女のなかで一番しっくりと体に合った。

が、いつしか疎遠となりて、久し振りに訪ねると、その旅館もあとかたもなかった。それが三年前《ぜん》、浅草の奥山の女とでも遊ぼうかと、うろついていると狸女がいたというわけで……。

手提げを拾う。「何んか食って旅館に行こう」女と歩き出す。シケた汚れた食堂で少し早い昼メシを酒でかっ込む。狸婆あは健啖で、大盛天丼に、別に一品おかずをつける。油が蛍光灯に光る揚げ物をヤニだらけの歯で嚙み切っている。この頃とみに食欲がおち、安菓子や餅菓子で一食分になる伊東にとっては羨ましい限りだ。燗冷しの酒を女と三合ばかり。店を出る。女は酒屋の自販機でウィスキーとカップ酒を購う。下ではカタギの商売をしているアパートみたいな旅館にゆく。この手の商売女専用で、初めてこの旅館に来たのは、三十年以上も前で、伊東はまだ高校生だった。下半身裸になると前夜、機動隊員に編み上げ靴で蹴られた腿は赤黒くはれあがっていた。それを見た女が、何を勘違いしたか「あんちゃん、あんた若いんだから決して彫り物なんか入れちゃだめだよ」と言った。金歯が目立ったあの女も、生きていれば、還暦どころか、古来稀れな年にでもなっていることだろう。その通っていた逆井《さかさい》（平井）の高校も、横に出はずれた。出入りしてた倹《つま》しい街のはずれにあったルーテル教会にも行かなくなった。深夜喫茶や公園で夜を明かした。

日雇い仕事をしては、安旅館を泊まり歩いた。公園で知り合った瘋癲《ふうてん》どもと夜もすがら喋った。生活とはほど遠い高邁な言葉が長髪頭の間をとびかった。警官との印地打《いんじう》ちは緊張感のある舞台であった。が、それも、いつしかカビが生えて、折り畳まれ、炎に包まれ、忉利天《とうりてん》の空高く煙となってあがり、今では喜見城《きけんじよう》でも見下ろしているか。歳月は駟《し》も舌も及ばない速さで流れているのに、このボロ旅館はますます汚れて今もある。いかにこの町が停滞しているかの証左であろう。そうしてこの時代に遅れ、とり残された街衢《がいく》こそ、伊東が心休まる場所であった。伊東が育った千葉よりの町も古びた死んだような場末だった。浮世絵の題材の如き木の太鼓橋。縦横にうがたれた水路を、猪牙船や、その鼻づらを削って平たくしたべか船が行き来した。鼻にかかった『春色梅暦』に出て来る深川辰巳芸者《はおり》みたいな話し方の女ども。男のくせに、知命もすぎて耳順《じじゆん》の年か、と思える男が「アタイ」などとテメエの事を言う。御維新で逃げて来たと言う著名な侠客の裔《すえ》も、亀戸《かめいど》豊国の裔も、幕末の剣客の庶子も、歌舞伎役者の子供も、明治に一世を謳われた芸者の孫娘も（四代に亘って芸者で全部私生児であった）いて、伊東はこの娘と仲が良かった。風の便りでは、この娘、芸者になっていると言う。某政治家の持ち物で娘もいると言う。伝統は保持されて五代に続くか。

ベニア板のドアを叩く。出て来た顔がひどくひしゃげた婆あに、カップ酒と、折り畳んだ千円札を狸女が渡す。廊下の両側に汚れた襖の部屋が並び、植物の名前が書かれた板が下足札のように垂れさがる。裏がえされて、「在室中」と墨痕淋漓《りんり》の文字が出ているのもある。一室に入る。「撫子《なでしこ》」。習字の先生にでも書いて貰ったのだろうか。女が薄い汚れた布団を敷く。饐えた臭い。日に干す事などあるのだろうか。敷布は染みだらけで、何十人、何百人の娼婦の体液と、買った莫迦者の精液の跡だろう。恐らく布団のワタの中にも染み通っている。襖の錠は何度もこわされて、今は丸い輪に釘をひっかけてハリガネを巻きつける哀れな代物だ。そいつをかける。裸になって布団に転がる。白日の下のこのたるんだ肉、こいつが俺だ。ウィスキーをラッパ飲みにして、女にも回す。魔羅にかけて「さあ舐めろ、咥《くわ》えろ」「ばかっ」。

爛れた交わりの後は萁を吹かすだけだ。狸女は、伊東の手の甲の染みを目敏く見つける。四十代の半ばから、両手の甲に薄い茶色い染みが浮き出し、歳々濃くなる。染みだけでなく陰毛にも白毛が混じる。馬齢を重ねてこのザマだ。隣の部屋から爺いと婆あの笑い声が聴こえる。爺いの声は息が洩れて掌を合わせて鳴らす梟《ふくろう》の声のように妙に高い。あんな年になっても、女を買って嬉しいのだろうか。ふぐりは精液を造っているのだろうか。

万札三枚を狸婆あに渡す。勿論、公園女の相場ではない。昔、この女、なじみになると、時たま売春代はとらず銭までくれたこともある。これが商売女の手で、女にもてた事のない唐変木、これで夢中になって生涯をアヤまる。アヤまる程の生涯など最初からなかった伊東は、この手には引っかからず、狸女以外の女とも遊んでいた。しかし、このトシになると不思議な一種、友情とも同志ともつかぬ情合いが生まれる。この女が伊東をどう思っているか、それは判らぬ。通りすぎた何千人、何万人かの一人か。が、伊東を見る眼は、嬉しそうに輝いている……と思えるのだが。

狸女は、ひしゃげた腰のまがった女に、また幾らか銭を払っている。そいつを横目に見て、伊東は階段を降りた。とっつきにある半畳程の広さを斜めに切った列車式の階段便所で萎えた酒臭《くさ》い魔羅を引っ張り出す。横に垂れている水洗の紐の先の銀流しのガラス玉は、三十年前と全く同じである。何十回、いや何百回こいつを引っ張ったろう。銀流し、所々、剝げてガラスが覗いてる。ひしゃげた四つん這い婆あも、勿論、以前は春を売っていて、伊東は顔を覚えている。隅田公園を、さっそうと流していた長身の女の成れの果てである。男も同じかも知れぬが、遊び女も遊び人も、或る日突然、恐ろしい速度で老けが始まり、殆ど一年足らずで、浦島太郎か浦島女郎《めろう》になる。むろん穏やかな顔をした高砂の翁《おきな》、媼《おうな》などになれるわけもなく、当人もそんな老人にはなりたくないだろう。意地の悪い、拗ねた、逆恨みを恒として、他人を罵るケンのある顔貌が出来あがる。伊東は、こうした顔（すぐ判る）が好きで、また己れもそうした顔ツキになりつつあるのを感じる。

狸女とは言問通りで別れた。愚痴らず譏《そし》らず、さっぱりとした性格は得がたい。愚劣な要求にも嬉々としてたわむれる。

公園六区の人通りもまばらな映画街にゆく。千円足らずで入れるくたびれた廃屋寸前の映画館の前に立つ。東京クラブ。中に入った。上野《のがみ》あたりの安映画館は男色者の巣窟で、連中、魔羅がついてれば誰《たれ》でもよい。たまに、そうした映画館にも、男色者が好きなレズ婆あが彷徨していると言う。百鬼夜行とはこのことか。

四半世紀も前に造られた映画が、かかっている。癌でくたばった男が、白刃を振るって、これも癌で死んだ男の腹を抉っていた。秋水よりも匕首《ひしゅ》よりも癌の方が数等、上だと証明している映画か。売店へ行って菓子と色つきジュースを購う。前の席の肘掛に両足を乗せて食う。こんなものが俺の最近の主食だ。皮膚がたるむわけだ、と思う。食いかすを椅子の下に撒き散らし、伊東はまどろんだ。

目覚めると、あっ、こいつまた同じ野郎を斬り殺している。見た事あるぜ、この場面。手提げの時計を見れば、なんだ、こんな時間か。三本立てが一巡する程眠りこけていた。ズボンの右ポケットの財布はちゃんとあり、なかの銭も抜かれてない。巾着切りも、もうこの町にはいないのか。中学生のころからこの町を莨を咥えてぶらつき、得体の知れぬワルの面つきを眺めるのを愉悦とした伊東には、この事実が寂しかった。汚れたモルタルビルとビルの間には必ず宿ナシが小間物屋を開いた中に、泥酔して倒れていたものだが、それも見ない。人通りが絶えた六区の通りを歩いた。壊されたビルの残骸から、黄色い月の一部が見えた。こいつだ。これが見たかった。仲見世を横切り、松屋の前の馬道を突っ切る。交番の前を歩いて吾妻橋の上に出る。池袋には水が、川がなかった。地平線を幾らも離れていない月は、ひよこのように濃い黄色だ。昇る程輝きを増し、天心に位する頃は銀色に煌く。あらゆる神仏など暇つぶしの妄想だが、嫦娥《じょうが》の女郎《めろう》、地球男の深情けにほだされて、回っているか。こいつを差し出されて、これが神だ、仏だ、さあ信じろ、と言われたら伊東は拝跪《はいき》するかも知れぬ。淫祠邪教よりはマシだろう。銀蟾《ぎんせん》を見上げつつ橋を渡った。高速道路の下は、下流にも上流にも夥しい青いシートの連なりだ。山谷や吾妻橋、タカバシのドヤ代も払えなくなった連中が流れて来て住みついたのが殆どで。不況とはいえ、好景気の時、しこたま溜め込んだ奴や、溢れる程、テメエの所へ銭が入り込む制度を造った極悪（に決まっている）は腐る程いる。そいつらから掠めとるのを当然と思う伊東と、地ベタで寝ているこの連中とは、大して差はない。が、極悪ドモから銭を盗むことは不可能に近い。警備の質が違う。結局、人に使われて疲弊しきった哀れな人達が、伊東のお客さんだ。

枕橋で十間川を渡り、隅田公園に入る。この場所に来ると必ず寄る牛島神社の黒光りした牛を撫でる。北上して桜橋で今戸に出る。月は見上げる度に白さを増し、白銀の色となっている。生まれた家の跡に出る。小さな駐車場になっている。伊東はここで七歳まで育って、男親の本貫の地である江戸川の葛西《かさい》に移った。賑やかさに程遠く、まばらにあった商家は殆ど店を閉めて仕舞屋《しもたや》になった。狭い敷地に鉛筆ビルが並ぶだけだ。倉皇として伊東は路地を抜けてブクロに帰った。

三

河岸《かし》を変えた。カギと見破ったデン助の面も見たくない。ましてタオル被りのナイフ振り回しなんぞ、まっぴらだ。で、別の旅館に行った。宿帳とは名ばかりの大学ノートに、偽名とデタラメの住所、歳を書く。こんなもの税務署に差し出すわけもない。ドヤで財をなした旧植民地人（日本人もだが）は、郊外に広壮な家を持って、別な商売に精を出していると言う。これは泊まり客の爺いが決まって言う台詞《せりふ》で、それを旧家、名家出身で、日雇い人夫に堕し、末は路上で窮死する連中が陰鬱な顔をして聴いている。見回せば、皆、若くても五十代、殆どが六十代、七十代の爺様ではないか。ああ、やんぬるかな、これが平成の安宿の風景だ。受け付けの眼鏡婆あに「暫く」と挨拶をされる。「畳の部屋にしてくんねえ」そう言って千八百円、素泊まりを払う。コンビニで仕入れて来た菓子、餅菓子、カップ酒に莨。その莨をふたつ婆あに渡して「キャメルライト、これでいいんでしょう」婆あ大げさに喜ぶ。殺しで服役中の刺青《もんもん》爺いが、この女の情夫という噂で、誰も口説かない。勿論、口説かれるに値する御面相とは思われない。

襖を開けると、朝の早い日雇いどもには珍しく電灯がついている。毛布を被っているのが二人。週刊誌の上にカップ酒と、柿のタネと南京豆の袋を挟んで爺いが二人いる。こいつらの年代が愛用するポマードと体臭が混じっている。だが、この臭い、日雇いとは無縁の臭いで。軽く挨拶して、隅に積み重ねてある薄い布団を敷く。汗臭い毛布を被る。爺い二人の話が耳に入る。どのサウナには、ホモ爺いが出没する。従業員に手が長いのがいる。お喋りはとどまる所を知らない。年金で軽く暮らせる連中で、嫁と喧嘩したか、長年連れそったヌカミソ女房と別れたか。普段はサウナやビジネスホテルでも泊まり歩いている、労働ともしのぎともカギとも無縁の連中と知れた。どうりで酒を持っている指が細い。ポロシャツの腕も。だいいち傷がない。若いうちからクズ仕事をしていれば歳月とともに、手も腕も傷だらけになる。運の悪いのは……いや、かなりの確率で指を失い、足を腿をケガして跛行となる。爺いまで生き延びても無傷という事は有り得ない。危険な所は、臨時に回す。員数外が幾ら死傷しようと労災ゼロの日は続くというわけだ。話のタネが尽きたか、週刊誌に載っている三流タレントの噂話となる。と、毛布を被って、その上、頭や顔にタオルを巻いて寝ていた男が起きあがり「このくされ爺い、いいかげんにしろ、みんな朝が早えんだ。とっとと寝ろ」。顔からタオルが外れて、禿頭がのぞいて、あっデン助。縮みあがった爺い二人が、そそくさと毛布を被る。また、こいつか。受け付けの傷爺いと口論でもしたか。

夜中、デン助の向こう側に寝ていた大柄な男が、便所の行き帰りに、わざと爺い二人を踏んづける。銭の心配のないくせに、場違いな場所へ来た連中に対する憎しみを込めた動作であった。足をシコを踏むように高くあげて、爺いの腿や尻を蹴った。爺いが悲鳴をあげると、こいつ「おう、すまねえ、もともと眼え悪《わり》いのに、近頃、老眼が始まっちまい、この豆ランプじゃ、よく見えねえんだ」と分厚い眼鏡を光らす。莨に火をつけて「万年溜めの雪で鍛えた可愛い……」と言ったりたえ間なく呟く。爺い二人、小声で話していたが、やがて立ちあがり、黒い肩鞄を抱えて出て行く。その後ろ姿に「……カンカンノウノキュウレスク……」とやってたが「あはっ、あいつら行っちまいやがった」。伊東も起きて莨に火をつける。男はデン助をまたいで、爺いたちの布団の上にあぐらをかく。男は時化《しけ》た工場の日払い作業員を主にやっているらしかった。若い活きのいい、すばしこい外国人に職をとられることが多くなり、クズ仕事の度合が益々《ますます》ひどくなってきたこと。「まさか、俺の目の黒いうちに、こんなに外つ国《とくに》の小僧やあまっちょが、大挙して押し寄せるとは……。そいつらと日雇い仕事を争うことになるとは……」男は長い嘆息をつく。切実な話で、伊東もうかつな事は言えない。袋から大福餅をとり出し、男に奨める。デン助は起きているのか寝ているのか判らぬ。だが、伊東とこの大男に「うるせえ」とは言わないだろう。カップ酒の銀蓋を指で引っ張る。真ん中の指、半ば欠けてやがる。「これかい。……鋳物工場で働いていた時、鎔かしちまった。……臨時工だったので雀の涙でポイさ」。伊東は、俺も「カギ」などにならずカタギに仕事をしていたら、たぶん五体満足なんて遠い昔に失っていたろうと思った。男は伊東にもカップ酒をくれた。大福とともに飲み下す。「この塩豆、こいつが甘い餡をもっと引き立てる。反対感情両立《アンビバレンツ》は何にでも必要だな」。話はお決まりの色に落ちて、西口公園から工業高校のあたりを流しているのは婆あばかりだ。警察が近いから。丸ノ内線の地下鉄の向こう、区役所から公会堂、三越あたり、あっちは若いのいっぱいいいるぜ。外国人も多いな。などと言って、両国の百本杭のような歯を見せて笑った。

早朝、男は手提げと紙袋を持って出ていった。「あたしゃ、川村って言うんです。顔を見かけたら挨拶しますぜ」。伊東も二度寝は、かなり遅くまで寝ちまうので、少し遅れて旅館を出た。勿論、デン助には何んの声もかけなかった。日雇いや宿ナシ相手の食堂に入った。

「財布」代わりのコインロッカーにゆく。今日の分の追加料金、百円玉三枚をほうり込む。ロッカーを開ける。すぐ近くに三十代の外国人の男。目つき鋭く周囲を見渡す。盗品か、クスリ置いてやがる。布袋に手を突っ込み、××信用金庫の帯封を切って、万札十五枚をポケットに入れる。こいつを近くの金券屋で福沢の絵札と換える。

夕方、伊東は鶯谷の旅館街を歩いていた。狭い路地の中の、余り派手ではないネオン看板のひとつに入る。和服を着た長身の女が脇のドアから顔を出す。もう還暦をとうに過ぎたろうが、水気が切れてない。銀縁の細いつるの眼鏡が似合う。女を頼む。

エレベーターで三階に上がる。三越式とかで、妙な装飾過多の鉄の扉をあけないとエレベーターに乗れない。部屋の名前が星座になっている。で、アンタレス輝く蠍座が伊東の部屋。壁にかけてある蠍の赤い螯《はさみ》が時計じかけか、動く。この他、秋の七草とか、春の七草、色々、洒落たつもりの名前が、各階層ごとについている。

莨を吹かしていると顔なじみの大女がやって来る。女と交わっていても頭の中は、全く別の事を考えている。このバカでかい陰裂の中に体ごともぐずり込み、子宮回帰したい。あるいは鯨の腹の中のヨナの如く過ごしたい。余計な煩わしい事はすべて龍涎香《りゅうぜんこう》に押し込み、この身は靉靆《あいたい》たる雲の如くなりたし。だが「カギ」の俺に何んの懊悩がある。この肉体が滅びればすべては終る。地球が、そこらに溢れている連中どもが、未来永劫続こうが、死んだ後、瞬時に壊滅しようが知った事か。いやたとえ、この場で暗転して再び光差さず、やみわだのうちに命果てようと何んの悔いがあろうぞ。女が去る。ベッドに引っ繰り返って横の嵌め込み鏡に顔を近づける。老けた精気のない男が見詰めていた。

オカミに四時間分の銭と、幾らか色を払って伊東はホテルを出た。胃が重くなって来る。「カギ」前夜はつねにこうだ。

持ち物は全部銭取りロッカーに入れる。若干の銭を持つ。今様万屋で布テープを購う。芋電車に乗る。午後の郊外行きの電車はすいている。自衛隊の駐屯地のある朝霞市を過ぎて、志木で降りる。駅の横を浦和市に続く道がある。伊東はその道を柳瀬川に向かって歩いた。ゴミの集積所があれば覗く。何ケ所目かで、甲の部分が少し破れた踵の厚いゴム靴があった。拾ってスーパーの袋に入れる。石を拾うつもりが意外とない。で、ブロックの欠片、歩いていると道端にあった。昼下がりの町は車は通るが、子供達は学校で人通りはない。手袋を捜す。どんな町にも普請場はあって新築、改築の現場がある。結局、建物の土台のコンクリート打ちの所で、セメントの粉のついた軍手を拾った。これで準備完了。町を歩く時は、顔をしきりと動かしたり、不審な動きはしない。早足で歩いて匂いを捜す。乳幼児のいそうな家、新築の家、すべてダメ。庭のある家、その樹々がかなり大きく繁っている家は最有力だ。が、銭がうなっている家というのはもう殆どない。

川沿いのかなり古い家。一部中二階だが、重厚な瓦造りの建物で、むろん子供用自転車も、車庫もない。庭は樹々と花々で埋まっている。二階建てのモルタル造りの家。今様流行の、一階は車庫、二、三階が部屋の鉛筆の家はまるでダメだが、このモルタル造り二階建てには、稀れに貯め込んでいる家もある。もう一軒、これは珍しい平家《ひらや》だが、庭の広い、いかにも住んでいる人間がゆかしい思いのする家があった。これあ確実に三《み》ケタの現金を置いているな、と思えた。しかし隣家の婆あ様が、水をまいており、伊東はその家の周りをゆっくり歩いている所をもろに見られた。顔が合っちまった。婆あ「まだ日中は暑いですね」と挨拶までした。三ケタの銭を盗まれて騒がない家はまずない。

で、木造二階建て、モルタルと決める。靴を履き換える。川沿いの方は年寄りが寝ている可能性がある。こちらは入り口の伸び縮みする鉄柵に南京錠がかかっていて、不在を通行人に告げている。南京錠もシリンダー錠も慣れて来ると、すぐ開ける事ができる。ガキの頃から鍵の類《たぐい》を老人の脳溢血防止の胡桃のように弄《いじ》ってればよい。すぐヘアピンでも南京錠は開くようになる。数字錠はいわずもがな。回しながら少し後ろに戻せば微妙にひっかかる所があってそこがその錠の数字である。が、そんなものをあける必要はない。人通りが絶えた時を見はからって、ブロック塀の中間の三角穴に足をかけ、塀の上を乗り越える。塀沿いに仙人掌《さぼてん》、松や蘭、銭をかけた植木や花鉢の棚になっていた。やわなので、足をかけるか、かけないうち、下に降りる。こんな盆栽趣味では、住人は年寄りと知れる。子供の為《ため》に建て増した四畳半程の部屋がある。が、今では子供が独立でもして物置きといった具合か。ほうり投げておいたスーパーの袋から、布テープを出して、サッシ窓の真ん中の錠の横に十字に厚く張る。隣家の二階にも小さな窓があるが、バカデカく育った八ツ手と玉椿で殆ど隠されている。ブロックの欠片をぶっつけ、ヒビの入った所を、手袋のこぶしで軽く叩く。ガラスが割れて布テープにぶら下がる。差し込み錠を下に下げて窓をあける。部屋の中は雑多な、この家族の歴史のような丸卓や六角時計、柳ごうり、長持ち風の箱、掛け軸の筒まであった。が、これは新聞の広告にでも出ている下種な虎の絵とか、福の神招来の七福神の絵とか、俗すぎてゲロの出る代物。よしんばかなり骨董価値の高い絵や、書でも処分する方途がない。「カギ」を伊東に教えた渡辺老人は、故買屋を沢山知っていたが、「弟子」の伊東は、市川の蓬莱男が死んでからは、現金専門だ。警察に弱みのある系図買いが垂れ込んで、盗人《ぬすびと》が捕まる記事は巷に溢れている。伊東は頭の中で数字を数え始める。こいつが百八十、およそ三分で目ぼしい所を探り、三百でその家から出ること。これが鉄則。「カギ」をやると、人の個性など、独創など、すべて教育屋の絵空事だと判る。銭の隠し所は、四、五ケ所で、いつも決まった場所である。で、伊東もそうした場所を素早く探る。最初は二階で最後の台所まで、およそ四、五分、冷蔵庫の下の霜取り皿を引き出し裏面を見た。なかった。食器棚の引き出しに、千円札が三枚、バラ銭が千円位か。この銭はとらない。二階の桐簞笥に株券、系図？　古い浮世絵の笑い絵（魔羅が大砲のようだった）、安くねえ和服もあったが、肝心の銭がない。頭の数字は三百を越えた。またしくじったか。伊東は台所の扉の錠のポッチを押す。バネで戻り、ヒネると、ドアが開く。スーパーの袋を下げて、庭を玄関に回る。鉄柵を乗り越えて小さな通りに出た。セメントの粉が散る軍手をぬぐ。汗が噴き出す。口の中が渇いている。動悸が激しい。慣れるという事は終生ないだろう、と思う。アメックスやUCカードもあったが、そいつはカード入れで銭は入ってなかった。虱潰しに捜せば、十万や二十万ないわけではないが、時間がかかる。婆あの下着の中や、襖の出張った絵柄の紙の間、電気製品の電池ボックス、見ただけでイヤな代物を掻き回すのはやらない。野垂れた方がましだ。靴を履き換える。

新河岸川を宮戸橋で渡り、荒川を秋ケ瀬橋で越えれば浦和に入る。途中、黒いゴミ袋を見つけて、中に持っていたスーパーの袋を押し込む。これで三度、続けて「ブタ」である。伊東のカンが鈍ったというより、人の生活の形態が変わったという事だ。デン助が言ったとおり、カード時代で、ハシタ銭以外は、家に置いていない。借金漬けの生涯を年寄りになっても送っている。手っ取り早く金融機関を襲えば、金は唸る程あるだろうが、そもそもその手の暴力的な手法がいやで「カギ」になったのだ。やはり路上で排泄物をぶんまいている連中の銭を掠めるか。

四

渡辺老人は、意識して己れを爺いに見せていた。もう四半世紀に近い昔のことだ。伊東が運送屋の日雇いになって、都内や近郊の会社や役所の移転作業で、愚劣な毎日を打っちゃっていた頃、この爺い、一緒に働いていた。働いていたと言っても、一週間に一度か二度顔を見せるだけで。己れの事は喋らないし、また日雇い人足どもとも全く喋らない。人足の半分は偽名だから、爺いも、渡辺という「伊勢屋稲荷に犬の糞」の如き、ありふれた三文判を出面《でづら》の銭貫いの伝票に押した。いっぷくの間の人足どもの話は決まっている。博打、女、野球、三題噺のように同じ話がむし返される。伊東は、その話の輪には入らず、寝転がって莨を吹かす。昼の弁当も、少し離れて、不味そうにこそげ食った。ある日、隣に、渡辺老人が座っていて、顔があうと笑って「あんた……やるね」と言った。伊東がけげんな容子を見せると、いや、いつも仲間に入らず、己れを律して、毅然としているのが甚だよろしい。こんな爺いに評価されても別段嬉しくもなかったが、この年寄り、何者かを感じさせるよすがはあった。それはやたらと難しそうな本を、作業着のポケットに突っ込んでいたからで。ある時、分厚い文庫本を弁当休みに読んでいた。近くに場外馬券売り場があれば、作業員の半分以上はそっちに行っちまうし、三分でメシを食い、駈けるが如く出かけるパチンコ狂もいる。日雇いは朝が早いので残りは臭いあてもの毛布にくるまって昼寝となる。表紙を見ると『正法眼蔵』であった。「読んで判るのかい」伊東が訊くと「判るわけねえ。お経より難しい。仏法房め、喋っているテメエでも判っていなかったろう」字面を眺めて、心が遊べば、それでモトをとった事になると言う。

なれてくると「荷づくり」と称して、客の家に引っ越しの梱包や開梱の作業にも出るようになった。客が直接銭を払うので、作業員一人あたりの値《あたい》も判る。三分の一どころか、半分近くもピンはねされていた。その銭は、この運送屋が国会に飼っている議員屋のウラ銭になると専《もっぱ》らの噂。莫迦らしい。伊東はたちまちその事業所に行かなくなった。

ある日、尾久の三業地の古旅館でパンマと遊んで、路地を出ると、渡辺老人と鉢合わせであった。半年振りくらいで。「やっ暫く」渡辺老人、残り少ない安芸者と遊んできたのか御機嫌で飲み屋に伊東を誘った。赤提灯のカウンターを嫌い、端の赤く焼けた畳の入《い》れ込《ご》みに座る。「たまに、事業所に行くが、佐々木クン（伊東の偽名）絶えて見ない。どうしたね」。ピンはねの余りの額に赫怒《かくど》しちまい、二度とあんな所には行かない。コットンフィールドの黒人奴隷よりもひでえ。さんざ運送屋の悪口を告げると、老人、笑い出し、違えねえ、あすこで働くのは、テメエを肥すより、木っ端役人や、その末の天下り、運輸族とかいわれる下種どもの、ふところ銭を増やすようなもの。「まともな頭がありゃあ、三日でやめるぜ」たて続けに燗ざましを呷《あお》って、眼玉を、ヤニだらけの壁の正覚坊の甲羅や、黄色くなった熊手のおかめの面に遊ばせていたが「で……今は何をしてるんだい、勿論、言いたくなけりゃ……。余計なお世話だが……」。伊東は、本姓を告げる。今は債権取り立てや、借金証文を背負って逃げ回っている連中から、最後の銭を搾りとるたつき、「とても素面でいられねえ。荒んじゃって……。いつも胃が痛え」。爺いは伊東の顔が前と比べてけわしくなったと言う。「ふうん、善意の第三者に渡った手形か……」「これ、包丁を払って切っちまった」手の甲の抉れた傷を見せる。伊東は、かつて大きな鉄工場を経営していたが、保証人の判ひとつから、何もかも失い、陋巷《ろうこう》に逼塞《ひっそく》していた老夫婦の事を話した。

「こんなもの、とれっこねえ」と誰もこの借金証文を持っていかない。後ろに濃い鉛筆で七十とあった。これはとった銭の七割が取り立て人のものになる。それは殆ど、取り立て不可能という事だ。伊東はノートにその証文をしるし、三文判を押した。貼りつけられた付箋を見れば何度も住所不明になっている。見ただけで、どうしようもないのが判る。

付箋だらけの借金証文。隷書体の大きな実印が仰々しく紙に押捺してある。こんな物を押すようになる頃は、もう火の車で、払えるあてなどない。恐らくこの銭も書かれた額の半分か、三分の一程しか、押した奴の懐に入らなかったろう。住所は場末の最たる所だ。短く、京成電車を立石駅で降りる。仲見世と称する笑止な屋根つきの商店街が二列あった。三分も歩けば奥戸街道にぶつかる。そいつを左に折れて、暫く行くと小さなゴム工場や家内工業のプレス屋が密集している一角がある。工場の二階には、くたびれた安物の洗濯物が沢山干してある。おしゃかになった鉄材が錆びて茶色い粉が路地にこびりついている。傾き始めた安アパート。田舎の木造校舎みたいな羽目板が腐ってはがれている。そいつを波型のトタンや、何も塗ってないブリキ、ひどいのはアキ罐を潰して釘で打ちつけてある。これが証文書きの終《つい》の住処《すみか》だ。玄関を開けていきなり廊下にあがる。両側に表札も名刺も出ていない引き戸のベニヤ戸が七戸。便所の臭いが充満している。一番手前のベニヤ戸を叩くが、何んの返事もない。片っぱしから叩くと、何番目かで、返事があり、腰の曲がった老婆がドアをあける。「新聞は眼えが悪《わり》いから読まない……」拡販とまちがえている。新聞屋ではないと断り、証文書きの名前を言う。「別の名前を使っているかも知れねえ。二ケ月程前ぐらいに越して来たのはいいねえかな」玄関の陽光が廊下に反射して木漏れ日のように老婆の顔を照らす。白髪が莨のヤニか、飴色に染まって、シミが浮き出ている。顔を傾けて、黄色い眼玉を動かす。安達ケ原の鬼婆あもかくやという風耒《ふうぼう》で。この婆あも下層の男の生き血を吸った果てか。やがて玄牝《げんぴん》の如き歯のない口をあけて、自転車置き場を改装して、最近、夫婦ものらしいのが住んでいる。老婆は、伊東の風耒のうさん臭さを嗅ぎとって、「あたしが言った、と言わないで下さい」強く念を押す。「莨でも買いねえ」千円札を手の甲に静脈が盛り上がった掌に無理に握らせる。体のわりに手が大きく指が太い。この老婆が若い頃から、かなり過酷な肉体労働をしていた事が知れる。再び玄関に降りる。左胸のポケットには厚い手帖が入っている。取り立て人のなかには、腹にサラシを巻いてその中に雑誌や、金属製の網目を挟む野郎もいた。ドアを開けたとたん、被害妄想に陥って、幾らか狂っている連中に刃物を振るわれることが、ままあるからで。アパートのボロ壁に張り付くように波型トタンが、細い垂木を覆っている。細板を交互にぶちつけた戸がついていた。そっとトタンに耳をつける。低い呟きとも、話し声ともとれる声が聴こえる。いきなりドアを開けるのはためらわれるが、名乗ればもっと開けない。だいいち殆どの場合鍵がかけてある。もっともこの戸ならバールもいらない。そこいらに干してあるモップの柄であいちまう。こぶしで叩いて相手の名を呼ぶ。呟きがとまり、息をのんだ気配が伝わる。何度経験しても伊東はこの瞬間に慣れることはない。何度も、しかし、ゆっくりと穏やかな口調で姓を呼ぶ。観念したのか、板戸がつっかえつっかえ横にずれる。人、一人がやっと通れる隙間から横になっている老婆のごま塩頭が見える。なかなか立派な整った顔だちの男が伊東を見詰める。人品骨柄、さっと見定める。この人なら、いきなり刃物を振るう事はあるまい。誤まれば、己れが刺されればすむ事だ。借金証文をとり出し、男の目の前に突きつける。男は顔色も変えず諦念《ていねん》のこもった眼で伊東を見る。体を引いて掌で後ろをさし示す。「これが全財産。自転車をどかして貰い、地べタの上に簀子《すのこ》を敷きつめて、古ゴザと古布団で暖を取っている。……金なんぞあるわけないでしょ」三畳分くらいもない狭い暗い空間である。老婆の枕元に食パンの袋が破れて光っている。「何もかもすってんてんで、そこの……××製薬に血を売って、やっと飢え死にをまぬがれている。女房は体の具合が悪くて。……もう、どうしようもないんで……」毎日、血を売りたいが、ウスくって合格しない。菠薐草《ほうれんそう》を親切にしてくれる女の人にゆでて貰って、毎日食って、やっと三日に一回、血が売れるんです。この年では仕事はない。女房も——そんな婆あじゃないんだが——あの通り白髪になっちまった。体力を使わないように寝ているだけだ。薄汚れた石鹼箱みたいのを指さす。ラジオが唯一の楽しみで、でも電池がもったいないから、一日、三時間くらい聴いているんです。さあ、どうにでもして下さい。ゴザの上に座り込む。男の薄い顱頂部《ろちょうぶ》が鈍く光っている。恐らくこんな百万足らずの証文どころではない額の代物を何十枚も書いているのだろう。なぜ破産宣告でもして、病妻とやり直さないのだろう。余計なお世話か。悪どい事をして来た面には見えない。取り立て相手が婆あでも女連れなら、必ず言ういいぐさの「ドヤ街のはずれ辺りでは一口、五百円、千円の尺八婆あというのがいて、女はいくつになっても銭稼ぎができますぜ」「真ん中の穴さえあれば銭なんぞ幾らでも稼げる」。この類の言葉を投げつけるには、この夫婦、上品に悲惨すぎた。「何もかもとられて……このザマだ。このアパートも知人のつてで、お情でこうして地ベタに寝かして貰っている」とても、とれない。俺は非情の器ではない。伊東は黙って証文をたたんだ。「邪魔したな」伊東は自転車小屋を離れた。

中川の土手に立つ。右に本奥戸橋。左側のゆるい淵には葦のしげみが見える。管理された河川ばかりの都内では珍しく、高砂橋から上平井橋まで、蛇行していて、伊東の最も好む川のひとつ。ガキの頃から自転車で来ては、終日、川の両岸をうろつき水を眺めていた。水が暴れた名残りの入江が処々にあり、くたせし水草やゴミが浮かんでいるのにも伊東は慰められた。

再び仲見世に引き返す。ここが俺のダメな所だ。そう思いながら、伊東は薬屋に入り、その頃出始めた栄養ドリンク剤や錠剤のビタミン剤、養命酒の類を購った。タイ焼きを十個。食料品屋で安いだけがとりえのサバ罐やサンマ罐をかなり買う。文具屋の店先のビニールで被った紙袋を購入して、全部押し込む。安ジャンパーの内ポケットから、万札を二枚、薬屋のドリンク剤の袋の中に入れる。自転車小屋に引き返す。途中、思い直して、万札一枚を追加する。タイ焼きのまだ熱い袋に突っ込む。聖徳太子、ふやけやしないかしら。洟たれの小僧や、ガキアマが自転車の古タイヤをぶっつけ合って遊んでいる中を横切る。今はまだ寒くないが、冬になればとてもここでは過ごせまい。いやその頃まで、この夫婦に命はあるのか。板戸を軽く叩く。返事はない。何もかも失って、この暗い窖《あなぐら》の中で真裸で抱き合っているのだろうか。「さっきの莫迦だが。……これ、食ってくんねえ」そう告げて再び強く板戸を叩く。つっかえながら一尺ほどあく。女の顔が覗く。その足元に紙袋を無理に掌で押し込む。「あばよ」。品の良さが残る整った顔が驚愕して「あっ、もし……」。

勿論、伊東は付け足しの食い物と銭を置いてきた事は話さなかった。ただあらゆる所を追われて「自転車小屋」に逼塞していた老夫婦の生態を感情を挟まず話した。渡辺老人は黙って聴いていたが、やがて「判コは恐《こえ》えや。うっかり押すと何もかも失う。……俺には無縁の事だがね」老人は印鑑登録どころか、住民登録もしていない。「つまり……俺は幽霊でさ。とうに失踪宣告の出ている身で……。何もこない。選挙ハガキも納税も、あらゆる郵便物は一通もこないし、新聞もテレビも……」「魔羅を突っ込むメスぐらいはいるんでしょう」。老人は言下に否定し、そんなものは、その都度、銭で買えばいい。何ひとつ持たずに生まれて来たのだから、何ひとつ持たずにくたばれば良い。やがて、老人は、顳《こめ》顬《かみ》に膏薬を貼った、前身は泥水渡世か、渋茶色のオカミに銭を払った。時々会いたい。飲みたい。いいですね。アタシも。老人に事務所の電話番号を告げた。

頻繁にとはいかぬが、忘れる前には老人の低い含み笑い声が電話口に聴こえた。伊東の倍以上の齢《よわい》を重ねているだろうが、恒に丁寧で些《いささ》かも見下した口調はなかった。俺が、もし、馬齢を重ねてこの年になったとしたら、若い人をこれだけ対等に、真摯に扱うことが出来るだろうか。恐らく高慢に見下した傲岸下種になっているだろう。

老人に連れられていったのは、そろそろ衰微し始めた古い場末の三業地や、時には、東京を離れた温泉場や、古い観光地の花街《かがい》であった。おそろしくそうした所に詳しく、総《すべ》て曾遊《そうゆう》の地らしい。好みは決まっている。トクホン臭い、安い光るだけがとりえの着物を着た鬘のずれるような年増。これが老人のアイカタである。三味線の撥が鳴ると、大津絵、河東、小唄、端唄、民謡、全部歌える。歌舞伎などにも詳しく、新内なども知っている。何処の生まれで、どんな育ちをしたか、遂に語る事はなかった。が、纔《わず》かな例外があった。それは門前仲町で残り少なくなった辰巳芸者を呼んで料亭で飲んだ後で。この時分、かなりな銭が入ったので、伊東が半分出した。酔いを醒《さま》しがてら、やたらとある寺の塀わきの路地を蹣跚《まんさん》と歩いた。明治初期から残っている紀長伸銅会社の長い煉瓦塀が尽きて小名木《おなぎ》川にかかる西深川橋の上で、老人は立ちどまる。長く無言で汚れた川面を見ていた。と、その邪悪な眼玉から夥しい涙が流れて。……覗き込んでいる川に落ちた。「……俺のおふくろは、ここで焼け死んだ……」普段、冷静で、とり乱す事のない男が泣いていた。爺いめ、ヤキが回ったたな、伊東はそう思ったが黙っていた。やがて「醜態を見せちまった……」老人はそう言って涙を拭く。そして、男の生涯は、母親の子袋から出て、再び幻の（死んでいればだがね）お袋の子宮へ帰る旅で、その途中には、何んの価値もない、などとたわけた妄想を言った。もうそろそろ若い頃から遊び過ぎた病毒と酒毒が体に溜まり、皮膚がずぐろかった。

十何回目かのとき、それは横浜の関内まで出かけて、遊んだ時で。いやに日本語の達者な白人売笑婦を買ったその帰り、「ありゃあ日本生まれなんだぜ。閨技《ねやわざ》抜群だろう」など と女の品定めのひとくさり。「俺のうちに来《き》ねえ」。

下町ともいえぬ、江戸川沿いの葛飾の古びた木造平家。男一人の暮らしにしては小綺麗に片付いていた。安酒を酌み交わす。話がはずんだ。で、……債鬼の生涯なら泥棒の方が数段ましだ、と言う話になって、老人の本職が盗人である事が知れた。いつか捕まる。人がいれば何んかのはずみで危《あや》める。目腐れ金でそんな割に合わねえことなんぞ莫迦のすることった。老人は微笑して聴いていた。そうして泥棒の二割位は、生涯捕まる事がない。捕まるのは、人と争うからで、タタキ（強盗）は、絶対にしてはいけない。まず逃げる事が、何よりも優先する。伊東クンは、見込みがある。仲間を作らない。用心深い。まず生涯捕まらない部類の人と見た。爺い、熱心に勧めるわけではないが、銭盗みのコツを淡々と説得力のある口調で。梁上の君子が、このサマ爺いの職業なら事業所に稀れにしか来なかったわけだ。爺いはなおも盗むものは現金に限るが、やむを得ずブツを掠める場合、買い取る所は、二、三ケ所あること。そこに売っちまえば顕われることはない。なぜなら外国に行っちまうからだ。「その場所を教《おせ》える。借金とり、続けてりゃいつか殺されるぜ」なおも諄々《くどくど》とカギの心得を説く老人に、じゃあ、ノビ（しのび、空き巣）をやってりゃ絶対に殺されねえと言うんですかい。二人は黙った。暫くして伊東は呵々大笑して、この話、忘れました、と言った。

半年ほど老人とは会わなかった。電話がかかって来たが、用事を理由に避けた。この間、伊東は二度程、刃物で切りつけられた。一件は、何もかも失った泥水稼業の気の狂《ふ》れた婆あが振るった果物ナイフで、手の甲を一寸程切っただけだ。が、もう一件は、潰れた食品会社の倉庫の事務所に破れたマットレスにボロ切れのようにくたれていた壮年のオヤジで。伊東が借金証文をとり出す、纔かのスキに起き上がり、いきなり突っかかって来た。着物もないのか、そこいらの布カンバンや、淫祠のノボリを集めて、今様パッチワークで体を被っていた。「テメエを殺して、オレも死ぬ」絶叫しやがった。伊東はとっさに横に転がったが、着ていたジャンパーとシャツが裂けて、脇腹が妙に熱い。オヤジは半ば白い蓬髪をふり乱し、意味不明の言葉を叫んでいる。目が座っちまい動かない。横の鉄工場では鉄を切る凄い音がして……。再び切りかかって来るのを、辛くも避けて、鴨居にかかっているハンガーをオヤジにぶつける。あとは、手に触るものは総て投げつける。碌なモノを食ってないのか、オヤジは息が上がって動きが鈍くなる。伊東の首をめがけて振るってきたのをはずして、オヤジの内股に足を入れ、思い切り上にハネあげる。オヤジめ、ひっくり返りやがった。刃物がとぶ。駆け寄って拾う。味醂干しでも作るのに使ったか、出刃を研ぎに研いだ代物で柳刃のようになっている。オヤジ、「死なせてくれ」と泣いている。「お、死にやがれ。腹をえぐれ。司馬遷《しばせん》の如く魔羅もふぐりもえぐりとれ。首でも吊れ。川にとび込め」。駆けつけて来る足音がして、戸が開く。ディスカウント屋のスーパーの袋を放り出し、中年女が土下座する。「もう狂っているんですから……申しわけありません」三つ指ついて、スチール机の間で、コンクリートに額をこすりつけている糟糠《そうこう》の妻を見降ろす。オヤジめ、腕の骨でも折ってやろうか。むごい気持ちは忽ち萎える。号泣しているオヤジの背中の地蔵様のヨダレかけか、赤い布がふるえている。スーパーの袋から投げ出されている食い物は、十円、二十円のモヤシ袋か低額の食品ばかりで。ビニール袋に入ったパンの耳ばかりの代物が、放り出した拍子に口が開いてこぼれている。百万に満たない額で、利息でも可、利息書き換え可。と、爪印《つめいん》を押す印肉を持って来ていたが銭を得る事は程遠い。涙に濡れた眼をあげた中年女に「このアジキリ、どっかに隠した方がいいや。……俺ばかりじゃねえのだろう、銭とり鬼。いつか刺し殺すか、刺し殺されるぜ……」。その方がこのオヤジにはスッキリするかも知れない。「近日オープン」と言う字がオヤジの腕の所でふるえている。「邪魔したな。……」伊東はアジキリをスチール机に置いて外に出た。

薬局でオキシフルと湿布と瓶詰め軟膏を購う。駅前の汚れた便所に入り上着を脱ぐ。右の脇腹が一寸程切れて、深くはないが血が溢れる。「野郎、毎日、砥いでいたのか、昔の包丁にはカナリいい物がありやがる」オキシフルを傷口にぶっかける。軟膏を瓶から半分位とり湿布に塗りつけて腹に貼った。

ある日、大田区の糀谷《こうじや》の鍍金《めっき》屋が裏書きした証文の目腐れ金を取り立てる。そこのオヤジが話した雪谷大塚町のあるスナックの二階で女とやらせると言う言葉を信じて、物好きなと思ったが、その足で出かけた。目腐れ金は全部伊東の銭になったからで。何がオカシいのか、四六時中笑っている年増女と遊んで再び池上線で蒲田駅に戻ると、目蒲線の電車も着いて、はき出された人混みの中に……。「やっ、伊東クン」渡辺老人だった。一回り小さくなった体に腹ばかり突き出て。眼玉も心なしか黄色い。酒の匂いはいつものことだが、これに五臓六腑のどこかが腐っている呼気で。それは黄泉平坂《よもつひらさか》を歩く形《なり》が調《ととの》ったと無言のうちに告げている。「……少し飲むかい」丸子橋の近くの故買屋にブツを処分した帰りだと言う。昼間みたら色褪せて乞食小屋以下に見える、そんな板張りの飲み屋に入った。老人、口数が少なく伊東もまた喋らず。纔かに老子経の玄牝の話をして、「ありゃあ女の真ん中の穴だ」と寂しく笑った。

柴又の家まで送った。「これ本物だぜ」と自慢していたウィーン幻想派の絵も、本棚も、洒落た調度も総てなかった。「引っ越しでもするんですかい」伊東の問いに「十万億土から紫雲に乗って、阿弥陀様が、そこまで迎えに来てるんだ」胃の脇と鼠蹊部の上を押さえる。痼とも血脈瘤ともつかぬ大きな固まりがあると言う。腹水が溜まり、マスクメロンの如く腹の表面に血管が浮かび上がっているとも言う。老人、憑かれたように、泥棒心得を説く。「よしか、よしか」いちいちこちらの納得を確かめる。「もう終りさ。……最終の銅鑼がとうに鳴った。……後継者もできたし。……土くれになって何んの不満があろう」。伊東が、後継者という言葉に反応すると、「はっは。冗談冗談。俺は人に強制した事は軍隊を除けば一度もない」。

泊まった。唸り声とも呻き声ともつかぬ声で目覚める。蛍光灯の豆ランプの黄色い光でも見える程の脂汗で老人がうめく。手拭いで額の汗をふく。白髪染の黒い染みがつく。老人の呼気の腐敗臭で息がつまる。二センチほど窓の両端をあけた。

再び昧爽《まいそう》に目覚めれば老人はいない。便所か、あるいは動脈瘤でも破裂して倒れているか。耳をすますと地ベタを掘る音がする。老人、狂ったか。己れの墓穴でも掘っているのか。引き戸を開けて猫額の庭に出る。灰色の空のもと、植木鉢やプランターを積み上げて老人が大汗をかいて泥に汚れたシートを掘り出していた。屍体ではあるまいな。それにしては小さい。遺骨か。伊東を見て微笑して「疲れる。腹が邪魔で仕方がない」。水でも持ってくる、伊東がいうと「麦酒にしてくれ」。

穴を埋めようとする老人に代わる。「ほう、うまいもんだ。腰が入って。円匙《えんび》の使い方、堂に入っている」「これでも中学生の頃から、穴ほりやコンクリート打ちをやっているんです。……もっともその銭は、皆、玄牝の中に費しちまった」。植木鉢やプランターを円匙で割り、穴に放り込む。汚れたシートも穴に入れる。紐で厳重に縛った青いビニール包み。箱のようだ。部屋に入る。「ちょっと待ってくれ」老人は押し入れの上段にあがった。天袋の天井板を押し上げて、天井裏に入り込む。梁《はり》にでも縛りつけてあったのか、埃だらけの布包みを抱えて降りて来る。紐を解けば潰れた布バケツが出て来る。中に百万円束が、七つ、八つ。畳の上に落ちる。箱の如き青いビニール包みも開けば総て聖徳太子の絵柄の紙……。老人は五、六束とって、「全部、おメエにやる」何千万という銭である。「冗談じゃない。貰ういわれはない。使い切れねえ」「いいんだ。この有漏路《うろじ》でまともに喋ってくれた最初で最後の人間。……伊東サン。それがアンタだ」。これだけあれば病院に入って充分な治療が出来るではないか。そう言うと「延命して、二、三年月日を送ろうと何んの意味がある。ここらで死ね、と言う神様のおぼしめしだ」。どうしても伊東は貰う事ができない。押問答が続いた。ここらで終りだ、と見極めがついた所で老人はくたばると言う。「銭なんか、それまでに幾らかあればいいのだ」五千円を束ねたものを二つとる。老人が百万円束を六つ、七つ掴んで伊東のポケットに突っ込む。伊東は逃げるように去った。

その銭も北海道の北端で樺太の島影を望んで、半年ほど日本海沿いを南下して、平戸島の港で、チャチなオランダ塀とやらをゴミ芥の浮いた潮が洗うのを見る頃には、二束と五十万位となった。温泉場に泊まり、コンパニオンとか言う淫売と戯れ、器ばかり大げさな料理を箸で突つく。船底天井の部屋に泊まり、深夜に目覚めて莨を吹かす。今頃、老人はレンタカーでも借りて（似た写真の免許証をいくつか持っていた）車ごと、海に飛び込んで藻屑となっているか。それとも深山《みやま》鴉の賛美歌でも聴きながら、己れの掘った穴にでも転げ落ちて土くれや木っ端に埋もれているか。孰《いず》れにしても人知れず命を終ったであろう――。

その旅の帰り、四国松山に一年、大阪に、やはり一年近く住み着いた。半端な人足仕事をしては日々をぶんなげて、誰一人知る人のない街をうろついた。食い物はうまいし、東京みたいに見るからに気取った愚か者は殆どいない。こいつ、俺の体に合うか。そう思えたが、やがてこの連中の本音あからさまの言動が、どうにも耐え難くなった。伊東は己れの体が、荒川やその支流の隅田川、あるいは江戸川の泥水と、関東ローム層の赤土の粉塵のついた食い物で、五臓六腑はおろか、脳味噌の襞々まで、できているのを痛い程知らされた。再び、利根川の堆積地の風ばかり吹く町に帰ってきた時には三十路を越えていた。

銭がうなりをあげて、人々の間を走り廻っていた時代だから、愚劣な金儲けは腐る程あった。伊東も、その幾つかに係《かか》わった。クズ真珠。百個、千円もしねえそれを、どこからか持って来て、何回、何十回も開けて、蝶番がすっかりバカになった手垢アコヤ貝にほうり込む。ピンセットなぞ使わない。男の汚ない手でなげ込む。こいつを蒼いあぶくの吹く水槽に入れて、映画館のロビーや、スーパーの店頭で、世間知らずの中年の主婦や、その成れの果ての婆あ様を騙《だま》した。真珠が貝肉に包まれているのも判らぬ無知な女どもは、全部あたり籤の紙を開いて、伊東や他の二人の大仰《おおぎょう》な拍手や、おらび声にすっかり舞い上がって貝を選ぶ。「このままでは宝の持ちぐされ。指輪かブローチに加工しましょうね」言葉巧みに女を欺《あざむ》き、グリコのおまけ以下の安メッキのブローチや指輪で、加工賃を含めて、何千円とふんだくった。加工する職人だけは、隣の机で無愛想な面つきで莨を吹かしてやがった。五流毛皮売り。奈辺《なへん》から仕入れて来るか、下っ端は与《あずか》り知らぬが、こいつ、仕入れ値はバカ安だが、売り値は恐ろしく高かった。二1 噸《トン》ロングのトラックに山と積んで、四、五人で地方を廻る。図書館に行き、興信録であたりをつけて、町の名士、医者、地方議員、銭持ちの家を売り歩いた。歯の浮くような紋切りのお世辞に哄笑している連中は、大した吟味もせず、アメリカ野牛の毛皮だとか、すす貂《てん》の毛皮だと称するイカモノに、厚い札束を出した。知性と銭の多寡は関係ねえらしい、伊東は隅っこで他の毛皮をぞんざいに畳みながらそう思った。

しかし、所詮、他人と組んでやる仕事は、伊東には向かなかった。仕事が終れば仲間をはずれて、一人、別な盛り場を歩いたり、稀れにある古本屋で、忘れ去られた外つ国の作品を漁ったりした。四、五年で同じような「人をして欺罔《きもう》したる……」たぐいのゲス仕事をやめて、再び肉体労働につくと、酒と荒淫で自分の体力がめっきり落ちているのが判った。

炎熱の道路で鶴嘴を振るった。汗が薄い黒シャツに染み塩が白く浮き出す。前夜の酒が残っているのか、立ちくらみが時おり起こる。「こいつはいけねえ、体中の塩分がなくなっちまう」配管の親方は道具をとりに会社に帰り、朝、たちんぼで拾われた伊東ひとり。食品屋に舐める為の塩袋を買いに行く途中、路地を折れると……。戸が開いて、台所が見える。誰もいない。人通りもない。伊東は魅入られたように、道路にゴム長をぬぎ、軍足で入り込む。台所の冷蔵庫を左右に振る。後ろの壁あての曲がりくねった黒い針金には説明書が挟まっていた。透明ビニール袋の両側は説明書だが、中身が不自然に厚い。霜とりの皿をひっくり返す。ガムテープで黒いビニール袋が貼ってあった。そいつを剝がして、作業ズボンに押し込む。再び道路に出た。二分もかからぬ。便所に入り込み、説明書と黒いビニール袋を開ければ、二つで一日中、穴を掘って得る銭の四十倍以上の銭があった。三十代もそろそろ終りに近い歳だった。（渡辺爺いの言う通りにありやがる）午後、穴を掘りながら、血相を変えた婆あが、とんで来るのではないか、そう思ったがそれもなかった。

爾来《じらい》、十年余、伊東は「カギ」をやって遂に捕まらなかった。指紋ひとつ残さず、被害者と顔を合わせた事もなかった。

狂騒の好景気が終り、平成の不況に入る頃から、一般の人々は現金の類を家に置かなくなった。金融機関に預けて、小額の銭で、一ト月をやり繰りする。それ所か現金自動預け払い機でカードを使い、一週間分の銭を引き出す仕業と相成った。ドヤで同宿になった古典的ちぼ（掏摸）が、「最近はダメだね。財布の中は、二、三万しか入ってねえ。後はカードばかりだ。こんな御面相の割れたツラ、隠しカメラに写すわけには行かねえ。……世も末だ」と嘆く。しかしカタギの人が現金を持たなくなった頃、皮肉にも、家を持たず、あるいは借りる事を肯ぜず、路上や公園や河川で寝泊まりする人達が、俄然、多額の現金を持ち出したのである。不動産を所有している連中が銭を持たず、何も持たない連中が銭を持つと言う逆説。勿論、路上の人になりたての若造や、新宿、山谷、隅田川両岸、この辺りで群れて酒盛りなんぞしている連中には銭持ちは極めて稀れだ。一人で高く己れを持し、単独で暮らしている連中に限られる。

もう、四、五年前か。伊東は荒川河口で夜の川を眺めていた。降り始めた雨が豪雨となり、車軸を流す。慌てて飛び込んだ葛西橋の下に路上の人がいた。紙袋を抱えていたので、同業と思ったか、ひどく親切で、食べ物や酒をくれた。粋な江戸弁の、顔貌穏やかな老人である。七月の初め、もう蒸し暑い時候で。夜中、目覚めると老人は隣にいず、何やら橋脚の畔を掘っていた。薄い闇に光って、また埋める。暁闇、コンビニの弁当漁りや、残飯漁りに老人が出かけた時、伊東はその場所に行ってみた。妻子の遺骨か、愛妻の位牌か。まさかハジク代物じゃあるまいな。掘り出せばビニール袋に包みこまれた福沢諭吉を刷った和紙で……。貧乏人がより貧乏人から掠めとるのが、この穢土の宿世なら、何んの遠慮がいろうぞ。伊東はその泥だらけの袋を紙袋に放り込んで葛西橋を江戸川方面に逃げた。

五

三度も続けて「ブタ」を引くとは伊東の「カギ」歴でも極めて稀れで。もとより泥棒稼業、何ひとつ記録せず、できれば記憶から消しさるにしくはない、が……忘れられるものではない。渡辺老人言行録に曰《いわ》く、「あのな、二回続けてブタを引いたら、暫く憩《やす》め、好きな事して気持ちを新たにしろと言う神の啓示だ。続けりゃ三度目には必ず捕まると思ってよい。その為にも、銭は恒に当分、遊んでいられるぐらい、貯えておく事さ、伊東くん、よしか」。確かにせっぱつまって、メシ代もドヤ代もなくなって、しのび込めば、ぶまを踏んで、手首に鍵つきわっぱが食い込む。宇都宮、市川、そして先日の志木。……伊東は漱石の絵札を一枚出せば、もぐずり込める池袋や飯田橋、銀座あたりの名画座で、一週間ばかり、昼間の時間を潰した。銀幕のハシには銭取りロッカーの中の汚れた布袋が浮かぶ。眼《まなこ》を閉じれば脳裏で踊りやがる。ブタ三つ、体に祟る。早くお祓いをしちまおう。銭を得れば祟り神、たちまち霧散する。

一週間ののち伊東は電車に乗ってはあちらこちらと降りて宿ナシを観察し始めた。群れた連中には近づかない。どんな公園にも河川敷にも人のいる気配、住んだ跡があった。バブル崩壊で、ブリキ板やトタン板、波型プラスチック板で入り口を囲まれた、人の住んでいない建造物、そうした類にも必ず宿ナシはいた。これだけ不景気になっても、ゴミだけは腐る程出て、そいつを利用して、堅固な掘っ立て小屋まで建てて御満悦の旦那もいた。但し、これらは公共地に限られ、私有地にもぐずり込んでいるのは、紙袋、肩かけ鞄の軽装の人達であった。

伊東が眼を着けたのは、東京湾に注ぐ荒川が、最後に蛇行をしている、足立の鹿浜橋両岸あたりで。環七沿いをゆっくりと歩いた。江北陸橋から扇大橋まで歩き、小台、新田で鹿浜橋に帰る。別の日には、やはり環七からあみだ橋、舎人、加賀、と歩いた。群れた宿ナシがおらず、しかも宿ナシは散見する。やたらとある公衆便所。広すぎないが、いかにも手頃な公園。環七沿いのコンビニ、ラーメン屋、赤提灯。宿ナシの眼で見ればここは桃源郷に近い。池袋の駅ロッカーに持ち物全部ほうり込む。バラ銭と莨の空き袋に鍵と万札一枚を入れ、ビニール袋に包んで腰のバンドに巻きつける。袋の端をよって固く結ぶ。これだと幾ら駆けても、転げ回っても落とすことはない。

東十条で電車を降りる。路地を縫って新神谷橋を目指す。途中、ゴミ捨て場でビニール袋を拾う。中のゴミをぶちまける。汚れたセーター、雑誌、新聞をその袋に詰め込む。また別なゴミ捨て場で手提げのバッグを拾う。こいつ、マジソンスクウェアガーデンと紺地に白く書いてある。何十年前の代物だろうか。これで宿ナシの形はできた。髪の毛は短いが、そこいらで寝るようになればすぐ汚れる。鹿浜橋で荒川の川原に降りる。ゴルフ場を出はずれて寝転がる。東北自動車道に伸びる高速川口線が目の前だ。この高速の下にも宿ナシがいるに違いない。残照が荒川に映えて桃色の雲が川にうつり波でゆがむ。揺蕩《たゆと》うとはこの事か。己れの愚劣な生は、ついにあの万華鏡の波模様に敵《かな》わぬ。口の中がにがくなる認識である。安莨に火をつけて鹿浜橋にあがった。

環七沿いをゆっくり歩きながら、緑濃き所は、歩みをとめて立ち寄る。車の通行量の多い道路沿いの公園に居つくなど愚の骨頂だから、環七から見える東椿公園、南椿公園には誰もいなかった。本当は深夜に行かないといけない。今はまず手始めという具合で。堀之内北公園には青いシートがあり、路上の人がいるらしい。歩いているうちに、西新井署が右手に見えてきた。足立区は西新井署、綾瀬署、千住署で、ひどく宿ナシに寛大な署もあれば、厳格この上なく片っぱしから微罪で引っ括る所もある。それは宿ナシの数で判る。厳格な所は自ずと噂は知れて、路上の人の数、極端に少なくなるからで。西新井署までに、六つも歩道橋があった。この裏側も居住空間となる。注意深く見たが住んでいそうなのは一ケ所だけだ。一輪車《ねこ》やリヤカーに、段ボールの類を山程積んで紐で縛ってあった。これは誰かいる。俺の空間だ。不法占拠だ、文句あるか、とそれらの代物が主張する。西新井署の向こうは、ぐっと公園は少なくなる。日光街道が通り江戸の昔から栄えていれば、空き地などあるわけもなく、櫛比した町並みが続くばかりだ。綾瀬川を越えると、また緑地が増え公園だらけとなる。それは高度成長期まで、盛業だった工場の跡地だったり、農地のあとだろう。桑田《そうでん》変じて滄海《そうかい》となるというが、工場変じて公園となるは、銭儲けに狂奔した連中にさんざ手を貸した木っ端役人の言いわけのひとつか。社寺の多い町で、路地を歩いていると、甍が見える。破風《はふ》のある建物は風呂屋を含めてめっきり減った。技術がないのか、破風にかける銭が惜しいのか、コンクリート造りになっちまった。

公衆便所があれば、必ず入る。便意などはなくとも良い。宿ナシが便所の中に居つく事がままある。勿論、掃除人が毎日掃除に来るが、時間が決まっている。この時間を避けて、掃除道具置き場にもぐずり込む連中だ。

その夜は、江北公園に夜を明かした。鹿浜橋の両側にこの公園はあるが、環七南側の江北公園には、酒を囲んで、むくつけき男どもが円陣を組んでいた。三人寄れば派閥ができる。どうで、一人が威張って頭《かしら》をはり、浮浪者相手のマグロ（泥酔している路上の人を殴って銭をとること）でもしているのだろう。公園を一回りして鹿浜二丁目の江北公園に行く。公園の上は高速道路で屋根代わりとなる。すぐ前は埼玉県の川口市で、芝川と新芝川が荒川に流れ入る。境界線に住むというのが宿ナシ生活の要諦で、警察も縄張りギリギリの所へ居つき職質しようとすると、向こう側に行かれる。この類の連中を一番面倒臭がる。つまり放っておかれる。植え込みの中にゴミ袋に混じって一人、タオルで頰被りしてやがる。高速道路の橋脚に体を押しつけて新聞紙を被っている、酒の匂いのする奴。他にもかなりいるのだろうが、余りうろつかず、高速からやや出はずれた病院の建物が見える植え込みに、前輪が盗まれた自転車や、針金の安ハンガー、雑誌束の間にもぐずり込んだ。

深夜、三時過ぎに、赤い屋根灯を回転させながらパトロールカーがゆっくりと、公園脇を通ってゆく。寝ている分には、そのまま通りすぎるが、これがアベックだったり、ガキだったりすれば、恐らく職質を食うだろう。

伊東は歩き回った。皿沼町を越えて舎人《とねり》公園の向こう側には公園もなく、公衆便所も激減する。竹の塚から保木間に入ると再び公園と公衆便所が増える。集約性があり、歩いて五、六分の間に四つも五つも公衆便所がある。名前だけは星菫派《せいきんは》もハダシで逃げるような綺麗な会社名の作業確認書が貼ってあった。伊東がコンビニで購った小さなノートには、公園の位置と、宿ナシの数、公衆便所の数が記された。いちいち、こいつ銭持っている素振り微塵もなし。流れ者、明日はいないだろう。チビ二人、一人の尻は大きい。夫婦か。などと下種な月旦評が並んだ。読み返せば、己れのヒネくれた心が駄文に透けて見え、伊東はその度に頁を破った。伊東の体は汚れてきてシャツに埃が染みつき体が痒くなった。どうにも耐えきれず湯屋に行った。

結局、銭を持っていそうな奴は、七、八人となった。数えた人数は三十五、六人である。一人は新芝川にかかる山王橋か、芝川にかかる榎橋のほとりや、橋下にいる中年男、こいつ見るからに屈強で頑健な奴で。両手にボストンバッグを提げて肩に斜めにショルダーバッグを背負っている。一昔前の赤毛布《ゲット》で上野駅辺りに沢山いた。風来もエラが張ってゴマ塩の髭が目立つ。俺より数等腕力がありそうだ。酩酊している時か、糞でも垂れている時以外、勝てそうもない。あとは、この足立区の狭い一画にいる、堀之内北公園のヒゲ爺い。島糀屋公園のずんぐりむっくり。谷在家《やざいけ》公園の長身耶蘇爺い。都立の工業高と小学校を囲んだL字型の諏訪木《すわぎ》公園。ここに巣くう男女二人連れ。扇小学校裏の公衆便所と街路樹の間に青いシートを張り渡して住んでいるひどく小柄な爺い。舎人公園のはずれにいつも座っている男。口の中で何か呟いているが、アクセントがやたらと高く、異国の言葉らしいので判らぬ。風来を見れば外国人だろうと思うが判然とせぬ。まずこの辺りか。

伊東はこの連中を観察しはじめた。扇小裏の小柄な男は、一日一回用便に行ってじっくりと覗いた。

都営住宅ばかりの中を歩いてゆくと、鹿浜の出張所があり、その前に阿弥陀堂と八幡神社がある。その建物に囲まれて小さな緑地帯、今宵《こよい》はここで夢を結ぼう。オニギリを三個、カップ酒で胃に送り込む。紙袋から新聞をとり出しベンチに敷く。そろそろ出雲の神様に日本中の神様が集まる月となる。街路樹の枯れ葉が落ちる頃、伊東は寂寥の想いやまず、終日郊外を歩くことがある。夕陽《せきよう》が落ちるまで、野の仏に立ちどまり、水の流れをみつめる。刻々と輝きを増す月を見上げる。酒屋で酒を購う。陶然と歩めば、この身ここで畢《おわ》れ、と思うが、肉体は哀しく生きのびる。オニギリを食うのも哀しく生きのびる知恵……本能か。現《うつつ》ともまどろみともつかぬ一瞬の妄想は、しかし、たちまちにして破れる。バイクのエンジンをとめる寸前の大きくふかした爆音で、伊東は眼を覚ます。小僧が三人、長い茶色い髪の尼っちょ二人が、ジャレながら緑地帯に入って来る。伊東は足早にこの緑地帯を出た。

この近くに谷在家公園がある。公園東側に山を築いて、東屋がある。大した高さではないが赤城神社の甍が望めて……。この東屋に長く住み着いているらしいのが長身のいかにも品のいい爺いである。伊東が、四、五日前、この公園を訪れて宿ナシの動静をうかがおうと……見渡せば、職ナシだが、家はありそうな中年男二人連れ、将棋を指している。中学生ぐらいの三人連れ、今どき流行らない、フリスビーとか言うワッカを頭から投げたり、背中から投げあって大笑いしている。忙しいことだ。菓子の中に入っているカードだか、ゲームだかが目当てで、そいつを取り出しては、中身は食べもしないでベンチの前にぶちまけている洟垂れ二人。それを大口をあけて笑って見ているお婆さん。まず公園普通の光景で、宿ナシはいねえ、と見極めて、築山に昇り始めると、東屋の中に真打ちが鎮座してやがった。細面の顔にふち無しの眼鏡をかけて、白髪はチックあたりで綺麗に固めてある。右手に黒いボストンバッグ。紙袋が二つ、足元に並んでいる。色褪せたマットレスと薄い布団はきちんと荷づくり紐が、十字に、何重にもかけられ、格子縞のようになっている。こいつ大事そうに東屋のベンチの上に斜めに立てかけてある。昇って来た伊東を見ると、爺い、長い足を組んで本を読んでいたが、傍に置き、「やあ、いらっしゃい」と言った。伊東の形《なり》を見て同類と踏んだか、危害を加えられる心配はないと思ったか。紙袋から寿司折をとり出し「よかったら食べて下さい」と差し出す。伊東はなれなれしいと思った。しかし、その悪意のない顔は穏やかに微笑して、伊東に好意こそあれ、些かの邪《よこしま》の心あるようには見えぬ。伊東とて、知命に達する男である。沢山の奸佞《かんねい》な人、全身狡猾でできてる奴（そこまでゆけば、これはこれで大したものだ）、邪悪な心がふつふつと煮えたぎっている奴、スキあらば人を陥れて嗤ってやろうと身構えている奴、己れもそのどこかの分類に入るだろう下種の数々を腐る程、かなり、若いうちから見て来た。はて、この範疇に爺い、入らねえ。要するに高級な人、となろうか。爺いは、なぜ伊興地区にやたらと寺が多いのか、ゆっくりと的確な言葉で教えてくれる。ベンチ脇に箒《ほうき》がある。毎日掃除しているのか。鉄火巻は新しい。メシのねばりも中の鮪も上等で、下地の醤油もよい。たまには親子連れの連中や、婦人たちが、この東屋にあがって来て周囲を見回すことはないのか。爺い、その時には、東屋を一時は離れるのだろうか、要観察。長袖から覗く腕は細く、指は長い。肉体労働はしてねえだろう。話はいつの間にか、「神」の話になっていた。それは寺の話から、仏の話、お経の話と続いて抵抗なく、神になり、爺い、気がつくと、神と言うものを敬って、己れを見そなわして貰い、規矩《きく》を定めることが、人生においていかに有効かと説く。「あたしゃ宿ナシの、迂愚《うぐ》が着物を着ているような男、碌な事をして来なかった。神と言われ仏と言われても、それがどうしたと思います」そう告げる。それに、あんただって宿ナシではないか。綺麗なナリをしているが、そのマットレス臭えぜ、とは心の中で思った事で。長く語尾を伸ばし、それだからこそ、これからの生が大事なのです。上品爺い、真剣で、伊東の手をとらんばかり。こいつ西新井の教会あたりに通っているのだろうか。莨に火をつける。爺いはテメエも莨をとり出し、徐《おもむろ》に燐寸《マッチ》で火をつけながら、人間は何をしたか、が大事なのではなく、何をなす途上で死ぬか、が一番大事なのだ、と篤実とはこの事か、とばかり熱弁をふるう。「総ては途上です。途上で我々は生を終えるんです」そこいらの老人ホームの車イス婆あ様や、終日、ベンチに座っているジャージー爺いのどこが途上だい。何事かをなす途中で死ぬるのが一番大事なら、俺がこの上品爺いの首を締めあげ、その途中で心臓発作でも起こして死ねば、神の栄光に包まれるのだろうか。

「聖書、お持ち下さい。繰り返し繰り返しお読み下さい」紙袋から黒い薄い本を引っ張り出して「詩篇つきです」。爺いの圧倒的なお喋りの前に断る雰囲気ではなく、伊東は掌に、この聖書と、半分も食わなかった寿司折を貰う。伊東は中学生の頃からの聖書読みで、この薄い本に書かれている文章の大半は、何度、何十度も読み返し、詩篇など、神は我らの避け所、また力であるとか、ヘルモンの露が、シオンの山に下るようだとか、たちどころに、幾つもの字句が唇から洩れる。が、それがどうした。西洋の神様を拝んで、どぶどろの腐臭地獄を這い回る「カギ」の俺が救われて、並《なみ》の生活をするのが、そんなに尊いのか。伊東は軽く会釈して東屋を離れた。あの黒いボストンバッグ、あの中に紙幣がうなってい そうだ。「私はいつもここにおります。お話に来て下さい」。おお、いつまでもいろ。己が身腐り果てて骨となるとも、そのヤソ舌のみは赤く生き残って、神、主を絶賛し崇め伏し、烏兎《うと》輝きをやめるまで、語りに語り続けやがれ。

バイクガキどもを避けて伊東は尾久橋通りを越えて新西新井公園に入り込む。近くの袋在家に交番がある為か、宿ナシがいない。ベンチ下に拾い集めた雑誌を敷きその上に横になり、新聞紙を被る。全身、耳にして、誰か寄って来ないか、いきなり灯油の類をかけられて火をつけられまいか。……結局、横になっても眠る事はできない。起きあがり雑誌や新聞を読みながら夜明けを待った。やはり午前三時近く赤い屋根灯を回転させてパトカーが、ゆっくりと通り過ぎた。黎明の頃、伊東は眠る為、新芝川沿いの江北公園に向かった。

数日、何の進展もなく日が過ぎた。

扇小裏の便所爺いは殆ど外出しない。いつ用便に行っても、シートの下で寝ている。ラジオの音がかなりうるさい。近くの寺や河原をぶらついて、また便所爺いの所へ行く。爺いが偶に外に出る時に出会《でくわ》すと、その後を見え隠《がく》れについてゆく。爺いはスーパーの袋を手に提げて、ラーメン屋、飲み屋の店の脇の酒類ケースから残った酒をペットボトルに詰めて混合酒を作る。店の盛り塩を少しつまんで自分の小さな袋に入れる。あと食い物を少々。これらは尾久橋通りを半分も進まないうちに揃っちまう。すると爺い、便所シートにすぐ帰る。余り欲がない。誰とも話さず、黒いとばりの内で莨の火だけが光っている。これではヤサ荒し出来ねえ。盗難バイクのわずかに残っているガソリンでも集めて、シートに放火してやろうか。じれた頃、チビ爺い、スーパーの袋を持って青シートから出てくる。午後九時過ぎで、いつもは混合酒で酔い潰れている時間だが。つけてゆくと三百メートル位離れた風呂屋に入った。滅多に入らぬ湯屋だ。恐らく便所の臭いのしみついた毛穴という毛穴、ケツのケバが擦り切れる程、長時間、汚穢にまみれた体を洗うだろう。伊東は紙袋を放りなげ、マジソンバッグひとつで、急ぎ足で便所シートに向かった。刃物でもなかなか切れぬ、針金をロープに混ぜて縒り、そいつで厳重に入り口に板をあてて縛っている。入り込むのには骨が折れるが、なあに、シートごとはがしちまえばいい。畳二枚程のシートの周りは、水よけの溝が深く掘ってあり、この爺い、ここに相当長くいるのではないか。ゴミの中から拾って置いた錆びたカッターナイフで、立ち木や、石にゆわえつけてあるシート穴の少し上を一直線に切り裂く。シートを捲《まく》りあげて、その下の雨よけビニール、ポリエチレン、全部ほうりなげる。風呂場のスノコ、もう汗と膏《あぶら》でアメ色になったのが二つ、並べて敷いてある。プラスチックの酒ケースが横に並んでいる。その中に雑誌、手拭い、何か得体の知れぬ化粧瓶の類。出かけないから、バッグ、紙袋の類がない。酒ケースの上のスーパーの袋を片っ端からぶちまける。が、食い物ばかり。潰れたドーナツや、くっついて固まりのようになった菓子パン。ガキの食う飴菓子。酒ケースも全部ひっくり返す。錆びたT型ヒゲソリ。鳴るのか、縁《へり》の欠けたポケットラジオ。ラジオと言えば、ラジカセが一台ある。こいつか、やかましい音で、昼間がなり立てていたのは。

……ヤロウ、文なしか。いや風呂屋に行っている。では全財産はあのスーパーの袋の中か。チビ爺い、腹巻きをしている体形には見えなかったが。スノコを引っ繰り返してシートをはがし、直接地べタを見る。掘り返してあれば幾らか柔かい。が、それも何年も前になれば、上に寝ているうちに固くなっちまう。ひんまがったパイプや孫の手などで、地べタをひっかくが、固さはいちようで。便所のウス明りでもう一度、チビ爺いの持ち物をじっくりと見る。小さな瓶をあけると、テメエで漬けたか、醤油と大蒜《にんにく》の白い固まりが出て来る。隣の便所の戸が閉まる音がした。振り向くと青いシートが風でゆれて……。こいつか。雨よけの破れつぎにガムテープが何ケ所か、貼ってある。が、とび抜けて大きく厚く何重にも貼ってある所がひとつ。丁度、天井の部分で。その部分、表は別に破けてもいなかった。ガムテープをはがすとビニール袋に包まれた茶色の大型封筒が出て来た。毎日、こいつを引っ繰り返って眺めていたか。便所爺いめ。放り投げてあったマジソンバッグにそいつを入れて抱きかかえるように、伊東は都営住宅の一画を駆け抜けた。江北幼稚園の隣の公衆便所に躍り込む。大便所の中は便器の外まで、糞がとび散り、大きな固まりがあった。息を詰めながら、抱えていたバッグから茶封筒をとり出す。年金証書、とうに使えなくなった免許証、保険証の類はすべて読みもせず、字ヅラさえ見ずにそのまま封筒に戻す。読むとなにがしかの思いが湧く。名前さえ知る事も「カギ」には禁物で。銭だけ引っ張り出す。殆どが一万円札で、七十八枚。五千円札が十枚。別に板垣退助の百円札、中国人民銀行券貳圓《にえん》券、壹圓《いちえん》券数枚。熟れも民族衣裳をつけた女性が二人ずつ凹版で彫られている。持っていても紙ヒコーキ以外に利用のしようもあるまい。戻す。板垣は使えぬこともないが、そこいらの店ヤで使えば目立つ。自販機には使えぬ。こいつも夢の島の肥やしだ。八十三万円をバッグの底に押し込む。茶封筒は道端のゴミ袋の袋口をあけて放り込む。再び固く縛る。伊東は池袋まで、タクシーに乗り、遅くドヤに入った。

五、六日、命の洗濯をした。と言っても、一日《いちじつ》、郊外の緑の中を歩き、幾らかマシな外つ国の若い女と遊んで、コンビニの安弁当より、値段だけは高いメシを食ったにすぎないが。

ロッカーを開けて、便所爺いの銭を帯封を切った紙幣の布袋の中に混ぜる。ロッカーの鍵と万札二枚をスーパーの袋に入れて、例によって腰のバンドに巻きつける。

東十条の駅で降りて、ゴミ捨て場を見ながら新神谷橋を渡る。環七の道路際のゴミ集積所にゴミ袋や蓋のこわれたポリバケツに混じってバッグの把手が出ている。伊東は上にのっているスーパーの袋をよけてバッグを引っ張り出す。布製の安ボストンだが、両面に皮が貼ってあり、一部は擦《こす》れてハゲている。中に入っていた工具類を集積所にぶちまける。マジソンバッグより数等小さいが、もとより、中に入れるものなど殆どない。

鹿浜橋を渡る。荒川の流れを見詰める。上流で雨でも降ったか、黄色く濁り流れにゴミまで浮いている。また銭を掠めとってやる。乞食ども、待っていやがれ。不思議な心の昂揚を覚える。

堀之内北公園のヒゲ爺い。つい最近まで公園にいたのに、これは何んとしたこと。シートごと綺麗に片付けられていない。

舎人公園の呟き外国人風の男もいなくなっていた。芝川沿いの赤毛布も、だ。風とともに何処《いずこ》にか去った。

伊興町を通り諏訪木公園の緑地帯にゆく。住み着いている男女二人連れは深く顔を隠して、いつも、くっついている。男も女も小柄で、ベンチの片隅、植え込みの陰、ひっそりと寄り添っている。ラジオを聴くこともなく、大声ではしゃぐこともない。大きな紙袋の他に紺色のビニールバッグをひとつ持っていて、どちらか片方が必ず把手のビニール紐を腕に巻きつけている。それは大事なもの、ここにあり、と喧伝しているようなものだ。大人しいひそひそ声で囁くので会話は聴こえない。ただどちらかが頷くから、喋ってやがるな、と判る。昼間はタマに来る堅気の連中の邪魔にならないように痛い程気をつけているのが判る。鳥の餌のような少量のパンや菓子を「啄《ついば》む」としか言いようのない食い方で食する。

家庭の食事が終り、その生ゴミが集積所に出る頃、二人連れはうろつき出す。とっぷり暮れた町に、手を取り合って歩み出す。道行きのようだ。見え隠れについてゆく。この二人、後ろを振り返ることはまずない。恒に手をつないでいる。竹の塚の駅まで歩き、東武線の東側には行かない。毛長川までゆくと、向こうの埼玉県には入らず引き返して来る。白幡神社の手前のゴミ捨て場で、スパゲティのゆでて味付けしたのが捨てられているのを見つけた二人は、紙袋から箸をとり出し食べだした。「……ああ、オイシイねえ……」「……本当……」肩を抱き合うように、二人は向かい合っている。焼芋の袋も見つけたらしく、二人のはしゃぐ声が聴こえる。声は思いのほか若く、まだ老年ではないのか。女は大きな風呂敷ようの布を被り、男はお釜帽のひさしを下に折っている為、眼もロクに見えない。しょっちゅうガーゼマスクをしている。シンナー中毒の成れの果てか、と思えたが、揮発の匂いは漂って来ない。こいつら、酒も飲まない。飲み屋や酒屋の積み重ねたビールケースや、清酒の木箱にも全く関心を示さない。水銀灯が二人を照らす。しかし、伊東には、この二人は何か古い泰西名画《たいせいめいが》の画中の人物の如く思えてならない。いつも蠟燭の淡い光が、この二人を包み込んでいる。じっくりとゴミ捨て場を見ながら二人は歩く。菓子の包みや、煎餅の袋を見つける度に、女の歓声があがる。二人の顔は何度も重なる。荘厳と言える程、長く重なる。一度だけ、女がズボンの中から小銭入れを出して、コンビニに入るのを見た。紺色のカバンから銭をとり出さなかったが。……二、三時間の食い物漁りが終ると、二人は再び緑地帯に帰る。もう人影はない。やがて、二人は源正寺よりの便所の大便所に入る。紙袋も紺色バッグも一緒だ。それきり出て来ない。中で寝ているのか。伊東は静かに便所の後ろから近寄り、壁に耳を押しつける。「……美しい……」男の呟きか。「甘い囁き」という奴だ。物の激しく擦れる音、紙袋の音。けっ、ハーレクィーンロマンスをやってやがる。眼玉に星が光っているのじゃないか。壁を蹴ってやろうか。いや、こいつらには何者にも己れの領分に立ち入らせないものがある。伊東は、そっとその場所を離れた。バンドの万札をくずして、銭湯に行き、麦酒を軽く飲んだ。遅くまでやっている焼肉屋でメシを食った。再び諏訪木公園に行く。十二時をとうに回っている。未だ便所の中か、つながったまま寝入ってやしないだろうな。足音を殺して工業高校の側から入る。しゃがんで見渡す。持っていたバッグをゴミ籠に捨てる。突き当って右に折れる。神社を越えて道を渡る。再び緑地帯に入る。便所に近づけば大便所の戸はあいている。見回すと少し離れた植え込みの前に黒い固まりが……。切り株と植え込みの間に、新聞紙を敷いて、二人は正座したように座っている。それが崩れてお互いの肩で支えあっていた。風呂敷ネッカチーフがはずれて女の横顔が見える。鼻筋の通った、口元の締まった理知的ともいえる美しい顔であった。若い。伊東よりも十歳以上は若いのではないか。宿ナシの世界ではとび抜けた若さで。二人の体の間には紺のバッグが挟まれているらしく紐が丸く腕の間から出ている。どうせ、三《み》回りくらい、野郎の腕にまきつけてあるのだろう。伊東は大きく息を吸って呼吸をとめる。足音をしのばせて二人に近づく。便所の中の長い交合か、荒淫で疲れ切って、深い息で眠ってやがる。この紐を指でひっかけて、ヤロウの腕をもげよ、とばかり回し、当然起きるから、顔か胸を蹴り、あとは韋駄天走り。その為に、高え腐れ肉、たらふく食ってきた。伊東が指を紐に伸ばしかけると、男の顔が、上向く。植え込みに頭が寄りかかる。切り株の蘖《ひこばえ》が動いたが寝息は変わらない。顔が水銀灯に浮かびあがる。その顔は隣で寝ている女と同じ顔である。伊東の心が戦《おのの》く。通った鼻すじ、引き締まった口元。伊東の手がとまる。女の顔と男の顔を交互に見比べる。何んと美しい顔を二人ともしてやがるのだろう。こいつら兄妹か、姉弟か。いんや、双子に違いない。……道ならぬ恋。……伊東は息を静かに吐きながら、二人から離れた。やめた。下根《げこん》の俺が銭盗みするには、この二人、神々しすぎる。ゴミ籠まで歩いてバッグを拾い、深夜の町に歩を進めた。

島糀屋公園のずんぐりむっくりの顔は、日に焼けて、それが薄れもせず、そのまま月日を閲《けみ》しちまい、おまけに酒毒か、胆汁が血管から皮膚まで滲みだした、そんな面でずず黒い。年は四十代にも六十代にも見える。髪の毛は黒くて短い。小さな公園の一角で寝転んでいる。活字も読まず、他の人と話すこともない。都営住宅の洟垂れどもが、ひとしきり騒いで、塾へでも行くのか、去ってゆくともう人も来ない。ずんぐり、定位置の背もたれのない、低いベンチから起きあがってゆっくりと薄暮の街に出てゆく。拾い屋でも始めるのかと思うと、手提げのバッグから銭を出して、酒や弁当を購っている。紙袋も持たず着たきりだが。……どうも安下着と千円シャツ、ジャンパーを購い、汚れると着捨てにしているらしい。便所で着かえたのか、汚れた衣類をゴミ籠に捨てる。酒を飲み、弁当を食ってまた寝ころがる。単調で変化のない一日だ。そう思って、伊東は、別の乞丐に眼を移していたが。……こいつ騙された。近親相姦の双子も、便所爺いも用済みとなり、じっくりずんぐりを観察するようになると、怪しいふるまいをしやがる。ひと眠りすると起きあがり、便所に入って何やら紙包みを持って来る。手提げバッグから、メダルの如きものをとり出す。そいつをコンクリートの上に置き、紙包みを開いて、ハンマー、鏨《たがね》、鑿《のみ》、そうした代物で叩く、削る。手なれた素早い動作で、五分もかからぬ。再び便所に入り、出て来た時は手提げだけだ。紙包みの類はどうした。ずんぐりはまた歩き出す。その日は、川口市に出て、末広、朝日、青木あたりまでのして、自動販売機に、そのメダルを放り込んで釣りのレバーを押し、五百円玉ととり換えている。一ケ所で一個、続けては決してやらず、また機械が一台、二台の所ではやらない。老夫婦がやっと商売している所は避け、何台も、所によっては何十台も並んだ所で、一個釣り換えている。メーカーによっては、インチキ五百円玉、ひとつぐらい面倒だと、警察に届けない。そうした所をネラってやがる。毎日、河岸をかえて、北区に出たり、千住に出たり。ない頭で工夫している。伊東は昼間、こやつを観察して、夜は谷在家公園のキリスト教爺いを観察していたが、逆にした。ずんぐりがインチキメダルと五百円玉の釣り換えに出た後、便所に入る。野郎、どこに隠している。壁の一部が破れて、補修されて、また破れている。その間に手を突っ込む。糖尿病のインシュリン注射器や汚れた下着、エロ写真の切れっぱし。しかしハンマーも鑿もない。天井近くの水洗タンクの上にもない。が、タンクと壁の間に、新聞紙の包みがはさまっていて、中に鉄製のハンマーがあった。天井と壁の間の一寸ばかりの桟の上に、銀メッキした鑿と、鋭い刃を故意に潰して、ねじ回しの刃のようにした鑿が紙に巻かれてあった。これが、ずんぐりの収入源か。そういえば、二、三日前、自転車に乗った眼の釣りあがった小僧が、白いビニール袋に入った代物を彼の男に渡し、ずんぐりも銭——紙幣を渡していた。白昼、乳幼児を遊ばしていた若い母親達がいる所でだったが。釣り換えた銭で、また酒と弁当、菓子類を購って、ずんぐり、今度は幾らか陽気な足どりで帰って来る。驚くべきことに、こやつ、歌を唄うのだ。古いカビがはえて当世の若者はたれひとり知りもしない、伊東あたりが、やっと覚えている、その手の歌をおらびあげる。夕方と夜中の一日二食で命をつないでやがる。六個で三千円。インチキメダルこと、韓国の五百ウォン貨は邦貨六十円前後か。あの自転事のアンチャン、二百円ぐらいでおろしているのだろう。では純益は千八百円。大した銭稼ぎはしてねえ。手提げも無防備でベンチに置いて、長時間、便所に入っている。あまり銭は持ってないのかも知れぬ。三日に一遍くらいは、かなりな量の酒を飲んで、這うように公園に帰って来る。この時ばかりは「青春歌謡曲」はやめて、昔の繰言だ。草深い田舎の名門高校の話、そこを卒業したらしい。コームインの時代の話。誰ひとり周りにいず、植え込みの陰に寝ころがっている伊東ひとり、その空間に向かって、己れの過去の栄光を語り、黄金時代を懐かしむ。こいつ、話の調子では妻子までいたらしい。最後は滂沱と眼玉から塩水をぶんまいて、ベンチにくずおれる。伊東は、この男を観察しているのが辛くなった。こいつ、早く鳧《けり》をつけてやる。赤い屋根灯を回転させながらパトカーが通りすぎてゆく。伊東は植え込みから出て、ベンチで熟睡しているずんぐりに向かう。よく見ると、ズボンを二枚はいてやがる。靴も安全靴のようだ。上着もジャンパーがかなり厚い。これだけ重装備をしていれば、殴られても痛くない。ケガもしない。宿ナシの月日は長い、と見た。枕にもせず、足元に置いてある手提げを持つ。ずんぐり、大鼾《おおいびき》で動かぬ。これなら大丈夫だろう。大便所に飛び込んで、手提げバッグをあける。眼につくのは売薬の数々で、胃、腸、カゼ、痔、かゆみどめ、熱さまし、水薬、魚の目、イボ取りまで、なんだ、手提げの半分は、薬の袋や箱であった。裸の銭、五百円玉が、五、六枚、千円札が五枚。これだけ。年金証書、免許証の類は一切ない。ポケットティッシュ、十個くらい。手提げに細工してないかと、蛍光灯にすかす。底を幾らか破いて覗くが、段ボール紙だけだ。一日千円の純益として三年で百万円、これくらい持っていそうだが。……ずんぐり爺い（青春歌謡から類推すれば、伊東より十歳位は年上だろう）うつぶせに寝ている。これも宿ナシの長い証左だ。仰向けで、腹を強烈に蹴られたり、殴られたりすれば内臓破裂となるが、うつぶせだと、頭を蹴られない限り、ケガをしない。足元に手提げを置く。底が一部破れているから、当然気づくだろうが、それで警戒心が増すとは思えない。

伊東はその足で、谷在家公園に向かう。公園に入る。しゃがんで周りを見るが怪しい人影はない。なに、テメエが一番怪しいに決まっている。東屋に向かう。コの字型の木の椅子には、臭い汚れたマットレスと布団が相変わらず、キチンと紐で束ねて置いてあるが、あとは紙袋のみで、黒いボストンバッグはない。野郎、便所か。この爺いは、寝る前に長身に似合わぬボーイソプラノのような声で賛美歌を唄う。恐ろしい程の数を知っているらしく、伊東が観察している間、遂に重複する事はなかった。伊東が子供の頃、学校で習った歌の中にも「冬の星座」など同じ旋律があった。爺い、元は神父か。爺いの眠りは浅く、四時前には起きて、東屋を降りて、ゴミ籠や、公園の周りのゴミ捨て場を漁る。そうして、「投稿写真」とか、「プチ・トマト」「大人の遊艶地」などというエロ雑誌を山のように抱えて、黒いボストンバッグとともに大便所に入っちまう。一時間位、もぐずり込んで出て来ない時もあるが、十分位で出て来る時もある。バッグの中には、四ツ目屋（江戸の淫具屋）もひっくり返るような今出来の最新淫具でも入っているのか。足音を殺して東屋を降りる。便所に耳を押しあてる。何んの音もしないが、人のいる気配は色濃く匂う。耳が痛くなり、離そうとした頃、「……」泣くような掠《かす》れた呟き声で。事実、泣いているのか。伊東に見せぬ別の顔があるのか。便所を離れて、ベンチに座る。やがて大便所の戸が開いて爺いが出てくる。入念に手を洗っているらしく、手洗いの水の音が響く。便所から出た高そうなバックスキンの靴が途中でとまる。伊東を認めて「――さん」伊東は木っ端役人が無慈悲に消した旧東京のゆかしい地名を姓として、この爺いに名乗っていた。近寄ると手から石鹸の匂いがかおる。腹がすいてないか。食べ物があるから東屋へ来ないか。ゴミ籠の中にエロ雑誌を放る。夜明けか、東の空の黒色が薄れている。爺いのあとについて築山を昇る。尻を蹴って、大事そうに抱えているバッグをとっちまえばいいのだ。倒れた所を昏睡する程、頭でも蹴ってやればそれで、どっとはらいだ。伊東は頭ではわかっているが、手が、足が出ない。東屋に置いてある紙袋から、寿司折や、サンドイッチ、鑵ジュースを出して、さあ、お食べなさい。よくいらっしゃいましたね。爺いの話は巧みで、伊東が食いながら小さな相槌を打っていると、いつの間にか、話はヤソ教の話になっていた。伊東はて、最初は、ここから二キロ程離れた興野《おきの》のスタンダード靴屋の話で。この靴屋がかつてレッキとした高校を持っていて、貧しい子弟を入社させては、高卒の資格と学問を与えていた事を爺いがほめた。「そんなの関西の紡績工場や織物屋に幾らでもありまさあね。人手不足の頃、そうやって人を釣ったんですよ。ウチはただの営利を追求するだけの会社じゃねえと、偽善屋の自己満足にもなるし……」伊東がそういうと、別のある洗濯屋をあげて、いかに従業員本位の素晴しい洗濯屋か、とうとうと説いて、それは経営者がキリスト者だから……そこに帰着する。どんな所から話を持って来ても、最後は必ず邪宗門となる。伊東は食べ終って礼を言った。「ひと眠りします。……高速道路下の公園に寝に行きます」爺いは紙袋から、莨をとり出し、封を切り、その裏ぶたを水銀灯に向けて何やら三色ボールペンで書く。これ、飲んで下さい。気がむけば後ろの文句、読んで下さい。紙袋から薄い文庫本サイズの本をとり出し、莨に添えようとする。「あっ、聖書、この前貰いましたぜ。詩篇つき……」「これからです。――さんの生涯は、これからです。過去は問題ではない。これから何をなそうとするか。それのみです」伊東の手を握る。爺いの熱い思いが伝わるしぐさで、伊東もまぶたが熱くなる。ははあ、人はこうして入信するのか。

爺いめ、何んと書いたのだろう。伊東は歩きながら気になって、貰った莨「ホープ」の裏っかわを街灯にさらす。そこには「――さらば信仰の祈は病める者を救わん。主、かれを起し給わん。もし罪を犯しし事あらば赦されん（ヤコブ書、5、15）」と黒い文字で書いてあって「もし罪を」以下には赤で傍線が引いてあった。爺い、俺が「カギ」であることを知ってやがるか。

六

伊東は夜の町を歩きながら、道端や街路樹の植え込みに落ちているジュース瓶や、牛乳瓶を拾った。大きなスーパーの袋に入れる。また、赤提灯の飲み屋のワキに積んであるビール瓶や焼酎の薄い白い瓶を秘かに盗む。が、歩いているうちに一軒、赤提灯は破れ、雨戸も閉まった飲み屋があった。黄色いビールケースと濃い緑色のケース。これなら大っぴらに持って来られる。しかし、もう幾らもいらなかった。道を歩きながら、シートの類を探すが、普段、あれだけ落ちているのに、必要な時には、落ちていない。ようやく花茣《はなご》蓙《ざ》が巻いてゴミ捨て場に出ているのを拾う。シート地より、この色褪せた花茣蓙こそ、かやつの褥《しとね》にふさわしい。どうせ、遠からず、地獄に堕ちて針の山を哭きながら昇る身のずんぐりであれば予行演習は早いに越した事はない。で、親切な伊東は、そのお手伝い、というわけで。

島糀屋公園のずんぐり専用のベンチには、野郎はいない。飲み歩いているらしい。近くの氷川神社の人気のない境内で、スーパーの袋からビール瓶、一本をとり出しそいつで袋の上から瓶を叩く。焼酎瓶などあまり叩いて小さくしては、ずんぐり、喜ばない。鋭く割れて、袋から破片がはみ出しているのもあるが、慎重に手に持つ。花莫蓙を肘で抱える。やがて、ずんぐりの声が聴こえてくる。大阪あたりで死んだやたらとカン高い声の歌手の歌。あっ、あいつ真似《まね》してやがる。その歌もやんで、例の高校とコームインの自慢話をひとくさり。誰もいない空間に向かって喋る。身ぶり手ぶりも小さくなって、ベンチにくずれて体を二、三度動かすと静かになった。俺もこうなるのか。十年もたてば、もし、命あらば、他人《ひと》様の銭を掠めて酒に溺れて、闇のなにものかを聴き手に、戯言《たわごと》をほざくか。時計を見る。パトカーが回って来るのには、二時間ばかりある。今のうちだ。ずんぐりのベンチに近寄る。深い眠りで鼾が高い。花莫蓙を持って来て、ベンチの隣に敷く。スーパーの袋から割った瓶を音のしないようにとり出し、並べる。頭と首は可哀想だから、その位置にはおかない。スイスのマッターホルンか、サメの歯の化石の如き三角形の尤物《ゆうぶつ》を尻のあたり。あとは背中にも刺さって貰わないと、ずんぐり、銭の所へ行くめえ。こいつ、背のわりには重そうだから、まあ十個位は刺さるか。落ち方がまずければ、首に刺さる。あるいは股の動脈も莫迦にならない。ずんぐりのそこに刺されば、それはこいつの寿命だ。命運尽きたのだ。予行演習が本番になっただけだ。腰の下に靴を差し込む。靴先に力を入れて引っ繰り返すと、ずんぐり、「ガラスの山」にゆっくりと落ちていった。劇画の吹き出し程ではないが、野郎、大ゲサな悲鳴をあげた。伊東は急いで便所の後ろに隠れる。一瞬何があったか判らず茫然としていたが、腕にささった欠片を抜きながら……あっ、泣いてやがる。「何んでよ――何んでよ――」這うように公園の入り口に歩いてゆく。涙が落ちて水銀灯に光る。尻に刺さった茶色い破片と、背中の白い欠片、緑色の欠片は、抜かない。その周りが黒くなる。出血してやがる。公園入り口に、丸く刈り込まれた椿の木と、鼠黐《ねずみもち》よりかなり大きいトウネズミモチ――こいつの実は「女貞《じょてい》」という強壮剤で、渡辺老人、よく煎じて飲んでいた――その間を、泣きながら、植物の名を書いた板をひっこぬいて、そいつで掘る。せぐりあげているのか、欠片が痛いのか、体が痙攣する。両ヒザをついて掘っている。伊東は足音をしのばせ、息を殺し、徐々に近寄る。ずんぐりが白いビニール袋を穴の底からひきずり出す。伊東は勢いをつけて駈けた。肋の辺りを、折れよとばかり蹴る。ひっくり返って体が地べタをずる。犬のような悲鳴をあげる。犬だ。おメエは犬以下だ。ビニール袋を摑む。重い。伊東はそいつを持って駈けに駈けた。鹿浜橋の階段を駈けあがる。口の中がキナ臭い。額の汗が作業着に落ちる。橋を渡り、小学校の脇を川沿いに進む。と、公衆便所を見つけ、伊東は大便所に入る。だいぶん光度が落ちて、かろうじて点《つ》いている蛍光灯の下でビニール袋を開ける。便器の周りは糞だらけだ。丸いメダルが転がり、その幾つかは排泄物に着地する。透明なビニール袋に二つに折った福沢が、四十枚程入っている。茶色い縞の安封筒にも、福沢が、こいつは整然と五十枚ぴったり入っている。あまり折れ目のない新札に近い。ノビに入って持って来たのか。しかし番号は続いていない。五千円札七枚。五百円玉は、わずか十枚。重いものの正体は、隣国の五百ウォン貨が五十枚以上、イランの五十リアル硬貨、こいつが二十枚くらい。古いサビの浮いた自販機には、こいつ、五百円玉として通用する。日本円で三円にもならぬ代物が五百円に化けるので、イラン人、一時、大量にこれを使った。ずんぐり、どっから手に入れやがったか。証書類はおろか、印鑑、へその緒、何ひとつない。銭だけだ。札を己れの胸ポケットに入れて、蓋のボタンを嵌める。九十万円ちょっと。五百円玉をズボンのポケットにほうり込む。ビニール袋に外つ国の硬貨を入れる。ロールペーパーを出して、排泄物のついたのも、つまんで袋に入れる。一枚、五百円玉にもついているので、これは厚くまいて、ビニール袋と一緒に手に持つ。再び環七に出る。自販機に黄金に塗《まみ》れた五百円玉を入れて、ジュースを一本購入した。少し離れたゴミ集積所の袋をあけて、ビニール袋を押し込む。これで一丁あがりだ。あしたは、デブ女と鶯谷で遊ぶか。伊東は道の向こう側に見える交番の赤い軒灯《けんとう》を見ながら、淫猥な妄想で頭をいっぱいにした。

銭など、ただの紙か金属だ。まして札に名前などない。そう思いながら、ずんぐりの銭、気にかかる。いや、せぐりあげていたずんぐりの姿が脳裏に残る。なぜならあいつ、十年後の俺だからだ。そう伊東は思う。白昼、己れのまぼろし《ドッペルゲンガー》を見るようになれば、死期は近いとやら……。伊東の生命《いのち》の阿弥陀籤は右はじから崩れてゆき、もう梯子のように、二本しかなく、片っぽうはずんぐり、もう片方は知れた事、渡辺老人に決まっていた。人の銭を奪った後の、酒でも女でもぶん投げ切れぬ澱《おり》……こいつが溜まる。(一番肝心な事を、爺い、言わなかった)布袋の中の輪ゴムで束ねたずんぐりの銭は、野郎の犬のような悲鳴を連想させた。こいつ、ケツを拭く浅草紙のように大把《おおたば》にぶんまいてやる。伊東はずんぐりの銭を持って鶯谷のホテルに向かった。

艶《あで》やかな微笑の長身オカミに「でぶちゃん、二人、いるかな」「いるでしょ、マンションに二人で住んで、起きている間中、食べ物や、酒、ジュースを口の中に放り込んでいるって話ですもの……」。商売用に体を作っているのか、そういう質《たち》なのか、姉妹と称する女二人、異様に太って、片方は背も高い。若いうちは例の風呂屋で春を鬻《ひさ》いでいたが、湯気でふやけた皮膚が、高級エステティックでも、元にもどらぬ歳となり、めでたく独立、電話であちこちの旅館、ホテルに出張することに相成った。

デカい鞄にサングラス、ハワイあたりのオバさんと言った形《なり》でやって来る。なじみになると実に気さくな連中で、姉妹ではなく、幼なじみで同年だと言う。太ると容貌が似るので姉妹というウリで。

五万ずつ渡し、別に万札一枚を纏頭《はな》とした。「餅菓子でも食いねえ」。三人一緒に風呂に入る。盛大な肉の盛り上がりが、湯を滝のように溢れさす。

濃厚な交わりは、一度めだけで、二度めは淫具を種々使ってようやく果てる。「二度まではいいが、三度、精液を搾《しぼ》り出すと、ひどくサオが痛え。睾丸《たま》も……」背の低い方の赤毛女が、鞄の中から夥しい薬を出す。これを飲め、あれを塗れと言う。淫具ばかりか薬も沢山持っている。年寄りが客に増えて、薬は必需品とも言う。催淫剤以外の市販の薬も持っている。「はい、淫羊藿《いんようかく》、飲んで」。グラシン袋に入った面妖な代物を渡される。「魔羅の薬か」「精力剤よ。斑猫《はんみょう》や九龍虫《くうろんちゅう》、トッカピンと同じ」。草の葉と茎だと言うそいつを返す。「今、飲んでも効くのは、明日《あす》、あさってだろう。じゃ、用はねえや」。ドヤで棒のように固くなった得手吉《えてきち》を持て余すか、婆あ娼婦をまた買うことになる。

さんざっぱら菓子（ポテトチップや一口最中《ひとくちもなか》の類）を食い散らかし、人の噂をして、哄笑とともに女どもが去った。

命の洗濯をしながら思ったことは、あのヤソ爺い、必ず銭を持っている。しかも、人を見て説教までしやがる。この世の中が安出来の善意と誠実と信頼で成り立っていると、まさか、本気で思ってやしねえだろうな。悪意と権謀術数と裏切りの果てに、宗教があると、爺い、達観でもしているなら許せるが。あの手の迂愚猿には、手ひどいしっぺい返しをしてやりたい。それが有り金全部とってやることだ。それが大慈大悲の神の御手のしわざと言うものだ。伊東は勝手な理屈をつけて、次の日再び谷在家公園を訪れる。あれ程聴こえた虫の声も、間遠《まどお》になって。……島糀屋公園にずんぐりはいなかった。環七南側の江北公園の三人組も消えていた。しかし、また別な男が、ベンチの上で寝ころんでいた。扇小裏の便所爺い、地に失せたか、天に消えたか。全財産が盗まれたので、首でも吊ったか。

シートもなく、雨溝も埋められていた。そろそろ篠懸《すずかけ》の落ち葉が道に舞い始める。が、何があろうと、谷在家公園のヌシは健在だった。水銀灯の下で本を読んでいる。時たま、白い煙があがって、ヤロウ、ホープなんぞ吸っている。希望とは程遠い境涯ではないのか。いや、これで満足なのか。もしかしたら底辺の連中に布教していると言う事で、安手のヒロイズムに酔っているのか。持ち帰り弁当屋で、カレー弁当二つ。こいつを提げて東屋に昇る。上品爺いは大仰に喜んで、カレーの話をひとくさり。全く何んでもよく知ってやがる。百科事典の記述を遥かに越える知識である。元はどこかの教え屋か。伊東の名乗りから「長門町」「蒲原町」「普賢寺町」「五兵衛町」「伊興町京伝」「伊興町槐戸」……と、奥ゆかしい町名をあげて「皆、この足立区にあったのです。地名は歴史です」。キリスト様と槐安《かいあん》の夢に耽っているのは、ヤソ爺い、おめえだぜ。この辺りでくるな、と思っていると、案の定、淫売を石で打つ資格など、この世のあらゆる総ての男にない、と熱弁をふるい始めた。旧約の話までして、きょうこそは、この手癖の悪い男、恐らく泥棒で渡世している愚劣なアホウを入信させずにおくものか。何度も手を握られる。「――さん、ともに祈りましょう」眼玉から感動の涙を流している。「地位、名誉、財産、こんなものは、総て、そこいらの雑草の花のようなものです。朝《あした》に咲き晩には枯れる。ただただ神のみぞ、永遠に……」言葉に詰まって、エロ爺い、己れの言葉に酔って泣いてやがる。昔なら小松川のナラバヤシ瘋狂院行きだ。(言いやがったな。地位、名誉は確かに、おめえは宿ナシ耶蘇爺い。俺は宿ナシ盗っ人だ。汲々としたくともよすがさえない。しかし、財産はどうか。どっかにクソ銭をしこたま持っているからこそ、悠然と構えてお説教三昧。臭わない衣服と、栄養失調にならない食べ物を食って、よって来る宿なしに与える事もできる。炉に投げ入れられるむなしき野の花にも、楽しき生涯あるぜ。俺の生涯だって、愚劣と言えばその通りだが、画白えと言えば、かすかに言えるぜ）両手を握られて、引き寄せられる。こいつ、男色者か。「――さん、祈りましょう。主はあらゆるものを赦し、私たちの罪を背負って、十字架に――」突然、肩ごしにたわごと爺いのむせる声は、高きボーイソプラノに変わる。我れはイエスを信ぜしよりもはや悩まじ。三番まで独唱しやがった。アブナい薬でもこんなに酔わねえ。肩を引き寄せられた時、足払いをかけ、体じゅう踏みつけてやろうか、一瞬、思ったが、伊東の為を思って、涙を流して祈ってくれている。島糀屋公園のみている度に己れの未来図みたいで、憎しみが募ったずんぐりとは違う。無下《むげ》には扱えないし、体に傷をつけるのもやめよう。歌は別の代物に変わって、カルバリ山の十字架につき、イエスは尊きちしお……。二昔前のフォーク屋の歌のよう。「……興奮してしまって……」爺いはいくらか照れて含羞の表情。この伸び伸びとした体軀といい育ちがよすぎる。爺いは手元の聖書を開いて「天にいますわれらの父よ……」と祈りの言葉を呟く。最後の「悪しき者からお救いくださ い」と、唱えた後に闇に向かって深く頭を垂れた。「悪しき者」は俺だぜ。お人好しの乞丐《きっかい》神父さんよ。いんや、どうもプロテスタントの匂いがする。じゃ牧師か。伊東は礼をのべて、湯う屋に行って、高速道路下の公園に寝に行く事を告げる。ヤソ爺い、紙袋から高そうな靴下、新品をとり出し、餅菓子に添える。茛をとり出し、封を切って、裏蓋に三色ボールペンで……。ああ、またか。エロ爺いに肩を抱かれるように東屋を降りる。街灯の下で「ホープ」の裏蓋を引っ張り出せば、「盗《ぬすみ》する者は今よりのち盗すな、寧《むし》ろ貧しき者に分け与え得るために手ずから働きて善き業をなせ（エペソ書、4、28）」おお、手ずから働いて善きわざを、お前にやってやる。

湯屋で体を洗い、湯船に浸《つ》かりヤソ爺いの事を考える。申す迄もなく最低の下種渡世の伊東の為に、たとえ偽善、錯覚であれ、あれだけ真剣に祈ってくれた人は、今までもなく、たぶん、これからもない。悪意もなく、己れのためにするなどという事は微塵もない。伊東は文ナシに見えるだろうし「票」なども持ってない。もうとうに住民登録の欄には失踪の宣告が下っていることだろう。だんだんヤソ爺いのことが重荷になって、銭盗みをやめようか、いや安易に他人を信用し、お説教を垂れた報いは、手ひどく受けるべきだ、思いは千々に乱れて、体がふやけてのぼせてしまった。

夜ふけ、再び谷在家公園にゆく。東屋から死角の所の植え込みにしゃがみ込む。音も聴こえず、動くものもない。この公園はバイクガキのこない公園で、あの連中を見た事がない。東屋の後ろの植え込みに回る。茛の煙も見えず、爺いの頭も見えない。長椅子に横になっているらしい。爺いの生活は、判コで押したように決まっている。ただ、哺下《ほか》、風呂屋に行くが、この時には必ず東屋には、子供を連れた若い母親（まさか爺いの情婦ではあるまいな）とか、品いい老婦人が、二、三人談笑している。コマシ爺いは、タオルと石鹸、シャンプー、リンス、宿ナシにあるまじき代物を持って近所の湯う屋に行く。伊東は、この老婦人の一人が、エロ爺いをセンセイと呼んでいるのを聴いた。婆あ様よ、奴は夜中に、エロ写真を見て便所の中で泣いているアホウだぜ、とっつかまえて、そう吹き込みたかった。

午前四時過ぎ、東屋から、祈りの声が聴こえ、爺いが降りてくる。左手に黒いボストンバッグを持っている。ゴミ籠に真っすぐに近寄る。弁当ガラや罐ジュースの空きカンの中を腕が動く。目的のものはないらしく、別のベンチ脇のゴミ籠に歩いてゆく。植え込みにしゃがんで見ていると、爺い、ゴキゲンで賛美歌の声は、はずむようだ。地に住める神の子ら、かえりこよ、主のみちに……。やがて、目的の代物を見つけたか、雑誌を抱えて、大便所に入っちまった。伊東は莨に火をつける。植え込みから立ちあがる。もう沢山だ。明日。あしたこそ野郎の全財産を奪ってやる。

古着を買いに、池袋まで夜明けの町を歩いた。二時間あまり。カタギがいきいきと働き始めている。

曇り空の下で、陽が薄れる。鹿浜橋を渡りながら、伊東は荒川の水を眺める。この橋を渡るのもこれで当分、最後にしたい。これ以上爺いに近づくと、ヤソに折伏《しやくぶく》されて、教会のドレイ階級に組み入れられちまう。事実、宿ナシのなかには、キリスト教会の連中の配る救恤《きゆうじゆつ》の安カレーや、手垢おにぎりで、手もなくやられて、嬉々として奉仕隊の方に入っちまい、ガキの小遣いくらいの給料でコキ使われる野郎もいる。社長や幹部がキリスト者だといううるわしい博愛主義の家族会社で、ダシガラのような親族の婆あ様を押しつけられて、ボク、シアワセです、と鼻の下を伸ばしている。ああはなりたくねえ。風がもうかなり冷たい。古着屋で買った、お釜帽を深く被る。ジャンパーもデニム地の厚い奴に変えた。橋を降りて右に折れる。普請中の家を捜す。一昔前のたたき大工や、雪隠大工が名人に昇格する程、今の建築屋はトウシロウの集まりで、事実、工場で作ったドアや壁を、ユニック車のクレーンで釣って嵌め込んでいるだけで、大した技術もいらない。で、当然、道具も粗末に扱う。そこいらにほうり投げてある。伊東は、そいつを盗む目的で、「——工務店」と灰白いシートの垂れ幕をめくる。流行りの三階建てで、碌でもないものを、使いもしないのに、しこたま溜め込む現代人向きの家か。二階に昇る足場坂にバールがあった。かなづち、柄の長い方を盗む。ロープを捜したが、孰れも短いのしかないので、カタ結びでつなぐこととする。こんな安普請でも、塗る壁があるらしく、プラスチックの小さなフネと汚れたコテが、だらしなくぶんなげてある。コテで爺いの頭、殴ってやろうか、と一瞬思うが、ケガをさせる事はできれば避けたい。

　バールとかなづち、つないだ長いロープ、こんなものを持って歩いていれば、「私はこれから泥棒します」と広告しているようなもの。で、大師前の喫茶店で、看板まで、爺いに貰った聖書を読む。その後、焼肉屋で肉を食らう。六月町の炎天寺裏の、竹の塚の第二団地を望む公園に転がり込んだのは十一時過ぎだ。この公園にも路上の人がいる。青いシート地を、木か竹で組んでカマボコ兵舎を低くして地ベタに植えたよう。一人ぶんしか入れぬ小さな代物で。近寄るともう酒の匂いが充満している。大便所の中に、ゴミ籠から、新聞紙と段ボールを持ってきて、敷き並べ、靴をぬいで壁によりかかる。「泥棒道具一式」袋をかたわらに置く。眼を瞑《つむ》る。

ドアを激しく叩く音で目が覚める。伊東は黙って取っ手が幾らか動くのを見守る。「あけろ、あけろよ。俺は下痢してんだ。……なかの人、かわってくれ」なおも激しく戸を叩く。「けっ、コジキめ、いい気になって寝てやがるとクソ混ぜた灯油、上からぶっかけて、火いつけてやる」思い切り蹴ったか、ドアに大きな音がして、やがて、車のドアが激しくしまる音がした。百円デジタルを引っ張り出して数字を見れば、午前三時少し前。伊東は紙をまとめてゴミ籠にほうり込む。

伊興町のコンビニエンスストアーに入る。エロ写真雑誌を三冊、餅菓子、特大マスクを購う。

谷在家公園までは、二十分足らずだ。途中、諏訪木公園が右手に見える。ナルシシスト二人組は、きょうも抱き合っているか。考えれば羨ましい境涯だ。耽溺のうち月日を重ねる。人が夢みてかなわず……そして、かなえば恐らく地獄の悦楽だろう。

人の生に輪廻転生などあり得ぬ。一度で終りだ。好きにしやがれ。

ナザレの大工の息子の信奉者は、そろそろ寒くなってきたというのに、相変わらず布団によりかかっている。薄い毛布——水銀灯の暗い影では茶色に見える——にくるまっている。体と背もたれの間に、紙袋二つ、ボストンバッグを置いている。殴って、バッグを持って逃げちまえば、それまでだが、どうも、このヤソ爺いを殴る気はしない。できない。伊東の為祈っている真摯な姿に偽りはない。伊東は窺っていた東屋から首を引っ込める。東屋から一番近いゴミ籠に写真雑誌を放り込む。こいつ、餌だ。植え込みにしゃがみ込む。餅菓子を食う。莨を吸う。尻の下にスーパーの袋を敷き、縄《ロープ》の上に座り、足を伸ばす。

やがて、澄んだ賛美歌の声が響く。声楽を本格的に習ったと思える音程で、爺いめ、再び言うが、育ちよすぎるぞ。東屋を降りてくる。最初のゴミ籠にエロ写真誌を見つけて御満悦のそぶり。二度ほど深く頷いて、ボストンバッグとともに大便所に入りやがった。伊東は徐々に近づいた。ロープをとりだし、はしを輪にして、もう片方のハシをそいつにくぐらせる。繋いだ所も、何ケ所か、抜けぬように確認する。お釜帽を深く被る。特大マスクをかける。息を殺し、足音をしのばせて、ロープのわっかをドアの取っ手にかける。

「……うーむ……」なにを唸ってやがる。エロ爺い、腐れへのこ、おっぺしょってやろうか。昼間の東屋の敬虔なセンセイと、こいつ同一人物か。

頭を打たないように倒すには、肩を押した方が斜めに倒れてよいのか、それとも胸を押した方がよいのか。やはり肩を押した方がネジれて倒れるから、ケガの程度が少ないだろう。息を殺してじっと待つ。爺い、なかなか出てこない。そっと離れて、扉に顔を向けたまま、排尿する。音が聴こえたろうか。再び息を殺してじっと待つ。ドアの取っ手が動いて下に垂れているロープが動いた。爺いが顔を見せる。伊東は、爺いの左手のボストンバッグをひったくりざま、前の手洗所に投げつけて、両手で長身爺いの右肩を、便所の壁を突き抜けろとばかり斜め下に押し下げた。爺い、腰くだけぎみに便器に倒れ込む。金属棒にさわったか、水が少し流れる。雑誌が床に落ちる。ドアをいそいでひっぱり閉める。ロープを持って、伊東は全速力でかけて便所のまわりを一周した。ドアの取っ手にロープを引っかけては、逆方向にまた走る。取っ手にくると、ロープを引っかけて、逆方向に。結局、三周して、わずかに余ったのを、取っ手に固く縛る。爺いは、うめき声をあげていたが、立ちあがって、取っ手を弄っている。が、開かないので、また静かになった。ロープがゆるまないように、便所の裏壁にバールを挟んだ。しかし、金属はすべり易く、とっかかりがなく抜けそうなので、かなづちの木の柄ととりかえる。固く張ったロープの中に突っ込み、何度かヒネる。ボストンバッグはかなりな重さだ。そいつを持って灯りの下に行く。赤い屋根灯のパトカーを、まだ見ない。もう、まわってしまったのかも知れぬが、灯りの下で銭を弄っている所を道から見られたら、おしまいだ。東屋までゆくことにする。

東屋の長椅子に、バッグを逆さまにして振る。何んとかローション、うがい薬、化粧品、ハサミ、ティッシュ、あらゆる小間物が出てくる。が、肝心の銭がでて来ない。おかしい。それにカラになった筈なのにこの重さ。中に手を入れて探ると、中段で、ゴム敷きの如きもので区切られていた。そのゴム敷きのワキから指を入れると……紙だ。紙を束ねた厚き代物。底一面に何重にも敷きつめてある。こいつだ。心臓が高なる。伊東は、ゴム敷きをはがし、再び長椅子にぶちまける。……と、そいつは、一番上の白い代物を引っ繰り返せば、セピア色に褪色した西洋エロ写真で。写っている調度の具合では百年くらいも前の代物か。今とは、だいぶん、体型の違う、とうに故人となった女が微笑して股を開いている。この何千枚かの紙は、全部エロ写真で、真ん中辺りは、温泉場で売っている古典的エロ写真。そうして一番下の新しいそれは、爺いが気に入ってハサミで切り取った雑誌の切り抜きだった。なんだ、これは。銭ではなかった。紙バッグか。二つの紙袋を引っ繰り返す。何十冊もの聖書と莨、食べ物が転がり出す。が、上の方の本は、水銀灯の光に表題が浮かび『カリギュラ』『バルカン戦争』『一万一千本の鞭』ああ、またしても。小冊子は『キリストにならいて』『新約聖書名言集』と続くが、汚れた小冊子になると「薔薇の作り方」「鯛の下ろし方」。二昔、三昔前に漁船の船員が海に持って行ったエロ本になっちまった。くそ、これで奴の持ち物全部か。腹巻でもしてやがって、そこに銭が入っているのか。いや、あの体つきはシャツしか着ていない。どこかにずんぐりのように埋めているのか。長椅子にぶちまけた夥しいエロ写真の女が、伊東を見て、笑っている。掌でそいつを払う。

と、汚れたマットレスに当り、背もたれから椅子板に倒れる。重い音。こいつか。布団は新しく、毛布と同じ、よい香りがする。しかし、この紐で厳重に縛ったマットレスは臭い。宿ナシそのものの匂いだ。持っていたバールで行路病者の解剖の如く、一気に、皮を引き裂く。汚れて古くもろい。引き裂くと、その中に段ボールで固く包み、紐で縛った菓子箱二つ位の包みがあった。段ボールは、エロ爺いの汗と膏と精液で、ぐずぐずに腐り、ひどい臭いがする。指で軽くこわせる。そして汚れた帯封ごと、福沢の顔が水銀灯に浮かびあがった。ボストンバッグに、この臭い汚ない銭を放り込む。十個以上あり、伊東の心が躍った。はずむように東屋を走り降りる。風でエロ写真が、バラけて、下まで散っている。

便所の中は静かだ。爺い、開けるのをあきらめたか。そのうちお節介なタクシーでもきて、ロープを解いてくれるぜ。バールを思いきり、便所の壁になげつける。

環七に出た。南椿公園の大便所で銭を数えた。百万束が八個、五千円の百枚束が三つ。九百五十万円だった。バッグを提げて表に出れば、細かい霧雨が降っていた。

夜明けに歩いて、警官に職質を食ってはたまらない。伊東は手をあげてタクシーをとめた。「池袋まで」後部座席に座り、傍らにボストンバッグを置いた。

車は鹿浜橋を渡り始めた。荒川の水は、夜明けの空を映して銀鼠《ぎんねず》色に光っていた。

初出：『文學界』一九九八年五月号［発表時作者四七歳］／底本：『濁世』文藝春秋、一九九九年

第一一九回芥川賞選評より〔一九九八（平成一〇）年上半期〕

石原慎太郎　大塚銀悦氏の『濁世』を私は面白く読んだ。ホームレスという現代風俗の中に蠢《うごめ》く脱落者たちの、しかし誰もがかなりの現金を隠し持っているといったような意外な側面を露呈させたりして、ある力を感じさせる。作者には今まで全く文学的経歴がないということも興味深い。次の作品に期待したい。

三浦哲郎　世の底辺をしぶとく生き抜く人々を描いた大塚銀悦の「濁世」もなかなかの力作で興味深かった。いつの日にかジャン・ジュネのような作品を。

大塚銀悦　おおつか・ぎんえつ

一九五〇（昭和二五）年、東京都江戸川区生まれ。都立小松川高校中退の後、都立葛飾野高校に再入学。同校卒業後、土木作業員、販売員などの職業を経て執筆を始め、九七年「久遠」で文學界新人賞候補。同作は九九年に三島由紀夫賞候補になる。九八年に「濁世」、九九年に「壺中の獄」がそれぞれ芥川賞候補。この三作品を収めた『濁世』が一九九九年に刊行されている。

ヴァイブレータ

赤坂真理

死ーねよ、おっさん。

あの女もだよ。

やっぱり声はうるさい。

なんであんたは黙ってたんだ、固まってたんだ反撃しなかったんだあいつらは有害だろ排除すべきだったろ？

あたしを責めるあたし自身の思考が渦巻いている。

違うだってあたしは。

弱々しく反論するあたし。ふと言葉が続かなくなり、思考が途切れた。その間隙に、コントロール下にない声がした。

血が茹《う》だってぇ？

あたしは思わず周りを見回す。その声は、「違うだって」、という弱いあたしの言い訳と同じ音だが、声が違って、血が茹だって、の意味で言っているのが、瞬時にあたしに了解される。あははは、そりゃいいわ。血は茹だって煮えたぎりたがってる、違う？　違う？　あんたは爆発したかったんだよ。おっさんもあの女も、ぎたぎたにしてやればよかったんだ。それだけのちからはあるだろ？　あんたはバカじゃない。それで仕事を無くすかもなんて思うのは、あんたが自分に自信持ってない、それだけのことなんだよ、人の和を乱したくないとか、人のせいにすんなよ。

人がたくさんいるところでコントロール下にない声を聞いたのは初めてで、あたしは危うく悲鳴を上げそうになった。

そうだここにはワインを買いに来たんだっけ、あたしはあたし自身の思考に戻ろうとして、とわざと小さく口に出す。白いワインしーろいワイン、フランスっぽくなくドイツっぽい甘いのねー、なんて即席にメロディをつけて歌う。酸味があるのはノンノンノン。現実が少し戻ってきた。なんでドイツに赤いワインはないのかな？　あたしは考える。それを引き金に、また始まる。あるんじゃないの？　でも白だよね、あっとーてきにーしろだよねーマドンナーマドンナー美味しいマードンナー、なんでドイツに赤いワインはないのかな？　あるんじゃないの？　でも白だよね、マドンナマドンナ美味しいマドンナ、何でドイツに赤いワインはないのかな。

ああまたお喋りしはじめる。自分の中でべらべらべらべらべらべらべら。それもループでべらべらべらべら。

うるさいぃぃぃぃぃ！　とうとうあたしはきれて言った、のか強く強く念じたのか、そしたら声たちは静まって、頭の中がしーん。また思わず周りを見回した。ふつぅの深夜のコンビニエンス・ストア。三月十四日は、ホワイト・デー！　ほーんめいのカレから、お返しは来るか？　おとこのこはカノジョの愛に！　応える日っ。声には出てなかったらしい。てめえらこんな人工欲情装置にひっかかってんじゃねえよと心で毒づく。誰も私に、よくも悪くも注目しない。あなたとコンビにファミリーマート。おかしくない。おかしくは見られてない。大丈夫。きっとあたしの頭の中には思考が多すぎるそれだけ。なんに見えるかなふつうでしょ飲み会があって遅くなったOL？　だめOLにしちゃかっこ派手すぎ。あやしーよ。なんてあたしは気にしすぎ、きっとそれだけ。あるいは実行できなかった自分が自分に復讐する？　やりこめられるままになってないでこうすべきだった自分、抗すべきだった自分が全部文章になってずらずら流れている。そんなの普通だ。相手の弱点ていうかここを突けば崩せたのにっていうのは後からわかる。いつものことだ。あたしは理解するのがいつも遅い。

だから、書くのか？

声が再びきた。男性のような無性の合成ヴォイスのような、無機的な声。

訊くな！　あたしは振り切るように、首を振った。訊くな根源的なことを、あたしに、訊くな。あんた誰か知らないけど。あたしに自分の言葉はない。自分の言葉を書けない。仕事で人の話をいっぱい聞きすぎたからか。あたしには何も、何もない。だから人の気持ちで空白を埋めたかった。

へたり込みそうな無力感が肩のあたりにのしかかってきた。自分がいちばん知りたくない答えを、自分で出してしまった。

やめてくださぁい……そのとき今までで最も弱々しい呟きのような声が、懇願した。コントロール下に全くない声は、いつもテンションが上がりきったときか疲弊したときかにふっと湧く。……けんかは、と、消え入りそうにそれは言った。それが誰の声かはわからない、懐かしい声のようであり、この世に存在するすべてを縒《よ》り合わせて細く圧縮したような声であり、薄く弱った自我のバリアの空気孔のような所から立ち昇る。

やめてくださいと懇願する何かをあたしは心底いとしく思った、あたしを守ろうと出てきた何か、大事にしたかった、けれどそれを凌駕して潜在的な怒りが私を垂直に突き抜けそうになる。目に入るもの、みんな駆逐してやる、みんな死ね、おっさんもあの女も、てめえもてめえもてめえもだよ。あたしがこんなに苦しいのはてめえらのせいだろ？　てめえらがあたしを追いつめてんだ。

自分を抱きしめたいあたしと、周りのすべてを攻撃したいあたしと、どっちもあたしであたしは立ちすくむ。

「そうだここにはワインを買いに来たんだっけ」

初めて気づいたようにもう一度、あたしは言う。ティーンエイジャーの男の子が一人、振り返ってあたしをちらと見た。

このコンビニエンス・ストアはあまりによく来てどの時間帯にどの店員がいるか、シフトの切れ目はいつかまで、知り尽くしてしまった。いつもは家から来る。夜中、あたしの欲するものすべてがそろうのはここだけ。具体的には各種加工食品と、ソフトドリンク、アルコール。いつ頃からだったか、自分の中のものを考える声がうるさくて眠れなくなった。それは大半はあたし自身の思考で、たまには、取材で聞いた誰かの話とないまぜになっていて、それにあたしが任意の応答してたり、本当は感動したと言いたかったことや、ふざけんじゃねえと言いたかったけど客観性を装ったり相手の面子《メンツ》を立てたりして抑えた場面のことが思った通り実現されたりした。

それらは全部、あたしの声か、あたしが聞いた声だった。たまに、小学生のときの友達のお母さんの言葉とか、突拍子もない記憶がそっくり甦って驚くことはあっても、経験にない声は、なかった。

飲酒すると眠れるメカニズムがしばらくしてわかった。飲むと、まず声が少なくなる。反応の間隔が開いて、ひとつ、ひとつと声は消え、静かな眠りの淵に私は落ちる。けれどアルコールとのほんとうの蜜月は短かった。

アルコールは、飲み始めるとぜったい連続飲酒にはまるときがある、飲酒は底なしで、眠るためでもなくて、ただ飲むことと私だけが世界にある。明日のことなんかどうでもよくなり、世界はあたしとお酒と。あたしが肥大していく全能感の中、仕事のアイデアも次々と湧く。愉快で愉快でたまらない。たまたま電話がかかってきたりすると、愉しい気分を少しでも減らすのが嫌で、尿意をもよおしてもそれを告げて通話を保留にしたりしない。トイレから帰ってきたとき、話がもう相手の中で終わっていて、たぶん自分の中からも出てしまっていて、それを呼び戻すために努力をしたりしてもやっぱり愉しい気分は過ぎ去って返ってこない、そう悟るときの気分がたまらないから。だから部屋の中のコーヒーの空き瓶や、マグ・カップ、寿司屋でくれるような大振りの湯呑み、手近に目につくすべての容器に、受話器を持って話をしたまま、放尿していったことがある。人間の膀胱というのは、思うよりずっと容量があるもので私はびっくりした。コーヒーの瓶に収まりきらず、マグ・カップにもなみなみと注がれて、湯呑みにもたっぷり入ってまだ残量があったときには。

ペン立てを急いで空にして容器にしたところで、やっと終わった。

そんな夜の翌朝は、鉛のような絶望感のなか目を覚ます。部屋の惨状は日の光の中で見られるしろものではない。絶望感と、末梢神経に至るまでが老廃物で目詰まりしたような体の重さから逃げたくて、思わずまたジンをあおる。こういう経験はいっこうに蓄積されずに繰り返す。一体いつまで。でも急なルポがあると、酩酊の中から何か芯のようなものが立ち上がり、その感じというのが、自分ができる女に思えて好き。

次に魔法の一手として、食べ吐きをおぼえた。ちょうどお酒のせいで太り始めたから一石二鳥だった。摂食障害の女の子を取材に行ったときに、天啓がもたらされたのだ。あたしはブリマレクシアです、と、彼女は言った。ブリマレクシア？ 食べない拒食症の子がアノレクシア、めちゃめちゃ過食するのがブリミア、過食嘔吐いわゆる食べ吐きってやつが中間のたぶんうちのセンセの？ 造語でブリマレクシア、ってわけで、あたしはブリマレクシア、あたしは。どうしてそういうふうになったのかな？ 警戒されない程度の早口で訊いた。遮らないと、何度でも、あたしはブリマレクシアですと彼女は繰り返しそうな気がした。向こう側が透けて見える、骨の歪みも関節のつき方も全部わかるような脚をして、でもミニをはいていた。どういう美意識なんだろう。摂食の子は、あたしが世界一！って思ってるし、なりたいんですよ、一番に。注目されないんなら、病気の方がいいです。それからブリマレクシアは、と、彼女は続けた。

——よく、眠れるんです。

あたしは瞠目した。

最初はこわごわと、人間なにごとも体験、とばかり自分も食べ吐きを試した。初回は苦しかった。固形物を、故意に吐いた経験はなかったからだ。しかしなんと、本当にその夜はすやすや眠れた。まるで、母の腕の中の赤子のごとく安らかに。それから摂食障害に関する本を読みあさった。そして知った。吐くという行為は生体に過負担だから、それを和らげるためにエンドルフィンがどっと放出される、ということなのだ。食べ吐きは三度美味しい、食べて美味しく、吐いて痩せて、しかもぐっすり眠れる。あたしは体験的にこれを発見したわけじゃなかった、メカニズムから実践に入って、だから一種ロジカルな行為、管理下にある実験としてこれをおこなった。だから完全に自分をコントロールできるつもりでいた。

でも。落とし穴はあった。吐くのが楽しみになってしまったのだ。食べたものを無駄にしたくないし味もちゃんとわかって食べたいものを食べているのに、楽しみに抗することには、無力だった。吐き終えたあとの強度の安らぎは、ナチュラルには決して訪れえない種のものだ。それをどんなケミカルも用いずに自分の中の物質だけでやってのける。だから魔法のプログラムと思った。この総量五十キロほどの肉、純粋にそれだけの中でなされる錬金術。

あたしは吐くことが天才的にうまいのを発見した。酒を飲んで、気持ち悪くなってもトイレ行ってさっと吐けばけろりと復活してまた飲み始められる、そういう能力がもとからあったからかもしれない。こういうのは、ある人にだけあり、ない人には全くない。幸か不幸かあたしにはあったので、体が気持ち悪くなっても満たされず心がもっとと叫ぶときや、次の日に大事な仕事があるのに大量に飲んでしまった夜などには、吐いていた。そして翌朝すっきり、仕事に出かけた。そんな自分を有能と感じていた。

こういう女は、男社会でやりやすい。

あたしの誤算は、酒を吐くのと食べ物を吐くのは本質的に違うとわかっていなかったことだ。もともと人が娯楽や祝祭的な意味でとりはじめた酒を、とらないのと、食物をとらないのとは、全然違う。愚かにもあたしには、そんなことがわかっていなかった。食べ物は、胃酸と混じり合ってしまうともう吐くのが苦しい。だからそうなる前に、頃合いを見計らって、水物を摂り、これはクリアな炭酸がいちばんよくってなぜかコーラはきつく、匂いの問題か成分中の何かが刺激になるのかわからないけれど、とにかくクリアな炭酸を代表とする水分で固形物をうまい具合に流動体かゲル状にしつらえて、デロデロデ、と一気に出す。そのとき涙もいっしょに出てくる。悲しいのか情けないのか、あるいは産卵中の海亀みたいに感情を伴わないただの生理反射なのか、わからない、でも涙に自分を委ねてみると止まらない。潜在的な震えが、生理食塩水とともに表面に出てきて止まらない。塩からい水を一度出し始めると、あたしの中身は吸い出される。やはりなぜ泣くか、浸透圧とかそういうメカニズムによるのかそれとも何かほんとにメンタルなものなのかわからないまま、泣いて、ときには指をしゃぶり、子供のように眠る。

肌が荒れ始めた。手を誤って包丁で傷つけたりしたときの、傷の治りが、目に見えて遅くなった。傷は長く紫色にしこって残る。爪はほぼ恒常的に二枚に剝がれているようになった。栄養の吸収がうまくいかないためだ。

ただ、よく眠れた。眠りに落ちるまでのあのうるさい思考は一切消えていた。が、コントロール下にない声が聞こえたのもこのころだ。ある夜、儀式と化したひとつづきのことを終え、安らいだ深い眠りに抱かれようとしたとき、最後の意識のひとかけが、ガスの元栓閉めたかな、と考えた、それが全く知らない声に変換されて、頭の中に響いた。心底不気味な体験だった。だから、眠ろうとして思考を消したにもかかわらず、あたしはまたものを考え始めた。自分の考えが自分の声で流れるのを確かめたかったから。あたしは混乱していった。

それでも吐くことはやめなかった。

夕食を、吐くにはもう消化しすぎていたからここに来たのか。ファミリーマートの明るすぎる店内を徘徊しながらあたしは考える。

いや違う、クラブに行こうとしたのだ、どうせ今日は眠れないと思ったから。目当てのクラブは閉まっていた。顔がマシになったので度付サングラスを外し、コンタクトに着け替え、きつめのアイメイクを施したのだがそれをどこで、という記憶が飛んでいる。どこかのゲーセンのトイレ？　全然思い出せない。あたしは未消化のものしか吐かないから今日は吐かないことに、食べてる最中から決まっていた。食物が胃液と混じり合う頃になると、嘔吐は鳩尾《みぞおち》が絞られるように痛いし、酸で食道の粘膜や歯がやられる。今日はよく食べた。気が合わない人と食事をすると、間が持たなくてかえって過食し過飲する。チェーンスモーカーが強迫的に煙草を吸うときこんな気持ちだろうか。

荒涼とした鼎談が終わって、食事でもという話になり、よせばいいのにつきあった、実のところものすごく消耗していて、何か食べなければ歩けないほどだったのだ。しかし気の合わないメンツにしてはやけに時間もかけてじっくり食べた。回る円卓から海老、蟹、青菜、炒麵、汁そば、みんな好物だったのに味なんてちっともわからなかった。それに、考えてみたら老酒をほとんど一人でボトル一本飲んだ。それでも体表の過敏さは消えず、いっそ大音量の音楽に体を揉まれたいと思った。クラブみたいな場所だとわざと人にぶつかれるし。

一人目にぶつかるときは、怒りを、ぶつける。ぶつかった痛みに怒りを感じる。間をおかずに二人、三人、四人五人と体のいろいろな部分をぶつけていくと、痛みの余韻に怒りは分散していって怒りではない何か別のエレメンツに分解され、じーんとした痺れの膜のようなものに、体が包まれる。すると鋭角的にぶつかりたい衝動は消え、かわりに、身をうねらせ、擦るようにすばやく近くの人の体の一部に触る。その人の一部をかすめとるように。エロティックな情動がわき上がる。怒りに身を任せずこうして生きていることに感謝しはじめる。そういうときは、サウンドシステムのでっかい大バコがいい。上から見るとほんとに芋洗いって感じの。クラブでは曲と曲の間に間はない。当たり前だけど大事なことだ。いつもどこかで鳴っているビート、いつも体のどこかで取れるビート、音に対してひたすら受動的で自分がなくなる感じ。自分でなくなる感じ。

人にさわりたい。さわりにくければ、さわる理由が欲しい。さわれない人は怖い、皮膚の表面をやさしく合わせられない人は怖い。攻撃されそうで、だから攻撃しそうで過剰防衛反応でふと殺してはしまわないかと。

あんな鼎談、なぜ引き受けたのだろう。

ファミリーマートの商品列をうろうろ行ったり来たりしながら、小さな独り言であたしは悪態をつき続けている。単なるルポ・ライターだったあたしが、ジャーナリストと呼ばれるようになって、認知度が上がったのがうれしかったのか、のちのちの仕事のために顔を売るのがいいと思ったのか。不幸のあったお宅のインターフォンをぴんぽんぴんぽん鳴らして今のご心境を一言、なんてやっていたあたしが、独自の視点で、売春をする女子中高生（まあどんな名前で呼ぼうと売春なわけだ）やエイズ、ジャンキー、ホームレス、ホームレス支援、少年犯罪、少年少女のドラッグ・ディーリング、臓器移植と脳死の問題、クローンの是非、などなどを追いはじめたころから、一部では名の通った人間になった。そしてそう、アルコールだけ飲んでいたころ時たまあたしを打った雷鳴じみた天啓のように、これだメジャー・ブレイクの時が来たと、思ったのだ。有名な女性誌から鼎談のオファーを受けたとき。

鼎談タイトルは「なぜキレる？　少年たち」。神戸の十四歳の少年がメッセージ色の濃い残忍な連続殺傷を犯してから、少年、とくに中学生による殺人や傷害事件が続発している。モード系の女性誌がそんな特集を組むのは、よほどのことか、よほどネタがないか。あの会社が使うカメラマンはおおむね人物がうまいと定評があった。それは一応業界の人間のあたしは知ってる。ていうかブツ撮りがうまい人と人物がうまい人を使い分けてるらしい、だから人物を撮るのは人物のうまい人ってわけで。だけどそれでもあたしは鼎談の三日前から、できるだけきれいに写りたいと思った。肌に出るから吐くのだけは止めようと思って、けれどそうしたら吐いてはいけないと強く禁じることのストレスで全く眠れなくなり、眠剤とアルコールのカクテルを飲んで顔にむくみが出た。

きれいに写らなければ。

あたしの戦略は、選択肢的にはあまりなかった。エキセントリックで、あまり出たがりではないけれどひとたび議論の場に出たならえらく頭の切れる女、ってセンで行く。目は薄いパープルのサングラスで隠すしかないほど腫れぼったく隈もできていたから、全体のコーディネイトをそれを基調に考えた。とれかかったパーマ・ヘアを丹念に巻いて本来のスパイラルを取り戻し、肌に読者が気を取られないように帽子を被った。タイトな帽子からヴォリュームのある髪が広がり出すバランスは、われながらよくて感心した。それにどのみち、モード系だから男ウケより同性ウケを、狙いたい。ってか。

どういう人選センスなのか、五十くらいの哲学専攻の大学教授と二十になったばかりのタレントと、あたし、というメンバーが顔を合わせた。俯瞰する人、当事者に近い年齢の人、現場主義者という組み合わせ意図は、わからないではないが嫌な予感がした。編集者は生活感のない感じのきれいな二十代後半の女性で、カメラマンは三十代の男性だ。童顔で、口ひげを生やしている。

話している間に写真を撮られると、あたしは気が分散して意味のあることをさっぱり言えなくなった。視線が肌を透過するような気がする。やめてあたしをそんなに見透かさないで。心を見ないで。トバしてよ、肌が荒れてるんだから角質層カスカスなんだから、全部忠実に凹凸に写っちゃうよ。ナチュラルな光では、撮らないで。フラッシュでトバして。あたしの荒れた角質層は強い光を乱反射するからかえって均質なトーンの肌に写るかもしれない。シャッター音がする。撮られていることに気を取られると、気のせいでなく神経の何十パーセントかが物理的に持って行かれるようで、集中できない。肌のけばけばが、さらにささくれていってあたしは体表感が世界のすべてと思えてくる。微分的にはあたしはどこまでも細かくなっていき、積分的には表面積が増えるってことか。とあたしは考え、おお、と突然、膝を打ちたくなり、生まれてはじめて微分積分を理解した。頭の中に光が

射す。しかしこんなことを考えている場合ではないと思っていると、

「君はどうかな」

再び発言を振られた。カメラがこちらを狙う。あたしは一瞬顔を作るのだが、それを崩して喋り出すときの、

「私は」

やはり一瞬の動き、あたしにとってはブレに、カメラマンは反応する。どんなに故意にタイミングをずらしてもそのブレのときに、シャッターを切る指は反応してくる。大きな窓のある気持ちのいい明るい部屋で、明るい午後で、カメラマンは自然光にこだわる。お願いだトバしてくれそしてあたしの意識もトバしてくれ。

フラッシュを、使えええぇぇぇ！

カメラマンは自然光で撮り続けた。

「ショッピングしてたりして、楽しいはずなのにどんどん追いつめられた気分になっていくときがあります。何かを買っても、メディアがどんどんさあ変わりましょう新しいあなたの可能性を引き出す○○、みたいに煽っててそっちの方がいい気がして買ったものは買ったそばから色褪せて、家に帰って袋も開けずに放置してることもあります。買ったものの値段を訊かれて安めに言うのはティーンの頃からの癖です。買ったことに自己嫌悪感持ってるからです、でもなぜなのか。私も宣伝も、市場《しじょう》の原理を満たしているだけで、市場

の原理は、今の社会で、至上《しじょう》だと思うのに。それを満たしてるだけなのに」しまった書き言葉でしかわからないことを言ってしまった。まあ、校正刷り《ゲラ》でチェックすればいいか。

「なのにたまらなくいらいらする。銀行に行くと私の預金で正当に引き出してるだけなのにちょっとお札取らずにいるだけでビボビボ警報音出されて、責められてるみたいでなんであたしが追い立てられなきゃいけないんだとか思って、気がつくと歯ぎしりしてたりして……何を言いたいかというとニューロティックな刺激がそこらじゅうのべつまくなしにあって、それを知覚してるだけでけっこう神経の許容量っていうのは一杯になってる。しかも現代社会に生きる限りそれを無視しようと絶えずしてるから、知覚系に恒常的にダマシ入れてんですよ。感じないようにと。するとほんとの警報が鳴ってても聞こえないんじゃないかと。ほんとの危ない状況になってても。そういうとこへちょっとでも予期しないものが来ると、恐慌を来して、反射的な過剰防御みたいになることは、あるんじゃないですか。ちょっとでも予期しないものへの神経容量が、もういっぱいになってるんですよ。私自身、キャッシュディスペンサーにむかついたとき、外へ出て、向こうから来る赤の他人に蹴り入れたいと思うことがあります。自転車で来る人に、不意に腕だしてラリアートかませば一発でふっ飛ぶ、とか」

なに言ってんのかわかんないぞ自分。

「でも暴力には出ないわけね？」

「はい」

「それは、日和《ひよ》ってるだけなんじゃないの？　行動しないって意味で」

「はい？」

あたしは一瞬啞然と絶句した。おいおいおっさん、いつの言葉使ってるんだ全共闘か？　そりゃ架空の国だよおめーがいるのはリリパット国だよそれに人を殺傷しないのと日和ることとは次元がぜんぜん違うだろ何言ってんだよ一体どうしてくれようギタギタにしてやろうか？　と思っているとき、

「ヒヨッテルってなんですかあ？」

タレントが言って、場はフリーズした。

その後おっさんは、むかつくこととすぐにナイフを出したり殺傷したりすることとの間には飛躍がある、その飛躍は説明つかないから、だからないことにしたい。という大意の恐ろしい三段逆スライド論法を持ち出し、タレントは、誰にだって殺したい人の一人や二人いるじゃないですかぁ、と、すごい興奮があるのかもしれないって考えないわけじゃないですあたしたちの世代はみんなきっとそうですよ、という二点にこだわり続け、両者の間でまるきりミスマッチな会話はそれなりに面白く続き、エロスだのタナトスだのエディプス・コンプレックスだの分離不安だのといった用語がちりばめられた哲学の初歩啓蒙講座

のようでもあり、あたしは沈黙した。世代のせいにした無知でイバれるって一番下の特権で一種の反則、それに理解者のポーズをとるのも年長者の特権で反則、っていうか三人しかいないじゃん！　間のあたしはいなくなった。まるで自分が取材しに来た感じがして、眼球はピンポン運動を静かに繰り返している。完全な沈黙の中で、思考は、アルコールを飲みたい、それだけに占められていく。やっぱりアルコールは、緊張緩和にはいちばん手っ取り早い。

自分自身よくやったことだけど、アルコールと向精神薬をいっしょに飲んではいけないと言われる。それはアルコールが、強力な有機溶剤だからだ。ほとんど何でも溶かし込んでアルコール溶液にするからだ。脳が脳自身を守るために、たいていの物質をブロックする脳関門という場所を、アルコールはらくに通り抜ける。だからこそ、人類の最も古い愉しみのひとつだったにちがいない。だから、薬をアルコールで飲むと、効きすぎる、速くダイレクトに脳に行く。脳は脂質だ。そしてアルコールは有機溶剤で、ほとんど何でも溶かすし、脂《あぶら》も溶かす。私は沈黙しつづけその場が早く終わることだけを願った。

ファミリーマートで冷蔵庫のガラスに映る自分の姿を見て気がついた。

アルコールを飲んでいたとき、あたしはただ飲んでるだけでアル中なんて別世界のオヤジの話と思っていた、けどあたしはアルコールに立派に依存していた。アルコールに依存してそれを有機溶剤に、肌一枚の外にあってどうしようもなく感じてしまう異和を、溶かしたかった。肌一枚の中にはいつもふるふる震えている小さなあたし。そのあたしを異和感なしに外に流出させて、電話で思うさまべらべら喋らせること、他愛もない話で大笑いさせること、共感して泣くまでの距離を短くすること。

それは、なんだろう上手く言えない、あたしが、殺したくない傷つけたくないと願う側の人間だということだった。人や、ものを、できるだけ壊したくない傷つけたくないと泣くほど思っているというのと同じなのだった。でもそれは、自分が弱いこと有能でないことを認めることとセットになっていて、それを忘れたくてまた、飲んだ。

アルコールへの欲求が戻った。

アルコールは、不可抗力か実用目的でしか、あたしは吐かない。匂いと酸性とがきついから。とすると気持ちいい嘔吐とは、いい食べ物を吐くこと。倒錯している。そんなことしたくなかった。吐かなくてすむ、は、頭の中ですぐに、アルコールを飲まなければ、に直結した。これではおっさんの三段逆スライド論法を笑えないがあたしのは、実感だった。消化器の蠕動運動によらず粘膜から直接摂られて血管を巡るアルコールは今、救いだった。

東京に多量の湿った雪が降り出していた。

白いワイン一本と、ジンを一瓶。本当はアニス草が入ってるヴォッカが飲みたかったが売り切れ。ボトルを籠に入れた後、入り口近くのマガジン・ラックに行き、つらつらと目についたものを取る。あたしが載るはずの雑誌もあるが怖くて見れない。頭はアルコールを早く入れてほしがる、それをじらす頭があって、頭の中の人同士は仲が悪い。じらす人は、アルコールをとにかく摂りたがる人を心配して止めようというのではない、ただ意地悪してるのだ。あたしは思いと行動がばらばらで、幾つか雑誌をめくり始める。アルコールも食べ吐きも、こんなに切実なのにまるで他の星の話みたいに、どの雑誌のどこにも載ってない。これならティーン暴走族誌のほうがまだ共感できる。シャブにはまった女の子のほうがまだ信用できる。そんなことをしても彼といたかったと告白する女の子の方が、わかる。

あたし一人なの？　こんなのあたし独り？

焦燥感に耐えられなくなった。声も怖くて、強い思考の流れを一本持ちたいと願っている。立ち読みで雑誌を熟読。三浦りさ子。誰これ？　ああ三浦カズの奥さん。三浦カズ、かつてJリーグのキングと呼ばれた男。そして外国チームでのプレーに挑戦しては夢破れ帰ってくるたびに、ある種の神話の温床となっていった男。妻は妻で、明らかに夫の看板で一・五流って地位からタレント隙間産業で局地カリスマにまでのぼり詰めたのに、なったら今度は夫が鳴かず飛ばずでも支障なしって、けっこうおもしろい。なんでこんなこと知ってんのJリーグの情報なんていつ入れたの入ったの、声の誰かが言って、やめてとあたしは言ったのにそれを皮切りにいろんな声が勝手に、Jリーグチーム名あわせクイズを始める。清水、エスパルス。柏？　レイソル。ジュビロ、磐田、浦和、レッズ。京都？　パープルサンガ。もううるさい。大阪っ！　そのときガンバ、セレッソお！　と別々の声が競い合うようにステレオで鳴ってあたしは爆発寸前だった。

へえーぇ子供産んだの。小さく声に出して独り言。再び雑誌を熟読。三浦りさ子でも誰でもいいけどこっち側に戻りたい。「臨月までエアロバイクこいでた妊婦は私くらいでしょうね」、三浦りさ子が言っている。「体型は、すっかり現役モデルだったもとのままだ」と地の文、「今戻しておかなきゃという危機感がありました」、と括弧つきで三浦りさ子。

危機感。

今戻しておかなきゃという危機感。今じゃなければ、もう遅い。

「週末は主人とリラックスがテーマ。ファミリー・カジュアル系ではなくラルフやエンポリオ・アルマーニなどのブラック・カジュアルを基本に、キャップやスニーカーで元気さをプラス」。テーマにしたら、リラックスできねーだろ!?　休日はリラックスがノルマ。なんちて。誰に怒ってんだろあたし。しかしそのときあたしは、十年近くも業界にいて、初めて、編集の意味を理解した。雑誌には編集というものがある。映画にもテレビドラマにもあるけど、どういうことかというと、エピソードやシーンの積み重ねで、ある人や群像の姿をつくりあげる、そのひとつひとつのために最も輝いたカットを選んでつなげ、あとは山ほど捨てるということだ。選んだカットのために捨てたカット、捨てたカットとそれにもれなくついている労力、単調さつまらなさ疲労や憂鬱、悪条件、それが日常で、あたしたちは圧倒的にこっちを生きてる。

たとえ記事の表すものが「ささやかな幸せゆったりした暮らし」であってもそれは編集されてキラキラしたものだけで成り立っていて日常じゃない。三浦りさ子は休日に本当にスウェットの上下を着ないのか？　一度も？　パジャマのまま着替えないことは？　情緒不安定になったことは？　ええ、退屈なことも寂しいこともたくさんありますし主人は遠征も多いですから気が気じゃなくて一日に二十回も三十回も携帯に電話したくなるときあるんですがこれって異常ですか、練習中なんか出っこないのわかってるんですけどね、だってやることないんです、寂しいです、子供は、なんか主人憎くなっちゃって心から可愛がれないことがあります、子供に手をあげたくなるなんて話、育児雑誌には載ってないんです怖いんですセラピーを受けた方がいいのでしょうか、あたしの中で誰かがべらべら三浦りさ子を代弁してる、こんなせりふは本物りさ子は言わないし、言ったところで編集がカット。自立もしていてナチュラル。そういう女性像をつくる編集。主婦も、編集にあわせて日常を演技。あるころから、へんなものができたよな、主婦タレとも呼びたくないパーソナリティ主婦、みたいなさ。堀ちえみあたりからなのかな、三田寛子とかそう三浦旧姓設楽《したら》りさ子とか、芸能界ではちょっと先が見えたって感じの人が結婚してステイタス高い生活して、主婦と未来の主婦のあこがれに。誰だっけわりと近年もいたよな、将棋の羽生と結婚したけど街でもらう金貸しのティッシュの宣伝に今でも載ってて驚いた奴、と考えると答えは畠田理恵。ん？　ティッシュの宣伝は生稲晃子か？　まあダンナにとっては大違いだろうがメディア的にはあんまり変わらん。とにかく雑誌に紹介される彼らの日常と自分の日常のギャップが消費活動へのモティヴェーション、

憂鬱。ゼロと達成感のはざまにあるもの、それが日常、それが憂鬱、

憂鬱とはたとえば書き始める前の、まっさらなパソコンのディスプレイを見ること。

それがいやであたしは他人の言葉を集めたのかもしれない。他人の話と自分の話が符合すること、自分の言葉が外にあること、世界と自分がつながっているという奇妙な全能感。言葉を拾う、つなげる、目には見えないつながりが見えてくるからつなげる。まるで世界を繰るのが自分であるかの感じ。誰でも口に出すのは断片だが、その断片が触媒となってあたしの自我も消し去り純粋なエクスタシーをもたらすその一瞬、その一瞬が麻薬、その麻薬にとりつかれた、その麻薬的な一瞬の完全な姿を甦らせたくて、あたしは書いた、でもいつでも、書き終わってみると世界の一部が再現されたにすぎない、どんなに人の言葉を借りてもそれを集める労力まとめる労力はあたしのもので、うまくまとめあげれば評価はあたしのもの、でもその間にある労力はあたしから若さ美しさをきっと奪う、だけれど達成のモーメントなしに、生きてることはむずかしい、そして美しくいることと達成感と

は、両立しにくい。なのにほとんどの雑誌は両立を推奨。特集のタマがないから両方を推奨。ヴァリエーションとして手を替え品を替え推奨。先週と今週の言ってること違うよ？もし本当に美しさを保ちたいなら、多くの達成感は望まないこと。ほどほどの日常を送ること。度を超さないこと、度を超した何かに引きつけられないこと。これはたぶん真実で、このメッセージの送り手と受け手がたぶんパーソナリティ主婦とその支持層。雑誌の言うこと真に受けたら、収入なんていくらあっても足りない、食費なんかなくなってしまう、食費をサブの支出に回しても追いつかない、だからあらかじめ豊かな誰かと結婚。消費するために。これは特殊なコンセプトみたいでいて、むしろ雑誌や広告すべての本質をついてるのだと初めて知った。実は、嘘が少ない。

この業界周辺のことはほとんどかじった。女性誌の編集も。したことは、選んだカットと捨てたカット、その憂鬱さと退屈さと単調な作業のはざま、ギャップから、読者の憧れ、消費へのモティヴェーションをつくる全部それだけ。週末は主人とリラックスがテーマですが決して崩しすぎはしないわけです。どこかの一日中パジャマを着た誰かが悩んだりするそのギャップ、ギャップが消費行動へのモティヴェーション。そして私生活で自分でつくったサイクルにはまった。どこから自分でどこから他人かわからなくなった。場面を最高のところでセーヴしてあとは捨てる行為、こっちこそ日常という、当たり前のことが麻痺してくる。

三浦りさ子の次にコスメのページ。見出しは「環境コスメを知っていますか」。自分の肌が悪環境におかれていると思ったら使ってほしい環境コスメ、その代表格とも言うべき美容液がヨーロッパで大ヒット中、ラ・プレリー、ディフェンス・シールド、十種の抗酸化成分を配合して老化の原因となるあらゆる生活環境から肌を守ってくれる。環境コスメとは、いわば肌を保護するためのもので即効性はいまイチとされていたが、進化したコスメたちはそこもクリア。カット割りでブツがずらずら並ぶ。何ページか行って、広告ページ。

コピー。

「もうあなたは気づいているはずです。肌の中で始まっている、その微妙な変化に。多くの女性が感じている素肌のダメージ、それは衰えではなく」、あたしの目が止まる。唾を呑み込む。

「それは衰えではなく」

「それは衰えではなく、バランスの乱れが原因だったのです」

素肌が失ったバランスを、ナチュラルに整えてあげたい、この新発想。

それは衰えではなく、のところに、あたしがコピーライターならアンダーラインだ、ここポイントだ。

あなたのせいではないのです。あなたが衰えているのではありません。

ただ、環境から少し、守ってあげましょう。

こういうのみんな、あたしに書かせろよ。ツボのおさえかたのもう一歩っていうのを教えてやる。なんたってあたしは、他人の気持ちでできてる。

現場に行くと、よく男のジャーナリストに言われる。このごろ、肌荒れてんじゃないの？　太ったんじゃないの？　痩せれば痩せたでやつれたんじゃないの？　隈できてるよ、欲求不満なんじゃないの？　ヤってる？　確かに食生活や睡眠パターンの乱れは外見としては女のほうに強くでる、だからってどうして女だっていうだけでそんなふうに言われなきゃいけないんだよ。男同士でそんなこと言ったりしない。そんなの関係ない、あたしはあたし、あたしは思う、でも頭の片隅では考える、これはくい止められて、もしかしたら今でなければ、遅いのかも。

明日これを買いに行かなきゃ。プライオリティ・リスト・ナンバーワンで頭にインプット。このブランドが入ってる最寄りの百貨店は……また同じだよ。そんな劇的なことが起きるわけないの、あんたがいちばん知ってんじゃん、コピーライターだってしてたあんたがいちばんよく知ってんじゃん、自虐的な笑いがこみ上げて来て、喉に痛痒さをおぼえる。くくく、あなたがあなたを醜く感じるとして、それは、あなたのせいではありません。あなたは醜くなったのではありません。いまストレスを受けているだけそれはきっと、回復する。回復する回復する回復します。

ぐるぐるする。

だって環境ストレス環境ストレス環境ストレス環境ストレス、
もうやめよ……。

またあの弱々しい声が言って、それはすっと私の全身に染みわたった。

同じことなんだよ同じ円環にはまるだけだよ。あなたはあなたで、満たされてはないの？　不特定多数に賞賛されなければ自信がないの？

わかってる、かもしれない。でもやっぱり。

とにかくレジへ行こうとする。

ね、アイス買お？

同じ声はもう一度言った。

アイス？

この声は滅多に出てこない。それも静かなとき単独では出てこない。アイスアイス、呟きながら、操られるようにあたしはもうその方向に振り向いている。

突き当たりのアイスクリームのケースの角から、男が歩いてきた。

ヒッコリー・ストライプのオーヴァーオール、裾が少し、紺と黄色のゴム長靴の中に入っている。ゴム長靴。雪は夜半に降り出したばかりだし、ここは東京。変わった格好。釣りする人みたい。でもいい感じ。滑らかな丸みに包まれた広い肩。胸。髪の毛。真っ直ぐで前髪が長い。少しだけ癖があるのだろう、生え際がわずかに浮いて、自然に左右に分かれ流れている。首から胸への滑らかなつながり方。胸当てに隠された胸の隆起。背は、高い。

あたしの中のものがざわっとした。口の中に何かが溜まっていた。それは唾液、だとわかるのに少し時間がかかった。唾液はこのごろ恒常的にすっぱくて、その純粋な味をあたしは忘れていた。鼓動が速くなる。

声たちもざわざわしている。

でも海底から水面《みなも》を指す無数の気泡のように、混じり合って絡み合って、声たちはひとつひとつ何を言っているのかわからない。壁を通して隣室のたくさんの人の談笑を聞くように、何か話していることだけがわかって内容はわからない。なんか言ってよ、べらべらしゃべれよ、いつもみたいに。唾をゆっくり呑み込み意識を下げ、あたしは声の、どのひとつにでもいいからチューニングを合わせようとした、すると声たちはいっせいに、沸騰するようにあたしの中をうねってわき上がりはじめた。声の膨張は爆発的で、情報量が多すぎて意味はかえって無に等しい。窒息感がして、呻くことすら、あたしはできない。

かさついた肌が一瞬潤った感触がした、声たちがあたしの表面にぴったりと貼りついたのを感じた。

食べたい。

それは声たちだったが音ではなく、強い意味の総体として、あたしの細胞の隅々に伝えられた。

食べたい。あれ、食べたい。

食べたい。

でも他の誰でもない、あたし自身の意思なのだった、声は声でなくあたしの表面に貼りついてあたし自身になり、目で男を誘う。声たちはいなくなって身体の中は静まりがらんと空っぽで、空洞の中でふるふる震えている臆病な存在がある、それは言語機能を持たない。

表面に集まったあたしは、男と、はっきりと目を合わせた。少しだけ目を細め、全身の力をそこに込める。と、狭まった目の幅の分、空気の密度が変わり圧縮されて、縒り合わさった紐状のものが男に届いた。彼はそれを受けた。ほんのわずか顎をあげ、受けたよという合図をよこし、あたしと同じように目を少し、細めた。密度の高い空気の紐が、彼からも来てあたしたちの絆はつながった、それと全く同時に、激しい揺れがあたしを打った。

何が起こったのかわからない、声も出せない、息を吸い込むヒュッという音だけが喉で鳴る。動悸が速くなり、地震かととっさに思って、頭をかばい、周囲を見回す。あたしの内も外も激しく揺れているのに、誰一人騒がない。煌々と照らされた店内。雑誌を読む人々。男は動かずにじっと、あたしを見ている。

胸のポケットの携帯が震えたのだった。

そうわかっても現実はすぐには戻ってこない。なぜ、どうやってあの男があたしの携帯を操作できるのかと思う。

うそ。

なにこれ。なにこれ。なにこれ。

男の視線は屈みぎみになったあたしの、揺れている部分に当たっている。

そんなはずない。

………そうだ脳死、きっと脳死、こんな時間に携帯にかけてくる用件、ジャーナリストとしてのあたしが戻った。脳死と臓器提供のルポルタージュを書きたくて、ある病院に当該の患者が出た場合には時間を問わず知らせてくれるよう頼んである。脳死は今確実に遅らせる手段がある。低体温療法というが脳は低温に保つと活動停止までの時間を引き延ばせる、しかし長く低温に保ちすぎると他の臓器は壊死するので、ぎりぎりの均衡を見定める高度な技術と経験が必要となる。このことは情報としてはさほど新しくない、が、低体温療法で有名な病院のひとつがまた、臓器移植において先端的な病院なのだ。つまり片方で生を限界まで引き延ばす努力がなされ、他方に、誰かの死を待ち望まずにいられない人たちがいる。そういうせめぎあいのドラマを丁寧に書きたかった。あたしの知ってる誰かが危篤なのか、それとも救急に運び込まれたばかりの患者か。

取らなくちゃ。行かなくちゃ。取らなくちゃ。行かなくちゃ。呪文のように繰り返すけれど体が痺れて動かない。脳死。こんな感じなのだろうか、体は生きていてまだ温かく体液が流れていて、でも指令はどこにも届かない、末端が冷たくなっていく、体温調整がきかない、震え、ひきつり、蠕動運動、眼球運動、最低限の呼吸、不随意筋が動く以外何もない、動きを統括することができない。

男が近付いてきてもあたしは一歩も動けない。携帯の振動は数えだしたときから七回続いて、男が横に並んだとき、止んだ。身体の中の液体は揺れたまま、思考がフラットになってゆく。揺れている液体の、ずっと下の方には動きに影響を受けない領域がある。でもそこってどこだろう。あたしはあたしのかたちであたしの身長せいぜい百六十二、三センチしかないのに、もっと何キロも何万キロも、深く感じるところ。男は掌で、あたしの手の甲をするっと擦っていった。湿っている。温かい。あたしは冷たい。掌の溝のざらざらまでも感じる。素材の違うジャケットの袖同士がこすれる音がする。なのにそれを見ることがあたしにはできない。どこも動かない。一歩彼が遠ざかると、どんな音だったかも忘れてしまう。振り向きたいのに動けない、自分を動かせない。髪の匂いが残る。シャンプー何使ってるんだろういい匂い。濡れたゴムのソールが少しスリップしながらリノリウムの床を蹴る、去ってゆく独特の足音。

行ーかなくちゃ、

という、楽しい調子の曲が急に聞こえるようになった。知覚が元に戻った！　店のコマーシャルソングが聞こえるもの。行かなくちゃ。どこへ？　頭にはものがひとつしかない。あれを食べたい。違うよあの歌はローソンのだよここはファミリーマート、また幻聴なんだよ、小さな男の子みたいな声が言う。そんなことはどうでもいい、あたしは行きたい、あたしは生きたい、あたしは、生きてる。

普段立ったり歩いたりすること、それは大半が無意識の行為だった。今、足を動かそうとすると手の指が動いたりして、指令と行動が混線している。全部が緊張して受信待ちの状態では、どこがつながるかわからない。自分を動かす方法をとっさに考えた。決まりを、まずシンプルにしなければいけなかった。神経ターミナルを幾つか想定して、それがモールスのような単純なオンオフで電流を流したり止めたりすることをイメージ。細胞にはごく簡単な決まりだけを与え、それは隣の細胞と同じ動きをするということ。最初の細胞の一個にベクトルを伝えれば、末端までその方向に動く。大事なのは最初の一個がしっかりしていること。鳥の群は、そうやって編隊を組み鮮やかに反転する。蟻の働き方もたしかそうだ。どんなに原始的な方法でも、あたしは動きたかった。

動いた。あたしは方向を変えた。酒のボトルの入った籠は足元に置き去る。がちゃんと瓶同士が当たる音がする。店員の目。

ロボットのように歩いてドアへ向かう。ドアだけ明るく見えて周囲は溶暗。自動ドアが

ひらく。東京は三月の雪、午前二時。傘ならある。他人のだけどいちにいさんしい、ごおろ、

でも傘なんて、要らない。

見上げると雪は紡錘《ぼうすい》形に世界を変える。白い切片はあたしの顔に降り注ぎ肌の上ですぐに溶け、荒れた角質層を通過して深部にしみ入った。あたしは雪にどんどん侵食される。前は水滴をはじくような肌だったのに。前と言ったって十代とかそういうころじゃない、ほんの一年くらい前までそうだったのだ。圧倒的に男主導の世界で余計なことを言われないためには、外見に徹底的に無頓着になるか、変わらずきれいでいることだった。あたしはいつもきれいでいようとした。だけどいつもきれいでいることには限界がある。きれいでいるために割く時間労力は、これから減りはせず増える一方なのだろう、社会人としてこなさなければいけない仕事の他に。それでも少しずつ衰えていくのだろう、これに耐えていくことを考えるとたまらない焦燥と憂鬱とがやってくる。そして吐くことやアルコールをやめられないとしたら。きれいでいることに疲れたから、そういうことしたのか。あるいは憂鬱を忘れたくて。

いーかなくちゃ。

頭の中ではＣＭソングがそこのフレーズだけエンドレスで回って、焦っているのに妙に

のどかなミスマッチ。本当は声帯を通して声に出ているのか頭の中の誰かが歌っているのかわからない。行ーかなくちゃ。まだそんなに遠くへは行っていないはず。追いかければ間に合う。ＣＭソング以外の声たちは沈黙している。それとも本当の現実かあるいはただの記憶なのか。ああ同じ歌手が宣伝してたジンを朝から飲んだことあったっけなあ、ジンジンジン何で割ったらフランス人だっけあれは迎え酒だったよね鏡の中のむくみきった顔に耐えられなくってそんな記憶もリプレイ。

前を見ると視野が極端に狭い。それに低い。雪はあたしにどんどんしみてきてあたしを浸す。一歩一歩の歩幅がいつもの四分の一もない。右足を軸に右を前に出そうとしたりしてくずおれそうになる。体の連携がうまく行かずに各器官が勝手に動こうとしていて、真っ直ぐ歩くこともままならない。視線が定まらない。首がすわっていないのか。なんでこんなにばらばらなのか考えてる暇はない、だって、行かなくちゃ。意志だけがあたしを動かす。意志はあの男を追うこと、他の目的に回す分がなくて体にこんなに統制が取れないのか。何か魂のようなものだけが先に走って体とずれている。目線は意識と関係なく、ランダムにスティル・ショットを切り取って網膜に直接貼り付ける。走ってくる車は、百メートル先にあったと思うと突然目の前にいる。横断歩道に一歩踏み出したあたしはクラクションを鳴らされる。風が起こる。音の混沌、感覚の混沌。

遠くから、混沌を裂いてひゅっと鋭い音がした。

あたしの全身が、ひとまとまりとして動いた。あたしの中で無数の細胞があたしの頭を持ち一斉に同じ方向を向く。

口笛？

それはもう一度、鳴った。

その方向に手を伸ばすとあたしはバランスを失い雪の上に膝をついた。数歩、這い進んでから自分自身を組み立てるように、順を追って立ち上がる。青信号が点滅する。横断歩道を渡りきった向こうに伸びる、車通りのない住宅地の道からそれは鳴る。信号が赤になっても幸い車は来なかった。信号をわたりきると口笛が近くなった。三月の吹雪が視界を遮る。目が痛い、でもうまく瞬きすることもできない。人の姿は見えない。音だけを頼りに進む。どこにいるの？　あなたでしょ？　口笛吹くくらいなら迎えに来いよ。ううん、行かなくちゃ、行かなくちゃあたしが。あたしが食べたいと、思ったんだもの。

口笛の果てる地点に人はいなかった。大きなものに行く手を阻まれる。見上げた。紺色で、大きくて、つるつる。やっぱり視点はぶれているし、感覚がばらばらに入ってくるのでそれが何だか、にわかにわからない。

抱きかかえるように、前面を伝ってあたしは立つ。

トラックだった。

「あ」

と声が出た。運転席にあの男がいた。トラッカーだなんて。人だけ探していたからわかんなかったじゃないか。出逢ったときの、少し目を細める眩しげな顔で微笑む。あたしは泣きそうになってしまう。涙が本当に出たが雪とすぐ入り交じった。ワイパーに、ファミリーマートで買った氷が袋ごとさげてある。外の気温が低いからそうしてるのだろう。彼は反対側のドアを指さした。銀色のレバーを引くと、ガコッという音がしてドアは開いた。暖かな空気が流れ出てきた。ステップは高い。左足をかけると、

「上につかまって」

と彼が言った。

天井に、つかまるためのものがある。自分を引きずり上げるという感じで座席に乗った。目の下に白い世界が広がった。よく知った土地が広い平原のように見える。乗用車より大きく丸みを帯びたフロントグラスのせいか、視野角が広がって感じる。足元にもガラス張りの一面があり、あたしはまるで空中に浮いて、雪があたしに向かって降りてくるのでなくあたしが雪のなか上昇していくような気持ちになる。

「ようこそ」

そこは男の胎内のような場所だと思った。飾りがなくて、でも居心地がよく、柔らかくて温かい。男はタオルをくれた。急な温度差で、あたしは震え始めた。

この部屋は、彼の体であたしの心。彼は高いところにいてあたしは見透かされている。

彼を追って、ぼろぼろに転びながら這いながらここまで来たのを見られている。最初から
あたしは分が悪い。

「ずっと見てたの、こんな高いとこから」

「ずっとじゃないよ。来ないかもしれないと思ったしさ」

あたしは雪に感謝していた、肌が濡れていて荒れを、さとられずにすむ。

彼の肌は、見るだけでおそろしく滑らかなのがわかった。声たちは一瞬ざわっとして、
静まる。あたしは何を言っていいかわからなくなってしまった。

「酒飲む？　焼酎だけど」

「飲む」

男は外に出て氷をワイパーから取る。プラスティックのカップに氷を入れると、氷は袋についた雪の切片を表面に吸着した。焼酎を注ぎ、レモンの炭酸を注ぐ。からん、と氷の溶ける音。氷の上の雪のざらざらをあたしは見ている。レモンの味は酸味がごく薄くてわずかに柑橘系の苦みがあって、匂いはなく、あたしは吐くための炭酸を思い出した。でも男のつくってくれた酒は、おいしかった。あたしは声たちに戻って来てほしいと思った。みんなでざわざわと、この男を欲しいと言って。あたし一人じゃできない。しらふじゃできない。焼酎は翌日に残らないというが、あたしはなぜか、酔いもしない。せめて酔いたい。ここまで来たのに。しらふじゃできない。見ず知らずの男を誘うのは初めてだった。

開封されていたコーンのスナック菓子を、食べていいかと訊いて食べる。おいしい、と思って、おいしいね、と小さな声で言った。男に向かってなのか、あたしの中の誰かに答えてほしくてなのかはわからない。

「いくつ？」

彼が言った。

「三十一」

ためらいもなく本当の年齢が口から出る。ギミックを使う気がなぜか全然なかった。

「なんだ年上か」

「あたしは、年上だと思ったんだけど。あなたは？」

「二十五」

「なんだもっと下かと……」

「ワイン一本にジン一本買おうとしてたでしょ」

「……週末、人《ひと》が来るから。でもやめちゃった、考えたらまだ水曜だし」

寂しいアル中独り身《み》女に見られたくなくて言う。

「木曜だけど」

あ。間があいた。

「テレビ見る？」

「みる」

ダッシュボードの上にチューナがあってその上に小さな受像器が載っている。お笑いの番組をしばらく見た後でチャンネルをかえる。パラリンピックの開会式をやっていた。

「へえうまいもんだ」

男が言った。小さな画面の中で、立った人と車椅子の人がペアでダンスを踊っている。その車椅子の人々が音楽に合わせて回る様が、なんとも言えず優雅なのだった。中央には火の柱がある。オリンピックの聖火とは違って見えるが画面が小さいのでよくわからない。

「うまーいもんだー」

火を見て、踊り、酒を飲む。太古の幸せがあたしにはわかった気がした。画面の中では歌手が、主題歌らしき歌を歌っている。オリンピックの歌より百倍よかったし、オリンピックの開会式より千倍以上よかった。……たく世界のオザワだかなんだか知らないけど指揮者のオザワにも罪はないけど何が悲しくて日本のオリンピックに第九なんてドイツの曲で歓喜しなきゃいけないわけ。ここぞって盛りあがりのBGMが蝶々夫人だし、いくらオリエンタル風味の旋律だからってイタリアオペラだし、百歩譲ってイタリアでもいいとして、筋が日本人の女がアメリカ人だかイギリス人だかの士官に遊ばれて、自殺する話だぞ？　そんなこと蝶々夫人を知ってるような人ならみんな知ってる。あったまワルイっつうかないんじゃないのプロデューサー浅利慶太??　扇子が割れると伊藤みどりがおてもやんの化粧で出てくるしさ、ぎょっとしたよ、国辱ってことばはあの日のためにあったね。閉会式の萩本欽一は腹話術師みたいだったし大体どうしていまごろ萩本欽一。頭は怒りを思い出すとドライヴがかかっておしゃべりになる。怒るあたしは大人のあたし、でも今口から出る言葉は自分でもわけわかんないまま子供。悪態をつき出すと脳内にドライヴがかかる。だけど今はクラッチ板が滑るみたいに、エンジンだけ回って動力が外には伝わらない、そんな感じ、変な感じ。でもやな感じじゃなくて。

車椅子はあくまでなめらかに回転する。

「いい歌じゃん」

彼が言った。

「うん。さいしょあなたみたときね」

あたしが意を決して切り出すと、こんこん、と運転席をノックする音がした。

男が窓を開けた。警官だった。あたしは一瞬身を固くした。

「住宅地でアイドリングしてるって通報があったんだけどもねー。こんな寒い日に、エンジン切れなんて言えないよねー」

「お巡りさんも、大変ですね」

男は免許証を差し出した。トラッカーと警察官というのは実に友好的な関係にあるものだと、今まで生きてきてあたしは知らなかった。

「おかべ、さん。下の名前は、なんと読むのかな」

「たかとしです。この近くに、公園みたいな場所はありますか？　納品、朝なんで」

「はー、希望の希と書いて、たかって、めずらしいねー」

「そうですかね？」

警官とのやりとりが終わり、あたしたちは駅の向こう側にある霊園の前に行くことに決まった。細い商店街を、なんでこんな道教えるんだよー、と文句を言いながら彼はステアリングを小さく操作してすり抜けていく。ビニールでできた短冊のような飾りが助手席側の窓をしゃらっと撫でる。あたしは思わず身をすくめる。

「お巡りさんと仲いいもんなんだね」

霊園の前の大きなロータリーに車をつけた。エンジンは切らない。

「こっちも働いてるからじゃないの？」

そういうことか。

「どれくらい、トラックに乗ってるの」

「もう七年かな」

「その前は」

「最初は、工務店に勤めて、それからトラック買って、これの前に一台あってからこれで、持ち込みで仕事取るようになった」

「持ち込み？」

「フリー」

「どうしてトラックだったの」

「そりゃ学歴ないからでしょ。中学もろくに出てないしね」

「義務教育で、出ないなんてことあんの」

「さあー、中学行けば、あるのかもね、証書みたいなものが。卒業式にも出なかったしわかんない」

「どして行かなかったの」

くだらないことを訊いてしまった。

「別にただ、好きじゃなかったから」

彼は笑った。この人は健康だ、と直感的に思った。好きでない場所に居続けることを、ごく自然なこととして拒否した。というよりただ、しなかった。

短い起毛の生地のシートに、あたしは身をゆだね頰を埋《うず》める。これは彼の体。アイドリングの振動を胸で皮膚で感じながら、彼に包まれているようだと感じる。そのとき、声たちは、安心しているのだと不意にわかった。みなこの振動に、こまかな元素に分解されて言語のかたちにはなっていない。混合溶液のように、あたしの中で溶けて体内を巡っている。振動の中に、自分の鼓動が聞こえる。

「最初あなたを見たとき、って言いかけなかった？」

あ、とあたしは笑った。さっき警官が来て止まった言葉を思い出した。

「長靴がぐっと来た、のかな」

「東京はたまたま雪降ってるけどさ、新潟だといつも降ってるの」

「なんで新潟？」

「新潟に家具工場が多いのね。あとは、静岡かな、でも新潟が多いな。で、建築中のマンションあるでしょ、ほらあそこ？　あそこに、ドア納品する」

短い沈黙があってあたしの中はざわつく。言葉が、次々に出ていないと落ちつかない。

「ねえ夜じゅう、アイドリングしてるわけ」

頭の中にはCO²削減とかストップ地球温暖化とか守れオゾン層だとかいうことが、言葉でなく圧縮された概念みたいによぎる。

「そうだよ」

即答が返ってくる。

「ストーブ持ち込んだりすれば？」

「火焚いたら酸欠になるでしょ」

「電気ストーブとか、電気毛布とか」

「それには発電機が必要でしょ」

そうか。この車は発電機なのだ。いま、発電機なのだ。今夜これがあたしたちを暖めるためなら、明日地球が滅んでもいいとあたしは感じはじめる。言葉が切れた。そのときエンジン音が高くなって、回転数を示す計器の針が一瞬、大きく振れた。

「あのね」

本当のことを、あたしは口に出す。

「あたしあなたにさわりたい」

「さわっていいよ?」

殴っていいよとでも言いたげに、彼は頬を差し出す。とてもおっとりと笑う。ほんの少し、目を細めたようにするのが特徴的で、それが彼を少し眩しげな、優しい表情に見せていた。鼻梁が通って、鼻の先が尖っている。口元は、甘くてほんの数ミリの動きで微笑みを作り出す。長めの前髪が揺れる。

「こわいの」

どこか、知らない場所から出てきた言葉のように自分を聞いた。自分で、そんなことを言い出すとは思わなかったのだ。よく感じると、水母《くらげ》のようにゼリーのように、ぷるぷる震えている部分があって、やめてくださいという弱々しい言葉を発したのと同じところだった。そこは基本的には非言語の実体で、言語バイパスはひどく緊張が高まったときか全体が弛緩したときに、事故のようにしかつながらない。今声たちは振動でならされて、その震えている実体が直接、外の世界と触れあっている。あるいはあたしの震えと、アイドリングを続けるエンジンの震えが同調したのかもしれない。

「こんなこと言ってごめん。よく知らない人が、突然変わってあたしに暴力を振るわないということが、どうも信じられないみたいなの。なんでかな。殴られたことなんかないのに。へんだよね。ほんとにこんなこと言ってごめん」

男は、聞こえたのか聞こえなかったのか黙っていた。黙ったまま、荷台とシートの間にある空間に移って行った。そこは人が眠れるスペースで布団や枕が置いてある。彼は横たわり反対側の窓に頭をつけて、あたしと自然な距離をとった。そして、聞いてるよと微笑んだ。あたしは頭でわかるのでなく安堵して、身体の中から何かが溶けだすように泣いた。

「さわりたいの。さわりたいの」

あたしはシートを愛撫して泣いている。間があった。シートのけばに涙が細かな霧粒のように載る。

「こっち来る？」

次に目を上げたとき彼が言った。うなずいてあたしは、シフトノブをまたいだ。涙は止まらなかった。彼の上に乗って、彼は上体を起こし、あたしたちはキスをした。彼は窓のカーテンを閉め、シートと後部を遮るカーテンを閉める。

ずっとこうしたかった。彼を見てからずっと。舌で唾液をすくってお互いの味を知る。

唇に涙は滴ってくる。自分の塩辛い味を自分で感じる。彼はあたしの頬の涙を舐めとり、眼球を真空に唇で塞いで、涙を直接吸い取った。目を開いたまま、あたしの視野が半分ブラックアウトする。唇の粘膜は目や涙より少し熱い。右の目からはじめ、左にも同じようにした。涙は後から後から溢れた。彼は眼球に舌を差し入れ、目と瞼の縁をなめ回した。眼球は思うより敏感というか鈍感というか、味蕾《みらい》のつぶつぶまでを感じながら、されるままになっている。眼球の柔らかさを弾力を、自分で感じる。無感覚な部分がやってきて、コンタクトが眼球の上で滑った。視野が曇る。でもやめられたいとは思わない。彼はあたしの頭を撫でた。小さな子供にするように。あたしは彼の首筋に口づけながら、スライド式に外れるオーヴァーオールのボタンを外そうとする。一枚、二枚と上半身の服をとって裸の胸に口づけた。あたしは下半身の服をとられて、彼の下になる。

「舐めていい？」

彼が言った。

「え？」

返すより早くあたしの性器は舐められている。あたしのふたつの足が持ち上げられ、V字に広げられて彼の裸の肩に、鳥のように載っている。

「きれいだ」

冬でペディキュアを塗っていない、かさかさと粗末な足。彼はあたしの潤った場所を指で広げた。その場所は、潤いを忘れていなかった。舌が、粘液を分泌するところをすくうように幅広に這う。そこに、差し込まれる。外灯が背後のカーテンから少し洩れて、あたしの濡れた部分は照らされている。

「おかべたかとし、名前訊かないの？」

「下の名前だけでいいよ」

悲しいこと言うなよ。

「れい。早川、玲」

「きれいだ」

「きれいだ」

「きれいだ」

「名前を呼んで」

「れい、きれいだ。きれいだ。きれいだ」

あたしは、
あたしは自分がとても、
いいものになった気がした。

声になかなかならない震えを綴り合わせて、どんなふうにとあたしは訊いた。

「くちびるみたい」

誰が言っているのかよくわからない。体中の分子同士が擦れて発熱する。背中全体で車体の震えを感じている。舌は温かな軟体動物のように襞の間を蛇行する。足の指が反射で動いてしまう。

「女の人ってどうやんの？　見せて？」

あたしはいつも、下着の上からしかやらない。直接触らないのと言っても、見せてと男は乞い続ける。クリトリスの下側を中指で撫で上げ始めた。クリトリスは大きくなって、三角形なのがはっきりとわかる。襞の中から屹立している。いつもは露出していないから、直接できないのだとわかった。

「胸はいじんないの？」

「濡らしてよ」

あたしは自分の指をさし出し、彼の口に差し入れ、唾液でたっぷりと浸してもらう。濡れた指で、乳首をいじり始めた。

好き、好き、好き、好き、好き、好き、好き、好き、
声にならない。

左足の親指が、カーテン越しに、曇ったグラスに線を書いて滑った。シフトノブの上に偶然落ちる。足を通じて、全身が震えに打たれた。あたしは拳を強く握るほか何もできなかった、親指を自分でしゃぶった、男の前髪を摑んだ、眼を閉じたときにだけ感じられる

虚空の中のあたしの核から声たちが放たれる、のを感じた、洗剤の界面活性剤が脂汚れを落とすメカニズムみたいに、マイナスイオンとプラスイオンの引き合いなのだったか忘れたが、マッチ棒状のものが脂を包み込んで引き離す、あんな感じで声たちのもとになっているものは表に浮き上がる。あたしから、何かを持ち去って出てゆき、何かを押し出す。この人を食べたいと、全身で思ったときの強さ、それが今あたしの表面に集まって油膜のようなものを形成した。

自分が切り替わるのを感じる。でもそれは本で読んだことのある恐ろしい多重人格の人の替わりかたみたいじゃ全然なくて、たとえるなら、たとえるなら気化とか融点とか沸点とか、そんなようなこと、ものには状態が変わる固有の温度がある、たとえば水は百度で、石油は何度か知らないけどみんな違う、そういうのを利用すると、いろいろなものの混じった溶液から何かを純粋に取り出すことが出来る、なんていうんだっけこういうの？

あたし、あたしたち、はいつも混合溶液みたいだった。体が固体でいるのがつらかったのかもしれない。だから人前ではきれいな服に身を包み外形を保って、でも一方であたしが志向することはいつも、あたしの、液状化。

「コンドーム持ってる？」

「ある」

「あなたとしたい」

あたしは上になって体を沈めた。ペニスは隠されて、相似形の股間がまぐわっている。男は暖房で汗をかく。冬なのに汗を流す。どこから汗をかいているのかわからない肌。恐ろしくきめの細かい、均質に濡れる肌。手を置くと滑ってしまう。体毛もない。毛穴がどこにあるのか。脚で、腰に必死に絡みつく。手はひたすら背中をさすり続けている。手が背中の丘陵をあまりになめらかに滑るので、上体の動きはひどくゆっくり見える。痙攣するふたつの腰の動きだけ別の生き物。何をしても愛し足りなくて、耳を噛んだ。それを合図に男はゆっくりと上体をあたしに被せてくる。掌が、胸の上で滑って重みを支えきれない。がくっと、手が胸をはずれて、あたしは小さく悲鳴を上げる。男は自分で自分を支え、あたしの体感は一瞬無重力、それからゆっくりと落ちはじめると背中が優しく受け止められて、反動でしなろうとした首が、髪を摑まれ止まってぞくっとする。瞬きもせず見上げる、近付いてくる顔、知らない男。唇を唇で塞がれるのに間がある。見つめられる。あたしはずっと瞬きできずに見ている。塞がれると早い。舌が入ってくる。それからゆっくりと、背中がシートにつく。

好きな男。

男の顎。可愛い。自分で動いて、あたしが動くとき、苦しげな声がそこから漏れる。顎を落ちて首を伝う汗の筋をあたしは見ている。肌全体がしっとりと濡れているから汗の筋はごく浅い。胸はなだらかな曲線で張りだし、腰へ向けて絞られていく。筋肉のひとつひとつの境がはっきりしないのにさわると弾力があって、働く体なんだとわかる。

あたしは腰を浮かせてすりつけた。そんなことしたらイっちゃうよと男は言って、いいよとあたしが返すと、男の腹が幾度かひきつった。のけぞった顎からひとしずく、汗が落ちる。あたしはとっさに口を開けていた。なま暖かい塩辛さが、粘膜に広がり喉と鼻孔の両方に抜ける。上になった男の汗を、口で受けたいと思ったのは初めてだった。体表に浮いたのとは違う、新しく深部から汲まれたばかりの、微量に別の何かを含んだ食塩の味。

男はあたしの胸に胸をぴったりつけて、肩に顔をつけてひきつりのリズムで呼吸をしている。肩が大きく上下する。肩も顔も髪も濡れていて、彼はしゃくりあげているように思う。射精は男らしさのピークのような瞬間だ、でもそのときのむきだしの無防備さこそが、あたしを引きつけた。頭をなで、襟足の毛を首にとかしつける。やっぱりここにもゆるい癖があり、さらさらだったのに今はCの字を描いてうなじに巻きつく。もう二三度大きく波打って脱力する男の重みをいつまでもあたしは味わっていたい。

体が水を吸い込む。雪は雨に変わっているのが音でわかる。あたしは水の中にいる。皮膚は塞がれているのに、塞がれている皮膚こそが大きく呼吸をする。水の中で細胞ひとつひとつが直接酸素を取り込む。栄養を取り込むように男の汗を吸っている。誰かが言ってた、人はすべてを、水溶液のかたちでしか取り込めない。空気でさえも、体内の水に溶かし込んだものを摂っていると。

雪は解けて、白い膜を地表に張りもしなかった。もう、この季節はすぐ明るくなるよ。と男は言って、その通りだった。束の間の朝焼けのあと大気は白い光に満ちる。さっと着衣するのは冷淡さではなく、共同作業で動く人間の健康なプラクティカルさだと頭ではわかったが、寂しかった。

現場に車をつける。濡れたアスファルトが遠くまで一面に光っている。荷下ろしは小一時間ほどで終わった。あたしはわざと服を着ずに真裸のまま寝具にくるまり彼を待った。毛布が体温をはらみ、布団はしっとりと肌に馴染む。さっき知ったのとは違う汗の匂いがする。

また小さな眠りに落ちた。

ドアの音で目を覚ます。風景が変わっていた。男は作業をしていて暑くなったのだろうかそれとも用を足したのだろうか、オーヴァーオールの胸当てを下げている。

「後ろ上げてくれる」

彼はあたしに背中を向け、肩ごしに振り返って言った。垂れたサスペンダーを上げてと言うのをあたしは無視して、毛布にくるまったまますばやく前へと移動し、フロントのカーテンを運転席側からザッと引いた。

「あなたも見せて」

あなたがあたしを見たように。

「いま小さいからやだよ」

「関係ないよ」

「強いとこ見せたいじゃないか」

「なんで？」

「なんでってそういうものだよ」

「ちんこ勃《た》ってようと勃ってまいと、あんたはあんたじゃん」

助手席側からもフロントのカーテンを引いた。このトラックにはカーテンが合計五枚ある。フロントグラスを遮るカーテンが二枚、後部座席の窓にそれぞれ一枚、そして後部とシートを分かつカーテン。

「あたしにもさせて」

あたしは彼の股間にかがみこんで、窓よりも低く身を隠す。彼のペニスはあたしの口の中で喉元まで大きくなる。後部を遮るカーテンも後ろのカーテンも閉めていない。あたしの髪の毛を彼がかき回す。でもこの車高の車をのぞけるのは同じトラックかバカみたいに長いサスペンションを入れて車高を上げた４ＷＤだけで、どちらもたぶんここにこの時間には来ないし、来てもシートが遮っていて運転手もあたしも見えない。シート越しに後ろの細長いスペースの、小さな窓を通して、太陽が徐々に高くなるのがわかる。一分一秒の単位で地球は回っている。冬じゅう履きっぱなしというこのスタッドレス・タイヤが踏む大地がどこまでも続いていてものはみなこの振動を帯びている。とても遠くのことを感じる。とてもとても遠いものたちの音。ひとつひとつすべてが違った音。鳥が鳴く。通学する子供たちの声が聞こえる。あたしは目を上げる。

瞳と瞳が互いをとらえた瞬間、あたしの芯を貫くように高らかな笑いが聞こえた。しゃぶっている私の口からでは、ありえない。それは昨夕《ゆうべ》の雪のように降り注いであたしを打った。

愛して。

降り注ぐ笑いに打たれているあたしの本体は言葉を持たずに、ある震えだけを持っていて、少し動きを与えるだけでどこかに吸着しようとする。それは考えや意味ではなく欲求とか飢えのようなもので、翻訳すると、愛して愛して愛して愛して。

震えの容れものの中で、声たちは混じり合って、渦にのって上昇しながら沈殿しながら攪拌しあいながら、意味を知らないまどろみの中にたゆたっている。体の温度がさまざまに変わり、部分部分も全く違う温度で、いろいろな温度でさまざまに沸騰する。

ジョウリュウ?

遠くかすかな声の言うことを、おうむ返しに訊き返すようにあたしの中に言葉が蒔かれた。

蒸留。

思い出した、沸点を利用して溶液中の成分を取り出すこと、蒸留。

声に出たのか出ないのか、今度はわからない。そのときすべてが鎮静するのがわかった。

視野が溶け、落下していった。


こまぎれで眠っていた。

気がつくとシートが倒れていて、あたしは毛布の中で裸、彼は着衣で性器だけをむきだして、重なり合った格好でいた。あたしが体勢を立て直しても、男はしばらく起きなかった。オーヴァーオールの胸当てを上げておく。いつまたコンドームをしたのだろう。シフトノブを跨いで助手席に移り、後ろのスペースから服をとって身繕いをした。あたしの中を吹き抜けあたしの上から降り注いだ笑いを、体が覚えている。でも同じその体から、表皮が一枚はがれ落ちたようにさっきまでの意志的な自分は消えていて、取り戻すことができない。

男が起きた。名前が思い出せるだろうか。岡部………希望の希と書いて、たかってめずらしいねー、希、とパズルの空欄を埋めるように漢字がひとつ浮かぶ。下の名前は、なんと読むのかな。

警官に答えた彼の声で思い出す。

……………たかとしです。

雪の翌日は明るい。信号の下の町名の標識が規則的に過ぎてゆくけれど、それらをつないである方向性を摑むことが出来ない。今、いつどこで、岡部の仕事のどういう局面なのかがわからなくて、ここにいていいのかもわからずに体を持て余した。目の前で降って朝の光に消えていった雪が、ここではまだ残っている。緯度でもなし高度でもなしとつらつら考えていて、街の出す熱量の差、という当たり前のことに気がついた。

「新潟に向かってるの？」

とりあえず訊いてみる。

「川口」

「かわぐち？」

予期せぬ答に戸惑った。

「タイヤ積む。空《から》で走れないだろ」

「あ、そうだよね！　空で走れないもんね」

反射で返してから、積み荷なしの走行はただ走り《ばし》でガソリンのむだなので、避けるのだとわかった。

鉄道の駅が現れて、三郷《みさと》と読めた。立ち食いそばや、パチンコ店、ラーメン屋、ミスタードーナツが小さなロータリーを囲み、それを抜けると閑散とした平らな土地が続く。

「そういう仕事っていうのは自分で取るの?」

建物が疎らになり、ときたま現れるのはカラオケボックスと大型パチンコ店。路面はまだシャーベット状の雪でびしゃびしゃと濡れている。

「会社の営業がとってきた」

「持ち込みって、自営じゃないの?」

「社員じゃないんだけど、営業用の緑のプレートって個人ではなかなか取れないから、契約する」

タイヤの積み込みが終わると午後五時になっていた。

西陸橋から見る、開けた川沿いの地に灯火が点りはじめる。まだ薄く残る雪の敷物と、にたなびく雲とに沈む陽光が反射して、街はオレンジ色に浮遊して見える。うす青から群《ぐん》青《じょう》へだんだんに変わる空が、照り返しに挟まれて遠くまで抜けている。

「今から、新潟?」

今自分がどういう点にいるのか確かめたい。

「ああ」

「関越で行くの?」

「俺たちは下走る。高速代とか全部自分持ちだから」

「そうなんだ」

「道連れにしてって言ったよな」

「え？」

言ったっけ。

「俺、結婚してるよ」

えーと、

「だから？」

だから?? なんてあたしは平気な顔で言ってみたりして、どうともないという感じとも冷水をあびせられた感じとも。

「別に。いいよ」

男が答える。

「間があったよー」

とたんにあたしから子供っぽい口調がほとばしりだす。ここにいてもいいらしい。

「ストーカーみたいのにつきまとわれたことあるから。実は今でもつきまとわれてんだけど。そういうのだったらやばいと思って。強烈だよ、その女」

「…………」

「仕事、何やってんだっけ？」

「あたし？　もの書く仕事だけど」

「どっかの社員なわけ？」

「違う」

「じゃ俺らの持ち込みと同じようなもんか。やったらやった分だけってやつ」

野田《のだ》を過ぎ、春日部《かすかべ》を過ぎ騎西《きさい》という町名の表示が目に入る。電車が走っていないのだろう、商店も民家も、集まるところがなくどこまでも散漫に続く。筆字の看板が赤錆ではげかけた、古い商店のトタン屋根にはまだ雪が載っている。民家の間に畑があり、枯れた植物の茎がところどころ、まだらの土から突き出ていた。

「車、持ち込みでやってるメリットって何？」

「まずは束縛されない。あと、今は不景気でなくなったけどね、以前は、すごいおいしい仕事があった。冷凍マグロの腹ん中にシャブ入ってんのとかが、フリーのトラッカーに回される。モノがモノだから、大手の運送会社には頼めない、けど素性のしれない奴もやばい。知り合いの知り合いってツテをたどって、住所とか全部はっきりした奴を捜す、でないと、ばっくれる可能性あるから。九州の沖合でもうシャブ詰められてかちんかちんに凍ってて、麻薬犬もあれは鼻が利かない。港につくともうそれだけは買い手がついてて、仲買から、それはヤクザなんだけどね、すぐ築地に運んでくれって言われて高速代も全部出て五十万、現金。築地につくと、やっぱりそれだけは買い手が決まってる」

「中身が何かって知らされるの？」

「知らされるね。不自然な条件だから。それで、五十万現金か五十万円分シャブかどっちか選んでいいよって言われて。俺シャブやんないから、いいよ、現金でいいよって」

「シャブ取る人もいるかな」

「いるよ。九州のトラッカーなんかにシャブ中多かった。寝ないで走れるじゃん」

岡部は表情がものすごくおっとりしていて無口に見えるが、きっかけがあるとよくしゃべる。岡部と話すことであたしは自分の中の声たちを忘れている。

「結婚したのいつ？」

「三年前かな」

「子供いる？」

「いる」

「男の子女の子？」

「女の子」

「可愛い？」

「なつかない。家帰んないから」

「かえんないんだ」

「たまにしかね。だいたい連続航海だから、帰りと次の積み込みが重なったりするし」

「航海って言うんだ走ること？」

「航海とか、運行とか」

「往復だと二回に一回は東京じゃない？　東京に帰ったらどこで寝るの？」

「会社に運転者控え室っていうのがあるけどね、会社めったに寄らないしトラックの方が落ち着くから。ここが住居」

「そこのことなんて言うの？」

シートの後ろのスペースをあたしは指さした。

「ベッド・スペース」

「今寝てみていい？」

靴を脱いでベッド・スペースに身を横たえてみた。真っ直ぐにここに寝るのは初めてだった。

「あ、楽勝で脚伸ばせる」

「俺が伸ばせるもん」

「身長いくつ？」

「百八十、三か四か」

「おっきいね」

「まあ、大きいかな」

「ねえストーカーは、知ってるんでしょ、あなたが結婚してること」

「知ってるよ、十年ぐらいつきまとわれてるもん、そんなもんじゃ引かねーよ。勘違いしてるんだよな、思いこんでるんだもん、あなたのことわかるのは私だけ、だって。よくそんなこと思いこめるよ。俺みたいにいろんなところ行く人間には一生その心理は理解できない。今この人が最高！　って思っても、仙台行ったらもっと合う人がいるかもしれない、九州に行ったらもっと合う人がいるかもしれないいだろ。サラリーマンで結婚してて一人見てるのが当たり前って世界で、会社にも波調の合う人ができちゃったらそれは不倫て呼ばれるわけだけど、それもやっぱり家庭と会社だけが世界の話なんだよ。携帯の番号十回くらい変えたよ。電話一本で仕事取ってるからそのたびにすんごい迷惑。いくら変えても調べ上げて、え？　番号？　おしえてくれたわよー、とかすっとぼけやがって。そんなわきゃねえだろ。引っ越ししても引っ越ししても、ある日家に現れるし」

「どうやって調べるんだろ」

「興信所使って。会社にも電話かけてきてさ、生命保険の満期のことでうかがいたいんですがー、とか言うわけそしたら、事務所のバカが、携帯の番号教えやがって、佐藤っていうんだけど、だーれが満期だよ人のトシ考えて言えよお前のせいで携帯の番号変えなきゃいけなくなったから費用持てよ。これから警察だってかかってきても絶対言うな」

「警察も使った？」

「いや使ってないけど保険会社の次は警察くらいじゃない？　でも警察は情報網持ってるしそんなこと言わない。俺、前科《マエ》あるし簡単に出るよ」

「え？　何したの？」

「傷害が八件、シンナー二件、えーシンナーの売り一件、恐喝二件、みんないわゆる少年犯罪ってやつ。中一から十八まできっちり暴走族やってたから」

「ヤンキー上がりってやつ？」

「言えばそうかもしれない」

「そういう感じにはあんまり見えない」

「でも喧嘩は不良同士のことだからよけーなお世話なんだよね。こっちが喧嘩勝ったから訴えられただけで負けてたら俺が被害者でしょ？　って警察で能書きたれたけどだめだった」

　思わず笑った。

「筋は通ってるよ」

「子供が言った時点で屁理屈なんだよ。そういうのちゃんと聞いてくれるくらいなら、そもそも警察の世話になったりしないのかもしれないし。あ、一回消防署から電話があった」

「消防署ですってストーカーが？」

「救急車から電話がかかってきて、手首切ったって言うんだよその女が。それで血だらけなんですけどおたくに連絡しないと搬送させないって言うんで、って。電話代わってくれって言って、ばーか死ね！　って言って切った」

「手首切ってる人に」

「俺が被害者だよ？　そういうのはよ、切ったらバケツに水張って手首浸けとくんだそうすりゃ死ねるよ」

「つきあってたの？」

「つきあってないよ！　……一度、トラックに乗せたことはある。乗せてほしいって言うからさ。乗せて気がすむんならいいかなって。それが大きな間違いだったね。積み込みの時とかに、住所とか電話番号とかわかるものあさってんの。そのころつきあってた女の番号とか実家の番号とかそこからはじきだして、それから各地にえんっえんといたずら電話。その女の実家に電話して、あんたの娘のせいで何度も引っ越しすることになったから何とかしろって言ったら、すいませんすいません殴っても何してもいいです構いません、とか親父に言われたけどもさ、なんかしてつかまんの俺だぞ？」

「殴った？」

「殴ったよ」

「グーで？」

「もちろんグー。だって包丁持って追っかけて来んだぜ。倒しても、追っかけてくるしさ。情けをかけない嫌いな女っていうのは男以下」

「どこで?」

「女の家」

「嫌いなのにどうして家まで行くのよ!?」

「共存できない」

……え?

あたしはなぜかこの唐突な言葉にびくっと反応した。

「トラックに乗ってない時の俺は、家に帰って安らいだりもする。その俺を、ほっとかなきゃいけない。完全に別で、共存できない。家に帰ってほっとする自分と家から出てトラックに乗った瞬間にほっとする俺がいて、二つは同じ人間なんだけど同じ人間じゃない。ストーカーのまずいところは、もうひとつの俺の生活まで破壊しようとするところだ。トラックに乗る俺はゾクゾクするようなことしたいって気持ちもあるけど」

「包丁、怖かった?」

前に突然割り込んできた乗用車があって、岡部は急ブレーキを踏んだ。

「あぶねえなあ」

会話ができると声たちは鎮静する。体の中をめぐる血流と同じようなものにしておける。共存できない。

何か重大なことをきいた気がした。

岡部は、直接話法を声色を変えてベタでしゃべる。それが面白くてたくさん聞きたくなり、彼の話を引き出しはじめた。

共存できない。

と岡部は言ったのだがトラックに乗っている自分と乗っていない自分が共存できなくてきっぱり分かれているのだろうか。自分の中に共存できない何かがあるから、トラックに乗ってそれを分けている気もする。

途中裏道を使ったりしながら、国道十七号線をたどっている。地図を見せてもらうと、それは埼玉、群馬を縦に抜け新潟へとほぼ真上に上がっていく道だった。夜がおとずれ、トラック自身の音と振動が大きく感じられる。窓を半分開けて顔を出す。道路の脇には雪が少し残っていたが冷たい空気は乾燥している。髪が風になぶられ痛い。声を出してみると風に叩かれ分散し、瞬時にはるか後方へと持ち去られた。運転席の岡部はとてもおっとりと微笑んでいる。ものの言い方や言葉と、表情にどこかしらギャップがあった。そのギャップは彼のことを知りたいという気持ちと、彼のことはわからないという両方の気持ちにあたしをさせた。

窓を少し開けたままでいると、車の内側と外側が共鳴を起こすゾーンがあるのを発見した。エンジン音と車輪の回る音と車体が空気を裂く音とが、ワーンと共鳴して女声の合唱のように聞こえる。特にギアを変えて回転数が安定するまでの時間、その声が聞こえる。協和音でなく、隣り合った音などで出来て微妙に上下する不協和音だが、そういう音は聴いているとひずみが響き合って妙に心地よい感じがしてくる。

けれど、うっかり同調すると何か意味のあることが聞こえてきそうな気がして、窓を閉めた。胸の中にざわざわした不安の毛羽立ちのようなものが生まれて、あたしはシートの短い起毛を逆立てては撫でつける。運転中でさわりたくてさわれない岡部の素肌のかわりに、撫でつける。話すことがなくてキャビンの仕組みを訊いていった。運転席と助手席のそれぞれ上にあるコンソールには、運転席側に長袖、助手席側に半袖のシャツが入れられている。シートはフルフラットに出来、シフトノブも、必要なら倒せる。シフトノブは、倒せるから可倒《かとう》式、というその方式の名が面白くて思わずあたしは、メモりたいとリュックの中のノートをまさぐった。探ってから、習性なのだろうかと苦笑した。取材じゃないのに。不意におかしさがこみあげ声を出して笑った。言葉。言葉ってなんだろう。

言葉がなくてもあたしは笑うだろうか。言葉もなくて筋肉の反射で笑っていた赤ん坊のころ、あたしは楽しかったのだろうか。なんか楽しいの？　岡部に訊かれてはじめて、今楽しいのだと思い至った。やっぱりいつも、あたしは自分の気持ちに気づくのが遅い。この男を欲しいと思って、その場で欲しいと言ったことは、あたしにとっては大きな事件だった。リュックの中で手に、ノートの代わりに冷たいものが触れた。テープレコーダーだった。いつ誰に呼び出されてもいいように持ち歩いている。今や旧時代の機械だが、作動ミスが少なく、話者が沈黙する間にも話をつなげてくれているかのようなその走行の様が、好きだった。

ようこそ迦葉山《かしょうざん》へ。その字やマークから、霊山とわかる山の案内がある。緩い上り坂がいつからか始まっていた。しばらく行った右手に、ライトアップされた大きな赤い鳥居が見えた。トラックは鳥居をくぐっていく。ステアリングを回すと前には勾配のきつくなった登り道が現れる。あかぎさんー。と、岡部が言った。

「ここも十七号?」

あたしが訊くと、

「さんごーさん」

岡部はぶっきらぼうに答えた。

「前橋の市街は深夜でも信号で混むから、赤城山登って抜ける」

再び地図で調べると三五三は赤城山の南面を回る道だった。きっと山頂に神社があって、その一の鳥居がさっきのに違いない。下の空気は乾燥していたが、高度が上がると、空気中にきらきらとした結晶が漂っているのに気づいた。結晶を見ているとやがて白いものが多く混じりはじめた。白いものは空中で、結晶の間を、漂いつつ縫うように降りてくる。そして白いものの中をゆくあたしは、それまでのあたしと切り離されたチューブというかトンネルのようなところにいて、その中を移動している。目の前で、何かが動き始めた。ワイパーが作動しはじめたんだ、ということがどこかから滲みだした意味のように了解されて、あたしは自分の体をゆっくりと思い出す。

……………………………………………ゆきだ。

記憶の古層から浮上するように言葉が口に出た。雪だ、もう一度、きちんと声に出していった。しかしなおも雪を見つめていると、雪という言葉がばらけていき、ゆ、と、き、になってゆときの間にはそれを結びつける力が消えていてどうしても戻ってこない。ゆときはどうして結びついていたのか、なぜそれがこの白いものなのか、わからなくなった。そうだ結び目がほどけてしまったからこんなにさらさらですべてのものの上に降る?

自分の腕に触ってみて温かさも確かめるけれど、それはゆきということとは関係ない。頰に触れてもゆきということとは関係なく、隣にいる人を見てその人が誰だかもちろんわかったけれど、やはりゆきということとは関係なかった。ゆき、ということは誰とも関係がない。ゆときの間に何の関係もないように。しかし次にはゆ、と、きの間に本当は何もないのではなくゆときの間にあるものは際限がなくそれはどのように組み合わせることも可能で、全くランダムに組み合わせると、光の原色を全部重ねたときのように純白になって、それが今あたしの目の、前にも下にも上にも後ろにもあるあの白く細かでいつまでも続くものではないのかという気がしてきた。

強い横揺れが体にかかる。体の中身が投げ出されそうになりとっさに自分で自分を抱く。カーブが続いている。ゆきの意味はこうやって投げ出されてしまったのだろうか？　体がただ運ばれる。ぼうっとほの白い斜面の下に光のつぶつぶつぶつぶ。ぎっしりでなく、疎らでもなく、均等に、色とりどりに敷きつめられどこまでも伸びる街の灯。あれって前橋？　と思ったら、あれってまえばし、が口から出る前に崩れてやっぱり白いものになって降り、同時に光の粒ともなって、眼下に散った。遠い音が聞こえた。降ってくる白いもののひとつのような場所で、声を聞いた。

どなたかきいてますか？

……………はいよー、

ひとつは近く、ひとつは遠い。

みしゅくれんごう、

むらさきいちごうさんじょうー。

つきよのいほくゆきとかどうですかね？

ぬまたとうけつだねー。

不意に、声は出た。雪は降り続いている、でもあのトンネルのような感覚からは抜けていた。

「無線？」

「ああ」

岡部の声。

「この先のツキヨノが、関越乗り降りするポイントだから」

ノースランドほっかいどうー。

さらに遠い小さな声が言った。電波のことを波、というのがよくわかる。声が、具体的なそういうかたちに乗って揺れながらやってくる。波は、他の波の影響を受けぐにゃぐにゃとかたちを変えるから、声も揺らぐ。

「ひえーめずらしい」

岡部が甲高い声で驚いていた。

「え？　なにが？」

「これ北海道の人だけど、こういう遠い電波っていうのは冬はなかなか来ない。夏、電離層ってのが上にあると反射して、ってあんだけどね……」

高度がだんだん下がりはじめていた。さっきみた街の灯りが緩斜面の向こうからせり上がり、そのせり上がりと電波のチューニングが同調しているように思え、世界の中でここと北海道の声の主だけがつながり闇夜を越えて結ばれ、点と点にくっつき合う感じがしてくる。声は雑音といっしょに叩かれ信号に分解されつつあった。しかしそれでもまだ届く。声、というか音は、モールス信号のようになる。秘密のメッセージを読もうとする感じで耳をそばだてていると、皮膚の表面にちりちりした感覚が起こった。体内が空洞になる。この感覚を知っている。ずっと自分の重みで沈んでいたようなものが、ぽっかり浮き出しそうになる。なんだったのか。いつだったのか。いつだったのか。懐かしいような、怖いような。

「すごい不思議な感じ。遠くのものが知覚《ちかく》にひっついてくる」

あたしは独り言みたいに言った。自分の中がざわざわした。また少し、自分の中身が揺れる感じがする。わけのわからない不穏な感じに、たまらず岡部の腕をシャツの上からさわった。人の肌にさわりたかった。この揺れを止めてほしい。いえ止めてほしくない。無線はどこかをざわざわさせどこか、ひどく懐かしい。何かが揺れる。

「出力が高いと近いものより近くに聞こえることあるよ。北海道とかはロケーションがいいからノーマルでもすごく遠くに飛ぶことある。で、どなたかブレイクありませんかって言うと、それみーんなに聞こえてるのよ、そうすると東京都内ブレイクー！　とか暴走千葉けーん！　とか一斉に応えて」

暴走……あ、房総か。房総千葉ね。どうしてこういう人たちって古いコトバが好きかね。

「強いのが拾われる。それで東京都内ブレイクどうぞって北海道が言うじゃない、でも東京都内何人もいるからまた一斉に応えて、その中からやっぱり強いのが拾われる」

あたしの中身は揺れ続けている。カーブの多い山道を来たせいなのか。岡部は片手をステアリングからはずし、あたしの手に軽くかけてくれた。目を閉じても瞼の下で、立ち並ぶ照明灯は規則的に行き過ぎ、対向のヘッドライトの白、追うテールランプの赤、それにカーブの横揺れとが重なる。そのときコンマ何秒か、彼の手の感触と、彼の言葉と、自分の気持ち、目に映るもの、振動、全部がいっしょくたに織り混ざりフラットになった感じがして、「電波は強いもの勝ちだからさ」、どこでもない場所にあたしはいて、自分のかたちもなくなっていた。「近い人なのか、強い人なのか」、厚い織物のようにいろいろなものが重なったあたし。聞くことも見ることもさわられることもさわることも、入り込んで、等価にあって、「ときどきわかんない」。どこで何を感じているかの区別がつかない。すべてが光のような点滅する情報の粒に置き換えられる。「でも今こっちの出力は足りないから、こっちから話すことは出来ない」。

我に返ると目を見開いたまままいろんなライトを見続けていた。やっとわかった。岡部は、さっきあたしが言った「知覚」という言葉を「近く」と聞いたのだとわかった。でもそれらは、同じことの気がした。知覚する、とは、遠くのものでも自分にひっついてきたり自分の中に入ってくる感じがする、ということだ。瞼をしばたたいた。目の裏側で繰り広げられた点滅と、瞳に映るライトの群れとは違った。あの細かな光の粒の点滅はもう消えていた。

赤城山を下りると雪は止んでいて、雪は地面にも、ない。

道が平坦になると同時に、雑音まじりの大きな声が飛び込んでくる。

「あ、成田観光さん今晩は」

岡部がマイクを取り上げて応える。

これはトラック仲間、とマイクのスウィッチを離しあたしに向かって言う。スウィッチを押している間だけ、送信ができる。

なんで成田観光なの、とあたしは訊き、コールという無線上のニックネームだと岡部は答えた。

トラッカーなんでしょ?

うん。

「十七号を上ってます水上ー。取れますか、どうぞ」

ダミ声の人がしゃべる。走行するトラックの音が、声にイガイガと刺さりこんでいる。

「メリット5。十七号下り、上白井」

あたしの知らない誰かと岡部が親しいのが、話す表情からわかる。

なんで、成田観光なんていうんだろ?

さあ？　みんな違法で本名なのれないからね。

合法でしょこれ？

「あいよこっちもメリット5ー」、と雑音の混合物のなか声は告げて、ザッという音ととともに絶える。
○・五ワットまでは合法かな、それ以上はみんーな違法だよ。俺のは二キロワット出る。
○・五ワットって言ったら？
会話が自動的に続く。

トランシーバー、へたすりゃトランシーバーより飛ばない。でみんなブタ入れてパワー出して。

ブタ？

ブースター。弁当箱ともいう。

あと種類なにがあるの無線？

パーソナル無線とアマチュア無線。

アマチュア無線てハムだ。

「よっこらしょっと。今年東京雪多いねー」

岡部の送信を待たず、向こうが続けてしゃべった。

「また降ったよ」

ＣＱＣＱこちら○○ってやつ。

ああ。

「今日の朝電気系統落ちてまいったまいった。ライト落ちる、ヒーター落ちる、タコメーター落ちる、しょうがないから高速乗ったけどね」

ＣＱってところで何？

「電気系統って、直しに行く時に限って症状でないんだよな」

英語のシーク・ユー、あなたを捜す、っていうのが語源て話。あ、カム・クイックの略って説もあるな。不特定多数の中から、話し相手さがすコード。

「そう明日三菱持っていこうと思ったっけ今は直ってんだよなーったく」

三菱のトラックなんてあるんだ。

三菱ふそう。

「そうだ、俺のが前に電気系統落ちたときは、キーがエンジンと電気の中間に入っちゃうんだったよ。くせみたい。いすゞの特徴なのかもしんねえけどなー。クレームで直したけどさ、社員トラックと違って俺たちは走らせてないと食いっぱぐれだからな」

あれってふそうって会社だと思ってた三菱だったのか。

三菱。

「あー困る困るー」

これいすゞ？

いすゞ。

「成田観光さん、赤城のあたりでナカモトはじまるって書いてあった。落石防止みたい。急いだ方がいいよ」

ナカモト？

工事。

ドリフか。

「なら左潰れるか？」

あなたCBだけ？

CBがいちばんおもしろい。

どういうところが？

「ああ」

「わかった。サンキューね」

「混ぜてくださいー」

第二の声がスピーカーから。

人の波かぶったり、人にかぶったりするところ。パワー勝負だから。パーソナルはそういうかけひきないし、電話でしろよって会話する奴多いし。

「おう。いま成田観光さんとランデブー中」

ランデブー？

三人以上になるとネットワーク。

「りょうーかいーしまし、たー」

後ろにごちゃごちゃっと聞こえるのは誰？

他のチャンネル。強ければ、かぶるんだよこういうふうに。この人たちはそんなに近くない。電波が強いんだ。向こうはこっちの波かぶってないかもしれない。

「今日エロ本買ってないよまいったなあ」

第二の声の主。

「ははは」

この人おもしろー。

こんなんばっかだよ。酔っぱらいの会話みたいの。


しばらく走ると、月夜野《つきよの》、という標識が前方で一回光った。ウィンカーを出し、レストエリアの方向へ車は入っていく。パーキングロットではなく国道からそのまま走り抜けられる道の、左端に寄って止まった。無線の電源を落とすと、もう体に馴染んだエンジンのアイドリングの他には音がない。

緑色の金網があり、下を浅い川が流れ、ほぼ満月に近い月が水面に砕けて映っている。狭い川原から、山はすぐに始まっていた。耳を澄ましたがせせらぎの音は聞こえなかった。石の上に積もった雪は灯火のオレンジ、月の青みがかった黄色、そして白。水はその間を細く抜けてゆく。ほんの数秒前までしゃべっていたと思うと、岡部は眠っていた。

無線のやりとりが静寂の中でリプレイされた。それは「 」で区切る書き文字の会話文と、似ているとあたしはふと思った。無線ではマイクの送信スウィッチというのを押してる間しか送信できず、送信している間は、相手の声は来ない。直接話法の会話文も同じで、「 」の間、話し相手は何も言えない。言わないことになっていて、そういう決まりになっている。同時に言うとか、話が混じるとかいうことはないのだ。少なくとも「 」を使ってそれを表現することはできない。主体がいちいち移って切れる。その間、相手は黙って待っているということになる。それは自然ではない。現実がそういうわけではなく、決まり事としてそうなのだ。あの、小さなスピーカーが空気の音や震えそのものを伝えてくるような無線の感じすら、「 」の会話で表すことはできない。

ノイズと声の混合物が頭の中でずっと続いている。

岡部の顔は、左右から射す月の蒼と灯火のオレンジとが溶け合ったグラデーションで染められていた。

その横顔ごしに、また、雪が降りはじめた。

「包丁怖くなかったの追っかけられたとき？」

「怖くないよ刃物は慣れてる」

「なんで刃物慣れてるのよ？」

「ガキのころ使って遊ぶしさ」

「中学生のころは？　持ってなかった？」

「刃物？　持ってないけど暴走族の集会とか行くと必ず日本刀ちらつかせる奴いたし」

「あれって本物なんだ。日本刀」

「本当の本当」

「どうやって手に入れんの？」

「暴走族っていうのは、要するに卒業生は暴力団だからさ。拳銃だって持ってる奴いたよ」

「暴力団には興味なかったの？」

「入ってたよ」

「え！」

「若い衆ね、準構成員。部屋ずみもやったよ」

「部屋ずみって？」

「ヤクザの親分の家に一週間くらい寝泊まりして、手間をやらされるの。一応いろんなこと仕込まれて。それから当番割り振られて、事務所の電話番とか、スナックの見回りとか。ベル鳴ったらスナック行って、酔っぱらって悶着起こしてる客から金巻き上げてさ」

「巻き上げ方知りたい」

「まず下手に出る。払ってくれりゃいいって。それで財布から名刺だけ抜いとく。その間に女とくっついてる写真、陰から撮ってね。それでまず十万。飲み屋で酔っぱらってああだこうだ言う奴にはなんかあるから、次は裏をついて興信所使って写真撮ってさ、にーさんいいんだぜ、ことを大きくしてもよ親の住んでるとこも知ってんだよなどこだったかなー、とか言って。これは恐喝じゃねえぜー、五十万でいいよ五十万。そこからは深追いしない、あとは、借金の切り取りとか、焦げ付いた手形とかそういうのの切り取り、五百万あって五百万取れりゃ、百万くらいもらえる、あとはそうだな、女つかまえてきて、そこらへんでシンナーかっ食らってる高校生みたいのつかまえてきて、そういうのスナックで働かせて、兄貴に女として紹介して……つまんない仕事多かったよ下っ端は」

「いつやめたの？」

「二年経たないで、やめたな。俺けっこうあっさり冷めちゃう方だから、ヤクザも、つまんねえなって。で、しばらくしてそれやめて次に鶯谷でホテトルのマネジャーやってた。御徒町に坂本さんていうえらい人がいるの、裏業界でさ。その人の下に入って、しばらくやってたけどまた飽きちゃった。つまんねえなあ、なんて手抜きしてたらつかまっちゃって」

「何でつかまったの」

「ホテトル」

「どういうシステム？」

「チラシ見て客が電話してくるだろ、電話ボックスとかによく貼ってあって。それで電話受けると、どんな子がいいですかー、じゃあ連れてきますから喫茶店で、鶯谷だったらハーフムーンっていうんだけど、ハーフムーンで待っててくださいよ、髪の毛マッキンンの子だからすぐわかりますよー、で、会って、あー気に入った気に入ったー、じゃあ前金でお願いしますよ、時間守ってくださいねー、二時間経って帰ってこなかったら、踏み込みますから、そういうことのないように。あとつかまったときに何とかごまかしてくださいね、コーイビト、っちゅうことで。要はナンパして恋人になったっちゅうことで」

聞いたことのないやり方だった。

風俗の取材をしたことがあるけれど、ホテトル嬢は普通、事務所から連絡を受けて、指定された場所に行く。けれど女がどのような事務所から派遣されてきてどんな人が後ろにいるのか、客は知らない。延長は電話連絡されるが、基本的に事務所は余分の収入を歓迎するはずだ。岡部たちに独特のやり方だったのだろうか。それとも旧《ふる》い、ヒモやポン引きのやり方なのだろうか。

何か塊のようなものが胸につかえた。それは言葉にならない。

「俺はそのとき飽きて他のことやってたからさ、俺の下で働いてた奴がつかまった。そのあとスナックやらないかって坂本さんに言われたけど、つまんなくなってやめた。真っ当に働こうかなって、そのころかな、考え出した」

「それが十九くらいだ」

「うん」

「最初、工務店で働いてたって……」

「それは卒業したてのころ、いや中二か、だから中学卒業してないよ、教護院は卒業したけど」

「シャブとか売らなかった？」

「シャブは売ってない」

「やんなかった？」

「シャブ、やったことはあるよ、二回くらい、でも俺そのころまだシンナーやってたから、まだガキのころだからねそんなに来なかったな感激しなかった、シンナーばっかやってテンパってる最中だったからさ」

「シンナー好きだった？」

「好きだったかなあ。好きだっていうよりやめらんなかったんだろうなあ。中学のころだとあれ金になるし。ゴム工場とかに夜中忍び込んで一斗缶二三個かっぱらってきて、売れば百万くらいになる」

「いろいろやってるね」

「一通り試してみたかったから。試してみなきゃわかんないじゃん面白いのか面白くないのか。ちょっとだけやってぱっと引ける奴の方が、俺にはわかんなかった。今言わせりゃシンナーはバカらしい、でもやってたから言えるんだろう。たまに飲み屋のねえちゃんとかから相談持ちかけられたりするけどさ、弟がシンナーにはまっちゃってるんだけどどうにかなんないか、とか、ダンナがシャブでパクられたけどなんとかならないかとか。でも、すっげーきもちいいずっとやってたい、って気持ちも分かるし、だいたい俺が誰かをなんとかできるくらいなら、俺だって誰かになんとかされてた」

「他に何かやってた?」

「他にやったことっていってもなあ。そんな変わってたわけじゃないからなあ」

「変わってるよ!」

「みんなやりたいなと思ったからやっただけの話。みんながやってみたいなって思うことをやってみただけ」

「ヤクザをみんながやってみたいとは、ちょっと……」

「でも、ならどうして、一般大衆がヤクザ映画観たりする？　全然興味がなかったらそういうものないし、行かないわけ。誰が『数学の解き方』っていう映画をつくって見に行くよ？　一応見てみようなんて思わないだろ？　興味あることに対してみんな動くわけじゃん。俺もそれで動いただけで、別に変わってたわけじゃない」

弱い雪が降り続いていた。

ほとんど無風で、雪はそれ自身の軽さによって、大気を真っ直ぐには切らず旋回しながら降りてくる。新潟市街の上を抜けるバイパスに入ると、インターチェンジの表示が規則的に出る。そういうところではあたしは本能的に表示の数を数え始める。数えてなんということはないのだが癖だ。桜木、三番目、と数えたあたりで冬の太陽がゆっくりと現れた。頭上を薄く覆った雲に光が乱反射して、空全体が銀色のドームのように輝き、青空よりかえってまぶしい。一日市《ひといち》、という七番目のインターチェンジでバイパスを下りると、空は晴れわたっているのに雪が舞う。少しの位置や時間の違いで、天気がまるで変わる。

碁盤の目に区画整理された一帯に、同じようなダクトをつけた低い工場群がブロックで点在していた。ブロックは車道で仕切られ、ひらけた視界に人影は見えない。たまにすれちがうのは運送のトラック。空は青く晴れたが、道路脇に寄せられた雪はそれで溶けることなく根雪となっていて、排気ガスと冬タイヤが削る道路の粉塵とで汚れている。

家具工場のひとつの前につけ、カーテンを閉めた。すると太陽が出る前の、凪いだ薄曇りの雪空のような色が車内を支配する。外の天気は、雨以外もうわからない。

時計を見ると午前十時半。岡部もコンソールの時計を一瞥する。彼はベッド・スペースであたしを抱いて、いきなりショーツの脇から手を入れた。ショーツは紐状になって、はみ出した柔らかいものを伝って岡部の指はするっと滑り、あたしの中にめり込む。岡部にさわられると、あたしの体はいつでもOKになっていた。でもこのとき心が、引く反応をした。昨日あたしを抱いたデリケートさとのギャップが、一瞬では埋められなかったのだ。あたしが腕や肩をかたくすると、それがタイミングをずらせて、岡部は眠ってしまった。彼はあたしの腕の中でたちまち重くなる。あたしはそんなにうまく眠れなかった。

意識が溶けては醒めるサイクルをいくつか繰り返すと、窓がこんこんと叩かれた。岡部は起き、眠そうな顔で車を出した。工場の人間が作業開始を知らせたのだとわかった。

家具工場の搬出口は、トラックの荷台の高さに合わせて床を上げてある。そこに荷台の観音開きのドアをあけて着けると、地続きに荷物を運び入れることができるのだった。岡部は長靴を履いて作業を始めた。いっしょに出てもいいかと訊いて、あたしも外に出た。気温はまだ低い。かじかむ手をあたためながら、家具工場のひさしの下から岡部を見ていた。腕が伸び、木の枠を摑む。ドアの枠なのかもしれない。そういえば最初にあったとき、ドアを納めると言っていた。ふたつ重ねて肩に担いで頭を出し、両腕で均等に支えて運ぶ。

それを何度も繰り返す。人間と家具はちがう、という当たり前のことをあたしは感じる。あたしたちと家具とは交わらない、というようなことが、フレーズとして命題みたいに頭の中に来た。人間は柔らかく、木は固い。あの木枠を使ったなら、あたしにも人が撲殺できるのかもしれないと、不意に思った。殺戮のヴィジョンと、今運ばれる家具たちが備わった部屋が全壊するヴィジョンとが浮かんだ。それらが意志とは関係なく起こり、頭の中でボッ、と、ストロボを焚くように灼きつけられる。体がうまく動かない。ヴィジョンは、光量が多く一瞬で、細かいところはわからない。保護用の段ボールで梱包された家具は、岡部と家具工場の人たちの手で大事に荷台に入れられていく。

あたしはやっと首を動かし、外を見た。車がよく通る轍の他は、雪が薄く積もっていてまぶしい。やはり青空を背景に細かな雪が舞っている。もう一度首を回して岡部を見た。岡部の動く肉体を見た。今度は音声が自動的に浮かんだ。見ているものがあって、別の音声がかぶる。映画で、画面とは直接関係ないモノローグとかナレーションが入る感じだ。岡部とすぐ近くにいるのに、まるで映画が映写されているのを見るようにそれが自分と切り離されている。背景の青と白が露出をとばしあって水玉になり、立体感が消えた。働く岡部の姿に、前聞いたことのある話がそっくりそのまま重なってきた。

ハーフムーンで待っててくださいよ、髪の毛マッキンキンの子だからすぐわかりますよー、で、会って、あー気に入った気に入ったー、じゃあ前金でお願いしますよ、時間守ってくださいねー、二時間経って帰ってこなかったら、踏み込みますから、そういうことのないように。

岡部が動く。空は晴れているのに雪が降っている。

少し上体を起こすと利根川が見えた。

東京への途、群馬県から埼玉県に入ったばかりの深谷で、岡部がシートを倒して仮眠しはじめた。シートからベッド・スペースに、柔らかな上体が斜めに投げ出されている。横向きになった肩が規則的に上下する。あたしたちが停まっている、大きくさびれたゲームセンターのネオンが頬の翳りの色を変えてゆく。メタリックな稜線が現れては消える。駐車場に車は三台。独り眠れないあたしはイヤフォンでテープを聞いている。少しのことでは岡部は起きないことはもうわかっていた。

主《あるじ》の、今はいない岡部の声を、いつくしむようにあたしは聞く。録音した自分の声は違って聞こえるという、が実は、他人の声もやはり実物と少し違う。けれどしばらく聞くと、波形が合うように、その人の声として私の体になじんでいる声と重なる。その瞬間が、いい。テープ起こしも仕事のうちだから、あたしは自分の声も、聞き慣れたつもりだった。でも、ある論点を頭に入れて話すのと、普通におしゃべりするのとは違って、普通にしゃべっているときあたしの話し方というのは予想以上に遅い。

ハーフムーンで待っててくださいよ、髪の毛マッキンキンの子だからすぐわかりますよー、で、会って、あー気に入った気に入ったー、じゃあ前金でお願いしますよ、時間守ってくださいねー、二時間経って帰ってこなかったら、踏み込みますから、そういうことのないように。

巻き戻し。

ひとつには岡部がよくしゃべるから、対比であたしはより遅く聞こえる。なぜ岡部はよくしゃべりあたしはしゃべるのが遅いのだろう。同じ時間に岡部がしゃべる量というのはあたしの三倍くらいで、同じ単位時間に文字数が三倍詰まっているという感じなのだ。あたしのようにうーんとか、あーとか言ったり考えたりする時間なしに岡部はしゃべる。取材用のテープレコーダーを見つけて、録ってみてもいい？　と訊いても彼はいやがらなかったし何のためと聞き返しもしなかったし、録音されているからといって口調が変わることもなかった。

岡部のようにたくさんしゃべる人というのは、それが記録されることを前提にしていないのだと思う。言葉はその場限りそのつど流れて終わるものなのだ。あたしはそれがまずは残ると考えるので、言葉選びに慎重になり、話す速度が遅く、遅いから量が少なくなるのだろう。でもあたしの会話は、テープで再生してみるとわかりづらい。

二時間経って帰ってこなかったら、踏み込みますから、そういうことのないように。

この部分にあたしは愛着して何度も巻き戻して聞く。もしこんな男にガードされているとわかっていたら、あたしもホテトル嬢をやれただろうか。いやがりながらも、岡部に手を引かれてハーフムーンに行き客と会う、彼の言うとおりにコンドームは客にすぐ渡し、脂と汗の混じった肌の下敷きになって最長二時間、粘膜だけの存在になり心を消す。

巻き戻して、何度目かにあの聞きたいせりふの頭が出るとき、ほとんど忘れていた記憶の結び目みたいなものが甦った。殴られたことが、一度ある。中二のころ教師に殴られたことがある。東京で教えている国語教師なのに東北訛りというか明らかなズーズー弁を話し、サ行変格活用、ラ行変格活用、そうした活用語尾だけを、次々指して言わせていくのが授業の大半という、禿げた小男だった。目は糸のように細いくせに二重の筋がくっきり刻まれているために、瞼の裏のピンクの粘膜がめくれ上がったように見えていた。

活用は、繰り返されると奇妙な呪文のように聞こえてきて、それが何のためのことなのかも忘れてしまう。授業に、内容と呼べるようなものは何もないのに、異様な緊張だけが毎回あって、みんな指されないよう目を宙に漂わせる技術にだけ長けた。

それは、バランスの一瞬の崩れと教師の視線とが、偶然遭ってしまった事故だと思う。小男は自分がみんなにコケにされているのを知っていて、だから自分に注意を向けない人間が、一人でもいるとそれが全世界からの無視にまで感じられる病気だったのだ。早川、立てと言われて立つと、いきなり平手を頰に張られた。あたしは教師を殴り返したりしなかった、泣きもしなかった。
空気が凍りついて声をあげられるような空間ではなかった、ただ現実感が遠くなってい
き何をしてもみっともないからとりあえず何もしないという最も消極的な選択をしたよう
に思う、不思議なことに、反抗よりさらなる同化を決めた、というわけであたしはただ息
をするだけの存在になった、イオン膜の自動的な物質交換みたいにスーハースーハー、思
えば、声が聞こえたのはそのころが最初だったかもしれない。
その後サ変やラ変を言わされるとき、少し先を行く声が自分の中にあった。あの声はあ
たしの代わりにラ変やサ変を覚えてくれて、あたしは吐き気のしそうなラ変やサ変をその
声に言ってもらっていた。これを言ってるのはあたしじゃない、あたしは屈したわけじゃ
ない、あんたのためにラ変やサ変なんかおぼえない。もっと最悪なことに中三のときその
国語教師は担任になった。
あたしは教師に訳もなく殴られたことを親に訴えた。要は教育委員会に訴えるというよ
うな正攻法で教師に制裁を加えようと思ったのだった、そうしたらあたしの母親は、あん
たに悪いところがあったのだろうと話を聞きもせずにあたしを責めた。あの教室の異様な
緊張は目に見えるものでなく肌を取りまく空気だから、異様さを伝えるのは十四歳にはむ
ずかしく、それでも母親に必死に食い下がると、
どうしてそんな恥かかすようなことするの。

はっきり、彼女は言った。

以来あたしの様子に何か変わったことがあると訊くようになった、また先生に殴られるようなことしたんじゃないでしょうね？　学校は楽しくなく、家は安らげなかった。気がつくと引き出しの中にあたしはナイフをためていた。ナイフは美しかった。特に少し反り身の、先端にかけて広がってゆくかたちを崇拝していた。肌に垂直に立てる、あるいは平らに寝かせる。それはあたしを傷つけず、あたしを傷つけるもの取り込もうとするものたちを必ず切り裂く。あたしのまわりにある、ぬめぬめと正体のない閉塞感には、銀色に光るナイフこそがふさわしかった。銀色に光るナイフで、背景とべったりと曖昧に一体化しそうになる自分の輪郭を切り出したかった。

怒りが言葉になったのはずいぶん後だった。あのときは傷ついたと母親に言ったときの、彼女の言いぐさというか言い訳は、おためごかしで呆れるばかりだ。だって中学生の親は子供を学校に人質にとられてるようなものなのよ。その言い方自体はわりとよくあるものでうちの母親だけがとりたててひどいってわけじゃない、が、ありふれてるってことがかえって恐ろしかった、親たちが守りたいものは生身の子供じゃなく別にある、そんなことを本気で信じていられるのならあいつらの方がおかしい、あいつらみんなおかしい、あいつも良識が服着たようなあいつの友達も同級生の親もみんなみんなみんな、皮一枚下は狂ってる、その皮を剝いで下にあるものを暴き出したかった。多数だからといって正しいことの証明には全然ならない、多数が正しいのなら戦争も正しい。民主主義が要するに多数決主義である限り、そこには最初からファシズムの芽がある。

いつまでそんな昔のことを言ってるの。

母親には言われ、それですべて終わった。昔言ったのに聞かなかったくせにそれじゃいったいいつ言えっつうの。大人は自分が他人をふみにじったことなどすぐ忘れる、というがそのときあたしもすでに大人だった。

「二時間経って帰ってこなかったら、踏み込みますから、そういうことのないように」

岡部に守ってもらう自分を想像する。客が、ロープを出したりする、あたしは客に、危険なことはやめてください傷が付いたりすると事務所にあなたがひどい目に遭わされますよ、と訴えるが客はやめようとはしない。とにかく二時間、あたしの頭にあるのはそれだけで、部屋中に散漫に漂っている自分のかけらをかき集めてほんのひととき、客を気持ちよくさせることに全神経を集中する、フェラチオとか最高度の集中力を発揮する、それで二時間を少し超過してしまう、岡部が踏み込んできてくれる、このひとあたしにひどいことをしそうになったと訴えると岡部は客の所持品をさぐり、違約に関して客を脅し、これは恐喝じゃないこっちの正当な権利だあんたが約束を守らなかったあんたが女をひどく扱おうとした、と言う。長身の岡部は喧嘩ならたいがいの人に負けなくて、あたしはもう怯える必要がない。彼はあたしの頭を撫でてくれる。事務所に帰ってお弁当を食べる。お茶と甘いお菓子をとる。大変だったなともう一度、頭を撫でられる。

あたしはあのころ自分を感じていたように、家を出ても生活するすべがないわけではなかった、あたしはとても若くて、若さはタダで、若さはしかも、売ることができた。今の十代の子がするフリーの売春でも、生きていけるのだろうがフリーの売春に漕ぎ出す勇気は今十代でもあたしにはない。レイプされる、いたぶられる、殺されるという可能性が頭から消せない。だからあたしは岡部のような男にガードされない限り売春なんかできなかっただろう。あのころこういうシステムを知っていたら、あんな腐りきった場所にいなくてすんだのだろうか、学校から飛び出したら、後悔する日が来たかもしれないし、それはヒモに稼ぎを巻き上げられる生活だったのかもしれないが、学校にいたって生きてる実感がまるで持てなくて、実の親からさえ生命力を奪われていた。あたしはあの場所から逃げられなかった。逃げられない感じとは、殺される昆虫や頸動脈を正確に噛みきられた草食動物に似ているとあたしは思う、電気とケミカルの作用だけでできた昆虫は殺されるときやはりケミカルの作用で痺れて気持ちいいというし、肉食獣に喉元を噛みきられると草食動物の体内ではエンドルフィンが放出されて、死の苦しみを感じないという。死ぬこと、死に至ることを、どこかで懐かしい気持ちいいと感じる倒錯した神経があるのだ。それが作動し出すと逃げられないのかもしれない。あるいは、そういう倒錯なしに、どんな動物も死ねない。

エンドルフィン、と考えたところでキーワードがヒットして、食べ吐きは、臨死のシミュレーションだったのかとふと考えた。それはたとえばあの殴られたあとの妙な痺れた感じにも似ていた。屈辱が、屈辱じゃない、痛みが、痛みじゃないと思っていると、殴られた場所がじーんとしてきて、痛いのか気持ちいいのかわからなくなってくる。気持ちいいように感じる自分に吐き気がするほど嫌悪を感じる、そんな自分を自分に思えなくなって自分が自分から離れていくが、確かめるのには何か、殴られるのと類した極端なことが必要だった。だからナイフを集めたのかもしれない。嫌悪を忘れるための、いちばんてっとり早い方法は眠ることで、ベッドに一人でいる時間が増えた、横たわり呼吸が最小限になっていき、自分の鼓動で肉が揺れるのを感じる、十四、五のころからよく、生きながら死んでいくように、目を見開いたまま寝ていた。

そのころから記憶が自分のものとしてうまく持てない。大事なことや切羽詰まったことほど客観的に感じられてしまう。どこにいても、そこに百パーセントいる実感が持てない。外の世界では如才なくやっていた。破綻はなかった。

テープが回るノイズのような、規則的な寝息が横にある。

あたしは自分のことを話さない、聞いてばかりいる。

カーテンを少し開けて外を見る。窓の結露を手で拭いた。川の上に低くあがった月は、赤く、大きい。

戸田南ランプから首都高に乗る。

環状線には二十分で着く。

光の量が爆発的に増え、東京が、とつぜん目の前にある。

東京だ、という強い感慨に打たれる。東京だ、と、うめくように低く声に出す。散漫にすぎる巨大都市、東京は、その中にいてもそれとわからない。ある距離をもって見て初めて、東京は東京とわかる。手にとれそうな、まるでおもちゃのようなメトロポリス。生まれ育った街をあたしは初めて見た。

無数の微生物が、蠢き、さざめき、透明の殻の中で発光する。一瞬のうちにその只中に飛びこんでいる。白い光の渦の中心を、車は切り進んでいくのに、その光はどこまで行っても果てることがない。

「東京ってのはたいしたもんだ」

岡部が言った。

「ここにいる人たちは、知らないんだろうなあ、こんな時間に、すげえ睡眠不足で走ってる人間がいること」

「もしかして、ずっとこうなの?」

「ずっとこうって?」

「走ってるあいだずっと、睡眠は仮眠」

「そのとーり！」

「それが特別なときじゃなくて」

「特別なときじゃなくて」

午前零時の首都高速を百二十キロで走る。今まで見たいろんな風景が白い光のなか、スピードで溶ける。ばらばらのカットがスピードでつながって立ち上がり、何百何万もの過去と現在をつくる。そのカットのどのひとつとして今ではないのに、今と無関係でない。今ある風景もすぐになくなる。そしてそれらすべてをまき散らしたように、東京はあたしを囲み、発光する。東京に初めて感じる懐かしさ、スピードと時間が風景を暴力的なまでに変えること、涙がふと出そうになる。

「不眠症のトラッカーなんていたら大変だね」

「いいんじゃない？　寝ないですむんなら。売り上げ上がるじゃない」

「不眠症っていうのはそういう病気じゃないよ。眠れなくて、体が疲れて困るのに眠れないってやつだよ」

「俺、やりたいと思ったことはやってきたけど、不眠症に、なりたいと思ったことはないな」

「無線もめんどくさくなったからなあ、外すかな」「なんで？　便利……

百二十分テープが折り返す。

……ゃない」。東京湾岸、午前一時、江東区豊洲、工事現場近くの倉庫で朝を待つ。同じ都内でも、出会った日のような住宅地の中ではなかった。

「俺だって好きだけどね、罰金払わされてもやってるわけだし。でもクラブの幹部にならないかって言われてて。無線歴長いから。知り合いもいっぱいいるし」「なんでやなの？」「めんどくさいよ。本部はヤクザだからさ、めんどくさい。人集めんの好きで、温泉とかで集会するわけ。うざってーうざってー。関東はどうだあー？ってそんな変わったことがあるわきゃねーよ、こちとら右翼団体じゃないんだから。で会社のワゴン車とか借りていくじゃん、みんなベンツとか乗って来てんの。スーツとかテカテカの脇がぱっくり割れたやつでさ、なんか勘違いしてない？あんたふだん何乗ってんの？トレーラー。ただのトラッカーだろ？はい。だって。そういうかぶれちゃう奴嫌いなんだよ。夏とかになるとよ、そういうクラブで海水浴に行かされたりしてさ、家族連れとかカップルとかいるとこでみんなの前でマイク持って話さなきゃなんないんだぜ、幹部だと」

ここは倉庫だけが建ち並ぶ平らで広大な一角で、生きているものの気配が見渡す限りどこにもない。街道沿いに同じように開いたゲートのひとつに入り、高い梁をめぐらせた巨《おお》きな体育館風の建物の中を抜けた。すると視界を遮る高いものはなく空はドームのように頭上にあった。野外に同じ機種のトラックが四台と、積み荷のない骨組みだけを曳《ひ》いたトレーラーが二台、横並びに止まっている。運転手が中で眠っているのか、外からはまったくわからない。真っ直ぐ進んだ先は、二十メートルくらいで埋め立てのコンクリートが直角に断たれ、海がとつぜん始まっているのが、路面に突出した黄色いサインでわかる。ただし重い黒い液体は、遠くの灯を反射している以外は陸地とみわけがつかない。満ちた月は濃紺の中空に白く冴えて、その光がまばらな外灯のすきまの闇を、かろうじて埋めていた。無線もラジオも切れて静かで、アイドリングの上をテープの走行音が、かすかに擦る。

「なんでヤクザが出てくるわけ?」「要は有限のチャンネルを巡ってのなわばり争いで、その中でもCB無線はパワー勝負だからね。違法で派閥争いがあって強いもん勝ちって世界に必ずヒルのように吸い付いてくるのがヤクザさ」「だからクラブに属するんだ。クラブに属さない人っていうのはいるの?」

あたしはドアのキーロックを確かめながら、この小さな室内に閉じこもることも怖いとどこかで感じる。

「CBはいない。必ずどっかのクラブに属さないとできない」「何チャンネルっていうのが不思議だったんだよね」

単に慣れないからなのか、長い移動をすると、止まった場所場所で自分が前の自分と続いているという実感を持つのがむずかしい。一時間もあれば風景はまるで変わってしまい、そこで止まると自分がその時間とその場所に、隔絶された存在に思える。たしかな場所はこのトラックだけだ。トラックの中にいると、ある種のトラッカーが車を飾る気持ちがわかる。外が派手で内装が妙に可愛いトラックというのも理解できる。そこが自分で、そこだけが、自分なのだ。あとのすべては流れるもの。走り出すとまた、風景がめくるめく変わって、それは風景が自分の表面からたえず引き剝がされていくようで、体液のしみ出た擦傷をこすられ続けるみたいに、体の表皮がいつまでたっても形成されない感じで、外の空気に対して防備がない。体の表面に、ふしぎな過敏さと鈍さとが同居しはじめる。

「それでそのクラブをヤクザが仕切ることになるんじゃないの？　俺のいる十五チャンネルはクラブ同士仲がいいけど六チャンネルなんかチャンネル内でのうちわもめもしょっちゅうやってる。六チャンネルは本職ヤクザ多いよ。シャブ打ちながら運転してる奴とかいるし、コールも変わってて、ポン中太郎とか」「あははは。警察無線とか、聞けないの？」

あたしは話し続けた。なぜか話が終わることが怖かった。会話がなくなると、夜と自分の境がなくなる感じに怯えていた。小さいころ、寝ることと死ぬことの区別がつかなくて夜が怖かった。

「警察無線は、聞けない。昔暴走族やってたころパトカーからかっぱらったことあるけど。それで赤灯とあわせて右翼の奴に売った」「右翼の奴に、ね」「そろそろ寝る準備するか」

東京湾の対岸の明かりが見える。ベッド・スペースへと岡部は移り、あたしは従う。暖かな冬は緯度の比較的低い場所にも雪が多く降る、というしくみを前に聞いたが思い出せない。暖かな冬、というわりに今年は春はなかなか来ない。対岸の明かりは、冷たさに空気中の何かが凝集したように見える。岡部がセンターのカーテンを引き視界から明かりは消えた。

「これ回ってんの？　止めるよ」

テープレコーダーのＲＥＣボタンが解除になる。そのときリボン状にあたしを過去と未来につないでいたものがふつっと切れた気がし、夜の闇を重く感じた。あたしの存在が小さくなる。世界から要素がひとつひとつ取られてゆく。存在が点に近づく。

距離をせばめてくる岡部を知らない人に感じる。岡部からも、記憶で構成された部分が刻一刻抜けてゆく。あたしは動けない。もし殴られたら、即座にごめんなさいゆるしてとか言って受け容れそうな気がする。なぜこんなバカなことを考えるのだろうと思いながら、そんなことを思う。こんなときにドアのロックを再点検している。

岡部はあたしの頭を無言で包む。掌は、頭を包む前にその微妙なカーブを帯びてしっくりなじむ。ごく至近で、岡部は急に空気を甘く変えた。岡部はあたしの下の衣服をむいた。

自分でしてごらん。

言われて、こすっていると粘液が出てざらざらした感じを徐々になめしていく。流れ続ける温かな粘液は、あたしが思うよりずっと多くて肛門までを濡らす。彼の指に肛門をまさぐられた。一瞬だけぴくっと硬直した。

お尻の穴、ひくひくしてる。

絶妙のタイミングで恥ずかしいことを言われ体の力が抜ける。あたしは恋人にも肛門をさわられるのが好きじゃない、強すぎるのだ。なのに今は、あたしの肛門が粘液にくるまれて、その膜に保護されている感じだ。直接さわられている感覚が全然なくて、不潔という観念もわかない。指は肛門を覆う粘液のオブラートの上をつるつると滑る。彼は指を半分だけ、あたしのヴァギナに入れて出し入れしている。ゆっくり動かす。自分の入り口が、餌を吸う熱帯魚の口のように指についていく。別の指がたまに肛門に触れる。すると下腹の感覚が深くなる。あたしの入り口や出口は、勝手に恥ずかしい動きをする。どこをどうされてるのかわからない。粘液がたえず流れでる。あたしはクリトリスを夢中でいじり続けた。小さなピークが訪れて、体が痙攣した。

暗がりで目には見えない吸引力が存在していて、あたしは吸い出される。吸い出された果てが岡部の先端と出逢う。

恋人とセックスするとき、おしゃべりする感じってあたしは思ってた。体を使ったおしゃべりって。今はもっとダイレクトに、摂取するって感じになってる。粘膜で、ペニスだけじゃなく彼のすべてに吸い付いて、食べる。膣の粘膜がひっくり返されてそれが体のすべてで表で裏で、とても敏感で臆病なのにとても貪欲。あたしの核の最も柔らかなものが出てきて、トラックはその無防備な感じを増幅する。体表が目には見えないほど細かい幅でびりびり震えて今にも叫びだしたくて、他の肌や粘膜に、吸いつくことしかなだめ方を知らない。

岡部は後ろから入ってくる。闇がのしかかってきた。後ろから押すように入れられて、クリトリスが射精する感じがする。同時に喉に何か塊がせり上がってきて、わざと吐くときとも似ている。せり上がりがドライなオーガズムになって、眉間に真っ白い爆発を見せる。声にならない叫びを、あたしは叫ぶ。

波の音が、聞こえた気がした。

エンジンがアイドリングを続けている。


朝、目が覚めると倉庫街は活動をはじめていた。そこここでトラックとフォークリフトが動く。バックギアの電子音が聞こえる。あたしたちは移動して、午前八時半荷下ろし。九時二十分再び移動。飲食したもの。コンビニの幕の内弁当。あたたかい缶コーヒー。積み込みが終わってから少し走り、夕方に風呂に入った。ガソリンスタンドで、宇佐美指定、と名の付くところにはたいてい風呂がある。全国展開で、トラックが入れて、風呂つきという、長距離トラックに目を付けたやり方で成功しているグループだからだ。乗用車が四、五十リッターとして、四トントラックの二つのタンクを満たせば二百十リッターだから、このやり方は双方得をする。十七号沿いの宇佐美で給油をして、風呂に入った。二十四時間風呂の装置を外付けにした、快適な風呂だった。

二回目の新潟への道は、景色を楽しむことができた。

「この先テッパン焼けてんよー」

誰かが無線で教えてくれた。テッパンとは重量検問のことで、秤の形状が鉄板なのでこう呼ばれる。教えてくれたのは初めて話す人だったらしい。おかげで岡部は四トン車に十一トン積載していたが検問を迂回する。検問情報は無線ではレポートと呼ばれ、隠語が基本だ。そして混んでいる場所でも最優先で電波を使える。スピードはエスメーター、白バイは月光仮面でパトカーがパンダ。隠語は、一度聞くとなるほどとみな思う。外に意味が漏れるのを防ぐというより、大切な情報なので人によって言い回しが違わず早く話が通るように、決まりとなっているのだろう。

「話してみる?」

レポートの受信とそのお礼が終わったあとマイクを差し出して岡部が言った。夜になってあたしが退屈していると思ったのかもしれない。

「あ、うん」

まだ軽く湿った髪。二人同じシャンプーの残り香がキャビンには漂っている。

「俺のフリして話す?」

「え？　どうやって？」

「これ使うと誰かわかんない」

黒い、マイクに似た形状と大きさのものをあたしに手渡す。

「何？」

「ボイスコンバータ。俺はあんまりこういうの好きじゃないけど、借りっぱなしになってた」

「誰かわかんなかったら怖いじゃん」

「コールで俺だってわかるから。ふざけてるだけって思うよ、わりと知られた手だし」

コールなんだっけ？

嵐。

声が入ってきていた。

「話していいよ」

マイクを渡された。

「はい嵐です」

マイクの送信スウィッチを押し、ボイスコンバータをマイクとの間に挟むようにしてあたしは応える、調整のつまみがあるが、どういう調整をすればどんな声になるのか予測がつかない、はい嵐です。自分の外からそれが、金属質の細く高い声に変わって聞こえた。

あたしがそこから、いなくなった。

声が変わる。頭ではわかっていたはずなのに気持ち悪い。皮膚が硬く粟立った。突発的な吐き気を呑み込んだ、かみ合わせがずれていたものが再びぴっちりはまるように頭の中でクリック音がして戻ってくる。声が、戻ってくる。なんでも言いそうになる。初めてコントロール下にない声を聞いたときと同じだった、自分の言葉がまったく知らない声に変換されて聞こえる。

「げえんきでしゅかー?」

なんでだろう、幼児語をしゃべってしまう。汗ばんだ手でスウィッチを押しっぱなしにしている。手の震えが自覚できた。はっと気づいて押し込んだ親指を離す。岡部をちらっと見た。彼はただ前を見て運転していた。しばらく間があって、相手からの交信が入るが、世界中の雑音が一個の小さなスピーカーに吸着されたようで、ひとつの声を選り分けられない。どの声に反応したらいいのだろうか、と頭の表面の毛細血管が切れるほど音に集中してみるけれど、世界が圧力をかけられて変な音に変わっている。

「まるで気体が圧力かけられて液体になるみたいに、液体プロパンとか?」

考えが声に出てしまった。それも知らない声に。

「よく聞こえないでーす」

送信スウィッチを押して言う。

「まだ向こうしゃべってるよ」

岡部に手を持たれた。

「え？」

頭の中で、衛星がいくつも開くようにたくさんの声を受信する。とても遠くに聞こえる声もある。

「遠い電波聞こえない？」

岡部に質問する。

「いや？」

「遠い電波聞こえない？」

「俺には」

黒崎にいい店見つけたぜ。連れてけよ。マイ・ネーム・イズ……、それじゃトラックステーションで待ち合わせ。ハワイハワイ。あのねえちゃんとんでもなかったぜあることないこと言いやがって。今度かあちゃんとやらせて。何時くらい。……うなの。貸したりはしてないんだよ。タンゴ、アルファ、クイーンクイー。十一時。もうね。なんだよそっちは高速かよ。何時って？　ここでみなさんからのはがき、

「もしかしてラジオ、つけた？」

送信スウィッチを離して、運転席の方向に訊く。

「いや」

でもたしかにラジオがしゃべっている。たくさんの人がしゃべっている中たしかにラジオもある。

「つけてもいい？」

「いいけど聞きにくくないの？」

「らいじょぶ」

ろれつの回らない口で答える。少し横を向いていったのでコンバータにはかかっていなかったのにあたしには自分の地声と、変換された知らない声が同時に聞こえてしまう。変換された声は自分の中で鳴っているようにも、外で鳴っているようにも聞こえる。

「無線って、間があるじゃーん、あれ待ってんのたるいから」

岡部は何も言わなかった。あたしはボタンを次々に押してデジタルのチューナの周波数を変えていく。キューとかザッとかいう電子音を挟みながら意味のあるフレーズが次々浮かんで消える。

ディス・プログラム・ハズ・ビン・ブロート・トゥ・ユウ・バイ・フジツー、この番組はインターネットのホームページとリンクしていますいろんな情報がアップされていますのでどんどんアクセスしてください　AMにしていい？　いいよ　今なんて言ったの？　なんにも、ただいいよって。CDにすれば？　いい　すれ違っただけで好きになっちゃったなんてはじめてそういえばパパもママに一目惚れ最近はちょっと感情のコントロールができない私を連れだしてほうりだして　パティ・ペイジの特集でございます十一人兄弟のパティはその二番目有名なテネシー・ワルツは　わたくしたちふつう、主語が同じものを同じだと思いますが、ある言語圏、まーたはー、幼児や分裂病のひとの世界観などでは、じゅつごが、同じだと同じものと見なす、とこういうことのほうが、多いということがありますそれは　どんなースロープもーえがーけなーくてーたーのーしくったーのーしくやさしーくねー、へんな歌詞　それを言うならシュプールだろスロープじゃただの坂　そして親鸞上人《しんらんしょうにん》は　この広告は会社員、キタウラケンゴさんのメールをもとに構成しました雨降りだした？　曲だよ　さて来週からのゲストを紹介いたします、来週がクロユメのキヨハル君、再来週は女優のイナモリイズミさん、あたしもよく知ってるんですけど、よく知ってて、呑み友達ですか、そう呑み友達、呑みにも行くしお食事も、行ったことがありますすーっごいいい子ですよ、

「あ！」

まるで旧知に出会ったかのような気がする。

見つけた！　たしかにさっき聞いた声。男と女のかけあい。これだこれだこれだこれだ。でも、あたしは電源が入ってもいないラジオを聞いたのだろうか？　入ってもいないラジオ？　もちろん彼らはさっきと同じ話をしてるわけじゃない、時間は移っている、だから

確かめようはない。この人たちはさっきとは別の人たちだ、あたしは強く思いこもうとした。そうしたら自分も刻まれてゆく時間で何個も同時存在するのがわかって、今ここにいる自分の、体を、感じようとしたけれど、皮膚だけがチリチリした感じがして中は空っぽ。表面に細かな穴があきはじめ、穴はどんどん多くなって、自分と他人に差がなくなる。

止めて。あたしを肌のところで塞いで、あたしが流れ出すのを止めて。抱いて抱いて抱いてと岡部に今すぐ懇願したいけれど、脈絡がないから、我慢している。ちかちかした感じが、神経に直接パルス信号を打ち込んでいる。口の中に電池に似た酸っぱくて刺激のある味がする。腕の筋肉が、意志とは関係なしにひくついた。一度震えるとあらゆる筋肉が波立ちはじめ、次がどこか予測なんかつかない。歯の根が合わなくなった。ぷつっと、何かが切れる音がした、と思ったらそれは切れる音ではなく、何かが繋がる音だった。

声がした。

着替えようね。

筋肉の波だちが集まって、大きなうねりになり嘔吐のようにこみ上げる。

次は体育だよ。

うん、と、声が答える。声色が違うが、着替えようねという声と同じなのがわかる。うまい声優がキャラクターを使い分ける感じだ。懐かしい。涙がこぼれそうになった。懐かしくて、おそろしい。

袖を通して。

うん。

あとは腕を伸ばすだけだよ。

うん。

声は勝手にやりとりしている。

まったくアタマ来ちゃったよヨシダったらふたまたでさあカナコの気持ち考えてるわけ。うん。やっぱバスケ部のウカイだとおもうの。うん。そこの式はエックスでくればいいのよ。うん。あの女すごいむかつかない？　うん。ハブにしようよ。

うんうんうんうん。

ああ、ああああああああああ、
すごく我慢したのに、限界が来るのはあっけない。

吐く。

え？

吐く。

なんか言った？

「きもちわるい」

口を押さえる。切羽詰まったように見せる。って、ほんとに切羽詰まってんだよ。自分に突っ込み入れてどうする、まじ切羽詰まってるのに。あたしは切羽詰まるとよけい平静な口きくと、いつか女友達が言った。口を押さえて上体を曲げる。体の不調にするしかない。

どうしてずっと忘れていられたんだろう。

声が、もしかしたら中二ころから聞こえていたのかもしれないという、薄ぼんやりした記憶が、今、この場で全部再生される。声はあたしを脅かそうと思ってやって来たんじゃない、声はあたしを守るために、生まれた、他ならぬあたしがつくった。けれどいきなり聞こえたわけでもない。言葉が壊れるところを見ていた。ラ変を言えなくなった。あたしを殴って以来、どんなにバリアを張っても禿げた小男のズーズー弁を話す国語教師は一日一回はあたしを当てて立たせた。ホームルームの時間にも、意見を言う必然性なんかまったくないところで意見はどうかとあたしを立たせた。そういう人間を必要としたのだ。そんなある日、ラ変と言われて、頭の中をどうひっくり返してみても、ラ変に自動的に通じていた回路がなかった。考えることなく、ただ条件反射で開くようになっていたのに、そこが見つからない。前にそれを言った状況まで再現できるけれど、活用の部分だけ真っ白い穴のような伏せ字になってる。声が出なくなった。口をぱくぱく開け閉めするのだけれど空気を吸い込むだけで肺の容量はすぐにいっぱいになる。それでも息を吸い込むことしかできない。心拍数が爆発的に上がった。視野が狭くなる。世界が遠のき、透明な膜が一枚かかってどうしても触れられない感じに襲われた。目の前にあるものにどうしても触れられない感じは、目の前にあるものまでの距離がどんどん細分化されていって時間にのべられていく感じで、その時間とは、永遠だ。

教師はどうするだろうか、またあたしを殴るのだろうか、こっちからは世界に触れないのに向こうからは簡単に侵略できる。倒れるしかないと思った。全身が同じ固さで硬直して、うまく倒れて見えるパフォーマンスではなかったし痛かったけれど、その場を逃れることだけはできた。国語教師は何もしなかったが、彼にさわられなくてよかった。保健委員が二人肩を貸してあたしを保健室に連れていってくれた。あたしは棒きれのように二人の肩に引っかかっていた。血の気がない。体じゅうの血はどこへ消え失せたのだろう。彼らの肉の柔らかさとあたたかさだけをいつまでも感じていたかった。男女一人ずつだった。モチヅキとヒハラ。彼らはすぐ行ってしまって悲しかった。男の肉と女の肉のそれぞれに違う気持ちよさを、ずっと味わっていたかった。去ってゆく彼らの背中を上から見ている視点があった。リノリウムの床。つぶつぶの石の入った淡いオレンジ色の階段。上履き。保健室にいるあたしは思春期性の貧血といわれた。

「言葉がこわれるところを見ていた」

翌日から、学校に行かないのはどうしてかと親に訊かれて、言えたことはたったふたつだった。壊れた回路が今度は、刷り込みのようにふたつのことしか出せない。あたしは布団の中で震えていた。体は不随意筋の痙攣で出来ていた。母親は優しい声で訊いた。小さなころ風邪にかかったときのように優しかった。

「精神科に」

行きたい、と頼むと、母親のまわりから親和的な空気が一瞬にして消えた。数日後、学校がいやなら、転校しましょうと持ちかけられた。あなたのためにならないし。世間体も悪いし。おじいちゃんの家に住民票を移して……おじいちゃんの家はそのころいわきの北にあって、促されるまま学校を下見に行った。途中、車窓から見る緑の田畑の中に黄色い点々が混じりこんでいて、あるところで急にかたまりになった。それは群生する菜の花だった。あたしは、気分が少しうきうきしたが、おじいちゃんの家の近くまで来ると、菜の花はまだ固く緑につぼんでいた。五月だというのに冷える日だった。あるいはそういう春の遅い年だったのかもしれない。母親が独り言のように言ったのを聞いた。いったい誰のためにこんな田舎に。

あんたの、ためだよ。

あんた、母親の。今のあたしなら間違いなくそう返せただろうが、当時はわからなかったし、言葉が出なかった。あんたは娘と学校、どっちが大事なんだよ何を守ろうとしてるんだよ。そのときは、言われるままに自分に罪悪感を感じていた。なんとしても、学校に復帰しなければいけなかった。母は、言葉が壊れるということをわかってなかった。その恐ろしさをちっともわかってなかった、だから状況をもっと壊滅的な恐ろしさにしようとしていた。言葉がなくても存在していられるのは、周りがあたしを知ってるからなのだ。周りがあたしの記憶を分かち持っているから、だから新しいことをしゃべらなくても、あたしは消えない。まったく新しい環境で黙っていたら、あたしは存在以下だ、ただの肉、以下だ。言葉は本当に失われるだろう。知らない環境に行くことだけは、絶対にだめだ、避けなくてはいけない。

もといた中学校に戻ると、必死に人の話を聞いた。吐き気がするほど集中して聞いた。何も変わって見えない制服の下は、穴のような場所で、穴はあたしそのものだ。人の言葉を穴の中に引き込んで切り貼りする。人が言ったことであれば、人に通じると思ったから、聞いたのだ。そして人の言うとおりに、言おうとした。といって目の前の人にそのまま返すことは出来ないので、メモリに貯めておいて別の場所で、あるいは他の時に使う。次に、保存してあるものを組み合わせることを覚えた。日本語の文法のようなものを、独自に理解した。組み合わせで別の意味が見えてくることがあるのも知った。誰でも幼児期に、こういうことを意識せずにやる。が、あたしは中三でやり直した。平気そうな顔と内側の必死の努力、その妙なずれを嗅ぎつけて、いじめてくる奴も出てきた。ぼろぼろだった。存在するだけでぼろぼろだった。そうしてまた学校に通っていると、「転校を考えたことは誰にも言わないように」、と親に釘をさされた。なんで？　「だって得にならないでしょう」。あたしは言うことばを事前に点検する癖がついた。言おうとした言葉を一度、とりあえずは呑み込んで調べるというのは神経を使うことで、あたしはもちそうになかった。いっそ全部なかったことにしようと決めた。何も起きなかった。だから何も覚えてない。何ひとつ起こってないのだから、覚えてない。

それから声が聞こえた。声は、自分にしかわからないある種の信号、というかある振数の連続で、本当はあたしが発信して、あたしが受信した。それをデコードすると声になる。そういう仕組みでないと、ちょうどCBの中の他のチャンネルみたいに、他人に〝傍受〟されそうで怖かったのだ。CB無線はアナログ信号で、声を波にしてそのまま飛ばすが、警察とか消防とか、機密性が高いものはデジタル化されている。声を、いったん0と1の信号に置き換えてやりとりしている。あたしの〝声〟はデジタル無線と少し似ていた。ただ違うのは、誰とも共有しないやり方だということだった。人に知られてはいけなかった。メカニズムを自分からも隠して、知らないところから声が来て導いてくれるように思いこんだ。これはあたしの心では、ない。

「ちょっと待て」

岡部が慌てていた。

あたしは世界を動かせた体験に歓喜する。口では言う、「ごめん」。夜間走行のトラックが多い国道はみんなとばしているから一台スピードを落とすことはむずかしい。

「急に」

ウィンカーが点滅した。

「どうしてかわかんない」

あたしの言葉と態度ひとつで一人の人間があたふたと動き出すことがうれしい。それは子供の全能感てやつよ？　なにやってんのあんた三十一でしょ。

「吐く。吐く」

岡部はマイクを持って、

「ちょっと悪い急に気持ち悪くなったから終わる」

と彼の地声で言ってそれから口笛を吹いた。もう一人の相手にも同じことを同じように言って同じように口笛を吹いた。

「なにしたの？」

なにしたの？　ねえ、もう一度。あの口笛を、もう一度。

「交信切った」

「口笛で？」

「いくつか決まった切り方がある。急に終わっても相手が心配しない」

酔いの状態が続いている。なのにどこかが妙に欲情して抑制ってものがとっくに外れて止まらない。記憶の層に、口笛に振り向く一群の細胞があってそこが反応している。また口笛吹いて。いまここでして。欲情する細胞が赤く膨張してあたしを追い立てる。

路側帯に止まった。外にでるけれど平衡感覚がない。ぐらぐらぐらぐら。でも吐けない。酸っぱい唾液ばかりが出て目が充血するのがわかる。指を突っ込んでも吐けない。あんなに吐くのがうまかったのに。頭の中で何かべらべらべらべら言っている、ひとつひとつをあたしは追えない、変な話だ自分の頭なのに。べらべらべらべらべらべらべらべら。吐きたくて吐けないと全身の毛が逆立つようにいらいらしてくる。相手が空気を動かすのまでを察知して、すると自動的に臨戦態勢に入ってしまう。好きな男でも神経に障って、気が立つ。

さわんないで！

手を大きく振り回す。ごめんと岡部は言って手を反射的に引っ込める。過敏になってるからさわらないでお願い、こういう言葉や仕草のオプションも頭の中にあるのに出せない、ごめんね優しくしたいのに。吐けないと体の芯が立っている。きもちわるいいい。岡部の胸を拳で叩いた。弾力のある、柔らかく硬く厚みのある胸。拳から肘にかけてがじーんと痺れる。きもちいいー。もう一回叩きたい。叩く。頭突きをする。岡部が痛そうに反応しないのがいけない。もう一度。拳を押さえられそうになる。あたしは身をよじらせてかわす。さわらないでさわらないでおねがい。でないとあたしあなたを殴るから。

相手を殴れないとわかると、自分の頭をがんがん殴っていた。

あたしの手首を取った岡部の手から努力して離れ、努力して、吐いた。吐くと暴力衝動はおさまったが虚脱状態がやってきた。過食の食べ吐きのようではなかった。

また車に乗せられて、しばらくゆっくりと走った。国道を一本入った道に岡部は停車した。

キーを抜く。

手を引かれて歩き、ラブホテルにはいった。

薄暗いところしかないラブホテルは気が休まった。神経を刺激する強いものがない。ラブホテルをこんなに優しい場所と感じたのは初めてだった。部屋にはいると、岡部は体温より少し高いだけの、ぬるい湯をバスタブに張った。

どうしてこの人はあたしのことをわかってるんだろう？

体表が過敏になっていて、刺激の強いものは受け付けない。熱い湯もシャワーもだめだ。そして刺激から遮断され、何かに包まれて護られたい。岡部の肌でも間に合わない、皮膚がどこといわず毛羽立っていてその毛羽立ちをなだめてほしい。逆立てたビロードを戻すように全部たいらに、しずめてほしい。

シャワーを使わず桶に汲んだ湯で、首や胸にこびりついた吐瀉物を静かに洗われた。それから浴槽に入れられた。ストーカーにも優しいときがあったのかな？　声たちが話し出す。この人が優しいのは感情でなくて本能だよ感情がなくても優しくする、柔らかいものには優しくさわる。そそ桃にはそっとさわるのと同じこと。出てる肩が寒いよ。動物みたいなもんなんだ。本能本能。でも男でも、いるじゃん桃傷《いた》んでも気にしない奴とかさ、俺の桃とか思ってる奴とかさ。いい男じゃんこいつ。トラックにずっといれたら、こいつの一人は独占。好きになったら、泣く。ばかだねツマとかかんけーねんだよ。好きなの？分裂してる共存しない。

声を遮断しようとして、水に顔を埋める。岡部に髪を摑んで顔を出された。しずめてくれたらいいのに。

それからも何度も沈むことを試みた。岡部は何度もあたしを引き上げ、首を横に振った。あたしは目を伏せ見ないようにする。

沈めて。

こんなことは間違ってる。でもあたし自身にも止められない。止めてほしい。止めてほしい。この人でなければ世界中の誰にも、止められない、誰にも見せたことがないから、でもこんなあたしは嫌、嫌なのに生きてる。

「殴って」

ひとつの願望を、声に絞り出した。

「なんで」

あたしの中の、共存できないあたしを打ちのめしてほしいから。

殴ってよ殴ってよ殴ってよストーカーにしたみたく。

声にならない超高周波の叫びだけが、紺色のタイル張りの細長いバスルームに充満している。

殴るって言葉に欲情していた。人を殴ってきた腕に、欲情していた。殴って状況を突破するだけで、人を殺したりはしない腕、その腕に寄り添いその腕に守られていたい。その腕が破壊したことの記憶に欲情していた。その腕が今はものを壊さず、大事に運ぶことに欲情していた。

「殴れない」

岡部は答える。

「お前のことは好きだし殴れない」

あんたの言ってること、わかんないよ。

ぬるい湯の中で背中をさすられて泣いた。突発的な吐き気に何度か襲われたが吐けず咳き込んだ。浮力で体がもちあがる。抱き寄せられ、背中をとんとんと叩かれる。抱かれて泣きながら、胸の中でなぜだか岡部に、おかあさん、と言いそうになる。

あんたのことちっともわかんないよ。

あんた、って岡部？　それとも自分？

声がする。声が誰なのかわからない。声たちがあたしを好きなのか嫌いなのかも。もう純粋にあたしを守るものでもないかもしれないということも、いつ変わったのかということも。


おいおいいいかげんにしろよおっさん。

ステアリングを右手で叩いて岡部は言う。

細かな雪が降りしきっている。

後ろこんなぴったりつかれてわかんねえか？

真っ直ぐな、片側一車線の道。小型乗用車は左側に寄って岡部のトラックに道を譲った。わかってんなら最初からしろろっつうの。

前が開けると、行く手の道の両側が、急に鋭くえぐれ込む。切り立った山にはさまれた、狭く高い橋が現れた。黄色い点の列が目に入ってくる。地吹雪が巻き起こった。雪のなかぽっかりと浮かび上がった黄は、橋の上に咲いた季節はずれの花に見える。近づくにつれ、脚が見え始め、縦列で歩く小学生たちのかたちになった。みんな濃い黄の帽子を被っていて、それらは近くで見ると黄というよりオレンジに近い。雪で視界が悪いときの登下校に、かぶるのかもしれない。そこは歩道のない橋だった。車が、乗用車でさえ、通れば横のあきはほんのわずかだ。

橋にさしかかると岡部はスピードを落とし、子供たちとの間に距離をとるため右に寄りはじめた。橋の向こう側で大型トラックが、岡部が渡るまで止まって待っている。歩く子供の後ろ姿は、ときおり雪に足をとられ危なっかしい。

げーよくこんなとこ歩くなー。たのむよ。

そのとき最後を歩いていた子供が振り返った。あたしはどきっとした。子供は徐行して近付いてくるトラックをじっと見て列から遅れる。トラックの、中にいるあたしとはっきりと目を合わせる。

「静かなんだな」

そのとき岡部が私を見て声をかける。

子供と、岡部と、あたしが、重なる。口を開けずに、ただ、んーんーと音を出してあたしは首を振る。あたしはもともとそんなにしゃべってない。あんたの話を引き出してただけ。

「疲れちゃったのか」

あたしは否定の音だけ出して、首を振る。

雪が止むところを見た。ここからはひとかけも降らないという一点を、たしかに見た。代わりに太陽が照りつけて、たちまち大地の水分を蒸発させ風景をゆるがせる。白々とした車内で、あたしは自己嫌悪と羞恥とにまみれ黙っていた。

信濃川、魚野川と、右になり左となって車と併走していた川が、いつしか途切れている。三国峠に向かう山間に密集していたスキー場も、県境を越え群馬に入るとほとんどない。しばらく走る。右手下方に湖が見えた。たしか人造湖だと、前に聞いたような気がした。湖面はみぞれ状に白濁している。岡部はときどき、返す必要のないひとりごとを言う。まぶしー、とか、こーれが国道かよ、とか、ファミレスを見て、オヤジのモーニングコーヒー、とか。それらは彼が、あたしがいようといまいと口にすることなのだろう。彼はあたしを、好きだと言った。でもあたしは彼の生活の闖入者《ちんにゅう》にすぎず、いれば楽しいがいなくても別に良いという存在だったのだろうか。逆に、彼と出会ったことは、あたしを何も変えはしないのだろうか。小さな解放の瞬間を重ねながら、またほんの小さなことで、もとの自分に引き戻される。あたしはずっと無言で座っていた。

ウィンカーが点滅した。タイヤが砂利を喰《は》む音がした。道沿いに袋状にふくらんだスペースに、車が止まった。トラックの駐《つ》けられる、小さな食堂だった。店の薦める定食の名が、看板に書かれている。食事するのだろうかと思いながら、やはりあたしは何も訊かない。

岡部が言った。

「運転してみる?」

「嘘でしょ」

「普免は持ってるだろ？」

「うん」

「四トンまでは普免で運転できるから」

「え、嘘」

「できるの」

「できないよ」

「できるから。いざとなったら止めてやる」

外に出ずに席を代わる。

曲面のガラスの前に、店先の雪かきされたスペースと、その先にある手つかずの白い野と森とが、パノラマで広がっている。ところどころに水をたっぷり吸った黒い大地が露出し、蒸れた土の匂いを大気に充満させる。昇ってゆくあたためられた空気と冷たい空気とが、切っ先で触れあって、螺旋形のものがふとした瞬間に目に見える。慣れかけた風景はまた、新しく映った。

あたしはクラッチを踏み込み、ギアをローに入れようとした。

「二速」

岡部が言う。

「よっぽど坂道だったり積載したりしてない限り、トルクあるから二速発進でいく」

ギアを二速に入れる。岡部の言葉に注意を集中する。

「アクセル踏み込んで」

世界が少し持ち上がった感じがした。とっさにアクセルを戻した。

「踏み込んで。大丈夫だから」

動いた。タイヤが砂利を蹴って、下の路面をグリップし後ろに送る。

「シフトアップ」

三速に入れた。乗用車とは違う。クラッチが自分の直下で嚙み合う感じがする。あたしの動きとたしかに連動しているのを体で感じる。

「もう一回」

体感車重が軽くなる。

「道に出るよ」

発進したまま、アクセルを一定にし、ほぼ真っ直ぐ進むともとの十七号に戻った。道は続く。車は進む。体が拡大された感じがする。タイヤは音を立てて回転していた。いつもの音だが今のあたしには轟音に感じる。風景が後ろへ巻き取られ、肌を擦ってゆく。

「あそこ入ろう。内輪差を頭に入れて、うまく曲がってみて」

彼が指さす先を見ると、除雪ステーションがあった。除雪車は隅に整然と並んでいる。まだ、道は真っ直ぐだ。内輪差なんて頭に入れてもわからない。体感覚が、トラックの大きさだけない。でも余裕を見せようとしてウィンカーを出そうとこころみた、するとエンジンに軽い制動がかかって前のめりになった。

「それは排気ブレーキ」

あたしはステアリングの左のレバーをいじったのだった。ウィンカーは右のレバーだった。排気ブレーキは、利き方としてはエンジン・ブレーキに近い。戻すと、拘束がなめらかに解かれる。思えば走行中のトラックの、エア抜きをするような独特の音は、排気ブレーキだったのだ。クラッチの重いトラックでシフト操作が少なくてすむように、こういうものがあるのだろう。

「右に切り始めて。切って。まだ切って。言うとおりにして」

運転席側はセンターラインを越している。

「もう少し右。ギア落として。少しブレーキ。あそこで左に切り始めて」

岡部が指した地点で左に切り始める。風景が右に流れる。ステアリングは、岡部は軽そうに扱うが見た目より重い。なかなか切れない。轍《わだち》に取られているのだと気づいた。轍は浅いのに、車体のコントロールを奪う。

「まだ左、ずっと左に切ってる。ギアアクセルそのまま。そうこれで、いちばん小さく回るって感じ」

それは実際ステアリングを回してみるとこれほどに大きく逆に切って膨らむ必要はない

と思え、ましてこれがいちばん小さく回るラインどりとは信じられなかった、しかし後輪が次々と角にやってくるとたしかにコーナーの際を切っていく。岡部の言ったとおりになる。起こるべきことが、順々に起こる。

「すごいすごい」

回りきると正面の風景が静止した画像としてそこにある。

「ハンドル戻して」

また世界が回る。

「あたしが運転して帰ろうか？」

ふん、と岡部が鼻で笑う。もう運転できる気でいることを笑っているのだ。その笑い方が、とても長く知っている誰かのようでよかった。不意に、こんど東京に帰ったら、帰ろうと思った。涙は出ない。東京と新潟、三百五十キロを一往復半と少し、千五十キロプラス数十キロ。頭の中がクリアに醒めてゆく。声たちは、メインの考え以外は消えている。いつかまた聞こえるのだろう、あたしはそれを受け容れる、受け容れるしかない、でも今は消えている。ただ振動を感じている。シフトを上げた。ステアリングを握っている手が目に入った。親指を立ててみた。爪は割れていなかった。皮膚の薄皮が何度かむけて下に新生の組織がのぞき、そこはピンクでつるんとしており、浅い指紋が刻まれている。いろいろな部分から水を吸い、粘膜を裏返し、全身を毛穴にして、全身を使って彼を吸い、彼を食べ、全身を舐められ、全身を吸われ食べられた。それだけのことだった。意味はない。

ただあたしは自分が、いいものになった気がした。

それだけでよかった。

初出：『群像』一九九八年一二月号［発表時作者三四歳］／底本：『ヴァイブレータ』講談社文庫、二〇一三年

第一二〇回芥川賞選評より〔一九九八（平成一〇）年下半期〕

黒井千次　赤坂真理氏の「ヴァイブレータ」は、言葉と意味、身体と意識の分裂に苦しむ三十歳の女性が、その危機を乗り越えようとして踠《もが》く姿を描き出した野心作である。テーマの追求が平板ではなく、言葉と声と音と振動とが作中に導き入れられて渦を巻き、長距離トラックの運行と相俟った立体感を生み出すことが試みられている。それが感覚と論理の出会う場所の模索を示しているのは明らかだ。「日蝕」（平野啓一郎の受賞作）が天井の高い建造物を思わせるとすれば、こちらは長い真っ直ぐの廊下を連想させる。「日蝕」には及ばなかったものの力量を感じさせる作品であり、次作に期待したい。

池澤夏樹　赤坂真理氏の『ヴァイブレータ』がおもしろかった。昔、人は自分というものの一体性・統一性を疑うなど考えもしなかったが、今、われわれはしばしば分裂（というより分散）を意識する。意識と身体、心と精神と魂、それぞれが拡散的に配置されていて、その間の連絡が悪い。赤坂は以前からこの病理を聴覚に絡めて書くのがうまかったが、今回の作では一段と腕を上げた。

赤坂真理　あかさか・まり

一九六四（昭和三九）年、東京生まれ。慶應義塾大学法学部政治学科卒。アート誌『ＳＡＬＥ２』の編集長を経て、九五年「起爆者」で小説家デビュー。「ヴァイブレータ」で九八年、芥川賞候補。同作は、寺島しのぶ、大森南朋主演で映画化された。二〇〇〇年には「ミューズ」で再び芥川賞候補になり、単行本『ミューズ』で野間文芸新人賞。一二年、『東京プリズン』で毎日出版文化賞と司馬遼太郎賞、紫式部文学賞の三賞を受賞。他の小説に『蝶の皮膚の下』『コーリング』『箱の中の天皇』など。『愛と暴力の戦後とその後』など社会評論も手がけ、二〇年には『愛と性と存在のはなし』を刊行した。

猫の喪中

佐藤洋二郎

耳の奥でひきつるように泣く声は、通りを走り抜ける風の音だと思っていた。違うと気づいたのは、その声が息苦しく感じだしたからだ。目覚めると、男は一瞬どこにいるのかわからなかった。ソファに横になるとそのまま眠ったのだ。冬のやわらかな陽射しが庭先を照らしていた。

「変な夢でも見ていたんですか。唸っていましたよ」

「風の音がしていた」

「いい天気じゃないですか」

男が風の音を説明すると、女は、お湯が沸いた音じゃなかったのかと弱い笑みを浮かべた。煙草に火をつけると、口の中が苦く鳩尾《みぞおち》にかすかに痛みが走る。手を当てると女の顔が曇った。

「どお?」

一週間前、腹部に鈍痛を感じ近くにできた病院に行った。その日は土曜日で、外来の診察室には白髪混じりの中年の医者がいた。男が病状を話すと問診と採血をしたが、検査技師がおらず詳しい検査はできないと言った。原因もわからないのに四種類もの薬を渡され、お大事にと言われた。釈然としない気持ちで戻ったが、痛み止めの薬を飲むと治まる。女は神経的なものだと言うが、男はいままで一度もそういうことがなかったので割り切れないものがあった。

「お友達のこともあるんですからね」

彼女が言う友達とは男の幼なじみだった。新聞記者を数年前に辞め、新宿で酒場をやっていた。新鮮な魚を食べさせると評判になり、店を数軒も出す経営者になった。高級車に乗って恰幅もよくなり、人生、思うように生きなきゃおもしろくないと言うのが口癖だった。その男が生彩のない顔色で訪ねてきたことがある。太った腹を押さえて、体調が芳しくないと首を捻った。少し疲れているのかもしれないと言いながら、うまくもなさそうに酒を飲んでいたが、一月も経たないうちに癌だと連絡が入り、すでに手遅れで手の施しようがないのだと告げられた。それから半年もしないうちに逝き、人の死のあっけなさに茫然とした。

何度か見舞いに行ったが、治ったら店をもっと増やすのだと将来の計画を喋り続けていた。結婚が遅かった彼は、六歳の息子と若い妻を前に陽気だったが涙を浮かべていた。痩せ細り、ふたりを頼むと言って亡くなったが、数日前、店を覗くと、看板も経営者も代わっていた。若い妻は店を処分して、以前から関係のあった別の男と姿を晦《くら》まし、息子は彼の郷里の親に引き取られていた。

「いつお迎えがくるか誰も知らないということだよな」

「わたしはなるべく遅いほうがいいわ。お先に逝っていろいろ言われるより、後まで残って言うほうがいいと思っているわ」

「なにがあっても驚くつもりはないね」

「痩せ我慢？」

男は煙がしみた目を擦った。妻に愛人がいるということを知っていたら、新聞社も辞めることはなかったし、家族のためだと店をはじめることもなかったのではと感じたが、それもこれもみんな含めてあの男の人生だったと思うしかなかった。煙草の煙が天井を這っている。女はその行方を追っていたが男のほうに顔を向けた。

「男性はいつまでも青春の途上だと思って生きている人が多いのよね。わたしは違うわ」

女の化粧をしていない目尻の脇にしみが浮いている。いつも出ているわけではないが、疲れが溜っているときや夜更かしをしたときに滲み出る。そのことに男は気づいているが黙っている。

「どうしたの？」

「いい天気だ」

男が自分の頬を手のひらで撫でると、剃り残した髭が指先を刺した。彼の視線の先に死んだ猫の写真があった。

「友達が死んだことよりも彼女が死んだほうがつらいなんて、あの人も向こうで怒っているわ」

英里子と名付けた猫は男が十五年飼っていたものだ。英国のハバナ種と野良猫との間に生まれた雑種の牝猫だったが、老衰で二ヵ月前に死んだ。その猫が死んでから男は元気がない。どんなものにだって寿命はあるんですから。彼はそう言う女の口振りが気に入らない。死んだ途端に薄情に言い切る女に小さな憤りを感じていた。

「遅くなると思いますけど、どうします？」

女は専門学校の事務職を二十年以上も勤めていた。午後から来年の募集人員の打ち合せで出かける。学生数が減り運営にも支障をきたすようになっているらしい。眠る前にも若い男から電話があり、彼が出ると動揺していたが、あの男は学校関係の人間だったのだろうか。

女はもう一度腕時計を見て支度をしに二階に上がった。彼はぼんやりと居間を見まわす。壁には猫の写真が飾ってある。彼女は冬になるといつもストーブの前でまるまり、冬毛が抜け夏毛が生えてくる始末だった。体が熱くなるとソファにうずくまり、腹が空くと膝に乗りあまい声を洩らした。運動不足から肥満体で、女は豚丸と言ってからかっていたが、猫のほうでも嫌い、近づかないようにしていた。

「途中で電話を入れますから」

女はあかいスカーフを巻き化粧を施していた。浮いていたしみは見えず、唇にもピンクの口紅をひいている。五十にもなった女が、ピンクの口紅というのはそぐわない気がしたがなにも言わない。男は女の娘の言動から、まだ彼女が前の亭主と会っていることは知っている。今日も本当はそうなのではないかと疑念が走るが気にしない。それとも先刻の若い男か。父親のことを匂わせた娘は、彼の反応を窺っていたが気づかれないようにした。訊けば訊かれる。女の姿を目で追っていると、なに？　と訊き返した。男が首を振ると、相手は眉間に皺を集め強い視線を投げた。

男は以前、仲間と小さな建設会社を経営していた。地道な営業で会社は少しずつ伸びていたが、彼の中には満たされないものがあった。現場との打ち合せと元請けの接待に忙殺され、自分の時間はほとんど取れなかった。いつもなにかに追われているような気持ちと、これでいいのかという感情が巣くっていた。

取り引き先の人間から紹介された女と結婚もして子供までできたが、帰宅が遅い男に妻は不平を言った。十三年で別れ娘の親権と家も渡した。養育費も娘が学校を出るまで払い続けた。その後、妻だった女が銀座で若い男と歩いているのを見たことがある。やりすごそうとしていると相手から声をかけ、朗らかな声で元気かと訊き、今日のことは娘に内緒にしてくれと頼んだ。彼女の連れは洋品店のショーウインドウの脇でふたりの姿を見ていたが、女が走り寄って腕を組むと、二、三度男のほうを振り向きながら交差点を渡った。

男はひとりで生きていたが四年前に会社を辞めた。バブル経済も弾けて建設不況になり、人員整理もしなければいけなくなった。三人の役員との関係もぎくしゃくするものがあった。代表取締役にしていた男が、税理士と別会社をつくり不動産投資や酒場をやっていた。決算書を三通つくり、会社、銀行、税務署用と使いわけた。不信感が募り、背任行為を指摘して辞任を求めると、彼らは臨時株主総会を開いて増資を決定し、自分たちの持ち株比率を高め解任を逃れようとした。

結局諍いの後にもうひとりの役員と会社を辞めた。もともと彼には、なにがなんでもそこで生きていくという気持ちはなく、早く自由になりたいという気持ちが強かった。妻子に渡した家のローンの返済をすますと、手元には多くは残らなかったが、ひとりで生きていければそれでいいと考えた。一緒に辞めた仲間は再び会社をやろうと誘ったが、男はその気力もなかった。一生懸命働いてなんになるという思いがあったし、あれだけ働いたのになにも残っていない現実を考えれば、いままでの生き方が上滑りの人生のように見えた。

男がそう考えるには理由があり、頭の片隅に絶えず母方の一族の姿が去来していた。母方の祖父は呉服屋をやっていた。仕事熱心な男で、山陰の石見《いわみ》から月に一度は京都に買い付けに行き、その仕事先で肺炎に罹《かか》り五十半ばで死んだ。彼にはふたりの兄弟がいて、兄は教師をやっていたが四十前に出家し、短歌づくりに精を出した。やがて荒地を開墾し孤児院をつくると言っていたが六十前で死んだ。弟は財閥系の会社に勤めていたが、戦後公職追放で郷里に戻ってきた。

少年だった男はその大叔父と仲がよかった。戦争中に軍艦を造っていたという彼は、多くのことを語らなかったが、鍬を持ち畑を耕していた。ある日、学校帰りに男が、もう東京に出て働かないのかと訊くと、彼は屈めていた背中を伸ばし手招きした。

働いたらどうなる？　大叔父は唐突に尋ねた。男は急に言われて返答ができず、それでもお金が入りなんでも買えるじゃないかと言った。それから？　相手は穏やかな目でまた問い返した。男はいよいよ返答に詰まり、ハワイに行けるじゃないかと言った。すると彼は再びそれから？　と訊ねた。そうしたらそこでぼんやりとできるし、好きなことができると男は窮して答えた。大叔父は顔を綻ばせ、それなら同じことだと言った。誰もいない海辺で老人が足元を見つめている。他人が見れば孤独な風景に見えるが、潮吹く蛤を探しているのだとわかると、彼はひとりで愉《たの》しんでいるのだと気づく。大叔父はそういうことを話してくれた。男はあれ以来、人は人、自分は自分で、それぞれに思うままに生きればいいのだと考えるようになった。

母親の兄弟にも変わった人間がいた。五十歳で会社を辞め、野生蘭を捜して全国を歩いたり、小舟を買い海に出て釣りばかりしている人間もいる。遊びに行くと、釣ってきた魚を料理してくれた。蘭の品評会で最優秀になった話や、魚拓を持ち出して釣ったときの様子を愉しく話した。大阪で建設資材の販売会社をやり、どういう理由かわからないが妻を仙台の実家まで連れて帰り、そのまま戻すと言って離婚し、その後ひとりで生活している叔父もいる。

男の父親と母親の長兄は戦争中に南洋で知り合った。彼らは戦後数年して帰還したが、その関係で母親は父親と所帯を持ち男が生まれた。九州の小さな炭坑町で、全国から集まった坑夫の賄い宿と石炭の運搬業をやっていた。数十人も坑夫たちがいて猥雑な家だったが、男はその雰囲気が厭ではなかった。父親は彼らと酒を飲み、生きて戻れたのが不思議なくらいだ、自分たちは運のいい人間だと言っていたが、男が十二歳のときに心臓発作で死んだ。伯父もやがて同じように逝った。戦争から帰りこれからというときに生を閉じた。彼らの一生はなんだったのかと思い起こすことがある。

やがて家族は母親の郷里で生活するようになったが、男の中にはどう生きても大差はないという気持ちがあった。どんな生き方でもいい、行き着くところまで行って、それで生を終えればいいという思いがあった。自分の血の中にも彼らと似た感情が流れている。そう考え抗えないものがある気がしていた。会社を辞めて真っ先に考えたことは、これからは静かに暮らしたいということだった。

女とは二年前から会うようになった。数年前、出張から戻る新幹線の中で男がビールをこぼし、それがきっかけで会話を交わした。その後、娘が行きたいという学校で偶然に出会った。服飾デザインを教える学校だったが、自分が勤めている学校を駄目だと言い切った。あれはどういうことだったのか。あまりのものの言いように唖然としたが、好感を持った。女も離婚し娘を引き取り、ふたりで暮らしていた。娘が独立をすると、二年前から週末はお互いの家を行き来するようになった。入籍にも頓着しなかった。女は自分の娘のことも考えているのかもしれなかったし、男と娘の関係に気を使ってくれているのかもしれなかった。

男はときどき女を別れた妻と比較することがあった。妻は自分の思うようにならなければ気のすまない人間だった。スーツもネクタイも自分が気に入ったものを身につけさせた。男は気楽でいいと感じていたが、そのうち会社のことも尋ねるようになった。石油会社の役員をやっている義父は義母になんでも話すと言ったが、彼はそういう気持ちになれなかった。煩わしさを感じて帰宅する時間も遅くなり、少しずつ気持ちが家族から離れていくのを意識した。

妻は暇を持て余し、スポーツ教室やゴルフ練習場に通うようになった。そんなある日、浦安のホテルのバーで男と飲んでいるところに出くわした。彼女の動揺のしかたと夜遅く飲んでいる姿を見て、男はすべてを察知したが不思議と怒りが湧いてこなかった。取り引き先の知人もいて、狼狽するのはまずいという感情が強く働いていたのかもしれない。家に戻ると、妻は背中を向け息を殺して男の出方を計っていた。妻の付き合っていた相手は娘の小学校の教員だった。休日に公園でぼんやりしていると、近所の主婦たちが教員と付き合っている者がいると、噂しているのを小耳にはさんだが、それが自分の妻だとは思いもしなかった。

やがて彼女とは別れたが、いつかこうなるのではないかと予感のようなものはあった。むしろ自分のほうが仕向けたのではないかと思うこともあった。猫と一緒に家を出た。当時の男の愉しみは、出張の行き帰りに鄙《ひな》びた温泉地に泊まることだった。ゆったりとした時間の流れに身をおいていると心が落ち着いた。自分は生きているのだという思いがし、静かなそんな空間の中にいるときにこそ生を強く意識した。

娘の話から、妻も気ままに暮らしているのがわかった。女の四十五歳は停年みたいなものよ。妻はそう言ったことがある。子供にも手がかからず、なにをやっていいのかわからなくなるし、このままの人生でいいのかと不安になるのよ。妻の吐いた言葉がしきりと蘇ってくる。あの女もなにかに抗っていたことになるのか。もっと心を合わせてもよかったのだと感じたこともあったが、いまさら考えたところで詮ない。

近所の犬が吠えている。検針ですと言って、太った女が隣の家の水道メーターを調べている。女の姿を見ても死んだ英里子はじっとしていた。襖を開けても外に出て行こうとしない猫だった。男が戻ってくるのをいつも待っていた。テレビを見るのも入浴も一緒にした。彼女が待っているから早く帰宅しようという気持ちにもなった。妻や娘も同じようにかわいがれば、別れることはなかったと言う知人もいた。そうかもしれないと思うこともあった。猫は気が向かなければ近づいてこない。彼が飼い主だということも気にしない振る舞いが、かえって関係の濃密さを感じさせた。

一度だけ盛りがついたときに、何日も帰らず心配させたが、戻ってきたときには痩せて目もぎらついていた。差し出した餌を鼻を鳴らして食ったが、その後は以前と変わらない仕草で鷹揚にしていた。やがて腹が迫り出し子猫が生まれた。明け方に目を醒ますと、男の蒲団の上で五匹の子猫を生み落としていた。タウン誌で引き取り先を捜した。引き渡しのたびに会社を休んだ。娘の小学校の運動会にも一度として出たことがないのにと妻は詰ったが、彼女の気持ちが今になってわかる。自分が追いつめられたと思っていたが、本当は自分が妻を追いつめていた気がする。

子猫は、親猫がかわいそうだと思い一匹だけ手元に残した。英里子はその子猫も取られると感じたのか、男が近づくと四肢を踏ん張り威嚇した。部屋を移るときはくわえて動いた。子猫は半月も経たないうちに死んだ。彼女は動かない子猫の前に横たわり、しきりと乳を飲ませようとした。男が始末しようとするとくわえて逃げ、部屋の隅で、生き返れというふうに骸を舐め続けた。次の朝、英里子が小用に行った隙に、死骸を隠し庭先に埋めたが、彼女は啼きながら部屋の中を捜しまわっていた。英里子はあれ以来出かけなくなり、子猫を生むことはなくなった。

その猫が二ヵ月前に死んだ。死ぬ二、三日前からめずらしく戸外に出ようと、硝子戸に爪を立てていた。ある日、玄関のドアを開けるとゆっくりと出て行き、途中で淋しそうに振り返った。男にはその格好が自分に礼を言っているように見えた。彼は猫が家を出て行くときの心細い後ろ姿に、心のざわめきを覚えた。夜、猫が戻ってこず男は何度も目を醒ました。

次の朝、女の悲鳴が聞こえた。慌てて庭先を見ると物置を指差した。猫はうずくまるように死んでいた。男の落胆は大きかった。女は自分のときにもそんなに気を落としてくれるのかと言ったが、消沈した彼にはなにも聞こえなかった。男は猫を火葬にし動物霊園に埋葬した。

消毒液の匂いが鼻孔をくすぐり続けている。待合室の前には会計の窓口と薬局があり、事務員や薬剤師がしきりに患者の名前を呼んでいる。男はその隣の内科と表示札が出ている部屋の前のソファで待たされていた。内科の診察室は三部屋あり繁盛していた。

国道沿いの病院は三ヵ月前に増築されて総合病院になったが、平日よりも休日に患者を集めると噂されていた。労賃を抑えるためにアルバイトの医師を使っていた。患者は顔見知りが多いのか、お互いに自分の病状を話し合っている。男は忙しく歩きまわる看護婦を見て落ち着かなかった。なぜ鳩尾が痛むのか。気のせいかずっと重苦しく感じる。

居間でぼんやりしていると女から電話があった。まだいたんですか。彼女は明るい声を上げたが言葉を止めた。忘れものかと訊くと、病院に行かないつもりでしょうとたしなめられた。男は四、五日前に検査結果が出ていることを覚えていたが、病院に行くのが億劫だった。たぶん行かないんじゃないかと思って。なにごとにも無頓着を装っている女が病状を気にしているのがおかしかった。行くよと答えると、腹も身の内ってよく親が言っていたわと電話を切った。セーターを着て出かけようとするとまた電話が鳴った。

あたし。

なんだ。おまえか。

てっきり女からの電話だと思った男は、気のない返事をした。

あの人は?

いま出かけた。

どうでもいいけど。

妹は関心がなさそうに言うが、言葉の中に棘があった。

その後、お変わりありませんか。

今度は急に他人行儀な口調になったが、その声にも粘りつくものがあった。男は滅多に電話のない相手に身構えた。

元気なんですってね、あの子に聞いたわ。

娘が妹に会っているのは知っていた。気が合うと娘は言い、それだけではない気がしていたが、彼は訊ねないようにしていた。

そちらのほうはどうかね？

まだ切れていないみたい。

男は返答に詰まり口籠もった。

以前、男と妹夫婦の三人で酒を飲んだことがある。そのとき酔った彼女は、夫を指差し女がいると言った。義弟の気まずそうな顔を見て、彼はなにか手助けをしなければいけないと思い、いいじゃないか、そのくらいと言った。妹は男同士はやっぱり仲がいいわ、助け合うのねと言い、似た者同士だし、人のことは言えないから庇《かば》い合うのだと揶揄《やゆ》した。

どうした？

また行くわ。

彼らはドイツで十五年間生活し一年前に帰国した。亭主は商社に勤めていた。

本人が希望したみたいなの。日本より外国のほうが好きみたい。わたしも不満はないんだけど、と言って彼女は言葉を止めた。所帯を持ってからドイツの大学を出て、ふたりの子供も現地で生んだ。語学ができて不自由しない彼らは、日本よりも外国のほうが煩わしくないと言っている。

それに女性関係も切りたくなったんじゃないかしら。

彼女は他人事のように言った。

それじゃ、あの日喋っていた約束を守っているじゃないか。

家族には迷惑かけないということ？

まあな。

男は言い淀んだ。

意気地がないだけ。いい人よ。心配はしていなかったわ。

どうだろ。

誰かさんとは大違いだわ。

妹は矛先を男に向けた。

ずいぶんだな。

当然じゃないかしら。

気の強い彼女ははっきりと言い切った。男は返答できる言葉を持たず黙った。

またしばらく会えなくなるから、会っておきたいと言ってたわ。わたしたちも一度田舎には戻るけど。

いつ？

あの人のほうは春には行くわ。こちらは子供たちの九月の新学期に合わせて行くつもり。

急だな。

だから縁を切るために早くしたいんじゃないかしら。

妹の笑う声がした。男はこの二十年近く妹と連絡を取ったことがない。彼女は自立心が強く、学生時代の男友達と結婚するとドイツに渡った。男も干渉されるのを嫌った。実際、亭主は外国で生活するには彼女の性格が役立っていると言った。愛人がいるからといっても、夫婦の問題はふたりで解決する以外にない。亭主が家族には迷惑をかけないと妙な言い訳をしたが、男はその言い方に好感を持った。家庭を壊した者からすればなにも言えないという気持ちがあった。

それでどうするんだ？

行く前に一度会いたいと言っているんだけど。

気を使わなくていい。

今度いつ会えるかわからないでしょ。

十六年前、妹がドイツに行くと決まると、母親はもう生きて会えないと動揺した。当時彼女は六十二歳だった。やがて電話で話をするようになると、東京にいようがドイツにいようが会うことがないのだから、どこにいても同じだと言った。その母親はまだ田舎でひとりで暮らしている。裏庭で季節ごとにつくる野菜や庭先の柿を送ってくれていたが、男が離婚してつくる張り合いがなくなったと言った。妹たちが帰国するとそっちにも送り出したが、送料のほうが高いのにと彼女は苦笑していた。

田舎はなにか言ってたか。

わたしたちのことより兄さんたちのことを心配していたわ。どうして家の男はこうなんだろと呆れていたわ。女はみんなしっかりしているのに。それにあちらのほうは、もうそういう生活をして生きていくと諦めているみたい。

悩みがあってぼけなくていい。

もし倒れたら誰が面倒看るんでしょうね。

そうだよなあ。

目も悪いし、足も悪くなってきたみたい。いよいよかもしれないわ。どうする気?

妹は詰るように言った。

どうするか?

そちらの人は看てくれるんでしょうね。

さあ。

無理な話?

で、いつにするんだ。

いないんでしょうね。

妹は女のことを気にしていた。男が妻と別れたのは女が原因だと思い込んでいるところがあった。会いたくないという意識が働いていた。

いないと思うよ。

そう。どうもありがとう。

妹は礼を言い、いつ頃がいいかと日時を訊いた。男が亭主に決めてもらってくれと言うと、改めて電話をすると言った。受話器を置いた後、男はもうひとりの兄弟のことを思った。彼より三歳年下の弟は、大学を出て大手の商社に就職が決まっていたが、そこには勤めず、いまだに定職を持っていない。二十五年近く塾のアルバイト教師やビルの管理人などをして暮らしている。結婚もしていない。女性にも強い関心を示すことがなかったので、母親は心配し遠縁の女性と見合いをさせたがそれも断った。

妹の亭主とは仲がよく、たまにふたりで飲んでいる様子だが妹とは折り合いが悪い。以前は歳も近く、同じ大学に行き関係もよかったが、永年の彼の生活を見て彼女には癇に障るものが出てきた。妹のそういう感情は男にも向けられている気配がある。別れた者同士が籍も入れず、週末をすごしているのはふしだらだという感情があるらしい。子供たちへの悪影響もあるという。男は自分が弟と似た境遇になると、彼の生き方が理解できる気がしたが、それは相手に親近感を持とうとする気持ちの表れではないかと思うこともあった。老親はどうしてみんなおかしなことになってしまうのか、血なのかと諦め顔で呟いた。父親が死んだ後、彼女は穏やかで物怖じしない弟に期待しているところがあったが、今はその息子が心配で死にきれないと言う。そして長男も大差のない生活をするようになったが、そのことは多く語らなかった。一度所帯を持ち離婚した。彼女の中では世間でよくあることだと思って割り切っているのか。もともと彼女は子供たちが経済的に自立をしていれば、親でも口を差し挟んではいけないと言い続けていた。そんな気持ちが子供たちの今の生活に影響を与えたのではないかと怖れてもいた。その弟が数日前めずらしく電話をしてきて元気かと訊いた。それなりだと曖昧な返事をすると、いい話を聞かせてやると言った。

驚かないでくれよ。

相手は勿体ぶった。

焦《じ》らすなよ。

調理師の免許を取った。

誰が?

おれに決まっているだろ。変な顔つきをしているのが見えるぞ。不服か?

男は相手が冗談を言ってるのかと思い様子を探った。しばらく会わないうちに調理師学校に通っていたのか。そんなことをする人間でもなかった。合点がいかず相手の返答を待った。

知り合いがイタリア料理店を出している話をしたことがあるだろ？　そいつのところで働いていることにしてもらったのさ。そして試験だけ受けた。その免許がきのうきた。悔しいだろ？

弟は男の感情を煽るように言った。

いい会社に就職したと思っていても、あいつのように転職する者もいるし、不平を言うと窓際や子会社に行かされる者もいるし、リストラで首筋が寒くなっている奴だっている。高金利でローンを組んで困っている者もいるし、だんだん、こちらとたいして変わらない人間が増えてきたなあ。

弟は快活な声を上げた。男は小学校の頃、彼と将棋を指したり碁を打ち、はじめは自分のほうが強かったが、そのうち相手が真剣に取り組み打ち負かされるようになると、それ以来やらなくなった。自分がやらなければ傷つかないと考えた。弟はその後、大学の囲碁クラブや町の碁会所に通って相当に腕を上げ、読みが当たったと思ったことがある。

そして料理に対してもそういう意識を持っていた。弟は独り者ということもあり、料理をつくることに執着していた。男にもその思いがあり、それは死んだ父親の影響だった。彼は酒の肴を玄界灘の神湊《こうのみなと》から仕入れてきた行商の男から買い、自分で捌《さば》いていた。包丁捌きもうまく、酔えば九州一の料理屋をつくりたいと言った。そんな環境だったので兄弟とも料理をするのが好きだった。

いいだろ？　これでいつでも店が出せるというわけさ。

いいかげんだな。それに客を呼べるところまでいかないだろ。

千里の道も一歩からということだ。羨ましくないかい。

気にならないな。

男はむきになっていた。自分もそうありたいと思っていたことを、相手のほうが先にやってしまったという悔しさがあった。

ふたりで店をやることも可能になったというわけさ。やらないかい？

とてもそんな気持ちにはならないな。

わからないぞ。

男の目蓋の裏側に、愉しそうに炊事場に立っている父親の姿が見えた。弟も同じ光景を思い出しているのかと複雑な思いが湧いた。気がつけば父親の生きた年齢をすぎている。みんな犬死にし、戻ってこれたのが不思議だと言っていた彼の胸に行き来していたものはなんだったのか。

春になれば中庭に咲いた桜の下で酒盛りをやった。離れに古井戸があり、その周囲には羊歯の葉が生え、一年中潤沢な水が湧き出ていた。家人は冷麦をつくったり西瓜や瓜を冷やしていた。それは歯にしみるほどよく冷えてうまかった。男は腕白でいつも汚れていた。母親は彼を井戸まで連れて行き、汲み上げた水を頭からかけた。遊び惚けた後、釣瓶を抱えたまま飲む水は甘味があり、男はひそかに日本一うまい水だと思っていた。

祖母はその井戸水で濁酒《どぶろく》をつくっていた。大きな瓶《かめ》で発酵させ家の者にふるまった。男と弟は家人がいないときに盗み飲みをした。甘酸っぱさとほのかなアルコールの酔いは、自分かちが大人になった気分にさせた。

ある日の午後、男はまだ十分に発酵していない瓶を開けて口に含んだ。次の瞬間顔を顰めた。視線を上げると祖母が見ていて、うまかと？と訊いた。彼は首を振った。お酒はな、ゆっくりと発酵させんとうまかなかばい、人間と一緒たい、と男の坊主頭を撫でた。父親が死んだとき涙も流さなかったが、逆縁ほど残酷なものはない、自分がなにか悪いことでもやったのかと呟いていた姿は痛々しかった。

祖母は満開の桜の下で酒をふるまい、目を細めていた。坑夫たちが小皿を叩いて歌っていた。酔って喧嘩をする者もいた。騒がしい家だった。そして父親が一度だけ母親を叱ったことがある。彼女が賄い婦として手伝っている娘に向かって、日本語があまりうまくない韓国人の口真似をしていた。相手が喜ぶので彼女は何度も繰り返していた。それを聞いた父親が土間に下り、誰のおかげで飯が食っていけるのかと罵った。そばにいた男は彼の激しい口吻に泣いた。母親も娘も涙を浮かべて謝った。その後父親が、戦争中に韓国人に助けられて生き長らえたということを知った。彼はやさしかったのか。それとも弱かったのか。桜の一瞬の満開のとき踊り歌っていたが、あの陽気さはなんだったのか。酔えば酔うほど彼が孤独の中にいる気がした。その中に若い韓国人の人懐こい顔もあった。やがて彼は貯めた金で商売に精を出し、博多で雑貨商や焼肉店をやるようになり、男たちが移り住んだ山陰までやってきて、父親の墓の前で泣き続けていた。彼のあの面影は消えることはない。

そのうちふたりで店でもやろうか。

おまえが板前でおれがその下か。

こっちは免許を持っているから、そうなるだろうな。

弟は茶化すように笑った。

その気はないね。

素直じゃないな。

男も明るい口調でやりとりをしながら、弟が一番父親の血を受け継いでいるのではないかと思った。顔つきも体型も似ている。父親が死んだ哀しみを隠すように、ふたりで一枚ずつ父親の写真を破っていったのを覚えているだろうか。数年前、弟は子供の頃に住んでいた家を訪ねたことがある。戻ってきてなにもなかったと落胆していた。煉瓦づくりの朽ちた塀だけが残り、欠けた場所から覗くと、中は畑になり大根やほうれん草が植えられていた。枇杷や柿の木はなく、中庭にあった桜の木も切られていたと淋しそうな目を向けた。そこには自分の記憶までも摘み取られたような思いが漂っていた。

近いうちに会うか。

悪くはないね。

ずいぶんと経っているよな。

あの桜の木さ、切られなけりゃ、相当大きくなっていたよな。

弟は不意に言った。桜が散った後にさくらんぼがなり、彼らはそれを取りたくてよく登った。枝先には蛇がいることもあった。驚いて弟が足を滑らせて地面に落ち、骨折したことがある。あの頃の彼は快活だった。いつから人を疎んじるような気持ちを持つようになったのか。そして自分はどうなのかと男は考えた。

以前、ふたりで酒を飲んだときのことだ。弟はおもしろい酒があるとチェリービールを注文した。赤色のビールを眺めながら黙って飲んだが、彼は幼い頃を思い出していたのかもしれない。男が会社を辞めると言っても、いいじゃないかと笑った。理由も訊かず、どうするのかとも尋ねなかった。男は心が落ち着き救われた気がした。彼が同じビールを注文すると、うまいだろうと盗み見した。口当たりのよさは祖母がつくっていた濁酒を思い起こさせた。二軒ほど酒場をまわって別れたが、男はこの二十数年、弟のことは深く知らないで生きてきたのだと思った。みな勝手に生きていると笑みを浮かべたが、あの男は今の自分の生活に本当に満足しているのか。あんたたちは糸の切れた凧のようにふらふらしている、と言った老母の声が耳の奥に響いている。男はそんなことを思い出しながら家を出たが、女が言うようにいい日和だった。近くの農家の枝だけの桜が冬をすごそうとしていた。

誰かが男の名前を呼んでいる。物思いに耽っていた彼は、自分に向けられているとは気づかずに聞き流していた。年配の看護婦が診察室の入り口から顔を見せもう一度呼ぶと、ようやく自分が呼ばれているのだとわかった。目が合うと看護婦は、大丈夫ですか、具合が悪くなったんですかと声をかけた。ドアを開けると度の強い眼鏡をかけた中年の医師がカルテを見ていた。脂性の赤ら顔の男だ。

「どうですか」

彼はカルテから視線をずらして男を見た。

「まだ痛みますか」

医師は机に置いていた検査表に目を落とし、あまいものを食べるのかと訊ねた。

「苦手です」

「それじゃお酒のほうですかね」

男はてれた。

「なにか心当たりがありませんか。赤血球も増えていませんし、わざわざ改めて検査をするようなこともないですけどね」

医師は検査表の数値を見ながら机にあるコップの水を飲み、すこしすぎました、と目元をゆるめた。

「思い当たることはないんですが」

「それじゃ飲みすぎですか」

男は、中指で眼鏡を上げる仕草をしたときの医師の顔に見覚えがあることに気づいた。記憶を手繰り、誰だか考えあぐねていると、相手はなにか？　と言った。

「猫が死にました」

男は咄嗟に見据えられて動揺し、見当違いな返答をした。

「猫ですか」

「十五年飼っていました」

「どんな猫ですか」

医師は訊き返した。

「ただの雑種ですが、いい猫でした」

「実はわたしも猫党なんですよ。他人にはわかりませんが、あなたみたいに心痛で胃を悪くされる方は多いですよ。人様には気持ちがわからない。犬の病気を獣医のところでなく、どうしてもわたしに診てほしいと言う人もおるんですから」

先生、と年配の看護婦が無駄話をするなというふうにたしなめると、彼は、はい、はい、と愛想よく頷きながら、自分が広島から単身赴任で出てきて、ひとりで暮らしているから、家にいる猫が心配でしかたがないと言った。

「愛猫家の気持ちはよくわかります。そうだとしたら諦めるしかありませんよ。もっとも家内は代えられても猫はなかなかそうはいきません。不思議なもんです」

男は自分のことが見透かされている気持ちになり、恥ずかしさが増した。猫が死んだ哀しみは消えなかった。いるべきものがいないという淋しさは拭いきれない。じっとしていれば彼女のあまい声が聞こえてきたし、ストーブの前で眠っている幻影が見えた。

「どうしてなんでしょうな」

医師は柔和な笑みを浮かべた。彼はこの病院の院長が同級生で、副院長として迎えられたが、週末に家に戻り月曜日に出てきているのだと喋った。男はその話を聞いて、相手が近所の家に引っ越してきた人間だとわかった。四軒先の家は金属メーカーで働く男の家だったが、転勤になり空き家になった。そこに数ヵ月前から車が停まるようになり、病院関係の人間の宿舎になっていた。家の前を白衣を着たまま歩いているのを何度か見たのを思い出した。

「これを見るかぎり立派な成人病ですな。コレステロール値、中性脂肪、尿酸値、みんな高い」

「そうですか」

「血糖値も平均を越えてますな。肝臓もよくない。見事な脂肪肝だと思いますよ。つまり霜降り牛ですな」

医師は、仕事はなにをやっているのかと尋ねた。

「なにもやっておりません」

「こりゃ、失礼。今は大変な時期ですからね」

相手は男が失業中と思ったのか謝った。

「こんなにいろんな数値が高いんじゃ、自殺しなくてもじきにお迎えがくるかもしれませんよ。もっとも気にしすぎてもストレスが溜っておかしくなりますからな」

「それは先生も同じでしょ」

看護婦が医者の不養生の典型だと笑った。

「血圧も測ってみましょうか」

医師は看護婦に血圧計を用意させた。男は働いていた頃の自分の姿を思い浮かべた。仕事の施工要領書や見積もり書き、営業や現場打ち合せなど、一日中車に乗り動きまわっていた。接待もした。現場での事故もあった。そのたびに神経が疲れた。日々の生活では仕事を優先させた。体調が悪いと思うことはしばしばあったが気にしないようにした。検査をすれば悪いところが出るのはわかっていたし、会社の健康診断でも結果は出ていた。会社を辞めて検査など受けたことはなかったが、自由になったので多少は改善しているはずだと勝手に決め込んでいた。

「血圧も高めですね」

看護婦が言うと、医師はいよいよですな、これはと真剣な顔つきをした。

「散歩はどうですか」

「やりません」

医師は男の手首を握り、脈拍を測ろうとすると、かすかに酒の匂いが漂った。彼は脈拍は問題ないと言ったが、尿酸値が高いので、今すぐここを出るときに痛風になってもおかしくないと脅した。

結局男は運動をしろと言われ放免された。再び待合室で飲み薬をもらうために待っていたが、自分の中に少しずつ老いが忍び込もうとしているのを意識した。前髪には白髪も出てきた。体の張りもなくなった。歩く速度も遅くなった。自分が寒風に耐えている冬木のように思えるときがある。

「大賀さん。おられませんか」

マイクを通した薬剤師の何度目かの声がようやく耳に入った。窓硝子の向こうは広い駐車場になっていて、乗用車から下ろされた老女が車椅子に乗せられようとしていた。その姿が自分の老いた姿に重なり、ぼんやりと視線を投げかけていた。

「次回は呼ばれたらすぐに返事をしてくださいね」

薬剤師がぶっきらぼうに言った。

「考えごとをしておりました」

「お大事に」

相手は視線を合わせずカウンターの上に薬袋を差し出した。男がそれを外套のポケットにしまい込み、病院を出たところで、中年の女性とすれ違った。相手が先に気づき会釈をしたが、頬肉が削げ目が窪んだ顔形は、はじめ誰だかわからなかった。顎の下には白いガーゼが当ててあり、改めて視線を合わせると彼女は弱々しく微笑んだ。

「驚かれました？」

「こちらも気づきませんでした」

男が通っている理容室の女主人だった。

「この辺り一帯はうちの土地だったんです。すっかり変わってしまいました」

遠くの国道十六号線には、千葉から柏方面に向かうトラックや乗用車が頻繁に走り抜けていた。彼女の首筋には大きなガーゼが貼られていた。

「また癌になっちゃいました」

彼女は陽気な声で言ったが目に輝きがなかった。

「もうあっちこっちを切られてしまって。切られ与三《よさぶ》ですよ」

男と同じ歳だという女主人は手術でひきつった頰をゆるめた。

「粋な黒塀、見越しの松と、酔った親父がよく歌ってましたよ」

「お元気なんですか」

「十二歳のときに亡くなりました。子供不孝の親ですよ」

相手の顔が曇った。男は彼女の気持ちも知らないで軽はずみなことを言ったと悔いた。

「わたしも同じ歳で父を亡くしたんですよ。こんなことまでご縁かしら。今日は体調がいいので、病院にくるついでに、ご先祖さんから受け継いだ土地を見ておこうと思ったんですよ。若い時分には一度も見たことがないのに、おかしなもんですよね。わたしのところは大昔からこの辺の百姓なんですよ。国道ができるまでは大変な田舎で、東京に行くのも一日がかりでしたし、理容学校時代は通学できずに下宿していたんですから。それが今は電車も走っていますし、団地も大学もできたんですから。父も母も生きていたらびっくりのはずです。わたしはね、ここにくるとなんだか元気が出るんです。先祖が切り開いた場所に立っていると、ずっと死なない気がするんですよ。この病院の土地も本当は売らなかったほうがよかったと思っているし、その病院に通っているのも不思議な気持ちなんですよ」

「いいところです」

「昔はもっとよかったんですよ」

「わたしもときどき、どうしてここにいるんだろうと思うことがあります」

「どちらですか」

男が九州に生まれて山陰、東京、千葉と移り住んでいると言うと、うらやましいと光沢のない歯を見せた。男ははじめてこの辺りを見たときに妙な郷愁を覚えた。広大な田園地帯が広がりその中央に川が流れている。鴫《しぎ》や鴨がいた。田圃の上を海鳥が舞っている。不思議に思い不動産屋の店主に訊くと、大昔は海だったと言った。男が住んでいた九州の土地も昔は海だった。千葉の内陸部まで海鳥がやってくる。彼らが遠い昔、ここが海だったことを知っているからやってくるのだと思うと、自分が住み着いたのも彼らと同じ理由ではないかと感じた。そんなことを言えば、みんな海だったということになります、と店主は言ったが、森を開発して造った分譲住宅は入居者が少なく、その上交通の便が悪く、格安で賃貸にしていた。不景気でお手上げですと不満を言い、男が借りる気配を見せると、いい環境だと売り込んだ。

「お客さんも前世は千葉の人間だったりして。来世はあの鳥のように好き勝手に飛んで行きたいわ」

理容室の女主人は遠くの田圃を歩く鳥を指差し、それから唐突にライターを持っているかと訊いた。

「外に出ないと吸わせてもらえないんですから」

男がライターを差し出すと、彼女はくわえ煙草で口を近づけた。火がつくとおもいきり吸い込み、ああ、おいしいと満足そうに笑った。

「みんなでやめろとうるさいんですよ。本当は仕事の合間にも一服やりたくてしかたがなかったんですけど、主人がどうしても吸わせてくれないんです。それで何度、言い合いをやったことか」

男は家に灰皿を置かなかった妻のことを思い出した。壁が黄ばむ、娘の体に影響を与えると、煙草を吸わせなかった。そのうち娘も嫌悪するようになった。家で彼女たちの尖った視線に出会うと、吸う前に感情が昂ぶった。不愉快になり彼女たちの前では吸わないと決めたが、それ以外の場所では本数が増えた。思えばそんな些細な積み重ねが、お互いの気持ちを少しずつ遠退かせていたのではないかと感じる。

「もっといろんなことをやっておけばよかったと思いますけど、案外となにもできないものなんですね。近頃考えることは、自分が何人の人間の髪を切ったかということなんですよ。おかしいでしょ？　昨日電卓を持ち出して計算してみたんです。二十四歳の頃お店を出したんですよね。一日五人の散髪をしたとして、一ヵ月二十五日働いて百二十五人。それから二十六年ですから三万九千人。意外と少ないんですよね」

相手は澱みなく言い切り、そう思うと急につまらない人生に思えてきたと言った。先に病院内に入っていた二十歳前後の娘が、お母さんと叱責するように呼ぶと、彼女は慌てて煙草を足元に落とし踏みつけた。

「急にやさしくなってしまって。あの子たちの気づかいが迷惑なんですけどね。癌になってからいろんなものが見えてくるんですから、不思議なもんですね。今頃になってあれもやりたいこれもやりたいと欲が出るんですから。結局は人の頭を刈っていただけの人生でした」

男は相手に応える言葉が出てこなかった。四年近く散髪に通った自分は何回、彼女に刈られたのかという思いに囚われた。

「そろそろ行かないと」

彼女は病院の入り口で睨みつけている娘に目を向け、わたしの姿が少しでも見えないとうるさいんですよ、と言った。風が吹くと飛んでしまいそうな細い後ろ姿だ。なにしているのよ。再び娘が叱る声が届いてくると、彼女は、そう急かさないでよ、と乾いた声を上げた。男はポケットから薬袋を取り出し、色とりどりの錠剤を手のひらに広げた。それからおもいきりばらまいた。小さな粒は駐車場のアスファルトに散らばり、近くにいた鳩が寄ってきてつつきだした。病院に行こうとする老女が訝しそうに見つめていたが、男は残っていた錠剤も投げた。群がった鳩は羽を広げて仲間を威嚇し錠剤を食った。彼らも成人病が治るかもしれないと思うと、頬にゆがんだ笑みが洩れた。人の気配を感じて顔を上げると、老女のそばに数人の患者が集まり、笑っている男を、おぞましいものを見るように遠巻きに見つめていた。

印旛《いんば》沼の湖面は冬の陽射しに照らされて鈍く光っている。川面には小舟が浮かび投網をやっていた。土手の道を時折乗用車が走り、はるか先の丘陵の斜面に色彩豊かな分譲地が見えた。田圃の中央に巨大な鉄塔が立ち、高圧線が里山の先まで延びている。

メモリアルヒルズでバスを降りたのは彼だけだった。バスは印旛沼にできた新しい橋を渡っている。手前の精神病院前で年配の男が下車すると、運転手は、お客さんだけだからテープをまわさない、と言って行く先を訊いた。霊園前と答えるとそこまでの停留所を通過した。丘陵にはいくつかの墓地があり、動物霊園はその中の一角にあった。

「いい天気ですよね」

受け付けの前に立つと、喪服を着た中年の小太りの女が陽射しに目を細めた。待合室には二十歳前後の女が、母親らしい女と椅子に腰掛け、目を腫らし火葬の順番を待っていた。坂の途中から見る田園は一層視界が広がり、集落の向こうに利根川の小高い土手が見えた。その上手を消防車が走り、サイレンの音が風に乗って聞こえてくる。二台の消防車は成田方面に走っていく。

「なにかあったんでしょうか」

化粧を丹念にし若造りをしている受け付けの女に訊ねた。

「山火事があったんですよ。原因はまだわからないんですけど。この山の裏側まで焼けて、火の粉が飛んで大変でした。ここまできたらどうしようかと思ってましたよ」

「火事は恐いですからね」

「経験がおありですか」

中学三年生のとき体育の時間に校庭で鉄棒をやっていると、技術室から同級生が走ってきて火事だと叫んだ。男たちはどうせ小火《ぼや》だと思い見物に行くと、天井にまで火柱が立っていた。茫然としていると、教師が丘の上に避難しろと言った。全校生徒が逃げたが燃え上がる校舎の火で体が熱かった。その後、町の図書館や公民館に分かれて授業をするようになったが、火事の恐ろしさをはじめて知った。

「こんな空気の乾いた日だったら、どうなっていたかわかりませんよ」

それから女は、猫冥利につきますね、亡くなった後もこんなに訪ねてきてもらえるんですものと、男に視線を走らせた。ピンクの頬紅を塗っているが、笑うと目尻の皺が深く顎にもたるんだ肉があった。長い髪は光沢がなく染めていた。

「もう何日になります？」

「まもなく二ヵ月ですか」

「そろそろですね。神父さんをお呼びになります？」

いくつかの霊園にはいろんな宗派の坊主と神父がいた。彼らは人間の死者たちへの祈りもやっていた。

「そうですね」

納骨と初七日にミサを捧げてもらった。坊主よりもキリスト教のほうが混血の彼女にはいいと考えた。神父は日本の大学で神学を教えているという背の高い男だった。三十前後の彼は、待合室に日本人の女を待たせ、仕事が終わると彼女の運転する乗用車で帰った。

「早めにご予約をされたほうがいいですよ。お坊さんのほうは待機していますから、いつでも大丈夫ですが」

男は彼女に、キリスト教にも初七日や一周忌などの忌日があるのかと尋ねたことがある。本来、多くの忌日は明治の仏教排斥運動で、宗派が生活保全のために、インドや中国の忌日を取り入れて生き残りを考えたものだ。それをキリスト教や猫にも当てはめるのかと訊きたくなったが、彼女は日本人には仏教徒が多いから、それに倣ってやっているのだと答えた。男はそういうものかと抵抗するのを諦め、猫が成仏してくれればそれでいいと考えた。

納骨の日に、死んだ猫に、マリア・大賀英里子とつけてもらい埋葬のミサを行なった。男は神父に言われた通りに胸で十字を切った。田園の広い空に彼女が召されていく気がした。澄んだ空に雲雀《ひばり》がもつれ合い、か細い声で囀《さえず》っていた。

「人間の一生も早いもんですけど、動物の生涯はもっと早いんですものね。だからよけいに愛着が湧きますし、愛情を注ぎたくなります。ここにいると、みなさまの哀しみに耐えられなくなるときがあるんですよ」

女は細い金縁眼鏡の目を光らせ同情を誘うように呟いた。

「こんなにかわいがられていたんですもの、幸福なお子でしたよ、きっと。草葉の陰で喜んでいると思いますよ」

男が亡骸をどうするかと迷い市役所を訪ねると、係員が、ペットやすらぎの郷という総合葬祭センターが町外れにあると教えてくれた。場所がわからないと答えると、迎えに行くこともできると言った。喪服を着た若い女性社員が、動物霊園のパンフレットを持ってきた。そこには霊園の案内と火葬料金と墓地の値段が書かれていた。火葬には個別、合同があり、それぞれ動物の大きさで値段が違った。

男は三万円の個別火葬を申し込んだ。納骨堂で毎年使用料を取られるよりも、墓地のほうがいいと思い、一メートル四方の墓地と小さな墓石を買った。諸経費を入れると百万近くかかった。女は呆れ笑っていたが、墓地があれば彼女のところへ訪ねて行けるし、男には猫に世話になったという気持ちが強かった。生活費は乏しかったが、自分ひとりで生きていくにはなんとかなる。なにも残すものはないし、我が身の自由が利かなくなれば、そこで生を終わらせればいいと考えていた。

「どうぞ」

女が線香を目の前に差し出した。料金を渡そうとすると、いいんですよと受け取らず、本当にこんなにしていただいて、猫冥利につきますよね、と骨壺を棚に収めようとした。

「動物も冬に亡くなるのが多いんですよ。ここにあるのは、この一週間で亡くなった動物たちなんです。猿もいますし亀もいるんですよ。内緒ですけどコアラやライオンもいるんです。取り敢えず自宅にお持ち帰りになる人のものと、納骨堂ご利用の方のと置いてあるんです」

彼女は合同火葬の骨は返却できないが、個別火葬にしたものは、納骨堂安置と墓地埋葬とに分かれるのだと言った。

「いいんですか」

「誰かが葬ってやらなければいけませんからね。お目こぼしはどんな社会にでもありますでしょ？」

相手は分厚い唇に人差し指を当て悪戯っぽく笑った。

「ボスにはいろいろと考えがあるみたいで」

彼女は暗に割り増し料金があるのだと訴えるような視線を投げた。経営者は市会議員をやっているやり手で、この霊園以外にも冠婚葬祭場や墓石販売、仏具店と多角経営をやって儲け、いまでは外国人女性ばかりを集めたクラブや、マンション経営までやっているのだと言った。

「家族よりもかわいがっていた動物と一緒に埋葬されたいと言う人も多いんですよ。そりゃいくらなんでもできませんから、隣の墓地をお薦めすることもあります。何人もいるんですよ。先祖代々のお墓や旦那さんとは絶対に入らないという人もたくさんいます。お客さまもおひとついかがですか」

「わたしは結構です」

「どうしてもと言うお方にはそっと分骨しておいて、仲良く一緒にってこともあるんですよ」

死んだ猫がかわいそうだと言って墓の中にぬいぐるみや、肌身離さず持っていた指輪も入れる人間がいて、以前従業員だった女が、夜中に墓を掘り起こして盗んだことがあるのだと言った。

「その人、交通事故で亡くなっちゃいましたよ。猫の祟りじゃないんですかね」

女は大げさに身震いして見せた。男は花を買い坂道を登った。高台は掘り起こされ霊園の拡充をやっている。人間の墓地だ。これからは戦後のベビーブームの人たちが次々に死んでいきますから、経営は安泰らしいですよ。受け付けの女が男の年格好を見て言った言葉が頭の隅をよぎる。玉石が敷き詰められた通りには花々が植えられ、墓石が整然と並んでいる。墓碑には「わが小さな仲間たち」、「こどもたちよ、やすらかに」、「来世でまた暮らそうね」などと飼い主だった人間のそれぞれの思いが刻まれていた。英里子の墓の先には喪服を着た夫婦らしい男女の後ろ姿が見え、納骨をしている最中なのか、読経に交じって啜り泣きが届いてくる。

坊主の読経が終わると、年配の男子社員が無事に納骨が終了したことを告げているが、男女の忍び泣きはやまない。男はその光景を横目に、猫の墓石の前に立った。それから彼女が好きだったチョコレートを供えた。男の脳裏に、好物のチョコレートを見つけると擦り寄ってくる彼女の姿が見えた。もの静かな猫だったが自分の思うように生きていた。自分はあの猫のように自由気儘に生きたいと思っていたのではないか。気がつけばこの歳になっていたという感が強い。淋しくない？　女に顔を覗くように訊ねられたことがある。まさかと笑い返したが他人にはそう映っているのか。勤めている頃には、人込みの中に紛れていると、自分がひとりだという孤独感を抱くこともあったが、今はそれもない。

耳の奥から猫の啼き声がする。庭木に飛んできためじろを目で追い、それが枝先に止まると、忍び足で登った姿が思い出されてくる。音楽をかけているとそばにきて、うっすらと目を閉じ聞き入る。帰りが遅いと足元でじゃれて啼いた。湯槽《ゆぶね》に入れてやると満足そうに目を細めていた。

ある日から猫が妻に近寄らず、それどころか威嚇するようになった。彼女が差し出す餌も口にしなくなった。男がそのことに気づき尋ねると、飼い主の性格が移ったのだと相手にしなかった。ある晩、早く帰宅し自室にいると、階下で猫の叫び声がした。慌てて下りて行くと、猫は部屋を激しく逃げまわっていた。男の姿を見た妻は咄嗟に右手を腰の後ろに隠した。手首を握り指を広げさせると、床に血がついた針が落ちた。どういうことだと声を荒らげると、下唇を嚙んで黙った。猫は刺された体が痛むのか啼き続けていた。

男が別れると決心したのはあの光景を見たからではないか。猫をいたぶるほど自分を嫌悪している。猫への憎悪は自分に向けられていると考えると、一緒にいることが苦痛になった。娘は妻が働き出し愉しくやっていると教えてくれた。こんな人生が待っていると想像もしなかったと笑っていると伝えてくれたが、それは男にだって言えることだ。猫の体深く針を刺した、妻の蒼白な顔が今も頭にこびりついている。

猫の墓は午後の陽射しを受けて鈍く光っている。納骨を終えた坊主が頭をさげながら脇を通りすぎる。女房らしい女が新しい墓石を抱き締めて号泣している。男は手を合わせ、家を出たときのことを思い浮かべた。乗用車の助手席に座らされた猫は彼の顔ばかり見つめていた。それから運転する彼の膝の上に乗って、心配するなというふうに見上げた。借家に移り住むと外に出ることはほとんどなくなった。一度だけ喧嘩をし、耳から出血をして帰ってきたことがあるが、あれは縄張り争いに負けたのだろうか。やがて女が週末だけやってくるようになると牙を剝いた。嫉妬よ。女は触ることも手を出すこともせず、猫が死んだときには安堵の表情を浮かべていた。やはり本気で気味悪がっていたのか。

冬枯れの田圃をトラクターが耕している。軍用機が低空飛行で飛んでいる。鎌ケ谷の下総基地から館山基地に向かっているものだ。近くの丘陵では遺跡の発掘調査が行なわれていた。縄文時代の貝塚だったところで、土器が多量に発見され、そのおかげで新たな霊園を造るのが遅れているのだと受け付けの女は言っていた。墓石の前で嗚咽する女の声はまだやまない。やがて亭主に促されて彼女は階段を登って行くが、未練が残っているのか幾度も振り返っている。

「きりがないから行こう」

亭主がやさしい声をかけると、女房の泣き声が一段と高くなった。

「みなちゃんがひとりじゃかわいそうだわ」

「またくればいいじゃないか」

「あなたもきてくれる?」

女房が哀願するように言う。

「くるさ」

彼女が胸に顔を埋めると、亭主は相手の背中をやさしく撫でまわしていた。男は顔を合わせては申し訳ないと思い、視線を足元に落とした。小さな蟻が列をつくっている。蟻は男が供えたチョコレートを目指していた。通りに出た女房は納骨した場所を見下ろし、白い絹のハンカチで涙をぬぐった。

「ね、明日もきましょう。みなちゃんが淋しがるわ」

女房が亭主の腕を取った。

「きっと天国に行ってるさ」

女房は両手を顔に当ててしゃがみこんだ。亭主は途方にくれ視線を宙に泳がせた。その視線が男に向いて止まると、彼は一瞬硬張った表情を見せ、それから口元をゆがめた。男は相手のぎこちない表情はてれ隠しだろうと思い、顔を背けた。やがて亭主が女房を立ち上がらせ囁くと、泣いていた女が振り向いた。

男は彼らの強い視線に出会って狼狽し、目のやり場に困った。しかたなくふたりが通りすぎるのを待った。急に泣きやんだ女房は男を見続けていた。男がそ知らぬ顔をしているとふたりは立ち止まり、亭主が視線を向けたまま軽くお辞儀をした。

「大賀さん？」

相手が頼りなげな声で訊いた。

「やっぱそげですか」

相手の声が華やぎ、そばの女と頷き合った。

「覚えておられんとですか」

相手は九州訛りで訊ねた。男は記憶の底に蘇るものがあったが、手繰り寄せることができなかった。

「もうずいぶん昔のことですたい」

「どちらさんでしたか」

「無理もなかとです」

相手は懐かしそうな表情を向けた。

「こがんとこで会うなんて、びっくりしましたですたい。そがんでもよかとですよ。また会うことができたとですから。大賀さんはなして？」

「墓参りです」

男は相手が思い出せなかったが、深い皺と鼻梁の広がった顔に記憶があった。

「おれの言うた通りばい」

亭主がそばの女に顎をしゃくった。白粉を厚く塗り、涙で目元がくろくなっている彼女にも、かすかに見覚えがあった。

「田畑ですたい。昔、お世話になっちょりました」

「ああ」

男はようやく思い出し、驚きの声を洩らした。

「お元気でしたか」

「まあまあでやっちょります」

田畑という男は二十数年前、鍛冶工をしていた職人だった。腕がよくどの現場でも重宝がられていたが、一年も勤めずに会社を辞めた。

「九州におられるものとばかり思っていました」

「あん頃はおれみたいな人間がぎょうさんいて、ひとりひとり覚えているのが不思議なくらいやったとですから」

田畑は九州からの出稼ぎで、浦安にある職人の宿舎から毎朝現場に通っていた。

「お父さんはどうですか」

「もうとっくにおだぶつしたとですよ。十年近く寝たきりだったとですが。よう覚えてくれとりました」

「お久し振りです」

「なんとか生きておりますたい。もう何年になるとでっしょうかね。大賀さんはお変わりなかとですか」

田畑は手首には金色の鎖をし、右手の太い薬指にも重そうな金の指輪をしていた。胸のポケットからくろいサングラスがのぞいていた。

「あれから人に言えんいろんなことがあったとですよ。みなさんはどがでっしょうね」

「わたしも会社を辞めてしまいました」

「ほんなこつですか。またどげんしてですか」

相手は信じられないという顔つきで女を見た。彼女は目が合うと視線を外した。

「大変じゃなかとですか。会社はまだあるとでっしょう?」

「そうみたいですね」

「なしてそげんことになるとですか」

相手の目には湿った粘りつくような光があった。

「こちらが一方的に辞めただけですから」

男が言い淀んでいると、相手は心の内を見定めるように見つめていた。

「いまはなんをされとるとですか」

「ぶらぶらです」

「景気も悪かとですからね。なんをやっても一寸先は闇という時代になりましたばい。浮かれた世の中は終わったということですたい」

相手の口調には余裕があった。なにをやっているのかと訊きたい気持ちになったが、訊けば訊かれるという思いになり、喉元を突いて出てきそうな言葉を押しとどめた。

田畑は暇があると、筋肉質の肉体を見せてバーベルを持ち上げ、体を鍛えている男だった。腕相撲も強かった。若い職人が入ってくるとやさしく接し、自分の持っている作業着や地下足袋をわけ与えていた。風呂に入ると背中を流してやった。そのうち帰郷すると言って辞めた。次の日、部屋にあった仲間たちの金目のものがなくなっていた。目の前の相手はそのことを忘れてしまったかのように親しく話しかけてきた。

「妙なところで会うたですばい。またどうしてですと？」

「ちょっと」

「わたしらの子供が亡くなったですから、今日はその納骨をしたとですばい。もうずっと前から具合がわるかったとですから、死んだら景色のいいここにしようと、こいつが言うとったとですよ」

相手がもう一度女に顔を向けると、彼女はハンカチを目頭に当て鼻水を啜り上げた。

「みなこはながいこと腎臓をやられていたんです。ようやくその苦しみから解放されたんです」

女の髪はしなやかで艶がありすぎた。豊富な波打った髪は鬘《かつら》だとわかった。細い眉毛も描かれていた。

「女房ですたい」

「その節はお世話になりました」

亭主が告げると、彼女は再び頭を下げた。

「わからんとですか」

男は戸惑い大柄な女をまっすぐに見た。彼女はぎこちなく笑顔をつくっていたが、生唾を飲み込んだのか喉仏が上下に動いた。

「みなこは世界中で一番かわいがっていたんです。病弱な子ほど愛しいというでしょ？

本当にそうだったんです。どこに行くときでも一緒でしたし、食べるものも同じで、わたしたちとも別け隔てなく生活していたんです」

女はまた涙を溜めた。

「泣き虫でいかんとですよ。たけちゃん、泣いてもあの子は戻ってこんとよ。気持ちはわかるばってん」

亭主は、中西のたけちゃんですたい、と言った。

「中西武雄？」

男はおもわず訊き返した。

「そうですたい」

彼が知っている中西武雄は若い鳶《とび》職人で、虫歯で前歯がくろく欠けていた。いつか儲けて、そこにダイヤモンドを入れるのが夢だと周囲を笑わせていたが、目の前にいる者は肩までの鬘をかぶり白塗りの厚化粧をしていた。

「ご無沙汰致しております」

彼はそう言うと田畑の腕を取った。中西は中学を出て板前の修業をやっていたが、仕事がきつくて辞め、父親と一緒に鳶工として山形から出稼ぎにきていた。ちょうど浦安のディズニーランドが建設中で、完成したら何日でも徹夜をし一番乗りをするのだと張り切っていた。自分が近くの宿舎にいることを喜び、郷里の友人たちに自慢できると言った。男は彼と上越新幹線の仮設桟橋を造る工事に従事したことがある。場所は東北新幹線と上越新幹線が分かれる埼玉県の伊奈地区で、工期に間に合わせるために突貫工事をやっていた。会社でははじめての大型受注工事で、職人の半分を現場に常駐させ昼夜の作業をやった。

　男は半年間現場に泊まり込み指揮を取った。その中に中西親子もいた。ある晩、ほかの職種との競合作業の取り合いで、男たちの仕事が中断するようになり、大方の職人は家族や浦安の宿舎に戻った。男は職人の出来高をまとめたり元請け会社の社員との打ち合せがあり、そのまま泊まった。打ち合せの後に社員と食事をし酒を飲むと、疲れが溜っていた体に酔いは早かった。風呂に入り外に出ると、辺りは広い湿地帯で川面に夥《おびただ》しい蛍が飛んでいた。彼は仕事が順調に行っているうれしさと、この仕事をやり遂げれば会社の未来が拓けるという思いで心地よかった。夜、誰もいない宿舎で眠っていると、枕元に人の気配を感じ目を醒ました。薄暗い月明かりの中で中西が正座をし見下ろしていた。どうしたと質すと、緊張した声でなんでもないと言った。

　ただ寝顔を見ていただけです。

　男は薄闇で熱っぽく目を輝かせている相手に不気味さを感じた。

　眠ってください。

　なにかあったのか。

　そばに、いようと、思っただけです。

少年は気分が高揚しているのか言葉を詰まらせ、とぎれとぎれに言った。

あっちで寝てもこっちで寝ても同じことですから。大賀さんも泊まると聞いたので、それなら自分も泊まろうと思ったんです。

男は少年から発散されている粘液質な空気を追い払うように煙草に火をつけた。少年はすかさず灰皿を正座した膝のそばに置いた。男がその中に灰を落とし盗み見すると、同じ視線を向け笑った。

広すぎる部屋で寝ていると恐くありませんか。

もう遅いから眠るさ。

男が煙草をもみ消すと、少年は自分の寝床に向かった。どのくらい時間が経過していたのか。再び目醒めると彼が同じ体勢で見つめていた。

眠れないのか。

男の中に小さな怒りが湧いていた。

どうして枕元にいるんだ。

恐いんです。

明かりをつけて眠ればいいじゃないか。

男は不快感を覚え語気を強めた。枕元に置いていたコップの水でその感情を溶かすように飲み干した。

ここで一緒に寝てもいいですか。

少年は同情を誘うように怯えた目を向けたが、粘っこい感情を映していた。

かまわないが。

うれしい。

少年は寝床を引っ張ってきて男の蒲団の横に並べた。

もう寝るんだぞ。

大丈夫です。

相手は蛍光灯の豆電球まで消して横たわった。男は背を向けて眠ろうとしたが、昂ぶった気持ちは収まらなかった。眠りました？　と少年が訊いても返事をしなかった。遠くで梟《ふくろう》が啼く声が聞こえ、宿舎には虫が忍び込んでいるのか、耳元で羽音がした。少年は息を潜めていたが時折荒い呼吸をしていた。もう寝ました？　ともう一度男の気配を探る声がしたが聞こえないふりをした。男の動悸は激しく、寝つけないでいると、少年の指先が背中を撫でようとしていた。男がわざと鼾《いびき》をかくと、指の動きが止まり寝返りを打つ音がした。


その現場は事故もなく、作業は順調に終わった。そして元請けの印象もよく仙台の地下鉄工事も受注した。少年はあの日のことはなにも言わず、仙台に行けば郷里も近くなると喜んでいたが、まもなく父親から離れ会社も辞めた。すでに四十はすぎているはずだ。頬から顎にかけて脂肪が乗り以前の面影はなかった。欠けていた歯にはきれいな差し歯が施されていた。

「早稲田のマンションに行ったことを思い出しません？　仲間がみんな集まって、菜穂美さんの誕生パーティをやったでしょう？　最高に愉しかった」

ようやく元気を取り戻した中西が笑いかけた。それは新幹線の工事が終わり、仙台の地下鉄工事に行く段取りをやっている日のことだった。少年は先輩の誕生パーティに行く同伴者がいない、一緒に行ってくれと言った。男がためらっていると、絶対に愉しいからと哀訴するように頼んだ。ふたりが訪ねたマンションには、ドレスや振り袖で着飾った十数人の男たちがいた。部屋は万国旗を垂らし高価な花で満たされ、化粧と花の匂いでむせ返っていた。襖を外した奥の部屋のソファには、総絞りの紫の振り袖を着て、髪をながく伸ばした男が婉然と笑いかけていた。誕生日おめでとうございますと少年が言うと、どうもありがとうと低い声で応えた。彼の前には分厚い祝儀袋が積み重ねられ、稼ぎの少ない少年が恥ずかしそうに渡すと、相手は彼の頬にキスをした。テーブルには高級な酒や夥しい料理が並び、壁には誕生日を祝う垂れ幕がさがっていた。

やがてシャンペンが抜かれると野太い嬌声と祝う声が入り乱れた。六本木で酒場をやっているという女装の男は、こうして祝ってもらえるのが夢のようだと話し、みんなも頑張れば自分のようになれるのだと叱咤した。そのうちカラオケが設置され、まもなく歌手デビューするという細身の少年が歌い出すと彼らも次々に続いた。芸を披露する者もいたし踊る者もいた。マンションを出ると朝の陽射しが目にしみた。自分はどこにいたのか。明け方までの乱痴気騒ぎが脳裏に刻まれていたが、遠い世界の出来事のように感じた。都電が警笛を鳴らしながら通りすぎると、現実の世界に引き戻されたが、途方もなくはしゃいでいた陽気さの裏側に、彼らの深い哀しみが張りついているような気持ちになり、昔、同じように騒いでいた父親の影が脳裏を掠めた。

「あんな愉快なパーティはなかったわ」

中西が目を細めた。

「菜穂美さんはバブルが弾けてどこにいるかわからなくなってしまったわ。それまでは株もたくさんやっていたし、高級車も何台も持って、お店も銀座、赤坂、新宿と五軒も持っていて、そりゃお大尽様で女王のようだった。わたしたちの憧れの的だったんだから。りりこがいたでしょ？　歌手デビューするって言ってた。あの子もいまはパリにいるわ。ご立派なパトロンと一緒に。みんなどうしているんでしょうね」

「わたしらはあれから一緒に横浜に行ったとですよ。そこでもう仕事を辞めて、小さか店を出したとです。こん人のおかげで店が流行り、なんとかやってきとりましたが、わたしが体を壊して、こん近くに引っ越してきたとですたい。散歩するところもぎょうさんあるし、空気がきれいですばい。店はのうなりましたが、今はこん人が柏の街で子供用の洋品店を開いとります。よっぽど子供が好きなんでっしょうな。できんと思うと余計にそう感じとでっしょう。もらい子をしようと考えましたが、おかしかですけんね。迷惑もかけまっすし」

田畑は泣き笑いをするような複雑な表情を見せた。六十をすぎた顔は血色がよくない。職人として陽射しに当たって仕事をしていた顔は皺が深い。鼻翼の近くにある黒子《ほくろ》だけが艶があった。そこだけが生きている気がした。

「どこが悪いんですか」

「肝臓をやられてしまったとですよ。もうすぐみなちゃんみたいにお迎えがくるですたい」

「いやですよ。そんなこと。長生きしてくれなくちゃ、わたしひとりになってしまうでしょ」

田畑は胃潰瘍の手術をし、そのときの輸血で肝炎を患い、それが悪化し肝硬変になっているのだと言った。

「たけちゃんには大切にしてもらっとります」

泣きやんだ中西が笑った。

「大賀さんが猫好きだとは知らなかったわ」

「十五年も飼っていた」

「今頃はみなちゃんと仲良くやっているかもしれないわ。そうだと嬉しいけど」

中西がねえ、と田畑に同意を求めた。男は彼らのやりとりを見ながら、あの宿舎で少年の誘いに乗っていたら、目の前にいる田畑の姿は自分の姿ではなかったのかと考えた。

「大賀さんが会社を辞めんしゃったなんてびっくりですたい。よっぽどのことがあっとでっしょう。てっきりばりばり働いとると思っておりましたばい。ときどき重機を積んだトレーラーや機材を運ぶ十トン車を見かけると、昔、自分のおった会社だと懐かしくなりましたばい」

「あたしたちのほうはすっごくうまくいっています。この人もやさしいし。みなちゃんが生きていれば三人でもっと仲良く暮らしていけたのに」

「もうそれを言うたらいかんと言うとるじゃなかかね」

中西の顔がまた翳ると、田畑はなにも言うなというふうに肩に手を置き、気分を鎮めさせた。それから腕時計を見て、そろそろ行ったほうがいいと相手の顔を見た。店を従業員にまかせて出てきたが、お得意さんとの約束があるから帰らなければいけないのだと言った。

「今度あたしのデザインでオリジナル商品も出そうと思っているの。みんなみなちゃんの似顔絵にしようとも考えているの」

「その打ち合せもあるとです」

「きっと流行ると思うわ。あたし」

男は背の低い田畑と喪服姿の中西の後ろ姿を見送った。おぼつかない足取りで坂道をおりて行く田畑の姿は不安定で、病気が相当に進行しているように感じられた。彼は誕生パーティで、着飾った仲間の中でただ一人、白いとっくりのセーターと紺色の背広を着て、笑みを浮かべ続けていた少年の中西の姿を思い出した。一緒に踊りなさいよと仲間にけしかけられても、男とだけは踊らなかった。途中で主催者がビンゴゲームをやり高価な賞品が出た。外国製のハンドバッグが当たった少年は、いつまでも嬉しそうにしていた。はにかむ姿をはじめて美しいと思った。

その後、ふたりの間には秘密ができたが口外することはなかった。時折、作業の手を止め遠くから男を見る目があったが、彼は視線を合わせなかった。今頃になって心にざわめきが起き、胸が痛くなってくる。彼の父親は息子の性質を知っていたから手元に置いていたのではないか。その父親も、息子が出奔すると口が重くなった。あのとき田畑と示し合わせていたことを知っていたのか。当時の少年は気弱な目をしていたが、今の目の中には強い力があった。生きることに自信を持ったのか。それとも自分の境遇を受け入れたのか。二十年の歳月の中ですっかり変わった。それは田畑にも言えることだったし男自身にも言えることだった。おれはどうなのかと自問してみたが、自分を納得させる答えは聞こえず、反対にもう若くはないのだという声が届いてきた。

坂の途中で中西が振り返り小走りに戻ってきた。忘れ物でもしたのかと眺めていると、男の前で立ち止まり息を切らせた。

「ここでお店を出しているの。小さなお店なんだけど。そのうちオリジナルの子供服が当たれば、チェーン店にしようと思っているの。きっと成功してみせるんだから」

彼はハンドバッグから名刺を取り出した。そこにはチャイルド・パラダイス、田畑武子と名前が書かれていた。男が名刺から目を上げると、彼は顔色を窺っていた。

「お元気ですか」

相手はほほ笑みかけた。

「それなりというところですかね」

「あたしもです」

彼は男の耳際を見ていた。そこには白髪が固まったように生えているはずだった。

「あの人のおかげで好きなことができているの。働いていたときに将来のために少しずつお金を貯めていたんだって。それで横浜で店を出すことができたし、今もこうしていられるの。でもちょっと嫉妬深いの。病気になってからなおさら」

男は決して贅沢をしなかった田畑のことを考えた。好きな煙草も仲間がパチンコで儲けたものを安く買っていたし、外食などしたことがなかった。現場から必ず不用の鉄材を持って帰り、スクラップ屋に売っていた。あの頃から自分の生き方を決めていたのだろうか。その田畑が老い、遠くから眺めている。彼は男と少年との危うかった関係を知っているのだろうか。

「ぜひいらしてね。うちの人も愉しみにしていると言ってたわ」

中西はそう言ってまた田畑のところへ走り寄った。再び腕を組むと振り向き手を振った。霊園の入り口にタクシーがやってきて、運転手が煙草を吸いながら彼らが下りてくるのを待っていた。男はゆっくりと坂道を歩いた。中西の前向きに生きようとする気持ちが心を和ませた。もらった名刺の裏側を見ると、チェーン店募集と書かれていた。ふたりはタクシーに乗り込むときにまた手を振った。男もおもわずつられて手を上げた。出会ったことを本当に喜んでいるのか。男はそう思うと急に自分のそっけない態度を恥ずかしく感じた。

風が遮るもののない空間を通り抜けている。農道をふたりが乗ったタクシーが走っている。印旛沼の土手に消えたが男は見えなくなるまで目で追った。坂道を下っていると、受け付けの女が出てきて、お知り合いかと興味深そうに訊ねた。

「最近は多いんですよね。でもお心付けがあってこちらも潤うんです」

「そうですか」

「気前はいいんですよ」

男が返答しかねていると、明日は忙しいと顔をしかめた。

「仏滅でしょう。だから葬式が多いんです。といっても儲かるのは経営者だけなんですけどね」

女は風が出てきましたね、と乱れた髪を押さえながら坂道を登った。冬の陽射しは弱くなり、雲間から伸びた光が田圃を照らしている。わあ、きれい、と女が額に手を当てて眺め両手を合わせて祈願した。その光の中を放された鳩の群れが旋回していた。病院で男がまいた錠剤を、鳩が喉を鳴らしてつついていた姿を思い出し、苦い笑みが洩れた。いやあ、とまた女の艶かしい声が聞こえ見上げると、黒いスカートが捲れ上がり、白い肌着が見えた。恥ずかしいわと彼女は声を上げ裾を押さえた。陽射しが雲間に隠れると、急に丘を吹き抜ける風が冷たく感じられ、その風は男の心をも冷やして通りすぎた気がした。

国道を暴走族が走り抜ける爆音がしている。週末には決まって聞こえてくる音だ。風が強くなっているのか、近くの杉の樹が鈍い音を上げて軋んでいる。男は女が持ち込んだ鏡の前に座っていた。鏡の中に口紅をつけた男がいる。男が笑うと向こうも笑う。

ドアの鍵を開ける音がして女が入ってくる気配があり、男は慌てて唇をぬぐった。

「驚かせる気?」

女が男の前を通りすぎると、かすかに彼女の嫌いなはずの煙草の匂いがした。その匂いの裏側に別の男の気配を感じた。

「病院に行った?」

「ああ」

男が唇を強くぬぐうと、赤色の口紅が手のひらに走った。鏡を見ると薄い口紅が唇の端を流れ、子供の頃に見た怪奇映画の猫の姿のように見えた。

「なにかあったの」

女の表情は硬く、視線を合わせようとはしなかった。

「誰かと会ったのかい」

コートを脱ごうとしている彼女の動きが一瞬止まった。男の脳裏に女が元の亭主と抱き合っている姿が見えた。汗ばんだ豊かな乳房を胸いっぱいに広げ、それを弄ぶ男の姿が浮かんだ。それとも出かける前に電話のあった若い男か。小さな猜疑心が小波のように広がっていく。

「猫になった気分だ」

「そうしてじっと見て監視しているんでしょ?」

女がそんな趣味があったのかと見つめる。いや、と打ち消したが遠い意識の中から、惚けはじめた大叔父が、死んだ妻の着物を着て野良仕事をする姿が蘇ってきた。彼は胸も足もはだけさせ畑に鍬を打ち下ろしていた。家族が着替えろと言っても逃げまわり、これが一番いいんだと駄々をこねていた。そのことを男は思い出すと、耳朶が熱くほてりを持った。

女は風呂場に行って湯を溜めすぐに出てこなかった。激しく吐き出る水音がし男はその音を聞いていた。やがて女が湯槽に浸かる気配があった。

「ねえ。年賀状も買ってきたわよ」

風呂場でこだまする女の声が届き、何枚くらいいる？　と間をおいて訊いた。勤めを辞めてから賀状は年々減ってくる。

「今年はよすよ」

男は短く言い切った。女が湯槽で別の男の匂いを消している気がした。あの女は今晩自分に抱かれるのだろうか。そしておれはどうするのかと男は考えた。

「猫が死んだからな」

相手の返事はなく、顔でも洗っているのか湯が弾ける音がした。暴走族の音が消えると風の音が一段と強く感じられた。硝子窓を叩く音がし、杉の樹の軋む音が大きくなった。耳をすますと、低く泣く声は、寝間の女の声のような気もしたし、猫があまえる声にも似ていた。

初出：『すばる』二〇〇〇年四月号［発表時作者五一歳］／底本：『猫の喪中』集英社、二〇〇〇年

第一二三回芥川賞選評より〔二〇〇〇（平成一二）年上半期〕

池澤夏樹　授賞作（町田康「きれぎれ」、松浦寿輝「花腐し」）を選ぶに際して、今回は票が割れた。文学の尺度は幅が広い。こういう形でかろうじて授賞が決まるのは、これはなかなか健全な批評性の表れなのだろう。

三浦哲郎　今回は佐藤洋二郎氏の「猫の喪中」がいいと思った。なにかと装飾の多い近頃の作品のなかでは地味でいささか古風に見えるが、よく刈り込まれた密度の濃い佳作である。十七年飼った猫に死なれて心身に鬱屈を抱え込んでいる男と、彼をめぐる身内や旧知の人々との関わり合いを、堅固な文章で濃淡鮮やかに描いていて読みごたえがある。もともと力のある人だから、この賞の候補は初めてと聞いて意外な気がした。これが大きな飛躍のきっかけになれば幸いである。

黒井千次　佐藤洋二郎の「猫の喪中」は、後半におかしなカップルが出てくると俄然作品に精彩が生れる。

佐藤洋二郎　さとう・ようじろう

一九四九（昭和二四）年、福岡県生まれ。中央大学経済学部卒。七六年、「湿地」を「三田文学」に発表。九二年、外国人労働者を扱った『河口へ』で注目され、九五年『夏至祭』で野間文芸新人賞。九九年、『岬の蛍』で芸術選奨文部大臣新人賞、『イギリス山』で木山捷平文学賞。他の著書に『夢の扉』『神名火』『妻籠め』など。エッセイ集に『息子の名は濯』『土建屋懺悔録』。短編「入学式」は、講談社文芸文庫の『現代小説クロニクル　２０００〜２００４』に、金原ひとみの芥川賞受賞作「蛇にピアス」などと並んで収録された。「猫の喪中」は二〇〇〇年の第一二三回芥川賞候補。

西日の町

湯本香樹実

母は夜更けに爪を切った。てこじいのうずくまっているそばで、ぱちん、ぱちんとゆっくり、できるだけ大きな音をたてて。しゃがみこみ、あるいは片膝を立てて切った。布団に横になり、肘《ひじ》をついた姿勢で切るときもあった。手の爪だけでやめることもあれば、続けて足の爪を切ることもあった。

そのくせ僕が同じことをしようとすると、吊り上がった大きな目を眇《すが》めて言うのだ。

「親の死に目にあえなくなるよ」

「しにめ、って?」

「死ぬとき。ご臨終ですって、テレビでやるでしょ」

おそろしいもののように、僕は爪切りを畳の上にぽとりと落とす。すると母はそれを拾い上げ、まだそんなにのびてもいない手の爪を切りはじめるのだった。あかあかと蛍光灯に照らされて、てこじいのうずくまっている真ん前で。楽爪に苦髪なんて嘘よね、などと呟《つぶや》いたりしながら。

いったいどんな気持ちで、てこじいはあのつねにタイミングのずれる、眠気を誘いながらも眠らせてはくれない音をきいていたのだろうか。ぱちん、という音がするたびに、びくんと体を動かすこともあった。六畳のすみにうずくまり、絵地図の川みたいなしわの刻まれた額を、瘦《や》せてとんがった膝小僧に押しあてて、てこじいは間違いなくその音をきいていた。

てこじいが母と僕の住むアパートにやってきたのは昭和四十五年の春、僕が十歳のときのことだ。その日、学校から戻った僕は、扉の前にへたりこんだ見知らぬ男を見つけるやいなや、

「てこじい?」

と声をかけたのだった。

躊躇《ためら》いもせずそんなことができたのは、てこじいが眠っているように見えたせいかもしれない。母は道ばたで寝ている浮浪者を見るたびに、「てこじいもああなっているにちがいない」とか、「ああびっくりした、てこじいかと思った」とか言っていたから。橋の下や溝の中、あるいは人気《ひとけ》のない神社の湿った石段の上で、僕はまだ会ったことのない祖父の予告篇を幾度も見ていたのだ。

母が考えたような生活をほんとうにしていたのかどうか、てこじいはずいぶんきれいに

よごれていた。全身まんべんなく、膜でも張ったようによごれているために、その姿は三月の薄曇りの光にしっくりなじみ、溶け込んでいた。浜辺の漂着物を眺めるときのように、僕はかがみこんだ。無精ひげに覆われた消しゴムみたいなかたちの顔、その顔から突き出た大きな耳、サイズの合っていない消炭色《けしずみ》のジャンパー……。

もう一度呼びかけようとしたとき、濁った目が開いた。おう、という闇夜のウシガエルそっくりな声とともに、てこじいはよろけながら立ち上がる。僕のそばで春先の空気がゆるゆる動いて、かすかに鱈《たら》のようなにおいが運ばれてきた。

「早くしろ」

重たげな上瞼《うわまぶた》の奥の目をぐっと光らせて、てこじいが僕を見据えた。顎《あご》をひき、胸をへこませ、両手は腿《もも》のあたりで握りしめている。壁にぶらさがった操り人形みたいなおかしな立ち方だったけれど、肩幅より大きく広げた両足には力がこもっていて、僕は自分の祖父がずいぶん大きな男のように感じた。

「鍵、持ってないのか」

僕は慌てて首を横に振った。

扉を開けると、いっぺんに見渡せる我が家だった。右側が台所や水まわり、左側が母と僕の食堂兼居間兼寝室である六畳。六畳と掃き出し窓の間には、しみだらけの板が細長く張ってあって、僕はそこにしゃがみこんでは、いろいろなかたちのしみを見るのが好きだった。掃き出し窓のむこうは車よりアスファルトのひび割ればかりが目に付く駐車場、駐車場のむこうには肌色の団地があり、肌色の団地のむこうには低い山が見えた。てこじいは僕を押しのけて中に入り、妙に素早い爪先立ちで六畳を横切ると、部屋のすみっこに置いてあるたんすの横でうずくまった。最初からそこが自分の場所だと決まっていたみたいに。玄関のたたきには、ぺらぺらに底の薄くなったゴムの運動靴が脱ぎ捨てられていた。爪先に、テントウムシがのっていた。

その頃僕たちが住んでいたのは、北九州のKという町だ。Kは製鉄が生んだお金で栄えた商業の町で、人の気質や言葉は荒っぽかったが、町並みにはしっとりしたあたたかみがあった。まだ決定的にさびれてはいないのだけれど、ある時点で進むことをやめてしまった、そういうものだけが束《つか》の間《ま》持つことのできるあたたかみだ。煤《すす》けた煉瓦《れんが》の壁にコサージュのようにとめられた、時代がかった意匠の看板。低い天井で瞬く蛍光灯と、繊維のにおいで目がちかちかする地方デパート。翳《かげ》りのあるやさしい顔をしていた時代遅れのマネキンたち。なまこ板が頭上を覆う小さなアーケードには、ほんの数種類の切り身しかおいていない魚屋、萎《しお》れた青菜が投げ出された八百屋、昼でも裸電球の灯《とも》る駄菓子屋があった。アーケードの裏の空き地では、ときどき紙芝居屋が、いかにも粗い絵の黄金バットをやっていた。この話をすると「だってもう七〇年代だったんでしょう」と誰もが驚くが、僕自身、あれは西日の中で見た夢だったのか、という気のすることがある。

もちろん夢ではなかった。不穏な紅色の夕焼けを背に、ぽっかり黒い口をあけていた洞窟のようなアーケードも、子供たちに「お金を持っておいで」と、いがらっぽい声で囁《ささや》きかけていた紙芝居屋も、冬の朝には港からきこえてきた汽笛の音も、遠い遠い潮騒のようだったいざなぎ景気の賑《にぎ》わいも。Kでは何もかもが古びていて、豊富で、動かなかった。

そしててこじいも、充分に古びていて、少なくとも僕の目には謎めいた何かをどっさり抱え込んでおり、おまけにてこでも動かなかった。てこじいは六畳のすみっこで、チャンネルのダイヤルが空回りする白黒テレビには目もくれず、ただじっとうずくまっていた。わずかな食事をとり、ときどきトイレに立ち、三日にいっぺんくらい風呂に入る。あとはただ、きらきら光る糸くずのようなものが埋め込まれた、安物の和風の壁にへばりついていた。夜になっても横にならず、膝を抱えたまま固くつぼんで眠った。両腕がほどけてだらしなく股《また》を開いて寝ていることもあったが、そんなときのてこじいは、天に向かって絶対的な服従を示す荒れ地の預言者のように見えたものだ。それは両親がまだ離婚する前、カトリック系の幼稚園に通っていた僕が、子供用聖書で親しんだ息も詰まるほど鮮やかな挿し絵そのものだった。

「どうしてここがわかったのかしら」

てこじいが現れた数日後、母は東京の叔父に電話してため息をついた。「……うん、大丈夫。私はおかあさんみたいに、むしられたりしないから」

するとすみの六畳の、てこじいの体が揺れた。受話器を置いた母がにらむと、

「むしられたって、そんな、言い方ないだろう」

立てた片膝に額をのせたまま、てこじいは喘《あえ》ぐように言った。体がまだ揺れている。

「ほんとの話でしょ」

「おまえだって、あのぬらりひょんに……」

でもそこで、母が大きく息を吐き出した。

「残念ながら、むしられるほどのものを持ち合わせておりませんでした。ねえ、どうして笑えるわけ」

てこじいの体の揺れは、それでやっとおさまった。「笑ってなんかいませんよ」とでもいうように少し紅潮した顔をあげたけれど、目は閉じている。

ぬらりひょん、というのは、七歳まで一緒に暮らした僕の父親のことだ。僕はそのぬらりひょんが、生きているのか死んでいるのかも知らない。でも四十二歳になった今、鏡をのぞくと、てこじいが娘婿をそう呼んだ理由がなんとなく理解できる。

子供の頃は父に会いたいと思うこともあったけれど、父がすぐに新しい家庭を持ったことは知っていたから、そんな気持ちが起っても案外あっさり諦《あきら》めていた。むこうが会いたくないものを会ってどうする、などと子供なりに考えていた覚えがある。実際、僕は父か

ら手紙も電話ももらったことがなかったのだが、わりと最近になって、僕の勤務する医科大学に電話がかかってきた。四年前のことだ。

「大学の先生になってるんだってね……その、公衆衛生学というのは、私は素人《しろうと》だからよくわからないんだが」

父と名乗る男はそう言って、ちょっと神経質そうに笑った。

「……私の専門ということなら、主に上水道の寄生虫です」

いったいどうやって僕の連絡先を知ったのだろう？　論文をのせた学会誌でも見たのだろうか？　母によれば僕の父親は繊維会社のサラリーマンだったはずで、そんなものに縁があるとは思えないのだが。

「今の世の中に、寄生虫の害なんかあるのかね」

黙ってしまった僕に、相手はまた笑いながら言った。親しみをあらわしたかったのかもしれない。あまり人付き合いがうまい人間ではないようだ、と考えて苦笑した。ということは、僕はこの男に似たのか。

「増えていると言っていいです」

「ほお」

「………」

「その……どんな？」

「え」

「いや、どういう害が増えてるんだろうと思って」

「……最近よくきくのは」

「うん」

「旅先で動物から感染して、帰ってきて発症するというケースです。都会の医者は寄生虫についてほとんど無知ですから、手遅れになることがままあります」

「死ぬ、ということ？」

「ええ。野生動物にむやみに触れるのはやめたほうがいい」

話はそこで一旦《いったん》停止した。公衆電話からと思われる男の背後のノイズを、僕はぼんやりきいていた。だが相手が何か言いだす気配がすると、

「たとえば……」

反射的に、遮ってしまった。「キタキツネの持っている寄生虫……などです」

なんとか最後まで言い、また黙り込む。

「その……結婚はしている？」

「はい」

妻は僕が大学を出た町の生まれで、そこの中高一貫の進学校で英語の教師をしている。東京の大学から僕に誘いが来たとき、その夏でも雪を頂く山の麓《ふもと》の町に、彼女はひとり残

ることを選んだ。だから結婚しているとはいえ、月に二、三度僕が帰る以外は別々、という暮らしのリズムがお互い身についてしまっている。ただ、山岳写真家だった父親に子供の頃から仕込まれて、登山の技術と経験を豊富に持っている妻は、山のそばを離れることができないらしいのだ。その気持ちは、僕にはたぶん理解しきれない。少し羨しくもある。学校で山岳部の顧問をまかされてからは、もっぱら男子生徒たちを引き連れて登っているようだけれど、学生時代など僕がいくら言ってもひとりで山に入るので、それが原因でよく喧嘩になったものだった。

「子供は」

「いません」

落胆したのか安堵したのか、あるいはそのどちらでもないのか僕にはわからなかったが、ふうっと息を吐き出す音が受話器の向こうできこえた。それから相手はやや堅苦しい調子で、自分は今入院中であり、余命幾ばくもない身であるということを話しだした。勝手なことを言うようだが、もしよければ会うことはできないだろうか。

男は最後に病院の名を告げ、「来てもらえるね?」と念を押した。

僕が答えずにいると、「火曜の午後がいい」と言ってきた。

「いや、もちろんそれ以外の日だっていいんだ。木曜もいい。誰もいないから」

「きゅうに……言われても」

「そりゃあそうだろう、きゅうに言われたってな」

また笑い声がきこえた。

「じゃ、まあ、気が向いたら。知らせてくれれば、日にちは何とかできるから」

それから妙に改まった口調で、「すみませんでした」と男は言った。「すまなかった」でも「悪いことをした」でもなく、「すみませんでした」と。電話したことを謝っているのか、それ以外のことを言っているのか、わからないまま電話は切れた。

その夜、僕は爪を切った。会いに行かないことは最初から決まっていたのだ……と繰り返し念じながら。電話は、もうかかってこなかった。


離婚から二年ほどの間、母は僕を連れ、まるで西日を追いかけるように西へ西へと転々とする生活を続けた。実際にはそんな心配はいらなかったにもかかわらず、母は僕を父にとられるという強迫観念に駆られていたのだ。それはまさに「風に吹かれる二枚の木の葉のような」生活だったはずだが、僕にはあまり記憶がない。たぶん記憶に焼き付く暇がないほど転々としていた、ということだと思う。てこじいがころがりこんできたのは、Kにようやく腰を落ち着けて半年ほどしてからのことだ。

だがそれ以前から、母はときどき体の中から糸を繰り出すように、僕のまだ会ったことのない祖父について語っていたのだ。たとえば、母はいつも冷蔵庫にお金を隠していて、しわだらけのお札をしわだらけの茶封筒に入れ、さらにビニールでくるんだのを使い残しの挽肉《ひきにく》の包みと一緒にしまいながら、ふと「こんなとこ、もしてこじいなら簡単に見つけちゃうわね」などと呟くことがあった。そういうちょっとした呟きがきっかけになって、てこじいの話がはじまる。いちいちあげるほどのこともない、ようするに貧しい者同士が少ないものを奪い合う話ばかりなのだが、それは必ず、僕の祖母の臨終に際しててこじいが居所不明だったことへと繋がり、さらに、焼き場にひょっこり現れたてこじいが、あとは飲み続けに飲んで、しまいに香典から七万円抜いてまた姿をくらましてしまうところまで流れてゆくのだった。子供というのは逞《たくま》しいのか鈍いのか、雀の涙ほどのお金をめぐるあの手この手の鼬《いたち》ごっこに、僕はずいぶん胸をときめかせたものだ。それは母への裏切りだったろうか。母の語り口にどれほど僕をひきつけてやまないものがあったか、それはすでに計りようのないことだけれども。

母は、戦前の話はほとんどしなかった。母がまだほんの子供で、一家は北海道にいて、てこじいがそれなりに盛んだった時代のことは、もしそんな話題に近づいたとしても、「話してもしかたがない」とでも言うように首を振って、やり過ごしてしまう。

実際にてこじいが現れてみると、母の父親への態度はわけのわからない凹凸だらけで、まるで母のよく見ているテレビのメロドラマのようにぐねぐね曲がりくねっていた。母はてこじいに入るか訊きもせずに風呂の湯を落としたり、てこじいの足先を踏んづけたり、掃除をしながら掃除機の先をてこじいにぶつけたりした。かと思うと、食欲のないてこじいに少しでも食べさせようと、シジミの味噌汁に蛸《たこ》の頭の刺身、春菊のおひたしというてこじいの好物を並べたりする。頭を壁にもたせかけ、口を開けて眠っているてこじいの顔を、じっと、鼻の頭をうっすら赤く染め、何とも言えない顔をして見つめていることもあった。

そして、そのすべての締めくくりのように、夜更けに爪を切った。ぱちん、ぱちんという音で、僕は度々起されたものだ。

「また切ってる。深爪するよ」

「いいのよ、のびると気持ち悪いんだから」

そういうときの母は、口もとを栗鼠《リス》のようにすぼめ、目をぱちっと見開いて、生気溢《あふ》れる顔をしていた。一見機嫌良さそうに、鼻歌などうたっていることさえあった。僕は布団を頭から被《かぶ》り、それ以上話しかけるのはやめておく。踏み込むのは物騒な結界に、母はいるのだ。

アパートに転がりこんでしばらくすると、てこじいはときどき母のいない折りを狙って、僕にピースの十本入りを買ってこさせるようになった。母がいるときは決して僕を使わなかったし、かといって母にたのんでいるのは見たこともない。たのむだけ無駄だとわかっていたのだろう。

「学校はどうだ。おもしろいやつはいないのか、え？」

煙草を吸っている間だけ、てこじいはけっこういい調子で僕に話しかけるのだった。信楽《しがらき》焼の灰皿のふちで、ぽんと勢いよく煙草を弾《はじ》いて灰を落としながら。僕はかすかに見え隠れするてこじいの茶色い歯や、こめかみに青く浮き出た静脈を盗み見ては、Kの小学校にうまくなじめないことをうち明けるべきだろうかと迷った。そしていつも何も言いだせぬまま、気がつくと、青みがかった煙の向こうで薄笑いを浮かべるてこじいに見入っていた。縦に筋の入った乾いた爪、堂々たるヤニ色の耳、小さな肉片が無数にしがみついた、しみの浮き出た首筋。骨が突き出ているのか脂肪でも溜まっているのか、あるいは大きなたこのようにも見える足首の突起物、足の甲に白く走る傷跡。耳なし芳一よりびっしりと、全身に書き込まれた何かのせいで、僕にはてこじいと気安くなることなど到底できそうになかった。

てこじいはスルメ色の巾着袋を腹巻きの中に忍ばせていて、僕に煙草を買いに行かせるときはそれを取り出し、小銭を探る。ピースは五十円なのに「釣りはやる」などと鷹揚《おうよう》に言って、五十円玉を差し出したりした。だがそれも最初のうちだけで、あるときいつもの「ピース買ってこい」のあと、巾着袋が現れるのを待っている僕を、てこじいは太い眉の下の強い目線をいっそう強くしてにらんだのだった。

「なんだ」

「……お金は」

するとてこじいは、海より深いため息をついて言った。

「おまえはさびしいやつだ」

僕はすぐさまインディアン人形の貯金箱から小遣いを取り出し、煙草を買いに走った。てこじいのひと言は、魔法の杖の一振りだった。それまで僕を「○○なやつ」などと決めつけた人間が他にいただろうか。そんなふうに扱われると、なぜかうっとりした。さびしいやつ、というのがどういうやつなのかは、おいおいてこじいが教えてくれるだろう。

「悪いな」

手に取った煙草の箱を、てこじいは顔の辺りまでちょっと持ち上げてみせ、すぐに銀紙をカサコソいわせた。この「悪いな」と、煙草を包む銀紙の乾いた音は、僕の中で分かちがたくなるまで繰り返された。つまりてこじいの煙草代は、もちろん母には内緒で、僕の小遣いから捻出されるようになったのだ。

「てこじい」

「うん？」

「おかあさん、こないだタクシーで帰ってきたんだ」

「いいじゃあないですか」

てこじいはいかにもうまそうに、深々と煙を吸い込む。それからつぼめた唇をとがらせ、天井に向けて煙を少しずつ、長い時間をかけて吐き出した。

「タクシーに……」

「しつこいやつだなあ」

「……」

「なに？　ちゃんと喋《しゃべ》れ」

「タクシーに乗ってたんだよ。玉井屋の金崎さんが」

玉井屋は母が経理部で働いている地方デパートで、金崎というのは母の上役である頬のこけた男のことだった。なぜ知っているかといえば、引っ越しのとき金崎がここに来たからだ……僕はてこじいにそこまでは話せたけれど、タクシーの降りぎわの、母の表情や妙な空気については、自分でも理解していないのだから言葉にできるはずがなかった。

「ここ社宅なんだって」

「……」

「金崎さんが口きいたから入れたんだって、家族用のとこに」

「フン……」

「家族用だからお風呂があるんだって」

「……」

「前に住んでたとこはお風呂なんてなかった……僕は銭湯の方がいいよ」

「……」

「うちが家族用なのなんて、あたりまえじゃん」

そのときてこじいが煙草をもみ消したので、僕は黙った。マッチ売りの少女がマッチを擦ったときだけ幻を見たように、てこじいの煙草に火がついている間だけ、僕は気になっていることを口に出せた。僕にはそれで、ひとまず充分なのだった。


もちろん母は充分だなどと感じてはいなかったはずで、当時の僕にもそれだけはわかった。母はときおりテレビの音をむやみに大きくしたり、でたらめな鼻歌をうたったり、話しかけても返事をしなかったり、布団をめった叩きに叩いたり、一日に二度も包丁で指を切ったり、あるいは夜中にひっそり爪を切ったりした。てこじいに直接あれこれ言うことはなかった。そういうことはもうさんざっぱらやり尽くし、弾《たま》も出尽くしたということだったのかもしれないし、そうではなかったのかもしれない。

でも不思議なことにてこじいのいた一年間、母が落ち込んで愚痴をこぼしたり、僕の父親についてあれこれ言って泣いたりすることはまったくなかったのだ。それまでは、夕飯がカレーライスの日よりは少なく、だが子供が真夜中まで起きている日よりは多く、母の泣く夜があったのに。

泣かなくなったかわりに、母とふたりしてあまり根拠のない夢をあれこれ並べたてる楽しみもとりやめになってしまった。いつか南の島で、毎日魚釣りをして暮らすという母と僕の夢。布団の中で、際限もなく、僕たち母子は「いつか……」という話を繰り返していた。その南の島の魚は歌が好きで、母と僕は魚をおびき寄せるために、釣り糸をたれながらかわりばんこに歌をうたう……。てこじいがやってくる以前の僕の記憶には、現実に起った出来事より、母と夢みた南の島の情景、布団の中でかいだ母の涙のにおい、くぐもった声でうたわれた『おさる谷のおさるが一匹』や『椰子の実』のほうが濃く焼きついている。「いつか、いつか」と唱えてさえいれば、母と僕はきっとどこかに流れてゆけるはずだった。椰子の実のように。椰子の実のように、誰かにぱかんと割られてしまうまで。

だが、まるで日に焼けた畳に座り込んだままてこでも動かなかったてこじいのせいで、母と僕の時間も流れを変えてしまったかのようだった。あの一年、時間は安物の和風の壁に染みついた、てこじいの汗だった。黒く、ぼんやりとした輪郭を描いて、それは今も僕の中にとどまっている。

お膳をかたしても、狭い部屋には布団二組が精一杯だった。そもそも余分の夜具などあるわけもなく、てこじいが来てから僕は母の布団の端っこに寝ていたのだけれど、朝になってももう一方はいつもシーツがぴんと張ったままなのだ。てこじいは前夜と同様、じっとうずくまっている。長々と体を横たえる悦びを、自らに禁じている行者みたいに。寝起きの頭で、僕はてこじいが水の上を歩くところや、火の中で座禅を組んでいるところ、あるいは洞窟の死者を甦らせているところを思い浮かべるのだった。僕の祖父はいったい幾晩、寒空の下でうずくまり、天体の運行に耳をすます修行を積んできたのだろう？

でも、夜更けに目覚めて声をかけたこともある。修行とはいえ、あまりに苦しそうだったのだ。てこじいは壁に寄りかかったまま、首を横にきつく折り曲げ、眉を寄せて眠っていた。ぽっかり開いた口の中を仄暗《ほのぐら》い豆球の明かりが照らして、歯の抜けたところが黒く塗りつぶされたように見える。溺れているか、生きながら焼き殺されようとしている人みたいだった。

「……てこじい」

僕のかすれ声に、用心深く、ゆっくりと瞼が持ち上がった。背中にナイフを突きつけられたような顔をして、てこじいは僕を見た。

「ちゃんと寝たら？」

しっしっと、てこじいは手を振った。合わせた膝を両腕できちんと抱えなおし、目を瞑《つぶ》る。あとは身じろぎもしない。

翌日、僕は不満げな態度をちらつかせながら、母に訊いた。

「ゆうべ起きたら、ちっちゃな電気がついてたよ」

夜中、六畳のほうの豆球が点《つ》いているようになったのは、てこじいが現れてからだ。母はできるかぎり暗くしないと眠れない質《たち》で、だから僕とふたりだけの頃は、夜の間ずっと点けておくのは台所の蛍光灯の豆球だけだったのだ。

「寝るときは真っ暗にしなくちゃいけないって、言ってたくせに」

すると母は皿洗いの手を休めもせず、当然のような顔をして、「てこじいは暗いと眠れないのよ」と言う。

「どうして」

「どうしてって、夢見の悪いことをたくさんしてきたからじゃないの」

母はてこじいにちょうどきこえるくらいの声を出した。

夢見の悪いこととは何だろう……？　てこじいはあるとき煙草を吸いながら、ふと「この町も昔はおもしろかったがなあ」と漏らしたことがある。Kに来たことがあるのか、と僕が訊くと、朝鮮戦争の時な、と答えた。

「てこじい、戦争してたの？」

「戦争してたのは朝鮮とアメリカだ」

それからてこじいは、珍しいことに自分の話をした。朝鮮半島で戦死したアメリカ兵の遺体は、本国に戻る前に、まず九州に搬送されてくる。てこじいはその亡骸《なきがら》を、遺族と対面できるように繕う仕事をしていたと言うのだ。

「故郷に帰る身支度ってとこか」

舌の上に残った煙草の葉を、てこじいは手の甲に吐き出した。「チキショウ、巻きがゆるくなった」

でも、てこじいが暗闇で寝付けないことに何か理由があったとしても、それは少なくともアメリカ兵のちぎれた手足や傷だらけの死体ではなかったはずだ。死体は怖かったかと訊いた僕を、てこじいは太い眉を吊り上げ、なんと馬鹿な子だろうという目でにらんだのだから。

「おい、俺は働いてたんだぞ」

「うん……」

まだ舌の上に煙草の葉が残っているらしく、てこじいは口をチッチッと幾度も鳴らした。戦死したアメリカ兵にひどく申し訳ないことを言ってしまったような気がして、僕はひたすら小さくなっていたのだが、

「……寝る間もないくらい働いた。サラリーマンの月給が七、八千円という時代に、一日で一万稼いだ。一日でだ」

てこじいは平板な口調でそう言うと、煙草をもみ消した。

これはてこじいが僕に語った中で、もっとも具体的な話と言える。だいたいにおいててこじいは、手の内を明かさないというか肝心なところをぼやかすというか、取り方によっ

ては少しずるい話し方をした。もともとの性分だったのか、そうやって身を守らざるを得ないことが重なって習い性になってしまったのか……それが母の苛立ちを煽《あお》っていたことだけは確かだ。

だが戦前の一時期、北海道で馬喰《ばくろう》をしていた頃のことを語るときだけは、いつもと調子が違った。

「種馬ってのはなあ、ふつうの馬の倍あるからな。全身びかびかと黒光りして、鼻からフウッと息が噴き出ただけで、こっちははじき飛ばされそうになる。猛々しいってのは、ああいう馬のことさ」

上機嫌でそう話しながら、てこじいも角張った鼻の穴から、煙草の煙を勢いよく噴き出させるのだった。

「てこじいは、たねうまにも乗れた？」

「おう」

種馬とは馬の種類のことだろうとしか理解していない僕だったけれど、祖父に力強く「おう」と言われると、ときめいた。

てこじいについていい話はほとんど話さなかった母も、祖父が馬の扱いに長《た》けていたことだけは教えてくれていた。まだ僕の父が家にいた頃のこと、母と三人でどこかに遊びに行って、僕は引き馬に乗せてもらった。同じ年頃の子供はたいてい親と一緒に馬の背に乗っていたのに、どういう経緯だったか僕はひとりで、意外なことに泣き出しもせず馬場を一周した。母は満足だったらしい。帰り道、てこじいが悪夢のような悍馬《かんば》を雪の中で調教した、そのひときわ輝く一場面を、ほんの切れっ端とはいえ語ってくれたのだ。

「てこじいは鞭《むち》を手にしてはいたけれど、ほとんど使わなかった。そのかわり、声を使ったの。あれはてこじいにしか出せない声だった」

ライオンみたいな声？　と僕が訊くと、母はしばらく考えてから、

「谷底から吹き上げてくる寒い風みたいな声」

と答えた。

「その黒鹿毛《かげ》は、『自分はこの声に従うべきなのか』って、立ち止まって考えていた。雪を被ってないものは何もかも、木も、草も、軒下に残った夏の蜘蛛の巣まで凍りついてたのに、黒鹿毛の全身からは湯気が濛々《もうもう》と立ち上って、動いているのはその湯気と、黒鹿毛の耳だけだった。馬が不安なときはね、耳を見ればすぐわかるの。てこじいはだんだん声を落として、『ホウ、ホウ』って言いながら近づいた……」

でもそこで、母はふいに口をつぐんでしまった。宙ぶらりんになってしまったせいで、その話は僕の頭のどの棚にも入ることができなかったらしい。僕はときどき馬の夢を見た。「馬がやってくるよ」と母が言い、どきどきしながらそのときを待っている夢。窓の外には灰色の空と、やはり灰色の穏やかな海がひろがっている。砂浜に横たわった骨のような

流木が、弱々しい日射しを集めて白く光っている。玄関のチャイムが鳴り、「ほら馬が来た」と母が囁く。僕はきゅうに不安になり、いつもそこで目が覚めてしまうのだ。

てこじいがもうこの世にいなくなってから、数少ないとはいえ機会のあるごとに、僕はてこじいについて話をきいてきた。とくに十代の半ば頃、法事で北海道に行った折りにはずいぶん積極的になって、大叔父たちにあれこれ質問したものだ。「で、そのときもうてこじいは北海道を出ていたんですか」「戦争末期の燃料不足の際、こちらの地域では松葉油を作るために松葉を拾ったときいたんですが、てこじいも従ったのでしょうか」「てこじいからきた手紙かなんかありませんか」という具合に。

血の繋がった同性ということなら東京の叔父がいるし、七歳のとき別れた父のことだって、その気になれば話くらいは誰かからきけただろう。気性も見た目も僕はてこじいとちっとも似ていないし、おまけにてこじいのような滅裂な生き方を手本にするつもりもなければ、できやしないのもわかっている。なのに、僕はてこじいのことばかり知りたがった。自分の中に多少なりとも意外性のある何かが眠っているとすれば、それはてこじいから譲り受けたものに違いない、と思い込んでいたのだ。僕が男親のいないさびしさをさほど感ぜずにいられたのは、母と、叔父と、その思い込みのおかげだった。

でも母にはあまりきかなかった。母にあらためてきくにはそれなりの覚悟というか、エネルギーが必要だった。そのまま時間が経ってしまったのは、母も僕もそれぞれの毎日に懸命だったからだが、それでも、やはりもう一度、母とてこじいのことを話しておけばよかったという気持ちは残っている。

てこじいの父親は、鳥取から北海道上川郡にやって来た鉄道技師だった。入植した地域にはじめての郵便局を開設するのに貢献したり、一時は地域の顔役的存在だったという。役所への片道三十キロの道のりを、必要とあらば自転車で一日二往復する猛者《もさ》だったが、飯粒を食べこぼした子供を雪の中に引きずり出し、襟首から雪を詰めて折檻《せっかん》するような容赦のなさが裏目に出たのか、晩年は酒におぼれた。母親は農家の出で、四人の息子のうち下の三人は農夫となった。いちばん父親似だった長男のてこじいだけが、樺太《からふと》に木材を切り出しに行ったり、馬喰をしたり、朝鮮人労働者を束《たば》ねて道路や橋梁を作る工事を請け負ったり、もっぱら荒っぽいことばかりしていた。

「蛸の刺身にな、南蛮を真っ赤にかけて、朝鮮人と一緒に食っとった。わしにも食え食えって。だから兄貴は痔に苦しんどった。わしがおぼえとんのはそれだけ」

にこにこしながらそう話してくれたのは、末の大叔父だ。てこじいの三人の弟たちは、皆よく見れば長い大きな顔がてこじいとよく似ていて、しかしあきらかに長兄とは顔つきが異なるのだった。大叔父たちは僕の求めに応じようと、うれしさと当惑の綯《な》い交ぜになった表情も露わに、それぞれの記憶の袋を逆さにしたり、はたいたり、裏返したりしてくれた。「そうさなあ、あの兄貴はがむしゃらでなあ。がんがんてこって呼ばれてたっけ」……

てこじいは軍人が嫌いで、軍に取り入ることがどうにもできなかった。だから戦時色が濃くなると、軍を相手に物を売ったり仕事を請け負ったり、そうやって儲けた者もずいぶんいたのに、がんがんてこの旗色はめっきり悪くなる。歳がいっていたおかげで兵役を免れると、以前は見向きもしなかった畑に出た。兵隊にとられた弟たちの鍬《くわ》を手にして、百姓仕事をはじめたのだ。開墾がすんでいない土地の柏《かしわ》の切り株を、馬は軍に供出してしまったから痩せた牛と人力で掘り起こし、牛が倒れてしまうと、あとはひとりでひたすら土を耕した。いったいどこで見つけたのか、質のいい粘土を運んできて窯《かま》を作り、冬の間は全身真っ黒になって、寝ずの番をしながら炭を焼いた。誰に教えてもらったわけでもないのに、てこじいはなかなか炭焼がうまかった。

だが終戦になると、もうひと花咲かせようとでもいうように、てこじいはひとりで東京に出てしまう。祖母はその後を追って、女学校に通いだしたばかりの母と、まだ小学校にあがる前の叔父を連れて上京する。築地で仲買人をしていた遠縁のつてで、場外のよせもの店で祖母は働き、母はその後、新制高校を出てから日本橋のデパートに就職した。

北海道を出てからのてこじいについては、最初のうち魚市場にいたということ以外、ほとんど空白と言っていい。大叔父たちは、本家が火事を出したとき、てこじいが熊野から送金してきたという話を繰り返すばかりだった。わかっているのは、ときどき現れては母や叔父たちと過ごした、その間のことだけである。

母子三人が暮らすよせもの店の二階に、てこじいはときおりふらりとやってきた。どこで何をしていたのか、たいていは小銭もないほどの素寒貧《すかんぴん》で、よく行き倒れにならなかったものだと誰もがついほろりとしてしまうような惨めななりで現れた。女学校から高校にかけて、母はよせもの店で忙しい祖母のかわりに家事をまかされていたが、てこじいの面倒もよく見た。Ｋに突然てこじいが現れたとき、母がすみやかにてこじいの下着など買ってきたりしたのも、築地時代の名残だったのかもしれない。てこじいは眠りたいだけ眠って食べて、やつれの消えかかった頃になると、また行方がわからなくなる。たんすの抽出しの敷き紙の下や壁板の隙間から、少しばかりのお札を失敬して。

でもときには、多少まとまった金を懐に入れ、合繊の衣料品だとかバナナの巨大な一房だとか、それなりに景気のよさそうなみやげをぶらさげてくることもあったのだ。そんなとき、てこじいは決まって妻とふたりの子供を鮨屋《すし》に連れて行った。小さな橋のたもとの屋台のような鮨屋だったけれど、親子四人が裸電球の下、肩を寄せ合い鮨を頬張る——それは夢のようなひとときだったに違いない。

鮨屋に行ったことを僕に話してくれたのは、母の七つ年下の弟、暢秋《のぶあき》叔父だ。

「俺はまだほんの子供だったし、鮨なんてそれほどありがたみなかったけどなあ……それにそこの親父はひどい酒飲みでね。手だってろくに洗いやしないんだから。衛生観念なんてものはなかったね」

真夜中はとうに過ぎていたが、叔父と僕は季節はずれの百合の香りに包まれて、酒を飲んでいた。去年の二月、母の通夜のときのことだ。

僕は珍しく母のマンションに泊まって、大学に出勤しようとして寝室のドアを叩いたのだった。母は布団から片手を軽く投げ出して、欲も得もなく眠っているようにしか見えなかった。前日の晩には、僕といっしょにイタリア料理店で食事をして白ワインを二杯飲み、夏に計画している登山旅行について、あれこれ喋っていたのに。

「鮨を食うのはいいんだけどさ、食い終わるのがいやなんだ」

少し酔いのまわった声で、叔父が言った。「鮨屋を出たとたん、そんなとこ来たいわけじゃないくせにさ、今度はいつ来れるんだろうって気になりだすんだよ。親父がまた出ていくのは、わかってたし」

叔父はそれから、母の何よりの好物が鮨だったのだと、僕には少し意外なことを言った。

「鮨が食べたいなんて、あまりきいたことなかったな」

「いや、ほんとに鮨が好きだった。大好物だった」

叔父はやや力んで決めつけた。

明け方が近づき、冷え込みがきびしくなっていた。マンションの集会ホールにいるのは、叔父と僕、それから棺の中の母だけだった。年をとってきたせいか、暢秋叔父は酔うと話が少しくどくなる。母もよく辟易《へきえき》していたのだけれど、そのときも、小学生だった叔父がげそばかり食べて鮨屋の親父が不機嫌になったことが、行きつ戻りつしながらぐるぐると語られた。

少し横になっておいた方がいい、そう言いだそうとしたときだ。

「鮨屋でてこじいが、競走馬の牧場をはじめるつもりだ、なんて話をしてな……」

ぽつりと叔父が言った。

「競走馬の牧場……ほんとに？」

叔父は「もちろんそんな話は誰も本気にしやしなかったさ」と笑った。それから母の遺影にちらと目をやって、「ねえさん以外はね」と呟いた。

てこじいがまた出ていったあと、叔父は猩紅熱《しょうこうねつ》で命を落としかけた。母はそのとき、叔父の枕元で言ったのだそうだ。今にてこじいが、いい馬をたくさん集めて帰ってくるのだから、ここで死んではならない、と。

「目をきらきらさせて、俺の枕元で囁きかけるんだよ。暢秋、も少し辛抱しろって。も少し辛抱すれば牧場だって。あれは俺を励ますための嘘なんかじゃなかった。本気で牧場主の娘になるつもりの目だったな。女はおっかないなあって、俺ちょっと思ったよ。あんなに思い込まれちゃ、てこじいだって帰ってこれなくなっちゃうよって」

優駿を引き連れ、どきどきするような晴れがましさで凱旋《がいせん》するてこじい。そんな父親のイメージは、母の人生に何を与えたのだろうか。布団の中で僕を相手に、「いつか南の島で暮らそう」と、あてどなく夢を並べていたとき、すでに部屋の隅にはてこじいがうずくまっていて、母は長く伸びたその影にすっぽり覆われていたのだろうか。

Kにてこじいが現れて二ヶ月ほど経った頃、東京から暢秋叔父がやってきた。

「いや、こっちはもう夏だね」

叔父が立つと、狭いアパートの玄関がますます狭く見えたものだ。叔父は、学生時代にはレスリング・ジムから勧誘されたという体格の持ち主で、えくぼのできるはち切れそうな頬も、まつげの長い小さな丸い目も、母とはまるで似ていなかった。体の弱い叔母をとても大事にしていて、当時はまだ子供はいなかったけれど、遠からず一粒種の女の子を授かることになる。

「のんちゃんおじさん！」

「和志、元気だったか」

「うん……」

飛び出していったくせに、僕はきゅうにはにかんでしまい、すると叔父は「ほい」と、カステラの箱と脱いだ上着を寄越した。煙草を吸わない叔父の上着は、濁りのない汗のにおいがした。

「においかぐなよ。おかしなやつだなあ」

叔父は僕の頭をくしゃくしゃに撫《な》でた。住宅地図専門の出版社に勤めているので、あちこち出かけて一軒一軒の表札を見て歩くのが叔父の仕事だった。出張でこちらに来たと言ってはいたが、もちろんてこじいがいると知ってのことなのは、子供の僕にもわかった。

「のんちゃん、いらっしゃい」

母が叔父に冷たい麦茶の入ったコップを差し出す。「すぐわかった?」

「うん。さー、元気そうじゃない」

その頃はまだ、叔父は母を「さー」と呼んでいた。幸子というのが母の名だ。

いつものことながら、てこじいは壁とたんすの角におさまって、くたっとしていた。母が特売で買ってきた半袖のゴルフシャツを着て、下はステテコ一枚、首の回りにタオルを巻きつけている。

「てこじい、のんちゃんが来たわよ。わかってんでしょ」

母が声をかけると、てこじいの目が一瞬開いてまた閉じた。ふん、と鼻から息を出し、

「湯島の親父かと思った」と言う。

「湯島の親父って」

母も叔父も顔を見合わせている。

「ちゃんこ屋の親父」

てこじいは瞑目《めいもく》したまま答えた。「バスを追っかけてくたばった」

母はうんざりした顔をしたが、叔父はむしろほっとしたような様子になって、「このごろちょっと太っちゃってさ、もう三十だからね」といって麦茶を飲み干した。空のコップを流し台に置くと、六畳にどっかり座り込む。

「どこにいたの」

まるで混雑したデパートでちょっとはぐれたときみたいな調子で、叔父はてこじいに訊いた。「俺んとこ出ちゃってから」

てこじいが以前、叔父のところに転がり込んだことがあるのは僕もうすうす知っていた。新婚の叔父夫婦に借金を払わせたり、叔母の訪問着を無断で質入れしたり、ずいぶん迷惑をかけたらしい。

「どこってあちこちさ」

俯《うつむ》いたまま、てこじいは軽く体を揺らして答えた。

「何してたの」

「いろいろだよ」

「いろいろねえ」

「そうさ」

「うまくいったの」

「いきゃあこんなとこにいるわけないだろ。まあ、ぜんぜんってわけじゃないがな」

「ふうん」

ふうん、ですましている叔父も不思議だが、母が何を言ってもたいていだんまりなてこじいが、男同士のせいか叔父には少し軽い調子で口をきくのだ。僕はついきき耳をたてたけれど、それからはふたりともかわるがわる生あくびをするばかりで、大小の達磨のようになっている。そのうち叔父がテレビをつけて「壊れてるね、これ」とダイヤルをがちゃがちゃ動かしたり、修理するから、と母にねじ回しを出させたり、そうなるとてこじいはもう完全にいつものとおり、貝のようにうずくまってしまった。

刺身の皿がお膳にのって、早めの夕食の用意がととのった頃、空回りしていたテレビのダイヤルは畳の上にぽとりと落ち、テレビの本体はダイヤルの芯が無惨にも剝き出しになっていた。叔父は、ダイヤルの芯をペンチでつまんでチャンネルを替えるほうが空回りするよりよほど確実だ、そんなことを口の中でもぐもぐ言っていたが、とうとうペンチもねじ回しも放り出し、ついでに非難めいた顔つきをしている僕からも目をそらし、「飯だよ」と、部屋の隅のてこじいに声をかけた。

てこじいはそっぽを向いている。

「かまわないでいいのよ。食べたり食べなかったりなんだから」

流しのほうから母が言った。叔父は勢いよくビールの栓を抜くと、「うまそうだよ」と、てこじいをもう一度誘った。「すごい。刺身、鯛だよ」

「鯛なんか食わん」

鯛にどんな罪があるのか、と言いたくなるようなてこじいの口調だったけれど、叔父は「大丈夫。蛸もある」と応じるだけで、もっぱらお膳の上に目を吸い付けられている。

「さー、これ何？」

関鯵《せきあじ》、と母が台所から答える。

「鍋は……鶏か。水炊きだ」

てこじいが、ちっと舌打ちした。

叔父はふうっと息を吐き出すと、ビールをお膳の上に置き、テレビのダイヤルを拾い上げた。しばらく所在なさそうにそれをいじっていたが、やがてふらりと立ち上がると、素早くてこじいの上にかがみ込んだ。一瞬、意味をなさない裏返った声が響く。僕は息をのんだ。てこじいが宙に浮いている。

叔父に抱き上げられ、てこじいは黄ばんだ手足をばたつかせていた。その手が電気の笠にぶつかって、蛍光灯がぐらあんと揺れる。母は青ネギの束を摑《つか》んだまま、棒のようになっている。

六畳なのだからほとんど歩くまでもなく、叔父はすっと腰をかがめると、てこじいをお膳の前にぴたりと据え付けた。意外なことに、てこじいはもう抵抗しなかった。お膳に並んだ皿や小鉢を殊勝な顔をしてながめている。けっこう居心地よく落ち着いているようにさえ見えた。

その日、てこじいは水炊きをけっこう食べたし、ビールも少し飲んだ。「酔っぱらい」だと母にきかされていたけれど、てこじいがお酒を飲んでいるのを見たのはその日がはじめてだった。てこじいは鶏肉に柚子胡椒をいっぱいつけて食べた。僕も真似をしたら、ものすごく辛かった。

夜の間に雨が降った。翌日の日曜、叔父を送りがてら母と三人で城址公園にでかけた。晴れた空の下、まだ昨夜の潤いを留めているのか古い石垣はくっきりと濃く、白いK城が際だっている。

「あのお城、新しいのよ」

母は膝上丈の青いワンピースを着て、黒々と重みのある髪をめずらしく垂らしている。

「もとのは焼けちゃったから。お城の再建ブームだったんだって、日本中」

「いつ」叔父が訊く。

「焼けたの？」

「いや、その再建ブームってので」

「昭和三十年代になってからよ」

「豊かになったってことだろうね」

母は頷《うなず》いて、「少し前のことが夢の中みたいな気がすることがある」と言った。

「自分の家に電話があるってことだって、まだときどき信じられないような気がするの。そういうこと言うと笑われちゃうけど」

城に向かって、砂利を踏みながら三人で歩いた。日射しが強いので自然と俯いてしまう。

「ちょっとひどかったかな」

大手門跡に差しかかるところで、叔父がふいに切り出した。「昨日のこと。あんなふうに抱え上げちゃったりしてさ」

母は軽い調子で「も少し振り回してやればよかったのよ」と言ったけれど、叔父が「年とったよなあ」と呟くと、それには答えなかった。

「ショックだったかも知れない」

叔父がそう言っても、母は黙っている。石垣に挟まれたなだらかな上り坂を、そのまま歩いた。葉ばかりになった大きな桜の木の下で、毛虫がいる、と僕が叫ぼうとしたときだ。ふいに、母が声を強くして言った。

「ショックだなんて、そんなタマじゃないわよ」

通りがかりの人が、驚いたような顔をしてこちらを見ている。叔父は肩をすくめ、僕は「来たな」と頭を低くした。

前のめりになって坂を上りだした母を、叔父と僕は小走りに追いかけた。母の肩の上で、髪が勢いよく躍っている。

「さー……」

叔父の声に立ち止まると、母は振り返りもせず言った。

「ショックなどころか、喜んでたじゃない」

「え……そうかなあ？」

叔父は目をぱちくりさせる。

「そうよ。のんちゃんに抱き上げられて、喜んでたわよ」

「……あんまり喜んでたようには」

叔父が言いかけると、母はくるりと振り返り、「どうしてわからないのよ」と声を震わせた。僕はきゅうに足がへなへなになり、その場に座り込みたくなった。

「あいつが老いぼれ扱いされて喜んでるのが、のんちゃんにはわかんないの？　いったい何を見てたのよ」

「さー、そんなに怒らないでよ。ごめんよ」

「……情けないわよ……あいつがのんちゃんに何をしてくれた？　のんちゃんが大学に行

けたのだって、おかあさんがすごいがんばったからじゃない」

「…………」

「なのにあいつは、のんちゃんに抱っこされて、やれやれって顔してるのよ。さも苦労したみたいに」

母は浅い息をして、地面をにらんでいる。でも、そこで叔父が「大学は、俺なんかよりさーが行った方がよかったんだよ」などと言い出したものだから、今度は母が面食らう番だった。

「ほんとにそう思ってる。さーだったら俺みたいに、二流の坊主大学しか行けないなんてことなかったろうし」

「のんちゃん、なに言ってんの」

「おふくろだけじゃないよ。さーだって」

「……なによ」

「あんなやつと結婚したのは、俺の学費を助けてくれるって話だったから……」

「へんなこと言いださないでよ」

母はなんだか笑いだしたいときのような顔をして、首を振った。

「ねえのんちゃん。私がそんなことのために結婚したと思ってるわけ?」

「…………」

「そんなの嘘よ。だいいち、とっくに別れたのにあれこれ言わないでよ」

「……ごめん」

「のんちゃんはきちんと会社に就職して、まじめに働いてるんじゃない。みっちゃんみたいなお嫁さんだってもらったんじゃない」

「でもさーが大学に行ってれば……」

「あたしは早く社会に出たかったの。もし家にお金があって、あんな時代じゃなかったとしたって、きっと就職したわよ。それで勝手に決めた相手とさっさと結婚して、やっぱり失敗したわよ」

叔父は首を傾《かし》げていたが、母に「わかった？」と二度言われると、ようやくこくんと頷いた。

「しっかりしてよ、もう。てこじいだけで、こっちは頭おかしくなりそうなんだから」

ため息をつくと、母はぶらぶら歩きはじめた。従うように、叔父も下を向いたまま歩きだす。叔父と僕はいつの間にか手をつないでいた。

「ときどき考えるんだけど」

城の入り口には向かわず、母は青々と茂るクスノキの下で立ち止まった。「あいつはいっつも腹の中を見せなかったよね」

「ああ……うん、そうだね」

叔父はまだ少し元気のないような声で答えた。

「いつ帰ってくるか、いつ出ていくか、たったそれっぽっちのことだって、ぜんぶあいつが札を握ってた。こっちには何にもなし。東京に出てったときだって、おかあさんにも私にも何も言わないでだもの。居所を突き止めるのはまあ簡単だったけど……」

「あの頃は世の中が変わって、てこじいもたいへんだったんだよ」

「うん……」

「俺はまだぜんぜんわかんなかったけど、東京に出たってうまくいく見通しがあったわけじゃないし……」

「……そうね」

「田舎のほうだって、叔父さんたちが復員したから。自分も百姓する、とは言えなかったんじゃないの」

「だったら、どうして私たちを置いてっちゃったのよ」

「べつに、ただ置いてったわけじゃなくて……きっとそのほうがいいと思ったんだよ」

母は軽く節をつけて、「でしょうね」と言った。

ふたりとも絵でも描くみたいに、靴の爪先で砂利を擦ってばかりいる。僕は「古井戸があるため立入禁止」の札を見つけて、そちらに気を取られていた。

「てこじいが出てってから、俺たちも東京に出るまで、どのくらいかかったっけ」

「一年ちょっと」

「一年以上かあ……おふくろは肩身が狭かったかな」

「私だって」

「うん……」

「のんちゃんの言うとおりね」

「なにが」

「あいつはほんとに老いさらばえちゃった」

母はそう言うと、ふふふ、と笑った。

「私だっていい大人になって何言ってるんだろうって、自分でも思うわよ。でもなんだかね、今更、年寄りでございます、なんて顔されても……やさしくできないの。騙されたみたいな気がしちゃって腹が立って」

「……」

「駄目ね、どうして私こうなんだろう」

叔父は「駄目じゃないよ」と言ったきり、黙っている。

そのときふいに母が顔を上げ、僕ははっとした。浅黒い肌が木漏れ日の中で輝き、涙袋と唇は南国の花のつぼみのようにふっくらしている。いったい何が起こったのだろう？

母はあたりの木々といっしょに、五月の空に向かって膨らんでいこうとしているみたいに見えた。

「私このお城好きよ。かわいらしいから」

母はそう言って、眩《まぶ》しそうに目を細めた。


天守閣には叔父と僕だけ上った。

「そんなにたいへんじゃないのに。おかあさんたら、ベンチになんかいたっておもしろくないよ」

展望台になっているてっぺんに着くと、僕はまずそう言い、叔父は「そうだよなあ」と同意してくれた。

「僕、呼びにいってこようかな」

すると叔父は「見ろよ、なかなかいい眺めだぜ」と、僕の肩に手をのせた。「あの川はなんていうんだ?」

「紫川……あ、井筒屋だ!」

叔父と僕はしばらくの間、天守閣の真ん中に置いてある大太鼓のまわりをぶらぶら歩いたり、手摺りにもたれて初夏の風に吹かれたりしながら、Kの町並みを眺めた。お堀の上を、白い水鳥が群をなして飛んでいる。城のまわりの木々はゆっくりと、水の中の藻のように音もなく揺れている。母がいるはずのベンチを探したけれど、そこには誰もいなかっ

た。どこに行ったんだろう、と手摺りの上から首を伸ばしていると、

「なあ和志、さーになにか変わったことがあったら、すぐ俺に知らせろよ」

遠くに目をやったまま、叔父が言った。

「変わったことって……」

叔父が見ているのは、白い煙を吐き出している製鉄所の煙突らしかった。

「変わったことってのは、変わったことさ。元気がないとか……」

そう言われて、僕は四、五日前の出来事を思い出した。てこじいが風呂に入っている間のことだったが、母が唐突に、「弟がいたらうれしい？」と訊いてきたのだ。

「おとうと？」

「そう。和志の弟」

母は手のひらで、僕の額にかかった髪を掻き上げてくれた。目の前にメリヤスの肌着におおわれた母の乳房があり、甘い汗のにおいがした。母はいったいどうしてあんなことを訊いたのだろう？

「どうした」

叔父が僕の顔をのぞきこんでいる。

「べつに」

「もし何かあったら、必ず俺に知らせるんだぞ」

「うん……」

それからまた、ふたりして無言でＫの町を眺めていたのだけれど、僕の目は上滑りしがちだった。母に訊かれたことそのものより、自分がなぜそのときのことをいつまでも頭の中でひねくりまわしているのか、それがわからなかったのだ。

少し風が強くなってきていた。僕は目を細めて叔父の顔を見上げた。

「のんちゃんおじさん」

「おう」

「のんちゃんおじさんは、種馬を見たことある？」

「種馬？」

「北海道にいるとき」

ああ、と了解すると、叔父は首を横に振った。

「てこじいが馬喰をしてたのは、俺が生まれる前だよ。種馬なんて、誰からきいたんだ」

「てこじい」

「へえ」

「てこじいは、どんな馬にも鞍《くら》なしで乗れたって。ほんとかな」

「ほんとだよ」

「乗ってるの見た？」

「うーん……」

「憶えてないの？」

叔父はこちらの小さな失望を見て取って、「俺が憶えてるのは、豚だな」と言った。

「てこじいは豚にも乗ったの？」

僕が驚くと、叔父の張りのある笑い声が空にひろがった。

「豚には乗らんさ。まあ乗ったかもしれんが。うん、ほんとに乗ったかもしれん」

叔父はひとりで頷いて、にやにやしている。

「じゃあ……」

「てこじいはときどきうちの豚を殺して、ひとりで一頭まるごと解体してた。昔はどこでもやってたんだろうが、いわゆる密殺だ」

「密殺って」

「家畜を殺すときは、ちゃんと決まったとこに連れてくもんなんだ。それがうちの納屋の裏でだったもの。秘密で殺したのさ」

「殺して食べるの？」

「殺さずには食えんだろ」

「……」

「戦時中だったからな、馬は軍に持って行かれたが、豚はどうだったんだろう……」

「豚、いやがった？」

「そりゃあ若いのはね。ひどい声で騒いだ」

「年とってるといやがらないの？」

するとと叔父は「そうだな、豚ってやつは」と呟いた。

「静かなもんだった。年とってるやつほど図体はでかい。そのでかいやつの首のあたりを、てこじいがとりつくように抱え込んで、心臓をひと突きだ。暴れやしない。『ブッ』と一声鳴いて雪の上に頽《たお》れる。あとは雪に血がしみていく音がきこえるんじゃないかってほどの静けさだ。俺は何というか……その静けさのせいで泣きだしちゃうんだ」

僕と叔父は顔を見合わせて、少し笑った。

「てこじいは俺が泣いたって見向きもしない。血抜きしてる間も、一刻も無駄にはできんとばかりに、黙々と豚の毛を剃ってた。それが終るといよいよ肉を切り分ける。しかし……今考えると、ごく普通の出刃一本ですべてこなしてたんだよなあ」

「……のんちゃんおじさん」

「ん」

「てこじいの左の人差し指」

「え」

「怪我したの？　少しそっぽを向いてる」

「ああ、あれな」

「ときどきてこじいは、あの指で、畳をトントン叩いてる。モールス信号みたいに」

「モールス信号みたいに、か。和志はうまいことを言うな」

叔父は振り返り、「まったくどこの世界と通信してんだか」と呟くと、天守閣の反対側に歩いていった。煙突やガスタンクの姿は消え、かわりに山が現れる。町は後ずさりして山々にのうのうと抱きとめられ、それでも懐しげに、幾分心もとなそうに、海のほうを向いている。

「あっちが和志んちか」

「と思うよ」

「なんだよ頼りないやつだなあ」

「あ!」

「どうした」

「そうだ、うち、あっちだ。球場のナイター用のライトが見えた」

「どこ」

「ほら」

「どこだよ」

「あそこにちっちゃく突き出てる」

「あー、あれか?」

そのままてこじいの話は終ってしまうのかと思ったが、叔父はやや大儀そうに背を伸ばすと、「あの指のことな……」と話しはじめた。

「戦時中のことだよ。俺はまだ小さかったから直接は知らない。和志のばっちゃんにきいた話だ」

両手を組み合わせ、叔父は指の骨を鳴らした。

「ある夜、てこじいは隣村の知り合いの家に行って、どぶろくをご馳走になった。どぶろくってのは知ってるか?」

「知ってるよ、白いお酒」

「そう、昔の田舎ではね、自分の家でお酒をつくる家はけっこう多かった。てこじいはわざわざ自転車をとばして、しめたウサギを一羽持って隣村まで行った。知り合いの家のばあさんが、どぶろくをつくる名人だったんだ。俺もそのばあさんのことはちょっと憶えてる。体格のいいばあさんで、若い頃は米俵を両肩に一俵ずつ担いだもんだというのが口癖だった。左右合わせて一二〇キロ担ぐってのは、俺も男では何人か見たことあったが、女ではいなかったな……。で、その帰り道だ。酔っぱらったてこじいは、星ひとつない真っ暗闇の中を、懐中電灯の明かりを頼りに自転車で走ってた。荷台にはさーが乗っていて、てこじいの腰にしがみついてた。さーはそのとき十だったはずだから……今の和志と同じか？　その頃の写真が一枚あったんだが……。町の写真館の主人が、出征兵ばかり撮るのに嫌気がさしたと言って、撮ってくれたんだそうだ。写真のさーは猫の子みたいに目ばかり大きくて、とても幼く見える。細っこいところは和志と似てるよ」

叔父は少し背を伸ばし、僕のほうを見た。そして再び手摺りにもたれると、

「てこじいは酒を飲むところにもよく、さーを連れてったんだ。自慢の娘だったからね。馬に乗れたし……」

「おかあさんが？」

「ああ」

「知らなかった」

叔父は、ふうん、というように眉を寄せた。

「さーは馬の背の上で育ったようなもんさ。六歳のときにはもう、一人前の手綱《たづな》さばきだったそうだ。てこじいはさーが女なのを残念がってね、七つ下に俺が生まれるまで、さーをまるっきり男同然に仕込んでた……って言っても俺は知らないけどさ。俺が生まれてからも、男と女がひっくり返ればいいとはよく言ってたな。俺はさーのように出来がよくなかったから……」

「鞍なしで乗れるのかな、おかあさんも」

思わず遮ってしまった僕に、叔父は穏やかなやさしい声で、「かもしれん。今度きいて

みるといいよ」と言った。

「そこは亜麻工場から続く、一本道だった」

話はふいに軌道に戻った。

「まわりは畑かクマザサの藪《やぶ》ばかりだ。想像できるか？　電柱の一本もないでこぼこ道、細いタイヤが砂利を噛《か》む音、ときおり遠くの森で鳴くキツネのもの悲しい声、暗闇が体を締めつけてきて、尻に火がついたように前に進むしかない、そういう夜だ。てこじいはハンドルのところでぶらぶら揺れる懐中電灯だけを頼りに、ぐんぐんペダルを漕いでいた。ぐんぐん漕いで……あっと思ったら、放り出されていたんだ」

「転んだんだね」

「そう。でもただ転んだんじゃない。踏切の遮断機が下りてたんだよ」

「踏切の……？」

「遮断機。今みたいに自動じゃない時代のさ」

「気がつかなかったの」

「気がつかなかった。暗いんだぜ。それに普段、汽車の通らない夜中には、開け放してあるはずの踏切だからね。それが閉まっていたんだ。踏切番が間違えたのか、誰かがいたずらでもしたのか、それはわからない。がしゃんとぶつかって放り出されて、てこじいはたぶん悪態でもつきながらふらふら立ち上がったんだろうな。そして懐中電灯に手を伸ばした。生ぬるいものに触れ、懐中電灯を持ち替えて光を当てた。すると左の人差し指の先がなかった」

「なかったたって……」

「切り落とされてたってことだよ。ぶつかった拍子に、遮断機の鉄板かなんかで……」

叔父はちょっと話を止めた。「大丈夫か」

「うん」僕は丸薬でも飲み下すみたいに、唾を飲み込んだ。「それで、どうしたの？」

「どうしたもこうしたもないよ。左手を闇の中に掲げて、地面にへたりこんでしまった。さすがのてこじいもお手上げさ」

息をつめて、僕は頷く。

「そこにさーが、道の脇の、真っ暗な畑から這い上がってきた。さーは身が軽いだけあって、怪我一つなかった。そしててこじいのところにやって来ると……どうしたと思う？」

でも叔父は、はなから僕の返事など期待していなかったようで、こちらをちらりと見て頬笑んだだけで話し続けた。

「さーはまず、てこじいが握りしめている懐中電灯をもぎ取ると、てこじいの顔を照らし、それから指の断面を間近で照らした。中心を通る細くて白い骨を、てこじいは呆然と見ていた。さーもじっと見つめていたんだが、ふいに懐中電灯の光を地面に向けた。すると捜すまでもなく、指先が見つかった。石ころや雑草のなかで、よく見つかったもんだと思うけど、それはとても目立ったんだそうだ。目立つ場所にあったって意味じゃない。すごくその場所にそぐわない感じがした、ってことらしいんだ。懐中電灯の明かりがさっとかすめただけで、声にこそ出さなかったが『あそこだ！』ってね、さーもてこじいも同時に見つけてた」

「それで……拾ったの」

小さく頷き、叔父は左の人差し指を立てた。

「さーがね。そいつをひょいと拾い上げて、もとのところにくっつけた」

「へえー」

「その間、さーは声ひとつあげなかった。てこじいはようやくはっとして、右手で指をしっかり押さえると、そのまま医者の家に駆け込んだ。神経までちゃんとは繋がらなかったみたいだけど、指を失わずにすんだのは、切れてすぐくっつけたのがよかったんだってさ」

僕は少女時代の母の姿を思い浮かべた。暗闇の中で猫のように目を光らせ、てこじいの指先を拾い上げる母は、いつものように固く口もとを結んでいたに違いない。

「もちろんこれは俺が見たことじゃない。ばっちゃんがてこじいからききだした話を、俺はばっちゃんにきかされたんだ。ばっちゃんは、さーのことを『きつい子だ』ってよく嘆いていて、さーとぶつかる度に誰かれとなくこの話をした。さーが自分から話すことはなかったな」

「ぶつかるって……」

「ん？」

「おかあさんとばっちゃんは、喧嘩したの」

「したさー」

「どうして」

「どうしてって……そうだな、さーがよく、ばっちゃんを怒ってた」

「なんて」

「ばっちゃんが親戚とかお店の人に、ぺこぺこしすぎるって」

叔父はひどくつまらなそうな顔をして、しばらく遠くを眺めていた。こんな町中の空にチョウゲンボウが一羽、弧を描いて飛んでいる。

「指を一本なくし損なって、てこじいは変わった……っていうのがばっちゃんのお説だったな」

「変わったって？」

「どっと白髪が出たのは俺もおぼえてる。それまでは『てこさん』って呼ばれてたのが、若干からかうような感じでね、『てこじい』になって、いつの間にかばっちゃんもさーも、俺までそう呼ぶようになっちゃった。だがほんとのところ、ばっちゃんが何を言いたかったのか、俺にはわからん。一度、『あのことがなかったら、そのまま百姓をしてただろう』なんて言ってたが……」

「そのあと、てこじいは東京に出ていっちゃったの？」

「そう。終戦後。俺が五つで……とすると、さーは十二だったのか」

叔父と僕は、どちらからともなく天守閣の階段を下りはじめた。

「やっぱりさーのとこがいいんだな、てこじいは」

「どうかなあ……おかあさんはてこじいのこと、ちょっといじめるよ」

叔父は「へええ」と言ったけれど、それほど驚いてはいないようだった。大きな体をすぼめるようにして、階段を上ってきた家族連れを通してやりながら、にこにこしている。

「いじめるって？」

「たいしたことじゃないけど……」

また人が上ってくるので、僕は声を低くした。「掃除機をわざとぶつけたり、きらいなおかずばっかり作ったり……」

僕が言い淀《よど》むと、叔父は「なんだ」と促した。

「爪を切る」

「え」

「夜に、こわい顔して。てこじいの見てる前で」

しばらく不可解な顔をしていた叔父は、やがて「なるほどねえ」と言ってため息を吐《つ》いた。

天守閣から探しても見つからなかったのに、母はやはりお堀ばたのベンチにいた。銀のバックル付きパンプスをはいた細い脚を組み、扇子で顔をばたばたあおいでいる。だんだん近づくと、大きな目も眉も、いつもより吊りあがっていた。

「ごゆっくりねえ。列車の時間、大丈夫なの？」

叔父は、ごめんごめんと言って腕時計を見た。「大丈夫。お昼おごるよ、どっかいいとこ知らない？」

「よしきた」

ぴょんと跳ねるように、母は立ち上がった。


その指は他の指より明らかに細く、弱々しかった。縦にひび割れたような筋が入った爪も小さく、血の色はまったく感じられない。ほとんど死んでいるとしか見えないのに、指は屢々《しばしば》モールス信号を打って、てこじいをどこか遠いところ、たぶん飴のように時間の伸び縮みする空の彼方と結びつけていた。

てこじいは、左の人差し指を見つめられていることに気づくと、そろりと手を隠す。見せてほしい、と僕が言おうとしただけで、左手を覆っている右手に力をこめ、てこじいにしては律儀と言っていいほどの明確さで、首を横に振るのだった。

「いいじゃない、見せるくらい」

叔父から話をきいた後、僕は食い下がった。

「だめだ」

「痛いの？」

「痛かない」

「さわらないから」

「だめだね」

「どうして」

「俺のもんだ」

てこじいはちらりと僕を見た。

「俺のものは俺のもの、だからな」

「煙草、買ってあげるよ……僕のお小遣いで」

でもその頃から、てこじいの喫煙量はみるみる減っていたのだ。

「おまえのものをおまえがどう使おうが、俺は知らんね」

てこじいはそう言うと、顔を歪めた。笑ったようにも見えた。

「ともかく、この指は俺のもんだ」

「けちんぼ！」

「……」

「しみったれ、ごうつくじじい、がりがりもうじゃ！」

「いいんだな」

「……え」

「そういうことを俺に言って、いいんだな」

てこじいの黒目が、淀んだ沼に浮かぶブイのようにゆっくり動いて、僕にぴたりと合わさった。僕は一瞬臆したけれど、「ほんとにけちじゃないか！」と声を大きくした。てこじいは、ふっふっふっと、今度こそほんとうに笑った。

一度だけ、その指に触れたことがある。というか、てこじいがその指で僕に触れたのだ。僕はそのとき夢中になって『奇巌城』を読んでいた。ふと気づくと、てこじいが僕のほうに手を伸ばしていた。震えながら近づいてくる歪んだ指を、僕は体をかたくして待ちかまえた。半袖シャツから伸びた僕のうっすら日焼けした腕に、幽霊ごっこの小道具みたいなものが一瞬触れ、すると意外なことにそれはチクリと熱かった。

「……」

てこじいが何か言った。

「なに？」

我に返って訊くと、てこじいはさも嫌気がさしたというように舌打ちした。左手はすでに両膝の間に挟まれている。

「人の言うことをいちいち聞き返すなよ」

てこじいはふさふさした眉の間にしわをよせ、目を瞑ってしまう。

「ねえ……」

なんて言ったの、と訊こうとしたときだ。

「えんがちょきった」

てこじいが早口に呟いた。思わず「え？」と聞き返してしまった僕は、慌てて口を押さえた。


闇の中に、ひそかな泣き声が繰り出される。細く、細く、細く。目が覚めてしばらくの間、僕は横になったまま、薄暗い豆球に照らされた台所の蛇口をぼんやり見つめていた。誰が泣いているんだろう？　声は徐々に輪郭を顕わにし、軋《きし》みながらこちらに食い込んでくる。

「教えてよ」

ふいに背中で、母が言った。囁くように、でも力をこめて。

「こんなときどうすればいいか教えて」

母が涙のからまった声でさらに言うと、てこじいの身動きする気配がした。

「どうすればって……」

てこじいはそう言ったきり、また黙ってしまう。

「いろんな目をみてきたんでしょう？　ならわかるはずよ」

教えて、と絞り出すように言いながら、母はてこじいににじり寄った。僕は息をつめる。

「やってないのは人殺しくらいだって、いつも言ってたじゃない」

「……」

「殺してくれなんて言ってるわけじゃないのよ。ただ教えてくれればいいの。どうしたらおさまりがつくかって訊いてるだけよ」

「馬鹿言うんじゃないよ」てこじいは少し苛立った。「いい年をして……」

「そうよいい年よ」

「わかってりゃあいい」

「……自分が馬鹿なのはとっくにわかってるわよ。だからちょっと知恵を貸してほしいの。それくらいのこと、どうしてすらっとしてくれないの？　いっつも出し惜しみばっかり」

それからしばらくの間、母がときおり洟《はな》をすする音しかきこえなかった。てこじいも母もすっかり口をつぐんでしまった、そう思ったとき、ひどくのろのろした口調でてこじいが話しはじめた。

「出し惜しみしてるわけじゃないさ」

「………」

「出せるものなら何だって出してやるよ。昔なら、『俺が話をつける』ぐらいなことは言ったろうさ」

「………」

「そいつを震え上がらせて、後悔させてやる、そう言ってやれたろうさ。いや、実際してやったよ。そいつをぶっ殺して……」

「そんなことしてくれって言ってるんじゃないの……！」

「じゃあなんだよ」

「どうしてわからないの？　ただ……子供のことをちゃんとするにはどうしたらいいかってきいてるのよ」

背中を向けていたが、母が体を捩《よじ》らすようにして言ったのがわかった。子供って僕のことだろうか……

「……仕方ないだろう」

「仕方ないって」

「おまえは和志のことだけ考えてやれよ」

「考えてるわよ。考えてるから今のままじゃよくないって思ったんじゃない」

ふたりはまた黙った。再び母が何か言いかけたとき、

「あきらめろ」

てこじいが遮った。さっきまでとは違う、かたい声だった。母が言葉と一緒に、泣き声を喉の奥で押し殺した。

あきらめろ、とてこじいは繰り返した。「そんな無理は通らん」

しばらくして、ふたたび口を開いたとき、てこじいの声はかすれていた。

「おまえだっていいかげんわかるだろう。俺はもう駄目なんだよ」

母は僕の隣に静かに横になった。そしてその後はもう、ため息ひとつきこえなかった。


俺はもう駄目なんだよ――。

てこじいの声は、僕の耳にいつまでも居座っていた。母はふさぎ込んだり、何かじっと思い詰めたりしていたが、とうとう祇園祭の土曜日、勤めから早めに帰ってきたと思うと寝付いてしまった。鉦《かね》と太鼓が遠くなったり近くなったりしながらきこえる中、夏も盛りだというのに母は布団をかぶって震えていた。夜になると、僕は飯を炊いてキャベツの味噌汁を作り、卵を落とした汁かけ飯にして布団のところに運んだ。母は「ありがとう」と言って、少しだけ食べた。てこじいはため息を吐きながら、不味《まず》そうに、それでも残さず食べた。

翌日の日曜日も、そんな具合だった。だが月曜になると、母は布団から這い出し、いつもと同じ時刻に勤めに出た。以前と同じように夕食を用意して、以前と同じようにダイヤルの壊れた白黒テレビで「彼の妻になるということは、彼と寝るということよ。あなた、彼と寝ることができるの？」などという台詞《せりふ》の行き交うドラマを見ながら、僕に「宿題は？」と訊いたりするようにもなった。でも顔色はよくなかったし、食事は少ししか摂《と》らなかったし、あまり眠れてもいないようだった。掃除機をぶつけたり足を踏んだり、そんなふうにてこじいをちょっといじめてみることもなくなって、夜中の爪切りも沙汰やみとなった。まるでてこじいが見えてないみたいなのだ。

そのままなんとなく夏休みがはじまって、しばらくたった頃のことだ。てこじいがいなくなった。

朝起きると、母はすでに勤めに出た後だった。西向きの掃き出し窓は開け放たれていて、レースのカーテンが風を孕《はら》んで揺れていた。薄曇りの空から今にも雨が落ちてきそうで、寝起きのぼんやりした僕の頭は、何かいつもと違うぞ、とごく緩やかなレベルの警告を発していた。部屋のすみにはタオルケットがとぐろを巻いていた。ぴかぴか光る糸くずみたいなものを埋め込んだ安物の和風の壁には、てこじいの汗の黒いしみがついていた。僕は布団の上にすわったまま、ちょっとの間それを見つめ、てこじいはどこへ行ったんだろう、と首を傾げた。それから立ち上がって窓を半分閉めた。そのままでは風通しがよすぎたのだ。黙ってうずくまっているだけのてこじいでも、いなくなれば空気の流れが変わる。てこじいは、すでにこのアパートの一室の一部だった。

夕方になってもてこじいは戻らなかった。勤めから帰った母は、買ってきたおかずの包みを開けながら、心配してあれこれ訊ねる僕に気のない返事をした。

「おかあさんが起きたとき、てこじいはもういなかったの？」

「みたいね」

「どこに行っちゃったんだろう」

「さあ」

「ゆうベトイレに起きたときは？　もういなかった？」

「ゆうべは起きなかった」

「そうか……あ、てこじいの好きな蛸の天ぷら」

すると母は、「ちょっとあっちにいっててくれない？」と言って顔をあげた。こめかみが、ひくひくしている。

「いつもそうなんだから、気にするほうがバカを見るのよ」

独り言のように言って、母は天ぷらを菜箸の先でつついた。

向かい合って、蛸の天ぷらを無言で嚙んだ。テレビはつけなかった。昼間、湿った風がずっと吹き続けたけれど、雨はまだ降りだしていなかった。暗くなるにしたがって、雨のにおいだけがあたりを濃く覆っていく。

後片づけを済ませると、僕はお膳の上に漢字の練習帳をひろげた。母は取り込んだまま押入れの中にまるめてあった洗濯物を出してきて、アイロンをかけはじめた。

「お風呂沸いてるわよ」

「おかあさん先に入っていいよ」

母は風呂に入れとしつこく言うこともなく、手を動かし続けている。アイロンがけされた衣類やシーツがどんどん積み上げられ、その中にはすぺんと平たくなった僕のパンツまであった。

降りだしたのは八時を過ぎてからだ。あっという間に、刺すような勢いの雨粒が降り込んできた。母は窓を閉めると、こちらに背を向けたまま、ガラスにぶつかってくる雨を見つめていた。部屋がひどく暑苦しくなってきて、僕は立ち上がった。

「ちょっと行ってくる」

え、と母が振り返った。

「てこじい捜してくる」

母は何と言うべきなのか、本当にわからないようだった。「捜すってどこを?」とか「当てもなく飛び出したって駄目よ」とか、そんな当たり前な台詞さえでてこないのだ。

僕は押入れから雨合羽を取り出し、暑さをこらえて着込んだ。僕の動きを目で追いながら、赤茶けた畳にぺたんと座り込んでいる母とは、目を合わせないようにした。ふと思いついて、てこじいがそうしていたように古タオルを首にまくと、みぞおちのあたりでふわふわしていたものの重心が決まった。

じゃあ、と僕が振り返り、母がようやく何か言おうとした、そのときだ。玄関の扉に、ひどく重そうなもののぶつかる音がした。

扉を開けて、思わず声をあげた。全身から水滴をしたたらせ、てこじいがぬうっと立っている。目が据わり、濡れた眉はぺたりと貼りついて、まるきり人相が違っていた。折れ曲がった血管が幾筋も浮いた両腕に、大きな赤いバケツをふたつ提《さ》げている。

「どけ」

慌てて飛び退《の》くと、てこじいはバケツを玄関のたたきにがしゃんと置いた。荒々しくて熱い息が、てこじいの全身から漏れ出た。同時に、風呂場で釜に火の点くボッという音がした。

母は風呂場から姿を現すと、腕を組み、無言で壁に寄りかかった。今さっきまでとは打って変わった、不敵な眼差しをてこじいに向けている。てこじいは母の視線に気づいているのかいないのか、ずぶぬれのシャツを脱ごうとしてシャツの中でもがいている。シャツが背中に張りついて、なかなか脱げないのだ。ふいに僕に向かってお辞儀するように、てこじいは前屈みになった。濡れそぼったシャツの裾を、半ばこわごわといった気分で僕は摑み、するとてこじいが背中をちょっと動かしただけで、ずるりとうさぎの皮が剝けるように重たいシャツが僕の手に残った。母は僕からそれを奪うと、てこじいにタオルを突きつけた。

「戸を閉めてよ」

案外と素直に、てこじいは玄関の中に入って扉を閉めた。赤い双子みたいなバケツと裸のてこじいで、狭いたたきはいっぱいになった。

「貝だ」

バケツをのぞきこんだ僕は、すぐさま母を仰ぎ見るように振り返った。「貝だよ。すごいたくさん」

砂混じりの水に浸って、白地に茶色い溝の走るむっくりした貝ばかり、大小取り混ぜて百個、いやその倍もあるかと思われた。腕を組んだままバケツを見下ろし、母は頷く。

「アカガイね」

「アカガイ?」

「そう」

「てこじい、これ、どうしたの?　とってきたの?　どこで?」

僕の質問には一切答えず、てこじいは風呂場に入ると勢いよく引き戸を閉めた。玄関のたたきには、どろどろに汚れた綿のズボンが脱ぎ捨てられている。赤いバケツには「火の用心」と白いペンキの文字があった。

「おかあさん、これどうするの」

「どうするって、食べるんでしょ」

なぜそんなことを訊くのか、と言わんばかりだ。

「ちがうよ、バケツ」

ああ、と母は気のなさそうな調子で言うと、てこじいのシャツをズボンの上にぼとっと落とした。「返さなくちゃね」

「どこに？　どうするの、泥棒だよ」

「大丈夫よ、てこじいがちゃんとするから」

僕には母が本気でそう言っているとは思えなかった。

「和志、ひとつ運んで」

母はよいしょ、とバケツを持ち上げた。「重い。洗うだけでたいへんだわ」

床に水をこぼさないよう気をつけながら、僕はよろよろとバケツを運んだ。母はすでに流しの前で、たわしを使って貝をひとつずつこすっている。

「この貝、どうやって食べるの？」

「お刺身」

「おいしい？」

「おいしい」

にこりともせずにそう言うと、母はたわしを持つ手にいっそう力を込めた。

ぽつぽつききだしてみると、てこじいは昨日、まだ夜中のうちに出発したらしい。夜通し歩いて、朝方セメント工場のある町に着いた。てこじいはその町の砂浜で貝を掘り、日陰で少し昼寝をしてから、潮が満ちはじめる頃また歩いて帰ってきたのだった。セメント工場のある町へは、電車でも三、四十分はかかる。それに帰りは重たいバケツを提げてなのだから、てこじいはただの健脚ではない。筋金入りだ。

鮮やかなオレンジ色の貝の身は、嚙むと海の味が口に広がった。寝る時間だというのも忘れて、母も僕も箸を握りしめていた。

「でも……どうして電車に乗らなかったの」

僕が訊くと、てこじいはそっぽを向いた。

「電車賃がなかったのよ」

母はあっさり答えると、このところの食欲不振は何だったのだと言いたくなるほど大きな口をあけて、貝のひもを頰張った。「うー、おいしい」

刺身にしたのはてこじいだ。てこじいは風呂から上がると、ステテコ一枚で流しに直行した。皿や包丁や笊《ざる》といった必要なものは、すでに母が用意していた。貝殻の蝶番《ちょうつがい》を切り、包丁を差し込んで貝柱を切り離す。貝の中が真っ赤な血に染まっているのを見て、僕はハッと息をのんだ。

「あっちに行ってろ。気が散る」

そこで僕は、悠然とテレビを見ている母のそばで、てこじいの少し右に傾いだ裸の背中をながめていた。ごつごつした背中だった。左右の肩胛骨《けんこうこつ》の下の筋肉に厚みがあり、その右側のほうに薄ぼけた黒子《ほくろ》がひとつのっていた。貝の身に塩をふって洗うとき、てこじいは笊を水の中で大事そうに揺すった。

てこじいはビールを少しずつ飲みながら、ひもばかり食べている。土色だった肌は赤黒くなって、全身から普段は感じられない精気のようなものが滲み出ていた。僕はセメント工場の前に茫漠と広がる灰色の干潟を想像した。細長い嘴《くちばし》の水鳥に混じって、ズボンの裾を捲り上げ、タオルを首に巻いたてこじいが、腰を折り曲げて貝を掘っている……。

「てこじい、今度行くときは、僕が電車賃おごってあげるよ」

「うるさい。おまえらもうひもは食うなよ」

でも母と僕は、貝の身も、ひもも、どんどん食べた。三人とも、その夜はお膳の前で舟を漕ぎだすまで食べ続けた。アカガイは食べても食べてもなくならないほど、たくさんあったのだ。

教授室の僕の机の上には、あの晩の貝殻がひとつ置いてある。どことなく薄汚れていて飾りにするほどのものではないし、中年男と貝殻という取り合わせは、それはそれで薄気味悪いしで、訪ねてくる人を困惑させているらしい。

だから普段は、抽出しの奥にしまっておく。でも僕はよく抽出しをかきまわすし、考え事をするときはその貝殻をぼんやり見ているのが好きなものだから、ついだしっぱなしという事態が頻々と起る。追試の対策などでときたまやってくる学生は、まず山盛りになった机にあきれ顔をし、それからテキストや学術書の上になぜか鎮座している、あまりぱっとしない貝殻に憐れむような目を向ける。そしてその視線を、半分は白髪になってしまった僕のぼさぼさ頭にゆっくりと移動させるのだ。おかげで僕は、「ええっと、きみは……あ、もしかして追試の件？」などという具合に、自分のほうから話しかけるはめに陥る。

しかし昨日は違った。少し前に配っておいた、試験の時期と形式についてのアンケート用紙を、僕が担当しているクラスの女子学生が届けにきた。その学生が、「あ、アカガイ」と言ったのだ。

彼女はいつも前から二番目の、窓側の席で講義を受けている。席まで憶えているのは、成績優秀だからでもあるが、少しでも講義がだれてくるとなんとも虚無的な目つきになって窓の外を眺めはじめる、その容赦のない態度のせいだった。

「よく知ってるね」

思わずこちらの声は弾んだが、するとはこんなことで褒《ほ》められるのは不本意だと言わんばかりの顔で頷いた。

「うち、魚屋だったんです」

「なるほど」

「といっても、父は店を持ってなくて、軽四輪の荷台に氷をつめたガラスケースをのせて、その中に魚を入れてお得意さんのところを廻ってました。行商です」

「きみ、東京?」

「ええ、東京の話じゃないみたいでしょう」

「いや……うん」

「私が小学生になるかならないかの頃ですから。昔のことです」

自分より二十も年下の学生に、きっぱりした口調で昔のこと、などと言われるのは妙なものだった。とすると彼女の父親は、その後、店を構えたのだろうか。それとも商売替えをしたとか、あるいは……気楽に訊ねてみればいいものを、それができずにあれこれ思い巡らしていたものだから、むこうが何か言ったのを聞き損ねてしまった。

「え?」

「アカガイって女性器の隠語でしょう」

にこりともせずに、彼女は言ってのけた。

僕は貝殻を取り落としてしまう。ぎこちなく体を折って拾い上げると、汗が噴き出た。

「いや、なんというか……知らなかったな」

すみません、と彼女は肩をすくめた。笑ってこそいなかったものの、今にもぺろっと舌を出しそうなその表情に、あ、と思う。吊り上がりぎみの目も、細い顎も、まっすぐで硬そうな髪も、若い頃の母にそっくりだ。

女子学生はアンケート用紙の束を、不安定に積み上げられた本の上に器用にのせると、行ってしまった。僕は窓際のスチームに足をのせ、手の中の貝殻を弄《もてあそ》びながら外をながめた。冬の白い空の下、木の枝が血管のように張り巡らされている。女性器の隠語か。てこじいはそうと知っていたのだろうかと考えて、思わず苦笑してしまう。生まれなかった僕の弟より何より、大事なのは傷ついた母の体の養生だ……そんなてこじいの心中に今さら気づいたわけではないけれど、父親が娘を励ますやり方としては、やっぱり少し変わっている。いや、どう考えたって僕の祖父はおかしなじいさんだ。あんな遠くまでとぼとぼ歩いていって、海辺の強い日射しの下で帽子もかぶらず貝をひたすら掘りに掘って、重たいバケツをヤジロベエみたいに提げて帰ってきたのだ。誰から見ても充分くたびれた年寄りで、体だって実のところ、もうぼろぼろだったのに。

目の奥が熱くなって、僕は指先で眉間をぎゅっとつまんだ。母にはわかっていたはずだ、でもそれがてこじいのやり方だと。

アカガイの夜以来、母はだんだん元気を取り戻した。勤めを辞めることになった、と言いだしたのは、八月の半ばだったろうか。

「大丈夫よ、新しい会社も決まってる。それから和志は転校しないでいいの。もうあちこち動き回るのはいやよね」

僕としてはあまり居心地のよくない学校などどうでもよかったが、珍しくこちらを気遣うようなことを言う母に、「へえ」となった。

「引っ越すの?」

「うん、今度のアパートはもっと広いわよ」

「アパートももう決めたの?」

「そう。びっくりした?」

西日の照りつけるこのおそまつなアパートを、社宅だといってありがたがっていたことなど、すっかり忘れたような顔をしている。

「ここよりちょっと古いけど、南向きよ」

問題は、てこじいだった。部屋のすみにうずくまっているのは相変わらずだったが、なんだか居心地悪そうにもぞもぞ動いたり、顔をぎゅっとしかめていることもある。食事はますます少ししか摂らなくなっていた。最初のうちは、「さすがにこの暑さには勝てないようね」などと言っていた母も、

「てこじい、病院行こう」

ある日とうとう、言いだした。

「……俺はどこも悪かないよ」

てこじいは頭の上に濡れタオルを載せて喘いでいる。

「悪いか悪くないか、診てもらわなくちゃわからないじゃない」

「うるさい」

「診てもらって、どこか悪かったら治してもらえばいいでしょ。悪くなかったらそれはそれでいいし」

「悪くない」

「だから診てもらわなくちゃわからないって言ってんのよ。どうしてそうなのよ」

「しつっこいなぁ」

「こっちは心配してんでしょう。ね、病院行こう」

「医者なんか行くなら……」

「なによ」

「出てくからな」

「……どうぞどうぞ！　でも身元のわかるものは持たないで出てってね。ネズミに齧《かじ》られた死体なんか、引き取りに行くのはごめんだから」

「あぁーいやな性分だ。なんていやな性分なんだ」

「誰かさんに似たんでしょ」

熟し切った夏の午後、てこじいはいたんだ果物のようにくずれかけていた。左の人差し指は、それでもときおり畳を打って、この窮状を淡々と記録し続けていた。僕はとっくにすんだ夏休みのドリルの答えを、消しゴムで消してはまた書き、また消した。てこじいとふたりきりで日中を過ごすのは不安だったが、出かけてしまうのはもっと不安だったのだ。たぶん僕は夜更けの爪切りを見過ぎたのだろう。てこじいに何かあるとしたら母が会社にいっている間、つまり僕ひとりか、あるいは誰もいないときだと思い込んでいたのだから。

「見張ってなくていいからな」

てこじいは、痰のからまった声で言った。

「べつに見張ってなんかないよ」

「じゃ少しはおもてに出ろよ」

そこで僕は、叔父が誕生日に東京のデパートから送ってくれたグローブをはめ、ブロック塀を相手にキャッチボールをしたり、そのへんをぶらぶら歩いたりする。歩くといっても、古いアーケードのある地域に踏み込むと学校の連中と鉢合わせするし、競輪場のあるほうはなんとなく怖かったし、お寺の墓場は静かでいいけれど日陰がない。一度だけ、大きいほうの港まで歩いて行ったのを別にすれば、あまり遠くへ行く気にもなれなかった。

それでたいていは近所の洗濯屋の前にしゃがみ込み、店先に繋がれた灰色の犬を撫でたり、汗をかきながらアイロンがけしている店の主人をぼんやりながめたりして過ごした。犬は年取った雌で、僕が行っても少しもうれしくなさそうだったけれど、撫でさせてはくれた。そうやっていいかげん時間をつぶすと、今度は帰るのが億劫《おっくう》になってくる。長い間しゃがんでいたせいでしびれた脚によろけながら、アパートまでたどり着き、鍵を開けて中に入る。部屋はいつも夕日でいっぱいで、空気がどっしり重くなっていた。僕の帰ってきたことに少し遅れて気づいたてこじいが、身じろぎするのを確かめてから、靴を脱ぐ。そして早々と蛍光灯を点けると、米を研いだ。

実際には、それは真夜中の出来事だった。目覚めたとき、母はすでに救急車を呼ぶ電話を終えようとしていた。てこじいの息の鋭い音をききながら、僕は背中ひとつさすってやることもできずに、布団の上で竦《すく》んでいた。そこは知らない国の、知らない部屋だった。あれほど身構えていたつもりだったのに、実のところ僕はなにひとつ思い描いていなかったのだ。

救急隊員に抱え上げられても、てこじいは叔父にそうされたときと違って、もがいたりしなかった。声ひとつあげなかった。ただ小さな重い塊になって、担架で運ばれていってしまった。

てこじいが横になって眠らないのは、心臓が悪いせいだった。座っていないと苦しかったのだ。

翌日、病院に行くと、てこじいは酸素吸入器や点滴に繋がれて眠っていた。顔色は黄色を混ぜた灰色で、大きな耳がなぜかいっそう目立っている。まるで滅亡した惑星から漂流してきた、鳥の餌みたいなものしか食べられない宇宙人みたいだった。てこじいのそんな姿を見ていると、胸の辺りがぎゅっと絞られるような気がした。横になって眠らないなどという理由で、僕はてこじいに尊敬の眼差しを送っていたのだ。

「心臓の手術はできないんですかって、きいたのよ」

夜になって、母はさらに教えてくれた。

「そしたら、てこじいは肝臓もすごく悪いから、手術は無理だって言われた」

すでにかなりの間、てこじいの体は「低空飛行」を続けていて、もはやいつ墜落してもおかしくない……医者の説明はそういうものだったらしい。僕にひととおり話すと、母はハンドバッグの中をかきまわしはじめた。「銀行のはんこがいるのよ……」かきまわしながら、ハンドバッグの中に大粒の涙がいくつも落ちた。

母はみるみる影のようになってしまった。僕に食事をあてがうだけのことはしたけれど、自分はほとんど食べなかった。夜は布団の中で、声も出さずに泣いていた。涙は母の見開かれた目からこんこんと湧きだした。てこじいが倒れて、母までこんなになってしまうなんて、駆けつけた暢秋叔父にも予想外のことだったらしい。

だが一週間もすると、病状はぐっと和らいだ。てこじいの顔つきには不敵さが戻ってきたし、かすれた声で「うまくない」だの「いらん」だの言うまでになったのだ。母の涙腺にはふたたびきっちりと栓がされ、すると水分が髪や肌に行き渡るようになったのが、僕の目にもわかった。

夕方、母にいいつかって、ポータブルラジオに新しい電池をつめて病室に持っていったときのことだ。背を斜めに起したベッドで、てこじいは少し口を尖らせて眠っていた。酸素吸入器ははずされ、穏やかな寝息をたてている。病室は六人部屋で、てこじいは出入り口に近いいちばんはしのベッドだった。ベッド脇の物入れの上にラジオをそっと置くと、僕は立ったまま、灰色のひげがびっしり生えたてこじいの顔を見つめた。廊下のずっと遠くから、夕食のトレーをワゴンから取り出すざわめきが、ゆっくり近づいてくる。僕はたしかにその音をきいていて、てこじいの夕食を受け取りに行かなくては、と考えていたのだ。でも体は動かなかった。

ふと気づくと、僕はてこじいのひげ面に顔を寄せ、「死んじゃ駄目だよ」と囁いていた。決してやさしい言い方ではなかった。勝手に来て勝手に出ていく、そんなやり方はもう通用しないぞ、というかなり脅迫的な圧力が、せいぜい子供の握りこぶしくらいの小さな息のかたまりの中にこもっていた。母にはまだ時間が必要だ、僕はそう感じていたのだ。まだ、たぶんもう少し。もし訊かれても、何のための時間か答えることはできなかっただろう。

「わかってる」

てこじいはそう言って、目を開けた。眠っているとばかり思っていた僕は、口ごもりながら「ラジオを持ってきたよ」と言ってスイッチをいじった。

「さーは」

「今日は会社に行った」

「……喉が渇いた」

ぬるいほうじ茶の入った吸呑みをあてがう。てこじいは吸呑みの管が細すぎるといわんばかりに、顔中しわだらけにして飲み干した。

陽炎《かげろう》の中の人みたいな足取りでトイレに行くようになると、てこじいはほぼいつもの調子を取り戻した。いつもの調子といっても、貝のようになって一日の大半をやり過ごすだけなのだから復調とは言い難いのだけれど、体をまるめ、何か感じの悪いものから顔を背けるようにして眠っているてこじいを目にした途端、足もとがふらりとしたことがある。その瞬間、白い病室は消え失せて、西日に染まったしみだらけの壁が、僕をぐるりと取り囲んだのだ。

「……シラヌカでカッカさんに出くわした。あのときもう、カッカさんの運はつきていたのかもしれれん……」

冷たい雨の降る午後、相変わらず口を開けば「うるさい」と「うまくねぇ」と「いらん」ばかりだったてこじいが、ふいに話しはじめた。

「マツエがいっしょだというから驚いた。俺はべつにかまわんかった、俺が戻っていることをばらそうがどうしようが……だがとたんにあの事故だ……腰から下がぺしゃんこで、潰れたとこから体がどんどん腐ってくなんてのは……俺がそうなるはずだった。それはマツエもきかされていたんだ……恨まれたよ。病院で、あんたは寝床の囲いに寝巻の紐をゆわえ、器用に首をくくったもんだ……俺は妙な里心は禁物だと肝に銘じたさ」

カッカさんて誰、と訊いても、てこじいは答えてくれない。そばにいるのは僕だけだった。同室の患者たちは検査に行っているか、雨のせいでぐっすり寝入っているかだった。仄暗く暖かな病室で、ぶつぶつ呪文のように続くてこじいの声をきいていると、墜落に向かってゆっくりと落下していく飛行機に乗っているような気持ちになった。たぶんエンジンはもうとまっているから、上空のひゅるひゅるいう風の音だけがきこえているのだ……。てこじいが胸の奥から言葉を送り出すと、風が起った。グライダーのように漂いながら、僕はいつの間にかうとうとしてしまい、すると馬のいななきや、人の怒声や、祝詞《のりと》や、何百というひよこの鳴き声でできた夢を見た。目を覚ますと、てこじいも軽い鼾《いびき》をかいて眠っていた。

漫然ときいているしかなかった話の中で、ひとつだけ、「へえ」となったことがある。結局は断念したものの、てこじいはブラジルに渡ろうと思っていたというのだ。

「ブラジルで何をするつもりだったの？」

僕からその話をきくと、予想通り母は目を剝いた。

「農場」

「農場？」

「親父は鉄道技師でも、俺には百姓の血が流れてるって」

「口ばっかり。行けばよかったのに」

「でもばっちゃんが、暑いのは体に合わないし外国なんていやだって」

するとと母の顔がきっとなった。

「ばっちゃんがそう言って、てこじいはやめたわけ？」

「みたい」

「ほんとにそんなこと言ったの？」

「ほんとだよ」

「いつ」

「今日」

「そうじゃなくて、いつブラジルに行こうと思ったの」
「……わかんない」
「ちゃんときいてきてよ、もう」

自分できけばいいじゃないかと言うと、母は唇をむずむずさせて黙ってしまった。でも翌日、病院から戻った母の不機嫌な顔を見て、僕は母がその件を切り出したのだと確信した。そして毎度のことながら、てこじいは母の満足いくようなやり方では取り合わなかったのだろう。「自分できけば」などと言ったことを、僕はちょっとばかり後悔した。どう考えても、てこじいが過去のいろいろを洗い流すような台詞を吐いたりするとは思えなかった。そんなことが起ったら、それこそ決定的にお陀仏だ。

引っ越した先のアパートは二階で、台所の窓からK城が見えた。前のところよりおんぼろだったけれど、角部屋で風通しはよかったし、少しだけ広かったから、てこじいが退院してからいっしょに暮らすにはちょうどよさそうだった。母は新たに勤めはじめた呉服店での仕事にも慣れてきた様子で、出勤前と、たいていは帰宅途中に病院に寄るのがいつものリズムになっていた。僕も学校帰りに病院に寄っては、てこじいのベッドの脇で宿題を片づけた。看護婦が話しかけてきたり、宿題を教えてくれたりするのがうれしかったのだ。てこじいを軸にして、とり散らかっていた生活が、だんだんと秩序だったものになっていった。

母はシジミ汁をつくっては、ポットに入れて病院に持って行く。てこじいは病院の食事を「食えん」と言って残したし、シジミ汁はもともとてこじいの好物で、おまけに肝臓にいいと看護婦からきいたのだ。とはいえ、日に二度も病院に顔を出したのは、父親の病状を案じてばかりのことではなかった。母はてこじいが医者や看護婦、あるいは同室の患者たちの間でやっかい者になっているのではないか、と気を揉んでいたのである。その懸念はほとんど確信に近く、母は「父がご迷惑をかけて……」と頭を下げては、せっせと菓子を配った。

でも僕の見たところ、てこじいは人気者というほどではないにしろ、決してやっかい者だとかはずれ者ではなかった。新しく病室にやってきた患者が緊張気味なら、てこじいはあっさりした世慣れた態度で自分から声をかけたし、患者の家族から菓子がまわってくれば礼儀正しく受け取った。医者や看護婦とけっこう気さくに話したし、夜中に寝ぼけて「おかーさん！」と泣く同室の老人は、毎晩てこじいに「ヨウシヨシヨシ」といなされておとなしくなる。それがね、ふたりとも眠ったままなのよ……くすくす笑いながら僕にそう教えてくれたのは、トマトの葉のにおいのする看護婦だった。

そういう、母と僕にとってはちょっと意外なてこじいと、僕の前でふいに語られた昔話の中のてこじいは、同じテレビに映る違うチャンネルみたいなものだった。病院での一面は、てこじい自身による話と同じくらい、いやもしかしたらそれ以上に、てこじいの過ごしてきた時間と、関わった無数の人たちの存在を僕に感じさせた。

もちろん母も、気づいていないわけではなかっただろう。だが母は、僕が病院でのてこじいに話を向けると、明らかに面白くなさそうなのだった。看病しながらも、母の気持ちはまだときどき波立つことがあるようだった。母がかたい顔をして、少し粗い手つきでてこじいの背中を拭いているとき、てこじいは僕だけにわかるように「仕方ないさ」という顔をして見せたりした。僕が困って目を逸《そ》らすと、てこじいは薄く笑い、それを見咎《みとが》めた母の手つきはもっと乱れるのだった。

母は病院で、なんとも申し訳なさそうに頭を下げ、菓子を配り続けた。何かを譲り渡すまいと心を決めたかのように。そして夜更け、以前なら爪を切っていた時刻になると、今度は死神に向かって不屈の意志を示すかのようにシジミ汁をつくった。一日たりとも休まず、どんなに疲れているときでも、母は目を擦りながらガス台の前に立った。固くこわばってしまったてこじいの肝臓に、小石から搾り取ったみたいな薄青い汁を、一滴でも多く吸わせなくてはならないのだ。

その年の正月は、東京から叔父夫婦がやってきた。てこじいも外泊の許可がもらえたので、アパートで皆揃って雑煮を食べた。母が豚肉で出汁《だし》をとった雑煮をつくった。めったにないことだったけれど、てこじいは旨いと椀のふちを箸でちょんちょん叩く。あまり行儀がいいとはいえないその癖を見せて、てこじいは餅をみっつたいらげた。「雑煮の出汁は豚にかぎるな」

病院に戻ると、てこじいのベッドは窓際のいちばん落ち着く場所に変わっていた。僕は胸を撫で下ろした。てこじいが入院して以来、同じ病室の中でずいぶん人の出入りがあったしベッドの位置も変わったけれど、窓際のふたつのベッドのうち、てこじいが移ったほうで死んだ人はいなかったのだ。日当たりのいいベッドは、ふかふかして見えた。これからだんだん日が長くなっていくだろう。春がくればてこじいはまた元気を取り戻し、そうしたらもう部屋のすみでうずくまったりもしなくなるに違いない。

「馬に乗って見せてよ、元気になったら」

口にした途端、どれほどこれを言いたかったか気づいた。てこじいは背を起したベッドの上で、素直に体を伸ばしている。吸呑みの水に当たった日の光が、白い壁に描いた小さな虹を見ているのだ。

「馬なんかどこにいるんだ」

「遠足で行った牧場にいた。そこに行けば乗せてもらえる」

「……………」

「前は競馬で走ってた馬だって」

てこじいは馬鹿にしているようにも感心しているようにもとれる口調で、「へえ」と言った。

「八頭いた。茶色のとか、白くて黒い水玉模様みたいなのがついた毛のとか……」

「……」

「子馬もいたよ。草を食べさせた」

「……ふん」

「よく食べたよ」

「乾し草か」

「え」

「食わせたの、乾し草だったか」

「ううん」

「……」

「……どうして」

「いい音がする」

「乾し草だと？」

「そう。ごり、ごりってな」

「ふうん……」

「冬の夜、目が覚めると、ようくきこえるんだ。食ってるな、と思いながら、また眠っちまう」

てこじいはしばらく黙ってから、「あれは、あずましい音だ」と言った。

「僕は……寝ながら、おかあさんのごはんつくる音をきくのが好きだよ」

てこじいは、ふふ、と笑った。

「鼻の先にさわったら、すっごくやわらかくて、ふかっとしてた」

「馬の鼻先はな」

「乗りに行く?」

「まあな」

「ほんとに?」

「行けたらな」

「行けるよ。あったかくなったら行こう」

だが節分を過ぎると、てこじいはうとうとしてばかりいるようになった。顔色はどす黒く、おなかが張り、食欲がまったくなくなった。

「肝臓の数値が……」

叔父から電話があるたび、母の声は低くなった。

日曜の真昼、陽差しには春が漲《みなぎ》っていた。病室は温室のように暖かで、僕はベッド脇のパイプ椅子に座り、母が買い物から戻るのを待っていた。そして少し眠ってしまったに違いない。

「バカヤロー！　来るな、来るんじゃない！」

突然の叫び声にびくっとすると、斜め前のベッドの患者の、凍りついたような表情が目に飛び込んできた。

「この野郎、ぶっ殺すぞ！」

叫んでいるのはてこじいだった。てこじいは目を見開き、痩せ細った脛《すね》を見せて、ベッドの上に立ち上がりかけていた。僕には見えない何かを、点滴の刺さった腕で必死に追い払おうとしている。

「てこじい！」

抱きついた瞬間、背中を殴られ息ができなくなった。看護士や医者が次々やってきて、てこじいに組み付いた。わけのわからない喚《わめ》き声と慌ただしい足音があたりを占領し、誰かの眼鏡がうずくまった僕の目の前にぺしゃりと落ちた。眼鏡は僕に「さあどうする?」と問いただしてきたけれど、僕は震える自分の膝を押さえつけるだけで精一杯だった。その間ずっと、てこじいはひとりで闘っていた。「来るな！」と叫びながら。

あたりが鎮まったとき、てこじいはベッドに両腕を縛られて、すでに意識を失っていた。母がいつの間にか戻っていることに僕は気づいた。紙のように白い顔をして、だが口もとをしっかり結び、母は静かにてこじいを見つめていた。

誰も死なないベッドは、吉兆ではなかったのだ。てこじいは個室に移された。窓際のベッドは、そうやって幾たびも死につつある患者を拒否してきたということを、僕はようやく知ったのだった。

意識は戻らず、肝臓の障害による下血がはじまった。個室は瞬く間に、血のにおいが漂うようになった。母は看護婦に手伝ってもらいながら、てこじいに寝返りを打たせ、血と粘膜でずっしり重くなった襁褓《むつき》を替えた。昼も夜もなく、数時間ごとにやってくるその骨の折れる仕事は、今や僕たち家族の鳩時計の鳩だった。時計のゼンマイは、てこじいの心臓だ。医者も驚いたことに、てこじいのへたりかけた心臓は粘り強く動いていた。

てこじいの襁褓や寝間着を替えるとき、母は必ず僕を病室から締め出した。まだ子供だった僕に、てこじいのあまり惨い姿を見せるべきではない、そう考えてくれたのだろう。けれど叔父にさえ、母は決して自分からは手助けを求めようとしなかった。入院した当初のようにめそめそしたところを見せることもなく、それどころか狼狽《うろた》える叔父を慰めていた。

「とうとう腹を括ったたな」

病院の廊下のベンチで、叔父は呟いた。そして僕の手に厚みのある白い封筒を持たせた。

「あとでさーに渡してくれ。俺はひとまず帰る。和志、すまんが頼む」

母は看護に打ち込んでいたけれど、一心不乱というのとは違った。睡眠はおそろしく不足していただろうし、疲れているのは明らかだったのに、どことなく泰然としていた。医者の母に対する口の利き方が、微妙に変わった。

あのときすでに、僕は知っていたような気がする。母はもう、「いつか」という話をすることも、そんな話の中で僕と自分の未来を重ね合わせようとすることもないだろう、と。いつか郵便局の貯金がたまったら、そのお金で小さな南の島を買い、母と僕はそこでずっとずっと一緒に暮らすはずだったのに。てこじいが現れて、そんな夢物語は久しく語られていなかったけれど、ついに跡形もなく消えてしまったのだ。かわりに、母はそれまでより安定したやさしさを示すようになった。うっすらしたにおいのように、そのやさしさは母にしみついた。

たぶん、時はもう充ちていたのだ。

その頃になると、母は毎晩のように病院に泊まっていたから、僕は屢々《しばしば》ひとりで眠った。アパートの部屋で、枕元のスタンドを点けたまま、開いた本に頬をつけて夢さえ見ずに。ひとりがおそろしいとは思わなかった。だがきゅうに暖かくなった日の真夜中、ふと目覚めると電車の音がきこえた。妙に思った。夜中に電車の音をきいたことなど、それまであっただろうか……。それにその音は、まるで地平線の端から端まで線路が続いているとでもいうように、少しずつ移動しながら延々と終らないのだった。起きあがり、窓から外を見た。そのあたりは住宅地と商業地のちょうど境目で、ネオンサインの消えたデパートやホテルの看板の上には、春先のぼんやりした雲に覆われた夜空があった。線路はやはりどこにも見えなかった。音は遠く、まだ続いていた。と、雲がゆっくりと割れ、巨大な満月が現れた。見ている僕の口が自然と開いて、舌の上に、甘くつめたい月光の味がひろがった。

脱いだままになっていた半ズボンとセーターを身につけ、鍵をポケットに入れた。病院に行ってみようと思いついたのだ。広いバス通り沿いに三キロほどの道のりを、バスはもう終っているから歩いて行った。月は皓々《こうこう》と明るく、影は濃く、すべてがよく見えているようで実のところ目をこらしても何も判然としない、そんな夢の中だけで馴染《なじ》んでいた景色の中を、少し進んでは顔を上げ、暗い広告塔の角度がちょっとずつ変わるのを確かめながら歩いた。その夜に出合った人の顔は、僕の頭の中にあるタロットカードに描かれた絵柄のようなものだ。今でもことあるごとに何事か囁きかけ、僕の行方にあれこれ関わろうとする。フロントグラスの向こうで口をぱくぱく動かした、三角目の運転手。よろよろ近づいてきた二人組の酔っぱらいは、僕が避けるより先に道をあけた。目が合った瞬間、胸もとのネックレスの石に触れた赤い髪の女。その指先。道ばたで眠りこんだ男に声をかけていた警官は振り返って僕を見送り、盛り場の雑踏から抜け出てきたばかりのサンドイッチマンは、道案内を頼んだわけでもないのに僕の行く手を指さした。そんな時分に子供がおもてを歩いているというのに、誰ひとり邪魔をしなかった。野良犬一匹さえ。

病室の扉は細く開いていた。足を踏み入れ、はっとした。カーテンが開け放たれて、真正面から月がこちらを覗き込んでいたせいではない。ベッドに突っ伏して眠っている母の頭に、てこじいの右手が添えられていて、僕はてこじいが意識を取り戻したと思ったのだ。てこじいの体はぜんたいに右手の、母のほうに傾いでいた。頬を肩に擦りつけるようにして俯き、伸びた首筋と繋がる左手は軽く投げ出されて、手のひらが上を向いていた。てこじいは疲れ切った娘の髪を撫でながら、雨が落ちてこないかと空模様を気にしているみたいに見えた。だが最初の驚きが過ぎると、僕はかすれた声で母を呼んだ。

母は目を覚まし、身を起そうとした。最初、自分の頭を押さえているのがてこじいの手だと気づいて戸惑ったようだが、黄ばんだ老人の手を取ると静かに掛け布団の上にのせた。それからゆっくりと頭を巡らせ、僕を見た。

母と僕は同じことを考えていた。てこじいの肉体はとっくに、少なくとも見た目においては、生命力とは無縁のものになっていた。意識もなく、下血し続けているのだから当然だ。だがそのときのてこじいの顔は、さらに、あらゆる輝きを失っていたのだ。まだ失うものがあったのかと驚くほどに。

母は僕に頷くと、立ち上がって看護婦を呼ぶボタンに手を伸ばした。けれどその手がとまり、てこじいを見つめる目が瞬いた。

僕はそのとき、てこじいの顔が変わるのを見たのである。それは、たとえば花の開花から結実までを数分のうちに見せる科学映画などによくある、滑らかなようで少し粗い感じの映像に非常によく似ていた。てこじいの顔は、母と僕の目の前でみるみるうちに変化した。時間にしていったいどのくらいだったのだろう。手袋の上の雪の結晶がとけるまで。奏者が気まぐれに弓を手元から弾き下ろした、そのぶんだけのチェロの音。飛び立つ鳥の羽ばたき。そのわずかな時が過ぎると、てこじいの顔はもう何かを失った顔とはいえなかった。てこじい自身の顔とさえいえなかった。薄くひらいた唇や閉じた瞼、あらゆる線がくっきりと、精緻な木彫のように整えられていた。

母と僕はてこじいを挟んで、しばらくの間立ち尽くしていたように思う。

「長いこと、お疲れさま」

そっと呟くと、母は看護婦を呼んだ。

母と僕が東京に引っ越したのは、同じ年の六月だ。ずいぶんたくさん引っ越しをしたけれど、結局それが母と息子一緒の、最後の大きな引っ越しになった。

「けっこう居心地いい町だったけど、もう来ることもないかもね」

空っぽになった部屋の窓から、母は眩しそうにK城を眺めている。

「お城に寄っていこうよ。おかあさん上ってないでしょ」

「そうだった。じゃあ急ごう」

玄関にあるのは母と僕の靴だけだ。ずっと置いたままだった「火の用心」のバケツは、僕が同じようなバケツの置いてあるところに返してきた。たぶんもとあったところではないし、持っていたいような気もしないではなかったが。

アパートの階段を半分降りたところで、

「あ、てこじいは」

僕は母を振り返った。てこじいのお骨は、まだ墓に入っていなかった。祖母の姉妹の強い要望で実家の墓に入っていたから、てこじいをどうするか決めるのに時間がかかったのである。東京に移ってからも、狭い我が家にはほかに置く場所もなく、てこじいの骨壺は壊れかけた白黒テレビの上に鎮座し続けた。テレビの音を大きくすると、それは気弱そうに細かく震えたものだ。

「お骨？　荷物ん中だけど」

母はそう言って、階段を降りはじめる。

「荷物って……引っ越し屋さんの？」

「そう」

「平気かなあ」

「平気よ。ぐるぐる巻きにして段ボールに入れたし、ワレモノ注意って書いたもの。持ってなくしたりしたら、ワレモノじゃなくてワスレモノになっちゃう」

けろりとそんなことを言うところは、以前と少しも変わらなかった。母も僕も、哲学的になったわけでもなければ、宗教や神秘的なものに傾いたわけでもなかった。てこじいの臨終の瞬間は、母と僕の心の奥深くにしまわれた。他に誰もいない、ふたりきりのときでも、自分たちが見たことについては口を閉ざしていた。言葉にできない、などと大仰に考えていたつもりはないのだが。もしかしたら、知っているのが自分ひとりでないから、言葉にしなくても満足していられたのかもしれない。

東京での生活が落ち着いてしばらくすると、母はまた、ときどき夜に爪を切るようになった。ぱちん、ぱちんと音をたてて。そんなとき、僕は部屋のすみにてこじいがうずくまっているのを感じたものだ。高校を卒業後、地方の大学に受かってひとりで住むようになってからも、なんとなく、今夜あたり母はてこじいを喚《よ》びだしているな、という勘のすることがあった。母が亡くなってから、僕もたまに同じことをしてみる。でも母のようにはいかない。たぶん僕の部屋には本ばかり多いのがいけないのだろう、母は「埃くさい」と言って嫌っていたから。

初出：『文學界』二〇〇二年年四月号［発表時作者四二歳］／底本：『西日の町』文春文庫、二〇〇五年

第一二七回芥川賞選評より 〔二〇〇二（平成一四）年上半期〕

髙樹のぶ子　『西日の町』は、人物造形が上手く、情景も迫ってくるが、主人公にとってこの過去がどんな意味を持つのかが見えてこない。

宮本輝　吉田修一氏の「パーク・ライフ」は最初の投票で、ああもうこの作品が受賞だなと選考委員すべてが思うほどに高得点だった。（中略）湯本香樹実氏の「西日の町」も支持する委員は多かった。（中略）少年の「僕」が祖父を透かして「母」を見ているのか、それともその逆なのか。その視点が定まっていないので、「僕」の血肉がかよってこない。その点がこの作品を推せない理由である。

池澤夏樹　湯本香樹実氏の『西日の町』は細部まで丁寧でうまい。安心して読めるという点では今回の候補作の中で最も優れているが、しかし今ひとつ迫るものに欠ける。祖父と母の仲を子が語るという設定が、主題と読者の間に不要な距離感を生んでしまったのではないか。

湯本香樹実　ゆもと・かずみ

一九五九（昭和三四）年、東京都生まれ。東京音楽大学作曲科卒。九二年のデビュー小説『夏の庭――The friends』で日本児童文学者協会新人賞、児童文芸新人賞などを受賞。本作は相米慎二監督により映画化されたほか、舞台化もされた。十数ヶ国で翻訳され、米国バチェルダー賞などを受賞。新潮文庫はミリオンセラーとなった。他の小説に『ポプラの秋』、『春のオルガン』など。『岸辺の旅』は黒沢清監督が映画化し、第六八回カンヌ映画祭・「ある視点」部門で監督賞を受けている。絵本作品も多く、『くまとやまねこ』（酒井駒子・画）が二〇〇九年の講談社出版文化賞絵本賞を受けた。「西日の町」は二〇〇二年の第一二七回芥川賞候補。

解説　揺さぶられたのは、大地だけではなかった

鵜飼哲夫

あの日。テレビから流れる映像をみて、文字通り、声を失った。かつて経験のない大地の揺れに身体は強ばり、竦み、想像をはるかに超える出来事を前に固唾を呑むことしかできなかった。声を取り戻すために一目散で書店に走った。

この原稿を書いている令和三年三月の一〇年前に起きた東日本大震災の時である。平成二三（二〇一一）年三月一一日午後二時四六分、昼飯を終え、文化部の同僚たちと当時、仮社屋のあった東銀座の読売新聞東京本社に戻る途中、路上が大揺れした。あたりにひしめくビルの看板という看板がガタガタガタガタと金切り声のような悲鳴をあげ、新橋方面に見える高層の電通ビルがグニャグニャと横揺れしている。まじかにあった消火栓にしがみつき、揺れが収まるのを待った。

余震続きで電波状態が悪く、思うように情報が入らず、焦りを募らせる中、テレビの画面から飛び込んできたのが、街を呑みこんでいくあの津波の映像である。大津波警報が出ていたとはいえ、あれほどの規模で津波がやってくるとは直前まで思ってもいなかった。

同時に、「しまった」と忸怩たる思いにかられた。何度も取材し、連載小説も担当した吉村昭（一九二七〜二〇〇六）には、『三陸海岸大津波』という著書があり、「大津波は必ず再来する」と語っていたことを思い出したからだ。一分でも一秒でもはやく声を上げることのできなかった自分が情けなかった。

その日は、書評面の校了日で、編集後記にあたるコラムを急ぎ差し替え、『三陸海岸大津波』では津波のことをどう書いていたか、ありし日の吉村さんの言葉を伝えようと、即座に銀座の書店に走り、運よくあった文春文庫の一冊を読み直した。

はたして、あった。

「ヨダ（津波）だ！」という叫びとともに、黒々とした壮大な水の壁が町を呑み、津波の轟音が、人々の悲鳴もかき消していくさまが克明に記されていた。明治二九年、昭和八年、そして昭和三五年と三たびにわたる三陸沿岸の大津波を調べた吉村さんは、高さが一〇メートル以上もあり、「万里の長城」と言われた岩手県宮古市田老地区にある巨大防潮堤を前に、こう記していた。

しかし、自然は、人間の想像をはるかに越えた姿を見せる。

「頭ではなく足で書く。史実には、人間が思いつかないすごさ、壮大さがある」と語り、防潮堤を越える大津波の襲来を予言していた吉村昭の言葉通り、無敵とされた田老の防潮堤も、平成の大津波では一部が破壊され、再び多くの犠牲者が出た。
大地震では、東京電力福島第一原子力発電所の事故で放射能まで拡散し、史上空前の惨事にまで発展した。電力を作る発電所が、巨大津波により電源を喪失した結果の惨事だった。

自然の脅威と現代文明の脆弱さを目の当たりにした時、もう一つ思い出したのは、平成七（一九九五）年の阪神・淡路大震災の一か月後に現地で会った作家、小田実、宮本輝、髙村薫、俳人の永田耕衣ら顔と、揺れと火災で地区全体が焼け野原になった神戸市長田区の惨状とこげた臭いであり、橋脚ごと倒壊し、グニャリと曲がった阪神高速道路の無残な姿であった。

神戸の中心街、三宮の、横倒しになったビル、倒壊し跡形もないビル、道路をふさぐ電信柱が、前衛作品のように奇怪な空間をつくっている光景はまぶたに焼き付いていた。活断層の上にある家々はどこまでも倒壊しているのに、ちょっと離れると、何事もなかったように建物があるのが、なんとも奇妙な光景だったことを思い出す。神戸を離れ、大阪市内のホテルに宿をとると、繁華街では煌々とネオンがきらめいていた。

東日本大震災から一か月後、被災地を歩いた時にも奇妙な感覚に襲われた。海縁の道路を行くと、「自然にやさしく」という標語が立っていた。そのすぐ近くで、自然が牙をむきだし、低地にあるものをことごとくさらい、もはや元の街並みは想像しようもないほど破壊されていた。

土台から根こそぎ流された家々のわずか横にちょっとだけ高台があると、そこの家は半壊、そのまたちょっと上はまったくの無傷で、洗いたての洗濯物が干してあった。

何とも不条理な災害は、人間が忘れようが忘れまいが、人が自然にやさしく振る舞おうが振る舞うまいが、その思いとはまったく関係なくやってくる。

神戸市須磨区の自宅は全壊したものの、たまたま二階のトイレにいて、無事助け出された当時九五歳の俳人、永田耕衣は、この体験をこう詠んでいる。

白梅や天没地没虚空没

地が割れ、倒壊したのは建造物だけではなかった。文明が足元をすくわれ、真理をつかみとろうともがく言葉も揺さぶられた。そんな大地にも、梅は何事もなかったかのように美しく咲いたのである。

一九九〇年代はじめのバブル崩壊に始まり、金融危機、リーマンショックに襲われた平成の日本経済もまた大揺れに見舞われ、「失われた二〇年」では若者は就職難にあえぎ、右肩上がりの神話は終焉した。社会は、若者たちから夢や希望という言葉を奪った。

バブルという株高の泡の崩壊に始まる経済の低迷は、日本人から成功体験を奪い、リスクを恐れる安定志向も生んだとされる。

ただ、文学をはじめ、人間の営みとしての文化や言葉に衝撃を与えた点では、阪神・淡路大震災と、同じ年の三月に起きた地下鉄サリン事件の衝撃は、かなり大きなものだったように思われる。

この年の群像新人文学賞の選評で、批評家、柄谷行人は「この賞の選考委員になってから、これほど悲惨な事態は初めてである。（中略）たとえば、地震やオウム事件のあとでは、昨年書かれたものの多くは空疎に見えるだろう」と書いている。上滑りの株高、地価高騰が泡と消えたバブル崩壊と異なり、震災とオウム事件は、私たちの身体と心に崩壊感覚をもたらす衝撃だったからであろう。

震災直後、当時、芥川賞選考委員をしていた作家、日野啓三さんは、読売新聞編集委員でもあり、よく会社の三階にあった喫茶店で話したものだった。外報部記者としてベトナム戦争報道に携わりながら作家生活をしてきた日野さんには持論があった。報道の言葉と想像する文学の言葉は違う。どちらも大切で、どちらかに偏してもいけないと語っていた。

震災直後に会った日野さんは、やや興奮気味に、しかし、いつものように考え、考え、言葉を発掘するように、あの未曾有の出来事に輪郭を与えようとしていた。震災の原因、被害の拡大の背景、対策を声高に論じる風潮が強かった中で、日野さんが注目したのは、テレビやラジオでいつまでもつづく犠牲者の名前のつらなりであった。

「鵜飼君、あのテレビの画面に流れる長い犠牲者の名前の列があるだろう。原因や対策も必要だけれど、あの名前をかみしめることがまずは大切じゃないか」

名前には、他の誰でもないその人の、絶対的な個人性が張り付いている。それは「合計何千人という寄せ算を固く拒むものがある」といい、直後に、文化面の連載エッセイ「流砂の遠近法」ではこう記した。

今回の出来事は多くの政治的、社会的事件の場合と違って、私の意識の最も深い層、もしそう言ってよければいわば霊的な領域に強くかかわった。第二次世界大戦の終了後、少なくとも国内でそのような質の出来事は私にはなかったように思う。(中略)

阪神大震災以前と以後とでは心のもち方は明らかに違っている。死者たちの静かな囁《ささや》きが自分の心の最も深い声として、少なくとも一日に一度はひそかに聞こえてくるだろう。生存のために基本的なことは何か、自然を畏れよ、と。

(「読売新聞」平成七年二月二四日夕刊)

この記事の掲載からわずか一か月後の三月二〇日、無名の人々の生存を危うくしたカルト集団による地下鉄サリン事件が起き、世間を震撼させた。そして、二年後の九七年には、神戸市で連続児童殺傷事件が起きる。事件を起こした中学生が通っていた学校のフェンスに、犯人の挑戦状を思わせる赤い字で、「とき放て! 秘められた力」とあったのを、共に取材で歩いた社会経済学者、松原隆一郎さんと見て、驚いたことも忘れられない。

個性の尊重をうたってきた文部行政は、解き放たれる個性には悪徳も含まれていることは想定外だったに違いない。

キレる（爆発する）という言葉が注目され、不思議なことにその頃から、短い言葉が好まれるようにもなった。そして、長い本はあまり読まれなくなり、平成八（一九九六）年をピークに出版の売上高は減っていく。角田光代さんはエッセイ「変換のさなか」でこう書いている。


個人的な考えだけれど、私はこの年（一九九五年）をさかいに、小説の立場が変わったと思っている。（中略）小説そのものが変わったのではない。変わったのは受け取り手だ。読み手は、小説をまるで消費物のように扱うようになった。石鹸の良し悪しが、汚れ落としの強度だとしたら、小説の基準はわかる、わからないになった。わからないものは、「自分の理解を超えたところにある」のではなく、「つまらない」。わかる、のおもな内訳は共感だ。共感によって落涙することが、すなわち感動するという言葉になった。小説にも、ほかのものにも、わかりやすくてやさしい世界が求められるようになった。（日本文藝協会編『現代小説クロニクル1995〜1999』巻末エッセイ、講談社文芸文庫、二〇一五年）

しかし、言うまでもなく、人間が共生を求める自然も、いつかは必ず衰え、死すべき運命にある身体も、決してわかりやすく、やさしいものではなく、理不尽なものである。平成編の二冊目に収録した芥川賞候補作は、この分水嶺の時代の直後に発表された産物であり、私たちがよって立つ自然、身体を見直すものが多い。

中村邦生「森への招待」は、この自然と身体を、夜の世界から見つめ直し、新たな世界観を示した意欲作である。軽井沢の浅間山麓でナイトハイクする一行の様子を描く書き出しがその清新さを鮮やかに示している。

風の動きを感じたければ、舌を出してみてください。

木々の梢が静まりかえり、耳にも肌にも風の動きが感じられない時でも、舌の先には、ひんやりと掠め過ぎて行く空気の気配がはっきり判るという。こんなにも頼りない、しかし、視覚が使えない闇の世界にあっても頼りになる舌の感覚でとらえられる森の自然は、木漏れ日が降り注ぎ、清流が喉の渇きを癒す、昼間の森の空間とはまるで違う。闇にまぎれ、名前を失った生き物たちの蠢きは百鬼夜行と化し、人を怯え、すくませるものへと一転する。

作品の面白さは、こうした闇にある人間の姿を知的にかつユーモラスに描いているところにある。ナイトハイクの途中で、「一人足りないなんていうことがあったら、恐いでしょうね」と会話する場面で、「それよりも、一人増えてる方がずっと恐いですよ。暗闇にまぎれて、いつの間にか誰も知らない人間が、すぐ自分の後ろにいるとか」というセリフが飛び出すのもしかり。ガイドに誘われ、厚く闇を作っている繁みを見つめるツアーの一行を、「藪の側からここを眺めたら、夜陰の中で薄明りを囲み、生白い顔を寄せ合って口々に声を立てている幽鬼たちの集会に見えるかもしれない」と主人公の男が想像するところもしかり。

万物の霊長が、闇の世界で見せる頼りなさ、寄る辺なさが、視覚以外の五感を研ぎ澄ますことを通して卓抜に綴られている。

作家の筆は中盤以降、カナダに生まれ、仕事を通して日本で知り合い、結婚した二歳年長の妻ジャネットのトラウマ、心の闇の世界にも及んでいく。一〇代の時にジャネットが体験した凄惨な事件を描く際にも、明敏な分析や、励ましや慰めの言葉が語られるのではない。あくまで耳を澄まし、濃密な闇にひそむ生命の気配に歩み寄っていく男の姿がていねいに描かれる。そこには不安を安易に言葉で解消するのではなく、不安のまま受け止めるやさしさと強さがある。

選考委員の黒井千次から「嗅覚や味覚という感覚を手がかりにして摑みにくい対象に迫ろうとする知的な営みは貴重である」と評価された中村邦生は、大学時代からスタインベック、フォークナーら英米文学を原書で読み、二〇代の終わり近くに文學界新人賞の候補（その時の受賞作は三好京三「子育てごっこ」）になったが、その後、ドナルド・バーセルミ、ロレンス・ダレルの翻訳などで文学を鍛え、四七歳の時、「冗談関係のメモリアル」で平成五（一九九三）年の文學界新人賞を受賞した。

この翌年に発表し、最初に芥川賞候補になった「ドッグ・ウォーカー」の一行目も秀逸だった。

幽霊になれとおっしゃるのですね。かしこまりました。たいへん光栄に存じます。

出だしをどうするかにアイデアと工夫を凝集した古今東西の名作、問題作を通して、小説の面白さを伝えた『書き出しは誘惑する』（岩波ジュニア新書）の書き手は、七〇代半ばになる今日も執筆を続け、まさによく書き、よく読む、文字通り読書人としての作家である。そして、阪神大震災の年の一一月に発表した「森への招待」は、地が揺れ、知が揺さぶられた時代の声を読んだ小説だった、と今日では思われる。

ホモサピエンスと他の動物との違いはさまざまにあるが、カネと観念という直接には腹の足しにならないものに生が左右されるのは人間しかない。動物たちにとってお札は、無意味な存在で、まさに猫に小判。また、彼らは喧嘩はしても、「正義」のために戦争をすることはしない。

土地の価格が実体をはるかに越えて高騰し、株価が狂乱したバブル時代は、おカネと同時に、カッコいい、素敵と世間が認める観念に、人々が左右され、狂奔する時代でもあった。金満国家ニッポンでは、海外の高級ブランドが流行し、人々は着心地よりもおしゃれ度を求め、レストランでは、おいしさ、栄養よりも珍味、高級食材が尊ばれ、女性が結婚相手に求める高収入、高学歴、高身長という「三高」という言葉まではやった。

そこで置き去りにされたのは、個々人に固有の身体である。合わない服をまとわれ、合わない男らしさ、女らしさという観念に縛られた身体は、次第に上面の観念に対して抵抗を始める。

平成一〇(一九九八)年に、おしゃれ、食、性という本来なら人を癒やし、快くする行為が、ピアッシング、拒食・過食、援助交際という形で、身体への攻撃になる事象を、哲学的に分析した鷲田清一『悲鳴をあげる身体』(PHP新書)が出た。この本とほぼ同時に発表された赤坂真理「ヴァイブレータ」は、声にならない身体の悲鳴を、モノローグ、雑音、「うるさいぃぃぃぃぃぃ!」という内的叫びや反復、妄想も織り交ぜて描いた小説である。

主人公は、「一番」「有能」「きれい」「ウケ」「自立もしていてナチュラルな女性」という観念に踊り、踊らされ、気がついたら、めんどくさい三十おんなになっていたフリーライターの「あたし」である。いつからか、頭の中を仕事で聞いた人の話やコマーシャルの言葉などに占領され、そのせいで不眠、過食、食べ吐きを繰り返し、アルコールにも依存するようになっていた。

そんな女性、玲が、コンビニで出会ったトラック運転手に拾われ、やがてアイドリングの振動に身を振るわせながら肌を重ね、移動を重ね、そしてまた肌を合わせることで、言葉を埋葬し、自分の身体を回復させていく。そのさまを赤坂は、身体そのものが、しゃべるかのように書いていく。性を描きながら清冽で、ラストの文章も鮮やかだ。


いろいろな部分から水を吸い、粘膜を裏返し、全身を毛穴にして、全身を使って彼を吸い、彼を食べ、全身を舐められ、全身を吸われ食べられた。それだけのことだった。意味はない。

ただあたしは自分が、いいものになった気がした。

それだけでよかった。


言葉や観念のバブル化に抗し、身体という「もの」が息づく〝ものがたり〟を書き得たのは、赤坂がすぐれた意味で、時代と寝た小説家であったことの証左であろう。

ボンデージファッションと思想の雑誌「ＳＡＬＥ２」の編集長を経て、阪神淡路大震災の年にデビューした赤坂さんは、その後、毎日出版文化賞、司馬遼太郎賞などを受けた『東京プリズン』（二〇一二年）で、日本の戦争責任の問題に迫り、『箱の中の天皇』（二〇一九年）では象徴天皇制を小説化するなど、広く現代という時代と格闘している。

同時に、身体についての思考も深め、令和二（二〇二〇）年に出した『愛と性と存在のはなし』（NHK出版新書）では、「性差よりも個人差の方が大きい」と言われる現代にあって、「ふつう」ということで議論から抜け落ちがちなヘテロセクシャル（異性愛者）の性的志向の多様性を、「自分という「感じる器」」と向き合い、時代の風で身を切りながら書いている。

赤坂が「ヴァイブレータ」につづき、戦中、戦後の問題に向かったことに見られるように、言葉や観念の過剰は、バブル時代のみの産物ではない。「満蒙は日本の生命線」と主張し、その権益を守るために戦線を拡大、大東亜の理想を過剰に掲げた戦に負けた日本は、戦後、復興、高度成長の名のもとにあらたな海外進出を進めた。「大義」という観念の中身は変わったが、日本は、日本人は、ほんとうに変わったのだろうか。

平成六（一九九四）年に、最初の芥川賞候補になった「光の形象《かたち》」で、華人系のマレーシア女性との間に子供までなしながら、先の戦争で、日本人に悪感情を抱く女性の両親に反対される日本人男性の「地崩れの起きそうなあやうい気分」を描いた伊達一行は、二度目の芥川賞候補になった「夜の落とし子」（一九九六年発表）では、外国人の母と日本人の父との間に生まれ、戸籍のないまま新宿に生きる〝闇っ子〟の一五歳の少年の目を通して、地割れした日本の底にある暗い領域に筆を伸ばした。

彼が、バブル崩壊の影響で金融危機が発生した平成九（一九九七）年に発表したのが、本書掲載の「水のみち」である。小説の主人公が、飽食の時代から取り残された無名の人々だけではなく、私たちを様々に揺さぶった大地そのものであることは特記すべきだろう。

地球を覆う岩板、プレートが四つもぶつかり合う日本列島は、世界有数の地震大国であるが、急峻な山が多く、雨の多い日本は水害大国でもあり、地滑りが頻発する。「水のみち」は、東北地方で、地滑り防止のため、山に穴を穿ち、水抜き作業をする男の生活を通して、カネや観念という上澄みの底にある、一見動かざる、しかし、事が起きれば上澄みに生きる人々を翻弄し、押し流す大地の諸相を、山と闘う工事をする男を通して描き出していく。

興味深いのは、山と人間の身体との類似性だ。

「地すべりをふせごうとするものにとっては、水こそが敵だった。しかし、人間も水でできているからな」「緊張感がなければ怪我だけではすまない仕事だった」「山も女と同じで寝てみなければわからん」「人間と同じように大地のなかの水も腐る。それが病巣であり、地すべりとなって発病する。大地の病気を技術でなおすことが防災工事だった」

山の水と同じように、私たちの体内にある水も、放っておけば淀み、濁り、人々の心身を翻弄する。それは身体という自然の現実であり、あぶくのような観念ではない。

そして、小説では、母親に捨てられ、父親を土砂崩れで亡くした主人公高広、教師の子に生まれ、子を宿しながら男と別れた麻湖らの心も地割れし、そこに淀んだ水が流れ込み、心が溺れそうになっている。この二人が、流されないようにもつれあい、からみあう姿は簡素にして清冽であり、予期せぬ事故で深い地中に閉じ込められた男が、ひとりもの思うシーンには、身体の内からの声がある。

おれは人間じゃない、生きてもいない、泥土《スライム》だ、水に溶けた泥土《スライム》だ。念じるようにそう思い定めると、気が楽になった。

昭和五七（一九八二）年にすばる文学賞を受け、映画化もされた「沙耶《さや》のいる透視図」で鮮烈にデビューした伊達は、独特の美文を駆使した妖艶さがある小説を発表する一方で、平明な文章で、時代から取り残された暗部を描いてきた。平成二年には、伊達が生まれた昭和二五年頃にはまだ遊女屋をしていた家業と、そこに働く女性たちの証を聞き取るルポルタージュ『みちのく女郎屋蜃気楼　アネさんたちの〈昭和史〉』も出している。

飽食の時代の中で、こぼれ落ち、忘れられていく人々を描いてきた伊達作品を、二一世紀になってから見なくなった。現在はまだ七〇歳。「水のみち」は単行本初収録である。忘れてはいけない秀作であり、作家である。

バブル崩壊に始まる景気の低迷は、カネの流れを淀ませ、血液と同じように末端にあるものほど巡りが悪くなり、経済は疲弊した。コロナショックで、非正規労働者の職が奪われているのと同じである。

銭がうなりをあげている時代には、クズ真珠やイカモノを騙し売り、厚い札束を手にしたら、酒と荒淫で憂さを晴らしているという、大塚銀悦「濁世」の主人公伊東のしょうもない毎日も、バブル崩壊とは無縁ではなかった。もはやコロリと騙される金満の相手もいなくなり、「カギ」と呼ばれる盗っ人に転じたものの、「狂騒の好景気が終り、平成の不況に入る頃から、一般の人々は現金の類を家に置かなくなった」ため、盗っ人稼業もままならなくなったからだ。そこで、伊東が目をつけたのは「路上で排泄物をぶんまいている連中」である。「カタギの人が現金を持たなくなった頃、皮肉にも、家を持たず、あるいは借りる事を肯ぜず、路上や公園や河川で寝泊まりする人達が、俄然、多額の現金を持ち出した」という現実に目を向けたのだ。

「黄粱《こうりょう》一炊《いっすい》の夢」「歳月は駟《し》も舌も及ばない速さで流れている」などこだわりの言葉で、悪罵、諦念、卑猥がごった煮となった世界を描く「濁世」は、貧乏人がより貧乏人からカネを掠めとる「この穢土の宿世」のまんだら図である。

人生を顧み、「どうせ、遠からず、地獄に堕ちて針の山を哭きながら昇る身のずんぐりであれば予行演習は早いに越した事はない」と、次々の悪行に手を染めていくさまには呆れるほかない。また、伊東が泊まり歩くドヤ（簡易宿泊所）や安旅館の、「染みだらけで、何十人、何百人の娼婦の体液と、買った莫迦者の精液の跡」にまみれた敷布のようすには、鼻をつまみ、目をそむけたくなる。伊東とて、垢光りしている臭い所を足の方に回さぬことにはとても寝られたものではないのである。

しかし、何度も塗り重ねられた壁が、赤黒く汚れているさまを、「蚤《のみ》、虱《しらみ》、南京虫《なんきんむし》、壁蝨《だに》、そいつらが、宿ナシの血を吸って、潰され壁になすりつけられ、成仏なさった跡だ。壁の落書きも興深く「せんずり、釜八は便所でやれ、同宿者にメイワク」「こんな所でシャブ打ってるようじゃ来年は無縁仏だ」。目を近づけて読んでいると面白くて厭きない」と記す著者は、目をそむけるどころか、目を見開き、耳を澄ましてとことん書く。

同宿人の長い放屁にも耳をそばだて、こう記す。

痔核が垂れさがっているのか、ふるえる音が響いた。

大塚銀悦は、都内の高校を卒業後、土木作業員、販売員など職を転々とし、この小説を発表した時には、伊東と同じ、知命に近い年齢にあり、この作品の後も「壺中の獄」で平成一一（一九九九）年の芥川賞候補になるなど数年間、精力的に作品を発表したが、最近は、その名をとんと聞かない。あの時代が「濁世」なら、今はどうなのか。闇を見つめるほどに筆が冴える作家の新作が待望される。

「濁世」に描かれている世界に比べれば、たいていの暮らしは、まだまし、であろうが、「まし」と言えるのは、高見から見ているからであり、「人事は人ごと」と言えるのも自分の世界が揺るぎないものと感じている強い人間の発言であろう。たとえ小さな会社であろうとも、そこで懸命に働く人たちにとっては「人事は大事」であり、病気、配転、離婚など新聞の「人生相談」に溢れる悩みもまた人生の大事である。

大学を出た後、皿洗いからキャバレーのマイク係、交通整理、作業員など様々なバイトをこなし、長年、基礎工事会社の役員をしながら執筆してきた佐藤洋二郎は、地方都市や都会の片隅に生きる「ふつうの人々」を描いて定評のある作家である。様々な現場での「人間観察」をもとにした作品は木山捷平文学賞、野間文芸新人賞、芸術選奨文部大臣新人賞と、多くの賞を得ている。が、芥川賞の候補になったのは「猫の喪中」でただ一度きりである。この作品を賞に推した選考委員の三浦哲郎が、「もともと力のある人だから、この賞の候補は初めてと聞いて意外な気がした」と選評に記しているが、当時、取材をしていた新聞各社の文芸記者にも同じような思いがあった。

ただ、長年、芥川賞の取材を続けてくると、その理由がわからぬでもない。「新しい文学」を発掘する日本文学振興会の芥川賞の候補作選びは、文体の斬新さ、方法の実験性など新しさに目が向きがちで、「なにかと装飾の多い近頃の作品のなかでは地味でいささか古風に見える」と三浦哲郎に評された佐藤洋二郎の作風は、芥川賞の評価という点では不利になったのであろう。

けれども、肩で風を切って歩く若者もいずれは年をとるように、新しい作品もいつか古び、残るのは「新しい文学」ではなく、「文学」である。

「猫の喪中」は、妻子と別れ、四年前にはバブルがはじけ、代表を務めていた建設会社を辞めた「男」が主人公である。まじめに働いてきたつもりなのに、気がつけば会社も家族もなく、離婚した妻に渡した家のローンを返済すると、ほとんど蓄えもない。「一生懸命働いてなんになるという思い」に心がふさぐ「男」には、さらに追い打ちをかけるように一五年間、飼ってきた猫の死という悲しみが襲う。

ないないづくしの「男」にあるのは腹部の鈍痛で、医者からは「見事な脂肪肝だと思いますよ。つまり霜降り牛ですな」と言われる始末だ。

そんな鈍色の風景が、後半、男が猫の墓参りに行き、かつて現場をともにした不思議なカップルと再会することで、俄然色を帯びる。何より、キャラクターが立っているのは、かつては鍛冶工で、今は子供用用品店の経営でそれなりに成功している田畑から「女房ですたい」と紹介された〝大柄な女〟である。それは、かつて「男」が「たけちゃん」と呼んだ鳶職人で、うぶな少年は、今では髷をかぶり、白塗りの厚化粧な女性の姿となり、〝夫婦〟仲良くやっている。その再会劇のもたらす暖かな空気が、鬱屈した男の身体を、一陣の風となって吹き抜けていく。

平成四（一九九二）年に初めて出した単行本『河口へ』で、パキ、クロなど外国人労働者が働く現場で、差別し、差別され、汗と血が飛びかうコクサイ化が進む労働現場の姿をリアルに描いた佐藤さんは、当時、「太っている、やせている、背が高い、低い。人間は差別しあって生きているけど、突き詰めていけば、みんな同じ」と語っていた。それから八年後に発表された「猫の喪中」は、経済の混迷の深まりを反映してか、暗い抒情が濃厚だが、どんな世界にあっても、ささやかな明日を見つめる作家の視線が、作品を味わい深いものにしている。

古めかしい作品が不利になりがちな芥川賞は、だからといって、作品が尖ってさえいればよいかといえば、そうでもない。平成一五年に「授乳」で群像新人賞優秀作を受賞しデビューした村田沙耶香は、一〇人産んだら一人を殺せる衝撃作「殺人出産」や「消滅世界」など題名通り、常識を強烈に揺さぶる作品の発表を続け、野間文芸新人賞、三島由紀夫賞も得たが、一〇年以上、一度も芥川賞候補にもならなかった。それゆえ、平成二八年に「コンビニ人間」で候補になった時、「これが初候補」と確認した時は、驚き、受賞は当然と思ったが、それがミリオンセラーとなり、世界三〇か国以上で翻訳されるとまでは想定の外で、おのれの不明を恥じた。

平成時代は、日本語を母語としない外国生まれの作家が次々登場した。

平成二〇年には、中国生まれの楊逸さんが「時の滲む朝」で芥川賞を受けたほか、スイス人のデビット・ゾペティ、イラン人のシリン・ネザマフィらが芥川賞候補になっている。その代表格は、アメリカに生まれ、第一長編『星条旗の聞こえない部屋』でいきなり野間文芸賞を受け、その後も、『千々にくだけて』で大佛次郎賞、『仮の水』で伊藤整文学賞、『模範郷』で読売文学賞を受けたリービ英雄である。彼もまたただ一回だけしか芥川賞の候補になっていない。それは、収録した「天安門」の尖りぶりを読んで、確かめてもらえばわかるはずだ。

日本人による日本語の語りに慣れ親しんだ人にとっては、とっつきにくい作品であろう。アメリカに生まれ、幼い頃を「大陸と海峡を隔てて、渚を鉄条網で固めた、大陸から逃亡してきた敗軍の島」、つまりは台湾で過ごし、その後、アメリカと日本を行き来しながら暮らしてきた中年の男が、「大陸」、つまりは中国を旅し、毛主席《マオジュシー》の遺体と対面する話である、とストーリーを説明したところで、おそらくは何の意味もない。

この小説の面白さ、新しさは、東洋と西洋、そして同じ東洋でも、島である台湾、大陸の中国、そして日本のどこにあっても生の実感が得られない主人公の悲哀と、どこにでも越境することで、自己の手触りを感じていくさまが、日本語、英語、中国語などを織り交ぜて描かれているところにある。それは越境の作家リービ英雄にしか書けない日本語文学である。

一七歳の少年ベンが、日本に渡り、日本語を学びながら、「しんじゅく」という新しい世界を知る喜びを描いた『星条旗の聞こえない部屋』を出した当時、筆者のインタビューで、「あの作品は、十代の自分をモデルにした小説。日本人にとっての「新宿」でも、外国人の観光地としての「Ｓｈｉｎｊｕｋｕ」でもない場所を表現したかった」とリービさんは語っている。

「天安門」は、その試みを言語実験として先鋭化させ、大庭みな子選考委員からは「リービさんの言葉には数カ国語のひびきが音楽のように共鳴し合う面白さがある」と評価された。

自然との共生、多文化の共生など、「共生」という日本語は、どこか仲睦まじく、あったかい印象があるが、リービ英雄が描く共生の姿には、孤独と悲しみ、ゴツゴツした肌触りがあり、日本語の新しい可能性がある。


平成二七（二〇一五）年に七〇歳で亡くなった辻章は、思い出深い作家である。講談社の文芸誌『群像』の編集長などを務め、中上健次らを担当したが、三九歳で会社を辞め、妻と別れ、自閉症と診断された長男と暮らしていた辻さんとは、生前、しばしば文学談義に熱中した。昼間に会えば、一対一、始終文学への思いを語り、夜はなじみの文壇バー「英」で、障害を持つ子をかたわらで遊ばせながら飲み交わした。息子とまつげを合わせる〝目パチ〟をして、にっこりとしあっていた姿も忘れられない。

没後、麻布学園時代の同窓生が刊行会をつくって出した『辻章著作集』（全六巻、作品社）の中では、障害を持つ子と暮らしながら、中上との濃密な日々を描いた『時の肖像小説・中上健次』（平成一四年刊）が一番、辻さんの姿と文学への思いが伝わってくる。

その最終章には、平成一〇（一九九八）年に発表された本書収録の「青山」と同じエピソードが出てくる。それは辻が、一五年務めた会社を辞めた日の夜、それまでも何度も繰り返した子供をめぐる諍いのはて、妻が家を出て行った日のことである。「時の肖像」では、それからしばらくして家を訪ねて来た中上と文学の話をしたことがつづられている。

話の合間に、中上は、こんなことを言った。

文学っていうのは、結局、記憶のことだよな。（中略）生きていることそのものこそ、まっとうな文学、と、中上は言ったのだったかもしれない。

この言葉が、離婚後の辻が、息子と二人生きていくための大きな力になったのは間違いない。生前、辻さんは、筆者に「中上も私も、文学とは、徹底して個人的なもので、発表したり、賞を取ったりすることではなく、生きていることそのもの、何かを納得し、解決しようと書きながらもがく瞬間にこそ、まっとうな文学があると考えていた」と語っていたからだ。

辻は、退社後、本格的に創作を始める。会社の同僚たちは、現役だった頃、夜も徹して酒場で文学を語る辻に、障害を持つ子がいることは知らなかったと言う。知ったのは、退社後であり、そのいきさつや思いを知ったのは、小説を通してのことだった。

リョウノコトヲ今マデ少シハ考エタラヨカッタンダ。アンタガイツモイツモ仕事ニ逃ゲ出シテ、自分勝手ナコトバッカリヤッテキタカラ、家ガコンナニ滅茶苦茶ニナッテシマッタンダ。

と里津子は叫んだ。

オマエハ結局、何一ツワカッテイヤシナイ。

私は叫び返した。

小説「青山」は、一〇年以上前の、こんな凄惨な妻、里津子との別れの場面を回想しつつ、部屋を走り回り、奇声を発していた息子玲が、少しずつではあるが変化していくさまが活写される。

「青山」というのは、語り手の祖父母の墓のある土地であり、主人公が高校時代に里津子と出会い、「二人で果てしなくお喋りしながら、町を歩きつづけた」場所である。それが今や、互いを許し合うことができないほど遠くに離れ、二人の間に生まれた息子はといえば、両親のことをどう見ているのか、その心の内はわからない。ただ、彼がふと無心の笑いを見せれば、もうそのことだけでうれしく、一方で、息子から母親を失わせてしまった自分の心に怯みを感じるばかりである……。

ラストでは、主人公は、「私よりも、もう少し広くなったような玲の背中」を見ながら、歩いていく。どこにも人生の答えはない中で、年月を重ね、生きていく形が、戸惑いと屈折とともに、一字一字、掘り込むように描かれている。

最後に紹介する湯本香樹実「西日の町」は、解説はなくても、一読すれば、その魅力が伝わるだろう。大学の先生になっている人が、かつて北九州のKという町の、夕日の当たるアパートに、母と暮らしていた少年時代を回想した小説は、書き出しで一気に読者を小説の世界に運んでくれる。

母は夜更けに爪を切った。てこじいのうずくまっているそばで、ぱちん、ぱちんとゆっくり、できるだけ大きな音をたてて。しゃがみこみ、あるいは片膝を立てて切った。（中略）

そのくせ僕が同じことをしようとすると、吊り上がった大きな目を眇《すが》めて言うのだ。

「親の死に目にあえなくなるよ」

「しにめ、って？」

「死ぬとき。ご臨終ですって、テレビでやるでしょ」

長年の放蕩の果てに、離婚した娘と孫のもとに転がり込んできた「てこじい」の関係を、冒頭で鮮やかに示す小説は、てこじいの過去、母の姿を、町のひなびた光景とともに陰影深くつづりながら、悩む娘のために、てこじいが驚くべき行動をとった日のことを色鮮やかに描いていく。何度も見返したくなる思い出が詰まったセピア色の写真が、いきなり原色に色づくような、胸に迫る場面である。

湯本香樹実は、その代表作『夏の庭』が、世界的な児童文学賞を受け、新潮文庫でベストセラーにしてロングセラーになっている作家で、絵本『くまとやまねこ』のファンも多い。なかよしだったことりの死の悲しみから、くまがゆっくり回復してゆくまでを、酒井駒子さんが卓抜な色の変化で表現したこの絵本は、講談社出版文化賞絵本賞を受けている。

哀しみとそこからの再生を、湯本はさりげなく、しかし、くっきり目に見えるように表現する。作者が心がけているのは、頭では書かないことで、かつてインタビューに「飛鳥時代の仏像彫刻のような文章が好きなんです。手に導かれるように書きたい」と語っていた。

現代詩作家荒川洋治の「文芸時評」で、「その文章をいくつでも引いてみたい気持ちになる」（産経新聞）と高く評価された「西日の町」の評価は、芥川賞選考会の場ではもう一つ伸びなかった。この結果について、阿部昭、増田みず子、島田雅彦、多田尋子と並び、芥川賞候補に史上最多の六回なった作家で精神科医、なだいなだが、『西日の町』の文春文庫解説でこう書いている。

この作品は、芥川賞の候補にあげられたが、受賞にはいたらなかったらしい。だが、いつか、このときの芥川賞選考委員たちは、自分たちの選択をながく悔やむことになるだろう。彼らには湯本香樹実の才能を見抜けなかった、という履歴が、一生ついて回るだろうからだ。

悔やむのか、そうではないのか。それはわからない。ただ、新鋭を発掘する芥川賞は、候補作が発表され、選評が残ることで、選考委員の眼も試される特別な賞であることだけは確かである。

令和三年三月　コロナの渦中に記す。

選考委員一覧［第一一四回～第一二七回］

池澤夏樹　いけざわ・なつき　一九四五（昭和二〇）年、北海道生まれ。埼玉大学理学部中退。八七年、「スティル・ライフ」で中央公論新人賞、芥川賞。九三年『マシアス・ギリの失脚』で谷崎潤一郎賞。他の著作に『夏の朝の成層圏』『真昼のプリニウス』『花を運ぶ妹』など。池澤夏樹＝個人編集『世界文学全集』『日本文学全集』は評判となった。エッセイ集も多く、一九九三年、『母なる自然のおっぱい』で読売文学賞。

石原慎太郎　いしはら・しんたろう　一九三二（昭和七）年、神戸市生まれ。一橋大学在学中に書いた「太陽の季節」で芥川賞。五五年、『化石の森』（芸術選奨文部大臣賞）や『わが人生の時の時』など小説を発表する一方、政治家として環境庁長官、運輸大臣などを歴任。九五年、勤続二五年を機に国会議員を辞職。一九九九～二〇一二年、東京都知事を務める。実弟の石原裕次郎を描いた『弟』はミリオンセラーになった。

大庭みな子　おおば・みなこ　一九三〇（昭和五）～二〇〇七（平成一九）年。東京生まれ。敗戦の夏、軍医の父の転勤先広島で、被爆者の救援隊の一員となる。津田塾大学卒。夫の赴任先の米アラスカで本格的に小説を書き始め、六八年、群像新人文学賞受賞作「三匹の蟹」で芥川賞。著書に『浦島草』『啼く鳥の』『津田梅子』など。短編に「海にゆらぐ糸」「赤い満月」がある。八七年、河野多恵子とともに女性初の芥川賞選考委員に。

河野多恵子　こうの・たえこ　一九二六（大正一五）～二〇一五（平成二七）年。大阪府生まれ。大阪府女子専門学校卒。丹羽文雄主宰の「文学者」同人となり、一九五二年に上京。六三年「蟹」で芥川賞。人間の底知れぬ性の秘密や倒錯した感覚を直視した。著書に『みいら採り猟奇譚』『後日の話』『秘事』など。『谷崎文学の肯定の欲望』など評論もした。八七年、大庭みな子とともに女性初の芥川賞選考委員に。二〇一四年、文化勲章。

黒井千次　くろい・せんじ　一九三二年（昭和七）年、東京生まれ。東京大学経済学部卒業後、富士重工に入社。サラリーマンをしながら執筆し、「穴と空」「時間」などで五回芥川賞候補に。「内向の世代」と呼ばれる。著書に『春の道標』『群棲』『カーテンコール』『一日　夢の柵』など。『働くということ』などエッセイも話題になり、二〇〇五年から読売新聞夕刊に老いにまつわるエッセイを連載している。日本芸術院院長も務めた。

高樹のぶ子　たかぎ・のぶこ　一九四六（昭和二一）年、山口県生まれ。東京女子大学短期大学部教養科卒。八〇年「その細き道」でデビュー。八四年、「光抱く友よ」で芥川賞。九九年『透光の樹』で谷崎潤一郎賞、二〇〇六年『ＨＯＫＫＡＩ』で芸術選奨文部科学大臣賞。一〇年、「トモスイ」で川端康成文学賞。二〇二〇年、古代の色好みの一代記となる『小説伊勢物語　業平』を刊行。泉鏡花文学賞と毎日芸術賞を受けた。

田久保英夫　たくぼ・ひでお　一九二八（昭和三）～二〇〇一（平成一三）年。東京生まれ。下町の料亭で育った。慶應義塾大学仏文科在学中から「三田文学」に参加。「深い河」で六九年、芥川賞。〝短編小説の熟練工〟とされ、「髪の環」「辻火」「生魄」など、日常にひそむ情念、官能をえぐる世界を、気品ある文章で描いた。著書に『触媒』『海図』『木霊集』など。没後に『仮装』が出版された。

日野啓三　ひの・けいぞう　一九二九（昭和四）～二〇〇二（平成一四）年。東京生まれ。小中学校を植民地・朝鮮で過ごす。東京大学在学中から文芸評論を書き始め、読売新聞社入社後は、ベトナム特派員を務める。一九六六年、初の著作『ベトナム報道』を出版。七五年、「あの夕陽」で芥川賞。『夢の島』『砂丘が動くように』など都市小説で知られ、晩年は闘病体験を描いた『断崖の年』『台風の眼』などで相次いで文学賞を受けた。

三浦哲郎　みうら・てつお　一九三一（昭和六）～二〇一〇（平成二二）年。青森県生まれ。早稲田大学仏文科卒。在学中から井伏鱒二に師事。六一年、薄幸の男女の恋愛を清冽に描いた「忍ぶ川」で芥川賞。同作は栗原小巻、加藤剛主演で映画化された。『拳銃と十五の短篇』など短編の名手と言われ、「じねんじょ」「みのむし」で二度にわたり川端康成文学賞。他の作品に『白夜を旅する人々』『ユタとふしぎな仲間たち』。

宮本輝　みやもと・てる　一九四七（昭和二二）年、兵庫県生まれ。追手門学院大学卒。広告代理店勤務等を経て、七七年「泥の河」で太宰治賞を受けてデビュー。七八年「螢川」で芥川賞。『優駿』で吉川英治文学賞、『約束の冬』で芸術選奨文部科学大臣賞、『流転の海』シリーズでは毎日芸術賞を受けた。他の著作に『錦繍』『青が散る』『夢見通りの人びと』『にぎやかな天地』など。紀行文に『ひとたびはポプラに臥す』がある。

※ ■は授賞作、■の無いものは候補作を指す。 ●は本書掲載作品。

大塚銀悦「壺中の獄」
伊藤比呂美「ラニーニャ」
松浦寿輝「幽《かすか》」
若合春侑「掌の小石」
玄月「おっぱい」
青来有一「信長の守護神」

第122回　1999年(平成11年)下半期

■ 玄月「蔭の棲みか」
■ 藤野千夜「夏の約束」
吉田修一「突風」
宮沢章夫「サーチエンジン・システムクラッシュ」
濱田順子「Tiny,tiny」
赤坂真理「ミューズ」
楠見朋彦「零歳の詩人」

第123回　2000年(平成12年)上半期

■ 町田　康「きれぎれ」
■ 松浦寿輝「花腐し」
岡崎祥久「楽天屋」
楠見朋彦「マルコ・ポーロと私」
● **佐藤洋二郎「猫の喪中」**
大道珠貴「裸」

第124回　2000年(平成12年)下半期

■ 青来有一「聖水」
■ 堀江敏幸「熊の敷石」
大道珠貴「スッポン」
吉田修一「熱帯魚」
玄侑宗久「水の舳先」
黒川　創「もどろき」

第125回　2001年(平成13年)上半期

■ 玄侑宗久「中陰の花」
阿部和重「ニッポニアニッポン」
佐川光晴「ジャムの空壜」
清水博子「処方箋」
長嶋　有「サイドカーに犬」
和田ゆりえ「光への供物」

第126回　2001年(平成13年)下半期

■ 長嶋　有「猛スピードで母は」
石黒達昌「真夜中の方へ」
岡崎祥久「南へ下る道」
鈴木弘樹「グラウンド」
大道珠貴「ゆううつな苺」
法月ゆり「六フィート下から」

第127回　2002年(平成14年)上半期

■ 吉田修一「パーク・ライフ」
黒川　創「イカロスの森」
佐川光晴「縮んだ愛」
法月ゆり「彼女のピクニック宣言」
星野智幸「砂の惑星」
● **湯本香樹実「西日の町」**

芥川賞授賞作・候補作一覧 ［第114回～第127回］

※ ■は授賞作、■の無いものは候補作を指す。●は本書掲載作品。

第114回　1995年(平成7年)下半期

■ 又吉栄喜「豚の報い」

柳　美里「もやし」

● **中村邦生「森への招待」**

伊井直行「三月生まれ」

原口真智子「クレオメ」

三浦俊彦「エクリチュール元年」

第115回　1996年(平成8年)上半期

■ 川上弘美「蛇を踏む」

塩野米松「ペーパーノーチラス」

山本昌代「海鳴り」

● **リービ英雄「天安門」**

福島次郎「バスタオル」

青来有一「ウネメの家」

第116回　1996年(平成8年)下半期

■ 柳　美里「家族シネマ」

■ 辻　仁成「海峡の光」

町田　康「くっすん大黒」

伊達一行「夜の落とし子」

青来有一「泥海の兄弟」

デビット・ゾペティ「いちげんさん」

第117回 平成9年/1997年上半期

■ 目取真　俊「水滴」

佐藤亜有子「葡萄」

藤沢　周「サイゴン・ピックアップ」

● **伊達一行「水のみち」**

鷺沢　萠「君はこの国を好きか」

吉田修一「最後の息子」

第118回　1997年(平成9年)下半期

■ 受賞作なし

阿部和重「トライアングルズ」

吉田修一「破片」

広谷鏡子「げつようびのこども」

藤沢　周「砂と光」

弓　透子「ハドソン河の夕日」

第119回　1998年(平成10年)上半期

■ 藤沢　周「ブエノスアイレス午前零時」

■ 花村萬月「ゲルマニウムの夜」

町田　康「けものがれ、俺らの猿と」

● **辻　章「青山」**

● **大塚銀悦「濁世」**

伊藤比呂美「ハウス・プラント」

若合春侑「腦病院へまゐります。」

第120回　1998年(平成10年)下半期

■ 平野啓一郎「日蝕」

若合春侑「カタカナ三十九字の遺書」

安達千夏「あなたがほしい」

福島次郎「蝶のかたみ」

● **赤坂真理「ヴァイブレータ」**

第121回　1999年(平成11年)上半期

■ 受賞作なし

藤野千夜「恋の休日」

編者略歴

鵜飼哲夫　うかい・てつお

1959年、名古屋市生まれ。中央大学法学部法律学科卒業。
1983年、読売新聞社に入社。
1991年から文化部記者として文芸を主に担当する。
書評面デスクを経て、2013年から編集委員。
主な著書に、『芥川賞の謎を解く 全選評完全読破』(文春新書、2015年)、
『三つの空白　太宰治の誕生』(白水社、2018年)、
がある。

芥川賞候補傑作選《あくたがわしょうこうほけっさくせん》
平成編《へいせいへん》② 1995-2002

2021年4月30日　初版第1刷

編　　者　鵜飼哲夫
発 行 者　伊藤良則
発 行 所　株式会社 春陽堂書店
〒104-0061
東京都中央区銀座3-10-9
電話　03-6264-0855(代)

装　　丁　寄藤文平＋古屋郁美(文平銀座)
校　　正　株式会社 鷗来堂
印刷・製本　シナノパブリッシングプレス

乱丁本・落丁本はお取替えいたします。
本書の無断複製・複写・転載を禁じます。

©Tetsuo Ukai 2021, Printed in Japan
ISBN978-4-394-19007-3 C0393